귀신들의 땅
鬼地方

천쓰홍
장편 소설

귀신들의 땅
鬼地方

민음사

고향을 위해 쓰다.
존재하지 않는 용징.

차례

1부
엄마가 안 보여

2부
톈훙이 돌아오다

3부
울지 마

1부

음미가 오지마요

1   첫 번째 타운 하우스

"어디서 왔어?"

T가 내게 던진 첫 질문이었다. T는 내게 아주 많은 것들을 주었다. 독일 여권을 주었고 새집을 주었다. 도피의 기회를 주었고 수많은 질문을 주었다. 처음에 T는 묻기를 좋아했다. 고향은 어떤 모습인지, 형제자매는 몇인지, 타이완의 여름은 얼마나 더운지, 타이완에도 매미가 있는지, 뱀도 있는지, 나무는 어떻게 생겼는지, 어떤 이름의 나무들이 있는지, 강은 있는지, 운하도 있는지, 우기는 언제쯤인지, 수재도 발생하는지, 토양은 비옥한지, 주로 어떤 식물들을 심는지, 왜 장례식에 참석하느라 고향에 가면서 자신은 데려가지 않는지, 왜 돌아가야 하는지, 왜 돌아가지 않는지 끝없이 물었다.

수많은 의문 부호가 그의 머리칼을 잡아당기고 피부를 찔렀지만 대답하기가 어려웠다. 그래서 대답하고 싶지 않았다. 잠시 회피하거나 아예 거짓말로 둘러댔지만, 지어낸 신세에는 구멍이 많았고 앞뒤가 맞지 않았다. 잘못 쓴 소설 정도가 아니었다. 소설을 쓸 때는 테이블 앞에 정신을 집중하고 앉는다. 테이블에는 총 한 자루와 칼 두 자루, 그리고 일기장 세 권이 놓여 있다. 총은 그다음 장절(章節)을 격발하기 위한 것이고, 칼은 잘라 낼 부분을 잘라 내기 위한 것이다. 일기장을 펼치면 이야기의 맨 밑바닥에 감춰져 있는 수수께끼가 풀린다. 하지만 그의 인생 소설은 복잡하고 질서가 없어서 쓰다 보면 총도 잊고 칼도 잊고 일기도 잊게 된다. 줄곧 테이블 위에 어지럽게 널린 다른 잡동사니와 쓰레기들을 생각하게 되고, 전혀 중요하지 않은 이야기로 끊임없이 흘러가게 된다. 담벼락에 붙은 포스터나 빨간 반바지, 비닐봉지를 뒤집어쓴 얼굴 같은 것들. 사람이 망가지니 소설도 같이 망가져서 여기저기 구멍투성이다.

그는 몸 위아래 전체가 구멍투성이인 사람이다. 입으로 지난 일을 말하고 싶지 않아서 기억 속에 무질서하게 뒤엉킨 잊힌 이야기들을 몸에 뚫린 무수한 구멍에 쑤셔 넣는다. 구멍은 수시로 찢어져 수많은 이야기들이 삐져나온다.

어떻게 이야기할까? 어떻게 써야 할까?

입으로 말할 수 없으니 솔직하게 글로 쓰는 수밖에 없다. 나는 타이완 시골의 아주 작은 땅에서 왔다.

고향은 아주 작은 곳이다. 이름은 융징(永靖)으로, 타이완 중부에 위치해 있다. 19세기 초에 광둥(廣東) 사람들이 처음 이곳에 와서 땅을 개간하기 시작해 평탄한 황무지에 거리를 조성했다. 고향에는 확실히 작은 강이 하나 있었다. 인공으로 파낸 강이었다. T가 말하는 운하와 비슷하다고 할 수 있다. 이곳에 백 년 넘게 존재한 마을 수로는 18세기에 줘수이시(濁水溪)라는 하천의 물을 끌어다가 농민들에게 관개용수를 공급하면서 생겼다. 초기 간척민들 사이에는 종족 투쟁이 자주 벌어졌고, 화재와 수재가 그치지 않았다. 그리하여 지명에 '징(靖)' 자를 넣음으로써 영원히 안녕과 태평을 보장하려 했다.

용징은 지세가 평탄하여 산이나 비탈이 없었다. 동쪽으로 먼 곳을 바라보면 타이완의 비췻빛 푸른 산맥이 보였다. 서쪽을 바라보면 보이지도 들리지도 않는 줘수이시라는 강이 있다. 나이 많은 어르신들은 서쪽으로 곧장 가면 결국 타이완 해협을 만나게 된다고 했다. 주민들은 농사를 지었고 땅에서 벗어나는 일이 적었다. 산에 올라가는 일도 없고 바다를 건너는 일도 없었다. 토양은 수분을 머금어 촉촉했고 항상 비옥하여 화훼와 베틀후추, 쌀 등을 생산했다. 몇 세기에 걸친 개간을 통해 지금은 어엿한 농촌 풍경을 갖추게 되었다. 농가 가옥들은 하나같이 나지막했고 그 가운데 몇 채의 삼합원(三合院)*은 국가 유적으로 지정되기도 했다. 하지만 찾아오는 관광객은 거의 없었다. 일정 수준의 번영에 도달하지 못했기 때문이다.

1970년대에 외지 건축업자들이 용징을 찾아와 땅을 취득하고 용징 최초로 타운 하우스를 짓기 시작했다. 나란히 붙은 열 동의 타운 하우스는 각각 3층으로 지어져 작은 시골의 번영을 상징하는 서곡이 되었다. 고층 건물을 지으면 지역이 발전하기 마련

---

* 중국 남부 지역의 주택 형태로, 사당을 가운데 두고 ㄷ자 형태로 건물들을 지었다.

이다. 당시만 해도 이곳의 대부분 현지인들은 3층보다 높은 건물을 본 적이 없었다. 철근 콘크리트 구조와 테라초 바닥, 수세식 변기 등은 모두 이곳에서는 사용해 본 적 없는 공법이었다. 이 열 동의 타운 하우스 가운데 한 동이 바로 그가 성장한 공간이다. 이 집들을 마주하여 왼쪽에서 다섯 번째 동이 바로 그의 고향이다. 왼쪽에서 여섯 번째 동은 원래 큰누나의 집이었지만 지금은 폐가로 변했다. 왼쪽에서 일곱 번째 동은 과거에 비디오테이프 대여점이었으나 지금은 건물 전체가 초콜릿색으로 변했고, 발코니엔 '매매〔出售〕'라고 적힌 팻말이 걸려 있다. 이 두 글자는 여러 해 걸려 있다가 위의 몇 획이 잘려 나가 '출구(出口)'가 되고 말았다. 밑에 적힌 전화번호도 얼룩이 져 알아볼 수 없었다.

그는 '출구'라는 두 글자를 바라보면서 넋이 나간 듯 멍하니 서 있었다. 그는 아주 오래 감금되어 있었다. 정말로 '출구'가 필요했다. 오늘, 그는 이곳으로 돌아왔다. 그는 이곳이 자신의 출구가 될 수 없다는 걸 누구보다도 분명하게 알고 있었다. 이 얼룩투성이의 '출구' 팻말을 따라 곧장 가면 빨간 반바지에게로 갈 수 있을까.

유일하게 남은 사람은 큰누나였다. 누나는 왼쪽에서 다섯 번째 타운 하우스에 살고 있었다. 그래서 그의 옛집이 계속 남아 있는 셈이었다.

이 작은 시골이 바로 그의 귀신들의 땅이었다.

'귀신〔鬼〕'이라는 이름은 황량함을 가리킨다. 문명이 있는 국제적인 대도시에 비하면 그의 고향은 대단히 멀고 편벽했다. 누구도 들어 본 적 없고 묻지도 않는 곳이었다. 타이완 경제가 맹렬하게 발전하던 시기에도 이 작은 시골은 건설의 보조를 따라가지 못했다. 농촌 인구는 대거 외지로 이동했고, 한번 시골을 떠난 젊은이들은 다시 돌아오지 않았다. 지명마저 잊혔고, 지워지지 않는 쇠락의 세대만 남았다. 원래 지명은 장수를 기원하는 의미였는데 오히려 저주가 되었다. 지명이 현실이 된 것이다. '징(靖)'이라는 글자는 너무나 조용하다는 걸 의미했다.

올여름 타이완 중부는 대단히 덥고 건조하여 오후의 도로는 마치 화로 같았다. 가스를 틀지 않아도 길 위에서 계란볶음밥을 만들거나 죽을 끓일 수 있을 것 같았다. 여러 해 만에 돌아왔지만 눈앞의 모든 것이 그의 기억에 부합했다. 가장 똑같은 것은 더위였다. 오후의 고온은 시간의 속도를 늦췄다. 나무들은 낮잠을 자고 바람은 멈춰 있었다. 숨을 죽이고 가만히 귀를 기울이면 땅이 숨 쉬는 소리를 들을 수 있었다. 땅이 숨 쉬는 소리는 숙면 중에 나는 진한 소리였다. 대지는 다음 비가 오기 전까지 깨어나지 않을 것 같았다. 어릴 때 이런 날씨를 만나면 나무 아래서 아주 깊은 잠을 잘 수 있었다. 닭이 울고 매미가 울고 돼지가 꿀꿀대고 뱀이 삭삭거리고 양이 음매 울어도 깨지 않았다. 하지만 어른이 된 후에는 잠을 잘 수 없었다. 교도소에서는 가장 모자랄 일 없는 것이 고요함이었다. 빗소리도 바람 소리도 낙엽 소리도 들리지 않았다. 그는 교도소의 의사에게 묻고 싶었다. 너무 고요한데 어떻게 잠을 잘 수 있나요? 약을 먹으면 효과가 좀 있을까요? 그렇게 묻고 싶었지만 정말로 묻지는 않았다. 약을 먹으면 빗소리를 들을 수 있을까? 그의 고향에서는 비가 양철 지붕을 때리는 소리가 우렁찬 북소리나 꽹과리 소리 같았다. 그런 빗소리를 들으면 틀림없이 잠을 잘 수 있을 것 같았다.

정말로 빗소리를 듣고 싶었다. 그래서 돌아왔다.

그런데 빗소리는 들리지 않았다. 대신 들들들 재봉틀 돌아가는 소리가 들렸다.

큰누나였다.

큰누나가 재봉틀 페달을 밟는 사이 옆에 놓인 텔레비전에서는 오후 연속극이 방영되고 있었다. 못된 시어머니가 방금 힘겨워하는 며느리의 따귀를 한 대 갈겼다. 닭을 키우는 집에서는 오후에 닭이 마구 울어 댔고, 선풍기가 요란하게 소리를 내며 돌았다. 다른 마을에서 볜파오(鞭炮)* 소리도 들렸다. 며칠이나 연달아 잠을 자지 못했다. 여러 번 비행기를 갈아타야 했기 때문이다. 그는 의식적으로 긴장을 풀었다. 자신이 어디 있는지 실감나지 않았다. 하지만 재봉틀 소리는 틀릴 리 없는 실체였다. 그는 정말로 이 귀신들의 땅으로 돌아온 것이다.

귀신들의 땅은 황량했다. 그렇다면, 귀신은 정말로 있는 걸까.

시골 들판에는 도깨비들이 무수하고, 그들 대부분은 사람들의 입속에 살고 있었다. 한 줄로 늘어선 이 타운 하우스 앞에는 무성한 대나무 숲이 있다. 사람들은 그곳에 여자 귀신이 날아다니니까 절대로 가까이 가면 안 된다고 말했다. 대나무 숲 여자 귀신은 일제 강점기에 강간당한 여자로, 정절을 훼손당했다는 이유로 남편에게 쫓겨나 대나무 숲에서 목을 맸다고 했다. 이때부터 귀신이 되어 오직 젊은 남자들만 유혹한다고 했다. 밤이 되어 개가 심하

---

* 한 꿰미에 죽 꿴 연발 폭죽으로 주로 설이나 혼례, 장례 때 터뜨린다. 중원절(中元節)에 귀신들에게 제사를 올릴 때 쓰기도 한다.

게 짖는 걸 두고는 '추이거우뤄(吹狗螺)'라고 한다. 엄마가 말했다.

"짐승들이 귀신을 보고 저러는 거야. 빨리 자. 눈을 뜨면 안 돼. 눈을 뜨면 귀신을 보게 된단 말이야. 보지 말아야 할 것들은 보지 않는 게 좋아. 혹시 봤다 해도 절대 입 밖에 내선 안 돼. 귀신을 보면 무조건 도망쳐야 해. 더 따라오지 못할 때까지 계속 도망쳐야 한다고."

아이들이 말했다.

"귀신이 가장 많은 곳은 밭 옆에 있는 백 년 된 도랑이래요. 도랑 양쪽 버드나무에 여자 나무 귀신이 살고 있기 때문에 버드나무를 만져서 잎을 떨어뜨리면 절대 안 된대요. 나무를 만졌다 하면 귀신이 몸에 들어와 시험에서 빵점을 맞게 된대요. 유일한 해결 방법은 여자 귀신이랑 결혼하는 거래요."

사람들은 버드나무 여자 귀신이 대부분 시집을 못 가 보고 죽은 노처녀 귀신들이고, 죽어서도 시집을 가고 싶어 하기 때문에 그 버드나무에 매달려 살면서 귀신에게 장가들 재수 더럽게 없는 사내를 기다리고 있다고 했다. 도랑에는 물귀신도 살았다. 일제 강점기에 한 아름다운 부녀자가 일본 병사들에게 능욕을 당하고 나서 우물에 뛰어들었다가 구조되었는데, 병원으로 이송되었다가 병원에서 또 의사에게 성폭행을 당해 결국 쥐수이시에 몸을 던져 자살했다는 것이다. 물귀신들은 쥐수이시를 따라 바다로 흘러가지 못하기 때문에 관개용 도랑으로 흘러 들어 이곳에 정착하게 되었다고 했다. 아이들이 말했다.

"도랑에 낀 이끼는 귀신이 흘린 초록색 피고, 코를 찌르는 악취는 귀신 몸에서 나는 암내예요. 도랑 양쪽에 자라난 버섯류는 절

대 만지면 안 돼요. 먹어서도 안 되고요. 여자 귀신의 젖꼭지거든
요. 그걸 만졌다 하면 액운이 따라다니고, 먹어서 배 속에 들어가
면 위장이 곧 귀신의 집이 되기 때문에 7일 내에 눈에서 피를 뿜
으면서 죽게 돼요. 길거리에 빨간 봉투가 있는 걸 보면 절대로 줍
지 마세요. 그 안에 여자 귀신의 사주팔자가 들어 있기 때문에 그
걸 줍는 사람은 어쩔 수 없이 귀신을 신부로 맞아야 하거든요."

나중에는 그의 집에서도 여자 귀신이 나왔다. 산발을 하고서 마
구 소리를 질러 대다가 밭 옆의 관개용 도랑에 몸을 던져 죽었다.

유년 시절, 집에서 오래 키우던 개가 한 마리 죽었다. 고양이
가 죽으면 나무에 매달고, 개가 죽으면 흐르는 물에 던진다는 말
이 있었다. 엄마가 오토바이를 몰았고, 그는 죽은 개를 꼭 안고 뒷
좌석에 탔다. 도랑으로 가서 버리기 위해서였다. 그는 도랑의 귀
신이 무서워 울음을 터뜨렸지만 엄마는 그에게 빨리 개를 도랑에
던지라고 재촉했다. 도랑은 이미 죽어 있었다. 흐르지 않았다. 죽
은 돼지와 개, 썩은 수박, 망가진 오토바이, 통째로 폐기된 빈랑
(檳榔)* 매대 등이 물길을 막고 있었다. 이 모든 것이 뜨거운 햇볕
아래 악취를 뿜어 댔고, 백만 마리의 파리들이 배불리 먹을 연회
를 축하하듯이 춤을 추며 날았다. 그는 이웃집 누렁이의 썩은 사
체를 알아보고 울었다. 안고 있는 개를 도랑에 던지고 싶지 않았
던 그는 개를 땅에 묻고 묘비를 세워 주자고 말했다. 엄마가 개를

* 종려나뭇과에 속한 상록 교목. 열매는 기호 식품으로 베틀후추 잎에
싸서 씹다가 뱉는다. 두통이나 설사, 피부병, 구충 등에 약으로 쓰이며
약간의 환각 성분이 있어 타이완에서는 육체 노동을 하는 사람들이
애용한다.

확 빼앗더니 죽어서 흐르지 않는 물에 던져 버렸다. 파리들이 일제히 흩어졌다가 다시 날아 올랐다. 옹옹옹 귓가에 울리는 소리는 마치 썩은 고기를 아직 다 먹지도 못했는데 또다시 신선한 고기를 던져 준 데 대한 감사의 인사 같았다.

T에게 자신이 이런 귀신들의 땅에서 왔다는 사실을 어떻게 말해야 했을까.

자신의 황당한 신세를 어떻게 말해야 했을까. 누나 다섯에 형하나, 좀처럼 말이 없는 아버지, 이러쿵저러쿵 끊임없이 얘기를 늘어놓는 엄마, 뱀 잡는 이웃, 빨간 반바지 차림의 징쯔총(菁仔欉)*, 물웅덩이, 혼례, 추풍나무, 백악관, 하마, 용성 수영장, 지하실, 양타오 과수원, 청자오마(城腳媽), 밍르(明日) 서점, 은색 물탱크 탑을 어떻게 설명해야 했을까.

감금된 세월 동안 그는 꿈에서 자주 빈랑나무를 보았다. 그리고 T의 고향 뒷마당에 있는 개들의 묘지도 보았다. T는 어렸을 때개를 세 마리 키웠고, 죽으면 전부 뒷마당에 묻어 주었다. 나무 묘비에는 개의 사진이 붙어 있었다. 그가 어렸을 때 상상했던 매장이 그런 방식이었는데, 마침내 독일에서 그것을 보게 된 것이다. 그는 꿈에서 늘 개를 버렸던 도랑을 보았지만, 귀신의 그림자는 보이지 않았다. 어른이 된 그는 귀신을 믿지 않게 되었고 두려워하지도 않게 되었다. 귀신은 두려워할 필요가 없었다. 가장 잔인한 것은 인간이었다. 꿈속의 도랑에서는 악취가 나지 않았다. 연

* 타이완 사투리로, 원래는 빈랑을 베틀후추 잎에 싸지 않고 곧장 먹는 것, 혹은 가공하지 않은 빈랑을 의미한다. 경솔하고 덜렁거리는 사람을 비유하기도 하는데, 여기서는 등장 인물의 별명으로 쓰였다.

꽃이 만개하고 버섯이 가득 자라 있었다. 버드나무와 참억새가 무성했다. 색깔과 온도가 전부 한여름이었다. 꿈속에서 아버지는 도랑 옆에서 물을 끌어다 농사를 짓고 있었다. 검은 피부와 흰 치아가 소년의 모습과 다르지 않았다. 그는 그 지역에서 가족의 체면을 가장 잘 세워 준 장남이었다. 소년은 해를 향해 환하게 웃고 있었다. 연꽃이 그 모습을 보고 수줍어했다.

안타깝게도 그는 T를 죽였다.

T가 귀에 대고 물었다면 그는 한 줄로 나란히 서 있는 타운 하우스를 가리키며 이렇게 대답했을 것이다.

"나는 이 귀신들의 땅에서 왔어. 여기가 나의 고향이야. 오늘은 중원절(中元節)*이라서 모든 귀신들이 돌아오지. 나도 돌아가야 해."

---

* 타이완에서는 음력 7월 15일을 중원절로 정하고 음력 7월을 귀월(鬼月)로 규정하여 모든 유형의 귀신들에게 제물을 바치고 절을 올려 건강과 사업의 번창을 기원한다. 음력 7월 1일에는 귀문(鬼門)이 열려 귀신들이 활동을 시작하고, 7월 15일에는 귀신들의 기운이 가장 세지다가 31일에 가까워지면서 수그러든다고 한다.

2

바닥 틈새로
비집고 들어가다

넷째가 전화를 걸어 와 말했다.

"어떡해! 어떡해! 엄마가 안 보여!"

수메이(淑美)는 전화를 끊고 흐느적거리며 바닥에 누웠다. 전화를 끊든 안 끊든 차이는 없었다. 그녀는 넷째가 전화가 끊겼는지 안 끊겼는지 신경 쓰지 않는다는 걸 잘 알았다. 넷째는 계속 수화기에 대고 외쳤다.

"엄마가 안 보여! 보이지 않는다고!"

염하의 더위가 극성을 부리면서 비도 오지 않고 구름도 없었다. 해는 매일 이 작은 시골을 조준하여 맹렬히 비췄다. 곧 타 죽을 것만 같았다. 하지만 그녀는 굳세게 참으면서 에어컨을 꺼 두었다. 이번 달에는 일을 많이 하지 못해서 전기를 절약해야 한다고 자신을 압박하는 중이었다. 테라초 바닥은 한기를 품고 있어 꽤 시원했다. 그녀는 바닥에 찰싹 달라붙어 축축한 몸을 달랬다. 몇 년 전, 타이완 중부에 대규모 지진이 발생했을 때, 바닥에 커다란 틈이 벌어졌다. 그녀는 보수하지 않기로 결정했다. 어차피 낡은 집이라 모든 것이 망가진 터였다. 벽은 백화 현상이 심했고 쥐들이 마구 돌아다녔다. 수도관도 문제가 있고 3층의 양철 지붕은 태풍에 몇 번이나 날아갔다. 그녀는 아직 이 집이 참신했던 모습을 기억하고 있었다. 외벽 타일은 눈처럼 희었고 내부 칠 역시 새하앴다. 테라초 바닥은 초를 먹여 매끄러웠고 반짝반짝 빛이 났다. 지금은 바닥에 발이 빠질 듯한 깨진 조각투성이였다. 그래도 밟으면 여전히 미끄러웠다. 마치 미끄럼틀 같았다.

그녀는 몸을 뒤집어 차가운 바닥에 엎드린 채 바닥 틈새에 눈을 댔다. 오늘은 중원절이라 귀문이 열린 지 이미 보름은 지났으니 혼귀들이 마구 돌아다닐 것이다. 그녀는 바닥 틈새로 지옥을 볼 수 있지 않을까 생각했다. 틈새는 그녀의 재봉틀 바로 옆에 있었다. 삶의 의욕이 솟을 때마다 그녀는 고개를 돌려 바닥을 내려다보았다. 그럴 때마다 틈새가 조금 넓어진 것 같은 느낌이 들어 더 유심히 들여다보았다. 틈새가 갈수록 더 넓어지기를 기대했다. 그러다가 어느 날 자신을 그 틈새로 밀어 넣으면 아무도 찾지 못할 것 같았다. 그녀는 그때의 지진을 기억했다. 환한 대낮에 하늘과 땅이 크게 흔들렸다. 남편은 그녀를 거들떠보지도 않고 황급히 뒷마당으로 뛰어나가더니 난초 화분 몇 개를 집어 들고 집 밖으로 도망쳤다. 그녀는 꿈쩍도 않고 재봉틀 앞에서 작업을 계속했다. 작업 중인 의류 제품을 다음 날 납품해야만 했다. 지진도 상관없었다. 담장이 기울고 집이 무너져도 그녀는 개의치 않았다. 그저 정전이 되지 않기만을 간절히 바랄 뿐이었다. 정전이 되면 재봉틀이 멈추고 납품을 못 해 임금을 받을 수 없다. 이번 달 공과금도 아직 납부하지 못한 상태였다. 당시 그녀는 남편이 난초 화분을 들고 계속 도망쳐 주기만을 바랐다. 가고 또 가서 이 작은 시골을 떠나 완전히 사라져 주기를, 다시는 돌아오지 않기를 바랐다.

젊었을 때의 그녀는 바로 자신이 난초가 되기를 희망했다. 그지진 때 그녀는 난초 때문에 몹시 슬펐다.

이 집은 얼마나 낡았을까? 동생이 태어나던 그해에 온 가족이 마침내 삼합원을 떠나 이 새집들 가운데 한 동으로 이사해 왔다. 손가락을 꼽으며 세면 오른쪽으로 다섯 번째 건물이었다. 열 동의 새 집은 그해에 이 작은 시골이 미래를 영접하는 상징과도 같은 건물이었다. 뒤에는 연못이 있고 앞에는 논밭이 펼쳐져 있었다. 건설 회사에서는 풍수가 대단히 좋은 자리라고 했다. 용혈(龍穴)이 집을 이루어 땅과 가정과 신과 재물이 모두 왕성하고 평안하다는 것이었다. 입주자들은 앞으로 이 지역과 함께 비상할 것이고, 작은 시골은 커다란 진(鎭)으로 변하고, 커다란 진은 작은 도시로 발전하리라고 했다. 논밭에 고층 빌딩이 세워지고 빌딩에는 네온사인이 반짝일 거라고 했다. 당시 아버지는 낡은 트럭을 몰고 밤낮으로 화물을 실어 날랐다. 수박과 묘목 분재, 기성복 등 가리지 않고 뭐든. 한동안은 빈랑과 베틀후추 운송이 가장 많았다. 그 과정에서 그는 시장에서 빈랑의 수요가 엄청나다는 걸 알게 되었다. 사업 기회를 찾은 것이었다. 인근 향진(鄕鎭)의 모든 남자들은 빈랑을 하도 씹어 입이 전부 시뻘겠다. 그 역시 덩달아 빈랑을 씹었다. 베틀후추 잎으로 빈랑을 싸면 입안이 온통 빨개졌다. 그걸 씹고 또 씹어서 장사의 판도가 형성되는 것이다. 이 작은 시골에서는 베틀후추가 대량 생산되었다. 품질이나 맛도 타이완 동부의 상품과는 비교가 되지 않았다. 잎이 비교적 얇고 맛이 독하지 않으나 생산량이 안정적이고 가격이 저렴했다. 타이완 중부의 빈랑 노점 전체가 이 지역의 베틀후추에 의존하고 있었다. 아버지는 마을의 빈랑 농부들과 협력하여 중간 도매를 시작했다. 인근 농가들이 베틀후추를 수매해서 아버지에게 넘기면, 아버지는 트럭을 몰고 인근 향진으로 돌아다니며 빈랑 노점에 파는 일을 맡았다. 그 과정에서 흥정을 통해 차익을 챙겼다. 1년이 채 안 되어 다섯 딸들의 학비를 전부 제때 납부할 수 있게 되었고, 저녁 식사에는 흰 쌀밥에 돼지고기를 먹을 수 있었다. 연초에는 마침내 첫아들이 태어나더니 연말에는 둘째 아들이 태어났다. 일곱 아이들이 계속 비좁은 삼합원에서 사는 건 불가능했다. 그는 주택 자금 융자를 받아 삼합원을 떠났다. 어머니에게 작별을 고하고 이 타운 하우스 중 한 채를 사서 이사하게 된 것이다.

새집에 입주하던 날, 큰누나 수메이가 막내를 안고 집으로 들어갔다. 이날은 그녀의 기억 속에서 처음으로 기쁨의 웃음을 지었던 날이었다. 엄마는 마침내 두 아들을 낳았으니 더 이상 매일 할머니를 볼 필요가 없었다. 수메이가 처음 들어가 보는 단층보다 높은 집에는 놀랍게도 위층으로 올라가는 계단이 있었다. 놀랍게도 새집은 삼층집이었다. 맙소사, 수메이는 기대하지도 않은 자기 방을 갖게 되었다. 첫날 저녁, 큰아들은 엄마 아버지와 함께 잤다. 큰누나 수메이와 둘째 수리(淑麗)가 책임지고 막내를 돌봐야 했다. 흥분 때문에 잠이 오지 않아서 몰래 일어나 동생을 안고 함께 벽에 코를 대고 새로 칠한 페인트 냄새를 맡고, 계단을 오르내리고, 처음 갖게 된 전화기를 만지다가 수화기를 들어 무슨 소리가 나는지 들어 보라고 동생 귀에 갖다 대기도 했다. 동생은 뚜우 소리를 듣고는 해맑게 웃었다. 새집 화장실에는 놀랍게도 좌변기가 설치되어 있었다. 앉아서 변을 보니 너무 편했다. 전에 살던 삼합원 변소는 집 밖에 있고 냄새가 고약했다. 한밤중에 배가 아파 변소에 가면 달빛 아래로 변소 담장을 타고 기어 올라가는 뱀과 마주치곤 했다. 사실 뱀은 무섭지 않았다. 가장 무서운 건 모든 사람들이 이야기하는 변소 귀신이었다. 새집 화장실은 문을 안에서 잠글 수 있었고 버튼을 누르기만 하면 물이 쏟아져 나와 오물을 한순간에 깨끗이 쓸어 갔다. 모든 것이 향기롭기만 했다. 귀신도 뱀도 없었다. 동생이 한밤중에 울면 두 누나들이 서둘러 분유를 먹였다. 사실 당시 누나들은 분유를 탈 줄 몰랐다. 약방에서 특별히 소개해서 산 고급 일제 분유라는 사실만 알았다. 두 누나는 진하게 탈수록 영양이 좋을 거라 생각해서 물은 조금만 타고 분유는 몇 스푼을 더 넣었다. 그 결과, 어린 동생은 열심히 먹고 나서 전부 토해 버렸다. 수메이와 수리는 그 모습이 너무나 귀여워 깔깔 웃었다. 두 누나는 이 작은 시골을 떠난 적이 없어서 폭포를 본 적은 없었다. 하지만 어린 동생이 분유를 토하는 모습은 어린 그녀들이 본 가장 멋진 폭포였다. 정말 장관이었다.

갑자기 동생이 생각났다. 동생은 잘 지내고 있을까? 동생이 생각날 때마다 그녀는 대마가 몹시 피우고 싶어졌다.

귀문이 열린 지 이미 보름이 지났지만 그녀의 눈에는 미친 듯이 즐거워하는 들판의 귀신들이 보이지 않았다. 넷째 동생이 전화를 걸어 와 귀신처럼 소리를 질러 댄 것만이 귀월에 부합하는 상황이었다. 그녀는 문 앞 탁자에 차려진 풍성한 제물들을 살펴보았다. 그녀는 하루 종일 아무것도 먹지 않았다. 낯선 귀신들을 접대하려고 푸짐한 잔칫상을 차렸는데, 정작 자신은 굶주린 귀신이 돼 가고 있었다. 향이 다 타는 동안 길 가던 외로운 혼귀들은 전부 배불리 먹었을 것이다. 그녀는 방바닥에서 일어나 비스킷을 한 봉지 뜯어 입을 크게 벌리고 게걸스럽게 먹기 시작했다. 정말 맛이 없었다. 기이하게도 뜨거운 햇볕에 말라 버린 황무지 흙 같았다. 단맛은 하나만 먹어도 당뇨병을 유발할 것 같았고, 짠맛은 금세 위를 상하게 할 것 같았는데도 대단히 인기가 높았다. 물론 이 비스킷은 그녀가 산 게 아니라 남편이 옆에 있는 진의 대형 슈퍼마켓에서 사 온 것이었다. 귀신들의 제삿상에 무얼 사다 올리든 상관없지만 그 상표의 비스킷만은 절대 사지 말라고 신신당부했는데도 굳이 그걸로 여러 봉지 사 왔다. 그녀는 남편이 일부러 그랬다는 걸 잘 알고 있었다. 비스킷은 식감이 꼭 벽돌 같았다. 왜 사람들이 이런 벽돌 같은 걸 좋아하는지 알 수가 없었다. 벽돌 비스킷은 한 장 한 장 쌓여 이 작은 시골의 호화롭고 거대한 '백악관'이 되었다.

정말 죽도록 맛이 없었지만 그녀는 억지로 다 먹기로 했다. 절대로 음식을 낭비할 순 없었다. 그녀에게 음식을 씹는 일이 즐거웠던 적은 한 번도 없었다. 초조한 압박에 가까웠다. 하지만 아무리 맛이 없고 목구멍으로 넘기기 어려워도, 유통 기한이 지났어도, 음식이라면 다 먹을 수 있었다. 상한 녠가오(年糕)*는 곰팡이가 핀 부분만 잘라 내고 먹었다. 그녀는 배고픔의 고통을 선명하게

---

* 중국인들이 설에 먹는 찹쌀떡.

기억하고 있었다. 그것은 바닥이 없는 결핍이었고, 평생 두려움의
대상이었다.

어릴 때는 삼합원에서 살았다. 엄마는 큰며느리라 할머니의 하
루 세 끼 식사를 책임져야 했다. 한번은 할머니가 뜨거운 국을 엄
마의 몸에 뿌리면서 밥상 위의 음식을 전부 돼지 밥으로 주고 돼
지가 먹는지 보라고 소리를 질렀다. 국을 가지고 돌아온 엄마는
배고파 죽겠다는 딸들의 하소연을 듣더니 국을 솥째 아이들에게
뿌려 버렸다. 당시 그녀는 뜨거움도 느끼지 못했다. 아깝다는 생
각뿐이었다. 하루 종일 아무것도 먹지 못했던 자매들에게 국 한
솥은 그들 전부를 배불리 먹이기에 충분했다. 그녀는 몸에 묻은
국물을 깨끗이 핥아 먹고 바닥에 흐른 국물도 핥아 먹었다. 그녀
는 당시에 넷째가 태어났던 일을 기억했다. 또 딸이었다. 아버지
의 다른 형제들은 첫아이가 모두 아들이었지만, 그녀 집만 연달아
태어난 네 아이가 전부 딸이었다. 아버지는 정말로 돈이 없었다.
몇 가지 사업이 전부 뜻대로 되지 않았고 밥상은 허름하기 그지없
었다. 쌀도 없고 고기도 없었다. 할머니는 커다란 검은 개를 한 마
리 키웠다. 둘째가 사육을 책임졌다. 때로는 할머니가 자발적으로
나서서 개에게 먹이를 주기도 했다. 개 밥그릇은 가족들의 저녁
식사보다 풍성했다. 나중에 할머니는 개를 잡아 마늘을 잔뜩 넣고
한 솥 가득 볶았다. 아버지의 다른 형제들의 아이들도 전부 건너
와 몇 입씩 맛을 보았다. 그녀 자매들은 할머니의 명령에 따라 방
안에서 기다려야 했다. 자매들은 방 안에서 진한 고기 냄새를 맡
으며 남몰래 울었다. 하지만 배고픔 때문인지 아니면 개가 할머니
가 휘두른 벽돌에 맞아 혼절하여 끓는 물 속으로 들어가는 모습을

두 눈으로 직접 보았기 때문인지는 알 수 없었다. 개의 피가 묻은 벽돌은 신청(神廳) 앞에 던져 버렸다. 나중에 그녀는 벽돌을 볼 때마다 개의 처연한 울음소리가 들리는 것만 같았다.

그녀는 가족 전체에서 유일하게 엄마의 중원절 보도(普渡)*제배(祭拜) 의식을 전승받은 딸이었다. 어려서부터 엄마를 따라 제배에 참여했기 때문에 그녀는 크고 작은 명절과 경사에 수반되는 각종 금기와 의식 절차 및 방법을 훤히 알았다. 커다란 접이식 원탁을 펼쳐 놓고 닭과 돼지, 오리, 탕면, 마른 음식 등을 잘 배열한 다음, 원탁이 바깥쪽을 향하게 하여 집 밖에 내놓았다. 원탁 앞에는 깨끗한 물이 한 대야 놓이고, 물속에는 작은 수건이 하나 가라앉아 있어야 한다. 지나가던 귀신들이 손과 발을 깨끗이 씻고 원탁에 차려진 잔칫상을 실컷 누리게 하기 위해서였다. 음식마다 선향(線香) 세 개가 꽂혔다. 결핍의 해일수록 원탁의 음식은 더 푸짐했다. 지전도 태워서 길 가던 귀신들과 혼귀들이 침울해하지 않게 했다. 음력 7월을 통틀어 이사나 장거리 여행은 불가능했다. 한번은 그녀가 음력 7월에 직장을 바꾸려 한 적이 있었다. 일하던 방직 공장에서 다른 공장으로 옮기려 했던 것이다. 월급과 환경이 모두 월등히 더 좋았다. 엄마는 그녀에게 안 된다고 하면서 귀월에 직장을 바꾸면 평생 아무런 소득이 없고 배우자를 잘못 만나게 된다고 했다. 그녀는 엄마의 말대로 다니던 직장에 그대로 남기로 했다. 그리하여 샤오가오(小高)**를 만나게 되었다.

---

* 불교 용어로 널리 법력을 펼치고 중생을 구제한다는 의미이지만, 여기서는 중원절에 귀문 밖으로 나온 귀신들을 대접하는 것을 말한다.
** 중국어를 사용하는 지역에서는 가까운 사이에 성이나 이름의 한

그녀는 오늘 새벽 4시에 더워서 깼다. 에어컨은 너무 낡아 두 시간 돌아가면 곧 죽어 버렸다. 반복적으로 두들기고 좋은 말로 달래면서 최소한 반나절을 기다려야 다시 작동했다. 그녀는 아예 자리에서 일어나 닭을 잡기로 했다. 뒷마당에 키우던 몇 마리 녀석들 중에 어제오늘 잡게 될 수탉 한 마리를 골라 발을 묶어 사형을 예고해 둔 터였다. 털이 근사하게 빛나는 수탉으로 아주 거칠고 시끄러운 녀석이었다. 걸핏하면 담장 밖으로 날아가 옆집 개와 싸우곤 했기 때문에 이웃들로부터 원성이 자자했다. 매일 아침 죽어라 소리를 질러 대서 온 가족이 귀신들에게 절을 올리는 이웃집의 고요한 한가로움을 박살 내기도 했다. 수탉은 자신이 간택되었음을 알았는지 있는 힘을 다해 몸부림치면서 그녀의 두 팔을 쪼아 대고 처량하게 울었다. 그녀는 줄로 수탉의 발을 꽁꽁 묶었다. 다른 닭들은 최대한 수탉과 거리를 두려고 애썼다. 불길한 죽음의 숨결을 멀리하려는 듯이. 닭을 잡는 방법도 엄마가 가르쳐 주었다. 먼저 닭 모가지를 잡고 단칼에 내리쳐 자르면 쌀이 담긴 그릇 안으로 선혈이 쏟아졌다. 그걸로 어렵잖게 미혈고(米血 糕)*를 만들 수 있었다. 털을 뽑고 뜨거운 물에 담근 다음엔 족집 게로 가는 털들을 세밀하게 제거해야 했다. 친구들은 그녀가 마음은 둔한데 손은 아주 섬세하다고 했다. 머릿속의 모자란 부분이 전부 손으로 갔다고. 그래서 붙이고 꿰매고 자르는 일을 모두 잘한다는 거였다. 닭털을 뽑는 일도 빠르고 민첩해야 했다. 털이

글자 앞에 '샤오(小)' 자를 붙여 호칭을 대신한다. 나이 든 사람에게는 '라오(老)'자를 붙인다.
* 선지에 쌀을 불려 찐 떡.

다 뽑힌 닭은 깨끗하고 매끄러워서 시장에서 파는 닭보다 더 보기 좋아야 했다. 하지만 손재주가 아무리 좋은들 무슨 소용이란 말인가. 그녀는 자신이 시대에 뒤처진 구시대 여자라는 사실을 잘 알고 있었다. 그녀는 열다섯 살 때 학업을 그만두고 타이중(臺中) 사루(沙鹿)로 가서 방직 공장 여공이 되었다. 이제 육순이 된 그녀는 두 손 가득 못이 박인 채로 집 안에서 가내 수공업을 하고 있다. 유럽으로 수출되는 의류 100벌을 봉제해 주고 받는 임금으로는 여전히 제 옷 한 벌도 사 입지 못했다. 그녀는 항상 유럽 사람들이 자신이 봉제한 옷을 입고 뭘 할까 하는 상상에 빠지곤 했다. 거리 노천카페에서 커피를 마실까? 배를 타고 강물 위를 여행하고 있을까? 대마초를 피우고 있을까? 유명 브랜드 핸드백을 들고 거리 구경을 하면서 휴가를 보내고 있을까? 동생은 그렇지 않다고 말했다. 유럽 사람들도 그녀와 마찬가지로 힘들게 일하면서 산다고 했다. 실제로 유럽에 가 보지 못한 그녀는 그 말을 믿지 않았다. 적어도 유럽 사람들은 그녀가 봉제한 옷을 사 입을 수 있지 않은가! 하지만 그녀는 그 옷을 입을 형편이 안 되었다.

4시에 일어나 세면을 하면서 그녀는 30년 전에 산 비누를 썼다. 얼마 전 그녀는 다락방을 정리하다가 오래된 비누를 여러 상자 발견했다. 상자의 포장마저 흐릿해졌지만 자홍색 비누를 물에 적셔 문지르자 진하고 인공적인 꽃향기가 코를 찔렀다. 그해에 남편은 비누 공장에 투자한다면서 그동안 모아 둔 돈을 전부 가져갔다. 그러나 며칠 지나지 않아 공장이 가동을 중단했다는 전화를 받았다. 투자는 물거품이 되었고 돈은 냄새가 진한 비누 몇 상자가 되어 돌아왔다. 그녀는 그 비누가 죽도록 미웠다. 하지만 버릴 수는 없었다. 전부 쓸 수 있는 것이라 우선 목욕과 빨래에 쓰고 바닥을 닦거나 개를 씻기는 데도 사용했다. 집 전체에 진한 향기가 퍼졌다. 몇 년 후 한번은 찬거리를 사러 슈퍼마켓에 갔다가 진열대에 그 비누가 잔뜩 쌓여 있는 걸 보았다. 애당초 생산이 중단된 게 아니었다. 남편을 추궁해 보니 비누 공장에 투자했다는 건 전부 연극이었다. 돈을 전부 노름 빚을 갚는 데 썼던 것이다. 공장과 투자는 애당초 존재하지도 않았다. 비누 몇 상자는 남편이 일부러 사 온 것이었다. 그녀는 남편이 그 질문에 대답하던 표정을 기억했다. 얼굴엔 "당신이 그 말을 믿을 줄 어떻게 알았겠어?"라고 쓰여 있었다. 그날 저녁 그녀는 국에 비누를 넣었다. 냄비에 가득한 국 색깔이 조금 이상했지만, 남편은 요란하게 후루룩 소리를 내면서 다 마시고 나서도 표정에 변화가 없었다. 병이 나지도 않았고 죽지도 않았다. 트림만 요란하게 해 댔다.

죽인다고 해서 다 죽는 게 아니라는 걸 수메이는 분명하게 알고 있었다. 어떤 것도 소용이 없었다. 남편은 절대로 죽지 않을 것이다. 이것이 그녀가 살아야 하는 가장 큰 동기였다. 살아 있어야만 남편이 죽는 걸 볼 수 있을 것이다.

3   비닐봉지 없는 얼굴

나는 그 애 얼굴이 기억나지 않는다.

비닐봉지 없는 얼굴이 기억나지 않는다.

기억나지 않는다. 그 애의 비닐봉지 없는 얼굴이 기억나지 않는다.

기억은 떠돌아다닌다. 안정적이지 못하고 사람들을 속인다. 스스로 말소되면서 사실을 곡해한다. 하지만 피부에 찰싹 달라붙어 있다. 타이완 중부 7월의 한여름에는 땀이 분수처럼 솟는다. 비닐봉지가 피부에 달라붙으면 얼굴이 흐릿해지고 사람들은 말을 하지 못한다.

나는 확실히 어떤 기정 사실들은 기억하고 있다. 예컨대 숫자 같은 것이다. 나는 숫자를 아주 잘 기억한다. 삼합원을 떠나 새집으로 이사한 뒤의 첫 번째 전화번호도 기억한다. 나는 시골 어느 가족의 첫 아들이었다. 내게는 남동생 셋이 있고, 딸 다섯에 아들이 둘 있었다. 나는 결혼을 한 번 했다. 어느 해에 어느 고객이 내게 얼마를 빚졌는지, 화물용 트럭을 몇 대 샀었는지도 기억하고, 죽기 전의 간 수치도 기억한다.

나는 그 애 얼굴을 까맣게 잊어버렸다. 코가 오뚝한지, 머리선과 눈썹의 거리가 얼마나 되는지, 눈이 큰지 작은지, 입술이 두꺼운지 얇은지, 치아의 배열은 어떤지 전혀 기억이 나지 않는다.

하지만 그 애 인생의 각종 숫자들은 기억한다. 그 애의 출생 연월일과 다섯째 딸이라는 것, 고입 연합고사 점수, 오토바이 번호도 기억한다. 3층 발코니 옆방에서 잤다는 것과 아침에 잠에서 깨면 항상 알레르기 때문에 재채기를 했으며 많게는 열다섯 번까지 했다는 것, 자살 기도로 병원에 여섯 번 입원했으며 신장이 165센티미터였던 것을 기억한다.

키는 맨 마지막에야 알았다. 이웃 관재상(棺材商)에 가서 관을 맞출 때 기사와 함께 시신의 키를 재면서 알게 된 것이다. 기사는 그 애의 키가 165센티미터이고 골격과 몸매가 상당히 좋은 편이라고 말했다. 화장사(化妝師)는 그 애에게 립스틱을 발라 주고 아이섀도를 칠해 주었다. 아주 예쁘고 진한 화장이었다. 그때 나는 줄곧 비닐봉지만 생각했다.

처음 이 집으로 이사해 왔을 때 우리는 타운 하우스에 입주한 첫 가구였다. 나는 삼합원 가족의 장남으로, 일본인들이 떠나기 전에 어머니는 나를 공립 학교에 집어넣었다. 어머니는 항상 손가락으로 여기저기를 가리키면서 근처의 몇 갑(甲)* 땅이 전부 우

---

* 타이완에서만 사용되는 지적(地積) 단위로 약 1만 제곱미터에 해당한다.

리 소유라고 말했다. 대대로 지세를 받기 때문에 먹을 것 걱정 없으니 공부만 잘하면 이 모든 것이 장차 다 내 것이 될 거라고 하셨다. 일본인들이 떠나고 난 뒤에 나는 외지로 보내져 하숙을 하면서 중학교에 다녔다. 국민당 정부가 토지 개혁을 시작할 때쯤 나는 학교를 졸업하고 집으로 돌아왔다. 우리 집은 더 이상 대지주가 아니었고 가세는 기울기 시작했다. 당시의 용정은 불모의 땅까지는 아니었지만 덩굴풀이 가득하고 도로는 진흙탕이며, 뱀이 살찌고 모기가 극성인 곳이었다.

갑자기 건설업자들이 몰려왔다. 철근과 시멘트를 운반하는 트럭들과 모래와 돌을 실은 차들이 진주하면서 문명을 예고했다. 물고기 연못 앞에 있던 대나무 숲이 건축 부지가 되었다. 열 동의 타운 하우스가 완공되었다. 건설업자들은 막일꾼들을 찾아 건축 부지를 청소하는 일을 시켰다. 나도 십장을 따라 대나무를 벴다. 다들 대나무 숲에 여자 귀신이 산다고 했지만 사실은 온통 나무에 매달린 죽은 고양이뿐이었다. 그리고 화려한 색깔의 뱀들이 있었다. 백 년을 지켜 온 대나무 숲이 조금만 남고 한 주 만에 거의 사라져 버렸다. 당시에 누가 숲을 보려고 했겠는가. 푸르른 녹음은 미개발을 의미했다. 먹을 수도 없고 가치도 없었다. 철근이 푸른 대나무를 대신하고 공사장의 흙먼지가 마구 날렸다. 숨을 깊이 들이쉬면 콧구멍에 건조하고 빽빽한 금속 진분이 가득했다. 향기로웠다. 그것은 진보와 발전의 냄새였다.

임금을 받으면서 내가 십장에게 물었다. 이 집들은 가격이 어떻게 될까요?

삼층집이라 여러 개의 방으로 나눌 수 있었다. 나와 아찬(阿蟬)

이 한 칸을 쓰고 딸들과 아들들이 각자 한 칸씩 쓰게 할 수 있었다. 그리고 우리가 죽으면 아들에게 물려줄 수 있었다.

당시 내게는 이 집이 우리 천(陳)씨 집안을 일으키는 터전이 될 것이라는 예감이 있었다. 우리 집은 더 이상 대지주가 아니고 장자인 내게 이렇다 할 돈도 없었지만, 이 집은 우리가 빈곤에서 벗어나는 기점이 될 것이었다.

우리는 이 타운 하우스에 입주하는 첫 가구가 되었고, 관재상이 두 번째 입주 가구가 되었다. 얼마 후 철물점이 관재상 옆에 문을 열었다. 딸을 시집보내고 며느리를 들일 때 철물점에 가서 혼례에 필요한 모든 물건을 살 수 있었다. 쌍희자(囍)가 수놓인 베개며 비단 띠, 채색 테이프, 명조(名條),* 바구니, 양초 등 혼례에 필요한 열두 가지 물건들을 전부 구할 수 있었다. 나이 많은 어르신이 돌아가시면 관재상에 가서 나무를 고르고 관 모양을 정할 수 있었다. 정말 좋았다. 내게는 시집보내야 할 딸이 다섯이고 며느리를 데려올 아들이 둘이었다. 철물점은 우리 바로 옆집이라 모든 일을 간편하게 처리할 수 있었다. 장차 어머니가 돌아가실 때나 내가 죽을 때도 멀리 갈 필요가 없었다. 삶과 죽음의 뒤처리를 모두 집 바로 옆에서 해결할 수 있었다. 어디에도 갈 필요 없이 여기서 살다가 여기서 죽으면 그만이었다.

그런데 그 아이의 장례를 먼저 치르게 되리라고는 생각지 못했다.

나는 그 아이의 얼굴이 전혀 기억나지 않는다. 하지만 다들 그

---

* 신랑 신부의 이름을 적는 기다란 띠.

아이가 다섯 자매 가운데 가장 예뻤다고 말했던 걸 기억한다.

내가 아찬과 결혼하던 해에 중매쟁이 할멈이 그녀가 마을에서 가장 예쁜 여자라고 말했다.

가장 예쁜 딸은 아찬을 가장 많이 닮았다. 눈이 크고 가슴도 크고 눈썹이 진하고 피부가 희었다. 두 여자는 서로 가장 닮았지만 서로 가장 미워했다.

어린 딸을 죽인 살인자는 내 마누라였다.

다행히 나는 딸의 얼굴을 잊어버렸다. 이는 마누라의 얼굴을 잊었다는 뜻이기도 하다.

4   천씨 성의 여성 호적원

수리는 퇴근해 사무실을 나와서야 오늘이 중원절이라는 사실을 알았다.

수많은 가게들이 탁자를 펼쳐 놓고 지전을 태우면서 떠돌이 혼령들에게 제사를 올렸다. 그녀는 이미 여러 해 제사를 올리지 않았다. 타이베이의 작고 오래된 아파트에 살면서 어떻게 제사를 올린단 말인가. 처음 타이베이에 왔을 때는 그녀도 몇 년 동안 발코니에 탁자를 펼쳤다. 공간이 너무 좁아 지전을 태우면 집을 다 태워 버릴 것만 같았다. 그래서 옌수이지(鹽水雞)*와 네 가지 과일만 놓고 제사를 올렸다. 향도 태우지 않고 합장만 하면서 집안의 평안을 빌었다. 좁은 골목 건너편 아파트에서도 제사를 올렸다. 그들은 불이 두렵지 않은지 거침없이 지전을 태웠다. 골목 안으

---

* 후추와 고추를 넣고 튀긴 닭을 먹기 좋은 크기로 썬 음식으로, 중국 남부와 타이완에서 보편적으로 먹는다. 냉채로 먹기도 하고 열채로 먹기도 한다.

로 바람이 불어오면 재가 마구 흩날리는 광경이 골목 전체에 회색 비가 내리는 것처럼 보였다. 그녀는 남들이 올리는 제물들을 살펴보았다. 탁자 가득 그 비스킷이 놓여 있었다. 도대체 왜 사람들이 귀신들에게 제사를 올릴 때 그 비스킷을 즐겨 사는지 알 수가 없었다. 백악관에서 온 비스킷을 보는 순간 그녀는 다섯째의 장례가 생각났다. 작은 산처럼 쌓여 있던 지전은 아버지가 불을 붙이자 빠르게 타들어 갔다. 동생들 몇몇이 다섯째의 옷을 불 속에 던지는 일을 도맡았다. 불의 혀가 커지면서 그녀의 눈물을 빨아들였다. 엄마가 불 옆에서 소리를 질렀다.

"만메이(滿妹)야, 귀신이 되거든 꼭 그놈을 찾아가거라!"

엄마의 애도에는 리듬이 있었다. 대부분 경문을 오래도록 외는 방식이었다. "꼭 그놈을 찾아가거라"라는 말을 끊임없이 반복했는데 매번 곡조가 달랐다. '그놈(伊)'이라는 단어가 점차 더욱 날카로워지며 높은 음이 허공을 맴돌았다. 가늘지만 예리한 송곳처럼 그녀의 귓구멍을 파고들었다. 불은 몇 시간이나 탔고 한차례 광풍이 불어오자 하늘 가득 재가 날렸지만, 엄마는 멈추지 않았고 지치지도 않았다. 입안으로 재 가루가 잔뜩 들어갔지만 단전은 더욱 커졌다. '그놈'이라는 단어가 낭랑하게 시골 전체를 울렸다. 오직 그놈, 백악관의 그놈만이 듣지 못할 것이다. 재는 '그놈'이라는 눈물 맺힌 외침을 따라 장례의 시작부터 바람을 타고 사방으로 춤추듯 날았다. 마을 전체의 나지막한 집들과 빈랑나무와 하수구에 회색 재가 달라붙었고 도처에 '그놈'이라는 외침이 들렸다. 하지만 재는 백악관을 완전히 피해 갔다. 백악관은 담장과 기둥, 지붕을 포함한 모든 것이 먼지 하나 없이 순결했고 금빛으로 찬란하게 빛났다.

땅이 축축했다. 타이베이에 비가 내렸었나? 그녀는 정말로 너무 바빴다. 줄곧 분노의 민원 전화를 받았다. 끊임없이 사과를 하느라 빗소리는 전혀 듣지 못했다. 고개를 들어 하늘을 보니 짙은 먹구름이 위협적인 자태로 한차례 큰비를 예고하고 있었다. 그녀는 항상 큰비가 쏟아지는 소리를 좋아했다. 대야로 쏟아붓는 것 같은 시골의 비가 땅을 때리면 무수한 벌레들이 기어 나왔고, 대기에는 푸른 풀 냄새가 가득했다. 비단뱀이 진흙탕 위를 재빨리 미끄러져 가고 거미줄에는 천만 개의 작은 물방울이 맺혔다. 타이베이는 도처가 양철 지붕이라 폭포 같은 비가 도시를 때리면 지붕이 일제히 맑고 우렁찬 소리를 내면서 잠시나마 자동차 경적 소리를 삼켰다. 막냇동생에게 타이완의 어떤 것들이 그립냐고 물은 적이 있었다. 그러면서 둘째 누나가 사서 보내 주겠다고 했다. 이유는 모르겠지만 동생은 답장에서 자주 시골의 빗소리가 그리워진다고 했다. 타이베이의 빗소리도 그립다고 했다. 그곳은 양철 지붕이 없어 아주 조용하다고, 너무나 고요하다고 했다. 하지만 빗소리를 어떻게 산단 말인가. 그녀는 줄곧 휴대폰으로 빗소리를 녹음하여 동생에게 보내 주었지만 동생은 이메일을 받을 수 없었고, 그녀도 소리를 휴대폰에서 컴퓨터로 옮기는 방법을 알지 못했다. 그러니 빗소리를 어떻게 부쳐 줄 수 있겠는가.

버스를 기다리던 그녀는 가까이 다가오는 자전거를 재빨리 피하려다 인도에 파인 커다란 물웅덩이에 빠지고 말았다. 더러운 물이 발가락 사이를 파고들었다. 물은 정말로 더러웠다. 그녀는 도시의 먼지가 산성비를 오염시켜 자신의 신발을 뚫고 들어온다

고 생각했다. 그녀의 발가락 사이로 미세한 세균이 대거 진주해
오고 있었다. 하지만 그녀는 물웅덩이를 벗어나지 않았다. 염하의
찌는 듯한 더위에 구정물은 시원하기만 했다. 사무실에서 전기
절약 조치를 시행하여 에어컨 사용을 제한하는 바람에 그녀는 하
루 종일 땀에 젖어 있어야 했다. 두 발을 구정물에 담그니 시골에
서 진흙탕을 밟던 유년 시절이 생각났다. 신나게 진흙탕을 밟고
다니다 보면 때로 냄새뱀* 한 마리가 미끄러져 지나가기도 했다.
에어컨을 끈 실내에서 하루 종일 갑갑한 더위에 시달리다 보니
물웅덩이의 더러운 물조차 위안이 되었다. 사무실 오른쪽에 앉
은 남자 동료의 겨드랑이에서는 지독한 쉰내가 났다. 정오가 되
자 그는 뜻밖에도 사무실에서 취두부**를 두 갑이나 먹었다. 왼쪽
에 앉은 여자 동료는 신발을 벗고 발을 비벼서 끊임없이 악취의
투포환을 발사했고, 그것은 그녀의 비강을 정확히 강타했다. 냄새
는 문명의 힘을 파괴하는 수준이었다. 임기응변이라고는 알지 못
하는 상관은 그녀를 욕하면서 쓰레기가 가득 떠다니는 강물을 토
해 냈고, 그녀를 위로하는 상사는 머리털이 얼마 남지 않은 두피
에 손을 얹고는, 돼지에게 먹일 구정물을 뿌리듯이 그녀의 얼굴
을 가리키면서 동물을 존중하지 않는다고 욕을 해댄 민원인들의
몸에서 고약한 개 냄새가 난다고 말했다. 사람들의 냄새는 흉기

* 중국 남부와 타이완 일대에 서식하는 독 없는 큰 뱀의 일종.
** 두부를 소금에 절여 발효시킨 다음 다시 항아리에 넣고 석회로 봉
해 숙성시킨 음식으로 고약한 냄새가 특징이다. 발효의 정도가 약한
취두부를 기름에 튀겨 소스를 얹어 먹는 것이 가장 보편적인 취식 방
법이다.

였다. 그녀는 하루 종일 사람들이 내뿜는 악취에 목이 잘리는 느낌이었다. 사실 개 냄새는 전혀 아무렇지도 않았다. 시골 개들은 냄새가 고약하지만 그녀는 항상 즐거운 마음으로 개의 몸에 얼굴을 비비곤 했다. 혹은 개의 앞발을 잡고 숨을 깊이 들이마시기도 했다. 어린 시절 삼합원에서 살 때 할머니는 검은 개를 한 마리 키웠다. 매일 검은 개에게 먹이를 주는 일은 그녀가 도맡아 했다. 할머니가 벽돌로 개의 머리통을 내려쳐 삶을 때까지는 그랬다. 그녀는 사실 할머니가 개고기를 딱히 좋아하지 않는다는 걸 잘 알고 있었다. 할머니가 개를 잡은 것은 그녀 때문이었다.

그녀의 집은 타이베이의 작은 아파트였다. 침실 세 개에 거실이 하나인 구조였다. 남편과 딸, 아들에 바퀴벌레까지 있는 비좁은 집에서 개를 키우는 것은 불가능했다. 딸은 직장을 잃었고 아들은 대학에 가지 않았다. 매일 집에서 그녀가 돌아와 저녁밥을 해 주기를 기다렸다. 그녀는 개를 좋아했지만 오늘은 개 때문에 인터넷 실시간 순위에 얼굴이 올랐다. 죄명은 동물 학대였다.

그녀의 창구에서는 호적 등록과 신분증 발급, 호구 명부 교환, 호적 등본 발급 등을 담당했다. 업무 내용이 비교적 단순한 편이었다. 이상적인 직장이었다. '이상적'이라고 말하는 건 변동이 적고 급여가 안정적이며 업무 내용이 복잡하지 않기 때문이다. 업무 내용을 숙지하기만 하면 매일 처리하는 일에 변화가 많진 않았다. 이것이 바로 그녀가 원하던 인생이었다. 그녀는 매일 고정적으로 6시에 기상하여 가족 전체의 아침 식사를 준비해 둔 다음, 7시 반 전에는 반드시 문을 나서서 지하철을 탄 뒤, 다시 버스로 갈아타고 8시 반 전에 호정(戶政) 사무소에 출근해야 했다. 자리에 앉아 차를 한 잔 우려 마시고 컴퓨터를 켠 다음, 민원인들이 오기를 기다렸다. 민원인들은 번호표를 뽑고 자기 번호가 불리기를 기다렸다. 모든 것이 아주 당연하고 질서 정연하게 이루어졌다.

하지만 최근 몇 년 사이에 이런 '이상'은 질서를 잃었다. 분명히 단순한 업무이지만 수많은 변화가 생겼다. 그녀 세대의 공무원들은 애당초 젊었을 때 컴퓨터를 접할 기회가 없었으나 과학 기술의 조류가 밀려오자 두피를 곤두세우며 새로운 문서 소프트웨어를 몽땅 익히는 수밖에 없었다. 전면적으로 전산화가 이루어진 뒤로는 업무 전환이 가속화되면서 예전에는 며칠이 걸려야 간신히 끝낼 수 있었던 업무를 지금의 상관은 한 시간 안에 끝낼 것을 요구했다. '공무원은 업무 효율이 낮다'는 선입견을 탈피하기 위해서라고 했다. 속도는 더 높일 수 있었지만, 절대로 당해 낼 수 없었던 것은 카메라였다. 과학 기술은 없는 곳이 없는 카메라의 존재를 불러왔다. 수많은 민원인들이 창구로 몰려와 자신들이 요구하는 서류를 받지 못하게 되면 곧장 휴대폰을 꺼내 들고는 '채증'을 하여 전 세계 사람들에게 타이완 공무원들이 얼마나 부패했는지 보여 주겠다고 했다. 모든 사람이 카메라를 갖고 있어 손가락 하나만 움직이면 촬영을 시작할 수 있었다. 이런 약점을 이용하여 일을 빨리 처리해 주지 않으면 매체에 동영상을 넘기겠다고 위협하는 사람도 있었다.

어린 아가씨 하나가 일을 처리하러 왔다. 큰 눈에 머리칼이 긴 아주 예쁜 아가씨였다. 그 모습을 보면서 그녀는 문득 다섯째가 생각났다. 아가씨는 약간 부끄러워하는 듯한 눈빛에, 아직 인간사의 더러운 일들을 많이 겪지 않아서인지 맑고 투명한 모습이었다. 아가씨는 생육 장려금을 신청하러 왔는데 필요한 서류를 완비하지 못해 그날 수속을 완료할 수 없게 되자 감정을 통제하지 못하고 창구 앞에서 서류를 박박 찢더니 큰소리로 악을 썼다.

"곧 아기가 나올 거란 말이에요! 난 돈이 한 푼도 없다고요! 그런데도 도와주지 않겠다는 거잖아요!"

민원인이 소란을 피우자 그녀와 몇몇 동료들이 창구 밖으로 나와 어린 민원인을 정성껏 위로해 주었다. 차를 우려 주고 몇 마디 얘기를 나누었다. 아가씨에게 출산할 때 주의할 점들을 얘기해 주고 축하한다는 인사도 건넸다. 산후조리시에 특별히 주의해야 할 점들과 어떤 음식을 많이 먹어야 하는지, 어느 산부인과 의사가 아이를 잘 받는지 알려 주었다. 이렇게 상냥하게 달래는 사이에 아가씨는 미소를 지으면서 커다란 두 눈이 밝아지더니 내일 다시 오겠다고 말했다. 그날 저녁, 아가씨가 소란을 피우는 모습이 텔레비전 뉴스에 나왔다. 알고 보니 당시 그 자리에 있던 민원인들이 전부 카메라를 들어 그 모습을 촬영했고, 영상은 곧장 전파를 타기 시작했던 것이다. 사람들의 무료한 일상이 갑자기 감정 조절에 실패한 젊은 여자를 만나 불붙고 말았다. 불꽃이 신속하게 옮겨붙으면서 아가씨는 뉴스에서 '미친 소녀 민원인'이 되고 말았다. 심지어 실제 신분까지 노출되었다. 기자는 재래시장에 가서 아가씨의 엄마를 찾았다. 마이크와 카메라가 막 닭을 잡고 있던 어머니를 조준하며 물었다.

"딸이 곧 아기를 낳는다는 사실을 어머니는 모르고 계셨나요? 인터넷에 떠도는 이런 영상을 못 보셨나요?"

기자는 컴퓨터를 꺼내 아가씨가 호정 사무소에서 날카로운 목소리로 호통을 치는 영상을 틀어 보여 주었다. 어머니는 잠시 놀란 표정을 지었다. 방금 목이 잘린 닭이 그녀의 손에서 끊임없이 선혈을 쏟아 냈다.

그녀는 집 안 욕실에 숨어서 아가씨가 소리를 지르는 영상을 반복해서 보았다. 그럴 때마다 다섯째가 생각났다.

다음 날 그 아가씨는 호정 사무소에 오지 않았다. 그 뒤로 한 번도 나타나지 않았다.

그 이후 민원인들의 '채증' 촬영에 대비하기 위해 그녀의 사무실에서는 CCTV 녹화와 별도로 모든 동료들이 자발적으로 영상을 촬영하라고 했다. 스스로를 지키기 위한 방편이었다.

오늘, 그녀는 영상 촬영을 깜박했다.

구 민원인들을 기다리는 중에 갑자기 소란이 발생했다. 어린 여자아이 하나가 울음을 터뜨린 것이다. 그녀는 마침 문서를 복사하려고 기다리고 있다가 울음소리를 듣고 창구에서 나와 무슨 일인지 살폈다. 알고 보니 민원인 하나가 개 다섯 마리를 끌고 들어와 번호표를 받고 자신의 차례를 기다리고 있었다. 그리고 마침 개를 무서워하는 아이가 그 자리에 있다가 울음을 터뜨렸다. 아이의 보호자는 그녀를 보더니 어서 개를 처리해 달라고 요구했다. 안 그러면 아이가 정말 공포에 질릴 거라고 했다. 그러면서 이곳은 공공 기관 아니냐고, 개는 밖에서 기다려야지 안으로 들어오면 안 되는 것 아니냐고 따져 댔다. 그녀는 개를 끌고 들어온 남자와 소통을 시도했다. 하지만 남자는 즉시 휴대폰을 꺼내더니 큰 소리로 말했다.

"이 개들은 전부 맹인 안내견이에요. 나는 안내견 조련사란 말이에요."

그녀는 상대방이 시각 장애인인 줄 알고 곧장 사과했다. 그러자 상대방은 더 큰 소리로 호통을 쳤다.

"뭐라고요? 내가 장님인 줄 알아요? 내가 방금 말했잖아요. 나는 맹인 안내견 조련사란 말이에요. 내가 장님이면 어떻게 개들을 조련할 수 있겠어요? 개들은 나와 함께 있어야 하기 때문에 밖에 둘 수가 없어요. 당신들이 맹인 안내견에 우호적이지 않다고 투서할 테니까 그런 줄 알아요."

인간이 포효하는 바람에 개들은 사무소 안에 그대로 남게 되었다. 아이가 계속 울었지만 그녀는 달리 문제를 해결할 길이 없어 다시 복사기가 있는 자리로 돌아갔다. 너무 많은 생각은 하지 않기로 했다.

몇 시간 뒤에 '천씨 성의 여성 호적원(戶籍員)'을 찾는 전화가 끊임없이 울려 대기 시작했다. 그녀의 번호로 연결되자마자 심한 욕설이 쏟아졌다. 기자들도 몰려와 '천씨 성의 여성 호적원'을 찾으며 마이크로 그녀를 조준했다.

"맹인 안내견을 배척하시는 이유가 뭔가요?"

알고 보니 이 맹인 안내견 조련사가 민원실을 떠나자마자 인터넷 맹인 안내견 동호회 사이트에 영상을 올렸던 것이다. 동료 하나가 그 영상을 틀어 그녀에게 보여 주었다. 아주 교묘하게 편집한 데다 문구와 특수 효과까지 가미한 영상이었다. 빨간 화살표 하나가 그녀의 얼굴을 가리키고 있고, 자막에는 '맹인 안내견을 차별하는 천씨 성의 여성 호적원'이라고 쓰여 있었다. 맹인 안내견 조련사는 편집 실력이 아주 뛰어나서 자신이 '장님'이냐고 말한 부분은 영상에서 완전히 지워 버렸다. 미간을 찌푸린 그녀의 표정은 영상 속에서 차별을 상징하는 얼굴이 되었다. 영상에는 실감나게 촬영된 개들의 두려워하는 표정에 이어 곧바로 그녀의 냉담한 얼굴이 등장했다.

욕설과 비난이 해일처럼 밀려왔다. 천박한 여자. 개를 존중하지 않는 못된 여자. 우리 타이완은 너 같은 공무원 때문에 발전이 없는 거야. 식충. 네가 받는 월급은 우리가 내는 세금이라는 걸 잊지 마라. 사직해라. 썩은 공무원. 게으른 아줌마. 개를 풀어서 널 물게 하겠다. 동정심이라고는 눈곱만큼도 없는 여자. 털짐승이 인류의 가장 좋은 친구라는 사실 몰라?

그녀가 퇴근하면서 마지막으로 받은 전화에서는 미친개가 짖는 소리만 들렸다. 그러다가 마지막으로 사람 목소리가 한마디 들렸다.

"가만두지 않을 거야. 퇴근길 조심하라고!"

공무가 전면적으로 중단되었다. 보고서를 제출하라는 상관의 지시가 떨어졌다. 내일까지 제출하라고 했다. 그녀는 이 보고서가 사실은 반성문이라는 사실을 모르지 않았다. 금년도 인사 평가는 완전히 끝난 셈이었다. 입 냄새가 심한 상사가 그녀의 어깨를 가볍게 토닥이며 말했다.

"울지도 않네. 정말 대단해."

그녀는 속으로 생각했다. 울 일이 뭐 있단 말인가. 어려서부터 욕이라면 실컷 먹으면서 자랐는데 이까짓 일 가지고 울어야 한단 말인가.

버스는 여전히 오지 않았다. 그녀는 참지 못하고 휴대폰을 켜서 그 영상을 보고 또 보았다. 그녀는 자신의 얼굴이 나오는 부분에서 화면을 정지시켰다. 자신의 현재 모습이 너무나 낯설게 느껴졌다. 냉담해 보이는 생김새와 어깨까지 내려오는 머리칼, 차가운 두 눈이 개들의 다정한 모습과 선명한 대비를 이루었다. 다들 그녀가 개를 차별하는 여자라고 믿는 것도 이상한 일이 아니라는 생각이 들었다.

거리에서는 집집마다 지전을 태우고 있었다. 그녀는 귀신들에게 올리는 모든 제사상을 훑어보았다. 거의 모든 탁자에 백악관의 비스킷이 놓여 있었다. 정말 피할 수 없는 상표였다. 재작년에 여행단에 끼어 중국 여행을 한 적이 있었다. 황산(黃山)에서 구름과 안개를 감상하고 나서 현지 가이드가 비스킷을 꺼내며 타이완 비스킷인데 맛보지 않겠느냐고 물었다. 그러면서 고향의 맛일 거라고 덧붙였다. 여행단 중에 손을 내미는 사람은 하나도 없었다. 가이드가 무료 서비스라서 돈은 받지 않는다고 하자 다들 갑자기 표정이 바뀌며 앞다투어 비스킷을 낚아챘다. 안후이(安徽) 홍춘(宏村)의 좁은 골목을 천천히 걸으면서 어린 여자아이 하나가 바로 그 상표의 비스킷을 먹고 있는 걸 보았다. 시후(西湖)에서 민물 게를 맛볼 때도 테이블에 이 비스킷이 등장했다. 작년에 일본에 갔을 때는 남편에게 줄 비타민을 사기 위해 잡화를 함께 파는 약방에 들렀다. 일본 약방의 진열대에도 비스킷이 잔뜩 쌓여 있었다. 그녀는 동생에게 보내는 편지에서 독일 교도소에도 이 비스킷이 있는지 물었다. 있다고 해도 그녀는 그다지 놀라지 않았을 것이다. 다들 세계화를 입에 올리고 있지 않은가.

버스 정류장 팻말 옆에 고등학생 몇 명이 서서 휴대폰으로 영상을 보고 있었다. 볼륨이 꽤 높았다. 그녀의 귀에도 '천씨 성의 여성 호적원'이라는 말이 들렸다. 보아하니 자신이 꽤 잘나가고 있는 것 같았다. 그녀는 물웅덩이에서 나와 고등학생들 옆으로 최대한 가까이 다가갔다. 영상에서 개를 차별하는 호적원을 욕하는 소리가 들렸다. 그들 중 한 여학생이 그녀를 힐끗 쳐다보았다. 그 눈빛이 마치 "이 아줌마, 왜 이렇게 달라붙는 거야? 발은 더러워 가지고!"라고 말하는 듯했지만, 그녀가 바로 영상의 주인공이라는 사실은 전혀 알아차리지 못한 것 같았다. 그녀는 하루 종일 전화로 욕을 얻어먹어서 현실 생활에서도 욕을 피할 수 없으리라 생각했지만, 사람 많은 버스를 탔다가 다시 지하철로 갈아타 황혼시장*에서 찬거리를 사 가지고 집으로 돌아가는 길 내내 알아보는 사람은 하나도 없었다.

그녀는 황혼시장 정육점 주인에게 고기가 어제처럼 좋은 것 같다고 말했다. 정육점 주인은 그녀를 쳐다보면서 낯익은 얼굴을 찾으려 했으나 결국 찾지 못했다.

"이상하네요. 자주 오시지 않았나 보네요?"

이 집 주인도 장사를 그리 잘하는 사람은 아닌 것 같다.

그녀는 사실 자신이 색깔 없이 투명한 사람이라서 사람들 사이에 들어가면 아주 쉽게 생략되는 존재라는 사실을 알지 못했다.

며칠 전에 그녀가 침실 바닥에 누워 요가의 스트레칭 동작을 하고 있을 때 남편이 방 안에 들어왔는데, 그녀를 전혀 인지하지

---

* 타이완 대도시 곳곳에 있는 재래시장으로 해 질 무렵에 찾는 사람이 가장 많다.

못하고 침대에 누워 태블릿 피시로 성인 영화를 틀더니 갑자기 바지를 무릎까지 내리고 마스터베이션을 하기 시작했다. 그녀는 요가의 업워드페이싱 도그(Upward-Facing Dog) 자세를 하고 정지한 채 몸을 움직이지 않았다. 힘껏 호흡을 할 수도 없었다. 남편은 금세 미약한 신음 소리를 내면서 이불로 몸을 문질렀다. 잠시 후 미약한 신음 소리는 우렁차게 코 고는 소리로 바뀌었다. 그녀는 조용히 몸을 일으켰다. 침대 위의 남편을 쳐다볼 엄두가 나지 않아 까치발을 하고서 살금살금 방을 나왔다. 마음속으로는 이불을 고온 세탁해야 할지 말아야 할지 고민했다. 방바닥에 엎드려 있었을 뿐이었는데 왜 남편이 자신을 못 본 건지 이해가 가지 않았다. 그렇게 자신을 알아보지 못하는 게 더 나을 것 같다는 생각이 들기도 했다.

황혼시장을 벗어나 포장된 돼지고기를 손에 들고 집으로 돌아오자마자 휴대폰이 날카롭게 울렸다. 고개를 숙여 화면을 확인해보니 넷째였다.

전화를 받자마자 넷째가 울면서 소리쳤다.

"언니, 언니! 빨리 집으로 좀 와 줘! 어떻게 해? 어떻게 하면 좋아? 엄마가 안 보여!"

그녀는 심호흡을 한 번 하고 나서 최대한 냉담한 어투로 말했다.

"엄마는 일찌감치 돌아가셨잖아."

넷째 동생은 그녀의 말을 듣지 못했는지 계속 같은 말을 반복했다.

"여보세요? 여보세요! 언니! 둘째 언니! 여보세요? 빨리 집으로 좀 와 줘. 내 말 안 들려? 엄마가 안 보인다고!"

그녀는 넷째가 자신의 대답을 전혀 듣지 못한다는 걸 알지 못했다. 동생은 그녀가 색깔이 없는 사람이라는 걸 알지 못했다. 그녀의 목소리 역시 너무나 맑고 담담하여 전화기를 통해 전달되면서 가볍게 날아가 버렸다. 무게가 전혀 없는 소리는 넷째의 귀까지 전달되지 못했다. 그녀는 줄곧 같은 말을 반복해야 했다.

"엄마는 돌아가셨어. 돌아가셨다고. 그렇게 소리치지 마. 엄마는 일찌감치 돌아가셨단 말이야. 나는 타이베이에서 일 때문에 너무 바빠. 집에 내려갈 시간이 없어."

넷째는 전혀 듣지 못하고 계속 소리를 질러 댔다.

천씨 성의 여성 호적원은 귀신처럼 형태 없이 떠돌아다녔다. 사람들은 시각과 청각에서 그녀의 존재를 적극적으로 배제했다. 사실 이는 그녀에게 가장 이상적인 생활 상태였다. 사람들 속에서 드러나지 않은 채 배경으로 녹아들고, 거울에 비춰도 모습이 나타나지 않고, 길을 걸어도 발자국이 남지 않고, 이리저리 떠돌아다니면서 사라지지는 않으나 존재하지도 않는 그런 것.

5 양타오 나무 위의 막내

그는 T에게 고향에 나무가 있다고, 아주 많다고 말하고 싶었다.

몇 무(畝)의 밭에 빈랑을 심었지만 수확이 별로 좋지 않아 나중에 베틀후추로 바꿔 심었다. 그가 다닌 초등학교는 개교 100년이 넘은 곳이었다. 교정에는 봉황수(鳳凰樹)가 있어 여름이 되면 더위에 불이라도 난 듯 새빨간 꽃들이 하루아침에 불타는 듯한 장관을 연출했다. 아이들은 꽃받침과 붉은 꽃잎을 땄다. 꽃받침은 나비의 몸으로 삼고, 꽃잎을 날개 삼아 한 마리 또 한 마리 나비를 만들었다. 어렸을 때는 주말이면 항상 온 가족이 함께 밭에 나가 풀을 뽑고 물을 대야 했다. 점심때가 되면 엄마가 거리에 나가 고기완자와 완궈(碗粿)*, 유두부탕 등을 사 왔다. 모두 봉황수 아래서 엄마를 기다리며 다 같이 봉황나무 꽃으로 나비를 만들었다. 그

* 일명 완가오(碗糕)라고도 한다. 쌀가루를 쪄서 만든 떡으로, 소스를 얹어 먹기도 하고 교자처럼 소를 넣어 쪄 먹기도 한다. 중국 남부와 타이완 등지에서 흔히 볼 수 있는 음식이다.

렇게 나비를 만들다 보면 진짜 흰 나비가 날아왔다. 큰누나가 낮은 목소리로 움직이지 말라고 하면 모두 입을 다물고 가만있었다. 작고 흰 나비는 아이들 몸에 앉아 있다가 엄마의 오토바이 엔진 소리와 고기완자 냄새가 가까워질 때가 되어서야 놀라서 날아갔고, 아이들은 앞다투어 음식을 먹기 시작했다. 항상 가장 먼저 음식을 받는 사람은 형이었다. 게다가 양도 특별히 많았다. 엄마는 남자에게는 체력이 필요하기 때문에 완자도 하나 더 먹고 국도 두 그릇 먹어야 한다고 말했다. 형의 국물에는 완자와 두부가 꼭 들어 있었다. 누나들의 국에는 두부만 들어 있거나 때로는 맑은 국물뿐이었다. 그 역시 남자였지만 어쩌면 엄마는 일찌감치 뭔가를 감지했는지, 어엿한 아들인 그 역시 누나들과 함께 유두부탕만 먹게 했다.

중학교 옆에 있는 오래된 추풍(秋楓)나무는 천년 된 신수(神樹)라고들 했다. 시골 주민들은 나무에 "천년 추풍나무가 해와 달을 비추고, 신의 권위가 용정을 비추네(千年茄苳映日月, 神威顯赫照永靖)."라고 쓴 붉은 천을 매달아 놓았다. 나무 옆에는 아주 작은 묘당이 하나 있고, 묘당 앞에도 역시 붉은 천이 걸려 있었다. 천에는 "추풍나무 어르신 성탄(聖誕) 천추만세"라고 쓰여 있었다. 그 외에 레인트리와 반얀나무, 마죽(麻竹) 등도 있었다. 타운 하우스가 들어선 자리 역시 예전에는 온통 마죽 숲이었다. 평소에 엄마는 그에게 마죽 숲에 들어가지 말라고 경고했다. 사악한 여자 귀신들이 어린 남자 아이들을 잡으려고 기다리고 있다고 했다. 하지만 단오절은 예외였다. 단오절이 다가오면 엄마는 그를 데리고 건너편 마죽 숲에 들어가 잎을 따다가 쭝쯔(粽子)*를 만들었다. 그는 눈을 크게 뜨고 대나무를 주시했다. 아무리 살펴봐도 여자 귀신은 보이지 않았고 뱀도 보이지 않았다. 대나무 줄기에 여기저기 죽은 고양이들만 걸려 있었다.

그는 T가 계속 질문을 던지리라는 걸 잘 알고 있었다. 그럼 겨울은? 겨울은 얼마나 추워? 그 나무들은 잎이 시들기도 해?

T의 고향은 독일 북부에 있었다. 발트해 연안의 작은 도시 라뵈(Laboe)였다. 겨울로 접어들면 큰 눈이 모든 걸 삼켜 버렸다. 나무는 잎이 떨어져 앙상하고 풀은 말랐다. 3, 4월이 되어야 비로소 새싹이 돋아났다. 그는 그 극한의 추위를 기억했다. 찬 바람은 칼 같아서 한번 불고 지나가면 코끝이 베이는 것 같았다. 그해 크리스마스에 그들은 T의 고향집에 갔다. 기상대에서는 독일이 통일된 이후로 가장 추운 겨울이 될 것이라고 했다. 하지만 저녁 식사의 분위기는 추운 집 밖보다 더 추웠다. 뼈가 시릴 정도였다. T와 아버지는 하루 종일 서로 한마디도 하지 않고 꾹 참다가 저녁 식사 때가 되자 대판 말다툼을 벌이기 시작했다. T의 아버지는 접시를 바닥에 집어 던지고 크리스마스트리를 발로 걷어찼다. 전혀 알아들을 수 없는 한 무더기의 독일어가 외국인인 그를 향해 마구 날아왔다. 그는 독일어를 전혀 알아듣지 못했고, 해석할 수 없는 언어는 당연히 살상력을 갖지 않았다. 하지만 어투와 말할 때 튀는 침방울을 보아 거대한 분노임이 틀림없었다. 몇 가지 욕은 그도 알아들을 수 있었다. 그는 자신이 더러운 모욕의 표적이 되

---

* 찹쌀에 대추를 넣어 댓잎이나 갈잎에 싸서 쪄 먹는 단옷날 음식의 한 가지.

었음을 확실히 감지하고 있었다. T의 엄마가 문을 열고 밖으로 나
가자 그도 따라 나가 문을 닫았다. 집 안의 격렬한 언쟁을 안에 가
둬 두기 위해서. 발트해 연안의 작은 집 밖에는 조명도 가로등도
없었다. 그와 T의 엄마는 정원 안에 서 있었다. 달빛도 없었다. 어
두운 밤이 모든 것을 삼켜 버렸다. 집 앞은 거대한 어둠의 바다였
다. 파도 소리도 들리지 않았다. 그는 영하 10도에 파도가 어는지
속으로 유추해 보았다. T의 엄마는 담배에 불을 붙이려고 했지만
갑자기 불어온 해풍이 계속 라이터 불꽃을 삼켜 버렸다. 그가 손
을 뻗어 바람을 막아 주고서야 담배에 간신히 불이 붙었다. 바람
이 물러가자 모든 것이 죽음 같았다. 정원 안의 그네도 죽고 사과
나무도 죽었다. 잔디도 죽고 파도도 죽었다. 발트해가 송두리째
죽어 버렸다. 옆에 있는 T의 엄마도 죽은 것 같다는 느낌이 들었
다. 두 눈에 빛이 없고 숨 쉬는 소리도 들리지 않았다. 담배에 불
을 붙였지만 그녀는 빨아들이지 않았다. 울고 있는 게 분명했지
만 눈물은 없었다. 그 역시 자신이 여전히 살아 있는지 확신할 수
없었다. 외투를 입지 않고 갑자기 따라 나와서 발바닥부터 냉기
가 엄습해 왔다. 두 손은 이미 감각이 없었고 세상은 온통 어둠이
었다. 유일하게 살아 있는 담배만 조용히 타들어 가고 있었다.

T가 문을 발로 차서 열었다. 손에는 짐 보따리가 들려 있었다.
그는 집 안에 있는 아버지를 향해 끊임없이 욕설의 수류탄을 던
져 댔다. T는 어둠 속에서 그의 손을 찾으며 말했다. 우리 가자.
다시는 이 저주받은 곳으로 돌아오는 일은 없을 거야. 두 사람은
차가운 바람 속에서 짐 보따리를 끌고 한참을 걸었다. 차가운 바
람이 비강을 통해 몸 안으로 침입해 오는 통에 멀리 갈 수는 없었

다. 해변에서 걸음을 멈춘 두 사람은 서로 꼭 껴안고 가쁜 숨을 몰아쉬었다. 그는 부자가 왜 싸웠는지 여전히 알지 못했다. 그가 아는 건 T가 울고 있다는 것뿐이었다.

그들은 해변 아무 데나 주저앉아 짐 속에서 옷을 꺼내 입었다. T는 독일어로 주절주절 얘기를 쏟아 내다가 다시 영어로 바꿔 말하기 시작했다. 아버지랑 독일어로 말다툼을 하다 보니 이렇네. 미안해, 너랑 얘기할 때는 영어로 해야 한다는 걸 잠시 잊었어. 우리 고향 라뵈에 온 걸 환영해. 자, 세 번 따라 해 봐. 라뵈, 라뵈, 라뵈. 발음하기가 어렵지? o와 e가 한데 붙어 있어서 어쩔 수 없어. 이상한 음을 내야 하지. 독일어는 참 이상해. 앞으로 점차 알게 될 거야. 여기는 라뵈야. 바다 건너편 남쪽에 대도시 킬(Kiel)이 있지. 이 좁은 만(灣)을 킬러 푀르데(Kieler Förde)라고 불러. 바다로 나가면 바로 발트해야. 이곳이 바로 내가 자란 곳이지. 지금은 보이지 않지만 사실 우리 바로 앞에는 아주 아름답고 하얀 모래사장이 펼쳐져 있어. 나는 바로 여기서 아주 많은 여름을 보냈지. 수영을 하고 햇볕에 피부를 검게 태우고 여자아이들을 쫓아다니고 남자아이들을 쫓아다니다가 이렇게 너를 만나게 된 거야. 여름 내내 나는 백사장에 엎드려서 만 위의 배들을 바라보았어. 대형 유람선을 바라보는 게 제일 재미있어. 유람선들은 킬에서 북유럽 나라들로 간 다음, 전 세계로 항해해 가지. 나는 이 모래사장을 사랑하지만 동시에 죽도록 미워하기도 해. 모래가 날 이곳에 붙잡아 두었기 때문에 어디에도 갈 수 없었거든. 이 모래사장을 따라 저쪽으로 계속 가면 모래 위에 잠수함이 한 척 있어. 나는 어렸을 때 항상 잠수함을 몰고 세계 각지로 놀러 다니는 상상을 하곤 했지. 다행히 결국에는 기차를 타고 베를린으로 갈 수 있었고, 그렇게 널 만나게 된 거야.

T는 아주 오래 아주 많은 것들을 얘기했다. 멈추지 않고 울면서 얘기했다.

"이곳에 나무가 한 줄로 늘어서 있고, 봄이 오면 새잎이 나기 시작해. 아주 아름답고 푸르지. 그렇게 죽은 것 같았던 나무가 하루아침에 되살아나는 거야. 너희 고향은 어때? 어떤 나무들이 있어? 겨울이 오면 나뭇잎들이 떨어져?"

당시에 그는 대답하지 않았다. 대신 추위를 핑계로 얼어 죽을 것 같다고 말했다.

"빨리 호텔을 잡아 밤을 보내는 게 좋겠어. 아니면 우리 저쪽으로 가는 게 어때? 잠수함을 찾아 그 안에 들어가서 자는 거야. 푹 자고 나서 내일 다시 잠수함을 몰고 떠나자. 타이완으로 갈 수도 있어."

이제 그는 마침내 자신의 고향인 이 귀신들의 땅으로 돌아왔다. 그는 T에게 이렇게 말하고 싶었다.

"내 고향 작은 시골은 겨울에도 여전히 초목이 푸르고 나무가 시들지 않아. 풀들도 끊임없이 생장하지. 겨울에는 일조 시간이 조금 짧아지긴 하지만 밤이 되어도 그렇게 어둡진 않아. 국화밭이 아주 많기 때문이지. 화훼는 우리 고향의 아주 중요한 경작물이야. 국화 농가에서는 꽃의 생산 시기를 조절하기 위해 국화 밭에 수천수만 개의 전등을 설치해서 밤에도 환한 대낮처럼 등을 밝혀 국화의 개화 시기를 조종하지. 밤이 되어 화훼 농가가 전등을 켜면 국화밭은 온통 등불의 바다가 돼. 고개를 들어 별이나 달을 쳐다볼 필요가 없지. 작고 평범한 시골에 가득 흩어진 별들이 반짝이는 것 같아. 국화 생산량이 증가하게 되자 수많은 농부들이 재배에 투입되었어. 국화밭 면적은 사람들을 놀라게 할 정도가 됐지. 그 한 해 동안 놀라운 수량의 전구가 밤마다 불을 밝히면서 어두운 밤을 밀어 냈어.

이 집들에서 그다지 멀지 않은 곳에 커다란 국화밭이 있어. T, 이곳은 밤이 없는 작은 시골이야. 상상할 수 있어?"

고향에는 그렇게 많은 나무와 화훼가 있었다. 하지만 그가 T에게 가장 말해 주고 싶었던 것은 양타오 나무였다.

그는 아침 일찍 기차를 타고 돌아왔다. 타이완 철도의 구간차(區間車)는 모든 역에 정차했다. 용징에서도 정차했다. 용징역은 무인역이었다. 역무원도 없고, 타고 내리는 승객도 거의 없었다. 역 사방에는 타이완 중부 평야의 농촌 풍경뿐이었다. 녹슨 양철 지붕들이 보이고 휴경 중인 논밭, 말라 버린 개울이 보였다. 그는 분명히 이곳 출신이지만 기차에서 내린 후 동서남북도 분간할 수 없었다. 다행히 나이 많은 남자 하나가 옥수수 자루를 어깨에 지고 역사 안으로 들어왔다. 그는 생경한 타이완 사투리로 용징 거리에 어떻게 가는지 묻는 수밖에 없었다. 남자가 입을 벌리자 비릿한 빈랑 냄새가 풍겼다. 남자는 손가락으로 길을 가리키며 자신도 그 길을 따라 왔다고 말했다. 그러면서 휴대폰이 없느냐고 되물었다. 휴대폰 지도를 보면 된다는 것이었다.

그는 고개를 가로저었다. 그에게는 정말로 휴대폰이 없었다. 교도소에서는 휴대폰 사용이 금지되어 있었다. 출옥한 그는 모든 사람이 휴대폰으로 세상과 소통하고 있다는 걸 알았다. 하지만 이미 세상과 연결이 단절된 그는 사라져 버린 귀신이었다. 잠시 잠깐 인간 세계로 돌아오고 싶지는 않았다. 그래서 휴대폰을 사용하지 않았다.

남자가 손가락으로 가리킨 방향을 따라 그는 걷기 시작했다. 그는 먼저 일렬로 늘어선 타운 하우스로 가 보기로 마음먹었다. 빙 둘러 가다가 길을 잘못 들면 다시 물으면 된다. 그는 사람들이 자신을 알아볼까 두려웠다. 고향을 떠나고 오랜 세월이 흘렀지만 아저씨 아줌마, 이모와 외삼촌 등 가까운 친척들은 고향을 떠나지 않았다. 모자를 낮게 눌러쓰고 빠르게 걸으면 고개를 들어 쳐다볼 사람은 없었다. 기억에 따르면 용싱궁(永興宮)을 지나면 작은 묘당이 하나 있었다. 원래는 3층 건물로, 상당히 웅장한 궁전식 건축물이었다. 용싱궁 앞에는 광장이 하나 있었다. 예전에는 거기서 종종 테이블을 펼쳐 놓고 유수석(流水席)*을 벌이곤 했다. 아버지는 그를 데리고 묘회(廟會)**에 참석하거나 삼산국왕(三山國王)께 절을 올리게 했다. 이어서 칭푸궁(淸福宮)을 지나게 되었다. 그는 키 작은 고동색 토지 공묘(公廟)를 떠올렸다. 어찌 된 일인지 현재 모습은 그의 기억에 전혀 부합하지 않았다.

T, 지금은 나도 너와 마찬가지로 종교에 대한 믿음이 없어. 하지만 네게 보여 주고 싶어. 이것들이 내가 어렸을 때 자주 가던 묘당들이야. 이 외에 융안궁(永安宮)이나 청자오마, 간린궁(甘霖宮)

---

* 손님들의 자리를 정하지 않고 오가는 대로 먹고 가도록 하는 연회 방식.
** 제사일이나 명절 등 특정한 날에 절 안팎이나 인근에 임시로 열리던 옛 시절의 장터로, 온갖 민간 기예가 펼쳐지는 축제의 장소였다.

같은 곳들도 있지. 작은 지역에 도교 묘당만 득시글해. 어렸을 때 나는 고열에 시달린 적이 있어. 엄마는 나를 데리고 의사를 찾아 가지 않고 묘당에 가서 귀신들에게 절을 올리고 수경(收驚)*을 했어. 묘당 관리인에게서 노란 부적을 받아 불태운 다음, 물에 집어 넣고는 그 부적을 태운 물을 내게 먹였어. 이런 얘기를 들으면 너는 또다시 입이 벌어지겠지. 그리고 잇새에서 무수한 의문 부호가 튀어나오겠지.

그렇게 많은 묘당 가운데 그가 가장 보고 싶어 한 것은 청자오마였다. 청자오마는 엄마가 경문을 외던 작은 묘당이자 영화를 보았던 묘당이고 돼지를 잡던 묘당이기도 했다. 샹창(香腸)**을 굽던 묘당이기도 하고 키스를 했던 묘당이기도 했다. 독일의 교도소에서도 그는 종종 꿈속에서 이 묘당을 보았다. 꿈속에서 청자오마는 줄곧 확장되었고, 묘당 뒤의 네모진 숲에선 나무를 계속 베어야 했다. 여러 해 동안 꿈을 꾸었다. 꿈속에서 묘당은 백층짜리 거대한 건물로 변했다. 나무가 하늘 끝에 닿았고, 묘당 앞 광장에서는 계속 그가 평생 처음 보았던 영화를 상영하고 있었다. 영화의 제목은 잊었지만 항일 전쟁을 그린 영화였던 것만은 아직 기억했다. 그는 빨간 반바지의 허벅지 위에 앉아 영화를 보면서

---

* '함경(喊驚)' 혹은 '초혼(招魂)'이라고 불리기도 한다. 민간 신앙에 따른 주술 행위로, 어린아이가 이유 없이 잠을 자지 않고 울거나 몸에 냉증 혹은 열증이 나타날 때, 헛소리를 하거나 잠시 까무러칠 때, 몸에서 혼이 빠져나간 걸로 간주하여 혼을 다시 불러들이는 의식을 말한다.
** 돼지나 소의 창자에 고기와 양념을 다져 넣어 가공한 중국식 순대로, 보통은 직화로 구워 마늘이나 파를 곁들여 먹는다.

빨간 반바지 안에 어떤 신비한 물건이 있어 점점 단단해지는 걸 느꼈다.

그는 대형 재래시장까지 걸었다. 수많은 시골 주민들이 중원절에 쓸 제수 용품을 사느라 바삐 오가고 있었다. 하지만 어렸을 때 그가 가장 즐겨 먹었던 고기완자 노점은 보이지 않았다. 시장의 규모도 눈에 띄게 작아져 있었다. 수많은 채소 가게와 정육점을 기억하는데, 왜 가게들이 이토록 적은 것일까? 어쩌면 시장은 변하지 않았는데 그의 기억이 과장됐는지도 모른다. 그는 몇몇 거리를 더 가 보았다. 슈퍼마켓 체인이 이곳에도 지점을 열었다. 간판이 요란했고 안에는 세계 각지에서 온 상품들이 가득했다. 수많은 남녀 노인들이 이곳에 와서 찬거리를 샀다. 신종 슈퍼마켓 체인점이 대형 시장을 대체한 것이었다.

'와이성멘(外省麵)'이라는 음식점에서 러우겅(肉羹)* 한 그릇과 마장멘(麻醬麵)** 한 그릇을 먹었다. 한 입 먹자마자 입에 익숙한 그 맛이 아니라는 걸 알았다. 전후에 타이완으로 온 쓰촨(四川) 출신 주인장은 이제 휠체어를 타고 있었다. 옆에는 산소통이 놓여 있고 눈동자는 빛을 잃었다. 현재 국수 조리를 맡은 건 그의 아들이었다. 국은 맛이 좀 덜했고, 매운맛 소스는 자극이 덜했다. 아래 세대는 위 세대의 맛을 재현하지 못했다. 국수를 다 먹고 나서 밭에 나가 산책을 하는데, 그렇게 많았던 베틀후추밭들이 보이지 않았다. 대규모의 농지가 휴경 상태였다. '전답 매매'라고 쓰인 팻

---

* 고기나 야채를 찌거나 삶아서 만든 국의 일종.

** 깨 양념장인 마장에 비벼 먹는 국수로 가늘게 썬 오이나 당근을 고명으로 넣는다.

말이 도처에 꽂혀 있었다. 기억 속의 국화밭은 버려진 자동차 호텔 자리가 되었다. 국화는 보이지 않았고, 호텔은 황폐한 상태로 잡초가 사람 키보다 높이 자라 있었다. 초등학교 교사(校舍)는 새로 지은 것이었지만 유년의 기억과 다르지 않았다. 둘째 누나는 편지에서 지난번 지진 때문에 초등학교 건물 여기저기에 커다란 균열이 생겼고, 할머니의 삼합원은 무너졌다고 했다. 초등학교는 새로 지었지만 삼합원은 철거되고 없었다. 둘째 누나는 편지에서 삼합원이 결국 보이지 않게 돼서 정말 좋다고 했다. 그것이 보이지 않으니 유년이 존재했다는 증거가 사라진 거나 마찬가지였다. 아무것도 볼 수 없다. 망각이 더 확실해졌다. 그는 있는 힘을 다해 유년을 지워 버리려 노력했지만, 날이 어두워지고 눈을 감으면 삼합원이 반짝반짝 빛나고 타운 하우스는 수정처럼 맑았다. 전혀 사라지지 않은 것이다. 철거했다 해도 실체의 증거만 사라졌다. 지진을 두려워하면서 그것에 탄복하듯이, 기억 속에서는 완전한 파괴가 불가능했다. 몇 초 안에 철저히 붕괴되는 일은 일어나지 않는다.

그는 물론 '백악관'도 보았다. 그리스식 거대한 기둥에 금빛으로 꽃이 조각된 난간이 보였다. 흰 칠이 햇빛 아래 유난히 밝게 빛났다. 최근에 칠을 다시 한 게 분명했다. 그는 멀찌감치 떨어져 바라보면서 가까이 다가가진 않았다. 이 피가 튀는 건물은 한 편의 가정 연속극이었다. 그는 감히 가까이 다가갈 수 없었다. 두려웠다. 지난 몇 년 교도소에 있는 동안에도 꿈에서 백악관을 보았다. 사실 그 건물은 핏빛이었다.

사랑하는 T, 백악관의 일은 아직 기다려 줘. 양타오 얘기부터 할게.

양타오 과수원은 아직 남아 있었다. 그는 밭 옆의 좁은 길을 걷다가 눈에 익은 양타오 과수원을 발견했다. 그토록 풍파를 겪고도 양타오 나무들은 의연하게 곧게 서 있었다. 줄기는 더 두꺼워졌다. 땅바닥이 온통 더위에 짓무른 열매였지만 줍는 사람이 없었다. 울타리가 무너진 걸 보니 황폐해진 지 여러 해가 된 것 같았다. 나무에는 과실이 잔뜩 달려 있었다. 그는 오렌지색에 가까운 양타오 하나를 따서 크게 한 입 깨물었다. 입안 가득 신맛과 단맛이 함께 몰려왔다. 갑자기 일곱 살로 돌아간 것 같았다.

그는 이웃집 어린아이들과 술래잡기를 하고 놀았다. 그는 아이들을 쫓아가 찾아내는 것도, 숨는 것도 최고였다. 아무도 그를 찾아내지 못했다. 한번은 이 타운 하우스 뒤쪽으로 미친 듯이 달린 적이 있었다. 연못을 지나 자줏빛 백일홍이 가득 핀 화원을 가로질렀다. 죽은 돼지들과 죽은 개들이 떠 있는 도랑을 건너뛰어 햇볕에 말리려고 내놓은 곡식이 가득 널려 있는 삼합원으로 뛰어 들어가거나 닭을 키우는 집으로 가기도 했다. 간장 공장을 지나 계속 달리고 달려서 마지막으로 드넓은 양타오 과수원에 이르렀다. 일곱 살밖에 안 된 그의 작은 몸이 한 번도 도달해 보지 못한 곳이었다. 여기가 어디지? 도대체 내가 얼마나 달린 거야? 여기도 용징인가? 여기 숨어 있으면 이웃집 애들은 나를 찾지 못하겠지.

과수원에는 야트막한 울타리가 있었고, 안에는 양타오 나무가 끝없이 펼쳐져 있었다. 마침 꽃이 필 때라 꽃잎이 다섯 개인 작은 자줏빛 꽃들이 가지를 뚫고 나오기 시작했다. 꽃은 무척이나 수줍은 모습이었다. 과수원 안은 아주 깨끗했다. 땅바닥에 말라비틀어진 잎새 하나 없었다. 밖은 방자한 한여름이지만, 이곳은 시원한 바람이 불어와 대기에 새콤달콤한 과일 향기가 가득했다. 그는 가장 굵은 나무를 하나 골라 기어 올라갔다. 숨소리도 내지 못했다. 소리가 날까 두려웠다. 오늘도 술래는 그를 맨 마지막에 찾게 될 것이다. 당시 그는 그곳이 세상에서 가장 안전한 구석이고, 자신을 찾는 사람이 아무도 없을 거라고 생각했다.

술래를 기다리고 기다리다가 그는 잠이 들고 말았다. 잠에서 깨어 내려다보니 빨간색이 보였다.

웃통을 드러낸 검은 피부의 남자가 빨간 반바지 차림으로 양타오 나무 아래서 책을 읽고 있었다.

남자가 고개를 들어 그에게 말했다.

"아산(阿山)의 막내로구나?"

그의 시야에서 빨간 반바지가 끊임없이 확대되더니 점차 그의 생각 전체를 장악해 버렸다. 그는 빨간 반바지만 보면 말이 나오지 않았다.

"이런, 놀랄 것 없어. 여기는 아주 안전해. 애들은 널 절대로 못 찾을 거야."

사랑하는 T, 그때, 나는 그 자리에서 양타오 나무 아래 앉아 있는 빨간 반바지의 남자를 사랑하게 되었어.

6   좋은 운명을 타고난 셋째 딸

수칭(淑青)은 갑자기 양타오탕이 몹시 먹고 싶었다.

뜨거운 양타오탕은 유백색 자기 그릇에 따른 뒤, 입에 넣기 전에 백설탕을 두 큰술 넣는다. 감기에 걸렸을 때 양타오탕을 마시면 막힌 콧구멍이 시원하게 뚫리고, 부어 있던 목구멍이 편안해진다. 한겨울에 두 손으로 받쳐 들고 마시다 보면 갈색 탕의 증기가 코를 막고 눈을 자극한다. 흐릿하고 뜨거운 양타오탕을 응시하고 있으면 안개가 자욱한 숲속의 호수를 손에 쥔 것 같다. 여름에는 차갑게 식힌 다음, 커다란 얼음을 한 덩이 넣어서 마신다. 여기에 용안(龍眼)* 꽃에서 추출한 꿀을 조금 넣고 시계 방향과 반시계 방향으로 여러 번 저은 뒤에 크게 삼켜 몸 안에 쏟아 넣으면 한순간에 이마가 얼고 이생에서 맡아 보지 못한 진한 여름의 냄새

* 무환자나뭇과에 속한 상록 교목으로 열매는 맛이 달고 자양분이 많아 말려서 먹거나 자양제로 쓴다.

를 맡게 된다.

어렸을 때는 집에 항상 양타오가 있었다. 어느 집에서 바구니로 하나 보내오면 샛노랗게 잘 익은 열매를 부드러운 솔로 가볍게 문질러 닦은 다음, 칼로 과실 모퉁이를 잘라 내고 별 모양이 되도록 옆으로 썬다. 여기에 연유와 매실 가루를 뿌리고 흑설탕에 찍어 먹으면 입안 가득 향기가 감돈다. 엄마는 다 먹지 못하는 양타오를 커다란 유리 항아리에 넣고 염장을 했다. 이렇게 밀봉해 두고 한 주가 지나면 먹을 수 있게 된다. 붉은 대추나 구기자와 함께 삼계탕에 넣기도 하고, 홍차를 마실 때 곁들이기도 한다. 수칭이 가장 좋아하는 음식이 바로 양타오탕이다. 염장해 둔 양타오에서 즙을 분리한 다음, 가볍게 끓여서 식탁에 올려 설탕이나 꿀을 찍어 먹기도 한다.

매번 맞을 때마다 그녀는 양타오탕이 먹고 싶어졌다.

하지만 자신에게 그걸 허락하지는 못했다.

예전에 타이완 중부 시골에 살 때 엄마는 딸들에게 과일 거르는 법을 가르쳐 주었다. 밭에는 파파야와 바나나도 있고 복숭아와 구아버도 있었다. 수확을 하면 집에는 하나도 남기지 않고 전부 재래시장에 가져가 팔았다. 사람들은 항상 셋째 딸은 좋은 운명을 타고난다고 했다. 어느 집이든 셋째 딸들은 특별히 좋은 운명을 갖고 태어나기 때문에 엄마 아버지로부터 남다른 사랑을 받고 평생 부귀영화를 누리게 된다는 것이다. 엄마 아버지는 확실히 셋째 딸인 그녀를 애지중지했다. 그녀가 구아버를 좋아한다는 걸 알고 항상 몰래 몇 알을 감춰 두었다가 그녀에게만 주곤 했다. 그러면 그녀는 적당한 장소에 가서 혼자 조용히 다 먹어 치웠다.

절대로 다른 자매들과 나눠 먹지 않았다.

하지만 지금 그녀는 구아버를 전혀 먹지 않는다. 이전에 즐겨 먹던 음식을 전혀 먹지 않고, 이전에 먹기 싫어했던 음식에 억지로 젓가락을 가져다 대라고 자신을 압박한다. 한 그릇 가득 채워 먹고, 심지어 밥에 곁들이지도 않고 미소를 지으면서 천천히 씹어서 먹는다. 하나도 남기지 않고 한 그릇을 다 먹어 치운다. 과거의 그녀는 푸른 고추와 가지, 여주, 양배추를 가장 싫어했다. 이런 식물들의 색깔과 생김새가 전부 괴물 같다고 생각했다. 추악하고 기형적인 건 그렇다 치고, 놀라운 점은 이런 식물들의 겉과 속이 같다는 거였다. 맛도 이상하고 질감도 이상했다. 먹을 때마다 토하지 않을 수 없었다. 하지만 지금은 이런 채소들을 아주 잘 먹는다. 특히 여주는 자주 먹는다. 맛이 쓸수록 더 좋다. 표면도 울퉁불퉁할수록 더 좋게 느껴진다. 그녀는 혼자 부엌에 숨어서 눈을 감고 여주 껍질을 만지는 걸 좋아했다. 종기 같은 것들이 잔뜩 돋아 험준하게 기복하는 느낌이 좋았다. 그녀는 자신의 마음속도 이런 촉감이 아닐까 추측했다. 사실 그녀의 마음속에도 하나하나 수많은 종기가 감춰져 있었다. 종기는 단단하고 완고하고 건조하게 밤낮으로 조금씩 성장한다. 어떤 약물로도 치료되지 않고 끊임없이 악화되기만 한다. 그녀는 자신의 모습을 상상해 보았다. 스웨터처럼 자신의 안과 밖을 뒤집을 수 있어 자신의 진정한 모습을 드러내면, 자신은 추한 종기가 잔뜩 돋아나 있는 괴물일 것 같았다. 때문에 그녀는 명품 옷을 입을 때면 성분 표시를 자세히 읽었다. 100퍼센트 양모이거나 모헤어, 캐시미어, 순 실크일 경우에만 결제하고 폴리에스테르 섬유라는 문구를 발견하면 도로 옷걸이에 걸었다. 그녀는 가장 매끄럽고 섬세하며 고귀한 무장을 갖춰야 멍 자국을 가릴 수 있고, 사실은 자신이 종기투성이 여자라는 걸 세상에 감출 수 있었다. 그녀의 피부에는 종기가 아주 많았고 검게 부어오른 부분도 적지 않았다. 한동안 복원되었다가 안으로 자라서 그녀의 몸 내부로 숨어들기도 했다. 겉으로는 만져지지 않지만 뼈와 혈관, 장기에서는 만질 수 있었다. 그녀는 억지로 여주를 먹도록 자신을 강제했다. 그것도 울퉁불퉁한 종기가 많은 걸로 골라서. 그것을 먹는다는 건 자신을 먹어 치우는 것과 같았다. 한 입 또 한 입 먹어 치우다 보면 자신이 점점 사라져 보이지 않게 될 것 같았다.

여주와 피망, 가지를 먹는 건 과거의 그녀와의 결별이기도 했다.

엄마 아버지는 그녀가 가지를 좋아하지 않는다는 걸 잘 알아서 어릴 때 밥상에 가지가 등장하는 일이 거의 없었다. 어렸을 때는 삼합원에 살면서 다섯 자매가 엄마 아버지와 한 침대에서 잤고, 침대 옆엔 둥그런 식탁이 하나 놓여 있었다. 식탁은 항상 빈궁했다. 생선이나 고기가 올라오는 일은 드물었고, 세끼가 전부 고구마를 넣고 끓인 흰죽이었다. 한번은 아버지가 자주색 가지를 한 상자 지고 와서는 큰외삼촌이 보내 준 것이라고 말했다. 엄마는 재빨리 큰 솥에 돼지기름과 마늘을 넣어 향을 내면서 예열을 했다. 그런 다음 가지를 집어넣고 물을 부은 다음 끓이기 시작했다. 마지막으로 설탕과 간장을 넣었다. 기름기가 줄줄 흐르는 자주색 가지조림이 상에 올랐다. 온 가족이 흰죽에 곁들여 가지를 배불리 먹었지만 그녀는 전혀 젓가락을 대지 않았다. 배가 고팠지만 한 입도 먹지 않았다. 나중에 집에서는 가지를 다시는 볼 수 없었다.

이제 그녀는 가지를 자주 먹는다. 그녀는 타이베이 백화점의 비싼 슈퍼마켓에서 이탈리아산 가지를 찾는다. 볼링공처럼 동글동글하고 껍질이 선명한 자주색이다. 이스라엘에서 수입한 하얀 가지도 바구니에 넣는다. 그녀는 식재료를 사면서 가격표는 전혀 보지 않는다. 바구니 가득 자신이 싫어하는 비싼 식재료들만 사서 집에 돌아오면 억지로 다 먹어 치운다.

한번은 등이 다 드러나는 양장을 입었다. 등에 난 멍 자국이 그대로 노출되었다. 서둘러 결혼식에 가던 길이었다. 남편이 그녀의 팔을 잡고 말했다.

"일부러 이러는 거지? 이러면 모든 사람이 등에 난 멍을 보고 어떻게 된 거냐고 묻겠지. 뭐라고 대답할지 말해 봐. 말해 보라고. 우린 이러다가 늦을 게 뻔해. 5분 줄 테니까 빨리 가서 갈아입고 와."

남편은 분초를 확실히 따졌다. 모든 일에서 속도를 중시했다. 매일 저녁 7시 정각에 텔레비전 방송에 출연해야 하기 때문이다. 그는 한 번도 늦은 적이 없었다. 시간은 칼같이 정확해야 했고 어떤 이유로도 늦는 걸 허락하지 않았다. 외출하기까지 남은 시간은 5분뿐이었다. 그날의 결혼식 피로연에서 남편이 치사(致詞)를 하기로 돼 있어 절대로 늦어선 안 되었다. 남편은 그 짧은 5분의 시간을 아주 잘 활용했다. 가위를 들어 등이 노출된 그녀의 양장을 자르고 주먹으로 그녀의 몸을 때렸다. 절대로 얼굴을 때리거나 머리채를 잡지 않았다. 옷장에서 빨간색 투피스를 꺼내 갈아입으라고 강요했다. 5분 만에 옷을 잘라 버리고 다른 옷으로 갈아입게 했다. 1분 1초도 늦어선 안 됐다. 그녀는 울지 않고 소리를 지르지도 않았다. 투피스를 잘 갖춰 입고 화장을 다듬었다. 머리칼은 헝클어지지 않았다. 5분 후, 두 사람은 늦지 않게 집을 나섰다. 남편은 조종하는 사람이고 그녀는 줄에 매달린 꼭두각시라 착하게 그가 하는 대로 움직여야 했다. 아주 조용히 5분이라는 시간이 지나갔다. 꼭두각시이므로 손도 그녀의 것이 아니었고 발도 그녀의 것이 아니었다. 몸 전체가 남편에게 속한 것이었다. 미소 짓는 표정은 일종의 그림과도 같았다. 몸은 폭력 때문에 정지했지만 표정은 여전히 영원한 미소를 짓고 있었다.

결혼식을 마치고 집으로 돌아오자 방송국에서 전화가 왔다. 중대한 살인 사건이 발생했으니 곧장 장례식장으로 가서 사건 현장 기자와 접선하라고 했다. 그녀는 재빨리 옷장에서 깨끗한 양복을 꺼내고 양복에 맞는 넥타이와 와이셔츠를 챙긴 다음, 인삼계정(人參雞精)과 비타민 등을 챙겨 봉투에 넣고 웃는 얼굴로 문을 나서는 남편을 배웅했다. 그녀는 남편을 따라 주차장까지 내려갔다가 입법 위원인 이웃과 마주쳤다. 남편은 그녀의 이마에 입을 맞추고는 차를 몰고 떠났다. 입법 위원은 얼굴에 부러운 표정이 가득했다.

"아이고, 두 분은 매번 저를 슬프게 하시네요. 어쩌면 그렇게 금슬이 좋으세요? 앵커님 부인에겐 자매가 없으신가요? 있으면 저 좀 소개해 주세요."

그녀는 미소를 지으면서 적당히 얼버무리다가 자신의 웃음소리가 너무 건조하다는 걸 깨달았다. 이게 아니다. 이래선 안 된다. 웃음소리는 촉촉해야 했다. 감정을 더 주입해야 했다. 그래야 건조한 비밀이 새어 나오지 않을 것이다. 미소에도 약간의 분위기를 실어야 한다.

"호호, 제겐 자매가 없어요. 게다가 위원님은 여자들한테 인기가 많을 텐데 굳이 제가 소개해 드릴 필요가 있겠어요? 언젠가 주간지에서 봤는데, 어떤 유명 여배우와 사진을 찍으셨더군요. 우리 건물 앞에서 말이에요."

서둘러 엘리베이터를 탄 그녀는 거울을 보면서 방금 둘러댄 표정과 어투가 먹힐 만큼 진지했는지 반추했다. 웃음이 부드러웠는지, 목소리는 어땠는지, 발음이 정확했는지, 시골 사투리가 배어 나지 않았는지 고심했다. 남편은 그녀가 과거에 구사했던 사투리에 근본적으로 흙냄새가 섞여 있다고 하면서, 신기하게도 그 비강의 음조가 그녀 자신의 창피한 출신을 고백하는 것 같다고 지적한 적이 있었다.

집으로 돌아온 그녀는 부엌으로 가서 냉장고 문을 열고 뱀 모양의 가지를 발견하고는 씻지도, 끓이지도 않은 채 곧장 집어 들고 깨물어 먹기 시작했다. 그녀는 울지도 않고 소리를 지르지도 않았다. 고아한 소양을 갖춘 아내의 품격을 훈련했다. 사방에 아무도 없는 호수의 풍광을 갖춘 이 대규모 아파트에서 그녀를 볼 사람은 아무도 없었지만 그녀는 여전히 좋은 아내여야 했다. 아주 천천히 가지를 먹으면서 그녀는 호수 위에 떠 있는 하얀 물새를 뚫어지게 보았다. 그러면서 자신에게 말했다. 저 물새가 날아오르기 전에 이걸 다 먹어 치워야 해. 그녀는 가지를 재빨리 먹어 치웠다. 하얀 물새가 천천히 몸을 흔들더니 날개를 펼치고 수면 위로 날아올랐다.

그녀의 혼례에 여자 쪽 가족들은 아무도 참석하지 않았다. 그녀의 가족이 호텔에 발을 들이는 것을 남편이 허락하지 않았기 때문이다. 그녀의 가족이 보이면 혼례를 당장 취소하겠다고 했다. 남편은 그녀에게 편집이 끝난 뉴스 원고를 보여 주었다. 혼례가 취소되면 즉시 모든 매체에 전파될 예정이었다. 원고의 글자는 아주 냉정했다. 피비린내 나는 현실 이야기를 밑바닥에 깔고 재료를 넣어 존재하지 않는 이야기를 가공해 낸 것이었다. 이 이야기의 서사는 남자 쪽에 유리하게 전개되면서 여자 쪽을 유린했다. 앵커의 태도는 냉정했다. 그는 자신이 언론인이니 발언권이 자신의 손안에 있다고 말했다.

"어제 저녁의 그 소란을 당신은 해결할 방법이 있었다고 생각해?"

"제 여동생이잖아요!"

앵커가 담배에 불을 붙였다. 그녀는 그가 담배를 피운다는 사실을 전혀 알지 못했다.

"다행이야. 어제 저녁에 그 장면을 보면서 나는 내가 선택한 여자가 당신 여동생이 아니라서 다행이라고 생각했지. 안타깝게도 얼굴은 예쁘더군. 빨리 당신 아버지한테 전화해서 타이베이로 오지 말고 장화(彰化)에 있는 병원에 계시라고 해. 연세가 많긴 하지만 몸이 그렇게까지 불편하신 건 아니잖아. 어서 전화하라고. 오늘 내가 당신 아버지를 만나면 내 약혼녀의 친정집이 바로 당신 집이라는 사실을 누군가 알게 될 거라고. 그러니 내 말대로 하란 말이야."

그녀는 그 뉴스 기사를 계속 보관하고 있었다. 남편은 이야기를 하는 사람인데, 그녀에게는 목소리도 없고 서사의 능력도 없었다.

오늘은 중원절이라 건물 관리원이 가운데 마당에 여러 개의 원탁을 준비해 놓았다. 아파트 주민들이 귀신들에게 바칠 제물을 각자 준비하여 함께 제사를 지내는 방식이었다. 물론 그녀는 남편이 이런 집단 제배의 참여를 금지한다는 걸 잘 알고 있었다. 결혼한 뒤로 그녀는 남편이 다니는 교회에 입교하여 세례를 받고 기독교도가 되었다. 이때부터 귀신들에게 향을 피우고 제사를 지내는 일을 못 하게 되었다. 오늘 그녀는 가운데 마당에서 아파트 관리인이 제사용 탁자를 준비하는 걸 도우면서 몇몇 부인들과 중원절 귀신들에 관해 얘기를 나눴다. 그녀는 과거 어렸을 때 시골에 살면서 가장 무서우면서도 가장 즐거웠던 게 중원절이라고 말했다. 귀문이 열리고 닫혀 있던 귀신들의 동굴이 열리면, 귀신들이 무리 지어 마구 날아다니는 장면을 상상해서 무서웠다고.

"그래서 밤에는 엄마 아빠와 함께 자야 했어요. 하지만 이런 축제의 절일(節日)이 즐겁기도 했지요. 엄마 아빠는 중원절을 무척 중시해서 풍성한 제물을 사서 길 가는 귀신들에게 제사를 올렸어요. 엄마 아빠는 제가 먹고 싶어하는 걸 다 사 주셨지요. 탁자 가득 제가 좋아하는 음식들이었어요."

문이 열리자마자 그녀는 곧장 완력에 밀려 바닥으로 넘어졌다.

"당신이 향을 들고 있는 걸 봤어."

남편이 그녀를 때리는 방식은 아주 교묘했다. 적절한 세기로 때리되 얼굴과 두 팔은 최대한 피하면서 목표를 정확히 타격했다. 그녀는 아팠고 반드시 멍이 들었다. 하지만 피는 흘리지 않았다. 조금 길었던 남편의 손톱이 그녀의 등을 할퀴면서 혈흔을 남긴 적이 몇 번 있었다. 이에 대해서도 남편은 그녀의 피부가 너무 얇은 탓이라고 했다. 나중에는 옷으로 가려진 부분을 조준하여 공격했기 때문에 더 이상 피를 보진 않았다.

"내가 몇 년째 말했잖아. 귀신들에게 절을 하면 안 된다고. 정말 말이 안 통하네. 그렇게 수준 낮은 일은 하지 말란 말이야. 당신은 이제 시골 사람이 아니라고. 오늘 내가 출근하고 나면 밖에 절대 나가지 마. 저녁에 밤참을 사 올 테니까."

그녀는 냉장고에서 얼음을 꺼내 아픈 곳을 문질렀다. 갑자기 휴대폰 액정에 넷째의 이름이 떴다.

"언니! 여보세요! 언니 맞아? 수청 언니 맞지? 빨리 집에 좀 와 봐. 큰언니랑 둘째 언니는 나를 거들떠보지도 않아. 언니가 날 가장 잘 이해하잖아. 빨리 좀 와 줘! 엄마가 안 보여! 엄마가 안 보인다고! 엄마가 안 보인단 말이야! 내 말 안 들려?"

그녀는 손가락으로 얼음 덩어리를 집어 장난을 치고 있었다. 양타오탕을 한 그릇 마시고 싶었다. 몹시도. 오늘은 날이 몹시 더웠다. 차가운 것을 마시고 싶었다.

어린 시절 삼합원에 살 때 그녀는 세상에 얼음이라는 게 있다는 사실을 전혀 알지 못했다. 어느 날 아버지가 트럭을 몰고 막일을 하러 가는 길에 그녀를 데리고 갔다. 부녀는 함께 공장에서 물건을 날랐다. 무더운 여름이었지만 공장 안은 특별한 세계였다. 몹시 추웠다. 노동자들은 어깨에 하얀 덩어리 형태의 물건을 한 자루씩 지어 날랐다. 그녀가 한 번도 보지 못한 물건이었다. 아버지는 그 물건이 '빙각(冰角)'이라고 알려 주었다. 표준어로는 '빙괴(冰塊)'라고 불리는 얼음이었다. 아버지는 바닥에 떨어진 얼음 하나를 집어 햇빛에 비춰 그녀에게 보여 주었다. 그런 다음 입을 벌리라고 했다. 아! 그녀는 그 차가운 얼음의 맛을 영원히 기억했다.

세상에 어떻게 이처럼 아름답고 맛있는 게 있을 수 있지! 그녀는 이걸 돈이 많은 사람들만 사 먹을 수 있을 거라고 생각했다. 어른이 되면 꼭 돈을 많이 벌어서 집에 이 아름다운 걸 한 무더기 쌓아놓고 매일 먹어야겠다고 생각했다. 아빠, 저는 나중에 얼음으로 침대를 만들 거예요. 우리 가족 전부 그 위에서 잘 수 있게 말이에요. 그러면 더위 걱정을 안 해도 되잖아요.

나중에 남동생 둘이 연이어 태어나자 가족 전체가 타운 하우스로 이사하게 되었다. 집에 마침내 처음으로 냉장고를 들여놓게 되었다. 그녀는 자매들 여럿이 얼음 트레이가 빨리 얼기를 애타게 기다리면서 냉장고를 몇 번씩 열었다 닫았다 했던 게 기억났다. 물이 얼음으로 변하기를 기다리다가 모두 지쳐 잠이 들곤 했다. 마침내 물이 얼음이 되자 한 조각 한 조각 탁자 위에 늘어놓았다. 수정 같은 그 형태는 감동적이었다. 얼음이 매혹적인 한기를 뿜어내면 자매들은 미친 듯이 달려들어 먹어 댔다. 얼음을 공환탕이나 밥, 볶음국수, 홍두탕, 고기완자, 궈톄(鍋貼), 마장몐 등에 넣으면서 과학 실험을 한다고 말했다. 돌이 지나지도 않은 어린 동생에게 얼음을 주면 동생은 얼음을 입에 넣었다가 이마를 찌푸리면서 웃다가, 또 이마를 찌푸리면서 울다가 다시 웃었다. 그 모든 모습이 너무나 귀여웠다. 톈훙, 잘 지내고 있지? 줄곧 너를 만나러 독일에 한번 가겠다고 말했지. 내가 독일에 가면 너는 나를 무지무지 큰 호수에 데려가겠다고 했어. 하지만 네가 이곳에 와 보면 내가 어디에도 갈 수 없다는 걸 알게 될 거야. 지금, 그리고 앞으로도, 나는 매일 눈앞의 호수만 바라볼 수 있어.

그녀는 얼음 조각을 아픈 곳에 대고 힘껏 눌렀다. 얼음은 남편이 남긴 주먹의 온도를 이겨 내지 못하고 금세 녹았다. 상대가 되지 않았다. 거울에 비춰 볼 필요도 없었다. 그녀는 자신이 미소를 짓게 되리라는 걸 모르지 않았다.

7 귀신의 말

나는 귀신이다.

귀신인 내가 귀신에 대해 얘기하는 건 아주 적절한 일 아닐까?

나는 죽었다. 하지만 여전히 '존재'한다. 여기서는 그저 혼자 중얼거릴 수 있을 뿐이다. 나의 '존재' 방식은 빛도 아니고 소리도 아니다. 그림자다. 물리 현상이 아니라서 과학으로 실증할 수 없다. 나의 '존재'는 계량화가 불가능하고 측량도 할 수 없다. 계산할 수 있는 단위도 없다.

기억은 나의 존재이자 순환의 매개다. 나의 기억과 타인들의 기억을 통해 나는 존재한다. 이곳에 존재하고 현장에 존재하고 여기에 존재하고 저기에 존재한다. 나는 기억에 의지하고 기억에 기생한다. 기억이 있는 곳, 말할 이야기가 있는 곳이 바로 내가 있는 현장이자 구전의 역사다. 그리하여 나는 사람들의 목구멍과 구강과 혀끝에 존재한다. 손으로 이야기를 쓸 때는 펜 끝에 존재하여 빠른 속도로 종이 위를 미끄러져 내려간다. 종이를 태우거나 찢어 버리기 전에 나는 종이 위에 정착한다. 하지만 종이가 훼손된다 해도 사람들에겐 암기력이 있으므로 종이는 머릿속에 완전한 복사본으로 저장된다. 그리하여 나는 사람들의 머릿속에 정착하게 된다. 비밀로 가득 찬 기억이 나의 따스한 침대가 되는 것이다. 드러나지 않고 익명으로 감춰진 더럽고 사악하고 부패한, 일생에 매장된 그 비밀들이 나의 부드러운 매개체가 된다.

나무와 물, 흙과 풀도 있다. 내가 자주 기어 올라갔던 그 반얀나무는 나를 기억한다. 내가 수없이 절을 했던 그 추풍나무도 나를 기억하고, 내가 베어 버린 대나무들도 나를 기억한다. 내가 숨었던 그 밭도 나를 기억한다. 이 작은 시골은 나를 기억하고 있다. 나의 삶과 죽음이 바로 이곳에서 일어났다. 때문에 나는 바로 이곳에서 귀신이 되었다.

하지만 기억은 믿을 만한 것이 못 된다. 식탁 위 솥에 담긴 죽을 일가족 아홉 식구가 다 먹고 나면, 먼저 아찬에게 방금 먹은 죽이 묽었는지 진했는지 묻고, 이어서 내게 물었다. 이어서 다섯 딸에게 묻고 다시 두 아들에게 물었다. 제각기 다른 기억을 갖고 있었고 대답도 둘 중 하나로 그치는 게 아니라 그 사이에 수많은 '중간'이 있었다. 한 가닥 줄로 이 '중간'을 설명하는 게 좋을 것 같다. 진함과 묽음 사이는 한 가닥 줄이다. 어떤 외부의 힘도 이 줄을 곧게 펼 수 없다. 줄은 왜곡되어 선회하면서 수많은 굴곡과 모퉁이를 그리고 어떤 부분에서는 매듭을 형성한다. 모든 굴곡에는 어두운 부분이 있어서 그 그림자가 보호처를 제공하므로 사람들은 거리낌 없이 거짓말을 할 수 있다. 죽이 묽었다고 말하는 사람도 마음속으로는 진했다고 할 수 있고, 진했다고 말한 사람은 더

진하기를 갈망할지 모른다.

하지만 이렇게 많은 '사이'가 있기에, 나는 수시로 그 사이의 매개체를 찾을 수 있었다. 비밀이 가득 쌓여 있는 곳이 가장 좋은 매개체가 된다. 그곳은 따스하고 축축하다. 때문에 나는 계속 '존재'할 수 있는 것이다.

나는 그저 타이완 중부 시골에서 초등학교밖에 나오지 않은 농가의 아들로, 밭에 나가 수확을 하고 차를 몰고 화물을 실어 나르는 일을 했을 뿐인데 무슨 화려한 거짓말을 할 수 있겠는가. 하지만 죽음은 일종의 기묘한 전환이라 귀신이 된 뒤로 모든 언어의 한계가 한순간에 사라지고 말았다. 이전에 할 수 없었던 말들을 이제는 얼마든지 할 수 있게 되었다.

귀화(鬼話), 귀신의 말이다.

사실 세상에 살아 있었을 때 나는 별로 말을 할 줄 모르는 사람이었다.

어려서부터 우리 어머니는 내가 너무 조용하다고, 울지도 않고 소란을 피우지도 않는다고 하셨다. 잠을 잘 때 코를 골지도 않고 몸을 뒤척이지도 않았다. 살아 있는 것 같지 않았다. 어머니가 젖을 먹이고 나면 깊이 잠들어 있는 경우가 비일비재했다. 어머니는 내가 잠든 모습이 너무나 고요해서 죽음에 가까운 상태가 아닐까 싶어 일부러 흔들어 깨우기도 했다. 안 그러면 내가 꿈속에서 죽어 버릴까 두려웠던 것이다. 잠에서 깬 뒤에도 나는 눈을 깜박이지도 않고 여전히 아무 소리도 내지 않았다. 어머니는 속으로 이 큰아들에게 지적 장애가 있는 게 분명하다고 단정했다. 어쩌면 벙어리일지도 모른다고 생각했다. 내가 최초로 기억하는 냄새는 코를 자극하는 청초고(青草膏)* 냄새였다. 어머니는 탁자 가득 음식을 차려 놓고 귀신들에게 절을 올렸다가 할머니한테 야단을 맞았다. 제사상에 올리는 이 고기를 굽지 말아야 한다는 둥, 이 음식은 이런 식으로 볶으면 안 된다는 둥, 조상들에게 이런 식으로 제사를 올리면 안 된다는 둥, 조상들의 맘에 들지 않으면 후손에게 재앙이 생길 수 있다는 둥 잔소리가 쉴 없이 이어졌다. 며느리인 우리 어머니에게 어떻게 책임을 지라는 것인가. 어머니는 할머니가 지적한 대로 다시 음식을 차렸지만 이번에는 제사의 길한 시각을 놓쳤다고 호되게 야단을 맞았다. 일부러 조상들을 배고프게 한 게 분명하다면서 따귀를 갈기기도 했다. 어머니는 이렇게 맞을 때마다 방 안에 틀어박혀 장롱에서 진한 초록색 청초고를 꺼내 코에 가까이 가져다 대고는 있는 힘껏 숨을 들이마셨다. 청초고는 만병통치약이라 화상과 벌레 물린 데, 동통, 풍습 등에 두루 효과가 있었지만 냄새가 대단히 지독했다. 어머니는 특별히 그 냄새를 좋아해서 심리적으로 공격당했을 때도 힘껏 냄새를 들이마신 다음, 온몸에 바르곤 했다. 내가 옆에 앉아 아무런 반응도 보이지 않고 조용히 어머니가 우는 모습을 바라보고 있으면 고약을 내 콧구멍에도 발랐다. 나는 그 냄새를 선명하게 기억하고 있다. 지금은 귀신이 되었지만 그 냄새를 기억한다. 누군가 내 코를 주먹으로 치고 발로 짓이기는 것 같다. 어머니는 내가 이맛살을 찌푸리는 걸 보고는 갑자기 울음을 그쳤다. 이어서 어머니

* 야생초에서 채취한 성분으로 만든 태국의 전통 고약으로 동남아시아 일대에서 널리 쓰인다. 벌레 물린 데나 화상, 찰과상, 피부 염증 등에 상당한 치료 효과가 있다.

는 고약이 묻은 손가락으로 내 눈을 문질렀다. 청초고가 내 눈 안에서 춤추듯 칼과 검을 휘둘렀다. 나는 결국 울음을 터뜨렸고 어머니는 마침내 웃었다. 웃음소리가 할머니의 귀까지 전해지자 할머니는 곧장 문을 밀고 들어와서는 또 어머니의 뺨을 때렸다. 저녁 식사도 준비하지 않고 방 안에 틀어박혀 키득거리고 웃는 게 귀신 같아서 까무러칠 뻔했다면서.

청초고는 청자오마의 묘당 관리인이 조제한 것이었다. 천연 초목을 이용하여 한방으로 조제했기 때문에 어디든지 불편한 곳이 있으면 바를 수 있다고 했다. 어머니는 청자오마에 제사를 올리러 갈 때마다 잊지 않고 여러 통 사 왔고, 할머니한테 맞거나 욕을 먹을 때마다 꺼내서 발랐다. 그래서 어머니의 몸에서는 항상 코를 자극하는 박하 냄새가 났다. 어머니는 사방으로 돌아다니면서 귀신들에게 제사를 올렸다. 어디에 영험한 대형 묘당이 있다는 얘기만 들으면 곧장 나를 데리고 가 제사를 올리면서 할머니가 빨리 죽게 해 달라고, 풍년을 맞게 해 달라고, 네 아들이 편안하게 자라서 며느리들을 맞고 한 무더기의 아이들을 낳을 수 있게 해 달라고, 딸은 아무짝에도 쓸모가 없으니 절대 낳지 않게 해 달라고 기도했다. 어머니는 묘당에 갈 때마다 나를 데리고 가는 걸 좋아했다. 네 형제들 가운데 내가 가장 조용하고, 아무리 먼 곳에 가도 불평하지 않았으며, 울거나 떼를 쓰는 일도 없었기 때문이다. 한번은 청자오마의 묘회에 갔다가 어머니가 나를 묘당지기에게 맡기고 서둘러 지전을 태우고 효배(筊杯)*를 던졌다. 중얼중얼 신들에게 속삭이면서 할머니가 언제 죽는지 물었다. 할머니가 죽어야 비로소 그녀에게 좋은 세월이 찾아온다. 나는 얼근하게 취한

묘당지기 옆에 앉아 그의 입에서 나오는 술주정을 듣고 있어야
했다. 그의 말을 전혀 알아듣지 못한 나는 조용히 그를 바라보기
만 했다. 그가 손가락으로 나를 슬쩍 건드렸지만 나는 아무런 반
응도 보이지 않았다. 그가 조금 세게 꼬집어도 내 표정에는 변화
가 없었다. 그는 갑자기 옆에 놓인 작은 향로에서 불 붙은 선향을
하나 뽑아 내 손에 꽂았다.

몹시 아팠지만, 나는 울지 않았다.

집으로 돌아오기 전에 어머니는 내 손에서 화상 흔적을 발견했
다. 묘당지기가 말했다.

"아드님이 귀신들을 경외하지 않는 것 같아요. 향을 꺼내 달라
고 하더라고요."

삼합원에 도착하자마자 어머니는 바구니에서 청초고를 꺼내
내게 입을 크게 벌리라고 하고는 어머니의 손에 묻은 초록색 고
약을 전부 핥아 먹으라고 했다. 쓰고 매웠다. 그래서 나는 위로는
토하고 아래로는 설사를 했다. 어머니는 쉴 새 없이 낮은 목소리
로 내게 욕을 해 댔다. 나는 너희 할머니가 빨리 죽게 해 달라고
귀신들에게 그렇게 기도를 하는데 네가 귀신들을 모욕하니까 할
머니가 죽지 않잖아. 할머니가 죽지 않으면 내가 앞으로 어떻게
살아갈 수 있겠니?

할머니는 일찍 죽지 않았다. 할머니는 백 세까지 살았다.

내가 처음 살았던 타운 하우스 옆 동에는 관재상이 하나 있었

---

* 중국 민간 신앙에서 신령의 계시를 받기 위한 도구. 중국 고대에 사
람들은 이 도구로 신령과 소통할 수 있다고 믿었다.

다. 나는 삼합원을 떠나면서 이미 다 계산을 해 두었다. 어머니가 돌아가시면 장남인 나는 바로 옆집에서 관을 사서 청초고 어머니를 묻을 수 있었다.

하지만, 뜻밖에도 우리 어머니 역시 백 세까지 살았고, 나는 어머니보다 일찍 세상을 하직했다. 내가 먼저 관재상에 가서 내 관을 맞춰야 했다.

어머니에 대한 나의 기억은 후각에 의존한다. 청초고 냄새를 맡거나 누군가 박하 잎을 찧기만 하면 어머니가 생각난다. 그랬다. 기억에 의지하여 존재하는 귀신이기 때문에 내 몸 안에는 기억이 가득하다. 후각의 기억과 촉각의 기억, 고통의 기억 등 각양각색의 기억들이 가득 차 있다.

청초고 냄새는 나중에 점차 희미해졌다. 내가 아찬을 아내로 맞은 뒤로 어머니는 확실한 질책과 욕설의 대상을 찾았다. 어머니가 아찬을 욕하는 것은 과거 할머니가 어머니를 욕하던 것의 완벽한 복제였다. 욕을 하고 또 하다 보니 어머니의 몸에서는 청초고 냄새가 갈수록 희미해져 갔다. 아찬은 삼합원 안에서 맴돌며 느려졌지만 줄곧 딸만 낳았다. 어머니는 수메이로 시작하여 수리에서 수칭에 이르기까지 계속 욕을 해 댔다. 넷째와 다섯째까지 딸을 낳았을 때, 어머니의 몸에 청초고 냄새가 거의 남지 않았다.

청초고 냄새가 사라진 어머니는 나중에는 청자오마로 제사를 올리러 가지 않았다.

대신 아찬이 가기 시작했다.

어머니 대신 아찬이 귀신들에게 기도했다. 우리 어머니가 빨리 죽기를 간절히 기도했다.

그해 여름, 경찰이 찾아온 그해 여름이었다. 아찬은 아침 일찍 집을 나섰다. 그녀는 집 밖의 하늘을 바라보며 용징에 아주 오래 비가 내리지 않아 곧 도랑이 마르고 밭에 심은 작물들도 전부 말라비틀어질 것 같다고 말했다. 그러면 베틀후추의 수확은 어떻게 될까. 그녀는 오늘 아침 일찍 청자오마에 법회가 있으니 독경단(讀經團)을 따라가서 불경을 외다 와야겠다고 했다. 조금 이상하다는 생각이 들었다. 누가 아침 댓바람에 법회를 연단 말인가? 누군가 큰돈을 벌어서 귀신들이나 부처에게 소원이 이루어진 데 대한 감사의 예참(禮參)을 하나? 아니면 누가 죽었나? 어차피 누군지도 모르는데 아침 일찍 귀신들에게 감사의 절을 올리러 간단 말인가? 아찬이 집을 나선 뒤로 나는 아주 깊은 잠에 빠졌다.

그날 이른 아침, 날이 막 밝자마자 아찬과 독경단은 청자오마에서 마이크를 들고 경문을 외기 시작했다. 청자오마 뒤의 큰 나무 위에서 모든 수매미들이 독경 소리에 깨어 복강에 힘을 주더니 있는 힘을 다해 복부 막을 진동시키기 시작했다. 요란한 매미 소리가 허공을 메웠다. 그날은 돼지를 잡는 날이라 스무 마리의 돼지가 도살되었다. 도살꾼은 어째서 이렇게 이른 아침에 독경단이 와서 저주 같은 노래로 잠을 방해하는지 알 수가 없었다. 하지만 그는 옆에 있는 작은 묘당에서 무슨 일이 벌어지고 있는지 신경 쓸 시간이 없었다. 빨리 돼지를 잡아야겠다는 생각뿐이었다. 거꾸로 매달린 돼지들이 날카로운 칼날을 맞아 처연한 울음을 토했다. 회색 바닥이 곧 피로 붉게 물들었다.

수매미와 도살꾼, 아찬이 한목소리로 소란을 피우며 조용하고 작은 시골을 깨우고 있었다. 닭들이 놀라서 울어 대기 시작하고

개들도 놀라서 추이거우뤄를 시작했다. 나무에 걸린 죽은 고양이도 울고 거위와 오리 들도 꽥꽥 울어 댔다. 도랑의 독버섯은 빠르게 자랐고, 전등 불빛에 의해 제어되는 국화도 만개하기 시작했다. 깊이 잠든 시골 사람들이 천천히 깨어나기 시작했다. 나의 다섯 딸들도 갑자기 잠에서 깨어 열다섯 번씩 하품을 해 댔다. 공동묘지의 귀신들도 전부 깨어났다. 마른 나무와 넝쿨뿐이던 들판에는 들꽃과 곰팡이가 피었다. 작은 시골에 죽어 있던 모든 것들이 되살아났다. 죽어야 했던 것들도 전부 깨어났다.

당시에 나는 아직 살아 있었고 깨어 있었다. 침대에 누운 채 왜 이렇게 시끄럽냐고 화를 내면서 욕을 했다.

온갖 소음의 엄호 속에서 경찰들이 조용히 용정에 도착했다.

8   낮이 없는 백악관

그녀는 창문을 무서워한다. 푸른빛을 거부한다.

어린 시절 삼합원에 살았을 때는 온 가족이 비좁은 방에 한데 모여 지냈다. 커다란 침대에 다섯 자매가 한데 뒤엉켜 자면서 서로의 몸을 베개로 삼았다. 그녀는 둘째 언니의 종아리를 베고 잤고 셋째 언니는 그녀의 배를 베고 잤다. 큰언니는 다섯째의 엉덩이를 베고 잤다. 침대 한쪽에는 작은 창문이 하나 있어 드넓은 논이 보였다. 그녀는 창가에서 자는 걸 좋아했다. 자는 척하면서 사실은 달과 별을 바라보았다. 당시엔 어둠이 두려웠다. 밤중에 오줌이 마려워도 감히 삼합원 밖에 있는 변소에 가지 못하고 날이 밝을 때까지 참았다. 근처에 사는 아이들은 하나같이 변소에 귀신이 산다고 말했고, 그녀는 죽는 게 두려웠다. 지금은 어둠도 두렵지 않아 어둠을 더듬어 변소에 가거나, 어둠을 더듬어 전화를 걸 수 있게 되었다. 귀신은 전혀 두렵지 않았다. 이제 그녀는 어두운 곳에서 두려워해야 할 것은 귀신이 아니라 자기 자신이라는 걸 잘 알고 있었다.

어렸을 때, 한동안 용징에 도둑이 창궐한 적이 있었다. 여러 집이 밤중에 도둑의 침입을 당했다. 큰언니가 말했다.

"도둑들은 전부 건장한 외지 남자들이고 달빛이 없는 밤에만 출몰한대. 한밤중에 집 안을 더듬어 물건을 약탈하고 부녀자를 보면 강간을 한다더라고."

엄마도 큰 시장으로 찬거리를 사러 갔다가 도둑들에 관한 놀라운 얘기를 듣고는 잠을 잘 때면 문을 단단히 잠그고 의자 두 개를 문 앞에 받쳐 놓았다. 갈수록 더 놀라운 소문이 들려왔다. 사람들은 자신의 안전에 주의를 기울이기 시작했고, 향민들끼리 자위대를 조직하여 야간에 어두운 골목과 좁은 시골길 위주로 순찰을 했다. 그러던 어느 날, 달도 없고 별도 뜨지 않은 밤이었다. 집 밖에서 누군가를 쫓으며 욕을 해 대는 소리에 그녀는 깜짝 놀랐다. 침대 위 아버지와 엄마, 자매들이 전부 깊은 잠에 빠져 있고 그녀만 깨어 있었다. 창밖을 내다보았더니 원래 있던 논밭이 보이지 않았다. 바로 앞에 시커먼 거한의 그림자가 있었다. 거한은 천천히 창문을 향해 다가오고 있었다. 한 줄기 섬광이 그녀의 눈을 자극했다. 그녀가 눈을 비비는 사이에 섬광은 사라졌다. 남자가 희미한 모습으로 창문 앞에 서서 그녀를 쳐다보고 있었다. 그녀가 입을 벌려 소리를 지르려 하자 남자는 검지를 자신의 입술에 갖다 대면서 그녀에게 소리를 지르지 말라고 경고했다. 어떤 힘이 한순간에 그녀의 성대를 잘라 버린 것 같은 느낌이었다. 몸 전체가 바람 앞에 놓인 촛불 같았다. 아무 소리도 내지 못했다. 창밖의 남자를 바라보면서 미동도 못 했다. 창밖의 남자는 뒤로 몇 걸음

물러서더니 바지를 무릎까지 내리고 그녀를 바라보면서 스스로 즐기기 시작했다.

사람들이 떠들썩하게 외치는 소리가 가까워질수록 낯선 남자의 손동작은 더 빨라졌다. 광택이 있는 하얀 물질이 창문 위로 분사되었다. 남자는 또 검지를 입술에 갖다 대더니 그녀를 향해 손을 흔들었다. 그러고는 바지를 추켜올리고 달아났다. 얼마 후 또 다른 무리의 남자들이 쳐들어왔다. 검은 그림자들이 끊임없이 그녀의 창문 앞에 잠시 머물다가 도망쳤다. 몽둥이와 저주, 욕설이 뒤따랐고, 어떤 사람은 큰소리로 고함을 치며 경찰에 신고를 했다. 결국 온 가족이 잠에서 깼다. 아버지와 엄마도 놀랐고, 삼합원 전체가 놀랐다. 인근 농가들도 전부 잠에서 깼다. 알고 보니 자위대가 도둑을 뒤쫓은 것이었다. 왕(王)씨네 한 가구가 다 털렸고 왕할머니의 금붙이가 전부 사라져 보이지 않았다.

다음 날, 엄마는 며칠 먹을 식재료를 살 돈으로 방범용 가스총을 사기로 결심했다. 엄마는 모두 며칠 굶는다고 해서 죽지는 않을 거라고 했다. 며칠 뒤에 도둑이 우리 집을 선택하지 않으리라는 법이 어디 있나. 침대맡에 놓아둔 가스총은 불길한 금속 냄새를 풍기고 있었다. 언제든지 도둑이 들어오기를 기다리고 있는 것 같았다.

가스총이 그들 일가족 전체를 지켜 줄 방법을 갖고 있는지 그녀로서는 알 수가 없었다. 하지만 엄마에게 창문에 커튼을 다는 게 어떻겠느냐고 물었다. 때마침 할머니의 점심 식사를 준비하느라 바빴던 엄마는 커튼을 언급하는 소리를 듣고는 손바닥으로 한 대 때리는 것으로 답을 대신했다. 당시 그녀는 자신의 멍청함을 탓했다. 그런 요구는 셋째를 통해 전달했어야 했다. 엄마와 아버지는 셋째를 애지중지하기 때문에 셋째가 말했다면 즉시 창문에 커튼이 달렸을 것이다. 매일 저녁, 그녀는 침대에 누울 때마다 하얀 발광 물질이 창문 위로 분사되는 걸 봐야 했다. 커튼이 있었다면 보이지 않았을 광경이었다.

그녀는 창문이 두려워지기 시작했고, 잠을 잘 때도 최대한 창문에서 멀리 떨어진 자리를 골랐다. 학교에서도 창가 자리에 앉는 걸 두려워했고 버스를 타서도 반드시 통로 쪽에 앉았다. 집에서 설을 쇠기 위해 대청소를 할 때 그녀는 공교롭게도 창문 닦는 일을 맡게 되었다. 그녀는 눈을 꼭 감은 채 창문을 닦았다. 하지만 줄곧 어둠 속에서 빛을 발하며 흘러내리는 하얀 물질이 보였다. 낯선 물질이었다.

타운 하우스로 이사하고 나서야 그녀는 마침내 자기 방을 갖게 되었다. 타운 하우스에선 나무판자로 여러 개의 작은 공간을 나누었고, 천씨 집안의 일곱 아이들 모두 자기 방을 갖게 됐다. 서열이 넷째인 그녀는 악착같이 발코니와 떨어진 방을 골랐다. 다섯째가 발코니가 딸린 3층 방을 쓰겠다고 말했다. 이리하여 발코니 전체가 동생 차지가 되었지만 그녀는 다섯째와 다투지 않았다. 그녀의 방에는 아주 작은 창문이 하나 있었다. 유리도 간유리였다. 창문을 열면 복도였고 집 밖과는 연결된 부분이 전혀 없었다. 그녀는 완전히 마음을 놓을 수 있었다. 마침내 자신의 새 방에서 밖으로 통하는 창문이 사라진 상태로 편히 잠을 잘 수 있게 되었다.

그녀는 거리의 포목점에 가장 싸고 색이 진한 자투리 천을 사러 갔다. 포목점 여주인은 옷을 만들고 남은 자투리 천을 공짜로 주었다. 그녀는 큰언니에게 이 자투리 천들을 재봉틀로 박고 접합 부위를 깔끔하게 마무리해 달라고 부탁했다. 아울러 봉제한 천을 걸 수 있도록 창틀에 나무 장대를 하나 달아 달라고 했다. 이렇게 만든 이른바 커튼이 창문을 확실하게 막아 주었다. 매일 밤 잠자기 전에 그녀는 커튼이 창문 구석구석을 잘 가로막아 눈으로 창문 안을 들여다볼 수 없음을 확인했다. 그리고 바로 옆 다섯째의 방이 자기 방과 판자 하나로 막혀 있다는 걸 확인하고서야 편하게 잠을 잘 수 있었다.

이제 그녀는 백악관의 4층 방에 있었다. 아주 넓고 별도의 독립된 화장실이 딸린 방이었다. 이 방에는 독일에서 수입한 커다란 낙지창(落地窓)*이 설치되어 있었다. 창가에 서면 높은 지역에서 안전하게 용징 전체를 내려다볼 수 있었다.

하지만 사실 그녀는 이 순간의 용징이 어떤 모습인지 알 수 없었다.

밭은 그대로일까? '와이성몐' 음식점은 아직 남아 있을까? 타운 하우스도 그대로일까? 청자오마는 철거되지 않았을까? 둘째 언니가 어릴 적 살았던 삼합원이 지진으로 완전히 무너졌다고 했다. 다행이었다. 그녀는 그 유년의 창문을 생각하면 온몸에 붉게 발진이 돋는 것 같았다. 삼합원이 무너졌다면, 타운 하우스는 아직 온전할까? 그녀는 그 지진으로 백악관도 무너질 거라는 생각에 얼마나 기뻤는지 모른다. 백악관의 죽음은 자신의 죽음 역시

* 폭이 좁고 길이가 긴 창문을 가리킨다.

의미하기 때문이다. 하지만 백악관은 아무런 손상도 입지 않았다. 창문에 약간의 균열이 났을 뿐, 건물 전체는 전혀 손상이 없었다.

그가 말했다. 거짓말을 좀 보태자면 우리 집은 최고급 자재로 지었기 때문에 어떤 지진도 두렵지 않아. 천쑤제, 걱정하지 마. 타이완 전역의 건물이 전부 무너진다 해도 우리의 이 백악관은 여전히 든든하게 서 있을 테니까 말이야.

그가 말했다. 천쑤제, 당신은 죽어도 문밖을 나가지 못해. 바깥 세상이 얼마나 변했는지도 모르잖아.

그가 말했다. 천쑤제, 커튼을 들치고 밖을 한번 내다보라고.

그가 말했다. 천쑤제, 당신이 자는 동안 내가 커튼을 전부 걷어버릴게. 어때?

그가 말했다. 천쑤제, 천쑤제, 최근에 그 요란한 소리 들었어? 내가 부리는 노동자들이 땅을 파내 지반을 다지는 소리야. 있잖아, 나는 이곳에 세계에서 가장 높은 건물을 지을 거야.

그가 말했다. 천, 쑤, 제, 우리 집 전체가 바로 옆에 짓고 있는 세계에서 가장 높은 빌딩으로 이사할 거야. 이 백악관에 당신 혼자만 남아 있을 거야? 같이 이사하는 게 어때? 1층을 전부 당신에게 줄게. 1층 전체를 준단 말이야. 단, 커튼은 절대 달 수 없어.

지난 몇 년 동안 그는 그녀의 성과 이름을 붙여서 불러 댔다. 말투도 도발적이었다. 때로는 음계를 가미하여 노래를 부르듯이 불렀다.

이름을 잘못 불러 그녀를 다섯째의 이름으로 부른 것도 여러 번이었다.

결혼하기 전에 한번은 그가 다섯째의 이름이 왜 그렇게 이상한 거냐고 물은 적이 있었다. 수메이와 수리, 수칭 등 전부 수 자 돌림인데 어째서 당신만 쑤(素)가 된 거야? 당신 동생하고 말이야.

그 이유는 자매들 모두 바라지 않았던 아이들이기 때문이었다. 엄마 아버지는 사내아이를 낳고 싶었지만 어쩌된 일인지 연달아 딸만 셋이 나왔다. 연달아 세 명의 수(淑)를 낳았는데 뜻밖에 넷째도 또 딸이었고, 더 이상 계속 수(淑) 자를 돌림자로 쓸 수는 없어서 글자를 바꿈으로써 배 속 아이를 이름의 저주에서 벗어나게 하려 했다. 하지만 세상에 나오니 또 딸이었다. 그래서 넷째 딸의 이름에는 쑤 자를 붙여 딸만 낳는 액운의 사슬을 끊으려 했다. 그런데 뜻밖에 다섯째도 또 딸이었다.

그때 그가 뭐라고 말했는지 그녀는 전부 기억하고 있었다. 지금 그는 문을 걷어차면서 캄캄한 방을 향해 소리를 질러 대고 있다. 하지만 그녀는 아무런 대꾸도 하지 않았다. 그는 그녀를 부르다가 뭐라고 고함을 쳤다. 술에 취하면 천장까지 쌓인 신문과 잡지 더미를 발로 차곤 했다. 사실 그가 자신을 찾아낼까 봐 두렵지는 않았다. 이 방은 미궁과도 같았다. 그는 인내심을 갖고 미궁 속을 돌아다녔다. 그녀가 방의 어느 구석에 숨어 전화를 걸어도 그는 절대로 그녀가 있는 곳을 찾아내지 못했다.

그녀는 위협은 위협일 뿐, 그에게 애당초 이 방의 커튼을 걷을 용기가 없다는 사실을 잘 알고 있었다. 한번은 그가 사라졌다. 백악관 정원사에게 들은 얘기로는 중국에 갔다고 했다. 사업이 갈수록 커졌고 줄곧 뉴스에 오르내렸다고 했다. 비스킷의 큰손이 어느 전자회사를 사들여 전자 산업에 뛰어들면서 동양의 실리콘 밸리를 조성한다고 했다. 몇 달 뒤에 갑자기 그가 돌아왔다. 친구들을 대거 데리고 와 백악관에서 모임을 갖고 밤새 웃고 떠들었다. 다음 날 아침, 그가 그녀의 방 문을 발로 차서 열고는 강제로 창문 커튼을 걷었다. 햇빛이 홍수처럼 방 안으로 밀려 들어왔다. 진한 먼지가 허공에서 미친 듯이 춤을 추었다. 빛을 본 그녀는 완전히 통제 불능 상태가 되었다. 목구멍에서 호랑이 같은 소리를 쏟아 내면서 그의 등을 타고 올라 미친 듯이 그를 밀어붙였다. 그가 힘껏 떨쳐 내자 그녀의 몸은 산더미같이 쌓여 있는 신문과 잡지 위로 날아갔다. 그녀는 재빨리 다시 그의 등을 타고 올라 몇 달이나 깎지 않은 손톱으로 그의 얼굴을 할퀴었다. 그가 고통스럽게 비명을 지르며 용서를 빌자, 그녀는 한쪽으로 비켜 서며 소리쳤다.

"당장 커튼을 제자리로 돌려 놔! 안 그러면 당신 눈을 할퀴어 버릴 테니까. 그런 다음 집에 불을 지를 거야. 이 잡지들과 신문들을 전부 태워 버릴 거라고. 나는 당신의 이 백악관이 불에 그렇게 잘 견딜 거라고는 믿지 않거든."

그 뒤로 그는 방문 앞에서 그녀의 이름을 외쳐 댈 뿐, 더 이상 문 안으로 들어오지 못했다. 몇 번 소리를 지르고 몇 마디 서늘한 말을 쏟아 놓고는 가 버렸다. 이 방은 마침내 완전히 그녀만의 공간이 되었다. 아무도 들어올 수 없었다. 백악관 정원사가 식사를 가져다줄 때도 소리 없이 문을 열고 음식을 내려놓은 다음 조용히 문을 닫고 갔다. 그녀는 정원사에게 문을 열기 전에 문밖에 있는 전등을 전부 끄라는 명령을 내렸다. 그녀는 방 밖에 파리에서 사 가지고 온 수정 샹들리에가 걸려 있다는 걸 잘 알고 있었다. 길이가 3미터나 되고, 무수한 수정이 은하처럼 매달려 있는 등이었다. 그녀는 그 불빛이 방 안으로 쏟아져 들어오는 걸 견딜 수 없었다. 그녀는 그 전등을 줄곧 떼어 버리지 않았다. 다섯째가 꼭 갖고 싶어 했던 등이었기 때문이다.

이 방의 커튼 천은 그녀가 직접 고른 것이었다. 100퍼센트 검은색이라 광원을 완전히 차단할 수 있었다. 한 겹으로는 충분치 않아 그녀는 다 합쳐서 세 겹으로 주문한 다음, 기사에게 창문에 이 세 겹짜리 커튼을 달라고 지시했다. 어떤 빛도 들어오지 못하게 하려는 것이었다. 그녀는 극지방의 외진 마을에는 겨울에 낮이 없고 햇빛이 전혀 들지 않는다는 얘기를 들은 적이 있었다. 그녀는 이 방을 영원한 밤으로 만들고 싶었다. 낮이 전혀 들어오지 못하게 하고 싶었다.

그녀와 외부 세계 사이에는 무엇보다도 독일에서 수입한 밀폐창이 있어 소리가 완벽하게 차단되었고, 세 겹의 두껍고 무거운 검정 커튼이 있어 모든 광원을 차단했다. 햇빛과 달빛, 바람 소리 모두 비집고 들어올 틈을 찾지 못했다. 커튼은 설치된 뒤로 떼어 내 세탁한 적이 한 번도 없었다. 가끔씩 그녀는 자신이 살아 있다는 걸 확신하지 못할 때면 그 검은 커튼에 얼굴을 묻고 숨을 참았다. 그러다가 더 참지 못할 것 같을 때 입을 크게 벌리고 가쁜 숨을 몰아쉬었다. 커튼에 기생하는 먼지와 불순물들이 재빨리 그녀의 몸 안으로 들어가 알레르기를 재촉했다. 그녀는 미친 듯이 재채기를 하기 시작했다. 에취 에취 에취 에취 에취 최소 다섯 번 연달아. 다섯 번 재채기를 하고 나서야 그녀는 자신이 아직 죽지 않았음을 확인할 수 있었다. 재채기 때문에 다섯째가 생각나기도 했다. 다섯째는 항상 잠에서 깨자마자 계속 재채기를 하곤 했다.

한번 했다 하면 계속 이어졌다. 하루에 적어도 열 번은 했다.

자신이 아직 죽지 않았음을 확인하는 또 하나의 방식은 전화를 거는 것이었다. 그녀는 언니들에게 자주 전화를 해서 수다를 떨었다. 큰언니는 아직 기성복 공장에서 일해? 둘째 언니랑 셋째 언니는 타이베이에 있지? 백악관으로 날 찾아온다고 하지 않았어? 어째서 아직 오지 않는 거야? 그녀에게는 전화기가 하나 있어 아무 때나 걸고 싶을 때 걸었다. 언니들은 아무리 바빠도 그녀의 전화를 받아야 했다.

오늘 백악관의 정원사가 아침 식사를 가져다주면서 중원절이라 귀신들에게 제사를 올려야 하는데 남편이 집에 없으니 아래층으로 내려와 절을 하지 않겠느냐고 물었다.

그녀는 침묵으로 정원사의 제안을 거절했다.

중원절에는 귀신들에게 제사를 올리면서 절을 한다. 귀문이 활짝 열린다. 그녀는 이제 귀신들을 두려워하지 않았다. 하지만 귀신을 믿기는 했다. 어떡해, 어떡해, 귀신이 왔어. 절을 해야 해. 절을 안 하면 귀신들이 화를 낸단 말이야. 엄마는 어디 갔어? 엄마는 도대체 어딜 간 거야?

정원사가 문 앞에 오기 전에 그녀가 큰 소리로 외쳤다.

"엄마는 어디 갔어? 엄마는 어디 갔냐고. 우리 엄마 못 봤어요? 중원절이라 귀신들에게 절을 해야 한단 말이에요. 우리 엄마한테 좀 물어봐 줘요. 어떻게 해야 하는지 우리 엄마만 안단 말이에요!"

정원사는 그녀를 거들떠보지도 않고 문을 닫았다.

그녀는 재빨리 어둠을 더듬어 책상을 찾아서 이 방 안에 유일하게 남은 희미한 등잔을 켜고 신문을 읽기 시작했다.

그녀의 방에는 신문과 잡지가 산더미처럼 쌓여 있었다. 신문과 잡지를 묶은 덩어리가 하나하나 작은 산을 이루어 거의 천장에 닿아 있었다. 신문과 잡지의 작은 산이 방을 점거하면서 좁고 구불구불한 통로만 남았다. 그녀는 바로 이런 통로 사이를 기어다녔다. 그녀는 욕실에서 빨래를 끝내면 젖은 옷을 신문지 더미 위에 올려놓고 말렸다. 먹고 남은 음식과 닭 뼈 같은 것도 잡지 더미 위에 던져 놓았다. 신문과 잡지에 곰팡이가 피면서 악취를 풍겼다. 모든 신문이 같은 날 온 것이었고, 모든 잡지도 그달, 그 주에 발행된 것들이었다. 악취가 방 밖으로 전해지자 정원사는 주인이 청소를 하라고 지시했다고 말했다. 청소를 안 하면 1층에서도 4층에서 나는 냄새를 맡게 될 거라고 했다. 그러면 귀한 손님들이 왔을 때 둘러대기 난감하다는 거였다. 정원사는 그녀의 신문지를 건드리지 않고 닭 뼈와 음식 찌꺼기만 깨끗이 치우고 제습기를 설치해 주겠다고 약속했다. 제습기는 하루 종일 돌아갔다. 한밤중이 되자 제습기에서 쉭쉭 소리가 났다. 제습기를 힘껏 두드렸지만 기계는 입을 다물지 않고 계속 소리를 냈다. 제습기를 열어 보니 안에 든 물통에 물이 가득 차 있었다. 마침 밤중이라 목이 말랐다. 그녀는 통 속의 물을 다 마셔 버리고 나서 물통을 다시 제습기 안에 끼워 넣었다. 그제야 기계가 마침내 입을 다물었다.

오늘은 중원절이라 귀신들에게 제사를 올리려면 엄마를 찾아야 했다. 제사를 올리는 방법은 엄마만 제대로 알기 때문이다. 그녀는 제사 지내는 방법을 전혀 몰랐다. 백악관의 정원사는 더더욱 알 리가 없었다. 그녀는 책상 옆 신문지 더미에서 신문을 한 부 끄집어냈다. 가장 큰 기사 제목은 '비스킷 큰손 맏아들 파경의 의문'

이었다. 사실 그녀는 그 기사를 천 번도 넘게 읽었다. 최근에는 계속 읽고 또 읽어도 항상 자신이 뭔가를 빼먹은 듯한 느낌이었다.

어린 아기의 울음소리가 들려왔다.

백악관에 어떻게 어린 아기가 있을 수 있단 말인가. 귀신이 틀림없었다.

엄마다!

오늘 백악관에서 귀신들에게 제사를 올리지 않았기 때문에 귀신이 온 것이다.

어떻게 하지? 엄마가 보이지 않았다. 맙소사. 엄마가 보이지 않았다. 그녀는 엄마가 어디로 갔는지 생각이 나지 않았다.

그녀는 얼른 언니들에게 전화를 해야 했다.

"엄마가 보이지 않아! 엄마가 보이지 않는다고! 엄마가 안 보인단 말이야!"

그녀가 외치는 소리가 방 안에 메아리치면서 모든 먼지와 쥐, 바퀴벌레, 거미를 깨웠다. 지난 몇 년 동안 곰팡이가 핀 신문지가 그녀의 모든 외침을 빨아들였다. 그녀는 신문지를 마구 뒤섞었다. 과거의 외침이 살찐 바퀴벌레와 함께 신문지 더미에서 떨어져 내렸다.

신혼 시절 막 이사해 들어왔을 때, 이 방 안의 메아리는 아주 컸다. 부부가 침대에 올라 거친 몸짓으로 뒹굴 때면 모든 소리가 방 안에 메아리쳤다. 당시 두 사람은 창문 닫는 걸 잊었다. 신혼의 환락의 소리가 창문 밖으로 새어 나와 황금빛 꽃이 조각된 난간과 백악관의 담장을 넘어 인근의 밭까지 흘러가 작은 시골의 도로를 덮고 깊은 잠에 빠진 가축들을 깨우면서 다섯째의 귓가에 전해졌다. 때로는 쾌감이 절정에 이르렀을 때, 그는 다섯째의 이름을 부르기도 했다. 그럴 때면 그녀는 승리의 희열을 느끼면서 일부러 창문을 닫지 않았다. 틀림없이 다섯째가 듣고 있을 것이다. 이 방에서 비밀이 새어 나가고 있었다. 그래서 그녀는 방을 굳게 밀봉하기로 했다. 아주 철저하게 밀봉할 작정이었다.

당시의 그는 그녀의 성과 이름을 다 부르지 않고 샤오제(小潔)라는 애칭으로만 불렀다.

그가 말했다. 샤오제, 백악관은 당신을 위해 지은 거야. 당신에게 주는 선물이라고. 이 집이 바로 당신의 신방이야. 맘에 들어? 앞으로 필요한 게 있으면 뭐든지 말해. 내가 다 사 줄 테니까. 말만 하라니까. 필요한 게 뭐야?

당시 그녀는 한 가지 일만 생각했다.

그녀는 다섯째가 사라지기를 바랐다.

9   간장 공장 담장 위의 향장

T는 항상 그에게 물었다. 네가 원하는 게 도대체 뭐야?

처음에는 목소리를 낮춰서 물었다. 네가 원하는 게 도대체 뭐야? 음량이 점점 커졌다. 네가 원하는 게 도대체 뭐야? 문장이 끊임없이 반복되었다. 네가 원하는 게 도대체 뭐냐고. 질문은 포효로 바뀌었다. 네가 원하는 게 도대체 뭐냔 말이야. 포효는 결국 막을 내려야 했다. 매번 울음으로 끝났다. T는 울면서 미안하다고 말했다.

그는 아무 말도 하지 않는 걸로 집요한 물음에 대응하고 있었다. 그는 몹시 대답하고 싶었지만 입에 강력 테이프가 붙어 있고 몸이 묶여 있는 것 같았다. T가 그의 입에 붙어 있는 테이프를 떼고 몸에 묶인 밧줄을 풀어 주면서 미안하다고 말했다. 미안해. 나도 내가 의사를 찾아가 진료를 받아야 한다는 걸 잘 알아. 미안해. 안 아파?

테이프의 점착성은 매우 강했다. 위아래 입술이 모두 테이프에 붙어 뜯겨 나간 것 같은 느낌이었다. 입이 보이지 않았다. 잘됐다. T의 질문에 대답할 필요가 없어진 것이다. 온몸이 아팠다. T가 그를 꼭 껴안고 울었다. 더 아팠다. 울고 또 울다가 T는 그에게 키스하기 시작했다. 입술이 보이지 않는데 어떻게 키스를 하지? 몇 번은 테이프를 그의 코에 붙이기도 했다. 숨을 쉴 수 없었다. 거의 질식할 것 같은 순간에 T가 칼로 테이프를 제거해 주었다. T는 정말 예술가였다. 날카로운 칼로 그의 피부에 붙은 테이프를 오려 냈다. 그는 살과 피를 피해 정교하게 호흡의 통로를 회복시켜 주었다.

T, 나 집에 돌아가야겠어. 너도 줄곧 집으로 돌아가고 싶어 했다는 것 잘 알아. 발트해의 그 작은 마을로 돌아가면 모래사장 위를 달릴 수도 있고, 배를 바라보면서 눈이 내리기를 기다릴 수 있겠지. 여름이 끝나기를, 봄이 오기를, 물고기가 낚싯바늘에 걸리기를 기다리겠지. 그리고 다음 열차가 오기를 기다리겠지. 줄곧 도망치고 싶어 하면서도 항상 그 바닷가의 작은 집으로 돌아가겠지. 작은 집에는 엄마랑 아버지가 계시고 늙은 개와 동생들이 있지. 부엌 식탁에는 항상 훈제되어 초콜릿색이 된 바다 생선들이 있지. 숭어와 연어, 장어, 청어, 흰 무늬의 곱상어, 킬 곱상어가 있지. 너는 생선 냄새를 맡으면 발트해를 생각하잖아. 물고기는 너의 유년이자 청춘이지. 너는 항상 원망과 불평을 늘어놓지만 베를린에서는 그렇게 맛있는 바다 생선을 살 수가 없어.

출소하기 전에 한 동료 죄수가 그에게 나가면 어디로 갈 거냐고 물었다.

그는 베를린에 친척도 친구도 없었다. 집도 없고 땅도 없었다.

우선 중간쯤에 있는 집으로 가는 수밖에 없겠지만 언젠가는 집으로 돌아가야 했다. 동료 수감자가 물었다. 집으로 돌아간다고? 너의 집이 어디 있는데? 교도소 안에는 지구본이 하나 있었다. 그는 손가락으로 독일을 가리켰다가 천천히 지구를 돌려 출옥 후의 비행 궤적을 그렸다. 유럽을 관통하여 중앙아시아로 간 그의 손가락은 곧장 아시아로 향했다. 이렇게 집으로 돌아가는 항로를 그렸다. 최종 목적지는 타이완이었다. 아시아에 도달한 손가락 끝이 중국을 가로질러 태평양으로 향했는데 착륙할 섬이 없었다. 섬이 없어졌다. 비어 있었다. 지구본에는 뜻밖에도 타이완이 없었다. 그는 동료 수감자에게 바다만 남아 있는 지구의 한구석을 가리켰다.

"나는 이 바다에 있는 작은 섬에서 왔어. 그 섬에 나의 고향이 있지. 작은 섬들은 정말 작아. 그래서 베를린 감옥에 있는 이 지구본에서도 잊힌 거지."

그는 그 파란 바다를 보면서 속으로 생각했다. 내가 이곳에 있는 몇 년 동안 타이완이 완전히 사라져 버린 걸까? 그 먼 곳에서 지진이 발생해서 지구의 판각이 이동했거나 하나로 합쳐진 걸까? 교도소라는 이 평행의 시간과 공간 속에서 그가 알 수 있는 것은 아무것도 없었다.

그는 정말로 돌아왔다. 이 존재하지 않는 바다의 섬으로 돌아왔다. 이 존재하지 않는 섬 타이완 중부의 고향으로 돌아왔다.

그는 양타오 과수원을 떠나 고향과 더 가까운 주변 지대로 갔다. 아버지에게 제사를 올리고 싶었다. 작은 시골의 묘지는 외진 지역에 자리 잡고 있었다. 사람들의 취락 지역에서 아주 멀었다. 죽음이 불길하고 깨끗하지 못해서 인간 세상의 질서를 어지럽힐 수 있기 때문에 사람들로부터 멀리 떨어진 곳에 조성했다. 멀수록 좋았다. 살아 있는 사람들이 무덤을 보지 못하거나 죽음을 피할 수 있는 곳이어야 했다.

엄마는 그가 아버지의 장례에 참석하지 못하게 했다. 여러 해 전에 아버지는 간암 말기 진단을 받고 몇몇 대형 병원을 찾아가 보았지만 가는 곳마다 몇 달 남지 않았다는 말만 들었다. 몇 달밖에 남지 않았다는 말에 아버지는 화학 치료를 포기하고 입원하지 않았고 집으로 돌아오지도 않았다. 아버지는 묘당에 가서 지내고 싶다고 했다. 엄마가 아버지의 행적을 아주 엄격하게 통제하고 있었지만, 아버지는 자신에게 남은 시간이 몇 달밖에 안 되니 묘당으로 보내 달라고 간청했다. 엄마가 날카로운 목소리로 울부짖으며 반대하자 아버지는 자신은 다 죽은 몸이니 순순히 보내 달라고 부탁했다. 작은 시골의 마조묘(媽祖廟)*는 아주 깨끗하고 참배자들도 거의 없었다. 아버지는 매일 묘당지기와 침식을 같이하면서 조용히 병을 다스리며 죽음을 기다렸다.

그리하여 몇 달밖에 남지 않았다는 선고를 받은 아버지는 조용한 마조묘에서 10년을 더 살았다.

마침내 아버지가 세상을 떠났을 때, 막내인 그는 독일에 있었다. 둘째 누나가 전화로 그에게 말했다.

"어제 아버지가 돌아가셨어. 한번 다녀가. 너도 알다시피 엄마의 상태가 그다지 안정적이지 못하고, 네가 장례에 참석하면 그

---

* 중국 남방 연해 지역과 타이완, 남양(南洋) 일대에서 신봉하는 바다의 여신인 마조를 모신 사당.

다음에 죽을 사람은 자신이라고 말하긴 했지만, 곰곰이 생각해
보면 이건 아버지 장례잖아. 아버지는 틀림없이 네가 자리를 함
께하길 바라실 거야. 아무래도 네가 오는 게 맞는 일인 것 같아.
엄마는 내가 알아서 잘 처리할게. 아들이 아버지의 신주를 받드
는 게 맞는 거잖아?"

"형은? 출소했잖아?"

"누가 알겠니. 다시 일어서겠다고 하면서 왕씨 집안이랑 사업
을 한다더니 아예 얼굴을 볼 수가 없어. 어디에 있는지도 모르고."

빈소는 옛집 타운 하우스에 마련되었다. 그가 다음 날 독일에
서 날아와 용징의 타운 하우스로 온 것은 자정에 가까운 시각이
었다. 큰누나와 둘째 누나, 셋째 누나가 모두 원탁에 둘러앉아 종
이로 연꽃을 접고 있었다. 그를 본 셋째 누나가 말했다.

"이렇게 늦은 시각에 와서 정말 다행이야. 엄마는 주무셔. 엄마
는 네가 온다는 사실도 모르고 계셔."

아버지의 빈소는 아주 간소했다. 빈소는 소박할수록 좋고 장례
에 너무 정성을 들일 필요도 없다는 아버지의 유지에 따른 것이
었다. 지전도 태우지 말고 절만 한 번씩 올린 다음에 곧장 화장하
면 그만이라고 했다. 영정 사진 속 중년의 아버지는 담담하게 미
소를 머금었고 눈썹이 진하고 눈동자가 맑았다. 생김새가 준수하
지만 얼굴에 약간의 주름이 있었다. 아버지는 평생 수많은 비밀
을 지키면서 그것을 전혀 입 밖에 내지 않았다. 사후의 사진은 얼
굴 전체가 편안해 보였다. 죽어서는 이렇게 편안한 얼굴인데 살
아 있을 때는 감추는 게 아주 많았다. 영전에 선 아들딸들은 전부
각자 주판을 두드리고 있었다. 제각기 마음속에 말 못 할 생각들

을 갖고 있었다. 아버지의 시신은 아직 염을 하지 않은 상태로 기다리면서 우선은 냉장고 안에 안치한 터였다. 냉장고 윗면은 투명했다. 아버지는 수의 차림으로 조용히 누워 있었다. 그가 손을 냉장고 위에 올려놓고 말했다.

"아버지, 저예요."

아버지 사후의 표정은 영정 사진과 호응을 이루고 있었다. 주름이 펴지고 검은 머리가 더욱 검어진 것 같았다.

밤에는 누군가 빈소를 지켜야 했다. 그가 자원했다. 어차피 그의 몸은 지금을 독일 시각으로 인식하고 있기 때문에 전혀 졸리지 않았다.

"모두 가서 자요. 내가 빈소를 지킬 테니까."

밤이 깊은 용정은 정말로 조용했다. 가을이 온 듯한 느낌이 조금 들었다. 시원한 바람이 불면서 벌레 소리를 몰고 왔다. 아주 오래 누나들을 만나지 못한 탓인지 생소하게만 느껴졌다. 신체 접촉은 전혀 없었다. 포옹도 하지 않았고 서로 눈길을 주고받지도 않았다. 눈물도 없고 미소도 없었다. 모두 줄곧 그에게 먹을 것만 건네고 있었다.

"많이 먹어. 독일에서 살면서 왜 이렇게 마른 거야?"

대문이 열리고 빈소에 불이 들어왔다. 향로 뒤쪽에 소형 녹음기가 하나 설치되어 희미하게 '나무아미타불'을 독경하는 소리가 들려왔다. 그는 혼자 영전에 앉아 연꽃을 접고 컵라면을 먹었다. 누나들은 교대로 와서 개나 고양이가 들이닥치지 않는지 감시했다. 시골에는 들고양이와 들개들이 아주 많았다. 풍속에 의하면 이런 축생들이 빈소 가까이 오는 것은 금기였다. 그는 눈을 크게 뜨고 귀를 쫑긋 세운 채 어두운 곳에 개나 고양이가 없는지 살폈다. 그러다가 문득 타운 하우스 옛집 앞길이 그가 떠나던 해 폭 넓은 도로로 확장되면서 아스팔트로 포장된 일이 생각났다. 빈소 앞 등불에 비친 도로는 반짝반짝 빛나고 있었다.

다음 날 가장 먼저 일어난 건 엄마였다. 엄마는 막내아들을 보고는 별다른 반응 없이 한마디 묻기만 했다.

"네 형은 어디 있니? 아직 대륙에 있니? 아버지가 돌아가셨으니 아들이 신주를 받들어야지. 너는 아들이 아니라 아무짝에도 쓸모가 없구나. 너는 남자가 아니잖아."

그날 많은 일들이 일어났다. 엄마는 그를 쫓아냈고 아버지의 유지를 거역하며 장례를 성대하게 치렀다. 화장은 하지 않고 매장하기로 결정했다. 엄마는 그가 가 버리기를 바라면서 '망할 놈', '집안 망칠 놈'이라고 욕을 해 댔다. 그가 떠나기 전에 장례 지도사들이 아버지의 입관을 준비하고 있었다. 엄마는 관이 너무 초라하다고 툴툴대면서 따로 시간을 정해 염을 해야 한다고 우겼다. 지금은 천씨 집안이 넉넉하지는 않지만 관을 살 돈도 없는 정도는 아니라면서 직접 가서 좋은 관으로 고르겠다고 했다. 큰누나는 그 관이 아버지가 생전에 옆집 관재상에 가서 골라 놓은 것이라고 말했다. 가격이 저렴하고 모양이 간결한 관이었다. 아버지는 어차피 태워 버릴 텐데 잘 타기만 하면 되지 않느냐고 했다.

그가 떠나기 전에 엄마는 소리를 지르다가 아버지의 시신을 안고 대성통곡했다. 입으로는 연신 일련의 경문을 외고 노래하면서 아버지의 유해가 관에 들어가지 못하게 막았다.

아버지의 장례를 놓치고 독일로 돌아와서 얼마 지나지 않아 그는 교도소에 들어갔다. 아버지의 무덤에 절을 하지도 못했다. 그는 아버지가 어디에 묻혔는지 알고 있었다. 이제 고향에 돌아왔고 마침 중원절이니 묘지에 가 봐야 했다.

걷고 또 걷다가 그는 길을 잃었다. 묘지로 가는 길을 찾을 수 없었다. 눈앞에 펼쳐진 시골의 작은 길들은 기억 속 모습이 전혀 아니었다. 그의 기억 속 오솔길은 진흙과 자갈로 덮여 있었는데 지금 밭 사이의 이 길은 아스팔트로 포장되어 있었다. 그는 양타오 과수원에서 나와 간장 공장을 지나서 모퉁이를 돌아 곧장 앞으로 가면 묘지로 갈 수 있는 걸로 기억하고 있었다. 너무 더워서 이런 게 분명했다. 그는 머리 온도를 낮춰야 한다는 생각이 들었다. 기억에 의지해서 항해하는 게 불가능했기 때문이다. 한참을 돌고 돌아 그는 마침내 간장 공장을 찾았다. 하지만 지금은 폐허가 되어 있었다. 양철 지붕은 보이지 않고 잡초와 넝쿨만 잔뜩 자라 있었다. 어렸을 때, 그는 후각에 의지하여 간장 공장을 찾을 수 있었다. 짜고 시큼한 냄새를 맡으면 간장 공장이 가까이 있다는 걸 알 수 있었다. 그는 베를린의 아파트에 있을 때 매번 창문을 열면서 달콤한 냄새를 맡았다. T를 죽이던 그날, 그가 아파트 창문을 열었을 때, 진한 벌꿀 향기가 코로 밀려 들어왔다. 아, 오늘도 그 공장에서는 벌꿀 사탕을 만들고 있을 것이다. 그의 몸은 온통 피였다. T의 피와 자신의 피였다. 몹시 아팠다. 자고 싶었다. 벌꿀 냄새 때문에 그는 아름다운 봄날을 생각했다. 수많은 꽃들이 분노한 듯 만발하고 벌들이 떼 지어 응응 요란한 소리를 내며 날아다녔다. 그는 벌꿀 냄새를 맡으며 차가운 바닥에 누워 아주 깊은 잠에 빠져들었다. T를 죽이기 전에 그는 아주 오래 잠을 자지 못했다. 마침내 잠

귀신들의 땅

이 들었다. 꿈 없는 깊은 잠이었다. 죽음에 가까웠다.

후각은 그가 고향의 방위를 인식하는 방식이었다. 양타오 과수원에서는 무르익은 과실이 내뿜는 달콤한 향기가 났고, 청자오 마에서는 향이 타는 냄새가 났다. 묘지에서는 지전을 태우는 냄새가 났고, 간장 공장에서는 검정콩이 발효하는 달콤하고 구수한 냄새가 났다. 지금 간장 공장은 폐허가 되었고 담장 바깥에는 얼룩덜룩한 그림과 수많은 포스터, 광고지가 잔뜩 붙어 있었다. 자세히 살펴보니 공장의 담장을 덮고 있는 건 모 향장(鄕長)의 정치 선전물이었다. 졸렬한 필치와 과장된 색조로 풍성한 수확을 이룬 농가의 풍경도 그려져 있었다. 곡식은 아름답고 꽃이 무성했다. 농부들은 찬란한 미소로 풍성한 수확을 경축하고 있었다. 담벼락 그림의 핵심은 당시 향장의 초상화였다. 그는 크고 둥근 얼굴에 하얀 치아를 드러내고 있었다. 옆에는 "용징은 크게 번영 발전하고 있고, 풍성한 수확을 이룬 농가들은 단란한 행복을 누리고 있습니다. 향장 천톈이(陳天一)가 왕신(王新)재단과 함께 삼가 아룁니다."라는 문구가 쓰여 있었다.

형이었다.

향장 천톈이는 바로 그의 형이었다. 천씨 집안의 여섯째, 연달아 딸만 다섯을 낳고 나서 마침내 얻은 첫아들이었다.

담벼락에 그려진 인물은 틀림없는 그의 형이었다. 도톰한 이마와 큰 눈, 두꺼운 눈썹이 틀림없는 형의 모습이었다. 엄마를 닮아서 곱슬머리였다. 그림은 비바람에 마구 훼손되었고 햇볕에 허옇게 탈색되어 있었다. 형의 입술은 송두리째 날아가 버린 상태였다. 가까이 다가가 보니 형의 머리 부분에는 그를 욕하는 수많은 문구가 쓰여 있었다.

염병할 새끼! 뇌물과 부패에 찌든 놈! 지옥에나 떨어져라! 내 돈 도로 내놔라!

수많은 광고지와 선거 포스터가 나붙어 원래의 그림을 일부 가리고 있었다. 그는 모든 광고를 하나하나 읽어 내려갔다. 각종 점 쳐 드립니다. 중고차 매매. 자동차 대출. 소파 수리. 공장 직판. 구 아버 도매. 이혼 전문. 간통 현장을 잡아 드립니다. 파트너 소개 전문. 수술 없이 풍만한 가슴을 선물해 드립니다. 물탱크 수리. 정화조 청소. 빚 받아 드립니다. 대서 및 투자. 베트남 신부. 예수 믿고 영생 얻으세요……. 이 밖에 수많은 국회 및 지방 의회 의원과 기관 대표, 현장 등의 선거 포스터가 덕지덕지 붙어 있었다. 오래 된 포스터는 바닥에 떨어지고 그 자리에 새 포스터가 나붙었다. 담벼락 전체가 아주 요란했다.

이런 광고지가 바로 그의 고향이었다. 무속과 지하 금융, 조직 폭력, 중매, 정치 참여, 뇌물 등 인생의 온갖 의심스러운 증상들이 전부 이 담장에 있었다. 모든 광고 밑에는 전화번호와 수신자 이름이 명기되어 있었다. 이런 전화로 인생의 해답을 얻을 수 있을 것이다.

"친구야!"

트럭 한 대가 길가에 멈춰 섰다. 기사가 고개를 내밀고 그를 향해 알은체를 했다.

"친구, 너로구나! 천톈훙 맞지?"

기사가 천천히 차를 몰아 그를 향해 다가왔다.

샤오촨(小船)이었다.

샤오촨, 그에게 뱃멀미를 느끼게 했던 샤오촨, 그의 중학교 친구, 빨간 반바지 이후로 그가 가장 사랑했던 두 번째 고향 남자.

10 고마워, 파리

전화가 또 울렸다.

수메이는 테라초 바닥을 기어서 일어섰다. 그녀는 틀림없이 넷째일 거라고 생각했다. 몇 달 전에 그녀는 인터넷 뉴스에서 백악관 일가 사람들이 전부 유럽으로 휴가를 갔다는 소식을 접했다. 그들이 공항에 어떤 옷을 입고 갔고 어느 비행기를 탔는지, 어느 호텔에 묵고 어떤 차를 몰았는지 기사에 상세하게 실려 있었다. 기자는 그들이 몸에 걸친 의상과 여행 용품들을 일일이 거론하면서 브랜드와 가격까지 상세히 적었다.

"비스킷 업계의 거물이 자녀들을 데리고 유럽 여행을 즐겼다. 맏아들의 곁에는 원래 배우자는 보이지 않고 새 애인인 젊은 모델이 자리하고 있었다."

기자는 가계도를 작성하기도 했다. 거물의 타이완 본부인과 베이징의 둘째 부인은 둘 다 똑같이 맞춤 주문한 파리의 명품 핸드백을 들었다. 거물 맏아들의 원래 배우자는 여러 해 동안 보이지 않았고, 새 애인은 스무 살을 갓 넘긴 젊은 모델이었다. 인터넷에는 맏아들의 본부인 사진도 게재되어 있었다. 수심 가득한 얼굴이었다.

본부인이 바로 넷째였다. 그 가계도에는 여러 해 전의 사진이 실려 있었다. 다섯째의 장례 때 기자들이 아주 멀리서 찍은 것이었다. 사실 지금 넷째의 모습이 어떤지는 큰언니도 잘 알지 못했다. 그녀는 과일을 사 가지고 백악관으로 가서 초인종을 눌렀다. 백악관 대문에는 여러 개의 감시 카메라가 설치되어 있었다. 초인종을 눌러도 아무런 반응이 없었다. 하지만 그녀는 누군가 자신을 보고 있다는 걸 알고 있었다. 갑자기 정원사가 백악관 담장 한구석에 있는 작은 문을 통해 밖으로 나와 멀리서 그 작은 문 쪽으로 오라고 손짓을 했다.

수메이는 빠른 걸음으로 그쪽으로 다가갔다.

"걱정하지 마. 나도 그렇게 멍청하진 않으니까. 가족들이 집에 없다는 거 알아. 전부 유럽에 갔다며. 인터넷 뉴스에 그렇게 났던데."

정원사가 미간을 찌푸리며 말했다.

"이러면 내가 일하기가 정말 어려워. 그 사람들이 돌아오면 때로 CCTV의 기록을 살펴보기도 하거든. 그러면 내가 진짜 피곤해져. 시간을 들여 녹화 기록을 처리해야 하니까. 일단 들어와. 남들이 보지 않게."

정원사는 그녀를 안으로 들여보내 주었다. 그녀는 정원을 가로질러 백악관 안으로 들어갔다. 수메이는 넷째의 방 문 앞에 서서 문을 두드리며 말했다.

"쑤제, 나야. 큰언니야. 너를 좀 만나러 왔어."

쑤제는 문을 열지 않았다. 방 안에서 수메이의 휴대폰으로 전화를 걸어 왔다. 전화가 연결되기도 전에 고함치는 소리가 들리기 시작했다.

"언니 미쳤어? 절대로 여기 들어오면 안 된다고 내가 얘기했잖아? 여긴 아주 구역질 나는 곳이란 말이야. 아주 더러운 곳이라고! 그들이 언니를 죽일 거야. 그는 무슨 일이든지 다 할 수 있는 인간이라고!"

쑤제의 날카로운 목소리가 방문에 막혀 뚝뚝 끊기면서 수메이의 귀에 전달되었다. 멀리서 들리는 먹먹한 천둥소리 같았다. 수메이는 정말로 천둥이 쳐 줬으면 좋겠다고 생각했다. 아주 오랫동안 비가 오지 않아 공기는 줄곧 희뿌옜고 코를 킁킁거리면 흐릿하게 탄내가 났다. 수메이가 다시 문을 두드리며 말했다.

"걱정하지 마. 언니는 그렇게 멍청하지 않아. 언니는 그분들이 집에 없다는 걸 잘 알아. 어서 문 좀 열어 봐. 내가 과일을 좀 가져왔어. 우리 같이 먹자, 응?"

쑤제는 그래도 문을 열지 않았다. 끊임없이 수메이의 휴대폰으로 빨리 돌아가라고 애원할 뿐이었다.

"언니, 빨리 돌아가. 더 우물쭈물하다가는 때를 놓친단 말이야. 우리 집에 죽은 사람이 모자라서 이러는 거야?"

수메이는 백악관의 그 침실 앞에 서 있었다. 손에서는 휴대폰이 계속 울려 대고 있었다. 문안에서는 계속 쑤제의 고함 소리가 들려왔다. 수메이는 전화를 받지 않고 계속 울리도록 내버려 두었다.

오늘은 중원절이고, 쑤제가 전화를 걸어 엄마가 보이지 않는다고 소리쳤다. 쑤제가 엄마에 관해 언급하는 걸 듣지 못한 지가 여러 해인데 오늘은 어떻게 된 걸까? 지금 또 휴대폰이 울리고 있다. 그녀는 재봉틀 옆 자투리 천 무더기 속에서 휴대폰을 찾아냈다. 발신자의 번호가 떠 있었다. 넷째 동생이 아니라 '파리'였다.

그녀는 재빨리 전화를 받았다.

"사장님, 안녕하세요? 오늘 제사를 올리느라 바쁘지 않으셨나요? 전화할 짬이 나셨나 봐요?"

"수메이! 빨리 좀 와 줘요! 자동차 사고야! 도로에서 자기 남편 차가 뒤집혔어요. 우유가 쏟아져 도처에 우유 천지예요! 아이고! 빨리 좀 와 줘요!"

그녀는 전혀 놀라지 않고 냉정하게 사고 장소를 묻고는 최대한 빨리 가겠다고 말했다. 어쩌다 또 사고가 난 걸까? 최근 몇 년 동안 남편은 곳곳에서 사고를 치고 있었기 때문에 정말로 더 이상 그녀를 놀라게 할 일이 없었다. 그녀는 전화로 파리의 말투를 듣고서 차가 전복되긴 했지만 사람은 죽지 않았다는 걸 알았다. 오늘은 정말 더웠다. 그녀는 천천히 움직이기로 마음먹었다. 어차피 파리가 있으니까 큰 문제는 없다.

거울을 보면서 옷을 갈아입었다. 반년 전에 염색하고 파마한 머리칼은 웨이브가 죽고 색깔도 바랬다. 얼굴은 무척이나 지쳐 보였다. 눈꺼풀이 처지고 주름도 깊었다. 얼굴에 밤낮으로 지진이 일어나 이렇게 깊은 주름과 균열이 생긴 것 같다. 머리칼은 정말 염색과 파마를 다시 해야 할 것 같다. 하지만 최근에는 정말로 파리에 갈 돈도 없었다.

이 작은 시골에는 미용실이 세 곳 있었다. 가장 오래된 집은 이름 없이 가게 밖에 곰팡이가 잔뜩 핀 나무판에 '머리 커트'라고 쓰여 있을 뿐이었다. 저녁이 되어 나무판을 뒤집으면 '옌수이지'가 되었다. 주인 여자는 솥에 가득한 기름을 10년 넘게 갈지 않고 그대로 사용하고 있었다. 그 기름으로 튀겨 낸 닭에는 가는 털이 남아 있어 시골 사람들은 '머리털 닭갈비'라고 불렀다. 두 번째는 '네 자매'로, 수메이네와 마찬가지로 줄곧 딸을 낳아 집안에 연달아 딸만 넷이었고 전부 미용업에 종사하고 있었다. 네 딸들은 아빠는 같지만 엄마는 제각기 달랐다. 아빠는 네 여자를 골라 아들을 하나씩 낳을 생각이었으나 한 번도 성공하지 못했다. 네 번째에도 딸이 태어나자 화가 난 그는 심장병으로 죽고 말았다. 네 자매는 커트나 파마를 대충 엉성하게 하다가 음력 '길일'을 만나면 문을 닫았다. 네 자매는 서둘러 장례가 있는 집을 찾아가 견망진(牽亡陣)* 춤을 추었다. 아버지의 출상이 있던 날엔 자매들이 앞에 나서서 길을 여는 일을 맡았다. 아버지의 망혼이 순조롭게 신선들의 산에 오르게 하려는 것이었다. 세 번째 집이 바로 '파리헤어공작실'로 여성 주민들로부터 가장 큰 사랑을 받았다. 미용실 벽에는 에펠탑 포스터가 여러 장 붙어 있었다. 미용사는 타이베이에서 온 모녀로 타이완 사투리를 할 줄 몰랐다. 들리는 바에 의하면 둘은 여행단에 끼어 2박 3일로 파리 여행을 다녀왔다고 했다. 여주인은 얼굴이 희고 속눈썹이 길었으며 코가 오뚝했다. 걸을 때도 발소리가 들리지 않았다. 파리의 여주인을 보는 순간 수메이는 왜 사람들이 시골 사람들을 '촌스럽다'고 하는지 알 것 같았다. 도시에서

* 유가의 장례 관념과 불가의 윤회 관념, 그리고 도가의 신귀(神鬼) 사상이 융합된 민간 신앙의 습속으로, 민간 희곡이나 무용의 형식으로 표현된다. 타이완에서 특히 유행하고 있다.

귀신들의 땅   113

온 파리의 얼굴은 먼지 하나 없이 말끔했다. 끈적끈적하고 어두우면서 빛이 없는 시골 사람들 얼굴과는 딴판이었다. 시골 사람들은 세면을 하면 대야 가득 구정물이 차지만, 파리 여주인은 세면을 한 물도 아주 깨끗하고 투명할 것 같았다. 파리의 딸도 예뻤다. 조용히 옆에서 손님의 머리를 감겨 주고 바닥에 떨어진 머리칼을 치우면서 입을 열지 않았다. 들리는 소문에 의하면 과거에 타이베이에서 유명한 여중에 다녔는데, 휴학을 하고 엄마를 따라 시골로 내려온 것이라고 했다. 파리 여주인이 말했다.

"딸의 상태가 좋아지면 저희는 다시 타이베이로 돌아갈 거예요."

'파리헤어공작실'은 사실 파도 모양의 파마밖에 할 줄 몰랐다. 그렇지만 거울 옆에는 모녀가 파리 에펠탑 앞에서 찍은 사진이 붙어 있었다. 시골에 해외 여행을 해 본 사람이 누가 있겠는가? 여권을 소지한 사람이 얼마나 되겠는가? 파리는 이 작은 시골에서 유럽에 대한 상상의 극치였다. 이 미용실에 와서 커다란 파도 모양으로 파마를 하면 프랑스나 유럽의 다른 나라에 와 있는 것 같은 느낌이 들었다. 그래서 모두 파리에 와서 파마를 했다. 모양은 천편일률이었다. 재래시장에 가서 찬거리를 사는 주부들의 머리를 보면 전부 정수리부터 뒷머리까지 모양이 똑같았다. 엉성한 부분과 노련한 부분이 전부 파리 스타일이었다. 한번은 파리 여주인이 그녀에게 물었다.

"수메이 씨, 남동생이 유럽에 있다면서요? 파리에 있는 건가요? 정말 대단해요. 아, 파리는 정말 아름다운 도시예요. 보세요. 제가 입고 있는 이 옷도 파리에서 산 거예요. 어때요? 멋있지 않나요?"

수메이가 대답했다.

"제 동생은 베를린에 있어요."

"베를린이요? 거기가 어디죠? 어째서 제가 들어 보지 못한 거죠? 수메이 씨는 그곳에 가 보셨나요?"

그녀는 고개를 가로저었다.

"가 보고 싶어요."

열다섯 살이 되던 해에 집을 떠나 타이중 사루로 가서 여공으로 일하기 시작했을 때, 자신이 아주 멀리 갈 수 있다고 생각했다. 하지만 결국 어디에도 가지 못하고 다시 이곳으로 돌아오고 말았다. 어느 날, 바로 옆 진(鎭)의 황혼시장 노점에서 파리가 파리에서 샀다는 그 옷을 보긴 했지만, 그래도 그녀는 여주인이 파리까지 갔다 왔다는 사실만은 무척 부러웠다. 그날 그녀는 파리 여주인에게서 처음으로 촌스러운 시골 냄새를 맡았다.

열여덟 살 때, 그녀는 사루의 방직 공장에서 남편을 알게 되었다. 남편은 성이 가오(高)였다. 키가 작고 과묵한 그는 지게차를 몰면서 의류 제품의 운반을 도맡았다. 사람들은 그를 샤오가오라고 불렀다. 지게차는 조종이 쉽지 않았지만, 당시 남편은 공장에서 최고 달인이라 아주 빠른 속도로 원단을 한 상자 한 상자 창고 선반 위에 올려놓았다. 그녀가 창고로 원단을 가지러 갈 때마다 평소에 말이 없던 샤오가오가 다가와 인사를 건네면서 말을 걸었다.

"수메이, 바람 좀 쐬지 않을래요?"

이른바 '바람을 쐰다'는 것은 공장장이 없을 때 기사인 그가 봉제 여공들을 지게차에 태우고 창고 주위를 몇 바퀴 도는 것이었다. 여공들의 생활은 고되고 단순했다. 열 명이 넘는 여자아이들이 비좁은 숙소 안에서 함께 생활하며 매일 재봉틀 앞에 열몇 시간씩 앉아 있어야 했다. 쉴 수 있는 날은 겨우 일주일에 하루였다. 지게차에 타고 몇 바퀴 돌면서 젊은 기사와 몸을 맞대고 붙어 있는 것이 공장의 낭만이었다. 그녀는 공장장에게 들킬까 두려워 줄곧 그의 제안에 대답하지 않았다. 감히 지게차를 탈 엄두가 나지 않았다. 그녀는 열다섯 살에 학교를 그만두고 집을 떠나 사루에서 일하기 시작했다. 당시에는 타이완의 수출 산업이 왕성하게 발전하고 있었고, 방직업계에는 주문서가 끊이지 않고 쇄도했다. 학교 친구 하나가 그녀에게 사루에서 여공을 모집하는데, 공장장은 학력 따위는 보지도 않는다고 말해 주었다. 숙식을 제공하고 조금 고생할 각오만 되어 있으면 쉽게 채용될 거라고 했다. 공부가 싫고 머리도 좋지 않았던 그녀는 매일 집에서 엄마의 잔소리에 시달리다 보니 집을 떠나 돈을 벌고 싶은 생각이 간절했다. 게다가 그녀는 계속 집에 붙어 있을 수가 없었다. 그 일이 있은 뒤로, 아버지가 그 일을 모르게 된 뒤로, 온 세상이 그 일을 모르게 된 뒤로 그녀는 도망치고 싶었다. 엄마는 가지 못하게 했지만 그녀는 그런 엄마의 태도를 이해할 수 없었다. 그녀는 돈을 벌어야 했다. 돈을 벌어 다시 집으로 돌아와야 했다. 그녀가 없으면 입이 하나 줄고 학비 걱정도 없어지는데 이 얼마나 좋은 일인가? 엄마는 그녀의 뺨을 후려치면서 가지 못하게 했다. 사실 엄마는 그녀가 나가서 일하는 걸 반대하는 게 아니라 원래 그녀를 미워했기 때문에 사사건건 모든 일에 반대했던 것이다. 엄마가 그녀를 미워하게 된 것은 그 일 때문이었다. 같은 반 친구는 이미 학교를 그만둔 지 몇 달이 지나서 타이중에서 새로 산 옷을 입고 돌아온 터라 온몸에서 반짝반짝 빛이 났다. 친구는 공장에 남자들이 아주 많다고 은밀하게 말해 주었다. 다음 날, 그녀는 곧장 친구를 따라 사루의 의류 공장에 들어가 일하기 시작했다.

그녀는 실제로 사루에 관해 들어 본 적이 없었다. 기차를 타고 버스로 갈아타는 동안 수많은 공장들이 그녀의 눈을 스쳐갔다. 이는 일자리를 찾기 쉽고 돈을 벌 수 있다는 뜻이었다. 시골 여자인 그녀는 그렇게 많은 자동차를 본 적이 없었고, 그렇게 많은 사람도 본 적이 없었다. 물론 사루는 그녀의 고향보다 좋았다. 돈을 벌 수 있었고 작은 야시장이 있었고 대학이 하나 있었고 번화한 도시의 먼지가 있었다. 그녀는 마침내 매일 엄마와 마주치지 않을 수 있게 되었다. 그녀는 여공 기숙사로 들어갔다. 열 명이 넘는 소녀들이 전부 스무 살 미만이었다. 하나같이 집이 가난하여 학교를 그만두고 이곳으로 일하러 온 아이들이었다.

첫 월급을 받았을 때, 흥분을 감추지 못한 그녀는 기차를 타고 집으로 돌아가 엄마에게 돈을 건넸다. 엄마는 그녀를 쳐다보지도 않고 받은 돈을 세면서 미간을 찌푸렸다. 말은 한마디도 하지 않았다. 돈이 생각보다 적은 게 불만이었다. 나중에는 집에 돌아오는 횟수가 적어졌지만 그녀는 매달 돈은 꼬박꼬박 보냈다. 일요일에는 기숙사에서 울거나 방송을 들었다. 여동생들은 그녀에게 편지를 써서 집안의 자질구레한 일들을 들려 주었다. 텐홍은 항상 편지에 그림을 그려 넣고 "큰누나 빨리 돌아와."라고 썼다. 텐홍은 항상 필체가 단정했다. 어려서부터 누나들에게 글씨 쓰는 법을 배웠고 책 읽기를 좋아했기 때문이다. 커서 작가가 된 게 전혀 이상하지 않았다. 나중에 텐홍이 책을 여러 권 썼지만 그녀는 읽을 수가 없었다. 그래도 책이 나올 때마다 다 샀다. 그녀는 자전거를 타고 바로 옆 진에 있는 서점에 가서 점원에게 책 제목을 물었다. 결제할 때는 점원에게 한마디 던졌다.

"제 동생이 쓴 책이에요. 부탁인데, 많이 좀 팔아 주세요. 감사합니다."

사루의 기성복 공장에서 샤오가오를 만난 뒤로 평소에는 매일 밤 10시까지 일했다. 샤오가오는 밤참을 준비해 여공 기숙사로 그녀를 찾아갔다. 다른 여공들은 샤오가오가 오면 환호성을 질렀다.

"수메이, 밖에 누가 널 찾아왔어!"

두 사람은 기숙사 밖 복도에서 옌수이지를 먹으며 사루의 하늘을 바라보았다. 기숙사 밖에는 항상 자갈을 실은 트럭이 빠르게 지나면서 하늘 가득 흙먼지를 날렸다. 그 흙먼지의 엄호 속에서 그녀는 대담하게 고개를 들고 눈을 크게 뜨고서 샤오가오를 쳐다보았다. 그는 코도 작고 눈도 작고 몸집도 작았다. 피부는 새카맣게 그을었지만 차를 아주 잘 몰았다. 낮에는 공장에서 지게차를 몰고, 저녁에는 공장 밖으로 나가 트럭을 모는 임시 노동자로 일했다. 시멘트나 수박, 배추 등 가리지 않고 실어 날랐다. 말은 거의 하지 않았다. 그의 그런 모습을 보면서 그녀는 아버지를 생각했다.

한번은 갑자기 공장 원단 창고의 일부 선반이 무너져 내렸다. 도미노 효과로 다른 선반들도 전부 무너져 내렸다. 무게가 몇 톤이나 되는 물건들이 서로 부딪혀 먼지가 작은 산을 이루면서 공장의 양철 벽을 뚫고 퍼졌다. 마침 출하의 피크 타임이라 모든 지게차들이 창고에서 작업하고 있다가 전부 화물 속에 묻혀 버리고 말았다. 그녀와 모든 노동자들이 황급히 달려들어 화물을 치우고 지게차 기사들을 찾기 시작했다. 그녀는 그날 출고하려던 화물이 빨간색 폴로 셔츠였다는 걸 기억했다. 모든 여공들이 하던 일을 던져두고 일제히 빨간 원단을 향해 소리를 지르면서 돌진하여 금세 사람을 구해 냈다. 그녀는 계속 밑으로 파 내려갔고 마침내 따스한 몸에 손이 닿았다. 그녀는 있는 힘을 다해 그 몸을 끌어내려 했지만 아무리 해도 나오지 않았다. 그녀가 빨간 원단을 들추고 자세히 살펴봤더니 따스한 몸의 주인공은 머리 전체가 완전히 화물에 눌려 있었다. 갑자기, 또 다른 머리가 그녀가 파낸 빨간색 통로를 뚫고 나왔다. 샤오가오였다. 그녀를 본 샤오가오는 얼굴 가득 미소를 지었다. 그녀는 납작하게 눌린 머리를 다시 살펴보고서야 머리의 주인이 아들이 셋이나 되고 아내가 자신과 마찬가지로 봉제공인 남자라는 걸 알았다. 그녀 건너편에 앉아 일하는 여공이었다. 그녀는 머리를 끌어안고 정신없이 울어 댔다. 샤오가오가 빨간 원단 더미에서 기어 나왔다. 아무런 상처도 없었다. 그는 옆에 서서 그녀가 울음을 그치기를 기다렸다가 말했다.

"수메이, 바람 좀 쐴까?"

다음 날, 그녀는 공장으로 돌아가 작업을 했다. 빨간 원단은 하나도 보이지 않았고 공장의 양철 벽도 밤새 수리를 마친 상태였다. 건너편 자리에는 새로운 여공이 왔다. 자리에 앉자마자 재봉틀을 움직이기 시작했다. 공장장이 큰 소리로 여공들을 재촉했다.

"물건 좀 빨리 뽑으라고! 누구든지 게으름 피우면 혼날 줄 알아!"

그녀는 동료에게 원래 그녀 맞은편에 앉아 있던 여공, 즉 납작하게 눌린 머리의 아내는 어디로 갔는지 물었다. 모두 아무 말도 하지 않았다. 그러면서 그녀에게 그 얘기는 꺼내지 말라고 당부했다.

몇 달 후, 그녀는 임신을 했다. 공장장은 그녀가 임신했다는 애

기를 듣고는 그날로 기숙사로 찾아와 당장 짐을 싸서 나가라고
했다. 정말로 갈 곳이 없었던 그녀는 집으로 돌아가는 수밖에 없
었다. 엄마가 욕을 해 댔다.

"밖에 나가 돈을 벌어 오겠다더니 놀러 나갔던 거였어. 놀다가
배까지 불러서 왔네!"

미혼인 여자가 아이를 낳는다는 건 작은 시골에서는 이만저만
한 추문이 아니었다. 마침 타운 하우스 바로 옆 동 주인이 세를 놓
겠다고 하자 아버지는 얼른 돈을 마련해 이를 신방으로 꾸며 주
었다. 창졸간에 혼례를 치르다 보니 혼수가 몹시 초라했다. 그녀
는 원래 3년 동안 일해서 번 돈으로 타이중 시내에 정착할 작정이
었다. 그녀는 평생 봉제 여공으로 살고 싶지 않았다. 옷 가게를 하
나 열어 예쁜 옷들을 팔고 싶었다. 하지만 한 바퀴 빙 돌아 제자리
로 오고 말았다. 도시는 한바탕 꿈에 지나지 않았다. 그녀는 빙 돌
아 결국 고향의 타운 하우스로 돌아온 것이다. 원래의 집을 피하
려고 있는 힘을 다했지만 결국 담장 하나를 사이에 두고 나란히
붙어서 살게 되었다.

남편은 사루에서 지게차 기사를 그만두고 그녀를 따라 이 작은
시골로 와서 인근 공사장에서 막일꾼으로 일했다. 결혼하고 나서
야 조용하기만 하던 남편이 노름을 좋아한다는 사실을 알게 되었
다. 그는 사색패(四色牌)*도 하고 마작도 하고 온갖 유형의 노름을
다 했다. 임신 9개월이 되었을 때, 그녀는 여러 해 동안 모은 돈이

---

* 중국의 장기에서 유래한 카드 게임으로 졸(卒), 상(相) 등 장기 패가
적힌 노랑, 빨강, 초록, 흰색의 네 가지 패를 가지고 하는 노름이다.

한 푼도 남지 않아서 옆집인 친정으로 돈을 빌리러 가야 했다. 두 걸음밖에 떨어지지 않았지만, 그 두 걸음이 너무나 어려웠다. 입을 열자마자 욕을 먹었다. 엄마는 현찰 한 다발을 건네면서 입으로 마구 칼과 검을 휘둘렀다.

"열다섯 살 때 돈 벌러 가겠다고 집을 나서더니 이제는 내게 돈을 빌리러 오는 처지가 된 거냐? 그놈이 토지신 묘당 뒤에서 노름을 하는 걸 모르는 건 이 세상에 너 같은 멍청이뿐이지."

그녀는 집으로 돌아가 돈을 잘 감춰 둔 다음, 식칼을 들고 토지신 묘당으로 쳐들어갔다. 탁자를 뒤엎고 실랑이를 벌이는 과정에서 저지하는 사람들과 구경꾼들, 그리고 토지신 신상에 식칼을 휘둘러 상처를 입혔지만 정작 남편은 건드리지도 못했다. 남편은 묘당을 빠져나가 논밭으로 도망쳤다. 그녀는 식칼을 들고 뒤쫓아 갔고 경찰도 뒤에서 삐뽀삐뽀 경적을 울리면서 따라왔다. 그녀가 밭을 가로질러 국화밭과 옹채(蕹菜)밭을 지날 때 갑자기 양수가 터졌다. 구급차가 달려왔고 그녀는 옹채밭에서 아기를 낳았다. 그녀는 그날 밤 밭에서 개구리들이 청량하게 울어 댔던 걸 기억했다. 그녀가 아기를 낳으면서 질러 대는 소리에 화음을 넣는 것 같았다. 여름밤 달빛은 투명하기만 했다. 그녀를 둘러싼 모든 얼굴들이 아주 선명했지만 딸아이의 아버지는 보이지 않았다. 그 옹채밭은 이제는 보이지 않는다. 호화로운 백악관으로 변했기 때문이다. 그때, 그녀의 속도는 달릴수록 더 빨라졌다. 거의 다 따라잡아 한 걸음 정도 차이였다. 곧 그를 찌를 수 있을 것 같았다. 이틀 뒤, 그녀는 병원에서 집으로 돌아와 산후조리를 시작했다. 뜻밖에도 그녀가 친정에서 빌려 온 현금 다발은 사라지고 없었다.

식칼로 찔러 죽이지도 못했고, 비누의 독으로도 죽이지 못했다. 그녀는 오늘 트럭이 뒤집혔다 해도 남편은 절대 죽지 않으리라는 걸 잘 알고 있었다.

그녀는 최근에 남편이 자주 파리에 간다는 사실을 알았다. 남편은 지난 몇 년 동안 슈퍼마켓 기사로 일하면서 갖가지 식품과 생선을 실어 날랐다. 몇몇 친한 친구들이 바람결에 실린 듯 소식을 전해 주었다. 남편의 차에 여자가 있다고 했다. 얼굴은 분명하게 보지 못했지만 사진을 찍을 틈도 없었다고 했다. 그러면서 흥신소에 부탁해 증거를 잡아 그 천박한 놈을 고소하라고 부추겼다. 그녀는 쓴웃음을 지으면서 친구들과 함께 그 천박하고 지저분한 연놈을 욕했다. 하지만 그녀는 상대방이 누군지는 전혀 알고 싶지 않았다. 뜻밖에도 멍청한 여자 하나가 그녀의 남편을 물려받으려 하고 있었다. 그녀로선 감격할 따름이었다. 마조 여신께서 영력을 발휘하신 게 분명했다. 한번은 그녀가 파리에서 머리를 감다가 소변이 급해 화장실에 갔다. 막 변기 위에 앉는 순간, 변소 문 위에 남편의 폴로셔츠가 걸려 있는 걸 보았다. 그 셔츠는 사루 기성복 공장의 제복이었다. 30년 넘게 입은 옷에는 지금은 문을 닫은 의류 공장의 이름이 여전히 찍혀 있었다. 그녀는 원래 소변만 볼 생각이었으나 그 폴로셔츠를 보는 순간, 갑자기 대변이 보고 싶어졌다. 몸이 축 풀리더니 맹렬한 배설의 욕구가 찾아왔다. 순간 그녀는 아주 시원하고 홀가분한 기분을 느꼈다. 얼른 뛰어서 제자리로 돌아와 머리를 감으며 그녀는 미소를 감추지 못했다. 파리 여주인이 그녀에게 물었다.

"무슨 일로 그렇게 즐거워하시는 거예요?"

그녀가 웃으면서 대답했다.

"사장님 때문에 그래요. 전부 사장님 덕분이라고요. 이렇게 머리를 감을 수 있으니 말이에요. 파리에 갔다 온 사람은 역시 다르네요. 아주 시원해요."

그녀는 파리의 화장실에 들어가기 전에 이미 일주일째 변비로 고생하던 차였다.

그녀는 옷을 갈아입지 않고 나가기로 마음먹었다. 이렇게 죽을 듯이 더운 날에 온 천지가 우유로 뒤덮인 광경을 상상해 보았다. 입안에 갑자기 신맛이 돌았다. 파리가 있어서 다행이었다. 파리는 파리에 가 본 적이 있지만 그녀는 가 보지 못했다. 파리에게 넘겨주자. 고마워, 파리.

11   이리 와, 이리 오라고

수리는 동생에게 편지를 쓰고 싶었다.

타이베이의 이 오래된 연립 주택 단지의 황혼시장에는 아주 오래된 문구점이 하나 있었다. 가게 안에 백열등이 깜박깜박 명멸하고 있지만 장사는 잘되지 않았다. 많은 문구들이 여러 해 동안 진열해도 팔리지 않았다. 볼펜에는 수분이 없어 잉크가 말라 버렸다. 세뱃돈이나 축의금을 줄 때 쓰는 빨간 봉투는 햇볕에 하얗게 바래 있었다. 몇 해 전 태풍 때, 이 단지는 심한 수해를 겪었다. 그때 홍수에 잠겼던 편지지를 말려서 다시 진열해 놓고 팔았다. 주인은 나이 지긋한 장화 출신 남자였다. 열 살 조금 넘어 타이베이로 온 그는 견습공부터 시작하여 힘들게 먹고사느라 쉰이 넘도록 고향에 가지 못했다. 집안 친척들은 다 세상을 떠났고 남은 것은 아무것도 없었다. 혼자 근근이 이 오래된 가게를 지키면서 이곳에서 먹고 자며 살고 있었다. 장사가 잘 안 되어도 그만이었다. 어차피 새로 물건을 들여놓을 일은 없었다. 재고가 소진되면 가게를 팔아 치우고 시골로 내려가 농사나 지을 작정이었다. 수리는 자주 이 가게에 와서 편지지를 사다가 동생에게 편지를 쓰곤 했다. 오래되고 구겨진 편지지는 세로로 내려 쓰는 방식이었다. 누런 종이 위에 세로로 빨간 줄이 쳐져 있었다. 무늬 없이 아주 단순했다. 여름 내내 햇볕에 노출되어 재질이 바삭바삭하게 변하는 바람에 펜 끝에 조금만 힘을 주어도 구멍이 뚫렸다. 주인장은 이 물건들을 다 팔면 고향집으로 돌아갈 것이라고 말했다. 그녀는 편지지를 적지 않게 사고서 가게 물품들을 대충 둘러보았다. 아마도 주인장은 평생 이곳에 남아 있어야 할 것 같았다. '집으로 돌아간다'는 말은 현실과 무관한 꿈인 것 같았다. 돌아갈 수 있는 사람은 돌아갈 것이다. 입으로 말할 필요도 없고 머리로 생각할 필요도 없다. 두 발이 가는 길을 알 것이고 도착하면 열쇠를 찾을 필요도 없이 문이 열릴 것이며, 누군가 기다리고 있을 것이다. 등불이 켜져 있을 것이고, 더운물이 준비되어 있을 것이며, 침대와 이불이 있을 것이다. 식탁에는 저녁 식사가 준비되어 있을 테지만 음식은 다 식어 있을 것이다. 하지만 와자지껄 떠드는 입들이 전자레인지가 되어 차가운 음식들은 금세 따스해질 것이다. 그녀는 다 알고 있었다. 그녀 자신도 종종 남편에게 말했다.

"내일 장화에 가요. 이틀 뒤에나 돌아올 거예요."

하지만 사실 그녀가 가는 곳은 타이베이의 싸구려 호텔이었다. 다들 호텔 방에 들어가기 전에 먼저 노크를 해야 한다고 말했다. 방 안에 있던 귀신이 몸을 피할 시간을 줘야 한다는 것이다. 그녀도 문을 두드리며 낮은 목소리로 말했다.

"나 돌아왔어요."

귀신들의 땅

어두침침한 호텔에서 이틀 밤을 보내면서 침대 위에 누워 성인 영화를 보고 아주 오래 목욕을 했다. 배나 바나나를 깎아 먹으면서 아주 두꺼운 책을 읽다가 독일에 편지를 썼다. 가끔씩 남편에게 문자 메시지를 보내기도 했다.

"장화는 햇볕이 너무 강해요. 타이베이에는 비가 오고 있을 것 같네요."

한밤중에 잠이 들 때, 그녀는 창밖의 타이베이 빗소리를 들었다. 방 안에는 습기가 가득했다. 그녀는 침대에 귀신이 숨어서 자신과 함께 잠을 이루지 못하는 상상을 했다. 문을 두드리는 것은 귀신을 쫓아내는 행위가 아니라 귀신을 불러들이는 의식 같았다. 이리 와, 귀신아!

황혼시장의 가게들은 그녀를 기억하지 못했다. 하지만 서점 주인은 그녀가 장화 출신이라는 걸 알았고, 항상 그녀를 기억했다. 그녀는 주인이 자신을 기억하는 게 그녀가 이 문구점에서 소비를 하는 유일한 고객이기 때문이라는 걸 알지 못했다. 주인은 항상 그녀에게 상냥하게 말을 걸었다.

"미스 천, 안녕하세요? 용징 고향 친구잖아요! 텔레비전 뉴스에서 왕씨 집안에 관한 소식을 들었어요. 용징의 영광이지요! 왕신재단은 정말 대단해요! 비스킷을 팔아서 그렇게 부자가 되었으니 말이에요. 혹시 그분들은 아시나요?"

그녀는 고개를 가로저었다. 하지만 몇 초 망설이다가 다시 고개를 끄덕이며 말했다.

"저의 이웃이에요."

이 한마디가 서점 주인의 다른 질문을 유도했다.

"와! 이웃이라고요? 그럼 미스 천 댁도 아주 대단한 집안이겠네요! 텔레비전에서 그분들이 백악관을 지은 걸 봤어요. 건물이 금빛으로 찬란하더군요. 지붕도 금빛이었어요. 미국 백악관보다 더 백악관 같던데요. 혹시 그 집 사람들을 아세요? 서로 연락도 하시나요? 백악관에 들어가 보셨어요? 미스 천 댁도 아주 부자시겠네요. 왕씨 집안의 백악관은 관광객들에게 개방하진 않나요? 와, 다음에 장화에 가게 되면 한번 구경하러 가 봐야겠어요."

모든 의문 부호에 그녀는 일일이 다 대답했다. 그러면서 소리는 내지 않고 조용히 편지지를 골랐다. 비교적 주름이 적은 것으로 골랐다.

그녀가 문구점에 들어섰을 때, 주인은 한창 중원절 제수 용품을 정리하고 있었다. 놀랍게도 왕씨네 비스킷이 주요 제물이었다. 문구점에는 며칠 동안 찾아오는 손님이 전혀 없었다. 주인은 들어오는 그녀를 보고는 홍수처럼 반가움을 쏟아 내며 말했다.

"미스 천, 가게들마다 준비하는 제수 용품을 좀 보세요. 중원절 제사에 어떻게 배를 올릴 수 있나요? 저 타이베이 젊은이들은 정말 아무것도 모른다니까요. 작년에는 옆집에서 유자를 올려놓는 것도 봤어요. 어른들이 제대로 가르치지도 않나 봐요! 제가 보기에 앞으로는 아예 아무도 제사를 지내지 않게 될 것 같아요."

그녀는 귀신들에게 올리는 제사상에 배를 올리는 게 금기라는 사실을 잘 알고 있었다. 어릴 적 삼합원에 살 때, 엄마가 중원절에 배를 사 왔다가 제사상에 올리기도 전에 할머니에게 따귀를 맞은 일이 있었다. 할머니의 입에서 쉴 새 없이 욕설의 칼날이 쏟아졌다. 엄마가 아는 게 없는 주제에 제대로 배우려 하지도 않는다는 것이었다. 엄마가 천씨 집안으로 시집온 게 창피하다고도 했다. 배를 타이완 사투리로 읽으면 귀신을 부르는 소리처럼 들리기 때문에 형제에게 제사를 지낼 때 절대 상에 올려서는 안 된다는 사실을 몰랐던 것이다. 아름다운 배가 땅바닥에 떨어지자 수리가 재빨리 집으려 했다. 배에 손이 닿기도 전에 얼굴로 할머니의 손바닥이 날아왔다. 배는 주워도 안 되고 만져도 안 되고 먹어도 안 된다면서. 할머니의 손바닥에 잔뜩 박인 굳은살이 그녀의 작은 얼굴을 거칠게 할퀴었다. 지금도 그녀는 그 살의 감촉을 기억하고 있었다. 그녀는 배의 타이완 사투리 발음을 반복해서 중얼거렸다. '리(梨)'가 '라이(來)'처럼 들렸다. 하지만 탁자 가득 풍성한 제물을 차리는 건 귀신들을 초대해서 대접하기 위한 것 아닌가. 그렇다면 배는 타이완 사투리로 귀신들을 초대하는 소리 아닌가. 막 이 타이베이 작은 아파트로 이사해 들어왔을 때, 그녀는 중원절에 일부러 배를 제사상에 올려놓고 절을 했다. 과일 가게 주인이 제사상에 배를 올리고 절을 하면 안 된다고 말할 때, 그녀는 미소를 지으며 고개를 끄덕이고는 집에 돌아와서는 배를 탁자 한가운데 올려놓고 마음속으로 묵념을 했다.

"이리 와, 이리 오라고, 모두 다 이리 오라고."

이 문구점에는 철 지난 문구가 아주 많았다. 꼭 어릴 때 자주 가던 서점 같았다. 그녀가 어렸을 때 용징에는 용창 서점과 용난 서점, 그리고 밍르 서점 이렇게 세 개의 서점이 있었다. 옹채밭 옆에 있던 용창 서점은 중학교 음악 선생의 남편이 운영하던 서점으로, 주로 참고서를 팔았기 때문에 문구의 종류는 그다지 많지 않았다. 미국이 타이완과 단교하던 그해에 음악 선생은 남편과 함께 갑자기 사라져 버렸다. 소문에 의하면 그들은 타이완 정권이 곧 무너질 거라 생각하고는 온 가족이 아르헨티나로 이민을 떠났다고 했다. 왕씨 집안은 대단하게 번창한 뒤로 용징으로 돌아와 대저택을 지었다. 밭 바로 옆에 있던 가옥 몇 채를 제외하고 옹채밭 인근의 땅을 전부 사들였다. 아주 낡은 용창 서점은 재산권의 소재가 분명치 않아 추적이 쉽지 않았고, 왕씨 집안에서는 먼저 철거한 다음 다시 얘기하기로 했다. 굴삭기로 아주 간단하게 서점을 철거했다. 안에는 참고서를 포함한 1970년대의 서적들이 잔뜩 쌓여 있었다. 왕씨 집안은 그 책들을 전부 태워 버리라는 지시를 내렸다.

용난 서점의 주인은 아주 거친 사람이었다. 누구든 볼펜을 써보고 나서 사지 않으면 거센 질책의 대상이 되었다. 하지만 장사는 계속 나쁘지 않았다. 서점 뒤쪽의 주렴을 들치면 아주 어두운 방이 하나 있다는 것을 남학생들이 다 알고 있었기 때문이다. 그 방에는 작은 전등이 하나 있고 서가에는 성과 관련된 책들과 잡지들이 꽂혀 있었다. 아이들에게는 금단의 공간이었다. 한번은 그녀도 용난 서점에 사람이 하나도 없을 때 용기를 내서 주렴을 들추고 그 방에 들어가 본 적이 있었다. 뜻밖에도 당시 중학교 담임 선생이 책을 뒤적거리고 있었다. 담임 선생은 고개를 돌려 그녀를 보고는 황급히 주렴을 들치고 나가다가 실수로 책장에 부딪혀 책장을 넘어뜨렸다. 성인용 책들과 잡지들이 수리를 향해 쏟아졌다. 그녀는 그 컬러 화보 속의 여자들을 기억했다. 다리를 쩍 벌리고 있는 모습이었다. 그녀는 아파서 소리를 지르는 담임 선생을 부축하지 않았다. 선생이 쩍 벌린 여자의 다리 위로 넘어졌기

때문이었다. 용난 서점 주인이 선생을 부축해 일으켜 주었다. 그
제야 그녀는 정신을 차리고 고개를 돌렸다. 선생의 엉덩이가 보
였다. 성교육도 없던 그 시대에 그녀는 용난 서점에서 남자와 여
자의 신비한 기관을 동시에 보게 됐다. 그녀는 마침내 '일석이조'
라는 성어를 이해할 수 있었다. 다음 날 학교에 갔더니 담임 선생
은 지팡이를 짚고 교실에 들어와서는 자리를 바꾸겠다고 선언했
다. 그녀는 교탁에서 가장 멀고 후미진 구석 자리로 배정되었다.
바로 앞 자리에는 덩치가 큰 남학생이 배정되어 그녀의 시선을
막았다. 여러 해가 지나고 톈홍의 중학교 여자 담임이 집에 찾아
와 욕을 해 대면서 톈홍에게 전학을 강요했다. 이 여자의 남편이
바로 그때 서점에서 넘어졌던 선생이었다. 여자 선생은 사람들을
욕할 때면 목소리가 엄청 커졌다. 엄마와 아버지는 연신 사과했
지만 선생의 남편은 수리를 보더니 곧장 밖으로 뛰어나갔다. 그
때 그녀는 선생님이 저렇게 빨리 뛰다가 또 넘어져 지팡이를 짚
고 다니게 되면 어쩌나 하는 걱정뿐이었다.

그녀가 가장 자주 갔던 서점은 밍르 서점이다. 밍르 서점의 두
주인은 일본을 무척 좋아했다. 가게에는 일본 볼펜과 고무지우개,
컴퍼스, 잡지 등이 두루 갖춰져 있었지만 그녀는 돈이 없어서 사
지 못했다. 당시 큰언니는 집을 떠나 사루에서 봉제 여공으로 일
하고 있었다. 그녀는 이 서점에 자주 와서 백지에 붉은 줄이 있는
편지지를 사서 큰언니에게 편지를 썼다. 두 주인 중 한 사람은 뚱
뚱하고 한 사람은 빼빼 말랐다. 뚱뚱한 주인의 이름에는 '밍(明)'
자가 들어가고 빼빼 마른 주인의 이름에는 '르(日)' 자가 들어 있
어 가게에 이런 이름이 붙었다. 뚱뚱한 주인과 빼빼 마른 주인은

카운터 뒤에 앉아 카세트테이프로 일본어를 공부하면서 옌수이
지를 먹었다. 그들이 문학 서적을 좋아해서 서가 전체를 채우고
있는 책들은 전부 소설과 산문이었다. 카운터 위에는 손님들에게
공짜로 대접하는 비스킷이 놓여 있었다. 빼빼 마른 주인이 직접
구운 것이었다. 그녀는 서가 앞에 앉아 하루 종일 책을 읽었다. 책
을 살 돈이 없었기 때문이다. 뚱뚱한 주인이 미소를 지으면서 그
녀에게 물었다.

"오늘 읽은 그 책 좋아요?"

그녀는 동생들과 함께 힘들게 돈을 모아 책을 사서 돌아가면서
읽었다. 당시에는 책을 사면 손에 황금을 쥔 것 같은 희열을 느꼈
다. 집으로 돌아와 첫 페이지에 사인을 하고 날짜를 적었다.

"수리가 용징 밍르 서점에서 삼."

한번은 우연히 빼빼 마른 주인이 카운터 뒤에서 뚱뚱한 주인의
손을 꼭 잡고 있는 것을 보았다. 손님이 들어오자 두 사람은 얼른
잡은 손을 놓았다.

그날, 경찰이 이 작은 시골에 온 날은 밍르 서점의 마지막 날이
었다. 서점 전체가 봉쇄되고 철문이 내려졌다. 그녀는 봉쇄선을
옆에 두고 멀찌감치 셔터가 내려지는 걸 바라보았다. 뚱뚱한 주
인과 빼빼 마른 주인이 경찰에 의해 각각 분리되어 차량 두 대에
나눠 타고 연행되어 갔다. 그녀는 수갑을 찬 두 사람이 경찰차에
오르기 전에, 경찰에 의해 거칠게 끌려가면서 빼빼 마른 주인이
갑자기 처량한 목소리로 외치는 소리를 분명히 들었다.

"아밍(阿明)*!"

경찰이 주먹으로 빼빼 마른 주인의 얼굴을 가격하면서 욕을 해

됐다.

"이런 변태 새끼!"

그녀가 마지막으로 본 두 사람의 모습이었다.

그녀는 타이베이 황혼시장의 이 문구점에 올 때마다 항상 그 뚱뚱한 주인과 빼빼 마른 주인이 생각났다.

그녀는 채소와 돼지고기, 편지지를 사 들고 집으로 돌아왔다. 오는 길 내내 동생 톈홍에게 보낼 편지를 구상했다. 맨 처음에는 뭐라고 쓰지? 톈홍은 작가야. 어려서부터 글솜씨가 훌륭했지. 그녀는 항상 편지에 이 한마디를 빠뜨리지 않았다.

"둘째 누나의 글솜씨가 좋지 못한 것을 용서해라. 미안해."

미안하다고 쓴 것은 진심으로 사과하고 싶어서였다. 그녀는 동생이 쓴 소설에서 얼굴이 하얗고 연약하기 그지없는 중학생 남자아이가 반 담임 선생에게 회초리로 맞으며 반 전체 친구들 앞에서 욕을 먹는 장면을 읽었다.

"죽일 놈의 동성애자 새끼! 널 때리다가 에이즈가 옮지나 않을까 걱정이다!"

그녀는 소설책을 품에 안고 큰 소리로 울음을 터뜨렸다. 미안해, 톈홍! 그해에 아무도 그를 보호해 주지 않았다. 그를 믿어 주는 사람도 없었다.

집으로 돌아와 보니 아무도 없었다. 그녀는 서둘러 샤워를 했지만 몸에 달라붙은 그 저주와 욕설을 떨어내진 못했다.

* 중국인들은 이름 앞에 '아(阿)' 자를 붙여 애칭 또는 약칭으로 사용하곤 한다. 루쉰의 소설에 등장하는 '아Q'가 그 예다.

욕실에서 그녀는 편지의 서두를 생각해 냈다.

"톈홍, 옥중이지만 별 탈 없이 잘 지내고 있지? 오늘 난 사무실에서 맹인 안내견 몇 마리 때문에 하루 종일 욕설에 시달려야 했어. 게다가 뉴스에도 났지. 올해 인사고과는 끝난 것 같아. 퇴근하자마자 너에게 편지를 쓰고 싶었어. 너에게 얘기를 하고 싶었지. 내친김에 너에게 독일의 감옥에도 개가 있는지 묻고 싶었어. 어린 시절 삼합원에 살 때 나는 검은 개 한 마리를 키웠어. 너는 아직 태어나지 않았을 때지. 사실은 내 개가 아니라 할머니의 개였어. 하지만 매일 개에게 밥을 챙겨 주는 일은 내 몫이었지. 그렇게 매일 밥을 주다 보니 개는 줄곧 내 곁을 맴돌게 된 거야."

타이완 시골의 거의 모든 삼합원에서 개를 키웠다. 어느 날 어미 개가 삼합원 마당에서 강아지를 한 무더기나 낳았다. 할머니는 재빨리 어미 개를 내쫓고 강아지를 골랐다. 여러 마리가 불길함을 상징하는 '하얀 발바닥'을 갖고 있었다. 할머니는 그런 강아지들을 전부 집어내 밭에다 내다 버렸다. 고르고 버리고 또 맘에 안 드는 녀석들을 골라 내다 버렸다. 결국 온몸이 검은 녀석 하나만 남게 되었다. 발바닥이 유난히 큰 녀석이었다. 할머니는 발이 커야 앞으로 크게 자라서 문을 지키면서 도둑을 잡을 수 있다고 말했다.

마침 수리가 옆에서 할머니가 강아지를 고르는 모습을 지켜보고 있었다. 할머니는 강아지를 그녀에게 건네면서 눈빛으로 명령을 내렸다. 말은 한마디도 하지 않았다.

수리는 개를 어떻게 키우는지 전혀 알지 못했다. 가족들도 배불리 먹지 못할 때인데 그녀가 무엇으로 개를 먹인단 말인가. 그녀는 부엌으로 들어가 쓰레기를 들춰 보고 이웃집에 가서 잔반이 있는지 물어보았다. 먹다 남은 음식과 밥에 물을 조금 섞어 비벼 주면 강아지는 먹자마자 토했다. 토하고 나서 또 먹었다. 그 모습이 너무나 가여웠다. 그렇게 대충 키웠지만 질긴 생명력 덕분인지 강아지는 뜻밖에도 아주 빨리 자랐고, 몇 달이 지나자 돼지 뼈를 깨물 수 있는 큰 개로 성장했다. 개는 어디든지 그녀를 따라다녔다. 밭에 나가 잡초를 뽑을 때도 따라왔고, 돼지우리에 가서 돼지 먹이를 줄 때도 따라왔다. 한밤중에 일어나 뒷간에 갈 때도 개는 그녀를 따라 마당을 가로지른 다음 뒷간 앞에서 그녀를 기다리며 아무도 없는 들판을 향해 꼬리를 흔들었다. 그렇게 순종적인 눈빛으로 서 있으면 달빛이 녀석의 머리를 어루만지는 것 같았다.

개는 그녀가 크게 키웠지만 그녀가 죽인 것이기도 했다.

그녀가 초등학교 3학년이던 어느 날, 아침 첫 과목 수업이 채 끝나지 않았을 때, 할머니가 노기등등한 얼굴로 교실에 들어와서는 선생님에게 천수리를 찾아 달라고 요구했다. 할머니는 자리에 앉아 있는 그녀를 발견하고는 성큼성큼 다가와 오른쪽 귀를 거칠게 잡아당기면서 큰소리로 따져 물었다.

"내 진주 목걸이 어쨌어?"

할머니는 아침 일찍 아들이 아들을 낳게 해 달라고 빌기 위해 묘당에 갈 작정이었다. 큰며느리가 아들을 낳지 못하고 아무짝에도 쓸모없는 딸만 다섯을 연달아 낳았다. 신바람이 난 할머니는 묘당에 진주 목걸이를 하고 갈 생각이었다. 이 목걸이는 일본인들이 있던 시절, 남편이 도쿄에 가서 사다 준 것으로 정통 일본 진주었다. 방 안을 다 뒤져도 찾지 못하자 할머니는 며칠 전에 손녀가 자기 방에 청소하러 왔던 것을 기억했다. 둘째였는지 셋째였는지 기억은 잘 나지 않았지만 어차피 둘 다 쓸모없는 것들이었다. 이런 것들이 감히 목걸이를 훔쳐 가다니!

할머니는 초등학교로 찾아와 한 반 한 반 돌아다녔다. 큰언니 수메이와 둘째 수리, 셋째 수칭까지 전부 할머니에 의해 교실 밖으로 끌려 나와 선생님 앞에서 심문을 당해야 했다. 세 자매는 모두 복도에 꿇어앉아 울면서 고개를 가로저었다. 할머니의 손바닥이 쉴 새 없이 세 자매의 몸을 강타했다. 때리다 지쳤는지 할머니는 교실로 뛰어 들어와 선생님의 회초리를 집어 들고는 세 자매를 향해 휘두르기 시작했다.

세 자매는 책가방을 챙길 틈도 없이 곧장 맞으면서 집으로 돌아왔다. 학교 전체가 그녀들을 구경했다. 삼합원으로 돌아온 자매들은 마당에 꿇어앉았고, 힘이 무궁무진한 할머니는 계속 세 자매를 때렸다. 엄마는 넷째와 다섯째를 끌어안고 울면서 뛰어나가 함께 꿇어앉았다가 할머니에게 지독하게 맞았다. 할머니는 목걸이가 꼭 필요한 건 아니라면서 누구든지 잘못을 인정하면 오늘은 그걸로 끝내겠다고 큰 소리로 선언했다.

수리가 갑자기 일어나 울면서 말했다.

"제가 그랬어요."

할머니는 빗자루를 집어 들고 수리에게 다가갔다. 그때 수리는 '난 죽고 말겠어. 지금 당장 죽을 거야. 죽어서 귀신이 되고 말 거야.'라고 생각했다.

빗자루가 수리의 배를 강타하자 수리의 작은 몸이 날아가 담벼락에 부딪혔다.

수리는 땅바닥에 엎드려 더 많은 빗자루 세례를 받을 준비를 했다. 갑자기 할머니가 미친 듯이 날카로운 비명을 질러 댔다. 검은 개가 할머니의 팔을 물고 늘어진 것이다.

그날 할머니는 벽돌로 개를 때려 기절시킨 다음 녀석을 끓는 물에 넣고 삶았다. 그런 뒤에 가죽을 벗기고 식칼로 힘껏 고기를 잘랐다. 이어서 마늘을 잔뜩 넣고 한 솥 가득 볶았다. 수리와 자매들은 방으로 피해 들어가 창문을 굳게 닫았다. 그래도 마늘과 개고기를 볶는 냄새를 피할 수 없었다.

둘째 삼촌이 학교가 파한 후 아들을 데리고 집에 왔다가 때마침 성대한 개고기 잔치를 즐겼다. 수리는 창문을 통해 둘째 삼촌 아들의 목에 눈처럼 흰 진주 목걸이가 걸려 있는 걸 보았다. 할머니와 둘째 삼촌이 주고받는 얘기는 들리지 않았다. 둘째 삼촌이 목걸이를 아들의 목에서 풀어 할머니에게 건넸다. 모두 밥그릇을 들고 웃으면서 계속 개고기를 먹었다. 그녀는 그 모습을 바라보기만 했다.

그녀는 자리를 잡고 앉아 편지를 쓰기 시작했다.

"톈훙, 개는 나중에 나 때문에 죽고 말았어. 지금도 나는 자주 꿈에서 그 개의 까맣게 빛나는 눈동자를 보곤 해. 하지만 꿈속에서는 색깔이 변하기도 하나 봐. 여러 해 꿈을 꾸어서 그런지 개는 점점 색깔이 흐려지더니 요새는 흰 개로 변해 버렸더라고. 오늘은 중원절이라 갑자기 너에게 편지를 쓰고 싶어졌어. 다른 이유는 없어. 그냥 너랑 얘기를 나누고 싶었을 뿐이야. 네 편지를 받아 본 지 무척 오래되었구나. 건강에는 별 문제 없지? 지난번에 보내 준 책들은 마음에 들었는지 모르겠다. 나는 오늘 또 밍르 서점이 생각났어. 기억나니, 그 뚱뚱한 주인과 빼빼 마른 주인 말이야."

그녀는 천씨 성을 가진 여성 호적원인 자신이 많은 사람들에게 해를 끼쳤다는 사실을 잘 알고 있었다.

어렸을 때 그녀는 죽으면 그만이라고, 귀신이 되면 더 좋을 것 같다고 말하고 싶었다. 집에 딸 하나 줄어도 별 차이가 없을 것 같았다. 그래서 목걸이를 자신이 훔쳤다고 말했던 것인데 결국 검은 개만 죽이고 말았다. 어른이 된 뒤로도 그녀는 계속 사람들에게 피해를 입혔다. 과거에 그녀가 아무 말도 하지 않았더라면, 아무것도 누설하지 않았더라면 그 뚱뚱한 주인과 빼빼 마른 주인은 지금도 살아 있지 않을까? 나중에 그녀는 신문에서 뚱뚱한 주인의 사진을 본 적이 있었다. 둥근 얼굴은 사라지고 나뭇가지처럼 바싹 마른 모습이었다. 그녀는 신문 기자가 사람을 잘못 본 거라고 생각했는데 자세히 살펴보니 틀리지 않았다. 뚱뚱한 주인의 얼굴이 불과 몇 달 사이에 그렇게 변한 거였다. 뚱뚱한 주인이 이렇게 변했다면 빼빼 마른 주인은 어떻게 됐을까?

두 사람 모두 그녀 때문에 피해를 입은 게 분명했다.

귀신들의 땅

12   네이후 장화 동향회

　수칭은 최근에 적극적으로 다이어트에 나섰다. 남편이 눈에 띄게 살이 쪘다고 말하면서 일상생활에 규율이 없기 때문에 몸이 흐트러진 거라고 지적했기 때문이다. 남편은 엄지와 검지로 그녀의 허리 부분 지방을 움켜쥐더니 천천히 힘을 가했다. 그녀는 숨을 멈추고 두 주먹을 꼭 쥐었다. 그녀는 이 모든 게 그 사진 때문이라는 걸 모르지 않았다. 얼마 전 그녀는 남편과 함께 방송국의 개막 활동에 참가했다가 배가 볼록 튀어나온 모습으로 사진 한 장을 찍혔다. 예능 프로의 제목은 '앵커 부인이 아이를 가졌나?'였다. 그날 입었던 옷은 남편의 친구인 디자이너가 제공한 것이었는데, 현장에 도착하고 나서야 사이즈가 너무 작다는 걸 알았고, 달리 방법이 없어 억지로 입고 무대에 올랐다. 그 옷을 입는 순간 몸의 고통을 예감할 수 있었다.

　남편은 부엌에 들어와 국수와 설탕, 밀가루, 자잘한 간식 등을 전부 찾아내 쓰레기통에 버렸다. 그는 사탕을 한 봉지 집어 그녀의 얼굴을 향해 던졌다.

"매일 집 안에 틀어박혀 사탕을 먹었던 거야? 지금부터는 절대 사탕은 안 돼. 당신도 당신 엄마처럼 문맹이야? 글자 읽을 줄 몰라? 식품의 영양 표시를 자세히 읽어 보라고. 탄수화물이나 당분이 주재료인 식품은 절대 먹지 말란 말이야."

그러면서 남편은 자기 집 식구들을 거론했다. 그녀에게 치욕을 안기기 위해서였다.

엄마는 일제 강점기에 태어났다. 식민지 시기의 공립 학교에 들어갔지만 이틀이 지나 그만두는 바람에 아무것도 배우지 못했다. 학교 선생이 모든 학생을 대상으로 미군의 공습을 피하는 법을 가르쳐 주었던 것만 간신히 기억했다. 학교에 다니지 못한 것이 엄마에게는 평생의 유감이었다. 읽을 줄을 모르니 만물이 그녀의 적이었다. 우체국에 가서 돈을 저축하거나 호정 사무소에 가서 서류를 뗄 때도 딸을 데려가 도움을 받아야 했다. 길에서 마주치는 표지판도 전혀 읽지 못했다. 오토바이 면허증을 따려면 필기시험을 치러야 했지만, 그녀는 감리소의 배려로 문제를 듣고 대답을 하는 방식으로 시험을 쳤다. 감독관이 구두로 문제를 읽어 주면 엄마도 구두로 대답하는 식이었다. 하지만 이런 시험도 열 차례 넘게 보고서야 간신히 합격했다. 엄마에게는 글을 쓰는 능력도 없었고 지금까지 줄곧 자기 이름의 획수가 너무 많다고 탓했다. 쓰고 외우기 어렵다면서. '린아찬(林阿蟬)'이라는 세 글자는 엄마의 눈에 낯선 부호였다. 특히 '찬(蟬)' 자는 획수가 너무 많아 쓰기 어려웠다. 딸들이 돌아가면서 엄마에게 쓰는 법을 가르치려 시도했지만 결국에는 엄마의 신경질적인 분노와 호통으로 끝나고 말았다.

왜 공립 학교를 이틀만 다니고 그만두었던 걸까? 이 문제에 관한 엄마의 설명은 얘기할 때마다 달라졌다. 어떤 때는 집안에서 공립 학교 학비가 너무 비싸고 여자아이가 시집만 잘 가면 그만이지 학교에는 다녀서 뭐 하느냐면서 보내 주지 않았다고 했고, 또 어떤 때는 학교 선생이 항일(抗日) 분자임이 발각되어 다음 날 일본군에 의해 교실에서 총살당했기 때문이라고 했다. 선생이 죽었기 때문에 학교에 다니지 않았다는 것이다. 또 어떤 때는 일본어의 쉰 가지 음을 다 외우지 못해 선생한테 맞을까 봐 아예 학교에 다니지 않기로 했다고 했고, 또 어떤 때는 등교 이틀째에 미군 폭격기의 공격을 받았고 그 폭탄 하나가 교정에 떨어지는 바람에 수많은 친구들이 죽었고 학교가 문을 닫았기 때문이라고 말했다. 엄마는 또 다른 폭탄이 인근 양어장에 떨어져 물고기들이 전부 생선 튀김으로 변했다고도 말했다. 비가 오는 줄 알았는데, 알고 보니 빗방울이 전부 생선 살이었고 허공에 온통 생선 냄새가 가득했다고 했다. 엄마는 다른 사람들과 몸을 부딪히면서 정신없이 생선을 주웠다고 했다. 길거리와 밭, 나무 위까지 도처에 물고기가 널려 있어, 그 가운데 몇 마리를 집으로 가져가 가족들에게 반찬으로 내놓았다고 했다. 뜻밖에도 다른 형제자매들도 물고기를 주워 와서 부엌에 작은 물고기 산이 생겼다고 했다.

엄마는 문맹이라 글을 읽을 줄 몰랐고 쓸 줄도 몰랐다. 그래서 말이 많아졌고, 쉬지 않고 말을 했다. 대부분 딸들을 욕하거나 아버지를 흉보는 말이었다. 때로는 어떤 이야기를 늘어놓기도 했다. 결핍의 시대라 글도 없고 그림도 없어서 항상 배가 고픈 상태로 일찍 잠을 자야 했다. '머리맡 이야기' 같은 건 존재하지 않았다. 하지만 수칭은 자기 전에 반드시 엄마가 들려주는 이야기의 부스러기를 들어야 잠들 수 있었다. 엄마의 이야기는 허공에 떠다니는 가루 형태의 물질 같았다. 떠다니다가 그녀의 귀에 들어오면 그녀는 듣고 또 듣다가 잠이 들었다. 천둥처럼 요란하게 울리던 배고픔은 잠시 잊었다. 오늘 밤에 뱀이 나왔다는 둥, 이번 달에는 식비가 부족해 어느 집 결혼식에 축의금도 내지 못했고 누가 죽었지만 부의도 하지 못했으며 어느 집에서 아들을 낳고 어느 집은 며느리를 들였지만 축의금을 내지 못했다는 둥, 정말로 돈이 없다는 둥, 지붕에 물이 샜고 그 진주 목걸이는 원래 플라스틱이었다는 둥, 당신이 아들을 낳기를 기다리지만 절대 믿지 못하겠다는 둥, 당신이 아들을 낳는 일은 없을 거라는 둥 끊임없이 말을 이어 갔다. 그녀는 잠을 잘 때도 조용하지 않아서 폭발음을 내면서 코를 골거나 잠꼬대를 해 댔다. 잠이 저주와 욕설을 재촉하기라도 한 듯 온갖 더러운 말을 쏟아 냈다. 그녀의 목구멍에는 저절로 문자를 생성하는 시스템이 있어 매서운 욕설과 위로, 저주, 다양한 이야기들, 낭랑한 경문을 수시로 복잡하게 직조해 내는 능력이 있었다. 그녀는 마력을 지닌 주문을 중얼거림으로써 밥 한 그릇이나 옷 한 점으로도 우는 아기의 울음을 그치게 할 수 있었다. 또한 상냥하고 부드러운 주문으로 사람들을 놀라게 하다가 눈 깜짝할 사이에 얼굴을 바꿔 입안 가득 날카로운 저주를 쏟아 내기도 했다. 주절주절 끊임없이 사람을 공격하는 말을 분출하면서 넋이 나갔고, 뼛골이 아리도록 사람들을 욕했다.

수칭은 가족들 중에 학력이 가장 높았다. 다섯 자매 가운데 그녀만 유일하게 집을 떠나 타이베이로 가서 대학을 다녔다. 타이베이는 수도이고, 천씨 집안 누구도 가 보지 못한 곳이었다. 물가는 틀림없이 아주 높을 텐데 어디에서 자고 어디에 가서 밥을 먹을까? 생활비는 얼마나 들까? 천씨 집안 딸들은 감히 대학에 갈 생각을 하지 못하고 직업 고등학교를 졸업하자마자 재빨리 일자리를 찾았다. 엄마 아버지는 어떻게 딸의 학비를 마련할 수 있었을까? 어쨌든 수칭은 절대적으로 좋은 운명을 갖고 태어난다는 셋째 딸이라서 수도 타이베이에서 가장 좋은 대학에 합격했고, 아버지는 볜파오를 한 상자 사서 아침부터 저녁까지 사흘을 요란하게 터뜨렸다. 그녀는 작은 시골에서 처음으로 타이완 최고 학부에 합격한 여학생이 되었다. 타이완 최고 학부에 합격하는 것만으로도 충분히 희소한 일인데, 뜻밖에도 여학생이었던 것이다.

대학이 개학하기 하루 전, 아버지가 모는 대형 트럭을 타고 온 가족이 수칭과 함께 북상했다. 이 시골 사람들이 수도로 가는 건 이번이 처음이었다. 수칭과 아버지, 두 아들은 트럭 운전석과 조수석에 나눠 타고, 나머지 딸들은 뒤쪽 화물칸에 타고서 고속도로에 올라섰다. 목적지는 타이베이였다. 도중에 비가 내렸다. 뒤쪽 화물칸에는 비를 막아 줄 덮개가 없어 수메이와 수리, 쑤제, 만메이는 빈랑을 담는 플라스틱 상자로 비를 막았다. 온몸이 비에 젖었지만 왜 수칭만 조수석에 타느냐고 원망하지 않았다. 수칭은 대학에 다니게 되었기 때문이다. 우리 집에서 처음으로 타이베이로 진출한 사람이었다. 덕분에 우리도 덩달아 타이베이 구경을 할 수 있게 된 것이다.

타이베이에 진입한 트럭은 번화한 시내를 지났다. 교문 입구에서 경비원이 막았다. 그렇게 큰 트럭은 교정에 들어갈 수 없다는 것이었다. 아버지는 차에서 내려 경비원에게 담배와 빈랑을 건네더니 뒤에 타고 있는 딸들에게 과일을 한 상자 내리라고 하고는 경비원에게 말했다. 형님, 제 딸이 이 대학에 합격해서 기숙사에 입주하는 날이라 온 가족이 함께 왔습니다. 부탁드립니다.

수칭이 입주 수속을 할 때도 온 가족이 따라가 마구 떠들면서 소란을 피웠다. 전부 손에 크고 작은 보따리를 하나씩 들고 있었다. 많은 사람들이 보고 있었기에 수칭은 너무나 창피했다. 기숙사 방에 들어온 가족은 집에서 가져온 돗자리와 이불을 깔았다. 누군가 배가 고프다고 소리치자 엄마는 준비해 온 가스버너와 냄비 등을 꺼내 놓았다. 타이베이는 틀림없이 음식이 비쌀 테니 여기서 식사를 해결하겠다는 것이었다. 모두 동작이 잽쌌다. 네 명이 함께 사용하는 좁은 기숙사 방이 천씨네 아홉 식구로 가득 찼다. 소형 가스버너 위에 집에서 가져온 채소와 고기를 냄비에 넣고 재빨리 볶아 냈다. 도시락 안에는 집에서 해 온 밥이 들어 있었다. 온 가족이 이렇게 식사를 시작했다. 마늘 냄새가 문과 창문을 통해 퍼져 나가자 사감이 찾아와 문을 두드렸다. 기숙사에서는 불을 사용해선 안 된다는 규정이 있었던 것이다! 엄마는 사감을 방 안으로 들어오라고 하여 벤파오처럼 요란한 말 공격을 해 댔다. 한마디 반박할 기회도 없이 사감의 손에는 갑자기 밥그릇이 쥐였고 입안에 고기가 가득 채워졌다. 고기를 삼켜 넘기면 곧바로 마늘과 함께 볶은 공심채가 입을 채웠다. 이건 저희가 용징에서 직접 심어서 키운 공심채예요. 농약이 전혀 들어가지 않았지요! 다른 세 룸메이트의 가족들이 줄줄이 도착하여 방을 가득 채우고 있는 음식과 사람들을 보고는 일제히 표정이 일그러졌다. 수칭은 고개를 숙인 채 밥알을 긁어모으면서 입을 열지 않았다. 속으로 이 작은 방에 도대체 몇 명이나 들어와 있는지 세어 보았다. 하나, 둘, 셋, 넷, 다섯, 여섯, 일곱, 여덟…… 마지막 숫자는 스물이었다.

가족들이 장화로 돌아가자 마침내 기숙사가 조용해졌다. 그녀의 책상 위에는 과일과 두부말림, 간장 등이 널브러져 있었다. 다른 룸메이트들은 먼저 잠을 잤고, 야자수를 거쳐 들어온 달빛이 방 안 가득 뿌려졌다. 9월의 타이베이는 창밖에 가랑비가 내리기 시작하여 양철 지붕을 때리면서 경쾌한 소리를 냈다. 그녀의 이불은 저녁 식사의 냄새에 찌들어 있었다. 마늘 냄새, 갈비 냄새, 수세미 냄새, 대하 냄새도 있었다. 그녀는 침대 위에 조용히 앉아 있었다. 귓가에는 여전히 엄마가 냄비에 음식을 볶는 소리가 남아 있었다. 왠지 모르게 밤새 울음이 났다.

개학 당일에는 날이 아주 맑았다. 햇빛이 황금빛이었다. 기숙사를 나온 그녀는 햇빛 아래 완전히 드러난 자신의 모습을 의식했다. 그녀의 눈에는 타이베이 학생들의 머리 스타일과 옷차림, 구두와 양말이 너무나 거리낌 없고 화려해 보였다. 그들과 비교하면 자신은 너무나 궁색하고 가난해 보였다. 그녀가 입은 옷은 큰언니가 직접 만들어 준 양장이었다. 꽃무늬 원단을 큰언니가 직접 디자인하고 재단하고 봉제하여 그녀의 대학 입학 선물로 만들어 주었다. 하지만 타이베이의 학교 친구들이 입고 있는 옷들의 조합은 색깔에 일관성이 있고 경쾌한 느낌이었다. 반면에 그녀가 입은 양장은 디자인과 색상이 지나치게 화려하고 요란한 데다 무겁고 전혀 경쾌하지 않았다. 사투리도 문제였다. 강의실에서 듣는 타이베이 학생들의 언어는 그녀에게 익숙한 발음 체계가 아니었다. 입을 열었다 하면 발음이 지도를 그렸다. 지도 위로 계급의 지형이 나타났다. 수도권 중심 지역의 학생들은 입을 아주 맑고 선명하게 열었지만, 주변 지역이나 시골 출신 학생들은 입 전체의 움직임이 느렸다. 수업이 끝나자마자 그녀는 재빨리 기숙사로 돌아와 옷을 갈아입었다. 그러고는 최대한 빨리 타이베이 사람으로 변신하기로 마음먹었다.

이제 그녀는 타이베이 사람이 되었다. 여러 해의 조정을 거쳐 그녀의 어투도 시골 사투리의 흔적을 말끔히 지웠다. 날씬한 몸매에 의지하여 얼굴에 금분을 바르고 손과 팔에는 향수를 뿌리고 독일제 유명 승용차를 굴리면서 호수 경치를 배경으로 한 호화주택에 거주하고 있었다.

고향에는 호수가 없었다. 고약한 냄새가 나는 도랑과 관개수로, 양식장이 있을 뿐이었다. 그녀는 책에서 '호수'라는 단어를 읽었지만 그 모습을 구체적으로 상상할 수 없었다. 물이 얼마나 모여 있어야 '호수'라고 부를 수 있는지도 알지 못했다. 결혼하고 나서 남편과 함께 타이베이시 네이후(內湖)로 이사해 오니, 아파트의 커다란 낙지창이 넓은 호수 공원을 마주하고 있었다. 그제야 그녀는 타이베이시에 호수가 있다는 걸 알게 되었다. 남편은 친구들을 집으로 불러 시끄럽게 떠들면서 놀았다. 프랑스 샴페인과 독일 화이트 와인을 마시고 스페인 햄을 먹었다. 부러움을 가득 담은 어휘들이 그녀를 향해 쏟아졌다. 그 가운데 귀빈 하나가 카메라를 가져와 호수가 보이는 호화 아파트를 배경으로 신혼부

부의 다정한 모습을 사진에 담았다. 이탈리아제 맞춤 소파와 스웨덴에서 수입한 수공 술 장식장 등이 다음 날 신문에 컬러로 소개되었다. 사람들이 흩어져 돌아가고 나서 수칭은 밤을 맞은 호수의 신기한 모습을 바라보았다. 산수가 고요하게 잠들고 달빛이 맑고 밝았다. 별들도 아름답게 반짝였다. 눈에 보이는 집들은 전부 놀라울 정도로 비싼 아파트 건물이었다. 집을 구하기 힘든 태평성대의 타이베이에서 그녀는 다행히 호화 주택에 사는 사람들 중 하나가 되었다. 마침내, 그녀는 정말로 타이베이 사람이 된 것이다.

후징(湖景) 아파트에서의 첫날 밤에는 달빛이 그녀가 입주해 들어갔던 기숙사의 달빛처럼 유난히 밝은 은빛이었다. 그녀가 낮은 목소리로 앵커 남편에게 말했다.

"동생이 며칠 있으면 출상이에요. 내일 장화에 좀 가 봐야 할 것 같아요."

"가지 마."

검은 먹구름이 은빛 달을 가렸다. 아파트가 온통 어둠에 휩싸였다.

"내가 만련(輓聯)*과 화환을 보낼 테니까 걱정하지 마. 큰 글씨로 유명 정치인의 이름도 적어 넣을 테니까. 총통이나 입법 위원, 유명 스타 등의 이름을 적으면 아주 빛날 거야. 당신은 가지 않는 게 좋아. 틀림없이 기자들이 사진을 찍을 거라고. 당신은 여기 있

* 망자를 애도하고 유족을 위로하는 의미를 담은 대련으로, 주로 검정 바탕에 흰 글씨로 쓴다.

다가 며칠 지난 다음에 가도록 해."

남편의 어투는 아주 강경했다. 모든 말이 명령조였다. 먹구름이 몰려오더니 대야로 물을 퍼붓듯 큰비가 쏟아지기 시작했다. 남편은 그녀를 끌어당겨 이탈리아에서 주문해 온 소파 위에 눕혔다. 그녀가 고개를 가로저으며 말했다.

"싫어요. 안 할래요."

짙은 먹구름이 달빛을 가렸다. 남편의 청각도 가려 버렸다. 그녀의 거절과 애원을 듣지 못한 그는 그녀의 등 뒤에서 억지로 그녀의 몸 안으로 들어왔다. 그의 완강함이 송곳처럼 그녀의 몸 뒤쪽 마른 지대를 뚫고 들어왔다. 종잇장처럼 연약한 그녀의 몸은 갑자기 밀고 들어온 송곳에 여지없이 찢기고 말았다. 그녀가 한 번도 경험하지 못한 고통이었다.

다음 날 아침 그녀는 침대에서 일어나 걸을 수가 없었다. 걸음을 뗄 때마다 어제 그곳이 찢어지는 듯이 아팠다. 엄마가 전화를 걸어 와 물었다.

"너 왔었니?"

어려서부터 엄마는 그녀에게 욕 한 번 한 적이 없었고 그녀를 항상 남달리 애지중지했다. 다섯째의 장례 때 그녀가 코빼기도 내밀지 않자 마침내 화가 난 엄마는 전화로 거친 욕설을 쏟아 냈다. 그녀는 전화로 엄마의 욕을 들으면서 눈앞에 펼쳐진 호수를 바라보았다. 잠이 몹시 자고 싶었다. 결혼식 이후로 그녀는 제대로 잠을 잔 적이 없었다. 엄마의 욕설 공세는 그녀의 잠자리 이야기였다. 듣고 또 듣다 보니 참기 힘든 잠기운이 엄습해 왔다.

아주 오래 잘 자고 깨어 보니 앵커 남편은 그림자도 보이지 않았다. 그녀는 창밖의 호수를 바라보다가 호숫가를 걸어 보기로 마음먹었다. 호숫가를 따라 산책을 할 때도 그 부위가 몹시 아팠다. 하지만 많이 좋아진 편이었다. 그녀는 호숫가 벤치에 앉았다. 바로 옆 잔디밭에서는 한 무리의 사람들이 간이 진열대를 설치하고 있었다. 빨간 깃발에는 '네이후 장화 동향회'라고 쓰여 있었다. 그녀는 간이 진열대에 다가가 고기완자를 사서 호숫가에 앉아 먹었다. 완자의 맛은 아주 애매했다. 그녀는 속으로 생각했다.

'이건 타이베이 사람들이 만든 가짜 장화 고기완자야.'

긴 다리와 하얀 털을 가진 아름다운 물새 한 마리가 그녀에게 다가왔다. 그녀는 입을 벌려 물새에게 말했다.

"맛이 없어. 네가 먹었다가 죽게 될까 걱정이다."

그녀는 타이베이의 호숫가에서 가짜 장화 고기완자를 먹고 네이후 장화 동향회 사람들이 잔디밭에서 가라오케로 요란하게 노래 부르는 소리를 들었다. 가라오케 소리의 엄호하에 그녀는 물새에게 아주 많은 얘기를 했다. 물새는 줄곧 날아가지 않았고 고기완자도 다 먹지 못했다.

독일에서 돌아온 톈훙도 이 후징 아파트에 온 적이 있었다. 톈훙이 그녀에게 말했다.

"누나, 독일에 놀러 와. 우리 집 근처에는 이것보다 몇 배 더 큰 호수가 있거든."

그녀가 물었다.

"네 베를린 집에도 창문이 있어? 호수를 내다볼 수 있니?"

"보이진 않아. 하지만 우리 집 창문을 열면 사탕 냄새를 맡을 수 있지. 한번 와 보면 알게 될 거야."

텐홍이 사람을 죽였다는 소식을 듣던 날, 그녀는 백화점 슈퍼마켓에 가서 독일 사탕을 한 봉지 샀다.

그녀는 봉지에 찍힌 공장 주소를 살펴보았다. 확실히 베를린이었다. 사탕 봉지를 뜯은 그녀는 코를 가까이 가져다 대고 깊이 숨을 들이마셨다. 텐홍, 이게 네가 창문을 열면 맡을 수 있는 냄새로구나.

그녀는 창밖의 호수 풍경을 바라보며 사탕 한 봉지를 다 먹어 버렸다. 마음속으로 동생 텐홍이 몹시 부러웠다.

텐홍에겐 사람을 죽일 용기가 있었다.

그녀도 앵커를 죽여 버리고 싶었다.

13   콩기름 매미

매미가 있었다.

무더운 여름, 작은 시골에는 아주 오래 비가 내리지 않았다. 강과 시내가 다 말라 버렸다. 휴경 중인 농지도 말라서 쩍쩍 갈라지기 시작하자 집집마다 지전을 태웠다. 가구마다 집 앞에 화로를 하나씩 내놓았다. 활활 타오르는 불꽃이 여름을 더욱 발호하게 했다. 펄펄 끓는 대지의 바닥은 평평한 냄비 같았다. 나무 위의 수매미들은 호흡을 다해 우렁차게 울어 댔다. 하늘에는 구름 한 점 없었고 해는 오만방자했다. 나는 귀신이다. 나는 머리털도 피부도 기관도 없다. 몸이 없으니 체온을 조절할 필요도 없고 추위와 더위는 나와 무관하다. 하지만 나는 이 작은 시골에 '있다'. 나는 타운 하우스의 테라초 바닥판 아래 '있어서', 바닥 틈새를 통해 큰딸을 볼 수 있다. 큰딸은 더위를 타는 모양이다. 그래서 나도 지금 날씨가 아주 덥다는 걸 안다. 나는 백악관의 어두운 방에서 넷째 딸이 여러 사람들에게 전화를 거는 것도 볼 수 있다. 넷째 딸은 온몸이 땅이다. 그래서 나도 지금 날씨가 아주 덥다는 걸 안다. 나는 간장 공장 앞에서 내 작은아들을 본다. 작은아들은 제 형의 초상화를 바라보고 있다. 아들은 날이 너무 더워 머리가 어지럽다 보니 길을 잃었다고 생각한다. 아들은 베를린의 감옥에서부터 길을 잃은 채 고향에 왔다. 아들이 베를린을 떠날 때는 기온이 섭씨 15도였는데, 용징에 도착하니 섭씨 38도였다. 오늘은 금년 들어 가장 기온이 높은 날이었다.

하지만 나는 어디에 '있든' 다섯째 딸의 얼굴은 기억하지 못한다. 귀신이 되고 나면 막내딸을 찾을 수 있을 거라고 생각했다. 하지만 시골 구석구석을 다 돌아다녀 봐도 막내딸을 찾을 수 없었다. 다른 어떤 귀신도 찾을 수 없었다. 막내딸은 '존재'하지 않았다. 살아 있을 때, 나는 사람이 죽어 귀신이 되면 다른 귀신들을 볼 수 있을 거라고 생각했다. 하지만 진짜 귀신이 되고 나서야 귀신은 가장 고독한 존재이며 공간과 시간 속에서 어떤 사람이나 사건과도 만날 수 없다는 걸 알게 되었다. 나는 시간의 분과 초 사이의 틈새로만 흘러 다니다가 나뭇가지 끝에 박쥐들과 함께 조용히 매달려 잠을 자고, 매미와 함께 흙속에서 편안하게 매복한다. 고정된 형상과 냄새, 온도, 색깔이 없기 때문에 탐색과 관측이 불가능하며, 무게도 질감도 없다. 사람들이 탁자 가득 제물을 차리면서 귀신들과 외로운 혼귀들을 먹이기 위한 것이라고 말하지만 그런 제물은 인간의 사욕일 뿐이다. 사람들은 안전함이 부족할수록 죽음을 더 두려워하게 되고, 귀신들에게 바치는 제물이 부족하다고 느끼기 때문에 제사상 위의 제물도 갈수록 풍성해진다. 사실 제물이 풍성할수록 귀신들은 더 고독하다.

정부의 선전 차량이 향(鄕) 공소(公所)를 출발하여 다가오고 있다. 음량을 최대한 높여 매미들과 데시벨 경쟁을 하면서 작은 시골의 모든 거리와 골목을 돌아다닌다. 향장의 목소리가 모든 향민들의 귓구멍을 파고든다.

"친애하는 향민 여러분, 저는 향장입니다. 오늘은 중원절이라 하늘과 모든 사물이 아주 건조한 상태입니다. 따라서 제사를 올릴 때, 불을 특별히 조심하시기 바랍니다. 주위의 여러 향민들에게 서로 이 점을 일깨워 주시기 바랍니다. 용징에는 아주 오래 비가 오지 않았습니다. 기상대 예보에 따르면 앞으로 당분간 비가 올 가능성이 아주 낮다고 하니 모두 용수를 최대한 절약해 주시기 바랍니다. 재삼 부탁드립니다. 그럼에도 친애하는 향민들께서는 안심하셔도 좋습니다. 향장이 반드시 여러분과 함께 물 부족의 난관을 무사히 넘길 수 있도록 모든 노력을 다할 것입니다."

이 차는 우리 큰아들이 향장을 맡고 있을 때 발명한 정치 선전 차량으로, 그의 뒤를 이은 향장들이 그대로 사용하고 있다. 큰아들은 또 인쇄소에 가서 자신의 초상화 포스터를 만들어 소형 트럭 바깥에 붙이고 다녔다. 차 지붕에는 방송용 스피커를 달아 자신이 향장 사무실에서 하루 종일 녹음한 정치 선언을 틀었다. 큰아들은 걸핏하면 양복을 입고 그 위에 "향장 천텐이가 여러분을 위해 복무합니다."라고 적힌 조끼를 입고서 직접 소형 트럭을 몰고 모든 산업 도로를 누비고 다녔다. 그러는 내내 미소를 지으면서 제 목소리가 용징 전체에 메아리치는 걸 들었다. 큰아들은 타이완 사투리를 쓰면 안 된다고 자신을 다스렸다. 그의 영도하에 용징은 비상을 시작하고 농업과 각종 산업이 크게 발전하고 빈랑과 베틀후추 생산도 크게 증가할 거라고 했다. 인문고적(人文古蹟)도 발전하고 향민 전체가 국제화를 향해 나아가며 전 세계 관광객들을 용징으로 불러들이게 될 터인데, 타이완 사투리를 쓰면 어떻게 세계화의 궤도에 연결될 수 있겠느냐고 반문했다.

'발전'을 외치는 것은 원래 있던 전통적인 것들이 모두 좋지 않고 열등하며 도태되거나 개량될 필요가 있다고 말하는 것과 다르지 않았다. 큰아들은 시찰단을 이끌고 파리와 뉴욕을 방문하고 돌아와서는 정치 선전 차량을 이용하여 전체 향민들에게 용징을 동양의 작은 파리나 뉴욕으로 만들겠다고 포부를 밝혔다. 구멍가게나 노점은 시대에 부합하지 않기 때문에 미국의 대형 슈퍼마켓 시스템을 도입하고 낡은 건물을 철거하여 고층 빌딩을 지어야 한다고 주장했다. 재래시장은 너무 낡았으니 디자이너에게 용역을 주어 야채와 생선, 돼지고기 등을 팔 수 있는 새로운 진열대를 디자인하게 하되, 극도로 단순한 유럽풍 디자인 감각을 가미하고 화려하고 사치스러운 부분은 최대한 축소하여 프랑스 전통시장과 같은 매력적인 풍경과 정취를 만들어 내겠다고 했다. 삼합원의 백년 묵은 외부 담장이 너무 단조롭다고 느낀 그는 국제 그래피티 예술가들을 초청하여 벽화를 그렸다. 묘회에서 돼지를 잡는 행위는 이미지를 훼손하고 동물 보호 협회의 항의를 받기 십상이라는 생각에 금지 공고를 내렸다. 또한 모든 도로명과 도로 표지판을 중국어와 영어 두 가지 언어로 표기하게 하여 각국의 여행객들이 쉽게 알아볼 수 있게 했다. 향 공소에 영어 연수 과정을 개설하고 직원들과 함께 영어를 배우기도 했다. 베틀후추밭과 국화밭, 논, 분재업 등이 전부 관광 농장으로 전업하여 전 세계 손님들을 용징으로 불러들일 준비를 시작했다. 여행객들의 소비를 위해 국제 호텔을 조성할 필요가 생기자 휴경 농지를 징발하여 5성급 호텔을 건축함으로써 각국 여행객들이 용징에서 밤을 보낼 수 있도록 했다. 낮에는 매미 울음소리를 들으면서 스파를 즐기다가 저녁에는 개구리 울음소리를 들으면서 맥주를 마실 수 있게 했다.

이 시기는 아찬의 일생에서 가장 즐거운 시절이었다. 큰아들이 높은 득표율로 향장에 당선되자 향장의 엄마인 그녀는 온몸에 금가루를 뿌린 것 같았다. 어디를 가든 몸에 황금빛이 찬란했다. 우리는 다섯 딸을 연달아 낳고 나서 두 아들을 얻었다. 큰아들은 엄마를 닮아 둥글고 복스러운 얼굴이었고 작은아들은 나를 닮아 갸름한 얼굴에 총기가 넘쳤다. 큰아들은 작은 시골의 최고 직위에 올랐다. 다음 목표는 현장(縣長)이었다. 그런 다음, 수도 타이베이로 올라갈 생각이었다. 큰아들이 아찬에게 말했다.

"엄마, 기다리세요. 언젠가는 제가 총통이 될 테니까요."

아찬은 이 말을 듣고 큰 종이 울리는 듯한 웃음소리를 쏟아 냈다.

아찬을 알게 된 그해 여름에는 매미 소리가 울렸고 간장 냄새가 났다.

죽기 전에 나는 후각으로 주위 사람들을 구별했다. 모든 사람이 특수한 냄새를 갖고 있었다. 예컨대 우리 어머니에게서는 청초고 냄새가 났고, 관재상 주인에게서는 톱밥 냄새가 났다. 큰딸에게서는 천 냄새가 났고, 징쯔총 녀석에게서는 양타오 냄새가 났으며 작은아들에게서는 책 냄새가 났다. 큰아들에게서는 원래 관 냄새가 났는데 비스킷 공장 사람들 덕분에 향장이 된 뒤로는 양복 냄새가 났다.

열여덟 살의 아찬은 온몸에서 간장 냄새가 났다.

중매쟁이 할멈은 우리 엄마에게 상대 여자가 열여덟 살로, 간장 공장 큰딸이라고 했다. 그녀의 어머니는 수절 과부로 착실하고 근면한 사람이라고 했다. 얼굴과 엉덩이가 전부 둥글둥글하여 척 보면 집안에 부귀를 가져올 상임을 알 수 있다고 했다. 그렇다면 아들을 낳을 게 분명했다. 장녀의 이름은 린아찬이고, 별명이 '콩기름 매미'였다. 마을에서 가장 예쁜 아가씨였다. 글은 모르지만 근검절약하는 성격이라 현모양처가 되기 위해 태어난 것 같았다. 중매쟁이 할머니는 밥상 위의 간장을 가리키며 말했다.

"용징의 집집마다 전부 이 간장을 먹잖아요. '향기나' 간장이지요. 신부 측 집안의 재력도 나쁘지 않아서 혼수를 넉넉하게 해 올 거예요. 게다가 사주팔자가 아주 딱 들어맞네요. 천씨네 장남과 린씨네 장녀의 혼인은 하늘이 정해 준 인연이에요."

콩기름 매미를 아내로 맞기 전에 나는 그녀를 두 번밖에 보지 못했다. 처음 본 것은 '향기나' 간장 공장에서였다. 양가 가족들이 만나는 상견례 자리로, 중매쟁이 할멈이 아찬을 데리고 들어와서는 우롱차와 빈랑으로 손님들을 대접했다. 콩기름 매미는 고개를 숙인 채 말을 하지 않아서 나는 그녀의 얼굴을 자세히 볼 길이 없었다. 간장 공장 안에서는 대두가 발효하는 냄새가 진했다. 시큼하고 짭조름한 냄새였다. 공장 정원에는 간장 항아리들이 잔뜩 놓여 있었다. 들리는 얘기로는 햇볕에 반년 정도 노출시켜야 병에 담긴 완제품 간장이 될 수 있다고 했다. 공장 밖 나무에서는 매미들이 요란하게 울어 댔다. 신부 측 친척 하나가 아찬이 태어나던 날에도 매미 울음소리가 이렇게 요란해서 아찬의 어머니가 아기가 나올 것 같다면서 배가 아프다고 외치는 소리를 공장 전체를 통틀어 들은 사람이 하나도 없었다고 말했다. 그래서 아이 이름을 '찬(蟬)'이라고 지었다고 했다. '향기나' 간장 공장은 가업으로 이어져 내려온 공장이었다. 패전한 일본 군인 하나는 타이완을 떠나며 특별히 공장을 찾아와 간장을 여러 병 사 가면서 도쿄로 돌아가 스시를 먹을 때 찍어 먹을 거라고 말했다고 한다. 아찬은 어려서부터 어머니에게서 간장 만드는 법을 배워 기술이 아주 좋았다. 콩을 선별하고 삶고 누룩을 넣어 발효시키는 솜씨가 대단했다. 하지만 딸은 시집을 가야 하기 때문에 가업은 아들에게 물려주고 서둘러 딸을 보낼 좋은 대상을 찾아 나섰다.

아찬을 두 번째로 만났을 때 우리는 흑백 사진을 한 장 찍었다. 나는 그날 셔츠에 양복 바지 차림이었고, 아찬은 몸에 꼭 달라붙는 꽃무늬 양장을 입고 있었다. 손에는 작은 핸드백을 들었다. 우리 어머니는 시골의 유일한 사진관에 가서 사진사를 모셔 와서는 우리가 간장 공장 앞에 서서 혼전(婚前) 사진을 찍게 했다. 사진을 찍을 때, 마침내 우리의 몸이 가까워졌고 그녀의 얼굴을 선명하게 볼 수 있었다. 동그란 얼굴에 눈이 크고 곱슬머리였다. 그녀는 내가 자신을 쳐다보고 있음을 알고는 얼른 고개를 숙였다. 몰래 심호흡을 해 보니 정말로 우리 집 밥상 위의 그 간장 병에서 나는 것과 똑같은 냄새가 났다. 아찬은 여전히 말없이 땅만 바라보고 있었다. 내가 땅에 뭐가 있느냐고 묻자 그녀는 한참을 생각하다가 낮은 목소리로 말했다. 매미가 막 땅 밖으로 나올 때는 아주 하얗고 작아요. 그걸 집어 기름에 튀기면 아주 맛있지요. 간장을 찍어 먹으면 더 맛있어요. 그걸 아는 사람은 거의 없어요. 말을 마친 그녀는 다시 고개를 숙이고는 조용히 사진을 찍었다.

세 번째 만났을 때, 우리는 이미 부부가 되어 있었다. 신혼 첫날 밤, 아찬은 삼합원의 침대에 앉고 난 후부터 말을 하기 시작했다. 입을 열었다 하면 멈추기 어려웠다.

매미 울음소리도 그치지 않았다.

14 　　가벼운 배는
이미 만 겹의 산을
지났다

　그와 샤오촨은 어깨를 나란히 하고 버려진 간장 공장 밖에 앉아 고기완자를 먹었다.

　간장 공장 정원에는 깨진 간장 항아리가 잔뜩 쌓여 있었다. 기억 속의 검정 두부를 발효시키는 냄새는 완전히 사라져 버렸다. 공장 지붕은 보이지 않았다. 비스듬히 기울어진 철제 기둥만 남아 있었다. 심호흡을 하면 녹슨 쇠의 텁텁한 냄새가 끌려왔다. 어렸을 때 집에서 간장 병이 바닥을 보이면 엄마는 그에게 자전거를 타고 외할머니 댁에 가서 간장을 얻어 오라고 했다. 외할머니는 천으로 된 자루에 '향기나' 간장 서너 병을 담아 주시면서 자전거를 조심해서 몰고 가라고 당부하셨다. 당시 간장 공장에는 일꾼 여러 명이 고용되어 있었다. 타이완 경제가 비상하기 시작하면서 고향의 작은 지역 안에서만 팔리던 '향기나' 간장은 타이완 각지로 판로를 확장하기 시작했고, 주문서가 끊이지 않고 날아왔다. 공장은 계속 확장되었다.

간장이 떨어지는 건 대개 저녁 5시에서 6시 무렵이었다. 어두운 밤과 대낮이 맞물리는 시각이었다. 이즈음 시골 하늘은 파란색에서 자주색이나 오렌지색으로 변해 갔다. 그는 엄마와 외할머니의 당부를 마음속에 새기고 길에 올랐지만, 저녁 무렵의 길거리에는 재미있게 놀 것들이 정말로 많았다. 그는 곧장 집으로 돌아가지 않고 자전거를 타고 여기저기 마구 돌아다녔다.

추풍나무 앞에서는 누군가 신에게 감사의 절을 올리고 있었다. 이웃에 사는 뱀 잡는 아저씨였다. 뱀 잡는 아저씨는 큰돈을 들여 나무 밑에 옥외 무대를 설치했다. 세 자매로 구성된 스트립쇼 무용단이 무대 위에서 나무를 향해 몸을 움직이면서 걸치고 있던 반짝거리는 옷을 벗기 시작하더니 나중에는 실오라기 하나 남기지 않고 다 벗었다. 말이 '세 자매'지 사실은 할머니와 엄마, 손녀 삼 대의 여자들이었다. 스트립쇼가 대대로 전승된 것이다. 시골의 작은 지역에서는 장례나 혼례가 있을 때마다 이들의 모습을 볼 수 있었다. 무대 위의 머리가 가장 작은 여자는 그와 같은 초등학교에 다니는 반 친구였다. 그녀는 무대 아래 있는 그를 보고는 옷을 벗으면서 소리쳤다.

"천텐훙, 너 오늘 수학 숙제 다 했어? 다 했으면 나 좀 보여 줘. 베껴서 내게! 정말 어렵더라. 나는 절대로 못 풀겠어!"

화훼 농가에서는 국화밭에 전구를 추가로 설치하고 있었다. 전기 선로에 이상이 생겨 수천수백 개의 전등이 켜졌다 꺼지기를 반복하고 있었다. 하늘의 별들이 전부 국화밭으로 떨어진 것 같았다.

용난 서점에는 방금 학교를 파한 학생들이 가득 들어차 있었다. 서점 주인은 또 욕을 해 대기 시작했다. 누군가 고무지우개를 써 보다가 주인의 격렬한 욕설을 야기한 것이다. 주인의 욕 때문에 손님들은 도망도 가지 못했다. 서점 안은 조급하게 뛰어다니는 사람들로 가득했다. 한 무리의 남자들이 대표를 내세워 용기를 북돋우면서 서점 뒤쪽의 주렴을 열라고 재촉했다. 모두 용돈을 꺼내 서점 뒤쪽의 어두운 방으로 들어가려 했다. 소문에 의하면 완전 컬러에 전라의 사진이 실린 신상품이 도착했다고 했다. 그보다 나이가 몇 살 위인 남학생들이 그에게 전라의 일본 여자를 보고 싶지 않냐고 물었다. 보고 싶으면 돈을 내라는 거였다. 그는 고개를 가로저었다.

"저는 간장 살 돈밖에 없어요."

그는 용돈으로 반얀나무 아래 있는 구멍가게에서 아이스케이크를 사 먹었다. 자전거는 가로등 아래 세워 놓았다. 토란 맛의 얼음이 입안에서 녹는 동안 마음속으로 하나 둘 셋 숫자를 셌다. 하나에 가로등이 점점 밝아졌다. 둘에 무수한 벌레들이 가로등 광원에 유혹되어 불빛 아래로 모여들어 춤을 추었다. 셋에 박쥐가 가로등을 향해 달려들어 날벌레들을 잡아먹었다. 그는 마음속으로 격렬하게 박수를 쳤다. 그는 박쥐를 무척 좋아했다. 박쥐들은 대낮에 울창한 나뭇잎 사이에 거꾸로 매달려 곤히 잠을 잤다. 박쥐 무리가 나뭇잎 사이에서 단체로 잠을 자는 모습은 너무나 귀여웠다. 그러다가 저녁 무렵이 되면 박쥐들은 밖으로 나와 날벌레들을 잡아먹었다. 가로등 아래서 박쥐들의 날개는 반투명으로 보였고 곤충을 잡을 때의 비행 자세는 번개 같았다.

저녁 무렵의 양타오 과수원에서는 빨간 반바지가 일을 마치고 집으로 돌아갈 채비를 했다. 빨간 반바지가 그를 보자마자 말했다.

"넌 참 여기저기 싸돌아다니는구나. 너희 엄마가 부엌에서 큰 소리로 네 이름을 부르며 찾고 계시더라. 널 찾는 소리가 여기까지 들렸어. 빨리 집으로 돌아가 봐! 간장이 없으면 어떻게 음식을 만들겠니?"

빨간 반바지는 하루 종일 땀을 흘리고 햇볕에 시달린 후 저녁 무렵에 양타오 과수원을 나왔다. 한 손에는 작업용 사다리를, 다른 한 손에는 책을 들고 있었다. 빨간 반바지는 키가 크고 덩치도 우람했다. 그의 작은 몸집에 비하면 한 그루 나무라고 할 수 있었다. 그는 며칠 전에 그림책에서 아마존 밀림과 악어, 식인 물고기, 원숭이, 큰부리새, 독거미, 요염한 채색 나비 등을 보았다. 하나같이 듣지도 보지도 못한 생물들이었다. 그는 양타오 과수원이 이 작은 시골의 아마존이 되는 상상을 해 보았다. 커다란 구렁이 한 마리가 양타오 나무 위에 똬리를 틀고 있는 모습을 상상했다. 빨간 반바지는 작업용 사다리를 내려놓고 그의 허리 부위를 꽉 잡고 돌리다가 그가 웃으면서 애원하자 동작을 멈췄다. 그는 빨간 반바지를 꼭 껴안고 웃으면서 어지럽다고 소리쳤다.

"그만해요, 그만. 하하하, 토할 것 같단 말이에요!"

그는 그 기회에 심호흡을 하다가 빨간 반바지의 겨드랑이 냄새를 맡았다. 그러고는 그의 허리에 달라붙게 되었다. 나무와 풀, 강의 냄새가 뒤섞인 그 냄새가 가볍게 코를 자극했다. 다시 맡으니 빨간 반바지의 몸에 아득한 밀림이 펼쳐졌다. 그 냄새는 악어이기도 하고 식인 물고기이기도 했다. 이빨이 날카로워 한번 물리면 평생 잊히지 않는 자국이 남을 것 같았다. 책에 나오는 아마존

귀신들의 땅

밀림의 거북은 나비와 친구이고, 나비는 거북의 눈물을 좋아했다. 거북 자신은 눈가의 분비물을 청소할 수 없기 때문에 나비들이 머리에 앉아 눈물 찌꺼기를 처리하도록 내맡긴다. 서로 사랑하며 사이좋게 지내는 상부상조 정신이었다. 그는 자신이 나비이고 빨간 반바지가 거북, 양타오 과수원은 두 사람만의 비밀스러운 아마존이라고 상상했다.

사실 빨간 반바지는 눈물이 없는 거북이었다. 가장 잔혹한 순간에 직면해서도 빨간 반바지는 여전히 눈물을 보이지 않았다. 그저 펜을 들어 유서를 썼을 뿐이다.

샤오촨이 그에게 물었다.

"고기완자 맛 어때? 변한 것 같아? 차이가 느껴져?"

그는 고개를 끄덕였다. 완자가 입에 들어가는 순간, 그는 맛이 달라졌다는 것을 느꼈다. 외피가 너무 바삭바삭해서 아주 오래 씹어야 삼킬 수 있었다. 안에 든 소에는 죽순 향이 부족했다.

"사실은 같은 집이야. 우리가 어렸을 때부터 어른이 될 때까지 사 먹었던 그 집 음식이라고. 기억나지? 옛날에 우리는 학교가 파할 때면 무척 배가 고파 종종 자전거를 타고 그 노점에 가서 고기완자를 사 먹었잖아. 그 주인장이 돌아가시면서 가게를 두 아들에게 넘긴 뒤로 맛이 엉망진창이 됐지. 나중에 두 아들은 사이가 틀어졌지만 전적으로 돈 때문은 아니었어. 결국 둘 중 하나가 건너편에 또 다른 가게를 냈고, 두 집이 서로 마주 보면서 경쟁을 벌였지. 어느 집 완자가 더 맛없는지를 겨루고 있는 거야."

나와 샤오촨은 공장 밖 계단에 앉아 고기완자를 먹었다. 그릇도 없이 완자가 담긴 비닐봉지를 열어 곧장 젓가락으로 집어 먹었다. 숟가락도 없어서 고개를 쳐들고 완자와 함께 유두부탕이 담긴 비닐봉지를 비스듬히 들어 올려 국물을 천천히 입안으로 흘려 넣었다. 옛날에도 두 사람은 이렇게 앉아 음식을 먹었다. 중학교 3학년이 되던 해였다.

"특히 소스에는 '향기나' 간장이 안 들어가면 완자를 먹을 때 제맛이 안 나. 하지만 그래도 먹고 싶을 때가 있지. 맛이 없고, 어렸을 때와 확연히 다르다는 걸 분명히 알면서도 오토바이를 타고 사러 간다니까. 다행히 오늘은 좀 넉넉히 샀어. 그러다가 널 만나게 된 거지."

그는 샤오촨을 바라보았다. 평평한 머리에 검은 피부, 말랐지만 단단해 보이는 몸이었다. 운동용 조끼와 카키색 반바지 차림이었다. 운동화에는 진흙이 잔뜩 묻어 있었다.

"귀신들에게 제사를 올리러 온 거야? 어째서 큰누나는 나한테 네가 돌아온다는 걸 말해 주지 않았지?"

그는 어떻게 대답해야 좋을지 몰랐다. 그저 고개를 가로젓는 수밖에 없었다.

"차를 몰고 가다가 멀리서 널 봤어. 뒷모습과 걸음걸이만 보고 외지 사람이라는 걸 알았지. 귀월에는 귀문이 활짝 열린다고 하더니 정말로 길에서 귀신을 만났구나 하는 생각이 들었어. 이 지역에서는 차를 몰거나 오토바이를 타지 않고 밭 주위를 걸어 다니는 사람이 없거든. 정말로 귀신인 줄 알았어. 환한 대낮인 게 그나마 다행이지. 네가 입은 옷 꼴을 보라고. 양복 재킷 아니야? 친구야, 이러니 딱 보면 외지인인 걸 알지."

그는 짙은 남색 양복 재킷 차림에 안에는 흰 와이셔츠를 입고 있었다. 밑에는 긴 검정 바지에 검정 양말을 신고 있었다. 정말 계절에 어울리지 않는 옷차림이었다. 하지만 방금 교도소에서 나온 그에게는 입을 만한 옷이 많지 않았고, 지금 입고 있는 것이 그 중 일부였다.

"언제 나온 거야? 어째서 너희 큰누나는 네가 몇 년 더 있어야 한다고 했지? 가석방으로 나온 거구나?"

그는 눈앞의 깨진 간장 항아리들을 바라보면서 비닐봉지 안에 있던 고기완자를 다 먹어 치우고 봉지를 반으로 접은 다음, 손가락에 묻은 완자 소스를 깨끗이 핥아 먹었다. 동작이 느릿느릿했다. 그는 샤오촨의 눈길이 줄곧 자신에게 멈춰 있다는 걸 모르지 않았다. 그 눈빛은 무척이나 나긋나긋했다. 나비가 손가락 끝에 앉은 것 같았다. 버들가지가 강 수면에 닿을 듯 말 듯하고, 거미줄이 은발 위로 떨어지듯이 아슬아슬했다. 정말로 작은 배 한 척이 가볍게, 아주 천천히 흔들리는 것 같았다. 그는 계속 어지럼증을 느꼈다. 그는 천천히 고개를 들어 샤오촨을 돌아보았다. 배불리 먹었고 힘이 생겼으니 그걸로 된 거다. 그는 두 주먹을 움켜쥐고 배에 힘을 주었다. 흉강에 힘이 들어가고 목구멍에도 힘이 들어갔다. 그렇게 돌처럼 단단한 한마디를 입으로 토해 냈다.

"나왔어."

'나왔어'라는 세 글자의 날카로운 모서리가 그의 목구멍 깊은 곳과 흉강 내벽을 아프게 후벼팠다. 하지만 말을 하고 나니 몸이 좀 가벼워진 것 같았다.

샤오촨이 그의 어깨 위에 손을 얹었다. 아무 말도 하지 않았다. 그는 어깨 위에 얹힌 샤오촨의 손을 바라보았다. 주름이 깊고 손톱 밑에 흙이 끼어 있었다. 30년이 지나면서 작은 손이 커지고, 희고 가늘던 손이 검고 굵어졌다.

중학교 1학년 때, 그가 소몰이반에서 우수반으로 전반한 첫날, 샤오촨이 바로 그의 옆자리에 앉아 있었다. 중학생이 되던 첫날, 아이큐 검사 필기시험이 있었다. 학교에서는 아이큐에 따라 반을 나누었다. 아이큐가 가장 좋은 아이들이 A플러스 두 반으로 분반되었다. 1학년 1반과 2반이었다. 그다음이 A마이너스반인 3반과 4반이었다. 뒤로 갈수록 아이큐가 낮은 반이었다. 그는 평생 아이큐 검사를 받아 본 적이 없었고 필기시험 답안을 어떻게 쓰는지 몰랐다. 학년 전체를 통틀어 17개 반 가운데 그는 17반으로 배정되었다. 당시에 그는 1학년 17반이 교화가 불가능한 소몰이반이라는 사실을 몰랐고 집에 돌아와 누나들에게 자신이 맨 끝 반으로 배정되었다고 말했다. 그 순간 누나들의 표정이 일그러지면서 이목구비의 위치가 바뀌었다. 동생이 멍청한 편은 아니라고 말하고 싶었는데 뜻밖에도 교육의 가장 먼 주변 지대로 분류된 것이다. 1학년 17반은 무척이나 즐거웠고 모두 항상 웃는 얼굴이었다. 시험을 치면 절반은 빵점을 맞았고 과외 활동에서도 낮은 점수를 기록했다. 계동(乩童)*으로 일하는 친구는 수학 시간에 점을 쳤다. 수학 선생님은 그에게 완전히 굴복하고 절을 올리면서 노름판에서 돈을 딸 수 있는 숫자 명패(明牌)를 알려달라고 사정했다. 일본 사무라이 칼을 들고 학교에 온 문신투성이 친구는 학교가 파하면

---

* 원시 종교나 무속 의식에서 천신과 인간 혹은 혼귀 사이를 연결해 주는 매개로, 서양 종교에서 말하는 영매(靈媒)와 유사한 존재다.

곧장 결판을 내러 갈 거라고 하더니 그날 칼을 맞고 죽었다. 다음 날 뉴스에 얼굴이 동글동글하고 행동이 느렸으며 항상 껄껄 웃던 친구와 휠체어를 타고 다니던 친구, 한쪽 팔이 없는 친구가 등장했다. 초등학교 때 같은 반이었던 스트립쇼 여학생도 그와 같은 반이 되었다. 1학년 17반은 항상 떠들썩했다. 각 과목 선생님들은 열심히 가르치지 않았다. 수학 선생님은 칠판에 반야심경 구절을 써 놓았고, 영어 선생님은 자신이 영어를 잘 못한다고 솔직하게 인정했다. 화학 선생님은 걸핏하면 수업에 들어오지 않았고, 역사 선생님은 수업 시간마다 고량주를 마셨다. 쓰촨 출신인 지리 선생님은 줄곧 반공대륙(反攻大陸)을 외쳤고, 국어 선생님은 자신이 용난 서점에서 산 일본 혼혈 아이돌 여배우의 전라 사진집을 아이들과 공유했다. 반 학생들은 항상 고기 쭝쯔나 미가오(米糕)*, 고기완자, 샹창, 옌수이지 등 갖가지 음식을 학교로 가져와 아무 때나 꺼내 먹었다. 서로 나눠 먹었고, 줄곧 웃음소리가 그치지 않았다. 1학기가 끝나 갈 무렵, 반에 변화가 생겼다. 몇몇 여학생들이 배가 불러 온 것이었다. 경찰이 학교에 들어와 문신을 한 남학생 몇 명을 체포했다. 휠체어를 타는 친구는 화장실에서 칼로 팔을 그어 화장실이 온통 피로 물들었다. 여학생 하나는 화장실에서 아기를 낳았다. 겨울 방학이 끝나고 그가 1학년 17반으로 돌아왔을 때, 반에는 친구들이 절반밖에 남아 있지 않았다. 교무 주임이 교실에 들어와 그의 어깨를 다독이며 말했다.

"천톈훙 학생, 자네는 반을 옮기게 됐어. 책가방을 싸서 따라오

---

* 쌀가루로 만든 케이크로, 대개 한 입 크기로 작게 만든다.

도록 해."

17반 학생인 그가 연속으로 치러진 두 차례의 월말고사에서 국어와 영어 두 과목을 1학년 1반과 2반 학생들보다 높은 성적을 받았던 것이다. 학교에서는 그를 주변에서 중심으로 옮겨 주기로 결정하고 1학년 2반으로 전반시켰다.

1학년 2반의 개학 첫 수업 과목은 영어였다. 키가 아주 작은 여자 담임 교사는 손에 등나무 회초리를 들었고 눈빛이 몹시 날카로웠다.

"오늘 우리 반에 새로 온 학생이 있어요. 영어 실력이 대단하다고 하네요. 같은 시험에서 멍청한 여러분보다 더 높은 점수를 받았어요. 천톈훙 학생, 일어나 봐요. 새 학우가 왔다는 건 누군가 다른 반으로 가게 됐다는 것을 의미하지요. 여러분, 열심히 공부하지 않으면 다음에 우리 반에서 쫓겨나는 불상사를 맞게 될 거예요. 천톈훙 학생도 공부 열심히 해야 해요. 안 그러면 다시 그 문제아들 반으로 돌아가게 될 테니까요."

그는 자리에서 일어섰다. 모든 게 낯설게만 느껴졌다. 이 반은 아주 조용했다. 걸상을 발로 걷어차는 아이도 없고, 카드 게임을 하거나 마작을 하는 아이도 없었다. 모두 몹시 지쳐 보였다. 잠을 충분히 자지 못한 것 같았다.

"양샤오저우(楊曉舟), 네가 천톈훙 옆에 앉아서 새로운 환경에 적응할 수 있게 잘 이끌어 주도록 해. 주의 사항도 다 알려주고. 전에 있던 반에는 깡패들과 창녀들만 하나 가득이었으니까 말이야."

그는 다른 친구들에게서 양샤오저우가 영어 선생님 아들로, 성적도 전교 1등이고 장래 희망이 의사라는 얘기를 전해 들은 바 있었다.

그는 양샤오저우가 자신을 어떻게 소개했는지 늘 기억하고 있었다.

"나는 양샤오저우라고 해. 배는, 이미 만 겹의 산을 지났지."

그는 마음속으로 그를 '샤오촨(小船)'이라고 부르기로 마음먹었다. 샤오촨은 그보다 키가 약간 더 컸다. 코가 큰 데. 비해 눈은 아주 작은 편이었다.

샤오촨은 그에게 1학년 2반은 다른 반들과 다르다고 말했다. 다른 반은 아침 7시 반부터 지각으로 치지만, 2반은 6시 반까지 전부 학교에 와서 곧장 영어 시험을 치르고 7시에 수학 시험을 치르는 게 원칙이었다. 담임 선생이 그렇게 정해 놓았다고 했다. 모든 과목에서 90점을 넘지 못하면 예외 없이 매를 맞았다. 미술이나 공예, 가정, 음악 같은 과목들도 전부 수학이나 영어와 마찬가지로 석차를 매겼다. 반에서 적어도 다섯 명이 전교 10등 안에 들지 못하면 반 전체가 운동장에 나가 개구리 뛰기 체벌을 받았다.

첫 번째 시험의 전교 석차가 발표되었다. 10등까지가 1학년 2반에서 나왔다. 하지만 담임 선생은 기분이 대단히 좋지 않았다. 샤오촨이 전교 10등 안에 들지 못했기 때문이다. 그날 학교가 파하고 담임 선생은 운동장에 나가 등나무 회초리로 샤오촨의 손바닥을 때렸다. 이어서 샤오촨이 반쯤 쭈그리고 앉았고 담임 선생은 그의 등에 등나무 회초리를 휘둘렀다. 샤오촨은 운동장에서 개구리 뛰기를 하고 선생은 그런 그를 향해 소리를 질렀다.

"양샤오저우, 너 이렇게 형편없는 점수로 어떻게 의대를 가겠다는 거야? 너 오늘 집에 데려다줄 생각 없으니까 혼자 걸어서 오도록 해."

그는 줄곧 운동장의 봉황수 뒤에 숨어 다음 날 시험을 치를 영어 단어를 외우면서 몰래 샤오촨이 체벌을 당하는 모습을 지켜보았다. 그는 담임 선생의 오토바이가 떠나는 소리를 듣고서야 나무 뒤에서 나와 샤오촨 옆으로 가까이 다가가 앉았다. 샤오촨의 흰 교복 뒤에 등나무 회초리가 남긴 여러 개의 줄무늬가 보였다. 그가 책가방에서 토란 전병을 꺼내 샤오촨에게 건네면서 말했다.

"우리 엄마가 만든 거야. 아주 맛있어. 먹어 봐."

샤오촨은 토란 전병을 하나도 남기지 않고 다 먹고 나서 웃으며 말했다.

"이 멍청이, 내가 한 얘기 잊었구나. 우리 엄마가 학교에 주전부리 같은 것 가져오지 말라고 했다고 알려 줬잖아. 우리 엄마는 우리가 교실에 없는 사이에 걸핏하면 책가방을 뒤진단 말이야. 이걸 엄마에게 들켰다면, 흐흐, 넌 오늘 나보다 더 비참했을 거야. 와, 이거 정말 맛있네. 너희 엄마 정말 대단하시다!"

나는 자전거를 끌고 샤오촨과 함께 텅 빈 교정을 나섰다. 우리는 함께 천천히 걸어서 집으로 돌아갔다. 그날 저녁, 하늘은 황금빛이었다. 하늘에는 날아다니는 박쥐가 아주 많았다.

"나오니까 좋네. 아직 집에 안 가봤지? 우선 들어가지 마. 내가 전화해서 큰누나한테 얘기할 테니까. 누나한테 불을 준비하라고 해야지. 돌아왔으니, 불을 통과하는 의례를 해야잖아."

"양샤오저우, 그런데 네가 어떻게 여기에 있는 거야? 너희 가족 전체가 이사 가지 않았어? 잠깐, 아니다, 네가 어떻게 우리 큰누나를 알지?"

샤오촨이 휴대폰을 꺼내면서 오른쪽 눈을 깜박였다.

"너는 독일에서도 돌아올 수 있으면서 왜 나는 돌아올 수 없다는 거야. 기다려 봐. 내가 큰누나한테 전화할 테니까."

갑자기 졸음이 몰려왔다. 도대체 지금 몇 시일까? 독일과 타이완 여름의 시차가 여섯 시간이니까 지금 몇 시나 됐지? 나는 대체 어디에 있는 걸까? 여기는 어디일까?

"큰누나, 저예요! 제가 조금 이따가 찾아갈게요. 신비한 손님을 하나 데리고 갈 거예요. 그렇게 너무 많은 건 묻지 마세요. 어차피 신비한 손님이니까요. 제사는 다 올렸지요? 있잖아요, 어디 가서 작은 화로를 하나 구해다 놓으세요.* 아주 작은 걸로요. 에이, 마음대로 하세요. 어차피 너무 큰 건 필요 없으니까요. 네, 맞아요. 집에 족발 같은 것 없나요? 에이, 필요 없어요. 제가 알아서 할게요."

그는 샤오촨의 목소리를 들으면서 뱃멀미를 하는 듯한 착각을 느꼈다.

"잠이 오는 모양이네. 그렇지? 시차 때문일 거야. 이리 와, 내 차 안에서 좀 자. 내가 집까지 데려다줄 테니까."

그는 샤오촨의 차에 올랐다. 시동을 켜서 엔진이 요란한 소리를 내는데도 저절로 눈이 감겼다.

차의 의자는 쿠션이 아주 좋았다. 그는 빠르게 심연 같은 깊은 잠에 빠졌다. 심연에는 바닥이 있었다. 그는 자신의 몸이 젤리처럼 부드럽고 탄성이 있는 물체의 표면에 닿는 듯한 느낌을 받았

---

* 타이완에는 교도소에서 나와 처음 집으로 돌아갈 때 새사람이 되어 다시는 교도소에 가는 일이 없게 한다는 의미로 옷소매를 소금물에 적시거나 불을 통과하거나 흰 두부를 먹는 습속이 있다.

다. 몸이 가볍게 튕겨지면서 저도 모르게 "아!" 하는 신음이 흘러나왔다. 그러고는 갑자기 깨어났다.

교도소에 있는 게 아니었나? 여긴 어디지? 차를 운전하는 사람은 누구지? 샤오촨인가? 양샤오저우? 창밖의 저 꽃밭은 국화밭인가?

"우선 좀 자. 내가 가서 가는 국수를 좀 사 올 테니까. 너희 큰누나는 아마 짐작하고 있을 거야. 동생이 돌아왔다는 걸."

15   유서

톈홍에게

줄곧 답장을 하지 않았지만 편지는 다 받았어. 지난 몇 년 동안 네가 내게 보낸 편지는 다 받았다고. 네가 옛날 집으로 보낸 걸 큰언니가 몰래 내게 가져다주었지. 그는 몰라. 그는 정말로 몰라. 그는 우리 집에서 누군가 감옥에 갔다고, 두 명이나 감옥에 있어서 너무나 창피하다고 생각하지. 멍청이. 제 집에는 그런 사람이 없는 줄 알아. 멍청이. 나가 죽어야 할 멍청이라고.

답장은 쓰지 않았어. 너의 편지에 답장을 쓰지 않았어. 답장하지 않았어. 답장을 할 수 없었기 때문이야. 넷째 누나가 바보 같다는 건 너도 잘 알지? 편지 쓰는 건 정말 힘들어. 쓸 수가 없었어. 나는 바보 같아. 시집을 잘못 갈 정도로 바보지. 죽도록 멍청해. 정말 죽도록 멍청하지. 멍청해. 그저 멍청할 뿐이야.

지금 이렇게 답장을 쓰고 있긴 하지만 너무 느려. 아주 천천히 쓰고 있지. 하지만 네가 내게 써 보낸 그 편지들은 전부 읽었어. 네가 쓴 책도 다 읽었지. 지금 나는 문밖에 전혀 나가지 않고 줄곧 책만 읽고 있어. 오래된 신문도 읽고 네가 쓴 책도 읽지. 때로는 네가 쓴 그 소설들 속에 나에 대해 언급한 부분이 있을까 궁금하기도 했어. 그런 대목을 찾느라 여러 번 읽었지. 네가 쓴 책은 다 읽었어. 내가 멍청한 여자라는 건 틀림없는 사실이야. 그렇지 않니? 하지만 아닌 것 같기도 해. 톈홍, 네가 쓴 책들은 정말 훌륭해. 종종 이해하지 못하는 부분도 있지만 말이야. 이해하지 못하는 건 내가 멍청하기 때문일 거야. 너는 멍청하지 않지. 사람들이 네가 사람을 죽여 여러 해째 감옥에 갇혀 있다고 말하더라고. 그 얘기를 듣고 나는 네가 무척 부러웠어. 내가 널 부러워하는 걸 이해할 수 있겠니? 넌 틀림없이 이해할 거야. 이 넷째 누나와 달리 너는 그토록 똑똑하니까 말이야.

네 넷째 누나는 정말 멍청해. 네가 내게 써 보낸 편지들은 전부 받아 읽고 잘 보관하고 있어. 내 방에 있는 종이들은 곰팡이가 많이 슬었어. 하지만 네 편지에는 곰팡이가 슬지 못하게 했지. 백악관 정원사에게 방법을 물었더니 방습 상자를 하나 마련해 주더라고. 전원을 연결해서 사용하는 거야. 네 편지는 전부 그 상자 안에 넣어두었어. 편지 상태는 아주 좋아. 곰팡이가 전혀 슬지 않았어. 네가 나오면 전부 다시 돌려줄게. 잘 정리하면 이 서신집이 너의 다음번 책이 될 수 있을 거야. 나는 이 편지들을 여러 번 읽었어. 정말이야. 너의 책도 전부 사서 가지고 있지. 너의 편지는 계속 읽고 있어.

엄마가 보이지 않아. 있잖아, 엄마가 보이지 않아. 나는 계속 다른 사람들에게 전화를 걸고 있어. 큰언니는 나를 거들떠보지도 않고 둘째 언니도 마찬가지야. 셋째 언니도 그렇고 말이야. 모두 나를 거들떠보지 않아. 다섯째에게 전화를 걸고 싶지만, 나는 너무 명청해. 그냥 명청할 뿐이야. 난 할 수 없는 것은 정말 할 수 없어.

우리가 엄마를 찾아야 우리 집안이 좋아질 거고 별일 없이 지낼 수 있어. 백악관

방금 큰언니가 전화를 걸어 네가 돌아왔다고 말해 줬어.

언니가 전화로 네가 돌아왔다고 말했어. 언니가 그랬어. 텐홍이 돌아왔으니까, 쑤제 너도 빨리 나와. 텐홍이 독일에서 돌아왔다고.

이 바보야. 뭐 하러 돌아왔어? 이 귀신들의 땅에 와서 뭘 하겠다는 거야?

너는 정말 죽도록 명청해.

나는,

끝났어. 나는 다 끝났어. 완전히 망가졌어. 이게 나야. 나는 죽도록 명청해. 명청함이 사라지지 않아. 나는 더 이상 살아갈 수가 없게 되었어. 횃불로 백악관을 태워 버리고 싶어. 타고 나면 하얗지 않게 되겠지. 숯이 되겠지. 시커먼 숯이 될 거야. 하얗던 것이 시커멓게 변하겠지. 황금빛도 전부 타 버릴 거야.

편지가 한 통 있어.

또 한 통이 있어.

두 통이야.

내 방습 상자 안에는 네가 내게 보낸 편지 외에 두 통의 편지가 있어. 아주 낡은 편지, 아주 오래된 편지야. 손으로 쓴 거지. 내가 왕씨 집안에서 찾아낸 편지야. 그들은 내게 이런 편지가 있다는 사실을 모르지. 들리는 바에 의하면 요즘은 편지를 쓰는 사람이 없다고 하더군. 손으로 쓰는 편지 말이야. 나는 문밖에 나가진 않지만 다 알아. 다 알지. 내가 그렇게 멍청하지 않다는 걸 잘 알아. 샤오왕(小王), 아니, 정원사가 내게 신형 휴대폰을 가져다주었어.

톈훙, 그 편지는, 유서였어. 그가 죽기 전에 쓴 거지. 나는 그 편지를 여러 해 동안 읽었어. 읽고 또 읽었지. 그 두 통의 편지를 아는 사람은 아무도 없어. 몇 사람만 알고 있을 거야. 너도 그 두 통의 편지를 몰라.

너는 읽어야 해. 정말이야. 꼭 읽어야 해. 이, 이것들, 이 유서를 말이야.

그건 징쯔총이 쓴 편지야. 그를 잊지 않았지? 양타오를 재배하던 사람 말이야. 옆집에 살던 키가 큰 남자.

큰언니가 또 전화를 걸어서 나더러 빨리 집으로 돌아오라고 하더라. 돌아와. 돌아와. 돌아와. 나는 그럴 수 없었어. 나는 감히 돌아가지도 못하고 돌아가고 싶지도 않았어. 멍청하기 때문에 돌아갈 수도 없었어. 나는 돌아가고 싶지 않았어.

엄마가 안 보여.

넌 돌아왔구나. 왜 돌아온 거야?

넷째 누나 쑤제가

2부

펭귄이 돌아오다

16 　　　　　　　용싱 수영장

그가 잠에서 깼을 때 샤오촨은 운전석에 앉아 있지 않았다.

차는 길가에 세워져 있었다. 저녁 무렵이라 파란 하늘이 점점 오렌지색으로 변하고 있었다. 그는 차에서 내려 기지개를 켰다. 차 옆은 양배추밭이었고 허공에는 뭔가 타는 냄새가 떠다녔다. 무척이나 익숙한 냄새였다. 농부들이 밭에서 건초와 쓰레기를 태우는 냄새였다. 뱀 잡는 아저씨가 모닥불로 뱀을 태우는 냄새나 어느 집 기름 솥 안에서 마늘이 숯으로 변해 가는 냄새도 섞여 있었다. 사람들이 수시로 귀신들에게 제사를 올리며 지전을 태우는 냄새도 있었다. 때로는 타는 냄새 속에 달콤한 맛이 담겨 있었다. 고구마 굽는 냄새나 토란 굽는 향긋한 냄새도 있었다. 어쩌다 화재가 발생하여 집과 밭과 사람을 다 태우기도 한다. 고향의 그 타운 하우스 가운데 한 동에서는 깊은 밤에 화재가 발생한 적이 있었다.

타는 냄새가 그를 현실로 데려다주었다. 잠기가 완전히 가셨다. 그는 베를린이 아니라 고향 용징에 와 있었다. 그는 손등을 코에 가져다 대고 힘껏 공기를 들이마셨다. 타는 냄새의 근원은 고향이 아니라 자기 자신이었다.

샤오촨은 어디로 간 거지? 어디 가서 가는 국수를 사 온다고 하지 않았던가? 그는 잠들기 전에 샤오촨이 하는 말을 들었다. 그는 어디 가야 맛있는 국수를 살 수 있는지 잘 안다고 했다.

그는 사방을 둘러보았다. 대로 건너편에 '용싱(永興) 수영장' 간판이 보였다.

지금까지도 수영장이 남아 있었던 것이다.

T, 바로 여기에서 내가 수영을 배웠어.

중학교 1학년에서 2학년으로 올라가던 해 여름 방학 때, 영어 선생은 칠판에 "고입 연합고사 715일 전, 게으른 학생은 게으른 학생일 뿐이다."라고 쓰고서 냉혹한 목소리로 반 전체가 사흘만 쉬고 그 다음 날부터는 전부 교복 차림으로 학교로 돌아와야 한다고 선포했다. 여름 방학 보충 수업을 시작한다는 거였다. 17반에서 2반으로 옮긴 첫 학기 내내 그는 잠을 충분히 푹 잔 적이 없었고, 근시 안경을 쓰기 시작했으며, 매일 영어 단어를 외웠다. 학교가 파하고 집으로 가는 길에 17반에 있었던 친구들을 몇 명 만났다. 그들은 추풍나무 아래서 담배를 피우며 얘기를 나누고 있었다. 여름 방학 때 어디로 놀러 갈지 상의 중이었다. 학교가 파하면 곧장 궁묘(宮廟)에 가서 계동으로 일하는 친구가 모두에게 물었다.

"너희 털 났어?"

남자 아이들 모두 부끄러운 표정으로 고개를 가로저었다. 그러자 친구는 의기양양하게 말했다.

"나는 났어. 보여 줄까?"

모두 계동으로 일하는 아이를 둘러싸고 그가 바지 지퍼를 내리고 기관을 꺼내는 걸 지켜보았다. 한 친구가 소리쳤다.

"와, 검고 굵네. 굵은 털이 까맣게 났어!"

'검고(黑)', '굵은(粗)', '털(毛)' 세 글자 모두 타이완 사투리로 읽으면 압운을 이뤘다. 털 난 남자의 기개를 소환하는 무슨 주문 같았다. 녀석의 음경이 빠르게 커졌다. 천톈훙은 멍하니 바라보면서 손을 뻗어 만져 보고 싶다는 충동을 느꼈다. 그의 눈에는 그것이 옆에 있는 추풍나무보다 더 멋져 보였다.

사실, 아주 어렸을 때 그는 만져 본 적이 있었다. 빨간 반바지의 것을.

그날 집으로 돌아간 그는 큰 병이 났다. 주사를 맞고 약을 먹었는데도 이마의 고열은 뜨거워지기만 했다. 며칠이 지나도 가라앉지 않았다. 여름 방학 보충 수업을 듣는 건 애당초 불가능했다. 사정 설명을 하고 집에서 쉬는 수밖에 없었다. 엄마는 귀신 들린 게 분명하다면서 동그란 도자기 잔에 쌀을 가득 채워 넣고 그의 옷으로 덮은 다음, 그의 혼을 부르는 주문을 외었다. 그런 다음 옷을 펼쳐 쌀알의 분포를 살피더니, 쌀이 커다란 나무 위에 떠 있는데 한 차례 음풍(陰風)이 불어 나무 위에 더러운 물건들이 잔뜩 걸려 있다고 말했다. 아주 크고 거친 물건들이었다면서, 그러니 몸에서 열이 나는 것도 당연하다고 했다.

양샤오저우와 몇몇 친구들이 그를 만나러 집으로 찾아왔다. 모두 그의 몸에 열이 있는 걸 부러워했다. 여름 방학 보충 수업은 전혀 가볍지 않았고, 담임 선생은 반의 모든 학생들에게 매일 50개 이상의 영어 단어를 외울 것을 강제했기 때문이다. 담임 선생은 등나무 회초리를 새로 구입했다. 여름 방학은 너무 덥기 때문에 자신이 직접 학생들을 때릴 생각은 없다고 했다. 앞으로는 남학생들이 여학생들을 때리고, 여학생들이 남학생들을 때리게 하겠다고 했다. 누구든지 때릴 때 힘을 제대로 주지 않으면 처벌이 가중될 거라고 했다. 학생들은 모두 서둘러 집으로 돌아가 영어 단어를 외웠지만, 샤오촨만은 남아서 며칠 동안 배운 학과 내용을 그에게 가르쳐 줘야 했다. 샤오촨이 말했다.

"열이 완전히 가라앉으면 위안린(員林)에 한번 놀러 가지 않을래? 걱정할 건 없어. 우리 엄마는 모르실 테니까."

당시 그들의 눈에는 바로 옆에 있는 위안린진(鎭)이 매혹적인 대도시 같았다. 위안린에는 영화관도 있고 슈퍼마켓과 공원, 번화하고 사람들로 붐비는 기차역, 대형 서점, 의류점, 패스트푸드점, 네온 간판 등이 두루 갖춰져 있었다. 겨우 '진'에 불과하지만, 당시 도시 문명에 대한 그들의 상상을 완전히 만족시키기에 충분했다. 게다가 위안린 기차역 혹은 버스 터미널에서는 곧장 타이베이로 갈 수 있었다. 타이베이! 타이베이에 얼마나 가 보고 싶었는지 모른다. 뜻밖에도 샤오촨이 그에게 위안린에 가자고 제안하고 있었다. 그는 재빨리 고개를 끄덕였다. 어쩌면 위안린에 도착해서 기차에 올라 몰래 타이베이로 갈 수 있을지도 모를 일이다.

샤오촨이 집으로 돌아가고 나서 그는 아주 깊은 잠에 빠져들었다. 꿈속에 줄곧 추풍나무가 나타났다. 잠에서 깬 그는 자신에게도 가는 털이 난 것을 발견했다.

여름 방학 보충 수업은 정말로 엄격했다. 창밖의 요란한 매미 울음소리는 약간의 최면 효과를 지니고 있었다. 아이들은 매일 쉬지 않고 뭔가를 외우고 시험을 쳤다. 시험에서 기준 점수를 받지 못하면 손바닥을 내밀고 등나무 회초리를 기다려야 했다. 기준 점수에 도달하지 못한 학생들은 먼저 칠판 앞에서 벌을 섰다. 남학생 한 줄, 여학생 한 줄이었다. 그다음엔 선생의 등나무 회초리로 남학생이 여학생을 때리고 여학생이 남학생을 때렸다. 일부러 살살 때리는 남학생이 있으면 선생이 눈을 부릅뜨고 노려보면서 말했다.

"왜 그렇게 살살 때리는 거야? 저 애를 사랑하니? 너 쟤 좋아하지? 내가 말했잖아. 학교는 연애하러 오는 곳이 아니라 공부하러 오는 곳이라고. 연애할 거야? 결혼할 거야? 애를 가질 거야? 애 낳을 거야? 그럴 거면 소몰이반으로 가야지. 거기 가서 둘이 다정하게 연애를 하라고. 열심히 아이를 낳아서 증산보국(增産報國) 하라고!"

남학생이 온몸에 끓어오르는 분노와 수치심을 등나무 회초리에 실어 두 손을 높이 들었다가 앞에 있는 여학생의 손바닥을 무겁게 내리쳤다. 순간, 여학생의 손바닥에 자줏빛 줄이 생겼고, 표정이 일그러지면서 두 눈에서 눈물이 솟구쳤다.

매질이 끝나면 기준 점수에 도달하지 못한 남녀 학생들 모두 고개를 크게 숙여 절을 하면서 한목소리로 "선생님, 감사합니다!"라고 외쳐야 했다.

어렵사리 주말이 찾아오자 샤오촨과 그는 함께 자전거를 타고 위안린에 가기로 약속했다. 샤오촨은 큰길로 자전거를 몰면 절대

안 된다고 말했다. 남들 눈에 띄기 쉽기 때문에 자칫하다가는 엄마의 귀에 들어갈 수 있다는 것이었다. 두 사람은 좁고 울퉁불퉁한 시골길을 가로질렀다. 논밭은 비옥하여 모든 밭이 비췻빛으로 두 사람을 맞아 주었다. 농부들은 농약을 뿌리느라 바빴고, 대기에는 코를 찌르는 화학 비료 냄새가 가득했다. 용징의 남자 아이 둘은 뒤에서 적들이 쫓아오는 상황을 상상하면서 힘껏 자전거 페달을 밟았다. 바람과 번개처럼 빠르게 죽은 돼지들이 떠 있는 도랑을 건너 양타오 과수원을 지났다. 공동묘지를 지나 거대한 무리의 흰 나방과 맞닥뜨리기도 했다. 마침내 두 사람은 고향의 끝을 가리키는 경계지에 이르렀다. 그들은 잠시 멈춰 물통에 있는 물을 다 마셔 버렸다. 노란 나비들이 온몸이 땀범벅인 것에 개의치 않고 그들의 몸 위로 내려앉았다. 저 앞은 위안린이고 뒤는 용징이었다. 두 사람은 힘껏 페달을 밟아 그 보이지 않는 경계선을 넘고 번화한 위안린에 들어섰다.

위안린에 도착하니, 샤오촨은 길을 속속들이 잘 알고 있었다. 두 사람은 먼저 위안린 고기완자를 먹으러 갔다. 아이돌 스타의 전집 카세트테이프도 사고, 당구장에 가서 고등학생들이 당구 치는 모습도 구경했다. 서점에 가서 일본 여배우의 전라 사진집도 샀다. 손에는 옌수이지가 가득 든 커다란 비닐봉지가 들려 있었다. 기차역 대합실에 앉아 타이베이로 가는 다음 열차를 알아보면서 샤오촨이 말했다.

"우리 엄마는 우리 형한텐 나중에 의사가 되고 나는 선생님이 되라고 하셔. 엄마의 지위를 물려받으라는 거지. 미쳤나 봐. 나는 선생님이 되고 싶지 않아. 매일 학생들 때리는 게 싫거든. 그런데 우리 형은 비참해. 고등학교에 들어간 뒤로 엄마의 지독한 압박에 시달리고 있어. 나한테도 의대 시험을 치라고 하지 않는 게 그나마 천만다행이야. 엄마는 전에는 나도 의사가 되어야 한다고 했지만, 지금은 내가 멍청하기 때문에 선생님이 되는 것만으로 충분하대."

샤오촨은 일본 여배우 사진집을 뜯어 반으로 나눴다. 두 사람은 기차가 오가는 걸 구경하면서 화보를 펼쳐 유방과 음모를 구경했다. 샤오촨이 말했다.

"미야자와 리에가 일본에서 아주 잘나가나 봐! 희한하게 이런 화보를 다 찍었네. 완전히 다 벗었어. 내 생각엔 틀림없이 걔 엄마가 압력을 넣었을 것 같아."

일본 여배우의 사진을 보면서 그는 마음속으로 별것 아니라고 생각했다. 초등학교 동창 집에서 스트립쇼 가무단을 운영했기 때문에 그는 그 애가 여러 묘회나 혼례, 상례에서 옷을 다 벗는 모습을 자주 볼 수 있었다. 그는 그 아이의 가슴이 점점 솟아오르고 엉덩이가 커지는 걸 죽 보아 왔다. 하지만 아래쪽에는 계속 털이 없었다. 그는 나중에 그녀에게 물어본 적이 있었다. 알고 보니 스트립쇼를 할 때는 제모를 해야 한다고 했다. 일부 손님이 털을 보면 '풍속 교화에 장애가 된다'고 생각할 수 있고, 그러면 경찰에 체포될 수 있다는 것이었다. 털이 없으면 아무 일도 없다고 했다.

밤의 어둠이 낮을 몰아내려 할 무렵, 그들은 집으로 돌아가야 했다. 돌아가는 길에 샤오촨은 다른 노선을 택했다. 용징 기차역을 지나 커다란 국화밭을 우회하는 길이었다. 용징 기차역은 무인역으로, 가장 느린 열차가 잠시 멈췄다 지나갔다. 위치도 아주 치우쳐 있어 기차를 타는 사람도 거의 없고 내리는 사람도 없었다. 두 사람은 좀 더 달려 용싱 수영장에 이르렀다. 밤의 수영장에는 눈을 자극하는 밝은 전등이 켜져 있었다. 파란 풀 안에 몇 안 되는 사람들이 수영을 하고 있었다. 용싱 수영장은 문을 연 지 얼마 안 된 작은 시골의 유일한 수영장이었다. 광고 차량이 시골 구석구석을 돌아다니며 외쳐 댔다.

"용싱 수영장이 새로 개장했습니다. 개장 기념으로 입장료를 전면 20퍼센트 할인해 드립니다. 할아버지는 할머니를, 할머니는 손자 손녀를 데리고 오세요. 온 가족이 함께 수영을 배우세요."

샤오촨이 물었다. "천텐훙, 너 수영할 줄 알아?"

그는 고개를 가로저었다. 엄마의 당부가 생각났다.

"우리 엄마가 그러는데 수영을 배우면 안 된대. 물속에 물귀신이 있대."

"웃기시네. 수영이 얼마나 재미있는데 그래. 내가 가르쳐 줄게. 어때?"

샤오촨이 뭐라고 하든 그는 항상 고개를 끄덕였다.

그는 과거에 발트해 해변에서 T와 말다툼을 한 적이 있었다. 갑자기 T가 그를 발트해 바닷물 속으로 밀어 넣었다. 8월 한여름이었지만 발트해의 바닷물은 여전히 아주 차가웠다. 그의 몸 전체가 물속에 잠겼다. 발이 바닥에 닿지 않자 그는 당황하기 시작했다. 차가운 바닷물이 그의 몸에 난 모든 구멍을 통해 밀려 들어왔다. 눈과 입, 콧구멍이 수재를 입었다. T가 등 뒤로 다가와 그를 해변으로 끌어내 주었다.

"타이완은 섬인데 넌 어째서 수영을 할 줄 모르는 거야?"

한차례 맹렬한 기침을 한 그는 해변에 널브러졌다. 갑자기 어렸을 때 엄마가 신신당부했던 게 생각났다.

"옷소매가 물속으로 빨려 들어간다면, 틀림없이 물귀신이 있는 거야."

물귀신들의 특기는 정수리까지 물에 잠기도록 사람을 잡아당기는 것이라고 했다. 그는 방금 물속에서 몸부림치면서 줄곧 어떤 힘이 자신을 밑으로 잡아당기는 걸 느꼈다. 용징의 물에만 귀신이 있는 게 아니라 발트해의 바닷물 속에도 귀신이 있었다.

"나도 수영할 줄 알아. 정말이야. 단, 반드시 발이 바닥에 닿아야 하고 개구리 안경이 있어야 해. 물도 아주 깨끗하고 파란색이어야 하지."

T가 눈을 커다랗게 뜨고 웃으면서 말했다.

"물은 파란색이 아니야."

"맞아. 수영장 물만 파란색이지. 다리를 쭉 펴면 풀 바닥에 닿기 때문에 안 죽는 거고. 너는 방금 나를 죽이려고 했던 거야."

T는 대마를 피우면서 그를 꼭 껴안았다. 해변에 있던 사람들의 눈길이 두 사람에게로 모였다. 하지만 그런 눈길이 두렵진 않았다. T가 있으면 그는 항상 안전하다고 느꼈다. 그가 일부러 기침을 몇 번 하자 T는 그를 더욱 세게 껴안았다.

T, 내게 처음 수영을 가르쳐 준 사람은 샤오촨이라는 친구야.

샤오촨은 그에게 아무것도 준비할 필요가 없다고 말했다. 식구들에게 둘러댈 핑계만 마련해 용싱 수영장 문 앞에서 만나면 된다고 했다. 저녁 식사를 마치고 그는 식구들에게 친구 집에 가서 함께 숙제를 하기로 했다고 속이고, 재빨리 자전거를 몰아 샤오환의 수영 수업을 들으러 갔다. 샤오촨이 그를 위해 수영 팬티와 물안경, 수건 등을 준비해 와서는 팬티가 너무 헐렁하지 않은지 탈의실에 가서 입어 보라고 했다. 비좁은 탈의실에서 몸에 꽉 끼는 삼각 수영 팬티를 입자 초조함이 엄습했다. 그는 자신의 배가 충분히 평평하지 않고, 피부가 지나치게 흰 데다, 사지가 대나무처럼 가늘다는 생각이 들었다. 발육이 충분치 않은 배 아랫부분의 기관이 꽉 끼는 수영 팬티 속으로 사라져 버렸다. 그가 용기를 내서 밖으로 나와 보니 샤오촨은 이미 수영복으로 갈아입고 기다리고 있었다. 그의 눈길이 샤오촨의 수영 팬티로 쏠렸다. 추풍나무 아래서의 말 한 마디가 생각났다.

"와, 검고 굵네. 굵은 털이 까맣게 났어."

이마가 뜨거워지는 게 느껴졌다.

용싱 수영장에는 풀이 두 개였다. 하나는 표준 풀이고 하나는 수심이 얕은 어린이 물놀이용 풀이었다. 샤오촨이 말했다. "수영을 배우려면 표준 풀로 가야 해. 너한테만 말해 주는 건데, 애새끼들은 다 아동용 풀 안에서 오줌을 눈다고. 한번은 대변이 나오는 걸 본 적도 있다니까. 아동용 풀에는 절대 들어가면 안 돼."

아동용 풀에는 벨기에의 오줌 누는 소년을 모방한 조각상이 여러 개 설치되어 있었다. 모든 조각상이 오줌을 누고 있었다.

밤의 수영장은 무척이나 조용했다. 인근의 밭과 들판에서 개구리와 귀뚜라미 울음소리가 들려오고 있었다. 풀 안에서는 몇몇 사람이 발로 물을 차고 있었다. 샤오촨은 이미 수영을 할 줄 알았다. 개구리 헤엄과 자유영, 배영 등을 두루 할 줄 아는 데다 풀 바닥으로 잠수해 들어가 몸을 바닥에 붙일 수도 있었다. 샤오촨은 그에게 먼저 발차기부터 가르치면서 계속 말했다.

"겁내지 마. 물귀신은 없으니까. 우선 무릎에 힘을 빼야 해."

샤오촨이 손으로 그의 배를 받치고 발을 잡아 주었다. 물을 찰 때, 그가 실수로 샤오촨의 아랫부분을 차고 말았다. 그는 재빨리 발차기를 멈추고는 바닥을 딛고 섰다. 샤오촨이 웃으면서 눈을 찡그리더니 말했다.

"앞으로 내가 애를 못 낳게 되면 너한테 보상 청구한다? 자, 계속하자."

그해 여름, 두 사람은 자주 가족들에게 거짓말을 하고 빠져나가 용싱 수영장으로 향했다. 여름 방학 보충 수업이 거의 끝나가고 개학이 임박했을 때쯤, 그는 이미 자유영으로 헤엄쳐 나아갈 수 있게 되었다. 호흡이 부자연스럽긴 했지만 적어도 물 위에 떠서 전진할 수 있었다.

그러던 어느 날이었다.

그날은 갑자기 큰비가 내리고 천둥이 심하게 쳤다. 벼락이 하늘을 갈랐다. 인명 구조원이 연신 호각을 불면서 풀에 있는 사람들에게 모두 물 밖으로 나가라고 했다. 마침 두 사람은 물속에서 레슬링을 하면서 서로 밀고 당기고 떴다가 가라앉으며 신나게 웃어 대던 터라 구조원의 고함 소리를 귓등으로 흘려듣고 천둥 속에서 따스한 빗물을 얼굴로 맞고 있었다. 그러다가 물에서 나온 두 사람은 영어 선생을 발견했다.

담임 선생의 눈에서 번개가 날아와 두 소년을 직격했다. 그녀는 한마디도 하지 않고 샤오촨을 끌고 밖으로 나갔다.

다음 날, 담임 선생은 자리를 조정했다. 그의 바로 옆이었던 샤오찬의 자리는 교탁 바로 앞으로 바뀌었다.

개학 후에 반 전체가 다시 자리를 바꿨다. 샤오찬의 자리는 여전히 교탁 바로 앞이었고, 그의 자리는 교실 맨 뒤 구석진 곳이었다. 쓰레기통 바로 옆이었다. 그의 앞에 키가 크고 건장한 친구가 앉아 그의 시선을 가렸다. 이 자리는 통상 반 전체에서 월말고사 성적이 꼴찌인 학생이 앉는 자리인데, 이제는 그의 차지가 되었다. 자리를 바꾸기 전에 담임 선생은 항상 그의 영어 성적을 칭찬했지만 이제는 철저하게 그를 무시했다. 담임 선생이 청소 당번을 지정할 때면 그는 쓰레기를 모으고 쓰레기통 비우는 일을 도맡았다. 샤오찬의 자전거도 보이지 않았다. 그는 매일 엄마랑 같이 학교에 왔다가 같이 집으로 돌아갔다. 수업이 끝날 때나 오후 휴식 시간이면 샤오찬은 어김없이 담임 선생의 교무실로 가서 엄마 옆에 앉아 영어 단어를 외워야 했다. 여름 방학 동안 수영장에서 그를 어깨 위에 태워 주었던 샤오찬이 지금은 그에게서 멀어져 칠판만 바라보고 있었다.

30년이 넘는 세월이 흘렀지만 용싱 수영장은 뜻밖에도 아직 그대로 있었다.

그는 수영장 근처 거리를 지날 때 물소리를 듣지 못했다. 이전에는 근처를 지나기만 해도 사람들의 몸이 물에 부딪히는 소리를 들을 수 있었다. 나중에는 수영장 영업이 아주 잘돼서 아이들의 웃음소리와 근처 벌레 울음소리가 서로 음량을 겨룰 정도였는데, 지금은 무척 조용했다. 어쩌면 중원절이라 하루 쉬는지도 모른다는 생각이 들었다.

수영장 앞에는 말라 죽은 종려나무가 기울어져 있고 수영장 입구의 페인트는 다 벗겨져 버렸다. 매표소 앞에는 쓰레기만 잔뜩 쌓여 있고 울타리는 보이지 않았다. 안으로 들어가 보니 전부 말라 있었다.

표준 풀과 어린이용 풀 모두 물 한 방울 없고 벌거벗은 풀의 하얀 타일만 남아 있었다. 오줌을 누는 하얀 어린이 조각상들은 풀 바닥에 쓰러져 있었다. 깨지고 금이 간 데다 몹시 더러웠고, 더 이상 작은 물줄기를 뿜지도 않았다. 풀 바닥의 타일 틈새에는 잡초가 그의 키보다 더 높이 자라 있었다. 풀 옆에 나란히 선 종려나무들은 누렇게 말라 생기가 없었다. 나무 위에는 깨진 전등 장식만 매달려 있었다. 어떤 나무에는 날지 못하는 연이 걸려 있었다. 표준 풀 안에는 물 한 방울 없이 녹슨 자전거와 머리 없는 곰인형, 검은 곰팡이가 가득 핀 소파, 말라 죽은 분재 같은 것들만 나뒹굴고 있었다.

그는 표준 풀 옆에 앉아 풀 안에 널브러진 머리 없는 곰인형을 바라보면서 넋을 놓았다.

물은 어떻게 된 걸까?

"몇 년 동안 닫혀 있었어. 장사가 되지 않으니 방법이 없었지."

샤오촨이 쇼핑백 하나를 손에 들고 그의 옆에 쭈그려 앉았다.

"아쉽지만 방법이 없었어. 나는 항상 유일하게 표를 사서 들어온 사람이었어. 혼자 이 풀에서 저녁 내내 수영을 했지. 수영장 전체가 내 것이나 마찬가지였어. 문을 닫은 건 정말 안타까운 일이었지. 내가 돈이 있었다면 이 수영장을 사들여서 혼자 계속 수영을 했을 거야."

물은 어디로 갔지? 샤오촨을 쳐다보는데 또다시 머리가 어지러웠다. 누군가 그의 뒷머리에 구멍을 뚫으면 고여 있던 물이 전부 흘러나올 것만 같았다. 유년 시절이 말라 버리고 청춘 시절이 말라 버리고 용싱 수영장도 말라 버렸다. 발트해마저 말라 버렸다.

샤오촨이 가지고 온 쇼핑백을 열었다. 안에는 커다란 냄비가 하나 들어 있었다. 샤오촨이 뚜껑을 열자 참기름 냄새가 풍겼다. 안에는 반짝거리는 갈색 돼지 족발이 들어 있었다. 그는 족발에서 나는 기름진 고기 냄새를 맡으면서 샤오촨을 보았다. 시간이 멈춘 것 같았다. 지는 해가 종려나무 가지 끝에 걸려 있었다. 참기름 냄새도 연기처럼 그와 샤오촨 사이에 머물러 있었다.

샤오촨이 쇼핑백에서 가늘고 긴 국수도 꺼냈다.

"수제 국수야. 누가 우리 동네엔 백악관 말고는 아무것도 없다고 그러는 거야. 정말 화가 나더라고. 뉴스에서 그렇게 말하는 걸 듣고 정말 화가 났어. 그래, 그렇다 치자. 우리에겐 아무것도 없지. 하지만 적어도 수제 국수는 있다고."

국수 가락이 석양에 금빛으로 물들었다. T의 금발 머리 같았다.

"그래도 내가 여기 있잖아. 너희 큰누나도 잘 알고 말이야. 가자. 큰누나가 우릴 기다리고 있을 거야."

17   집으로 돌아가는구나

너는 마침내 집으로 돌아가는구나.

천씨 집안의 작은아들은 뜻밖에도 집으로 돌아가려 한다.

샤오촨이 강을 건너 너를 집까지 데려다주겠지.

네가 지난번에 돌아왔던 건 내 장례 때문이었다. 너는 밤새 잠도 못 자고 빈소를 지켰다. 다음 날 아침에는 매미들이 요란하게 울어 대서 너를 놀라게 했다. 너는 곧 떠났다. 떠나기 전에 내 빈소에 향을 올리고 절을 하면서 뭐라고 중얼거렸다. 나는 네가 중얼거리는 소리를 들을 수 없었다. 하지만 나에게 작별을 고하는 말이라는 건 알았지. 나는 너에게 빨리 가라고, 얼른 이곳을 떠나라고 외치고 싶었다. 작별 인사를 들었으니 됐다고, 안녕이라는 한마디를 했으면 된 거라고, 어서 빨리 가라고 말하고 싶었다. 나는 살아 있을 때도 말이 적은 편이었지만 죽어서도 말이 없다. 최대한 힘을 내서 빨리 가라는 내 뜻을 전달하고 싶었다. 나는 빈소 탁자를 덮고 있는 천을 걷어 버리고 촛불을 꺼 버림으로써 네가 하는 말을 내가 잘 듣고 있다는 걸 알게 하고 싶었다. 정말로 다 알아들었으니까 어서 가라고 하고 싶었다. 하지만 탁자 위의 천은 움직이지 않았고 촛불도 여전히 켜져 있었다. 영정 사진 속 내 얼굴은 굳어 있고 내 시신은 경직화가 진행되고 있었다. 바람도 없고 비도 없었다. 근처의 개와 고양이, 닭과 거위 들도 전부 꿈속에 갇혀 있었고, 나무들과 풀들도 아무 소리 없이 귀신처럼 침묵하고 있었다.

갑자기 매미 울음소리가 크게 울리면서 너를 '난봉꾼'이라고 욕하더구나. 결국 너는 그렇게 떠났다.

네가 빨리 가 버리기를 바랐던 건 두려웠기 때문이다. 네가 1초만 더 머물렀다가는 사태의 진상을 알게 될지도 모르니까. 물탱크 안에서의 일 말이다. 나의 참모습, 네 엄마의 참모습, 우리가 너에게 했던 모든 일들. 우리는 너를 지켜 주지 못했다. 한 번도 지켜 주지 못했지. 가장 잔혹한 사람은 경찰도 아니고 네 중학교 담임 선생도 아니다. 바로 우리였다.

너는 어려서부터 집에 돌아오는 것을 좋아하지 않았다. 나는 항상 밖에 나가 너를 찾아야 했다. 항상 너의 작은 몸을 팔로 꽉 안아서 집으로 데리고 왔지. 영아가 일곱 달이 되면 앉기 시작하고 여덟 달이 되면 기기 시작하고 아홉 달이 되면 이가 난다는 말이 있지. 하지만 너는 모든 게 보통 사람들보다 빨랐다. 여섯 달이 되자마자 기기 시작하더니 일곱 달이 되자 일어서서 걸음마를 배우기 시작했다. 빨리 걷고 싶어 했다. 기고 걷고 달리더니 너는 마침내 밖으로 나가기 시작했다. 밖에 나갔다가 안겨서 집 안으로 돌아오면 곧장 울어 댔지. 너는 자물쇠가 채워진 문을 보거나 닫힌 창문을 보면 무조건 열고 싶어 했다. 가서는 안 되는 금지된 구역에서도 반드시 방법을 찾아냈다. 나랑 너희 엄마는 너를 놀리는 걸 좋아해서 어디어디에 귀신의 집이 있는지 말해 주었다. 물속에도 숲속에도 밭에도 길에도 귀신이 있기 때문에 이런 곳에 갔다가는 귀신한테 잡혀가 귀신의 자식이 될 거라고 했다. 귀신 얘기를 할 때면 네 형은 듣고 있다가 미간을 찌푸리며 울음을 터뜨렸지만, 너는 전혀 놀라지 않고 오히려 눈을 더 크게 뜨면서 호기심을 드러냈다.

너는 끊임없이 밖으로 달려 나갔다. 등 뒤에서 누가 쫓아오는 것처럼. 아찬이 저녁 식사 준비를 마쳤는데도 아무도 너를 찾지 못하면 내가 너를 찾아 집집마다 돌아다녀야 했다. 그럴 때면 이웃들은 방금 전까지 네가 뛰어다니는 걸 봤다고 말했지만 너의 정확한 위치를 확실하게 말할 수 있는 사람은 아무도 없었다. 너는 때로는 관재상의 관 속에 들어가 잠이 들기도 했고, 때로는 이웃집에서 뱀을 잡아 죽이는 모습을 벌벌 떨면서 구경하기도 했다. 때로는 이웃집 밥상 옆에 앉아 배불리 얻어먹고 나서 잠이 들기도 했고, 때로는 가로등 밑에서 박쥐를 기다리기도 했다. 집으로 데리고 와 밥을 다 먹게 하고 나면 너의 눈길은 금세 밥상에서 벗어나 창밖에 가 있었다. 또 밖에 나가고 싶었던 거지. 너의 눈길은 끊임없이 어딘가에 닻을 내리고 항상 뭔가를 찾고 있었다. 닻의 고리가 바닥에 닿기 전까지 너의 몸은 정박할 수 없었다. 이 작은 시골에는 네가 원하는 게 없었고, 너를 붙잡아 둘 수 있는 것도 없었다. 네가 정착할 구석이 없었다.

너는 종종 동쪽을 바라보았다. 저 멀리 산맥이 보이면 그곳에 직접 가 보고 싶다고 했지. 너는 손가락으로 서쪽을 가리키면서 내게 저쪽이 바다가 아니냐고 물었다. 나는 고개를 끄덕였지. 한 번은 내가 집에 돌아오면서 트럭에 굴을 잔뜩 싣고 왔다. 기억나니? 나는 해변으로 생선과 굴을 실으러 갔다. 해변의 어항(漁港)에는 바람이 아주 셌지. 바다는 아주 어두웠다. 나는 감히 가까이 갈 수 없었다. 바닷속에는 틀림없이 수많은 귀신들이 있을 거라고 생각했으니까. 너는 그 말을 듣더니 내 손을 놓고는 서쪽을 향해 달려가기 시작했다.

그때 나는 알게 되었다. 이 작은 시골엔 너를 붙잡아 둘 만한 곳이 없다는 걸 말이다.

나중에 왕씨네가 옆집으로 이사를 오자 너는 걸핏하면 왕씨네 집으로 달려갔다. 너는 왕씨네 집에 있지 않으면 틀림없이 양타오 과수원에 가 있었다.

왕씨네는 아들이 둘이었다. 큰아들은 아버지 라오왕(老王)을 따라 무역을 하면서 뭐든지 다 팔았다. 작은아들은 지식인으로, 군에서 제대하자마자 고향으로 돌아온 터였다. 라오왕은 이 세상에 없다 해도 사람들에게 필요한 게 있다면 뭐든 다 팔 거라고 말했다. 그는 내가 트럭을 몰고 다니면서 화물을 나르는 걸 보고 내게 동업을 제안하기 시작했다. 어느 날 그는 마오타이주(茅台酒)*를 한 병 꺼내 놓으면서 방금 홍콩에서 들여온 물건이라고 했다. 품질이 아주 좋아 시장에서는 아예 살 수 없는 물건이라고 했다. 그

---

* 중국 구이저우(貴州)성 마오타이(茅臺)진에서 생산되는 명주로, 알코올 도수는 53도이고 한 병 가격은 한화로 약 45만원이다.

는 술맛을 아는 사람들에게 마오타이주를 팔 수 있는 통로를 갖고 있었다. 희소한 물건이라 아무리 비싸도 사는 사람들이 있어서 큰돈을 벌 수 있었다. 당시 나는 마오타이주에 대해 들은 게 없었다. 작은 잔으로 한 잔 마시고 병에 적힌 간체자(簡體字)* 문구를 읽어 보다가 얼른 병을 내려놓았다. 목구멍에 들어간 술 때문에 사례가 들려 마신 술을 도로 바닥에 뿜으면서. 라오왕이 얼굴 가득 미소를 지으면서 등급이 아주 높은 술이지만 홍콩의 친구가 특수 통로를 갖고 있으니 문제없다고 나를 안심시키려 했다. 대륙에서 들여오려면 수속이 아주 복잡하긴 하지만 그런 위험을 무릅쓰지 않고서 어떻게 큰돈을 벌 수 있느냐면서. 정부 고관 몇 명이 몰래 그에게서 여러 상자를 사들였지만 아무 문제도 없었다고 했다. 술을 마셨다고 잡혀 가는 일은 없으니까 실컷 마시면 된다는 거지. 라오왕의 말에 따르면 계엄령**은 그들끼리 얘기라 보통 사람들만 대상으로 하면 그만이고, 고관들은 집에서 얼마든지 마오타이주를 마시면서 향수를 달랜다고 했다. 대륙으로 돌아갈 수 없으니 한 항아리를 다 마시고 나서 술 귀신이 되어 둥실둥실 날아서 고향에 간다고. 라오왕의 말로는 난세일수록 사업하는 사람

* 중국에서는 문화 대혁명이 막 시작되던 1966년부터 한자의 조자 원리를 파괴하고 기존 한자의 획수를 간소화한 이른바 간체자를 사용하고 있다. 반면에 타이완에서는 원래의 한자를 그대로 사용하고 있어 사물에 적힌 한자를 보면 중국 것인지 타이완 것인지 쉽게 구분할 수 있다.
** 타이완은 국민당이 건너온 1945년부터 줄곧 계엄령 상태를 유지했다. 1987년이 되어서야 계엄령이 해제되었고 국민당 일당 독재 체제도 깨지고 민진당이 설립되었다.

들은 돈을 벌 기회를 찾기가 쉽다고 했다. 들리는 얘기로는 몇 년 전에 용창 서점 가족 전체가 아르헨티나로 이민을 갔다고 했다. 미국이 이미 타이완을 포기했다고 판단하고 재빨리 온 가족이 도망친 거였다. 라오왕은 이거야말로 정말 멍청한 일이라고 했다. 남아 있어야 큰돈을 벌 수 있다면서. 그러면서 내게 말했다.

"천 이사님, 우리 동업합시다. 제가 물건을 구해 올 테니 이사님은 트럭을 모세요. 둘이 힘을 합쳐 큰돈을 벌어 봅시다."

내가 세상에 뭐가 부족하고 뭐가 필요한지 어떻게 아느냐고 물었더니 그는 이렇게 대답했다.

"모든 사람이 '그것'이 필요해서 '그것'을 샀다고 느끼게 해야 합니다. 필요한 것을 사면 마음이 편안해지고 집안이 부귀해지며 가족 전체의 삶이 즐거워지지요. 삼대가 건강하여 아들을 낳을 수 있게 됩니다. 그래서 사업에서 가장 중요한 목표는 사람들에게 반드시 사야 할 물건들을 알려 주는 거예요. 무엇을 사야 하느냐 하는 문제는 사업하는 사람의 능력에 달려 있지요. 사업 능력이 뛰어난 사람들은 시장의 수요를 창출해 냅니다. 몇 년 전에 저는 가스총을 팔아 큰돈을 벌었지요. 그 돈으로 이 타운 하우스를 샀어요. 천 이사님, 제 생각엔 당시 이사님 댁에서도 그걸 샀을 것 같군요. 밥은 꼭 먹지 않아도 되고, 애들 학비는 납부하지 않아도 되지만 가스총은 사지 않으면 안 됐으니까요. 가스총을 사야 마음 놓고 잠을 잘 수 있었거든요. 모두 이런 생각을 가졌기 때문에 제가 큰돈을 벌 수 있었던 겁니다!"

라오왕의 아들은 군에서 제대한 지 얼마 되지 않았다. 키가 크고 건장한 친구로, 별명이 징쯔총이었다. 당시 시골에서 처음으로 타이베이의 최고 학부에 합격한 수재였다. 대학을 졸업하고 군대에 다녀온 후로는 타이베이에 남아 직장 생활을 하지 않고 고향에 돌아와 농사를 짓겠다고 했다. 라오왕에겐 황폐해진 양타오 과수원이 하나 있어서 그걸 징쯔총에게 관리하라고 맡겼다. 라오왕이 그를 징쯔총이라고 부른 건 그가 경솔하고 멍청하다는 뜻이었다. 매일 과수원에서 책만 읽고 나가서 돈 벌 생각을 하지 않았으니까. 젊은 사람들은 육체노동이 얼마나 힘든지 모르기 때문에 그가 몇 달 이상 버티지 못할 거라고 내기를 하기도 했다. 그렇게 많은 돈을 들여 대학 공부까지 시킨 건 타이베이에서 크게 성공하고 출세하기를 기대했던 것인데, 결과는 대도시 생활을 견디지 못하고 시골로 돌아와 육체노동을 하면서 농부로 살겠다는 거였다. 다행히 큰아들은 세상 물정을 알았고 아버지를 닮아 돈과 여자를 좋아했다. 사업을 하기에 알맞은 재목이었다.

양타오 과수원이 마지막으로 풍작을 거뒀을 때는 우리 가족들도 전부 나서서 일손을 보탰다. 왕씨네 아들 둘과 우리 집 딸 다섯에 아들 둘이 전부 양타오 수확을 도왔다. 내 기억으로는 큰딸 수메이는 그때 이미 애엄마가 되어 있던 터라 양타오 나무 아래서 물을 끓여 분유를 탔다. 노름을 좋아하는 그 애 남편은 어디에 가 있는지 알 수 없었다. 넷째 딸과 다섯째 딸은 나무 아래서 그네를 탔고. 그 애들 둘은 서로 가장 친밀했다. 왕씨네 큰아들은 줄곧 우리 다섯째를 눈여겨보고 있었다. 작은아들인 너는 막 초등학교에 들어갔을 때도 줄곧 왕씨네 작은아들 징쯔총의 뒤꽁무니를 졸졸 따라다니면서 양타오 따는 법을 배웠다. 아찬은 양타오 과수원에서 삽을 들어 큰 솥에 음식을 만들었다. '향기나' 간장을 넣어서 군대를 먹이고도 남을 만한 고기채 볶음국수를 만들었다.

천씨네랑 왕씨네 식구들이 나무 밑에 한데 모여 후루룩 소리를 내면서 국수를 먹었다. 아주 맛있었다. 벌과 파리, 개와 고양이 들이 다가와 먹이를 놓고 다툴 만큼. 수확한 양타오는 여러 개의 바구니에 담아 한쪽에 죽 늘어놓았다. 정말 큰 풍작이었다.

하지만 갑자기 바람이 불더니 양타오 과수원을 습격했다. 나뭇잎들이 삭삭 탄식 소리를 토했다. 가지에서 떨어진 잎들이 펄럭이는 치마처럼 마구 날아다녔다. 바람은 수메이의 아기에게 먹일 분유 통도 날려 버렸다. 통이 바람을 따라 이리저리 굴러다니면서 사방에 하얀 우윳빛 안개가 일었다. 곧이어 하늘 색깔이 돌변하더니 먹구름이 해를 가렸다. 갑자기 하늘에서 탁구공만 한 우박이 쏟아져 작은 시골의 모든 농작물을 맹렬하게 망가뜨리기 시작했다.

모두 날카로운 비명을 지르면서 도망쳤다. 누군가 아찬이 만든 고기채 볶음국수를 발로 건드리는 바람에 뜨거운 국수가 수확해 둔 신선한 양타오 위로 쏟아졌다. 허공에는 진한 우유냄새와 간장 냄새가 떠다녔다. 천둥과 벼락이 멈추지 않는 가운데 하늘에서 더 많은 우박이 쏟아져 내렸다.

우박을 동반한 큰비가 내리자 모두 재빨리 타운 하우스로 몸을 피했다. 누구인지 모르지만 마구 소리를 질러 댔다.

"뛰어! 빨리 뛰어! 미적거리다가는 우박을 맞게 된다고!"

탁구공만 한 우박이 내 이마에 떨어졌다. 피가 시야를 붉게 적셨다. 눈을 비볐더니 징쯔총이 양타오 나무 아래 몸을 둥글게 말고 있었다. 커다란 덩치로 너를 보호하고 있던 거였다. 방금 수확한 양타오는 우박의 공격을 피하지 못해 과육이 깨지고 있었다.

나는 그런 빗소리를 들어 본 적이 없었다. 집으로 돌아가는 길에 국화밭을 지나게 되었다. 눈처럼 하얀 우박이 하늘에서 쏴쏴 소리를 내며 폭탄처럼 쏟아졌다. 수천수백 개의 전구가 한순간에 다 깨지면서 맑고 깨끗한 쨍쨍 소리를 냈다. 우박은 정말 국화를 따는 고수였다. 수천수백 송이 꽃의 줄기가 꺾였다. 꽃잎도 떨어져 나갔다. 요염한 홍국화와 자국화, 황국화가 바로 옆 논에서 밀려온 물에 휩쓸리면서, 땅에 엎드린 죽은 벼들도 온통 빨간색과 자줏빛으로 물들었다.

그때의 호우는 사흘 밤낮을 꼬박 내렸다. 빗줄기가 기둥이 되었고 텔레비전에서는 물 때문에 생겨 난 울타리를 보였다. 모든 사람이 비 때문에 집 안에 갇혔다. 농민들은 농작물을 지키기 위해 위험을 무릅쓰고 집을 나섰다가 물에 떠내려가고 말았다. 시골에서는 대부분의 농작물이 훼손되었고 채소는 전부 우박에 찢어져 물에 젖은 채 썩어 갔다. 도랑 수위가 높아지고 도랑 안에 버려져 있던 죽은 닭과 죽은 돼지, 죽은 개와 쓰레기들이 길 위로 떠다녔다. 사흘이 지나서야 날이 개었다. 바람도 없고 비도 없고 구름도 없었다. 내가 본 가장 파란 하늘이었다. 나는 고개를 들어 하늘을 보았다. 손을 파란 페인트 통에 집어넣은 것 같았다. 타운 하우스 앞길 위에는 죽은 돼지 몇 마리가 누워 있었다. 돼지 사체는 햇볕 아래 고약한 악취를 뿜어 대면서 번들번들 빛을 발했다. 코를 막고 가까이 다가가 보니 돼지 몸통에는 국화밭의 전구 파편이 가득 박혀 있었다.

햇빛 아래 모든 것들이 형태를 드러냈다. 파괴된 것은 더 파괴되었고 척박한 것은 더 척박해졌다. 큰비가 시골 사람들을 도처에 매몰시켜 버렸다. 쓰러진 쓰레기 더미는 물에 깨끗이 씻겼다. 무수한 물고기들이 양어장에서 도망쳐 나왔다가 전부 베틀후추밭에서 죽고 말았다. 추풍나무는 잎의 절반을 잃었고, 삼합원의 천장에서는 줄곧 물이 샜지. 우리 집은 완공된 지 몇 년 되지 않은 타운 하우스였는데도 벽에서 물이 새고 하얀 칠이 벗겨졌다. 나는 햇볕 아래 서서 손가락으로 귀를 팠다. 빗소리는 이미 내 청각 속에 달라붙어 있었다. 나는 귓속에서 그 빗소리를 파내고 싶었다.

그 우박이 없었으면 좋았을 텐데.

그 비가 없었으면 좋았을 텐데.

그 비 때문에 아찬이 보고 말았다.

천씨네 작은아들과 왕씨네 작은아들을 보게 된 것이다.

18 불을 찾다

3층으로 올라간 수메이는 방마다 돌아다니며 서랍과 옷장을 다 뒤졌다. 바닥에 엎드려 침대 밑까지 샅샅이 뒤졌다. 솜이불과 침대보도 들춰 보았다. 여러 해 동안 잠들어 있던 두꺼운 먼지들이 놀라서 깨어났다. 3층 전체가 먼지로 자욱했다. 솜처럼 두꺼운 회색 먼지가 잠을 이루지 못하고 방해를 받자 허공에서 세력을 결집하여 수메이의 콧구멍으로 달려들었다. 먼지는 아주 신속하게 수메이의 체내에 있는 알레르기의 풍랑을 일으켰다. 코가 싸하게 간지러웠다. 수메이는 하마처럼 입을 크게 벌리고 에 ―! 하고 재채기의 시작을 알렸다. 알레르기의 풍랑이 입을 통해 밖으로 쏟아져 나오는 순간, 그녀의 입 끝이 새 주둥이처럼 뾰족하게 모이면서 취! 하고 재채기가 완성되었다. 동시에 비말이 마구 분사되었다. 방 안에 폭우가 형성되었다. 더 많은 먼지가 침의 폭우에 의해 깨어나 대규모 반격을 시작했다. 재채기가 연달아 폭발했다. 그녀의 입은 하마가 되었다가 다물어졌다가 다시 새 주눙이가 되기를 반복했다.

수메이가 웃었다. 재채기를 하면 하는 거지, 왜 머릿속에서 두 가지 동물이 번갈아 움직이는 거지?

아, 맞다. 과거에 백악관 뒤에 동물원이 하나 있었다. 동물원에는 하마도 있었다. 다섯째가 하마를 보고 싶어 했기 때문이었다.

옆에서 톈훙이 세지 않으니까 재채기를 몇 번 했는지 모르겠네.

수메이는 다섯째의 방 바닥에 주저앉았다. 오두궤(五斗櫃)*의 서랍이 전부 열리자 진한 장뇌(樟腦) 냄새가 코를 자극했다. 코와 입이 먼지를 상대로 격투를 벌이고 있었다. 재채기는 쉬지 않고 나왔다. 희미하게 뭔가 갉히는 소리가 들렸다. 그녀는 입을 가리고 터져 나오는 더 많은 재채기를 억누르면서 귀를 쫑긋 세웠다. 누군가 아주 작은 톱을 들고서 조심스럽게 나무를 켜고 있는 것 같았다. 뭐지? 중원절이고 귀신들에게 제사를 올리는 시절인 데다 집 안에 내가 있는데 어디에서 톱으로 나무를 켜는 소리가 나는 거지? 소리는 다섯째의 책상에서 나는 것 같았다. 사각사각. 수메이가 가까이 다가가 책상 위를 탁탁 두드리자 톱질하는 소리가 멈췄다. 그녀는 쪼그려 앉아 책상 밑을 살펴보았다. 나무 책상 전체가 이미 흰개미들의 소굴이 되어 있었다. 책상 다리는 위태로워 보였다. 언제 무너져도 이상하지 않을 것 같았다.

사각형 책상 위에는 세계 지도가 인쇄되어 있었다. 바다는 파란색이었고 수많은 나라들이 각기 다른 색깔로 표시되어 있었다. 지도 아래쪽에는 각국의 국기가 나열되어 있고, 국기 아래에는

---

* 다섯 개의 서랍이 달린 수납장.

국명이 명기되어 있었다. 그들이 막 이 타운 하우스에 입주하던 해에 아빠는 인테리어 기사에게 부탁하여 베니어합판으로 3층을 여섯 개의 작은 방으로 나누어 딸들과 아들들에게 각자 한 칸씩 사용하게 해 주었다. 큰아들 방과 엄마 아빠의 침실은 2층에 있었고 면적도 아주 넓었다. 당시에는 모든 가구점에서 이처럼 세계 지도가 인쇄된 책상을 팔았다. 책상 몸체와 네 다리는 짙은 갈색 페인트로 도장되어 있었다. 두 개의 서랍에는 활 모양의 은색 손잡이가 달려 있었다. 아빠는 세계 지도가 인쇄된 책상을 일곱 개 사서 아이들의 방마다 하나씩 넣어 주었다. 수메이가 난생처음 가져 보는 책상이었다. 톈훙은 어렸을 때 책상 위의 각국 국기를 전부 외웠다. 수메이는 종종 국기 아래 국명을 가리고 톈훙의 암기력을 시험해 보곤 했다. 당시 톈훙은 걸핏하면 책상 앞에 앉아 넋을 놓은 채 세계 지도를 바라보곤 했다. 온몸이 지도에 그려진 파란 바다 속으로 빠져 들어갈 것 같았다. 톈훙은 수시로 국가 하나를 가리키면서 말했다.

"누나, 여기가 어디야? 여기 가 보고 싶어!"

수메이는 세계 지도 책상 앞에 앉았다. 바다의 파란색이 많이 바랬고 지도 전체에 얼룩이 가득했다. 게다가 이미 시대가 지난 지도였다. 그녀는 공부를 많이 하지 않았고 외국에 나가 보지도 못했지만 지도를 보면 지금과 많이 다르다는 것을 한눈에 알 수 있었다. 예컨대 몽골은 이미 독립을 했고 세계의 정치 판도도 크게 변했다. 하지만 이 지도는 여전히 베고니아 지도*라서 중국 본

* 1949년 국공내전의 종결로 국민당 정부가 대만 영토만 남기고 본토

토 영토가 크게 그려진 채 남아 있었다. 톈홍이 그녀에게 물었다.

"큰누나, 나를 찾아올 거야? 내가 비행기 표를 사 줄 테니까 둘째 누나랑 셋째 누나를 데리고 함께 와. 내가 누나들 데리고 발트해에 가서 수영하면서 놀 수 있게 해 줄게."

그럴 때면 그녀는 고개를 가로저었다.

"필요 없어. 공연히 돈 낭비하지 마. 나는 여기 있는 게 제일 좋아. 게다가 난 수영을 못하기 때문에 물에 빠져 죽을지도 몰라. 그 발트해인가 뭔가 하는 바다에서 물귀신이 되면 어떡해? 아이고, 안 돼, 안 돼! 나는 길도 못 찾기 때문에 집으로 돌아오지도 못할 거라고."

그녀는 다섯째의 방을 둘러보았다. 다섯째가 죽고 나서 방 안의 모든 사물을 하나도 건드리지 않고 그대로 보관해 둔 터였다. 옷장 안의 그 핑크색 양장도 그대로 남아 있었다. 다섯째의 장례가 끝나고 아버지는 이 방 안에 들어와 나갈 생각을 하지 않았다. 자매들이 들어와 다섯째의 유품을 정리하려 했지만 아버지는 화를 내면서 고개를 가로저었다. 입에서 낮지만 고통이 담긴 사자후가 튀어나왔다. 아버지는 아무 말도 하지 않았지만 자매들은 전부 아버지의 뜻을 알아차렸다. 원래 상태로 남겨 두자는 것이었다. 원상을 유지하면서 매일 아침 이 방에서 계속 재채기 소리가 난다는 듯 가장하려는 것이었다.

그녀는 몇 해 동안 다섯째의 방에 들어와 보지 않았는데, 오늘

를 잃기 이전, 중국 전체가 국민당 통치 지역으로 표시된 지도. 지도의 모양이 베고니아 잎을 닮아 베고니아 지도라고 불렸다.

은 어쩌다가 갑자기 이 방의 문을 열게 된 걸까. 그녀는 스스로에게 물었다.

"내가 뭘 찾고 있는 거지?"

아!

불을 찾고 있었던 것이다.

양샤오저우는 전화를 걸어 화로를 준비하라고 했다. 불을 통과해야 한다는 것이었다. 양샤오저우의 말은 성냥을 준비하라는 뜻이었다. 얼핏 빠른 속도로 그녀의 뇌리를 스쳐간 장면은 자신의 머리에 불이 붙는 것이었다. 머리가 불타면서 3층 여섯 개의 방문을 전부 열고 마구 들쑤신 다음 전부 태워 버리는 것이었다. 그러다 보니 화로를 찾아야 한다는 걸 까맣게 잊어 버렸다.

그녀는 뭔가를 찾느라 여기저기 계속 뒤지면서 혼자 중얼거렸다.

"바보, 집에 돌아오지 말라고 했잖아!"

에취!

또다시 재채기가 나왔다. 과거에 다섯째는 이 방에서 아침에 일어나자마자 재채기를 해 댔다. 다섯째는 알레르기 체질이라 피부가 희고 얇았다. 살짝 꼬집기만 해도 핏자국이 남았다. 새우를 먹으면 붉은 발진이 일었고, 아침에 일어나면 미친 듯이 재채기를 해 댔다. 베니어합판은 싸구려서 방음 효과가 거의 없었다. 텐홍은 자기 방에서 다섯째가 재채기하는 횟수를 셌다. 하나, 둘, 셋, 넷, 다섯, 여섯……. 텐홍이 큰 소리로 재채기 횟수를 다 세고 나면 식구들이 전부 깨어났다. 자명종이 필요가 없었다. 다섯째가 가고 나서는 재채기 소리도 사라졌다. 텔레비전도 꺼지고 라디오도 꺼졌다. 텐홍은 여러 달 동안 한마디도 하지 않았다. 이 타운 하우스는 어쩌면 그때부터 긴 수면 상태에 빠져 줄곧 깨어나지 않고 있는지도 모른다.

다섯째의 시신을 찾아낸 것은 톈훙이었다.

"아니, 어째서 다시 돌아온 거야? 집에 화로가 어디 있다고 그래? 귀신들을 위해 지전을 태울 때 쓰는 쇠 화로밖에 없네!"

수메이가 몸을 일으켰다. 흰개미들은 나무를 갉아 먹는다는 거대한 계획을 사람들에게 들키자 죽어라고 소리를 내는 것 같았다. 흰개미들은 격렬하게 나무를 갉아 먹었다. 바닥에는 커다란 틈이 벌어져 있었다. 책상은 곧 송두리째 흰개미들의 먹이가 될 것 같았다. 이곳이 바로 수메이의 집이었다. 하지만 집은 무너지지 않았다. 책상도 무너지지 않았다. 그녀 자신도 온통 균열투성이지만 아직 살아 있었다.

그녀는 톈훙의 방에 들어가 보았다. 침대와 바닥, 벽 주변, 세계지도 책상 위에 종이 상자가 잔뜩 쌓여서 아예 걸음을 옮길 공간이 없었다. 모든 상자 위에는 톈훙의 필적이 남아 있었다. 어떤 상자에는 '대학 1학년 미국 소설 독본'이라고 쓰여 있고, 또 어떤 상자에는 '대학 3학년 아일랜드 희곡 독본'이라고 쓰여 있었다. 다른 상자들에는 '재즈 CD', '연극 공연 도구', '문학상 강좌', 'VHS' 등의 필적이 남아 있었다. 'VHS'라는 필적을 보자 그녀는 몸이 떨리는 걸 느꼈다. 아! 그 비디오테이프들이 아직 남아 있었던 건가? 그녀는 그 비디오테이프들을 생각하면 엄마의 날카로운 고함소리가 들리는 것 같았다. 눈길이 빠르게 이동했다. 화로, 화로, 나는 화로를 찾으러 온 거야.

톈훙은 타이완을 떠나기 전에 모든 물건을 이 방 안에 보관해 두었다. 그가 독일에서 감옥에 들어가기 전에 변호사가 상자 하나를 보내왔다. 그가 독일에서 사용하던 서적과 의류 등의 물품이었다. 마침 둘째 수리가 타이베이에서 돌아와 두 자매가 함께 상자를 열었다. 청바지 몇 점에 셔츠, 양복 재킷, 책 몇 권, 잠수함 모형, 그리고 T의 사진이 다수 들어 있었다. 사진 속의 T는 톈홍을 껴안고 입을 맞추고 있었다. 두 사람 모두 즐겁게 웃는 모습이었다. 수메이는 남편과 이렇게 다정한 포즈로 사진을 찍은 적이 한 번도 없었다. 전부 보기 좋은 사진은 아니었다 해도, 어떻게 마지막이 이리 될 수 있는 걸까. 상자 안에는 벌꿀 맛 독일 사탕이 여러 봉지 들어 있었다. 향기가 코를 파고들었다. 상자에는 톈홍이 직접 손으로 쓴 편지도 한 통 들어 있었다. 나중에 자신의 주소로 사탕을 부쳐 달라는 부탁이 병기되어 있었다. 이 사탕은 톈홍 자신이 좋아하던 것으로, 그는 변호사에게 수고스럽지만 그 사탕을 한 무더기를 사 달라고 부탁했다. 큰누나와 둘째 누나, 셋째 누나, 넷째 누나에게 줘야 한다고 했다. 편지 말미에는 이렇게 쓰여 있었다.

"누나, 걱정하지 마. 나는 괜찮아. 이 물건들은 잠시 놓아둘 데가 없어. 우선 옛집 내 방에 좀 보관해 줘. 몇 년만 지나면 돼. 그다음 일은 그때 가서 생각하자고."

수메이는 톈홍이 T와 함께 찍은 사진이 들어 있는 액자를 자기 침대 옆 탁자 위에 두었다. 해변 모래밭에서 찍은 사진이었다. 톈홍과 T의 몸 뒤로 아주 큰 잠수함이 한 척 보였다. 두 사람은 수영 팬티 차림으로 손에 아이스크림을 들고 웃고 있었다. 지난번에 양샤오저우가 그녀 방에 창문을 수리해 주러 왔다가 그 사진을 보고는 그녀에게 손에 들고 자세히 좀 봐도 되겠냐고 물었다. 양샤오저우는 사진을 한참 들여다보다가 고개를 들더니 그녀에 게 말했다.

"전혀 변하지 않았네요. 웃는 모습이 말이에요."

아! 수메이는 갑자기 생각나는 것이 있었다. 뒷마당에 틀림없이 화로가 하나 있을 것 같았다. 지난번 중원절에 그녀는 일부러 난초 정원에서 고기를 구웠다. 난초들을 전부 훈제해 죽여 버릴 작정이었다.

그녀는 정말로 난초를 참고 봐줄 수가 없었다. 그녀는 샤오가오의 난초 화원을 도저히 참아 줄 수가 없었다.

그녀는 뒷마당에서 닭을 키웠다. 난초를 밀어 버리기 위해서였다.

그녀는 옹채밭에서 첫딸을 낳았다. 남편은 청자오마 묘당에 가서 무릎을 꿇고 둘째 아이가 아들이면 노름을 끊고 곧장 그녀를 데리고 부모님을 만나러 가겠다고 맹세를 했다. 부모? 그녀는 줄곧 남편이 고아인 줄 알고 있었는데, 알고 보니 바로 옆 향에 거주하는 농가의 장남이었다. 그녀는 아이를 또 가지려고 열심히 노력했지만 번번이 유산을 하고 말았다. 그녀는 남편이 이웃집 뱀잡는 사내에게 하는 얘기를 들었다. 이 지역에 있는 청자오마 묘당이 정말 영험하대요. 우리 마누라가 몇 번 유산을 했는데 틀림없이 전부 딸이었을 거예요. 딸이 만 세 살이 되었을 때 그녀는 마침내 건장한 사내아이를 낳았지만, 시부모를 만나러 갈 필요는 없었다. 두 분이 직접 병원으로 찾아와 빨간 봉투에 담긴 축의금을 건네면서 금쪽같은 손자를 안고는 며느리를 인정하고 친정에 관해 물었기 때문이다. 옆에서 울고 있는 손녀는 완전히 무시하면서.

아들을 낳자 남편은 정말 뜻밖에도 노름을 끊었다. 노름 벽이 난초로 전이된 것이다.

옆집 뱀 잡는 사내가 신문에 났다. 정성껏 키워 간직한 난초가 국제 난 전시회에서 금상을 차지하면서 그는 상금으로 100만 달러*를 받았다. 뱀 잡는 사내는 그들과 거의 동시에 이 타운 하우스로 이사해 들어와 VHS 비디오테이프 대여점을 열었다. 그는 취미가 사냥과 가축 사육, 도축, 뱀 잡아먹기 등이었다. 키가 아주 작고 얼굴이 거칠고 천박하게 생긴 중년의 독신이었다. 낮이나 밤이나 항상 두꺼운 선글라스를 끼고 다녔다. 당시 이 지역은 그리 개발되지 않은 터라 황량한 논밭과 부서진 집, 도랑 모두 파충류의 천국이었다. 농촌의 경관은 단조롭고 조용했다. 가끔씩 어느 집에서 날카로운 비명 소리가 들리면 틀림없이 뱀이 나타난 것이었다. 사람들은 뱀을 보면 곧장 비디오테이프 대여점으로 달려가 주인을 찾았다. 그는 대나무 장대 하나와 망태기 하나만 있으면 혼자서 어떤 뱀이든지 다 제압할 수 있었다. 게다가 곧장 뱀의 이름을 댔다. 독이 있는지 없는지, 굽거나 끓여서 술안주로 먹을 수 있는지를 단번에 알아보았다. 무늬와 색깔이 화려한 녀석은 바구니에 넣어 두고, 통통하게 살이 오른 놈은 껍질을 벗기고 조리한 다음, 이웃 사람들을 불러 잔치를 벌였다. 수메이는 확실히 비디오테이프 대여점 진열장 위에 놓인 난초 화분을 본 적이 있었다.

---

* 뉴 타이완 달러(New Taiwan Dollar, 新臺幣)로, 1달러는 한화 42원에 해당한다.

그녀의 눈에는 그다지 특별할 것도 없었다. 자줏빛이 섞인 노란 꽃 몇 송이에 지나지 않았는데, 뜻밖에도 100만 달러의 상금을 받은 것이었다. 아이들이 울면서 떼를 쓰면 그녀는 얼른 애들을 안고 동물원에 간다고 하고는 비디오테이프 대여점 2층으로 올라갔다. 그곳에 가면 열 개가 넘는 대형 바구니에 담긴 뱀들을 구경할 수 있었다. 두 아이는 뱀을 보자 금세 울음을 멈추고 두려움에 찬 눈빛으로 바구니 안의 뱀을 바라보았다. 대여점 주인은 자신이 태국에 가서 직접 여러 종류의 뱀을 골라 큰돈을 들여 이곳까지 운반해 왔다고 말했다. 그녀는 태국 뱀을 바라보면서 넋이 나갔다. 그 뱀은 그녀보다 훨씬 많은 곳들을 두루 돌아다닌 경력을 갖고 있다. 이 이국 구렁이들의 피부에는 정교한 무늬가 나 있어 난초꽃보다 더 운치 있었다. 남편은 자신은 감히 뱀을 잡지는 못하지만 꽃을 키우는 거라면 간단하기 때문에 누구나 다 할 수 있다고 말했다. 그러면서 뒷마당에 화분 선반을 설치해 놓고 이때부터 난초 키우는 일에 몰입하기 시작했다.

남편은 꽃이 활짝 핀 난초 화분 100개를 사들여 뒷마당에 100만 달러짜리 난초를 키워 내겠다는 원대한 계획을 세웠다. 그는 난초 재배에 관한 지식이 전혀 없었다. 매일 물을 주다 보니 뿌리가 썩고 꽃이 금세 시들었다. 첫해의 투자는 완전히 허공에 떠 버렸다. 그는 계속 더 많은 난초를 사들였고, 어디서 샀는지 『난초 재배 지침』이라는 책도 구해 하루 종일 뒷마당에서 읽으며 난초를 살피는 데 몰두했다. 남편은 그녀와 마찬가지로 고등학교 교육을 마치지 못하고 어린 나이에 일을 시작했다. 지게차를 몰고 트럭과 기중기를 모는 기술은 뛰어났다. 어깨로도 온갖 화물을 지어 날랐지만, 눈은 거의 무게가 없는 책 속의 글자를 견디지 못했다. 기근(氣根)*과 가지치기, 화분 갈이 등에 대해 책을 읽고도 이해하지 못했다. 이듬해에도 화훼 시장 상황은 여전히 암담했지만 옆집 뱀 잡는 사내는 또다시 국제 난 전시회에서 우승을 했다.

아이들이 학교에 갈 나이가 되어서야 뒷마당 난초 화원은 마침내 처음으로 휘황찬란한 개화기를 맞게 되었다. 남편은 모든 것을 독학으로 배웠다. 물을 주는 것도 절제할 줄 알게 되었고, 뿌리가 밖으로 향하게 하여 썩은 뿌리를 잘라 주는 기술도 갖게 되었다. 가지치기와 화분 갈이도 할 줄 알았고, 강한 햇볕과 비를 피하기 위한 차단막도 설치할 줄 알았다. 하지만 그가 재배한 난초꽃의 두께와 봉오리와 모양, 꽃술의 수량 등은 여전히 경선 기준에 미달이었다. 그러자 남편은 가라오케 기계를 들여 놓고 난초들에게 경쾌한 타이완 사투리 대중가요를 틀어 주었다. 그는 낮에는 트럭을 몰고 다니며 화물을 운반하다가 퇴근하면 뒤의 화원으로 가서 서예 연습을 하기 시작했다. 나무에 '小高蘭圓(샤오가오 난원)'이라고 써서 뒷마당 입구에 걸기도 했다. 아이들은 그에게 '난원'의 원 자가 '圓'이 아니라 '園'이라고 알려 주었다. 아빠가 잘못 썼다면서. 당시 남편은 뒷마당에서 난초들에게 노래를 틀어 주며 서예 연습을 하고 있었다. 탁한 목소리의 노래에 들개들이 마구 짖어 댔다. 그녀가 산처럼 쌓여 있는 서예 습자본을 뒤적거리는 동안, 남편은 '小高蘭圓'을 틀린 글자 그대로 반복해서 쓰고 있었다. 천 번 만 번은 쓰는 것 같았다. 남편은 항상 조심스레 난초

---

* 땅속에 있지 않고 땅 위에 노출되어 있는 변태근.

를 옮겼고, 차를 몰고 전문가를 찾아가 감정을 받기도 했다. 그녀는 문득 옛날 기성복 공장에서 그가 바람을 쐬게 해 주겠다고 약속하던 일들이 생각났다.

또 몇 년이 지나 '샤오가오 난원'의 나도제비난이 마침내 경선에서 상을 받게 되었다. 약간의 상금도 따라왔다. 전문가들이 집으로 찾아와 난초를 감상하고는 높은 가격으로 화분 몇 개를 사고 싶다고 제안했지만 남편은 거절했다. 그녀는 화가 나서 하마터면 식칼로 남편을 찌를 뻔했다. 남편은 여유 넘치는 표정으로 가격이 오를 거라고 말했다. 며칠 후 태풍이 닥쳐와 타이완 중부에 심각한 타격을 입혔다. '샤오가오 난원'은 한순간에 송두리째 바람에 날아가 버리고 말았다. 화분 하나, 흙 한 줌도 건지지 못했다. 남편은 문 하나를 사이에 두고 광풍이 뒷마당과 울타리, 화분 선반을 전부 쓸어 가 버리는 광경을 바라보면서 아무 말도 하지 않았다. 당시 그녀는 남편이 문을 열고 나가서 난초들을 구할 거라고 생각했다. 하지만 그는 이렇게 말할 뿐이었다.

"옆집에 가서 아버님한테 돈 좀 빌려 와. 내일 가서 새 난초들을 사와야겠어."

그는 장인에게서 더 많은 돈을 빌리고 더 많은 시간을 들여 안전하고 견고한 담장을 쌓고, 바람과 햇볕을 막아 주는 투명 지붕도 설치했다. '샤오가오 난원'은 다시 한번 전성기를 맞았고 갖가지 색깔의 나도제비난이 꽃망울을 터뜨렸다. 당시 그녀는 이미 남편과 같은 방에서 잠을 자지 않았다. 남편은 난원에 긴 침대 의자를 하나 가져다 놓고 사랑하는 난초들에게 코 고는 소리를 들려주었다. 어느 날 아침, 그녀는 소리 내지 않고 뒷마당에 갔다가 남편이 난초를 바라보면서 자위를 하고 있는 모습을 목격하게 되었다. 그날 그녀는 재래시장에 가서 병아리를 잔뜩 사다가 전부 뒷마당에 풀어놓았다. 어린 시절 삼합원에서 자랄 때는 닭을 키우는 게 일상이었다. 그녀는 닭들이 건강하게 빨리 자라면 우렁찬 소리를 낼 뿐 아니라 밤낮으로 똥을 싸 댄다는 걸 잘 알고 있었다. 활동적인 닭이 말없는 꽃을 상대하게 하는 것이 바로 난초를 없애려는 그녀의 원대한 전략이었다.

닭을 키우고 닭을 잡아 굽는 일이 전부 '샤오가오 난원' 안에서 이루어졌다.

하지만 난초는 시들지 않았다. 남편도 떠나지 않았다.

몇 년 전 톈훙이 T를 죽였다는 소식을 들었을 때, 그녀는 뒷마당 '샤오가오 난원'에서 닭똥을 치우고 있었다. 그녀는 땅바닥에 주저앉아 소리 내어 울었다. 평소에 마구 울어 대던 수탉 몇 마리가 그녀의 울음에 놀라 난초 화분 뒤로 몸을 피하고 조용히 그녀가 우는 모습을 바라보았다. 톈훙은 그렇게 똑똑하고 학력도 그렇게 높은 데다 그렇게 많은 책을 썼고 외국에까지 갔는데 어째서 마지막이 이런 걸까? 천씨 집안 큰딸인 자신은 결혼이 망했는데 어떻게 동생마저 살인범이 되고 만 걸까? 문득 차라리 큰누나인 자신이 남편을 죽이고 살인범이 되는 게 더 나았으리라는 생각이 들었다!

그녀는 버려진 화분 옆에서 고기를 구울 때 쓰는 도자기 화로를 발견했다. 화로 밑에는 액자가 하나 깔려 있었다. 액자에는 막내동생의 이름이 쓰여 있고, 중국의 장성(長城) 사진이 들어 있었다.

불을 통과해야 한다고? 어떻게 통과한다는 거지? 둘째는 알까? 아! 둘째에게 말하는 걸 잊었네. 셋째도 있잖아. 얘들을 얼른 용징으로 불러들여야 할 것 같아. 넷째는 어떻게 하지? 아! 넷째는 톈홍이 돌아왔다는 얘기를 들으면 기꺼이 백악관을 떠나려 할 거야.

그녀는 휴대폰을 들어 수리와 수칭, 쑤제에게 차례로 문자 메시지를 보냈다.

"얼른 집으로 내려와. 톈홍이 돌아왔어."

이어서 그녀는 휴대폰에서 인터넷 영상을 찾았다. 그녀는 검색어 '불 통과하기(過火)'를 쳤다. 가장 먼저 '황포대제(黃袍大帝)가 불을 통과하여 교학(敎學)했다'는 제목이 떴다. 조회 수가 100만이 넘었다.

그녀가 영상을 클릭하자 누런 두루마기를 입은 남자가 두꺼운 안경을 쓰고 나타났다. 손가락 사이에 금박지를 끼었고, 발밑에는 화로가 놓여 있었다.

어머나! 황포대제는 과거에 옆집에 살았던 뱀 잡는 사내였다.

19   어두운 밤은 죽었다

샤오촨의 소형 트럭에는 작업용 사다리와 공구 상자, 전기톱, 연장선 등이 실려 있었다. 그가 묻기도 전에 샤오촨이 먼저 대답했다.

"나는 수력 발전 기사가 되기 위해 돌아왔어. 모두 다 떠나 버리고 나만 돌아온 거지. 사실 이것도 그리 나쁘진 않아. 일은 끊이지 않고 있거든. 오늘 간장 공장에서 너를 만났을 때는 온수기를 수리하러 갔었어. 너도 알 거야, 너랑 같은 반이었던 적이 있으니까. 중학교 때 네가 그 재수 없는 반에서 우리 반으로 옮겨 왔을 때, 너랑 초등학교와 중학교 모두 같은 반이었던 스트립쇼 무용단 여자애 알지? 그 애 집 온수기가 고장 나서 수리해 달라고 나를 불렀어. 내가 그랬지. 부탁인데, 이렇게 더운 날엔 좀 냉수로 씻으면 안 될까? 그 애가 그러더군. 어차피 우리한테 돈을 달라고 하지 못할 테니까 아예 수리하지 않겠다는 거지? 그 애는 이제 엄마가 되었어. 시대가 달라졌다면서 스트립쇼 예약이 크게 줄었다더군. 가장 아름다운 스타였던 자기는 이제 은퇴해서 거리에서 닭갈비를 팔고 있대."

물론 그는 그 여자애를 기억했다. 그녀의 실오라기 하나 걸치지 않은 모습도 기억했다. 그 애가 숙제를 베끼던 모습과 춤을 추던 모습도 기억했다. 그 애가 춤추는 모습이 그를 구해 준 적도 있었다.

샤오촨이 트럭에 시동을 걸면서 말했다.

"안에서는 햇볕을 쬘 기회가 없나?"

그는 샤오촨의 피부가 이렇게 검고 매끈했는지 잘 기억나지 않았다. 샤오촨이 이렇게 말이 많았는지도 기억이 나지 않았다. 샤오촨이 온수기를 수리할 줄 알았는지도 기억나지 않았다. 샤오촨의 팔에는 어두운 밤처럼 검은 점들이 별처럼 여기저기 흩어져 수정처럼 빛나고 있었다.

T, 내가 너를 우연히 처음 만났을 때, 너는 검은 밤이었어. 검정 외투 차림에 검정 장갑을 끼고 검정 모자를 쓰고 있었지. 검은색 신발을 신고 검은색 첼로를 들고 있었어.

사실 그는 T의 검은색을 눈으로 보기 전에 먼저 소리로 들었다.

그가 베를린에 온 지 막 일주일이 지났을 때 작가를 위해 레지던스를 제공하는 프로그램의 담당 기관에서 마련해 준 작은 아파트는 베를린 동쪽에 위치해 있었다. 1층이었고 시끄러운 거리를 향해 작은 창문이 하나 나 있었다. 창문 하나에 문 하나, 침대 하나, 테이블 하나, 의자 하나, 방 하나, 화장실 하나, 부엌 하나, 모든 것이 하나씩이었다. 완벽한 독신자 아파트였다. 밤이 되면 창밖에서는 항상 술 귀신들이 시끄럽게 소란을 피웠다. 그가 애당초 알아듣지 못하는 언어였다. 작은 아파트는 지하철역에서 다섯

걸음밖에 떨어져 있지 않았다. 지하에서 열차가 들어왔다 나가기를 반복했다. 그럴 때면 작은 아파트의 지반이 미세하게 흔들렸다. 날이 추워지면 그는 항상 창문을 비스듬히 열어〔kippen〕 창밖의 차량 흐름과 사람들의 목소리를 손님으로 맞아들였다. '키펜'은 그가 새로 배운 독일어 단어로, 사전에서는 동사로 정의했다. '비스듬히 기울이다'라는 뜻을 갖고 있었다. 이를 창문에 응용하면, 창문을 닫았다가 창문 손잡이가 완전히 위를 향하도록 돌린 다음, 다시 창문 전체가 안쪽을 향하게 하는 것을 말한다. 창문의 위쪽과 왼쪽, 오른쪽이 전부 안쪽으로 기울어져 맨 아래쪽은 여전히 창틀에 연결되어 있는 상태가 되는 것이다. 밖에서 사람이 들어오면 바람과 소리도 자유롭게 뚫고 들어왔다. 날이 더 추워지면 그는 창문을 키펜 한 채 문밖에 나가지 않았고, 따라서 베를린을 알 기회도 생기지 않았다. 집에서 소설을 쓰다 보면 먼저 비스듬히 열린 창문으로 베를린의 소리가 들려왔다. 모든 소리가 새로웠다. 새로운 언어와 새로운 바람 소리, 새로운 빗소리였다. 문자와 표식, 포스터, 간판, 서적 등을 그는 하나도 읽지 못했다. 그는 모든 것으로부터 배척된 문맹이었다. 그는 마침내 글을 알지 못했던 엄마의 초조와 비애를 이해할 수 있게 되었다. 하지만 그는 외부자로서의 자유를 즐기기도 했다. 그는 단기 거주자일 뿐이었기에 베를린의 일부가 되고 싶지 않았다. 그는 자발적으로 자기 자신을 외부로부터 배척했다. 모든 낯선 사람들과 어깨만 스치고 지나갔고 소리 없이 어딘가에 왔다가 조용히 떠났다. 어떤 사람도 놀라게 하거나 방해하지 않았다.

비가 오기 시작했다. 밖을 내다보았지만 빗소리는 전혀 들리지 않았다. 그는 창문을 전부 열었다. 빗소리는 여전히 미약하기만 했다. 비는 인도 위로 떨어지면서 아주 희미한 소리를 내고 있었다. 베를린의 비는 이처럼 조용했지만 고향의 비, 타이베이의 비는 양철 지붕에 부딪히자마자 수류탄으로 변해 사람들의 깊은 잠을 방해하고 신경을 건드렸다.

비가 눈으로 변했고 그는 바흐를 듣기 시작했다.

무반주 첼로 소리가 눈을 밟고 창문 안으로 들어왔다. 그는 창가에 앉아 음악을 들었다. 포만감이 느껴지는 음색이었다. 어쩌다 틀리면 한 소절을 다시 연주했고 틀리지 않으면 계속 연주했다. 틀린 연주도 무척 편안하고 안정되어 있었다. 감추는 것이 없었다. 틀리면 틀린 것이었다. 추호도 후회가 없었다. 그는 어린아이가 첼로를 배우는 모양이라고 생각했다. 하지만 이어지는 슈베르트 악곡은 대단히 노련했다. 노숙한 손가락에서 나오는 연주였다.

눈은 며칠을 쉬지 않고 내렸다. 그는 실내에 갇힌 채 눈을 보거나 글을 썼다. 문밖에는 전혀 나가지 않았다. 매일 저녁 8시가 넘어 대로에 차량의 행렬이 흩어져 사라지면 첼로 소리가 들려왔다. 그는 간단한 저녁 식사를 준비했다. 양상추 토마토 샐러드에 올리브유를 뿌리고 계란 프라이를 했다. 닭 가슴살을 가늘게 찢어 마늘과 함께 볶고, 약한 불로 밥을 지어 놓고 창가에서 첼로를 기다렸다. 첼로 소리가 창문을 통해 들어오면 밥을 차려 천천히 먹으면서 책을 몇 쪽 읽었다. 첼로 소리가 작아질 때면 저녁 식사도 때맞춰 끝났다. 어느 날 첼로 소리가 들리지 않으면 그는 자신이 지은 밥과 반찬이 아주 맛없게 느껴졌다. 첼로 소리의 보호가 없이는 미각이 전혀 깨어나지 않았다. 첼로 소리가 사라지면 냉장고의 저장 능력도 줄어들었다. 더 이상 남은 음식을 집어넣을 공간이 없었다. 그런데도 밖에 나가 음식 재료를 사 와야 했다.

그는 슈퍼마켓에 가서 야채와 과일, 냉동육 등을 잔뜩 사 들고 집으로 걸어갔다. 발목까지 눈에 잠겼고 외투에도 온통 눈송이가 내려앉았다. 그는 가로등 밑에 서서 춤추듯 흩날리는 눈을 바라보았다. 유년 시절 고향의 가로등 아래서 박쥐를 기다리던 일이 생각났다. 베를린의 가로등 밑에는 곤충이나 모기가 없었다. 물론 박쥐도 없었다. 하지만 가로등 밑의 눈은 분명히 생명을 지니고 있었다. 수정처럼 영롱한 자태로 춤추는 모습이 순백의 작은 벌레들 같았다.

노면이 가볍게 흔들렸다. 지하철 입구로부터 불어온 바람이 그를 엄습했다. 바람은 첼로 소리를 싣고 그의 목도리와 모자 속으로 불어와 귓속까지 파고들었다. 첼로 소리는 늦게 도착했지만 오기는 분명히 왔다. 그가 지하철 입구로 달려가자 막 지하철에서 내려 황급히 역사를 빠져나가려는 사람들의 물결이 거대한 파도를 이루어 그를 뒤로 밀어 내면서 첼로 소리를 희석시켰다. 사람들의 물결은 금세 흩어졌다. 지면 아래서 전해져 오는 바흐의 첼로 음악이 돌아왔다. 낮은 음부로 천천히 거리를 떠도는 소리를 바람이 듣고 비가 듣고 그가 들었다. 이웃집이 아니라 지하철역 안에서 들려오는 소리였다. 그는 계단을 내려가 T를 만났다.

물론 당시에 그는 첼로 연주자의 이름을 알지 못했다. 그저 지하철역 구석이 한 덩어리 검은색에 점거되어 있고, 활이 첼로의 현을 무겁게 스치자 저음의 소리가 퍼지는 광경을 바라볼 뿐이었다. 그는 첼로 연주자의 얼굴도 보지 못했다. 피부 어느 부분도 드러나지 않았기 때문에 볼 수가 없었다. 연주자는 고개를 숙인 채 첼로를 연주하고 있었다. 줄곧 고개를 들지 않았다. 역으로 들어오고 나가는 승객들은 전부 걸음을 재촉했다. 걸음을 멈추고 그 검은색 첼로 연주에 귀를 기울이는 사람은 하나도 없었다. 첼로 연주자가 입고 있는 검정 모직 외투의 사이즈는 과장된 듯 커 보였다. 커다란 솜이불 같았다. 그는 온통 검은색인 첼로의 왼쪽을 눈여겨보았다. 아주 작은 종이가 하나 붙어 있었다. 그가 천천히 다가가 보니 종이에는 잠수함 그림이 인쇄되어 있었다. 그는 음식 재료를 사고 남은 돈을 전부 첼로 앞에 놓인 첼로 케이스 안에 쏟아 놓으면서 작은 목소리로 'Danke(고마워요)'라고 말했다. 그러고는 집으로 돌아가 창문을 열고 첼로 소리를 들으면서 글을 쓰고 자신이 직접 만든 형편없는 음식을 먹었다.

이때부터 그는 자주 집 앞에 있는 지하철역으로 가서 첼로 연주를 들었다. 단골이 된 뒤로 그는 검은색 외투 아래서 눈동자가 맑은 짧은 털의 검은 개 한 마리를 발견했다. 개는 머리만 비쭉 내밀고 곤히 자고 있다가 잠에서 깨어서는 어리둥절한 표정으로 조용히 첼로 연주에 귀를 기울였다. 한번은 그가 벽에 몸을 기대고 책상다리를 하고 앉아 첼로 연주를 듣고 있었다. 개가 검정 외투 아래서 기어 나와 그의 옆으로 다가와서는 머리를 그의 허벅지에 기댔다. 어쩌면 그를 첼로나 개로 여겼는지도 모른다. 개는 머리를 그의 허벅지에 기대자마다 눈빛이 흐려지고 께느른한 표정을 짓더니 금세 잠이 들었다. 개의 무조건적인 신뢰가 그의 눈을 자극해 눈물이 솟았다.

한 악장의 연주가 끝날 무렵 그의 눈물도 끝났다. 첼로 연주자가 손가락을 튕기자 개는 눈을 크게 뜨고 몇 번 하품을 하더니 순순히 첼로 연주자의 검정 외투 아래로 돌아갔다. 첼로 연주자가 마침내 고개를 들더니 모자를 약간 뒤로 당겨 해맑은 얼굴을 드러내고는 그를 향해 미소를 지었다.

그는 검정 모자 아래에 그런 얼굴이 있을 줄은 생각지도 못했다. 눈빛이 아주 맑고 이목구비가 또렷했다. 연한 금색 눈썹에 얇은 입술, 파란 눈이 조합된 얼굴이 치아를 드러내며 웃고 있었다. 격의 없는 표정이었다. 마침 전철에서 내린 인파의 물결이 엄습해 오자 그는 재빨리 손에 쥐고 있던 잔돈을 첼로 케이스 안에 던져 넣고 인파에 섞여 지하철역을 빠져나왔다.

첼로 연주자에게 우는 모습을 들킨 터라 다시는 지하철역에 가지 않기로 마음먹었다. 집에서 창문을 열고 첼로 연주를 듣는 것으로 만족할 것이다.

눈은 멈추지 않았지만 쓰고 있던 소설은 멈추고 말았다. 이야기가 난관에 봉착하면서 갑자기 한 줄도 써 내려갈 수 없었다. 그는 밖에 나가 그림엽서와 우표를 샀다. 엽서에는 베를린의 풍경이 담겨 있었다. 전부 한 번도 가 보지 못한 곳들이었다. 내가 베를린에 왜 온 거지? 지원금을 받아 베를린에 6개월 동안 거주하면서 뭘 해야 하는 거지? 밖에 나가지도 않고 모든 사람과 일정한 거리를 유지한다면 타이베이에서 생활하는 것과 똑같지 않은가? 그는 스스로에게 이런 몇 가지 질문을 던졌다.

타이베이 극장에서 그는 베를린에서 온 극단을 만난 적이 있었다. 무대 위 연기자들은 독일어로 울부짖었다. 사지와 몸통이 폭력적으로 서로 부딪치고 바닥에 떨어졌다. 그는 의도적으로 자막을 보지 않고 연기자들의 몸에만 집중했다. 연기자들의 몸은 거의 한계가 없는 것 같았다. 두 시간 넘게 소리를 지르고도 목소리는 여전히 크고 낭랑했다. 실오라기 하나 걸치지 않은 상태가 옷을 입은 것보다 더 편하고 자연스러워 보였다. 막이 내리고 연기자들은 자신들의 모습으로 돌아가서 어리둥절한 표정으로 박수 소리를 듣고 있었다. 그는 놀라서 멍한 표정을 지었다. 귀신을 본 것 같았다. 사람이 어떻게 자신을 저리도 먼 곳으로 던져 버릴 수 있는 걸까. 어떻게 해서 모든 경계를 다 허문 채 부르짖고 구제하고 다투면서 거의 분골쇄신의 지경까지 갔다가, 막이 내리면 길서 잃은 몸이 즉시 원래의 모습으로 되돌아올 수 있는 걸까. 갑자기 그는 이 문제를 깊이 사유해 봐야겠다는 생각이 들었다.

방으로 돌아왔지만 글은 한 글자도 쓸 수 없었다. 노트와 컴퓨터 앞에서 몸이 허공에 붕 떠 있는 듯한 느낌이 들었다. 밖에는 눈이 내리고 있는데 마음속에는 불길이 일었다. 베개에 머리를 파묻었다가 찬물을 마구 들이켜고 냉수로 목욕도 해 봤지만 마음속 불길은 도무지 꺼질 줄을 몰랐다.

밖에 나가고 싶었다. 그의 몸속 불길이 갈수록 구체화되고 있었다. 작은 손가락 하나가 뼈와 내장을 휘젓고 있었다.

타이베이에 있을 때 그는 문밖에 나가고 싶다는 생각이 드는 일이 거의 없었다. 그는 옥상에 불법으로 건축한 가건물에 거주했다. 집주인은 옥상에 가구를 잔뜩 쌓아 놓았다. 방을 보러 오는 사람들 모두 옥상에 올라왔다가 기겁을 하고 곧장 내려가 버렸지만 유일하게 그만이 당장 임대 계약을 하자고 말했다. 집주인이 의아하다는 듯한 표정으로 말했다.

"날을 잡아 이 가구들을 전부 정리할게요. 나는 항상 이곳에 나무를 심거나 채소를 키울 생각을 하고 있었어요. 나 대신 물을 좀 줄 수 있겠어요?"

그가 입주해 온 뒤로 집주인은 가구들을 정리하려고 시도하긴 했다. 하지만 집주인이 옥상에 올라올 때마다 낡은 가구들은 줄어들지 않고 더 늘어나기만 했다. 이 불법 가건물은 임대료가 아주 쌌다. 공간이 협소하고 낡은 데다 어둡기까지 했지만 그는 사방이 휘황찬란한 불빛과 마주하는 대형 신축 건물보다 이곳이 세상과 단절될 수 있어서 더 좋았다. 옥상에 올라오면 평행한 시공으로 들어설 수 있었다. 그의 생각과 완전히 부합하는 거주 환경이었다. 오래되고 낡은 아파트 옥상에서는 빗소리가 폭탄 터지는 소리 같았고, 망가진 소파와 다리가 한두 개 떨어져 나간 탁자가 소리 없이 교배하여 더 많은 절름발이 탁자와 의자를 낳았다. 그는 창가에서 글을 썼다. 밖을 내다보고 싶어도 은색 물탱크가 그의 시야를 가로막아 시원하게 보이지 않았다. 물탱크가 시선을 가로막는 것이 그가 타이베이를 보는 방식이었다. 그렇게 물탱크를 바라보면서 그는 타이베이와 관련된 책을 세 권이나 썼다.

베를린으로 오면서 그는 식구들에게 아무 얘기도 하지 않았다.

그림엽서에는 우표가 붙어 있었다. 하지만 그는 한 글자도 쓸 수가 없었다. 큰누나에게 무슨 말을 하지? 둘째 누나에게는 안부 인사를 해야 하나? 셋째 누나에게 엽서를 보내면 누나의 앵커 남편이 중간에서 가로채 없애 버리지 않을까?

첼로가 초청장을 보내왔다. 그는 그림엽서와 펜을 가지고 문을 나서 지하철역으로 가서 벽 한구석에 쭈그리고 앉았다. 개가 검정 외투를 뚫고 나와 그 옆에 누웠다. 첼로 연주자는 마음 내키는 대로 연주했다. 일정한 음조를 이루는 것 같더니 활을 내려놓고 손가락으로 현을 튕겼다. 음부(音符)가 지하철역 안을 맴돌다가 그의 몸으로 들어왔다. 불길이 약해지면서 몸 안의 간지러움이 줄어들었다. 그는 엽서를 쓰기 시작했다.

"큰누나, 나는 지금 독일 베를린에 있어. 약간의 지원금을 받았어. 이곳에서 몇 달 지낼 예정이야. 아버지는 묘당에서 잘 지내시지? 출국하기 전에 고향에 한번 내려가고 싶었는데 생각만 하다가 그만두고 말았어. 나는 쫓겨난 사람이잖아. 아버지랑 말다툼을 하게 될까 봐 두렵기도 했거든. 나는 아주 잘 지내고 있어. 이곳은 요 며칠 눈이 내렸어. 아주 조용해."

지하철역 구석의 그 검은색 덩어리가 또 고개를 들었다. 그 해맑은 얼굴이 그를 향해 미소를 짓고 있었다.

며칠 후 눈이 멎었다. 갑자기 따스한 봄날이 되었다. 대지는 황급히 겨울을 포기했고 낮에는 기온이 상승하기 시작했다. 외투는 햇볕에 밀려 옷장 깊숙한 곳으로 들어가고, 거리의 벌거벗은 나무들에는 하룻밤 사이에 여린 새잎이 돋아났다. 그는 사전을 들고 문밖에 나가 산책을 하면서 인근의 도로 표지판과 간판, 각종 표식을 조사했다. 바로 옆 아파트 벽에 레닌의 기념비가 있었다. 그는 사전을 찾아 가며 비문을 읽어 보았다. 단어의 뜻이 이리저리 분산되어 의미 있는 한 단락으로 조합되지 못했다. 1895년 8월, 레닌. 검은 개 한 마리가 그의 발 옆으로 다가와 앉았다. 그는 그 자리에 쪼그리고 앉아 개를 쓰다듬었다. 검은 그림자 하나가 봄날의 햇빛을 가로막고 있었다. 그림자가 입고 있는 검정 외투가 땅바닥에 끌렸다. 여전히 검정 모자를 쓰고 레닌의 부조(浮雕)에 대해 그가 전혀 알아들을 수 없는 말들을 늘어놓았다.

그가 사전을 꺼내자 검정 외투가 갑자기 빙긋 미소를 지었다. 검정 모자를 벗자 부드러운 금빛 장발이 드러났다. 검정 외투는 얘기를 계속했다. 이번에는 영어 단어를 잔뜩 섞어 가며 말했다.

몸 안의 불길이 다시 타오르기 시작했다. 그는 낯선 베를린의 거리에 서서 갑자기 빨간 반바지와 수영장 안의 샤오촨, 타이베이로 간 후에 겪은 온갖 신체 마찰이 생각났다. 그는 발기하고 있었다.

검정 외투와 검정 첼로, 검은 개가 그를 따라 작은 아파트 안으로 들어섰다. 그가 막 창문을 키펜 하려는 순간, 검정 외투가 뒤에서 그를 껴안고 목에 입을 맞추었다.

My name is T.

검은색 T가 천천히 연한 색으로 변하기 시작했다. 구두와 외투, 스웨터, 바지, 내복을 전부 벗어 버리자 어두운 밤은 완전히 죽어 작은 아파트 바닥에 누웠다. 창백하고 기다란 몸이 그 앞에 우뚝 섰다. 색깔이 아주 연했고 주름도 거의 없었다. 무척이나 야윈 모습이었다. 긴 금발 머리에서는 꽃향기 샴푸 냄새가 났다. 그는 어렸을 때 부모님이 귀신에 대해 얘기하는 걸 듣고는 머릿속으로 항상 하얀 그림자의 윤곽을 그리고 있었다. 지금 눈앞에 창백하고 낯선 몸이 하나 서 있었다. 연한 털과 파란 눈이 그를 직시하고 있었다. 그는 묻고 싶었다.

"너 귀신이야? 진짜 귀신이야?"

두 사람은 작은 침대 위에서 지진을 만들어 냈다. 창밖 나무 위에서는 새들이 큰 소리로 울어 댔다. 검은 개는 침대 밑으로 기어 들어가 잠을 잤다. 그는 갑자기 새 소설을 어떻게 이어 가야 할지를 생각했다. 테이블 위의 독일어 사전이 두 사람의 발에 차여 바닥으로 떨어졌다. T는 그를 안아 테이블 위에 눕혔다. 테이블이 끼익 끼이익 소리를 냈다. 그는 문득 용징의 흰개미가 생각났다.

T가 물었다.

넌 어디서 왔어?

그는 T에게 묻고 싶었다.

베를린에도 흰개미가 있어? 흰개미 소리 들어 봤어? 흰개미 소리는 사람이 작은 톱으로 몰래 테이블 다리를 자르는 소리 같지. 밤중에 몸이 여전히 꿈속 풍경을 맴돌고 있을 때 흰개미 소리를 들으면 그 끼익 끼이익 소리의 근원이 내 몸인 것처럼 느껴져. 장기의 어느 부위를 몰래 톱으로 베어 가는 것 같지. 어느 부위의 혈관이 잘려 나가는 것 같기도 해.

샤오찬이 말했다.

"다 왔어."

나란히 늘어선 타운 하우스가 그의 시선 안으로 펼쳐져 들어왔다. 왼쪽에서 다섯 번째 동이었다.

T, 나는 바로 여기서 왔어.

큰누나가 옛집 앞에서 그가 탄 작은 트럭을 향해 손을 흔들었다. 발밑에는 작은 화로가 하나 놓여 있었다.

큰누나가 불을 붙였다. 불꽃이 화로 밖으로 피어 올랐다.

T, 너는 너의 잠수함으로 돌아가지 못했지만 나는 이곳으로 돌아왔어.

20 　　1984년의
　　　　맥도날드 감자튀김

수리는 감옥에 있는 동생에게 편지를 쓰고 있다가 갑자기 큰언니의 전갈을 받았다.

"톈훙이 돌아왔어."

톈훙, 언제 돌아온 거야? 어떻게 돌아왔어? 우리가 쉬지 않고 널 쫓아냈는데 너는 어떻게 돌아올 생각을 한 거야? 돌아오지 말라고 했잖아? 돌아오지 않겠다고 약속하지 않았어?

그녀는 얼른 최근의 고속 열차 스케줄을 알아보았다. 타이베이역을 출발하여 타이중으로 간 다음, 전철 구간차를 타면 일정이 순조로울 경우 두 시간이면 용징에 도착할 수 있었다. 그녀는 큰언니에게 용징역으로 마중을 나와 달라고 부탁했다.

두 시간이면 아주 빠른 편이었다. 그녀는 젊었을 때 타이베이로 면접시험을 보러 간 적이 있었다. 아버지가 먼저 트럭을 몰아 그녀를 인근의 위안린진으로 데려다주면 중싱(中興)호나 궈광(國光)호 시외버스를 탈 수 있었다. 주머니가 좀 넉넉하면 기차를 탈

수도 있었다. 적어도 여섯 시간은 가야 했다. 버스를 탔다가 도로가 막히거나 열차에 문제가 생길 경우 몇 시간이 더 걸리기도 했다. 한번은 도중에 시외버스가 고장으로 멈춰 서더니 그 뒤로도 가다가 멈춰 서기를 반복하여 열두 시간이나 걸려서야 타이베이에 도착했다. 그날의 면접시험은 놓치고 말았다. 시외버스가 타이베이시로 진입하자마자 그녀는 기사에게 차를 세워 내려 달라고 부탁했다. 버스에서 내리자마자 황급히 화장실을 찾던 그녀는 작은 골목으로 뛰어 들어갔다. 방광이 언제 터질지 알 수 없었다. 잔디가 깔린 작은 공터 하나가 그녀의 눈에 들어왔다. 공터 안에는 아주 큰 바나나 나무들이 있었다. 그녀는 재빨리 달려가 바지를 내렸다. 하루 종일 갇혀 있던 오줌으로 바나나 나무에 넉넉하게 물을 주었다. 폭포 같은 기세로 쏟아지는 소리가 주변의 모든 소리를 뒤덮었다. 그녀는 누가 볼까 두려워 손을 뻗어서 바나나 나무 잎을 잡아당겨 얼굴을 가렸다. 그녀는 항상 바나나 잎을 좋아했다. 잎에는 아주 가지런한 줄무늬가 나 있고 색깔은 비췻빛 초록이었다. 넓고 부드러워 비를 막거나 햇빛을 가리기에 좋았다. 엄마는 예전에 항상 바나나 잎으로 찹쌀떡을 싸곤 했다. 먼저 물에 삶은 잎으로 떡을 싸서 줄로 고정한 다음 찜통에 넣고 찐다. 이런 방식으로 찐 찹쌀떡에서는 특별한 바나나 향기가 났다. 자비와 관용의 향기였다. 향기가 사람의 코에 들어가면 모든 시름을 없애 주고, 몸 안의 모든 기관이 이 향기를 맡으면 하품을 하고 지친 허리를 펴게 된다. 찹쌀떡을 먹고 나면 몸 전체가 진한 잠기운에 휩싸이고, 아무 데나 누워 자면 잘 익은 바나나처럼 달콤한 꿈을 꾸게 된다.

엄청난 물을 쏟고 나서 얼른 일어나 주위를 둘러보니, 무성한 바나나 농장 안에 있었다. 그녀는 갑자기 자신이 이미 수도 타이베이에 와 있다는 것도 잊고, 직업 고등학교를 졸업했다는 것도 잊었다. 자신이 여기저기 돌아다니면서 일자리를 구하고 있다는 사실도 잊었다. 그녀에게는 오로지 저 건강한 비췻빛 바나나 잎을 따다가 엄마에게 찹쌀떡을 싸게 해야겠다는 생각밖에 없었다.

그녀는 바나나 농장을 나와서야 근처에 건물들이 거의 없다는 걸 알았다. 논밭이 있고 백로가 있고 아주 작은 개울이 있었다. 어째서 열두 시간이나 시외버스를 탔는데 몸이 아직 융징에 있는 거지? 시간과 공간이 그 열두 시간 안에서 찌그러지고 변형되어 남북이 뒤바뀐 것 같았다. 저 앞에서 우회전을 하면 간장 공장이 나오고, 거기서 앞으로 더 가면 양타오 과수원이 나오고, 왼쪽으로 돌면 베틀후추밭이 보일 것만 같았다. 밭 한가운데는 빈랑나무보다 더 높은 철제 선반이 있고, 그 위에 은색 스테인리스 물탱크가 있었다. 물탱크 안에는 농사용 관개용수가 들어 있었다. 사다리를 타고 올라가 물탱크를 두드리면, 쉿, 안에 사람이 있었다.

어렸을 때, 캄캄한 밤에 물탱크를 가볍게 두드리면 안에서 누군가 반응했다. 어른이 된 뒤로는 여기저기 수많은 회사의 문을 두드렸으나 전혀 반응이 없었다. 그녀는 학력이 충분히 높지 못했다. 외국어를 할 줄도 몰랐고 면접시험에서는 침묵하거나 어눌하게 답변하기 일쑤였다. 옷차림도 칙칙하기만 했다. 그녀는 국가시험에 목숨을 걸었지만 할 줄 아는 게 아무것도 없었다. 기껏해야 책을 외우는 게 전부였다. 그녀는 집에서 여섯 달 동안 바깥출입을 전혀 하지 않고 시험용 책 더미 속에 파묻혔다. 엄마는 공부하느라 애쓸 것 없이 시집을 가는 편이 더 실속 있을 거라고 하면서 매파를 통해 여러 차례 남자들을 집으로 불러들여 맞선을 보게 했다. 실제로 그녀도 공무원 시험에 떨어지면 시집을 가 버리는 게 낫겠다는 생각을 한 적이 있었다. 하지만 매파를 따라온 남자들은 소박한 외모를 가진 이 천씨 집안의 둘째 딸에게 별다른 관심을 보이지 않았다. 하나같이 셋째가 마음에 든다고 말하거나 넷째나 다섯째가 더 성장할 때까지 기다리겠다고 말했다.

그 메마른 맞선 자리의 눈길 속에서 그녀는 남자들의 냉담한 눈빛 속에 비치는 자신의 수수함을 분명하게 인식하고 있었다. 그 건조한 눈빛들이 그녀의 다른 자매들을 보면 꿀이 떨어졌다. 다른 자매들은 제각기 나름의 진한 색깔을 지니고 있었다. 큰언니는 가슴에 산맥과 준령을 지니고 있었고 셋째는 코가 도시의 빌딩만큼이나 높았다. 넷째는 백지처럼 희고 섬세했고, 다섯째는 용징 전체를 통틀어 가장 아름다운 소녀로 알려져 있었다.

합격자가 발표되었다. 그녀는 소원대로 공무원 시험에 합격하여 타이베이에서 일하게 되었다. 그녀는 일부러 바나나 농장이 있는 그 동네에서 방을 구해 어느 도시락 가게 위층에 딸린 별실에 세 들어 살게 되었다. 마침내 집을 떠나게 되자 몸 안의 물탱크가 계속 커졌다. 금방이라도 터질 것만 같았다. 타이베이에 온 뒤로 그녀는 새로이 청담한 생활을 하기 시작했다. 고향에서는 모든 것이 진하기만 했다. 국화는 너무 처연했고, 봉황나무는 너무 붉은 핏빛이었다. 그녀는 어둡고 흐린 것을 갈망했다. 타이베이는 급속도로 발전하고 있었고, 그녀는 쉽게 도시 속에 은신할 수 있었다. 아는 사람이 아무도 없다 보니 여유 있게 쓸쓸함과 조용함을 즐겼다. 결혼한 뒤로 그녀는 그 동네를 떠나게 되었다. 남편과 쏨쏨이를 줄이고 근검절약한 끝에 밀도가 높은 주택가에 작은 아파트를 사서 입주하게 된 것이었다. 몇 년 후 버스를 타고 그 동네를 지나갈 때 문득 그 작은 바나나 농장이 아직 있는지 보고 싶어졌다. 확인해 보니 인근의 논밭은 다 없어지고 작은 개울도 보이지 않았다. 바나나 나무도 보이지 않았다. 그 바나나 농장은 왕씨네 재단이 사들여 환경 보호를 위한 그린 빌딩을 지었다. 옥상에는 태양광 패널이 가득했다. 밤에도 불을 끄지 않아 왕씨네 상표를 선전하는 광고판이 번쩍번쩍 빛났다. 그녀는 그린 빌딩이 대체 뭔지 정말로 이해할 수가 없었다. 거대한 건물을 지어 왕씨네 집안사람들만 드나들 수 있게 해 놓고 무슨 환경 보호를 한단 말인가. 과거에 그 동네에는 아예 울타리가 없었다. 인근에 사는 아이들이 마음대로 들어와 숨바꼭질을 하고 놀았고, 노인들이 등받이 없는 걸상을 들고 들어와 차를 마시면서 한담을 나누었다. 바나나를 관리하는 사람도 없었다. 인근 주민들이 전부 바나나 농사를 지었기 때문에 물을 주거나 잡초를 뽑는 일을 함께 했고 수확한 뒤에는 다 같이 나누어 먹었다. 사고파는 일은 없었다. 이 건물에 건축 대상을 준 심사위원들은 개발되기 전의 이 바나나 농장을 본 적이 있을까? 그 나무들은 아주 건강해서 잎사귀에 황반이 하나도 없었다. 바나나도 주렁주렁 탐스럽고 풍만하게 열렸다. 밤에 바나나 농장에서 고개를 들면 하늘에 별들이 초롱초롱했다.

집을 나서기 전에 그녀는 휴대폰으로 남편에게 보낼 문자를 작성했다.

"톈홍 만나러 용징에 가요."

하지만 전송 버튼은 누르지 않았다. 그녀가 톈훙에게 편지를 쓸 때마다 남편이 옆에서 구시렁거렸다.

"지금이 어느 시대인데 아직도 그걸 손으로 쓰는 거야? 이메일 할 줄 몰라? 지금은 호적 업무도 전부 디지털화되었다면서?"

남편은 톈훙이 독일에서 사람을 죽여 베를린 교도소에 수감되었다는 사실을 알지 못했다. 여러 해 전, 톈훙은 신문에 소설을 한 편 발표했다. 주인공은 장화의 시골로부터 타이베이의 화려하고 사치스러운 세계로 들어와 낯선 남자들의 몸을 뜨겁게 애무했다. 오늘은 주식 투자의 큰손과 침대에 오르고, 내일은 유명 남자 가수와 호텔에 들어갔다. 매일 다른 욕조에서 뜨거운 물로 목욕을 하다 보니 점차 몸에 남은 시골의 진흙 찌꺼기가 깨끗이 씻겨 나갔다. 결국에는 이목구비가 점차 흐릿해지고 얼굴이 변했다. 사람의 분위기와 맛이 달라졌다. 고향에 돌아가도 알아보는 사람이 없었다. 남편은 이 소설을 변기 위에서 다 읽고 나서 염장한 매실처럼 얼굴을 찌푸리며 그녀를 향해 시큼한 타액을 분사했다.

"알고 보니 당신 동생 변태였군. 이렇게 허접한 글을 써서 신문에 발표하다니, 정말 변태 같아. 세상이 곧 끝날 것 같네. 동생한테 필명을 쓰라고 해. 정말 창피하다고."

말을 마친 그는 신문을 박박 찢어 버렸다.

사실 남편과의 결혼은 그녀가 원한 것이었다. 보수적인 성격의 소유자이며 구시대에서 온 듯한 남편 역시 공무원이었다. 그는 정확한 시간에 출퇴근했고, 여가를 즐기는 걸 좋아하지 않았다. 외국 여행도 좋아하지 않아 휴가 때는 집에서 잠만 잤다. 용모가 수수하고 어떤 정서적 기복도 없었다. 돈을 거의 쓰지 않았고 월급은 고정적이었다. 그녀와 아이 둘을 낳았다. 아들 하나 딸 하나였다. 모든 것이 예측 가능하고 뜻밖의 사건이나 현상이 없는 삶, 지루하고 평온한 삶이었다. 남편은 동료가 소개한 사람이었다. 처음 만났을 때 그녀는 이 사람과 결혼하게 되리라 직감했다. 무엇을 먹고 어디를 가든지 상대방은 아무런 의견이 없었다. 오관이 전혀 조미하지 않은 맹탕 국물 같았다. 키가 크지도 않고 작지도 않았으며 몸집이 뚱뚱하지도 않고 마르지도 않았다. 말은 꾸미는 것 없이 항상 직설적이었고, 옷은 싸구려만 입었다. 소비의 잠재력이 전혀 없었다. 처음 만났다가 헤어질 때 그녀는 엄청난 힘을 들여서야 간신히 상대방의 생김새와 윤곽을 머릿속에 넣을 수 있었다. 결혼한 뒤로 두 사람의 신체적 결합은 오로지 생식을 위한 것이었다. 그녀는 단 한 번도 섹스의 절정을 경험해 보지 못했고, 매번 불을 끄고 아무 소리 없이 재빨리 몸을 합쳤다가 떨어졌는데도 임신은 아주 빨리 되었다.

동생이 쓴 소설들을 읽어 보면 이야기 속 남녀의 몸은 항상 축축한 열대 우림이었다. 강줄기는 물결이 거셌고 나무줄기는 단단하게 고개를 쳐들고 있었다. 이무기가 기어다니는 가운데 표범이 포효하고 새가 울었다. 하지만 그녀의 몸은 메마른 그물 같았다. 열대 우림도 그녀가 읽으면 황막한 사막으로 변했다. 그녀는 최근에 혼자 타이베이의 싸구려 호텔을 찾기 시작했다. 호텔의 텔레비전에는 항상 성인 채널이 있어 하루 종일 노골적인 색정 영화를 방영했다. 그녀는 눈으로 육체의 향연을 즐겼다. 서로 다른 피부색을 지닌 다양한 인종의 성인 배우들이 서로의 몸을 드나들고 실제와 가식이 뒤섞인 쾌락의 환호와 신음을 토했다. 그들의 축축한 호흡이 그녀의 귀를 뚫고 들어가서는 전부 사막으로 변했다. 그러다가 한번은 영화가 바뀌더니 화면에 남자 둘이 등장했다. 그녀는 갑자기 침대 위에서 벌떡 일어나 두 주먹을 꼭 쥐었다. 약 30분 길이의 영화에 여자는 하나도 나오지 않았다. 남자들만 나와 서로의 몸을 드나들었다. 그 남자들은 아주 잘생긴 데다 눈빛 속에 호수가 있었다. 영화가 갑자기 끊기더니 다른 영화로 바뀌었다. 다시 여자들이 나왔다. 그녀는 용기를 내서 프런트에 전화를 걸어 물었다.

"실례지만, 방금 그 영화……."

"아, 네. 죄송합니다. 죄송합니다. 방금 아르바이트생이 잘못 틀었습니다! 이미 다른 손님들이 항의 전화를 주셨습니다. 다음부터는 이런 일이 없을 겁니다. 정말 죄송합니다. 체크아웃 하실 때 요금을 20퍼센트 할인해 드리겠습니다."

뭐가 미안하다는 거지. 그 남자들 눈빛 속의 호수가 그녀의 몸 안으로 흘러들어 왔다. 어린 시절 검은 개를 데리고 산책을 나갔다가 갑자기 비를 만났을 때 같은 느낌이었다. 개는 진흙탕 속을 뒹굴고 그녀는 개를 끌어당기다가 덩달아 진흙탕에 빠지고 말았다. 여름날의 빗물은 무척이나 따뜻했다. 진흙탕에도 그 열기가 남아 있었다. 개는 몸을 뒤집고 사람은 마구 뛰고 지렁이들이 꿈틀거렸다. 몸이 즐거움에 완전히 점령되어 더럽다는 느낌이 전혀 없었다. 그 영화 속 남자들은 그녀에게 따스한 진흙탕에 젖는 듯한 느낌을 주었다.

그녀의 몸은 남자와 남자를 보는 걸 좋아했던 것이다. 그녀는 축축한 이불 속으로 몸을 완전히 집어넣었다. 호텔의 담담한 솜

이불 냄새가 났다. 그녀의 뼈와 살이 녹작지근해지면서 목구멍에서 전혀 들어 보지 못한 외침이 터져 나왔다.

뚱뚱한 주인과 빼빼 마른 주인. 밍(明)과 르(日).

텐홍이 감옥에 들어가고 나서 변호사는 그의 옷과 물품이 담긴 상자를 하나 보내 주었다. 상자 안에는 사진이 아주 많았다. 그 가운데 한 장 때문에 그녀는 소리를 지르고 말았다. 사진 속에서 T가 텐홍의 볼에 입을 맞추고 있었다. 바로 옆에서 검은 개 한 마리가 두 사람을 쳐다보고 있었다. 그녀는 사진들을 계속 뒤적거렸다. 아주 많은 사진에 개가 등장했다. 그 독일 개는 그녀의 어린 시절 할머니가 먹어 버린 개와 똑같은 모습이었다. 수정처럼 맑게 빛나는 눈동자와 고개를 한쪽으로 비스듬하게 숙이고 곤히 자는 모습도 똑같았다. 그녀는 그 사진을 사무실로 가져가 스캔을 한 다음 휴대폰에 담아 두었다. 주위에 사람들이 없을 때면 그 사진을 한참이나 쳐다보았다.

텐홍, 내가 묻고 싶었지만 지금까지 묻지 않은 게 하나 있어. 네가 감옥에 들어가 있는 몇 년 동안 그 검은 개는 누가 보살폈니?

그녀는 고속 열차에 올랐다. 열차는 남쪽을 향해 달리기 시작했다. 객차가 땅속을 빠져나왔다.* 창밖에는 어두운 밤이 내려앉고 있었다. 배가 몹시 고팠지만 용징에 도착한 다음에 먹기로 했다.

창밖의 풍경과 색깔은 빠르게 바뀌었다. 도시 주변과 마른 강

---

* 타이베이역은 모든 열차가 지하에서 출발하여 타이베이 중심 지역을 벗어나야 지상으로 나오도록 되어 있다.

귀신들의 땅

물, 폐쇄된 공장 건물, 화려하고 아름다운 새 건물들, 터널을 드나드는 자동차 행렬의 화려한 빛과 색깔이 마구 흔들리며 지나갔다. 이런 풍경을 보면서 그녀는 잠을 자고 싶었다. 갑자기 어젯밤 꿈속 풍경이 생각났다.

어젯밤 꿈에서 톱을 보았다. 자세히 음미해 보니 전기톱이 아니라 전통적인 쇠톱인 것 같았다. 손잡이는 나무 재질이고 톱날에는 날카롭게 톱니가 서 있었다. 톱니가 조밀한 부분도 있고 성긴 부분도 있는 것으로 보아 나무를 베기 위한 톱인 것 같았다. 꿈에는 엄마도 나타났다.

엄마는 젊은 시절의 모습이었다. 머리는 방금 파마를 하고 얼굴에는 가벼운 화장을 한 상태였다. 엄마는 그녀를 데리고 규모가 큰 재래시장으로 물건을 사러 갔다. 장바구니에는 온갖 음식 재료가 가득 들어 있었다. 제사를 준비하는 것 같았다. 톱질하는 소리가 꿈 전체를 관통했다. 들릴 듯 말 듯 가느다란 소리였다. 누군가 조심스럽게 나무를 베고 있는 것 같았다.

꿈속의 엄마가 갑자기 한 무리의 경찰을 데리고 나타나서 그녀를 호되게 질책했다.

"수리! 그들이 어디에 숨어 있지? 어서 말해! 넌 알고 있잖아!"

톱질하는 소리는 계속 이어졌다. 경찰들에게도 대답하고 싶지 않고 엄마에게도 대답하고 싶지 않았던 그녀는 큰 걸음으로 도랑을 건너 톱질 소리가 나는 곳을 찾았다. 다섯째의 얼굴이 꿈을 덮치더니 거칠게 깔깔 웃으면서 꿈을 촬영하고 있는 카메라 렌즈에 부딪혔다. 그리고 카메라가 그녀의 머리에 부딪혔다. 그녀는 정말로 고통을 느꼈다. 다섯째가 톱을 들고 얼굴 가득 미소를 띠면서 그녀의 왼손을 자르고 있었다. 다섯째가 말했다.

"둘째 언니, 나도 사막이야."

손이 떨어져 나갔지만 피가 나지 않았다. 상처도 없었다. 다섯째가 오른손으로 바닥에 떨어진 그녀의 왼손을 주우며 말을 이었다.

"사막에서는 피가 흐르지 않아."

고속 열차가 터널을 지나갈 때 차창이 거울처럼 공포에 질린 그녀의 얼굴을 비쳤다.

과거에는 어떤 꿈을 꾸든 꼭 엄마에게 보고하곤 했다. 엄마는 나름의 해몽 시스템을 갖고 있어 꿈속의 사물들과 생물들을 해석하고 길흉을 분석했다. 엄마의 엄마는 까무러친 아이의 혼을 부르는 주문을 엄마에게 전승해 주는 동시에 복잡한 해몽 시스템도 물려주었다. 이 시스템은 문자로 기록되진 않았지만 구전과 기억, 감지와 감정을 통해 꿈의 길을 알려 주었다. 꿈에서 뱀을 보면 딸을 낳게 되고, 꽃을 보면 아들을 낳는다. 물을 보면 먼 길을 가게 되고, 죽음을 보면 큰 재운이 따른다. 꿈에서 귀신을 만나면 아내를 맞게 되고, 나무를 보면 병을 얻게 되며, 비를 만나면 파종을 하고 풍성한 수확을 기다리게 된다. 하지만 이 시스템은 항상 앞뒤가 맞지 않았다. 지난번에는 꿈에서 물을 만나면 먼 길을 가지 않는 게 좋다고 하더니 이번에는 꿈에서 물을 보았다고 하니 북쪽으로 가야 한다고 하고, 어제는 꿈에서 불을 보면 아주 흉하다고 하더니 오늘은 불을 본 게 큰 행운이라는 식이었다.

우리가 다섯째를 찾지 못한 그날 아침, 잠에서 깬 엄마가 꿈에서 톱을 보았다고 말했다. 누군가 관에 톱질을 하고 있었다고 했다.

엄마, 톈훙이 돌아왔어요. 어젯밤 꿈에 톱을 보았어요. 그게 무

슨 의미인지 좀 알려 주세요. 하지만 엄마는 이미 죽었잖아요. 죽
어서도 혼을 부를 수 있나요? 꿈을 해석할 수 있나요?

고속 열차는 빠른 속도로 타이완 서부를 내달렸다. 객차 안에
서 감자튀김 냄새가 나자 그녀의 배가 우렁찬 꼬르륵 소리로 반
응했다.

옛날에 타이베이에서 기차를 타고 용징에 갈 때면 텐홍이 그녀
에게 맥도날드를 사다 달라고 부탁했다. 당시 타이베이에 맥도날
드 1호점이 문을 열었다. 뉴스에서는 일주일 매출액이 세계 신기
록을 수립했다고 했다. 그녀는 아주 오래 줄을 선 끝에 마침내 세
트 메뉴 1인분을 살 수 있었다. 이어서 타이베이역으로 가서 시외
버스를 타고 고향으로 내려갔다. 감자튀김과 햄버거, 콜라가 시
외버스 안에서 여러 시간 그녀와 함께했다. 집에 도착해 보니 식
탁이 깨끗하게 비어 있고 온 가족이 그녀가 타이베이에서 가지고
온 맥도날드를 펼쳐 놓기를 기다리고 있었다. 그녀는 텐홍이 감
자튀김을 먹으면서 미간을 찌푸렸던 걸 기억했다. 몇 시간이 지
난 햄버거에서는 약간 시큼한 맛이 났고, 콜라는 기포가 완전히
사라지고 없어서 약간 탄 맛이 나는 설탕물에 지나지 않았다.

고속 열차가 타이중에 가까워 오자 곧 내려서 타이톄(臺鐵)*로
갈아탈 준비를 해야 했다. 그녀가 창문을 봤지만 자신의 모습이
보이지 않았다. 매번 집에 돌아갈 때면 그녀는 자신의 얼굴색이
점점 옅어지는 걸 느꼈다. 용징에 가까워질수록 그녀는 유령에
가까운 모습으로 변해 갔다. 반투명 인간 같았다.

---

* '타이완철도'를 말한다. 고속 열차와 운영 회사가 다르다.

그녀가 인터넷에 들어가 확인해 보니 타이베이에 맥도날드 1호점이 문을 연 것은 1984년이었다. 그해에 텐훙은 막 초등학교에 입학한 터였는데 경찰이 찾아왔다. 그녀는 1984년의 맥도날드 감자튀김처럼 몇 시간에 걸친 남쪽으로의 여정을 거치면서 점점 연하고 차갑고 쓴맛으로 변해 가고 있었다.

차에서 내리기 전에 그녀는 휴대폰을 열어 텐훙과 T, 그리고 검은 개가 함께 찍은 사진을 보았다.

그녀가 휴대폰 액정을 손가락으로 밀자 다른 사진으로 바뀌었다. 오래된 신문의 사건 보도 사진이었다. 그녀는 당안국(檔案局)*에서 몇 해를 뒤져 간신히 사건 기록을 찾아낼 수 있었다. 밍르 서점의 뚱뚱한 주인이 감옥에서 자살했다는 뉴스였다.

사실 그날 그녀는 맥도날드 세트 메뉴를 2인분 샀었다. 깊은 밤에 몰래 집을 나서 밍르 서점의 두 주인을 찾아가 방금 타이베이에서 사 온 미국 패스트푸드를 맛보게 했다. 미국에서 온 거예요. 그날 밤, 양타오를 재배하는 징쯔충도 서점에 있었다. 그들은 서점 문을 닫고 2층에 올라서 함께 맥도날드를 먹었다.

그녀는 아주 선명하게 기억하고 있었다. 뚱뚱한 주인이 그 맛없는 감자튀김을 먹으면서 그녀에게 말했다.

"정말 맛있네. 수리, 나중에 우리 함께 미국으로 날아가서 먹자."

---

* 중요한 공문서들을 분류하여 보관하는 관공서

귀신들의 땅

21   뱀탕

네 큰누나가 라이터를 가지고 와서 땅바닥에 있는 화로에 불을 붙였다. 그런 다음 손가락에 쥐고 있던 금종이에도 불을 붙였다. 네 누나는 불길을 무릅쓰고 금종이를 네 머리 위에서 시계 방향으로 세 바퀴 돌렸다. 그러면서 입으로는 계속 주문을 외웠다. "어그러진 것을 바로잡으면, 어그러진 것이 바로잡힌다. 불을 태우면 불이 타서 몸을 바르게 하고 마음을 깨끗하게 해 준다. 나쁜 것들이 불에 타면 나쁜 것들이 사라진다."

불길이 빠르게 네 큰누나가 손에 쥐고 있던 금종이를 삼켜 버렸다. 네 큰누나는 불이 붙은 금종이를 재빨리 화로 안에 던져 넣었다. 화로 안의 금종이는 왕성하게 타올랐다. 너는 심호흡을 하고 눈을 감은 다음, 큰 걸음으로 화로 위를 넘어갔다.

네 큰누나는 휴대폰을 들고 동영상 속의 황포도사를 보면서 다시 한번 불의 의식을 확인했다. 황포도사가 말했다.

"불을 통과하여 영혼을 세척함으로써 모든 액운을 쫓아 버려야 한다. 불을 뛰어넘으면 뒤탈이 없을 것이다."

네 큰누나는 이 말을 세 번이나 따라 했다. 갈수록 음조가 높아
졌다.

"불을 뛰어넘으면 뒤탈이 없을 것이다. 불을 뛰어넘으면 뒤탈
이 없을 것이다. 불을 뛰어넘으면 뒤탈이 없을 것이다."

불의 의식이 끝나자 네 큰누나는 너를 꼭 안아 주었다. 하지만
누나의 손은 허리춤에 머문 채 쭉 뻗지 못했다.

샤오촨이 말했다.

"난 부엌에 가서 족발 국수를 데울게요."

내가 너를 안아 준 적이 있었던가?

갓난아기였을 때 너는 곱슬머리에 얼굴이 아주 통통했다. 울기
도 잘하고 웃기도 잘했다. 울면서 미소를 짓기도 하고 미소를 지
으면서 울음소리를 내기도 했다. 누군가 꼭 안아 주면 그제야 안
심하고 잠을 잤다. 네 엄마는 매일 네 형을 안고 있었다. 네 엄마
는 네 형이 진짜가 아닐까 봐, 혹시나 갑자기 사라져 버릴까 봐 두
려워 천으로 꽁꽁 싸매 앞가슴에 꼭 안고 다녔다. 네 형을 낳기 전
에 네 엄마는 꿈에서 꽃을 보았다고 하더구나. 내가 무슨 꽃을 보
았냐고 물었더니 네 엄마는 빨간 꽃과 자주 꽃, 노란 꽃을 보았다
고 했다. 아주 부귀한 모양의 꽃이었다고. 꽃잎이 아주 길고 뾰족
한 것이 몇 갑이나 되는 밭에 가득 펼쳐져 있어 향기가 격렬하게
코를 파고들었다고. 꿈에서 깨어도 향기가 나는 것 같았다고 했
다. 네 엄마가 아들을 낳은 덕분에 천씨 집안에 대가 이어지게 됐
다. 네 형이 태어난 뒤로 네 엄마는 네 형이 시야에서 벗어나는 것
을 용납하지 않았다. 잠시라도 눈에 보이지 않는 사이에 갑자기

딸로 변할까 두려웠던 거다. 우리 어머니가 네 형을 보러 왔고, 숙모와 아버지, 삼촌이 네 형을 보러 왔다. 이렇게 어른들이 찾아와 하나같이 딸만 다섯을 연달아 낳은 콩매미가 마침내 사내아이를 낳은 것을 확인하고 나자 네 엄마는 그제야 갓난아기를 내려놓았다. 우리 어머니는 네 엄마에게 축의금 봉투를 건넸다. 그전에 아이를 다섯이나 낳는 동안에는 아예 얼굴도 보이지 않더니만.

네 형이 태어나 석 달이 지나자 네 엄마의 손이 슬그머니 내 바지 속으로 들어왔다. 부족하다면서. 아들 하나로는 부족하다면서. 우리는 하나를 더 만들기로 했다. 누나들이 이렇게 많으니 서로 연합해서 남동생을 억울하게 해선 안 된다면서. 아들을 둘은 낳아야 나중에 자매들이 재산을 갖고 다투는 일이 없을 거라는 게 네 엄마의 생각이었다. 너를 낳기 전에 네 엄마는 줄곧 꿈에서 꽃을 보지 못했다. 네 엄마는 부풀어 오른 배를 곧게 편 채 네 형을 품에 안고서 국화밭에 들어가 산책을 하곤 했다. 가는 길에 천일홍을 하나 꺾어 머리에 꽂기도 하고 꽃잎을 배에 대고 문지르기도 했다. 그래도 꿈에 꽃이 나타나는 일은 없었다. 네가 기억할지 모르겠다. 나중에 네 엄마가 널 때리면서 말했다.

"변태 새끼, 그때 꿈에 꽃이 나타나지 않았을 때 알아봤어야 했어. 변태 새끼를 낳게 될 줄은 정말 몰랐네. 아무짝에도 쓸모없는 놈 같으니라고!"

그때의 네가 '아무짝에도 쓸모없는 놈'이 뭘 말하는지 알기나 했을까?

우리는 너에게 마구 욕을 하고 너를 때렸다.

우박 재해가 지나간 뒤에 라오왕이 찾아와 내게 동업 얘기를 꺼냈다. 그는 이번 자연재해로 인한 인근 지역의 피해액을 상세히 적어 가지고 왔다. 국화밭의 수많은 전구와 지붕의 기와, 창문 유리 등을 거론하면서 재해야말로 최적의 사업 기회라고 했다. 파괴되고 망가진 것들을 전부 새것으로 교체하지 않을 수 없을 거라면서, 자신이 물건의 공급원을 찾을 테니까 나더러 운송을 맡아 달라고 했다. 좋은 이웃끼리 힘을 합쳐 큰돈을 벌어 보자는 거였다. 나는 그와 오토바이를 타고 향 구석구석을 돌아다니면서 농가들을 일일이 다 방문했다. 철물점 시가보다 더 낮은 가격으로 엄청나게 많은 주문서를 받아 냈다. 그는 쉴 새 없이 전화를 걸어 하루 만에 타이완 각지에서 다량의 물품을 확보했고, 나는 트럭으로 각 현과 시에서 그 물건들을 운송해 오는 일을 맡았다.

큰돈을 벌게 되자 라오왕은 반드시 축하하고 넘어가야 한다면서 옆집에 사는 뱀 잡는 사내를 찾아가 적당한 안줏거리가 없느냐고 물었다.

뱀 잡는 사내는 물론 있다고 하면서 아주 아름답고 살진 놈 하나를 그 자리에서 잡아서 약술을 넣고 삶아 뱀탕을 만들었다. 여자가 먹으면 피부가 어린애처럼 뽀얘지고 남자가 먹으면 온몸이 단단해진다고 하면서. 그는 뱀 통에서 꽃무늬가 아름다운 녀석을 한 마리 골랐다. 뱀은 몸이 뻣뻣하게 서더니 금세 목 부위가 넓어졌다. 죽음에 저항하는 몸짓이었다. 뱀 잡는 사내가 아주 숙련된 솜씨로 머리를 꼭 잡고는 큰 소리로 외쳤다.

"뱀 잡는다!"

인근의 아이들이 전부 이 소리를 듣고는 황급히 구경하러 달려와 현장을 에워쌌다. 뱀 잡는 사내는 뱀 머리를 노끈으로 꼭 묶어 매달아 놓고는 칼을 가져다 목 부위에서 아래쪽으로 칼집을 냈다. 그런 다음 환형(環形)으로 가르자 시뻘건 뱀의 속살이 드러났다. 이어서 수직 방향으로 벤 다음 두 손으로 뱀 껍질을 벗겼다. 그러고는 도자기 사발을 가져다가 뱀 피를 받고 까만 뱀 쓸개를 적출해 냈다. 이어서 작은 칼로 쓸개를 썰어 약술에 담았다. 그런 다음 뱀의 살을 적당한 크기로 썰고 생식기를 도려내 약술과 인삼, 대추 등을 넣고 고았다. 뱀탕에서 김이 모락모락 났다. 냄새마저도 뱀처럼 소리 없이 꿈틀꿈틀 기어다니는 것 같았다. 냄새는 발뒤꿈치에서부터 타고 올라와 허리를 감고 팔을 휘감은 다음 마지막으로 입과 코를 맹렬하게 공격했다. 그러고는 꽉 물어 강렬한 기억을 남겼다.

나는 집에서 커다란 원탁을 가져다가 집 앞에 펼쳐 놓았다. 즉석 잔치를 벌이려는 것이었다. 아찬은 시금치와 산베이지(三杯雞)*, 볶은 땅콩, 말린 생선, 잔 새우를 넣고 볶은 국수 등을 내왔다. 이렇게 천씨네와 왕씨네 두 집안이 한 테이블에 앉아 건배를 했다. 뱀 피를 생으로 마시고 뱀 쓸개가 담긴 약술을 마셨다. 라오왕은 동업할 만한 일은 얼마든지 있으니 다음번에는 더 큰 돈을 벌어 보자고 했다.

톈훙, 기억하는지 모르겠다. 그날 밤 용징의 하늘은 아주 이상한 색이었다. 여러 해 사용한 소가죽처럼 갈색 광택이 났다. 달은 희미한 노란색이었고 별들이 갈색 구름을 헤치고 나와 나를 향

* 중국 장시(江西) 지방 음식으로 닭고기를 생강과 마늘, 파, 붉은 후추, 그리고 향신료인 구층탑(九層塔) 기름을 넣고 볶은 것이다.

해 부드럽게 눈을 깜박였다. 어머니가 귀이개로 귀를 파 줄 때처럼 메뚜기 울음소리가 부드럽게 파고들었다. 귀가 간지럽고 목이 뻐근했다. 테이블에 가득 둘러앉은 어른들과 아이들 모두가 취했다. 뱀탕은 술 함량이 아주 높았다. 모두 두 뺨이 복숭아빛으로 물들었다. 바람이 발뒤꿈치를 들고 살며시 다가와 갑자기 날카로운 소리로 놀라게 하자 테이블 가득 앉아 있던 사람들과 술이 전부 엉망진창으로 흐트러졌다.

무척이나 행복한 밤이었다. 네가 태어나기 전에 우리 식구들은 밥도 제대로 못 먹었다. 식탁에 닭고기나 오리고기가 올라오는 것은 기대조차 할 수 없었다. 지금은 식탁에 독사 요리나 굴도 올라오지만. 모두 배불리 먹고 편하게 잠을 잘 수 있게 된 거다. 네 큰누나는 시집을 가서 아이를 낳고 바로 옆집에 살고 있었다. 두 아들 모두 천천히 잘 자라고 있었다. 모든 것이 그 즐거웠던 밤처럼 즐겁고 상쾌하기만 했다. 나는 아버지로서 무거운 책임의 완수 단계로 접어들었다는 생각이 들었다. 더 이상 너희가 배고플까 걱정하지 않아도 되고 더 이상 아이를 낳으려고 애쓸 필요도 없게 되었으니까.

나는 모두가 취하고 아찬만 멀쩡하다는 것을 의식하지 못했다. 아찬은 뱀탕을 한 입도 먹지 않았다. 뱀 쓸개 약술도 전혀 마시지 않고.

아찬은 문득 네가 보이지 않는 것을 알아챘다.

아찬은 네가 틀림없이 또 징쯔총을 찾아갔을 거라고 했다. 네가 항상 그 녀석을 따라다니곤 했으니까. 징쯔총은 우박을 맞아 온몸이 상처투성이였다. 양타오 수확도 완전히 끝나 버렸다. 네 엄마는 그 녀석이 편하게 자면서 쉬어야 하는데 네가 계속 찾아가 귀찮게 군다고 생각했다.

네 엄마는 뜨끈뜨끈한 뱀탕을 한 사발 들고 왕씨네 집에 들어가 위층으로 올라갔다. 징쯔총의 방문은 열려 있었다.

사실 나는 보지 못했다.

아무것도.

그저 아찬이 밤새 꾹 참다가 아침이 돼서 갑자기 폭발하듯이 털어놓은 얘기를 들었을 뿐이다. 그날 징쯔총이 너와 함께 있었다고 했다.

네 엄마 말로는 징쯔총이 침대 위에 누워 두 손을 머리칼 속에 파묻고서 괴상한 표정을 짓고 있었다고 했다. 너는 온몸이 빨개진 채 징쯔총의 허리에 머리를 베고 누워 두 손으로 그 녀석의 물건을 꼭 쥐고 있었고. 그 녀석은 아주 단단해져 있었다고 했다.

네 엄마는 몇 초 동안 얼음이 되어 있다가 뱀탕을 탁자 위에 내려놓았다. 그런 다음 침대에 가까이 다가가 너를 안았다. 너는 온몸이 뜨겁게 달아 있었다. 죽은 듯이 잠들어 있었다. 하지만 두 손은 징쯔총의 그 물건을 꼭 쥐고 놓으려고 하지 않았다.

네 엄마가 엄지와 검지를 네 허벅지 안으로 집어넣고 누르면서 돌렸다. 그제야 너는 몸을 떨면서 징쯔총을 놓아주었다.

그 녀석은 자는 척하고 있었다. 네 엄마 말로는 줄곧 자는 척을 하고 있었다고 했다. 별명이 징쯔총인 게 이상하지 않았다. 멍청한 놈이 물건은 아주 컸다. 그렇게 학력이 높고 그렇게 많은 책을 읽었다고 하더니 알고 보니 변태였던 거다. 쓰레기라고. 네 엄마가 들어온 것을 뻔히 알면서도, 네 엄마가 보고 있다는 것을 알면서도 녀석은 뜻밖에도 계속 자는 척을 했다고 했다.

네 엄마는 다행이라고 말했다. 자신이 마음씨가 좋아 징쯔총에게 뱀탕을 가져다줄 생각을 한 덕분에 직접 현장을 보게 된 게 그나마 다행이라는 거였다. 그렇지 않았더라면 나는 아무것도 몰랐을 거라고.

네 엄마는 너를 안고 집으로 돌아왔다. 다들 원탁에 둘러앉아 술이 들어간 뱀탕을 먹으면서 요란하게 떠들어 대고 있었지만 네 엄마는 아무 말도 하지 않았다. 네 엄마는 인내심 있게 네가 깨기를 기다렸다. 뱀탕과 약술은 너를 열 시간 넘는 깊은 잠에 빠지게 했다. 자다가 오줌을 싸기도 했다. 네 엄마는 밤새 한숨도 자지 못했다. 다음 날 아침 네 침대보가 젖어 있는 것을 본 네 엄마의 손바닥에서 수류탄이 떨어져 네 몸 위로 날아갔다.

아파서 잠이 깬 네가 엉엉 울어 댔지만 네 엄마는 너를 때리던 손을 멈추지 않았다. 내가 울음소리 때문에 3층으로 올라가자 네 엄마는 나를 보고 어제 저녁에 있었던 일을 얘기했다. 그러고는 너를 또 때렸다. 손에 점점 더 큰 힘이 가해졌다. 네 엄마가 갑자기 내게로 고개를 돌리더니 나더러 대신 때려 달라고 했다. 그때 내 머릿속에 네가 징쯔총의 물건을 꼭 쥐고 있는 장면이 펼쳐졌다. 너의 책상 앞에 앉아 책상 위의 세계 지도를 보면서 몸을 움직일 수 없었다.

나중에, 여러 해가 지나서 어느 날 갑자기 너의 중학교 담임 선생이 집으로 찾아와서는 네가 자기 아들을 꼬드겼다고 말했다. 그러면서 우리에게 너를 당장 전학시키라고 요구했다.

네 엄마는 연신 고개를 숙여 네 담임 선생한테 사과하면서 말했다.

"자식을 제대로 가르치지 못해서 정말 죄송합니다. 앞으로는 절대로 댁의 아드님과 왕래하는 일이 없도록 하겠습니다."

네 담임 선생이 가고 나서 네가 말했다.

"전 전학 가고 싶지 않아요."

네 엄마가 의자를 하나 집어 들더니 너를 향해 내던졌다.

네 엄마가 말했다.

"기억 안 나? 어렸을 때는 징쯔총을 망가뜨리더니, 이 변태 새끼. 아무짝에도 쓸모없는 놈, 멍청한 새끼! 7월 보름이면 오리 새끼도 죽어야 한다는 걸 아는데* 너는 왜 나가 뒈지지 못하는 거야! 뒈져서 귀신이 되어야 눈에 보이지 않을 것 아냐. 아무짝에도 쓸모없는 놈이 눈에 보이지라도 말아야 할 것 아냐!"

징쯔총 얘기가 나오자 너는 눈빛이 금세 힘을 잃더니 눈물을 흘렸다. 네 담임 선생이 우리 면전에서 너를 변태라고 욕할 때는 네 얼굴에 억울함과 분노가 가득했다. 그런데 네 엄마가 징쯔총을 언급하는 순간, 네 얼굴 위의 담벼락이 금세 무너져 내렸다.

너는 기억하고 있었던 거다. 모든 것을.

하지만 아주 많은 일들을 너는 전혀 알지 못했다.

---

* 타이완 사람들은 매년 음력 7월 보름 중원절이 되면 죽어서 음계(陰界)에 있던 형제들이 강이나 도랑 같은 물줄기를 통해 집으로 돌아온다고 믿어서 오리를 잡아먹는 습속이 있다. 이는 오리가 물을 좋아하는 것이 음계로 통하는 수로와 관련이 있고, 또한 오리(鴨)의 중국어 발음이 누른다는 의미의 압(壓) 자의 발음과 같아 부정하고 안 좋은 것들을 모두 진압한다는 우의(寓意)를 갖고 있기 때문이다.

너는 모르겠지만 내가 몇 년을 더 살았던 건 뱀 잡는 남자 덕분
이었다.

우리는 너를 안아 준 적이 없다. 너를 때리기만 했다.

22 온몸에
베를린의 가을이
달라붙다

  수칭의 검은색 독일제 대형 승용차가 남쪽으로 향하는 고속도로 위를 달리고 있었다.

  그녀는 톈훙이 용징에 돌아왔다는 소식을 듣고 곧장 차를 몰아 남쪽으로 향했다. 가는 길 내내 규정 속도를 초과하여 과속 방지 카메라에 여러 차례 찍혔다. 그녀는 앵커 남편이 과태료 통지서를 받았을 때의 표정을 완벽하게 예감할 수 있었다. 매일 텔레비전에 나오는 그의 얼굴은 항상 분장을 한 상태라 과태료 통지서를 받아도 미간을 찌푸리지는 않을 것이다. 틀림없이 잔물결조차 없는 평평하고 조용한 얼굴일 것이다. 유일한 변화가 있다면 차가운 두 눈일 것이다. 눈동자의 색깔이 옅어지면서 얇게 한 겹 으스스한 기운이 서렸다가 사라질 것이다. 눈 주위에는 가는 주름이 가득하지만 눈이 깜박이지는 않고 동공에 갑자기 단단한 빙산이 나타날 것이다.

  그녀는 계속해서 가속 페달을 밟았다. 어차피 빙산에 부딪힐 거라면 고속으로 부딪히는 것도 나쁘지 않을 듯했다.

텐훙, 결국 돌아왔구나.

텐훙은 누나들에게 편지를 써서 면회를 올 필요가 없다고 했다. 심지어 절대로 찾아오지 말아 달라고 부탁하기도 했다.

하지만, 그럼에도 수칭은 그를 찾아갔었다.

남편과 방문단이 특별 취재를 위해 독일 베를린에 가게 되었을 때, 그녀는 방문단을 따라가게 해 달라고 요구했다. 남편은 허락하지 않았다.

"당신이 동생 면회를 가려는 것 다 알아. 하지만 나는 그런 사실을 남들에게 알리고 싶지 않다고. 내 처남이 독일에 살인범으로 갇혀 있다는 사실을 밝히고 싶지 않단 말이야. 당신도 생각을 좀 해 보라고. 나를 공격하려고 혈안이 되어 있는 기자들이 어떤 기사를 쓰겠어? 당신 동생의 책들이 베스트셀러가 되지 않아 유명 인사가 못 된 게 그나마 다행이라고 생각해. 맨 처음에 뉴스가 아주 작게 나간 덕분에 기자들이 추적 취재를 하지 않았던 거라고. 그러지 않고 계속 추적 취재가 이루어졌다면 당신 주변까지 파고들어 갔을 거고, 결국에는 나한테까지 화가 미쳤을 거야."

"당신이 따라가지 못하게 하면 내가 알아서 갈 거예요. 한번 생각해 봐요. 내가 알아서 가는 게 좋겠어요, 아니면 당신을 따라가는 게 좋겠어요? 어떤 게 더 쉬운 일일까요?"

그녀는 출발하기 전에 먼저 텐훙의 변호사와 연락을 취했다. 텐훙이 복역하고 있는 교도소는 2주에 한 번씩 면회를 허용하고 있었고 사전에 미리 신청서를 제출하기만 하면 됐다. 날짜가 정해지자 그녀는 변호사에게 면회 예정 날짜를 알려 주었다. 남편은 원래 함께 면회를 가겠다고 했지만 때가 되자 후회했다. 감옥에 드나드는 모습이 기자들 카메라에 잡힐까 두렵다면서 모 정치인과 인터뷰 약속을 잡아 버렸다. 변호사는 반드시 여권을 가져와야 한다고 알리면서 지갑이나 신용 카드, 현금, 열쇠, 휴대폰, 통신 기기 등은 일절 휴대할 수 없다고 말해 주었다. 방문객은 면회하는 동안 반드시 모든 물건을 자물쇠가 달린 보관함에 보관해야 한다는 것이었다.

수칭은 호텔에서 나와 한참이 지나서야 간신히 택시를 잡았지만 교도소에 도착하기까지는 15분밖에 걸리지 않았다. 교도소가 번화한 시내에서 그리 멀지 않은 곳에 있다는 사실에 그녀는 놀라움을 금치 못했다. 그녀는 교도소가 사람이 별로 없는 교외에 있을 거라고 생각했지만 사실 그 주변은 일반적인 주택가였다. 베를린은 막 가을로 접어들어 노랗게 변해 가는 나뭇잎 위로 찬란한 햇빛이 쏟아지고 있었다. 바람이 땅 위를 구르는 황금빛 낙엽들을 흔들어 사사삭 쓸쓸한 소리가 났다. 그녀는 약속대로 교도소에서 알려 준 서쪽 대문으로 향했다. 변호사는 이미 문 앞에서 그녀를 기다리고 있었다. 변호사의 이름은 아주 흔한 독일식 이름이었지만 얼굴은 남아시아 사람처럼 까무잡잡했다. 영어가 유창한 그는 빠르게 자신을 소개하고 나서 면회 절차를 설명했다. 변호사는 그녀의 눈빛에 걸린 의문을 간파하고는 자발적으로 자신이 독일 부부에게 입양된 고아이며 베트남 출신임을 밝혔다.

그녀는 손에 간단히 핸드백 하나만 들고 있었다. 휴대품 보관소는 교도소 대문 밖에 있었다. 변호사는 주머니에서 1유로짜리 동전을 하나 꺼내 그녀 대신 핸드백을 보관함에 넣은 다음 자물쇠를 채워 주었다. 그녀는 정말로 아무것도 휴대하지 말아야 하는 걸까 생각했다. 정말로 몸을 면회실에 들여놓기 전에 모든 물건을 밖에 남겨 두어야 했다. 사실 그녀는 유로화가 든 돈 봉투를 하나 준비했었다. 하지만 보아하니 정말로 돈 봉투를 동생에게 전달할 방법이 없을 것 같았다.

변호사는 텐훙이 여러 차례 자살을 기도했으며 심리 상담을 받고 나서야 상태가 좀 나아졌다고 말했다. 그는 원래 누나들의 면회를 거부할 적정이었으나 셰익스피어 덕분에 생각을 바꿨다고 했다.

"셰익스피어요?"

"동생에게 직접 물어보세요."

변호사는 벨을 누르고 대문 안으로 들어갔다. 등록증을 검사하고 여권을 방문증과 교환했다. 여성 경찰이 그녀를 작은 방으로 데리고 가서는 전신을 세심하게 수색했다. 신발 밑창까지 들춰 보고서야 그녀가 가진 것이라고는 여권밖에 없고 금지된 물품을 전혀 휴대하지 않았다는 걸 확인했다. 교도관들이 지키고 있는 삼엄한 대문을 몇 개 더 통과하고서야 그녀는 면회실로 안내되어 동생을 기다리게 되었다. 변호사는 밖에서 기다릴 테니 자신이 필요하면 언제든지 불러 달라고 말했다. 면회실은 아주 깨끗하고 환했다. 벽에는 하얀 페인트가 칠해져 있고 테이블과 의자, 전등도 전부 하얀색이었다. 실내 온도는 무척이나 낮았다. 바깥보다 더 추운 것 같았다. 따스한 오렌지빛 가을은 창문 밖에 막혀 있었다.

동생은 무척 야윈 모습이었다.

머리는 짧게 깎은 상태였고 두 볼은 푹 꺼져 있었다. 피부도 몹시 창백하고 건조했다. 이마에는 각질이 일어나 있었다.

수칭은 동생을 본 순간 고개를 돌려 핸드백을 찾고 싶었지만 모든 물건을 보관함에 넣어 두고 왔다는 게 생각났다. 그녀의 핸드백에는 항상 넣고 다니는 립글로스가 하나 있었다. 작은 용기에 담긴 것이었다. 지금 눈앞에 있는 동생은 피부가 건조한 데다 각질까지 일어나 있었다.

그녀는 손으로 가볍게 동생 얼굴의 각질을 떨어 내고는 그의 입술을 어루만졌다.

"어째서 입술까지 이렇게 건조한 거야? 내가 나중에 립글로스 한 통 보내 줄게. 네가 어떤 브랜드를 좋아하는지 잘 아니까. 나는 지금도 네가 예전에 소개해 준 그 립글로스를 사용하고 있어. 내 핸드백에도 하나 있는데 여기 직원들이 아무것도 못 가지고 들어오게 하는구나."

동생은 말이 없었다. 그저 입술을 오물거리며 가볍게 미소를 지을 뿐이었다.

남매는 서로 마주 보고 서서 아무 말도 하지 않았다. 면회실 안의 공기는 몹시 건조했다. 수칭의 입에서 나온 말이 하얀 벽에 부딪혀 느린 메아리를 만들면서 공간 전체에 웅웅 울렸다. 텐훙은 수칭의 입에서 나온 말과 자기 얼굴의 하얀 각질이 천천히 바닥에 떨어지는 걸 보고서 입을 열었다.

"이렇게 오랫동안 나를 만나지 못했는데 처음 입을 열어 한다는 말이 고작 립글로스네. 누나도 참!"

수칭도 피식 웃었다. 텐훙을 마지막으로 만난 건 아버지가 돌아가시고 그가 장례를 위해 타이완으로 돌아왔을 때였다. 그때도 엄마는 그를 쫓아 버렸다.

"너희 독일인들은 너무 소심한 것 같아. 면회실에 아무것도 가지고 들어올 수 없게 하다니. 나는 원래 어디 가서 마라훠궈를 구해다 너에게 먹일 생각까지 했는데 말이야."

"아, 마라훠궈. 마라훠궈 먹어 본 지 정말 오래됐네."

"괜찮아. 내가 변호사에게 물어봤는데 얼마 안 남았대. 곧 나올 수 있다고 하더구나. 나오면 이 누나가 얼마든지 사 줄게."

"매형은 밖에서 기다리고 있어?"

"매형? 동료들과 함께 인터뷰를 하러 갔어. 차라리 안 오는 게 나아. 오늘 나는 혼자 호텔에서 나와 택시를 타고 오려고 했어. 밖에 나와서야 애당초 길에 택시가 거의 없다는 걸 알았지. 내가 정말 재수가 없었던 걸까? 어차피 나는 곧장 앞으로 걷는 수밖에 없었어. 대책 없이 걸었지. 원래 나는 이런 성격이잖아. 누구나 길을 잃으면 긴장하기 마련이지만 왠지 모르게 네가 전에 베를린에 관한 산문집에서 썼던 것처럼 혼자 마구 걷다 보니 갑자기 마음이 편안해지고 자유로워지는 느낌이었어."

그녀는 자신이 그렇게 계속 걸으면 된다고 생각했다. 다시는 호텔로 돌아가지 않고 타이베이의 호숫가 아파트로 돌아가지 않아도 될 것 같았다.

"여기 들어오면서 긴장되지 않았어?"

"무슨 얼어 죽을 긴장이야. 갇혀 있는 건 너지 내가 아니잖아."

텐훙이 빙긋이 웃으면서 기지개를 켰다. 두 사람 사이의 장벽 사이로 침이 스며들면서 축축해졌다. 수칭은 어깨가 조금 편해지는 것 같았다.

텐훙은 자신에게 별문제가 없다고 말했다. 의사의 처방에 따라

약을 먹고 있고 최근에는 입맛도 좋아졌다고 했다. 먹기 힘든 교도소 음식도 맛있기만 하다고 했다. 운동은 별로 하고 싶지 않고 그냥 감방 안에만 있고 싶다고 했다. 감방은 1인 1실이라 다른 사람들과 공유할 것도 없었다. 그는 많은 시간을 독서와 글쓰기, 수면, 상상으로 보냈다. 그는 교도소 안에 도서관도 있어 책을 빌릴 수 있다고 말했다. 물론 전부 독일어로 쓰인 책이었지만 그는 열심히 독일어를 배워 지금은 정신과 의사와 한담을 주고받을 수 있고, 완전히 독일어로만 의사소통을 할 수도 있는 수준에 이르렀다. 독일어로 된 책을 천천히 읽으면서 모르는 단어가 나오면 차분하게 사전을 찾았다. 어차피 가진 것이라고는 시간밖에 없었다. 과거에 밖에 있을 때는 정말 이상하게도 독일어 공부에 소홀했다. 분명히 몸이 독일에 있는데도 왜 독일어 공부를 꺼렸는지 알다가도 모를 일이었다.

"난 지금 연극 연습을 하고 있어. 셰익스피어의 「햄릿」을 연습하고 있지."

베를린 극장 관계자가 교도소와 협력하여 수감자들 가운데 적당한 인원을 선발해 교도소 안에서 「햄릿」을 연습하게 한 것이었다. 대외적으로 공연할 계획도 추진하고 있었다. 정식으로 공연을 하게 되면 관중들이 교도소에 들어와 관람할 수 있게 될 터였다.

"어떤 배역을 맡았는데? 귀신 역할?"

"아니야. 귀신 배역은 다른 사람이 맡았어. 연출자가 다섯 명에게 햄릿 배역을 맡겼지. 나도 그 다섯 명 중 하나야. 매일 독일어로 된 셰익스피어의 독백을 외우고 있지. 죽을 지경이야. 정말 어려워. 누나, 있잖아, 연극 연습을 하면서 비로소 알게 된 건데, 나는 애당초 별 볼 일 없는 사람이었던 것 같아. 오필리어 역을 맡은 남자는 사람을 세 명이나 죽였어. 햄릿을 맡은 다른 남자는 다섯 명이나 죽였대. 그런데 난 겨우 한 명밖에 죽이지 못했잖아."

"너는 고의로 죽인 게 아니잖아."

톈홍은 눈길을 하얀 천장으로 옮겼다. 수칭은 그렇게 슬픈 눈을 본 적이 없었다. 그 눈빛 속에는 바다가 있었다. 톈홍은 눈 속의 바다가 눈두덩 밖으로 넘치지 못하게 있는 힘을 다해 저지하고 있었다.

"첫 공연이 언제야? 내가 보러 올게. 큰언니랑 둘째 언니도 데리고 와야겠다. 두 사람 비행기 표 값은 내가 내면 될 거야."

"그럴 필요 없어. 나는 아주 긴 독백을 하게 되어 있거든. 전부 독일어로 말이야. 누나들이 관중석에 앉아 있는 걸 보면 나는 참지 못하고 울음을 터뜨리고 말 거야. 그러면 어떻게 공연을 할 수 있겠어? 게다가 춤도 추고 노래도 한 곡 해야 한다고. 누나들은 절대로 오면 안 돼."

"바보, 우리는 객석 맨 뒤에 숨어서 몰래 관람하면 되잖아. 모자랑 가면을 쓰고 말이야. 너는 절대로 우리를 알아보지 못할 거라고."

"가족들 모두 잘 지내고 있지?"

이번에는 그녀가 눈길을 돌려 천장을 바라보았다.

사람은 항상 진실해야 하는 걸까? 천씨네 다섯 자매는 낳기로 했던 아이들이 아니었는데, 평생 '잘 지낼' 기회라는 게 있었을까?

톈홍은 교도소 도서관에 지구의가 하나 있는데 뜻밖에도 그 지구의에는 타이완이 없다고 말했다. 그러면서 들어올 때 교도소 창문 밖이 온통 쓰레기인 것 보았느냐고 물었다. 모든 수감자들이 쓰레기를 직접 창밖으로 버리기 때문이라고 했다. 그들은 하루에 세 번 청소를 하지만 근본적으로 완전한 청소는 불가능했다. 한번은 그가 창밖을 내다보다가 지도책을 한 권 발견하고는 청소부를 향해 그 지도책을 버리지 말고 자기에게 달라고 큰 소리로 외치며 부탁했다. 하지만 청소부는 그를 거들떠보지도 않고 책을 쓰레기통에 던져 버렸다. 그는 그 지도책에 타이완이 있는지, 있다면 용징을 찾을 수 있는지 계속 궁금해할 수밖에 없었다.

동생과 헤어지면서 수칭이 말했다.

"내가 변호사에게 말해 둘게. 뭐든 새로운 소식이 있으면 내게 통보해 달라고 말이야. 네가 나오는 날, 내가 큰언니와 둘째 언니를 데리고 와서 밖에서 기다리고 있을게. 우리 함께 놀러 가자. 큰언니와 둘째 언니는 유럽에 못 와 봤으니까 우리 다 같이 놀러 가는 거야. 내가 어떻게든지 베를린에서 마라훠궈를 파는 집을 찾아내서 네가 나오는 날 그 집에 데려가 매워서 죽게 만들어 줄게."

수칭은 톈홍을 안아 주고 싶었지만 손으로 얼굴을 어루만지는 것으로 그칠 수밖에 없었다. 어릴 때는 분명히 품에 꼭 안아 주던 귀여운 동생이었지만 어찌 된 일인지 이 순간에는 그를 향해 두 팔을 내밀 수가 없었다. 어쩌면 동생을 안았다가는 어떤 힘으로 굳게 지키고 있던 무언가가 두 사람의 몸에 눌려 완전히 깨져 버릴지도 모른다는 두려움 때문인지도 모른다.

변호사가 들어와 면회를 마칠 시간이라고 알려 주었다. 변호사는 두 팔을 내밀어 톈홍을 꼭 안아 주고는 볼에 입까지 맞췄다.

교도소에서 나올 때 변호사는 차를 가져왔으니 그녀를 데려다줄 수 있다고 말했다. 그녀는 고개를 가로저었다. 그녀는 산책을 하고 싶었다. 변호사가 두 팔을 벌렸을 때도 그녀는 고개를 가로 저으며 뒤로 한 걸음 물러섰다. No No No, thank you, goodbye.

그녀는 시계를 들여다보았다. 시간은 아직 이른 편이었다. 남편은 저녁에야 호텔로 돌아올 거라고 말했다. 이 한나절의 시간은 오롯이 그녀 자신만의 것이었다.

그녀는 한동안 발길 닿는 대로 걷다가 공원을 하나 발견하고는 들어가서 좀 앉아 있기로 마음먹었다. 아버지로 보이는 남자 하나가 공원 의자에 앉아 책을 읽고 있고, 그의 자식들로 보이는 두 아이가 낙엽 위를 뒹굴거나 그네를 탔다. 아이들의 웃음소리가 꼭 피아노 소리 같았다.

결혼 초기 몇 년 동안 그녀는 두 번이나 낙태를 했다. 두 번 모두 남편이 병원까지 함께 가 주었다.

남편이 말했다.

"울긴 왜 울어? 결혼 전에 서로 다 얘기했잖아. 우리는 우리 둘의 즐거움만 찾으면 된다고 말이야. 당신 집안을 보라고. 자식을 한 무더기나 낳은 결과가 어떤지."

남편은 징쯔충의 대학 같은 과 친구로, 왕씨 집안과도 왕래가 많았다. 징쯔충이 세상을 떠나고 몇 년이 지나 남편은 인터뷰를 위해 여러 차례 융징을 찾아 옆집 왕씨네 집에 묵었다. 당시 그는 징쯔충의 평전을 쓰고 있었다. 그때 왕씨는 이미 중국에 아주 큰 공장을 지어 놓았고 부친은 거액의 자금을 투자한 터였다. 왕씨네 큰아들은 다섯째를 아내로 맞고 싶다고 했다. 다섯째를 위해 작은 시골에 호화 별장을 지어 주고 싶다고 했다. 남편은 타이베이에서 건축사 친구를 데리고 와서 백악관 청사진을 그리게 했다. 징쯔총의 전기는 아주 잘 팔렸고, 남편은 베스트셀러 작가가 되어 여기저기서 초청이 쇄도했다.

결혼하고 여러 해가 지나 남편이 그녀에게 말했다.

"사실 처음부터 나는 다섯째가 마음에 들었어. 그 애의 얼굴과 몸매는 정말 끝내줬지. 그 애를 보고 나서 탐내지 않는 남자가 없었으니까. 하지만 이미 왕씨네 큰아들이 마음에 들어 하고 있었어. 생각해 보니 당신도 나쁘지 않은 것 같더라고. 학력도 나와 비슷하고 나이도 큰 차이가 없고 말이야. 자색도 그만하면 훌륭한 편이었어. 조금만 개조하면 더할 나위 없을 것 같았지. 과연 그때의 내 생각이 옳았어. 다섯째는 말이야, 성격이 너무 격렬했거든. 사람들이 놀라 자빠질 정도였지. 당신을 선택한 게 옳았어. 앵커의 아내로서는 아주 완벽하니까."

그녀는 공원을 나와 휴대폰으로 차를 불렀다. 목적지를 쓰는 곳에 톈홍이 예전에 T와 함께 살았던 베를린의 아파트 주소를 적었다. 차에서 내린 그녀는 아파트 초인종 앞에 서서 위에 붙어 있는 수많은 이름들을 읽어 보았다. 톈홍은 과거에 어느 집에 살았을까? 몇 층에 살았을까? 그녀는 아파트 앞 계단에 선 채 핸드백에서 립글로스를 꺼냈다. 갑자기 어디선가 달콤한 향기가 날아왔다. 아, 톈홍이 인근에 사탕 공장이 하나 있다고 했었지. 그녀는 눈을 감고 숨을 깊이 들이마셨다. 벌꿀이었다. 그녀가 가장 좋아하는 벌꿀 맛이었다. 그녀는 누군가 벌꿀 사탕을 들고 자신의 머리 위에서 흔들어 대는 장면을 상상했다. 온몸에 끈적끈적한 벌꿀을 뿌리고 낙엽 위를 구르면 온몸에 베를린의 가을이 달라붙는 장면을 상상했다. 그녀는 냄새를 따라서 그 사탕 공장을 찾느라 인근 거리를 돌고 또 돌았지만 끝내 찾지 못하고 남편에게 전화를 걸었다.

"난 이미 호텔에 돌아왔는데 당신은 아직 안 왔네. 죽고 싶어서 그래? 아니면 감옥이 너무 즐거워서 나오고 싶지 않은 거야?"

정말 아름다운 날이었다. 타이완에 돌아온 뒤로 남편이 때릴 때마다 그녀는 애써 베를린에서의 그날을 회상했다. 낙엽을 밟고 벌꿀 냄새를 맡으며 사탕을 찾던 시간이 그리웠다. 그녀 혼자였고 그녀를 알아보는 사람도 없었다. 길을 잃을까 두렵지도 않았고 집으로 돌아가고 싶지도 않았다.

그녀의 차가 용징에 들어섰다. 여러 해 동안 오지 못한 고향이었다. 거리에는 대형 슈퍼마켓과 편의점이 들어서 있고 새로 생긴 건물들도 적지 않았다. 갑자기 백악관이 불쑥 시야에 들어왔다. 밤의 백악관은 여전히 하얗게 빛나고 있었다. 기억 속의 모습보다 더 커 보였다. 그녀는 눈을 비볐다. 백악관이 이렇게 컸었는지 기억이 없었다. 어쩌면 그녀의 기억이 의도적으로 백악관을 압축하고 있었는지도 모른다.

그녀는 차를 백악관 앞에 세우고 라이트를 껐다. 공기 중에 국수 냄새가 가득했다. 마장 냄새와 후추 냄새였다. 그녀는 배가 몹시 고팠다. 최근에 적극적으로 다이어트를 하고 있었고 오늘은 아예 아무것도 먹지 못한 터였다. 그 '와이성멘' 음식점에서 나는 냄새인가? 쓰촨에서 온 주인장은 아직 장사를 하고 있을까? 그녀는 과거에 쓰촨 출신 주인이 만든 경멘(羹麵)*을 좋아했었다. 여기

---

* 고기나 야채 따위를 넣고 끓인 걸쭉한 수프에 만 국수.

에 특제 고춧가루를 뿌려 다 먹고 나면 혀에 불이 붙은 것 같고 뒤통수가 하루 종일 얼얼한 느낌이었다.

그녀는 백악관을 향해 큰 소리로 외쳤다.

"천쑤제! 좀 나와 봐! 내가 돌아왔다고! 어서 나와 봐!"

하얀 포르셰 스포츠카 한 대가 그녀 옆으로 다가왔다. 운전석에 타고 있던 왕씨네 큰아들이 그녀에게 다가오며 말했다.

"방금 운전하면서 저 앞에 있는 차가 아주 낯익다고 생각했지. 앵커 형님의 차 같았는데 역시 틀리지 않았군. 잘 지냈지? 난 방금 타이베이에서 돌아오는 길이야. 중원절 제사를 위해 돌아온 건가? 앵커 형님은 안 왔어? 안에 좀 들어갔다가 갈래요?"

23 　　　　　 이오니아식 기둥

쑤제는 누군가 자신의 이름을 부르는 것 같은 느낌이 들었다.

그럴 리가 없었다. 창문은 굳게 닫혀 있고 커튼도 두껍게 쳐져 있었다. 어떤 소리도 새어 들어올 수 없었다.

톈훙인가? 큰언니 말로는 톈훙이 돌아왔다고 하던데?

그녀는 여러 날째 목욕을 하지 못했다. 몸에서 냄새가 날 게 분명했다. 톈훙이 돌아왔다면 먼저 목욕부터 하고 나서 다시 나갈지 말지 결정해야 했다.

나갈까?

다섯째의 장례가 끝난 뒤로 그녀는 집 밖에 나간 적이 없었다.

그녀는 원래 자신이 승자라고 생각했었다. 신부는 다섯째가 아니라 자신이었다. 그 혼례에서 주인공은 그녀였다. 하지만 다섯째는 정말 대단했다. 자신의 장례로 용징 전체가 그 성대한 혼례를 잊게 만들어 버린 것이다.

백악관은 여름에 완공되었다. 건물 전체의 외관이 흰색이었다.

그리스식 기둥에 산 모양의 담장이 둘려 있었다. 지붕에는 바로크식 장식이 있었고 벽 표면은 온통 금빛 페인트로 칠해졌다. 담장 하단은 순백색이고, 그 위에 금빛 국화 꽃잎을 조각한 난간이 빙 둘러 세워져 있었다. 대문은 전부 금빛이라 밝은 햇빛을 받으면 눈을 찌르는 빛줄기를 쏟아 냈다. 베르사유 궁전을 모방한 정원에는 아폴로 분수와 십자형 인공 운하도 설치되어 있었다. 운하 안에는 화려하고 아름다운 자태를 자랑하는 살진 잉어들이 가득했다. 쑤제는 결혼식 당일 남편이 끊임없이 하객들을 향해 이오니아식 기둥이라는 말을 여러 차례 반복했던 걸 기억했다. 나중에는 오니아이식 기둥이라고 했다가 아이아이식 기둥이라고 했다. 그다음부터는 이름을 입에서 나오는 대로 대충 말하면서 기둥의 자재가 유럽에서 수입해 온 것이라 타이완에서는 처음 보는 것이라는 점만 강조했다.

백악관 뒷마당에는 소형 동물원도 있었다. 새장에는 요염한 색깔의 열대 조류가 가득하여 끊임없이 맑고 청아한 울음소리를 쏟아 냈다. 작은 연못도 하나 있었는데 그 안에는 커다란 하마 한 마리가 있었다. 하마는 입이 아주 커서 늘 하품을 하는 것 같았다. 하마는 걸핏하면 울타리에 몸을 부딪혀 요란한 소리를 냈다.

결혼식 당일, 백악관은 처음으로 외부에 개방되었다. 이렇게 웅대한 유럽식 건축물을 처음 구경하게 된 작은 시골의 주민들은 물밀듯이 백악관으로 쏟아져 들어왔다. 당시 타이완 중부에서 가장 유명한 유수석 파티 전문 셰프가 직접 와서 주방을 지휘했다. 백악관 정원에는 열 명이 앉을 수 있는 테이블이 500개나 설치되었으나 전부 만석을 이루는 바람에 임시로 추가 식탁을 마련해야 했다. 나중에는 정원에 자리가 모자라 바로 옆에 있는 밭에 식탁을 펼치기도 했다. 축의금 봉투가 놀라울 정도로 많다 보니 대형 쌀자루에 현금을 담아야 했다. 이렇게 하객들이 낸 축의금을 담은 자루가 열 개나 됐다. 왕씨네 큰아들의 혼례엔 정계 요인들은 물론, 폭력 조직의 거물과 유명 연예인들도 대거 와서 축하해 주었다. 그 작은 시골에 검은색 독일제 승용차가 너무 많이 몰려 와서 길이 몹시 막혔다. 이 시골은 차 때문에 도로가 막히는 일이 한번도 없었는데 갑자기 모든 길과 골목에 수입 차량들이 가득 들어찼다. 현지 주민들은 차량 통행이 그렇게 복잡한 광경을 처음으로 목격했다.

왕씨네 큰아들은 백악관을 출발하여 천씨 댁으로 신부를 맞으러 갔다. 신형 독일제 승용차 열 대가 동원되었다. 왕씨네 큰아들은 쑤제와 함께 무릎을 꿇고서 쑤제의 부모에게 절을 올렸다. 쑤제의 큰언니와 둘째 언니, 셋째 언니, 그리고 남동생 둘 모두 현장에 있었지만 다섯째의 모습만 보이지 않았다. 절을 올릴 때 신부 쑤제는 부모님에게 감사의 인사를 드리고 개두(磕頭)*의 예를 올렸다. 쑤제는 절을 올리는 의식이 끝나면 자신이 울 거라고 생각했다. 하지만 그녀의 눈은 건조하기만 했고 웃음을 참지 못해 입꼬리가 위로 치켜졌다. 자신이 이기고 다섯째가 졌다는 생각에서였다. 앞으로 백악관의 여주인은 그녀였다.

대로계(帶路雞)*는 특별히 고른 수탉이었다. 털이 아주 아름답

----

* 누군가를 스승으로 모시거나 누군가와 의형제를 맺을 때, 황제를 만날 때, 혼례에서 부모에게 감사의 뜻을 전할 때 머리를 땅바닥에 대고 절하는 예법.

고 벼슬이 곧게 서 있었다. 벤파오도 특별히 맞춘 것이라 길이가 1킬로미터나 됐다. 왕씨네 큰아들이 불을 붙이자 백악관에서 시작된 불꽃이 청자오마와 닭갈비 노점, 마조묘, 국화밭, 수영장을 거치면서 계속 폭발하며 불꽃을 방사했다. 끝없이 폭발하여 줘수이시를 거쳐 타이완 해협에까지 이를 것 같았다. 관습에 따라 신부가 승용차에 올라 친정집을 떠날 때 꺾어 버린 부채도 스페인에서 만든 수공예품이었다. 부채에 달려 있던 레이스 자수는 활짝 펼쳐진 채 천씨 집 문 앞에 버려졌다. 천씨네 식구들 모두 플라멩코 음악을 들을 수 있었다. 신부의 예복 드레스는 미국 디자이너가 만들어 보낸 것을 일본 장인이 다시 가슴 부분에 100개의 진주를 꿰매 단 것이었다. 여러 사람이 뒤에서 받들고 있는 드레스 자락은 3미터에 달했다. 용징 현지에서도 화훼가 생산되었지만 신랑은 혼례에 사용되는 꽃은 전부 유럽에서 수입한 것을 사용하고 꽃을 받치는 자재는 네덜란드에서 온 것이어야 하며 울금향은 아주 부드럽고 점잖은 모습이어야 한다고 고집했다. 신부를 맞는 화동들은 이탈리아에서 수입한 유리 다반을 받쳐 들고 있었다. 다반에는 일본에서 수입한 커다란 후지 사과가 담겨 있었다. 신부가 백악관에 들어서자, 화로가 난터우(南投) 수이리(水里)향에서 맞춤 제작한 도자기 안에서 타고 있었다. 밟고 지나갈 기와는 이탈리아 토스카나에서 가져온 것이었다. 신방 안에는 안마 욕조가 설치되어 있고 포르투갈에서 수입한 타일이 깔려 있었다. 밀

* 새집으로 이사할 때 길을 연다는 의미로 전에 살던 집에서 수탉을 한 마리 가져와 이사한 지 101일째 되는 날 잡아먹는다. 타이완 인구의 상당 비율을 차지하는 한족의 한 분류인 객가(客家)의 전통 풍습이다.

폐 창문은 독일에서 수입한 것이었고, 침대는 프랑스제 물침대였다. 신랑이 말했다.

"침대 안에 들어 있는 물은 이곳의 수돗물이 아니라 스위스 알프스에서 운송해 온 눈 녹은 물이야."

백악관 대문이 열리면서 모두 이곳의 호화로운 설비들을 구경할 수 있었다. 천장에 매달린 샹들리에는 파리에서 공수해 온 것으로 일곱 가지 채색 불빛을 뿌려 대고 있었다. 붉은 회목(檜木)으로 제작된 가구들이 이탈리아 고급 소파와 잘 어울렸다. 카펫은 중동에서 수입한 것이었다. 응접실 한가운데는 검은색 스타인웨이 피아노가 놓여 있고 누군가 슈베르트 악곡을 연주하고 있었다. 피아니스트는 위아래 전부 뱀가죽 양복을 입고 있었다. 그가 고개를 들자 모두 그가 비디오테이프 대여점을 연 뱀 잡는 사내임을 알아보았다.

연회는 길한 시각을 골라 경주(敬酒)*로 시작되었다. 레드 와인은 프랑스에서 운송해 온 것이고 화이트 와인은 미국에서, 마오타이주는 중국에서 수입한 것이었다. 신랑, 신부 모두 경주를 위한 복장으로 갈아입었다. 신랑은 붉은 실크 양복을 입고, 신부는 붉은 바탕에 가슴 부분을 밝은 색으로 장식한 예복을 입었다. 사람들 모두 두 사람이 다음 주에 파리로 밀월여행을 갈 예정이라는 소문을 들었다.

왕씨네 집안은 중국으로 진군해 들어가 비스킷을 팔기 시작한

---

* 존경의 의미를 담아 술을 따른 다음 술잔을 받쳐 들고 인사를 나누는 중국식 예법으로, 혼례에서는 신랑, 신부가 피로연 테이블을 돌며 술을 권하는 것을 말한다.

지 몇 년 되지 않아 고향으로 돌아와 놀라운 백악관을 지었다. 왕씨네 큰아들이 마이크를 들고 하객들을 향해 큰 소리로 말했다.

"앞으로 저희 왕씨 집안은 중국에 가서 더 많은 인민폐를 벌어와 고향을 먹여 살릴 것입니다. 우리 고향에 세계에서 가장 높은 빌딩도 지을 겁니다. 여러분, 어떻게 생각하십니까!"

용징 전체가 환호성에 잠겼다. 백악관 정원의 십자형 운하 안에 있는 잉어들도 일제히 수면 위로 뛰어올랐다. 프랑스제 샴페인 병을 따는 소리가 폭발하듯 울렸다.

천씨네 가족들의 테이블은 조용하기만 했다. 아무도 그들에게 관심을 보이지 않았다.

연회가 반쯤 진행되었을 때, 십자형 운하 위에는 수많은 플라스틱 잔과 술병이 떠다녔다. 수많은 시골 사람들이 비닐봉지에 테이블 위에 있는 음식을 담기 시작하더니 이어서 쇼핑백에 몰래 프랑스산 와인을 담았다.

다섯째가 나타났다. 하얀 레이스 양장 차림으로 얼굴 가득 미소를 띠며 백악관 안으로 들어선 그녀는 천씨네 가족들이 앉아 있는 테이블을 찾아 텐훙 옆에 앉았다. 천씨네 가족들의 테이블에는 손도 대지 않은 음식들이 그대로 남아 있었다. 다섯째가 자리에 앉으면서 말했다.

"텐훙, 넌 먹는 걸 그렇게 좋아하는데 왜 그릇이 비어 있는 거야? 왜 음식들이 그대로 남아 있지?"

아찬이 자리에서 일어서더니 다섯째를 한쪽으로 끌어내려 했다. 다섯째는 엄마의 손을 뿌리치고 자기 자리로 돌아와 앉아 젓가락을 들고는 음식을 마구 먹어 대기 시작했다. 무대 위에서는 왕씨네 큰아들의 치사에 이어 가수들이 노래를 하고 댄스 팀이 춤을 추고 있었다. 다섯째는 박수를 치면서 노래를 따라 했다.

"다들 뭘 걱정한 거예요? 난 아무 일 없다고요."

쑤제는 멀리서 다섯째가 가족들과 함께 앉아 있는 모습을 보고는 회심의 미소를 지으며 음식을 먹었다. 그러고는 손으로 예복을 꼭 움켜쥐고 주먹에 힘을 주었다.

"신부의 경주가 있겠습니다!"

누군가 그녀에게 레드 와인이 담긴 잔을 건네주었다. 그녀는 손에서 힘을 뺐다. 손바닥에 온통 빨갛고 빛나는 반짝이 조각이 붙어 있었다. 그녀가 떨어 낸 반짝이가 햇빛 아래서 핏빛으로 빛났다.

날이 아직 어두워지지 않았는데 풍수사가 왕씨 집안 사람들에게 길한 시각이 됐으니 불을 피워야 한다고 일깨워 주었다. 해가 아직 이글거리며 타고 있는데 수석 셰프는 디저트를 준비하기 시작했다. 밝은 하늘에 연기가 피어오르기 시작했다. 그리 짙은 연기는 아니었다. 백악관 지붕 위로는 회백색 연기가 짙어졌다. 부근의 나무 위에도 불꽃을 내는 장치가 설치되어 있었고, 불을 붙이자 갑자기 하늘을 향해 연기가 뿜어 올랐고, 깊은 잠에 빠져 있던 박쥐들이 놀라서 깼다. 바람이 불자 연기가 연회석을 향해 날아왔다. 디저트로 나온 탕위안(湯圓)에 재가 빠졌다. 연기는 갈수록 짙어졌다. 천천히 공기 속을 유동하는 폭포 같았다. 박쥐들이 연기를 뚫고 사방에서 날아올랐다. 연기는 10분쯤 피어오르다 사라졌다. 박쥐들은 보이지 않았다. 다섯째의 모습도 보이지 않았다.

신방의 안마 욕조와 물침대, 응접실의 대형 샹들리에와 연기는 모두 다섯째가 요구했던 것들이었다.

오랜 세월을 지나는 사이, 안마 욕조는 망가져 버렸다. 물침대는 여러 해 전에 가위로 갈래갈래 잘라 버렸다. 알프스의 눈 녹은 물이 방 안 가득 흘러 백악관의 계단을 적시고 중동에서 수입해 온 카펫에 스며들었다.

쑤제는 욕조를 가득 채운 더운물 속에 옷을 벗지 않은 채 들어가 누웠다. 그렇게 목욕을 하고 있던 차에 톈훙이 돌아왔다.

그녀는 여전히 불을 켜지 않았다.

불을 켜는 순간, 그녀는 자신의 두 손을 보게 될 것이다. 자세히 보면 그해 혼례 때 떨어 버리지 못한 예복의 반짝이가 손바닥의 주름을 억지로 펴면서 천천히 위로 떠오르는 게 보일 것이다.

24   더 많은 짝 잃은 장갑들을 찾아서

샤오촨은 부엌에 들어가 족발이 든 솥을 가스레인지 위에 올려놓고 데우기 시작했다. 이어서 국수를 삶았다. 국수는 아주 빨리 익었다. 건져 낸 국수는 다시 얼음이 담긴 물에 넣었다. 족발과 국물을 그릇에 담고 얼음물에 들어갔던 국수를 건져 함께 국물에 담아 천톈홍 앞에 내놓았다.

수메이와 톈훙, 샤오촨 세 사람은 각자 족발 국수를 한 그릇씩 먹었다. 족발은 갈색으로 빛났고 국물은 아주 진했다. 저녁 식사 시간이었지만 톈훙은 식욕이 전혀 없었다. 너무 더웠다. 실내 온도가 그의 등짝에 우물을 파서 물을 빨아들이는 것 같았다. 그는 억지로 두 젓가락 먹었다. 국수는 부드럽고 매끄러웠으며 족발은 살이 많고 맛있었다. 정말 맛있었다. 하지만 뜨거운 국수가 두 젓가락 목구멍을 타고 들어가자 빨갛게 타는 숯 같았다. 침묵이 세 사람 사이에서 빠르게 팽창했다. 세 사람 모두 뭔가 말을 하고 싶어 했다. 뭔가 말을 해야 한다는 강박을 느꼈다. 하지만 말을 할 수 없었다. 침묵이 고온과 연합하여 목구멍을 눌렀다. 세 사람 모두 질식할 것만 같았다. 수메이와 샤오촨이 후루룩 소리를 내면서 힘껏 국수를 흡입하는 동안, 톈훙은 젓가락으로 그릇을 두드리며 뭔가 소리를 내서 침묵의 확산을 막으려 노력했다.

수메이는 정말로 말을 하고 싶어 미칠 지경이었다. 너 어쩌다 이렇게 마른 거야. 좀 더 먹어. 나중에 큰누나가 닭도 잡아 줄게. 잘 삶아서 탕을 만들어 줄 테니까 고기를 먹든 탕을 먹든 맘대로 해. 방금 감옥에서 나온 사람은 족발 국수를 먹어야 한다더구나. 그런데 나는 왜 국수를 먹어야 하는 건지 모르겠어. 둘째도 조금 있으면 올 거야. 셋째도 곧 도착할 거고. 너 기억나니? 어렸을 때 우리가 너에게 우유를 먹였던 것 말이야. 에휴, 나도 참 바보 같네. 네가 그걸 어떻게 기억하겠니! 하지만 난 생생하게 기억하고 있어. 엄마는 큰아들을 돌보는 데 정신이 팔려서 너를 아예 우리 자매들에게 맡겼지. 그러고 나서 엄마는 나중에 또 네가 우리 여자들 품에서 자랐기 때문에 남자다운 모습을 갖추지 못한 거라고 오히려 우리를 탓하더구나.

톈훙은 고개를 숙여 테라초 바닥의 커다란 균열을 내려다보았다. 균열은 생명을 지닌 듯 그의 시선 속에서 확장되었다가 다시 수축되었다. 벽의 하얀 칠은 벗겨져 있었다. 입체 추상화 같았다. 탁자 위에는 중원절 제물이 잔뜩 쌓여 있었다. 그 가운데는 왕씨네 비스킷도 몇 봉지 있었다. 그는 미간을 찌푸렸다. 누나는 어떻게 저 비스킷을 사서 귀신들에게 바칠 수 있단 말인가.

큰누나 수메이의 재봉틀 옆에는 갖가지 색깔의 장갑이 잔뜩 쌓여 있었다. 톈훙이 장갑을 한 켤레 집어 들었다. 왼쪽은 빨간색이고 오른쪽은 검은색이었다. 사이즈가 달라 짝이 맞지 않았다. 원단의 재봉도 완성되지 않은 상태였다. 큰누나는 마침내 할 말이 생각났다.

"이건 유럽으로 수출하는 장갑이야. 어쩌면 독일에도 팔릴지 몰라."

짝이 안 맞는 장갑. T, 기억해?

그와 T는 베를린 지하철을 타고 여기저기 길에 떨어진 장갑 한 짝을 찾아다녔다.

베를린의 봄은 갑자기 따뜻해졌다가 다시 추워졌다. T는 한 손으로 검은 개를 끌고 다른 한 손으로는 그를 잡고서 'Handschuh'를 찾는다고 말했다. 그는 사전을 찾아보았다. Hand는 손이고 Schuh는 신발이었다. 손 신발, 손에 신는 신발, 장갑이었다. 두 사람은 지하철을 탔다. 아무런 목적지도 없었다. 마음대로 타고 내리다가 다른 노선으로 갈아타기도 했다. T는 두 눈으로 객차와 역사 바닥을 훑다가 장갑을 발견하면 미친 듯이 즐거워하며 재빨리 다가가 주웠다. 짝을 잃은 수많은 장갑들이 사람들의 발에 밟혀 엉망진창이었다. T는 그런 장갑들을 조심스럽게 주워 다이아몬드나 금덩이처럼 애지중지했다. 그도 T를 도와 장갑을 주우면서 짝 잃은 장갑을 찾는 게 그리 어려운 일이 아니라는 사실을 알게 되었다. 하루 종일 두 사람은 베를린 곳곳을 누비고 다녔다. 배낭에는 각양각색의 장갑이 가득 들어 있었다. 재질과 모양, 색깔이 제각기 다른 장갑들이었다.

이렇게 남들이 흘리거나 분실한 장갑을 주워서 뭘 하려는 것일까?

언어가 힘을 잃었다. T의 영어 어휘에는 한계가 있고 그의 독일어는 아예 소통이 불가능한 수준이었다. 손에 들고 있는 사전에 의존하는 것도 의미가 없었다. 표제어에 대한 긴 설명 가운데 이해할 수 있는 단어는 몇 개 되지 않았다. 채소십금탕(什錦湯)*에서 완두콩만 건져 먹는 것 같았다. 완두콩으로 국 전체의 맛을 유추하는 건 무리였다. T의 입에서는 말이 줄줄 나오면서 손발이 춤을 추었다. 그러다가 의문으로 가득한 그의 표정을 보면 깔깔 웃으면서 그에게 키스했다. 이제까지 개방된 외부 공간에서 그에게 키스한 사람은 하나도 없었다. T는 막 만개하기 시작한 일본 벚꽃 아래나 방금 잎이 돋아나기 시작한 밤나무 아래서, 지하철 좌석에서, 강가와 옥상에서 그에게 키스했다. 주변 사람들을 무시하고 키스를 하면서 웃었다.

두 사람은 페리를 타고 반제 호수를 건너 호반의 소박한 마을 알트클라도(Alt-Kladow)로 갔다. 그는 호숫가에 앉아 셋째 누나에게 보낼 그림엽서를 썼다.

"나는 베를린 반제에 있어. 바다처럼 광활한 호수야."

지난번 타이베이에 갔을 때 그는 네이후에서 셋째 누나를 만나 호수가 보이는 카페 창가에 앉아 얘기를 나누면서 다후(大湖) 공원의 하얀 물새들이 날아오르는 모습을 바라보았다. 빛을 발하는 은빛 지하철 객차가 호숫가 녹지를 가로질러 지나갔다. 셋째 매

---

* 일반적으로 십금채소탕이라 부른다. 말린 민물고기를 우려 낸 육수에 호박과 버섯, 각종 푸른 채소를 넣고 조미하여 끓인 보양음식으로 혈압을 낮춰 주고 몸을 따스하게 하며 소화와 흡수를 돕는다. 자주 먹으면 감기를 예방할 수 있다.

형이 갑자기 집에 돌아와 그를 보았는데, 그 눈빛에 번개가 쳤다. 텔레비전에서 보던 것과 완전히 다른 모습이었다. 그는 서둘러 작별 인사를 건네고 자리를 떴다. 셋째 누나의 눈빛은 슬프고 고독하고 절망적이었다. 그런 눈빛을 그는 전에도 본 적이 있었다. 징쯔총이 물탱크에서 기어 나올 때, 샤오촨이 작별 인사를 할 때, 다섯째 누나가 고개를 들어 넷째 누나 결혼식장에 피어오르는 연기를 바라보던 때의 눈빛이 이랬다.

이른 봄이라 만물이 소생하는 가운데 공기는 더없이 맑았다. 연인들의 모습도 신선하기만 했다. T는 그를 데리고 숲으로 들어가서는 'Bärlauch'를 찾아야 한다고 말했다. 곰파를 찾는다고? 아니면 곰을?

숲에는 마른 잎 사이사이에 수많은 비췻빛 잎새들이 돋아나고 있었다. 개는 마음대로 부드러운 숲속 그늘을 찾아 깊은 잠에 빠졌다. T는 땅 위의 푸른 잎을 따서 손바닥으로 비비더니 손끝을 그의 코에 가져다 댔다. 희미하게 시금치 냄새가 났다. 아, 이게 바로 곰파구나! 잎은 길쭉하면서도 폭이 넓었다. 색은 비췻빛이었다. T는 자루를 꺼내 들고 야생 곰파를 따기 시작했다. 햇빛이 나뭇잎 사이를 뚫고 쏟아져 들어왔다. 숲속에는 엷은 안개가 한 겹 깔려 있고 새들과 벌들이 요란하게 노래하고 울어 댔다. 그는 어린 시절의 양타오 과수원이 생각났다. 갑자기 몹시 졸렸다. 부드러운 숲속 땅이 자석처럼 그의 몸을 지면으로 잡아당기는 것 같았다. 땅바닥에 누워 눈을 감은 그는 금세 꿈속으로 빨려 들어갔다. 그러다가 T의 몸이 위에서 누르는 바람에 정신을 차렸다. 하지만 몸은 여전히 꿈속에 깊이 빠진 채 현실로 돌아오고 싶어

하지 않았다. T는 곰파 잎을 씹으면서 그에게 키스했다. T는 곰파의 냄새를 그의 이와 혀 사이로 전달했다. 그의 입에 숲이 하나 생겨났다.

T와 그는 작은 아파트로 돌아오자마자 먼저 버터 한 덩이를 프라이팬에 녹인 다음 잘게 썬 마늘과 곰파를 넣고 재빨리 볶았다. 이어서 버터만 그릇에 따라서 창밖에 내놓고 응고시켰다. 볶은 곰파는 잘 씻어 천으로 싸고 대충 묶어 매듭을 지었다. 손으로 공중에서 몇 번 흔들자 원심력에 의해 곰파의 수분이 분리되었다. 곰파를 믹서에 넣은 다음 마늘과 올리브유에 볶은 잣, 약간의 소금과 후추를 넣고 전부 한데 섞자 신선한 곰파 청장(靑醬)이 완성되었다. 이렇게 만들어진 청장은 유리병에 넣어 두고 빵에 발라 먹거나 국수에 넣어 먹을 수 있었다. 샐러드 소스로 쓸 수도 있었다. 봄의 추위 덕분에 창밖에 내놓은 버터는 아주 빨리 응고되었다. T는 검은 빵을 가져다 먼저 곰파 버터를 바른 다음, 치즈를 한 조각 얹었다. 이어서 방금 완성한 청장을 발랐다. 그리고 그 위에 신선하고 손상되지 않은 곰파 잎을 몇 장 얹고 마지막으로 햄을 얹었다.

그는 T가 만든 샌드위치를 받아 한 입 깨물어 먹는 순간 눈물이 솟구쳤다. 어떻게 이렇게 맛있는 샌드위치가 있을 수 있단 말인가. 곰파는 온몸의 기관을 각성시키는 마력을 지닌 걸까. 겨우한 입 먹었을 뿐인데 입안에 봄이 찾아오고 식도에 꽃이 반발했다. 위가 따뜻해지고 몸 전체가 호숫가의 그 사람 하나 없는 숲으로 돌아갔다. 맞은편에 앉아 있는 저 낯선 사람은 누구일까? 몇살일까? 어디서 왔을까? 어디로 가는 길일까? 왜 매일 우리 집에 있는 것일까? 여기가 그의 집일까? 그는 왜 내게 저녁 식사를 차려 주는 것일까? 왜 내게 첼로 연주를 들려주는 것일까?

며칠 후 T는 그를 어느 화랑의 전시회 개막식에 데리고 가겠다고 말했다. 그는 군중이 두려웠다. 낯선 사람들이 두렵고 사람들과의 교제가 두려웠다. 결국 그는 고개를 가로저어 거절의 뜻을 밝혔다. 그는 온갖 어휘를 다 동원하여 해명을 시도했지만 말을 하면 할수록 T의 얼굴에선 의문 부호만 커져 갔다. T가 거칠게 화를 내고 소리를 지르면서 술잔을 던져 버렸다. 유리가 깨져 바닥에 흩어졌다. T는 검은색 옷을 전부 챙겨 입고 검은색 첼로를 집어 들고는 검은 개를 데리고 가 버렸다.

그는 하기 힘든 혼자만의 저녁 식사와 조용한 글쓰기의 시간으로 돌아왔다. 그는 아주 어렸을 때부터 억지로 작별 인사를 배웠고 그에게 T는 그저 낯선 사람일 뿐이었다. 어차피 그는 머지않아 베를린을 떠나 타이베이로 돌아갈 예정이라 그와 너무 복잡하게 얽힐 필요가 없었다.

깊은 밤에 전화벨이 울렸다. 그는 이미 깊은 잠에 빠져 있던 터라 그냥 무시하고 싶었다. 전화벨은 계속 울렸고 결국 그를 억지로 침대에서 끌어 내렸다. 수화기에서는 왕왕 개 짖는 소리가 들려왔다.

T는 개를 그의 작은 아파트에 남겨 두고서 그를 데리고 밖으로 나섰다. T가 말했다. 오늘 밤에는 너랑 나뿐이야. 다른 사람은 없어.

달이 휘영청 밝았고 별들이 반짝였다. 두 사람은 길을 걸으면서 아무 말도 하지 않았다. 서로 1미터 정도의 거리를 유지하면서 수없이 많은 작고 어두운 거리들을 걸었다. 아주 오래 걷다가 일본 벚꽃으로 가득한 거리로 들어섰다. 벚꽃이 분노한 듯 만개하여 거리가 온통 분홍빛 꽃잎이었고, 허공에 희미한 향기가 떠다녔다. 향기는 무척이나 희미하여 깊은 밤 인적이 없는 베를린의 길거리에서 심호흡을 해야만 간신히 코로 느낄 수 있었다. T의 검은색 외투에 분홍색 꽃잎이 달라붙었다. T가 손을 내밀었다.

두 사람은 손을 잡고 어느 화랑에 도착했다. T가 열쇠로 문을 열고 불을 켠 뒤 의자를 가져다가 그에게 앉으라고 하고는 다시 불을 껐다.

화랑 한가운데에는 작은 모래 언덕이 하나 있고, 천장에는 그들이 함께 찾았던 장갑이 잔뜩 매달려 있었다. 그는 첼로를 세워 놓고 연주를 시작했다. 장갑들이 음악의 파동에 의해 가볍게 흔들리자 장갑 안에 설치해 놓은 반짝거리는 LED등이 켜졌다. 수많은 소형 장난감 트럭들과 기차들이 움직이기 시작하더니 모래 언덕 위로 기어 올라갔다. 첼로 연주가 멈추자 장갑들도 가벼운 움직임을 멈췄다. 트럭들도 일제히 브레이크를 밟았다. 모래 언덕은 원래의 정적을 회복했다.

그가 힘껏 박수를 치자, 매달려 있는 장갑들이 미세하게 흔들렸다. 그는 모래 언덕을 어루만졌다. 가늘고 부드러운 모래였다. 모래 언덕 위에는 나무로 궤도를 설치해 놓았는데, 소형 장난감 트럭이 올라갔다가 내려올 수 있게 되어 있었다. 목공의 수준이 아주 정교했다. T는 이 모든 것을 자신이 직접 만들고 설치했다고 했다. 모래 언덕 맨 위에는 잠수함 모형도 하나 있었다. 잠수함은 소리의 통제를 전혀 받지 않고 조용히 누워 있었다.

T는 'Ostsee'의 모래라고 말했다. Ostsee, 동해, 즉 발트해였다.

T는 자신이 발트해 출신이라고 밝히면서 언젠가 나를 자기 고향집에 한번 데려가겠다고 말했다. 그곳에는 잠수함이 한 척 있다고 했다.

여름이 찾아오자 그들은 또 곰파 숲으로 갔다. 이번에는 곰파에 이미 작고 하얀 꽃이 피어 있었다. 꽃잎이 여섯 개인 작은 꽃이었다. 멀리서 보면 마치 숲속 가득 흰 눈이 내린 것 같았다. T는 곰파에 꽃이 피면 맛이 없어진다고 했다. 쓴맛이 나기 때문에 따지 않는다고. 두 사람은 황금빛 빛줄기로 반짝거리는 호수로 들어갔다. T의 머리칼은 여름이 되면 색이 약간 흐려졌다. 햇빛과 같은 색이었다. T가 말했다. 가지 마. 타이완으로 돌아가지 마. 우리 같이 더 많은 짝 잃은 장갑을 찾으러 가야 해.

그때 그는 이미 T가 베를린에 거처할 곳이 없어 친구들이 공동으로 세낸 아파트의 소파에서 잔다는 것을 알았다.

그는 곧 문학 협회에서 제공한 이 아파트를 떠나야 했다. 베를린에 남는다면 두 사람이 어디에서 산단 말인가?

아주 오래 찾아다니고 수많은 아파트를 둘러본 끝에 마침내 두 사람은 베를린 동쪽에 있는 아주 싼 아파트를 임대할 수 있었다. 지하철역에서는 멀지만 사탕 공장에서 아주 가까운 곳이었다.

큰누나 수메이의 전화가 울렸다.

"여보세요, 수리, 지금 용징역에 있어? 나야, 나. 나라고."

수메이는 톈훙을 한 번 쳐다보고는 고개를 돌려 다시 샤오촨을 바라보았다.

"내가 사람을 보내 줄게! 어디 가지 말고 거기서 조금만 기다려. 그가 차를 몰고 금방 갈 거야! 그런데 밥은 먹었어? 우린 지금 족발 국수를 먹고 있거든!"

큰누나의 목소리는 아주 낭랑했다. 나이가 들어도 데시벨이 줄어들지 않았다. 천씨 집안 여자들은 목소리가 꼭 종소리 같았다. 그녀들이 울고 웃고 싸우고 욕하고 노래하는 소리를 작은 시골 어디에서나 들을 수 있었다. 베를린 교도소의 아주 조용한 새벽이면 천씨 집안 여자들의 목소리가 들려왔다.

샤오촨이 손으로 입에 묻은 기름을 닦았다.

"둘째 누나 마중하러 갔다 올게. 가는 김에 닭갈비도 좀 사 올까? 네 옛날 동창생이 만들어 파는 거야. 과거에 스트립쇼 하던 그 여학생 말이야. 국수를 몇 젓가락 안 먹은 것 같은데 배고프지 않아?"

스트립쇼 하던 여자 동창생이 만드는 닭갈비?

그는 아주 오래 닭튀김을 먹지 않은 데다 정말로 배가 고프지 않았다. 하지만 닭갈비 튀김을 보면 먹고 싶어질지도 모를 일이었다. 그는 샤오촨을 향해 고개를 끄덕였다.

그는 시선에서 멀어지는 샤오촨의 소형 트럭을 바라보았다. 샤오촨에게 한 번도 말한 적 없는 일이 한 가지 있었다.

중학교 담임 선생이 집으로 찾아와 그가 샤오촨을 유혹한 변태라고 말한 적이 있었다. 그때의 일을 그는 선명하게 기억하고 있었다. 담임 선생이 그의 부모님에게 말했다.

"우리 샤오저우는 앞으로 타이완 대학교에 들어가 의사가 될 겁니다. 그런데 댁의 변태 녀석 때문에 화가 나서 죽겠어요. 댁에서 알아서 자식 관리 좀 잘하세요! 어떻게 이렇게 재수 없는 일이 있을 수 있나요? 어떻게 염병할 동성애자 변태 녀석이 우리 반을 전염시킬 수 있냔 말이에요! 이런 사실이 외부에 알려지면 우리 샤오저우가 앞으로 어떻게 결혼을 할 수 있겠어요!"

부모님은 담임 선생에게 그를 전학시키겠다고 약속하면서 샤오촨과 다시는 어울리지 않게 하겠다고 다짐했다. 다음 날 학교에 간 그는 참지 못하고 쪽지를 하나 써서 반 전체가 국기 게양식을 위해 운동장에 집합한 사이에 몰래 샤오촨의 책가방에 집어넣었다.

그는 한 가지 사실을 잊고 있었다. 이 담임 선생은 종종 반 학생들 전체가 국기 게양식을 위해 운동장에 나가 있는 사이에 자기 반으로 돌아와 모든 학생의 책가방을 열어 금지 물품이 있는지 조사하곤 했다. 그날 그녀는 만화책 두 권과 VHS 비디오테이프, 영화 잡지 한 권, 소설 한 권, 쪽지 한 장을 찾아내 압수했다.

국기 게양식이 끝나자 담임 선생은 모든 금지 물품을 꺼내 놓고 위반한 학생들을 하나하나 처벌했다. 등나무 회초리로 손바닥을 때리거나 영어 작문을 시켰다. 손바닥으로 따귀를 때리거나 욕설이 섞인 유산(硫酸)을 분사하기도 했다. 하지만 그 쪽지는 꺼내 놓지 않았다.

학교가 파하고 나서 그는 자전거를 끌고 추풍나무 아래로 가 샤오촨을 기다렸다.

그는 샤오촨에게 하고 싶은 말이 있었다. 내게 수영을 가르쳐 줘서 고마워. 난 전학을 가게 될 것 같아. 잘 있어.

샤오촨은 오지 않고 대신 담임 선생이 왔다.

담임 선생은 다른 학생들 둘을 데리고 왔다. 나무 아래서 담임 선생은 두 학생에게 그가 움직이지 못하도록 몸을 꽉 잡게 한 다음 그에게 마구 발길질을 해 댔다.

그가 머리를 감싸 쥐고 있을 때 그의 형 천톈이가 자전거를 타고 그 앞을 지나갔다. 그가 형에게 도움을 청했지만 천톈이는 고개도 돌리지 않고 힘주어 자전거 페달을 밟아 빠른 속도로 멀어져 갔다.

그는 따귀 때리기와 주먹질, 욕설을 고스란히 견뎌 내야 했다. 곧 죽을 것 같다는 생각이 들었다.

그를 구해 준 사람은 과거에 같은 반 친구였던 스트립쇼 여학생이었다.

25 원대한 꿈, 용징의 빛

너는 하고 싶은 말이 아주 많아. 네 큰누나도 하고 싶은 말이 아주 많지. 하지만 목구멍의 갑문이 굳게 닫혀 있어서 하고 싶은 말이 나오질 못하고 마음속에 쌓여 작은 모래 언덕을 이루고 있구나. 네 마음속에는 모래 언덕이 하나 있지. 네 큰누나의 마음속에는 사라진 산언덕이 있고. 나는 다른 사람들에게 다 말하고 싶다. 사람들을 찾아 다 말하고 싶다. 하지만 또 남들에게는 말하고 싶지 않기도 하다. 마음속에 넣어 두고 있는 게 가짜인 것 같을 때가 있다. 입 밖에 내야 진짜가 되는 것 같다. 그래서 말하지 않는 거다. 침묵은 일종의 도피다. 마음속에 감춰 두고 있는 거지. 내가 죽으면 비밀도 따라 죽을 것이고.

나는 살아 있을 때 거의 말을 하지 않았다. 마음속에 커다란 산이 하나 감춰져 있었기 때문이다. 함께 가기로 약속했던 산, 영원히 도달할 수 없는 산.

너는 먼저 가서 목욕을 했다. 네가 나이가 든 만큼 타운 하우스의 수도관도 낡았다. 땀이 큰 강을 이루었는데, 샤워기 노즐에서는 물이 아주 약하게 흘러나올 뿐이었다. 욕실 타일에는 검정 곰팡이가 가득하고 목욕 용품을 놓아두던 나무 선반은 이미 무너져 내렸다. 기억하니? 이 나무 선반은 네 형이 직접 만든 거였지.

너는 품이 넉넉한 반팔 상의와 반바지로 갈아입고 나서 작은 나무 의자를 찾아 큰누나 옆에 가서 앉았다. 그 의자 역시 네 형이 직접 만든 것이었지. 이렇게 오랜 세월이 흘렀는데도 의자는 아주 튼튼했다. 나무 표면은 아주 반들반들해졌지. 큰누나의 재봉틀에서 나는 거대한 굉음이 자매들 사이의 침묵을 완전히 쫓아 버렸다. 얼마나 시끄러웠는지는 굳이 말할 필요도 없겠지. 큰누나는 계속 열심히 일을 했고, 너는 그 등받이 없는 작은 의자에 앉아 밖을 내다보았다. 타운 하우스의 대문은 활짝 열려 있었다. 집 밖의 용징은 이미 어둠에 점령되었고, 가로등이 켜져 있었다. 작고 까만 모기들이 어둠을 보호색으로 삼아 너의 두 다리를 조준하기 시작했다. 재봉틀이 잠시 숨을 고르는 아주 짧은 시간 동안 지지직 소리가 났다. 아, 너는 아주 오래 이 소리를 듣지 못했다. 도마뱀이 내는 소리 말이다. 네가 창가로 다가가 유심히 살펴보니 방충망 위로 갈색 도마뱀 한 마리가 살금살금 기어가 작은 모기를 잡고 있었다. 아주 먼 곳에서 따스한 바람이 불어오며 연기와 더위, 습기를 실어다 타운 하우스에 내려놓았다. 바람이 너의 얼굴과 다 마르지 않은 머리칼을 어루만지고, 귀와 수염 자국이 남아 있는 볼을 스치고 지나갔다. 너는 누군가 자신에게 속삭이는 소리를 들은 것 같았다.

말은 어디서 오는 걸까? 뇌에서? 목구멍에서? 아니면 마음에서 오는 걸까?

가끔은 말이 바람으로부터 오기도 하지.

너희 엄마는 글을 읽지도 못하고 쓰지도 못했지만 바람 소리를 내는 방법은 알고 있었다. 사방에서 입으로 소문을 퍼뜨리고 나서 바람이 불기를 기다렸다. 말이 바람을 따라 흩어져 사람들의 입과 귀로 들어가면서 소문이 멀리 전파되고 무수한 귀로 전달되는 거다.

너희 엄마는 대규모 재래시장에 가서 돼지고기 노점 주인을 상대로 물건 값을 깎으며 자연스럽게 소문을 퍼뜨렸다. 왕씨네 그 어린 아들이 방금 대학을 졸업하고 돌아왔는데, 품행이 바르지 못해 어린 남자 아이들에게 접근하고 있다고.

공심채를 살 때도 여주인에게 다가가 속삭였다. 왕씨네 그 징쯔총 있잖아요. 학력이 아주 높다는 그 친구 말이에요. 왜 양타오 농사를 짓는 그 돼지 같은 젊은이 있잖아요. 그 녀석은 여자를 찾지 않고 남자를 찾는대요.

청자오마에 가서 독경단 훈련에 참가할 때도 단원들에게 말했다. 그 징쯔총 있잖아요, 왕씨네 막내아들이요. 매일 빨간 반바지를 입고 다니는 그 친구 말이에요. 거 왜 겨울에도 빨간 반바지를 입고 다니는 녀석 있잖아요. 겉으로는 양타오를 재배하는 것 같지만 사실은 초등학교 남학생들을 양타오 과수원으로 끌어들여 마구 더듬고 만지고 한대요. 쉿, 다른 사람들에게는 절대 말하면 안 돼요!

청자오마 바로 옆에 도축장이 하나 있었다. 도축업자는 수도에 연결된 호스로 피로 붉게 오염된 시멘트 바닥을 씻어 내고 있었다. 철철 넘쳐흐르는 요란한 물소리의 엄호 속에서 너희 엄마는 도축업자에게 신비한 비밀을 애기했다. 절대 다른 사람한테 말하면 안 돼요. 집에서 징쯔총이라고 불리는 그 왕씨네 청년 말이에요. 아, 맞아요. 징쯔총이란 말은 원래 싹수없는 멍청이란 뜻이잖아요. 그 멍청이가요, 알고 보니 타이베이에서 사고를 치는 바람에 용징으로 돌아오게 된 거래요. 소문에 의하면 어린 남자 아이들을 좋아한대요. 도축업자는 수도꼭지를 돌려서 물줄기를 가장 크게 틀어 돼지 피 찌꺼기를 청자오마와 그 옆에 있는 밭으로 흘려보냈다. 비밀도 그 핏물을 따라 흘러갔다.

너는 펜과 키보드로 소설을 썼지만 너희 엄마는 입으로 소설을 썼다. 입으로 이야기를 지어낸 다음, 그 위에 색을 입히고 인물을 첨가하여 소문을 만들었다. 사람들은 허황된 소문일수록 더 잘 믿게 되는 법이다. 소문의 바이러스는 침을 통해 전파되면서 무수한 사람들의 입을 거쳐 수많은 낯선 사람들에게 옮는다. 그런 소문은 추풍나무도 듣고 양어장의 물고기들도 듣게 된다. 베틀후추밭도 듣고 국화도. 마지막으로 떠돌아다니는 귀신들도 듣게 된다. 바람이 불면 소문은 바람에 말려 모든 사람의 귓가로 전파되는 거다.

당시 나는 거의 말을 안 하는 편이었다. 물론 말을 전하지도 않았다. 하지만 아찬이 퍼뜨린 바람 소리는 시골 전체에 전파되고 있다가 마침내 내 귀에까지 들어오게 되었다. 소문은 변이와 변주를 거쳐 각종 판본으로 빠르게 퍼져 나갔다. 바람 소리 속의 징쯔총은 이미 전문적으로 어린 남자 아이들을 유혹하는 변태가 되어 있었다.

네 엄마는 아주 똑똑한 여자였다. 날조한 이야기 속에 너는 아예 존재하지 않았다. 너는 어떤 판본의 이야기에도 등장하지 않았다. 하지만 그 소문 속의 이야기들은 모두 희미하게나마 한 소년의 모습을 담고 있었다. 얼굴이 희미하다는 것은 이야기의 수단이었다. 피해자의 윤곽이 뚜렷하지 않아야 사람들의 상상력이 미친 듯이 왕성해지고 더 많은 동정과 분노를 소환하게 되니까. 물론 두려움도 섞여 있지만.

소설을 쓰는 너의 재능은 어쩌면 네 엄마에게서 온 것인지도 모른다. 네 엄마가 까무러친 어린아이의 혼을 부르던 일을 기억하니? 쌀알 하나를 마주하고서도 네 엄마는 소설 한 권을 써 낼 능력을 갖고 있었다. 이야기 속에는 광풍도 있고 거센 비와 악귀들도 숨어 있었다. 네가 종이 위에 이야기를 쓰는 동안 네 엄마는 쌀 위에 파도를 일으켰다.

목숨이 붙어 있던 마지막 몇 년 동안 나는 묘당에서 혼자 생활했다. 네 책이 출판될 때마다 네 누나들이 내게도 가져다주면서 읽어 보라고 하더구나. 나는 책을 많이 읽지 않았다. 중학교 졸업이 내 학력의 전부지. 네가 쓴 그 이야기들에는 나도 등장하더구나. 분명히 나였어. 나는 내가 네 소설을 이해하지 못할 거라고 생각했다. 하지만 다 알겠더구나. 그 느낌을 뭐라고 해야 좋을지 모르겠다. 귀신도 말이 막힐 때가 있으니. 하지만 나는 네 소설을 한 글자 한 글자 다 읽고 이해할 수 있었다. 한 권 한 권 다 읽었다. 암 말기 환자는 매일 시간을 헤아린다. 하지만 하루하루가 아주 두꺼운 소설 같아 다 읽지도 못했고, 다 지나가지도 않았다. 덕분에 결국 네 소설을 다 읽을 수 있었다. 다 읽었지만 잠을 이룰 수가 없었다. 꿈이 그 글자들, 그 이야기들로 가득 채워졌으니까.

기억나니? 네가 문학상을 받았던 일 말이다. 신문 문예란에 네가 상을 받았다는 소식이 보도되었다. 너는 아예 우리에겐 얘기도 해 주지 않았다. 일반적으로 우리 이 작은 시골에는 신문의 문예란을 읽는 독자가 거의 없었다. 하지만 용징향 공소의 직원 하나가 신문을 뒤적거리다가 그 기사를 읽었다. 너의 약력을 살펴보니 장화 용징 사람이었던 거야. 그래서 곧장 컴퓨터의 호구 정책 시스템에 들어가 너의 호적지 주소를 찾아냈다. 당시는 한창 선거를 준비하던 때였다. 당시 향장은 연임을 쟁취하기 위해 자신에게 유리할 모든 기회를 파악하고 있었다. 이 직원은 신문 기사를 오려 향장의 책상 위에 올려놓고는 지시를 기다리면서 좀 더 자세히 조사를 진행했다. 알고 보니 네가 바로 향장 천톈이의 친동생이었던 거야. 전임 향장 천톈이는 경쟁자를 큰 표 차로 누르고 당선됐었다. 뇌물 수수와 부패 혐의로 감옥에 가는 일만 없었다면 지금도 향장 직을 유지하고 있었을 텐데. 전임 향장의 친동생과 함께 사진을 찍을 수 있다면 당파를 초월하는 후보라는 인상을 만들어 낼 수 있고, 그것은 아주 훌륭한 선전 소재가 될 수도 있었다. 그렇게만 된다면 다가오는 선거에서 상대 정당의 표를 빼앗아 올 결정적 동력을 얻어 연임에 성공할 수도 있었다. 그들은 곧장 표창장과 편액을 준비하고 용징의 우수한 인재의 수상을 축하하는 행사를 벌이기로 결정했다.

그들은 그렇게 집으로 너를 찾아왔다. 마침 네 큰누나가 집에 있었다.

"실례지만 큰누님 되시나요? 동생은 지금 어디에 있나요?"

네 큰누나가 열심히 재봉틀을 돌리면서 대답했다.

"제 동생이요? 제 동생은 앞으로 몇 년 더 있어야 나와요. 엄마가 오늘 그 애를 면회하러 갔어요."

"아, 그게 말이에요, 큰누님, 아마 오해를 하고 계신 것 같네요. 저는 또 다른 동생을 말하는 거예요."

등나무 의자에 앉아 있던 내가 몸을 일으키면서 네가 타이베이에 있다고 말해 주었다. 아주 오래 고향에 오지 않았다고도 했다. 향 공소 직원은 내게 신문 기사 오린 것을 보여 주면서 축하 인사를 건네더구나. 네가 아주 큰 상을 받았고, 상금도 적지 않다고 하더라고. 그런 내용이 전부 신문에 났다고 했다. 그들은 너를 고향의 우수 인재로 표창하고 싶다면서 너와 연락을 취할 수 있게 해 달라고 하더구나. 고향에 내려와 표창을 받게 해 달라고.

우리는 너를 찾을 수 없었다. 전에 사용하던 전화번호는 이미 없어졌으니까. 우리는 네가 어디에 살고 있는지 알 방법이 없었다. 향 공소의 직원은 상관없다고, 내가 가서 대신 표창장을 받고 사진만 한 장 찍으면 된다고 말하더구나. 그러면서 그 직원은 예전에 천톈이가 자신을 아주 잘 보살펴 주었다면서, 이번 기회에 우리 천씨 집안에 제대로 감사의 뜻을 전하고 싶다고 했다.

얼마 후 향장이 문 앞에 나타나더니 직원이 커다란 편액을 하나 내밀더구나. 거기에는 '원대한 꿈, 용징의 빛'이라고 쓰여 있었다. 편액 아래에는 조악한 그림도 하나 그려져 있었다. 커다란 솔개 한 마리가 중국의 장성 위를 날아가는 그림이었다. 그 위에는 향장의 이름도 새겨져 있었다. 네 이름보다 훨씬 더 큰 글자였다. 나랑 네 큰누나는 당시의 향장과 그 편액을 들고 타운 하우스 앞에서 사진을 찍으며 아주 어색한 미소를 지었다. 사진 촬영이 끝나자 향장은 우리에게 악수를 청하고 고개 숙여 인사를 하고는 내 귀에 대고 한마디 속삭이더구나.

"이번 선거에서 적극적인 지지를 부탁드립니다!"

나는 편액을 바라보면서 정신이 나간 사람처럼 멍한 표정을 짓고 있었다. 편액 위의 장성은 나도 여러 번 가 봤다. 중국 대륙과 타이완 사이에 친지 방문이 개방되던 해에 라오왕과 함께 홍콩을 거쳐 베이징으로 가서 장사를 했으니까. 함께 장성에 올라갔을 때 라오왕이 말했다.

"이곳에서 우리는 아주 큰 돈을 벌게 될 겁니다. 그런데 뭘 팔아야 할까요? 그들에게 부족한 것이 무엇인지 알아서 그걸 구해다 팔면 되는 거예요."

베이징의 현지 관광 안내원은 젊은 여자들을 몇 명 데리고 와서는 우리와 함께 장성에 오르게 했다. 라오왕이 말했다.

"장성에 오르지 못하면 사내대장부가 아니고, 일단 올랐으면 즐겁게 껴안고 만지고 해야 진정한 대장부예요. 이 여자애들은 영양 상태가 안 좋아서 너무 마른 것 같네요. 앞으로 잘 좀 먹어야 할 것 같아요. 식품을 가져다 팔면 장사가 좀 될 것 같네요. 겉포장에는 일본어를 몇 자 인쇄하고 말이에요. 대륙 사람들은 항일 정신 운운하면서 일본 놈들을 다 때려 죽여야 한다고 말하지만, 사실은 일본인들을 무척 부러워하거든요. 일본 식품인 것처럼 꾸며서 팔면 아주 잘 팔릴 거예요. 우리 함께 적당한 공장을 물색하고 설비를 찾아봅시다. 자금도 좀 융통해 보고요. 한밑천 잡으면 용징으로 돌아가 조상들이 살던 옛집을 다 허물고 호화빌딩을 짓는 거예요."

나중에 베이징은 온통 은색 물탱크로 변했다. 내가 라오왕에게 말했다.

"여자아이들이고 장성이고 간에 라오왕이 다 가져요. 나는 베이징에서 아무것도 원하지 않으니까요."

그날 네 형 면회를 마치고 돌아온 네 엄마는 '원대한 꿈, 용징의 빛'이라는 문구를 보더니 테라초 바닥에 주저앉아 엉엉 울더구나. 그렇게 어렵사리 아들 둘을 낳았더니 하나는 감옥에 들어가 있고 하나는 그림자도 볼 수 없다고 넋두리를 하면서.

당시 우리는 네가 이미 독일에 가 있다는 것을 알지 못했다.

다시 너의 소식을 듣게 되었을 때 너는 '결혼'을 하겠다고 말했다. 결혼 상대는 너보다 열몇 살이나 어린 독일 남자였다.

네가 결혼을 하려 한다는 소식을 듣던 날에는 마침 태풍이 불었다. 네 엄마는 노발대발하면서 '원대한 꿈, 용징의 빛'이라고 쓰인 편액을 옥상으로 가져가 바람에 날려 버리려 했다.

항상 모든 게 바람이었다. 무얼 어떻게 하든지 전부 바람이었다. 바람이 모든 일을 망쳐 버렸다. 바람은 죽도록 불길하기만 했다. 바람은 안 좋은 소문을 퍼뜨리고 모든 것을 망가뜨렸다.

청자오마에서 영화 봤던 거 기억하니? 갑자기 큰 바람이 불어 노천 영화관의 스크린이 날아가 버렸다. 네 엄마는 뿔뿔이 흩어져 몸을 피하던 인파 속에서 너를 찾았다. 당시 너는 징쯔총의 허벅지 위에 앉아 있었다.

귀신들의 땅

26   산속에 있지도 않고
                   바람 속에 있지도 않고

텐훙은 등받이 없는 의자에 앉아 있었다. 장갑으로 이루어진 작은 산에 등을 기댄 채 잠들어 있었다.

그렇게 자는 모습이 무척 불편해 보였지만 텐훙은 아주 빠르게 깊고 어두운 꿈속으로 빠져들어 갔다. 방금 목욕을 마치고 앉아 전혀 움직이지 않았는데도 온몸에 땀이 흘렀다. 그는 부드러운 장갑 더미에 등을 기대고 있었다. 눈을 감은 채 자신의 온몸이 축축하게 젖어 구불구불한 워터슬라이드 안으로 들어가는 꿈을 꾸고 있었다. 졸졸 물소리가 들리고 몸에 가속도가 붙어 고속으로 워터슬라이드 입구를 향해 돌진하더니 깊고 넓은 바다 속으로 떨어져 들어갔다. 계속 아래로 내려가 끝없는 심연 속으로 빠져들었다.

꿈속에서 그는 그곳이 용징의 용싱 수영장인지 아니면 발트해인지 구별할 수 없었다.

수메이는 마음속으로 천씨 집안의 아이들은 언제 어디서든 잠들 수 있는 것 같다는 생각을 했다. 잠자리 재질과 장소를 가리지 않고 아무 데서나 잘 수 있었다. 나무판이나 시멘트 바닥, 풀밭, 소파나 물침대 위, 벽돌 위, 나무 밑, 밭 가장자리, 자동차 안 등 모든 곳이 잠자리였다. 누워서도 자고, 앉거나 서서도 잤다. 평평하게 누워도 잘 수 있고 몸을 구부려도 잘 수 있었다. 몸 둘 만한 곳이 없어도 최소한 누울 수 있는 곳이기만 하면 잘 수 있었다. 예전에 엄마는 항상 이렇게 말했다. 가서 자. 실컷 자. 천지가 아무리 크다 해도 배불리 실컷 자는 것만 못하지.

수메이와 남편이 옆집에서 이사해 들어왔다. 샤오가오 난원도 옆집 뒷마당에서 이 집 뒷마당으로 옮겨 왔다. 엄마는 세상을 떠나기 전에 샤오가오의 난원에서 잠자는 걸 가장 좋아했다. 점심 식사를 마치면 엄마는 수메이의 재봉틀 소리가 싫어 뒷마당으로 가서 침대 의자에 몸을 묻은 채 코 고는 소리로 난초와 닭들을 상대로 대화를 했다. 엄마의 코 고는 소리는 나팔 소리 같았다. 구강과 비강, 흉강이 동시에 진동하면서 동관(銅管) 악기의 음질 비슷한 우렁찬 소리를 냈다. 수메이의 재봉틀 소리보다 더 시끄러웠다. 엄마가 코를 골기 시작하면 요란하게 울어 대던 수탉들이 오히려 입을 다물고 샤오가오 난원 한구석으로 가서 발을 하늘로 쳐들고 누워 깊은 잠에 빠져들었다. 이때가 닭을 잡을 최적의 순간이었다. 수메이는 이런 기회를 놓치지 않고 줄로 닭의 두 발을 묶었다. 수탉은 잠에서 깨자마자 닭백숙이 되고 말았다.

그 산이 사라진 뒤로 수메이와 남편은 철저하게 파산했고 빚이 목을 조였다. 이미 어른이 된 두 아이는 용징을 떠나 중국에서 일하며 1년에 한 번씩 집에 돌아왔다. 바로 곁의 옛집에는 엄마 아버지 두 사람만 남아 있었다. 아버지가 말했다.

"그냥 이 집으로 들어와. 어차피 담장 하나 사이잖아. 네 엄마는 매일 내게 싸움을 걸지만 나는 아예 아무 말도 안 해. 네 엄마는 말싸움할 대상이 없으면 기분이 안 좋아지잖아. 네가 들어와서 방세도 절약하고 네 엄마와의 말싸움을 도맡아 줬으면 좋겠다."

남편은 그녀와 상의도 하지 않고 그동안 저축한 돈을 다 털고 은행에서 대출도 받아 난터우로 가서 산을 하나 샀다.

그녀는 그 산을 기억하고 있었다. 아주 오래 차를 몰아 산길이 다하는 곳에 이르면 대나무 숲이 무성하고 초목이 울창해서 차를 두고 걸어야 했다. 좁고 구불구불한 산길로 들어서면 칼과 도끼를 들고 길을 열면서 나아가야 했다. 한참을 걸어 들어가면 팔이 날카로운 나뭇가지와 낙엽에 쓸려 피가 났다. 사람들을 무는 쐐기풀은 난폭하여 거침없이 그녀의 허벅지를 할퀴었다. 쐐기풀이 그녀만 노리고 있는 것 같았다. 남편은 가는 길 내내 미소를 짓고 있었다. 상처나 고통은 전혀 없었다.

어둡고 축축한 숲을 뚫고 지나자 갑자기 눈앞이 확 트였다. 바로 앞에 보이는 것이 남편이 사들인 산이었다. 남편이 손으로 크기를 재고 손짓을 하면서 바로 앞에 있는 배나무에서 맨 위에 보이는 배나무까지의 땅이 전부 자기 것이라고 자랑했다. 산언덕은 차밭이었지만 아무도 돌보지 않고 수확도 하지 않는다는 걸 한눈에 알 수 있었다. 차는 들판에 방치된 채 자생하면서 진한 푸른빛을 토해 내고 있었다. 배나무에는 마침 꽃이 만발해 있었다. 꽃잎은 하얬고 꽃술은 노란빛이었다. 통통한 꿀벌들이 꿀을 따느라 바삐 날아다니고 있었다. 두 사람은 산꼭대기에 있는 배나무 밑으로 가서 다탁과 등받이 없는 의자를 펼쳐 놓았다. 차를 끓이고 글씨를 쓰는 남편의 얼굴에 풍류와 여유가 넘쳤다. 그녀는 산 아래를 내려다보고 싶었지만 더 높은 산봉우리들이 시야를 가렸다. 저 멀리 있는 도시는 눈에 들어오지 않았고 사람도 보이지 않았다. 물 흐르는 소리만 가늘게 들려왔고 바람이 차밭에서 떠들썩하게 소란을 피웠다. 남편이 말했다.

"아이들도 다 컸으니 우리 여기 와서 집을 짓고 삽시다. 나는 계속 난초를 가꿀 테니 당신은 뭐든지 하고 싶은 걸 하라고. 적어도 당신 엄마가 옆에 없으니 좋잖아. 우리가 직접 농사도 짓고 꿩도 키우면서 산 샘물로 차를 우리고 국수를 끓여 먹으면 이보다 더 좋을 게 있겠소?"

바람이 꽃을 따고 하얀 배꽃이 떨어져 그녀의 찻잔 속으로 들어갔다. 그녀는 옆에 있는 샤오가오를 쳐다보았다. 얼굴엔 주름이 가득하고 등이 굽은 채 붓글씨를 쓰고 있었다. 작은 라디오 한 대가 바로 옆에 놓여 있었다. 신호가 좋지 않아 잡음이 많았다. 진행자의 목소리가 파편이 되어 흘러나왔다. 진행자가 말했다.

"내년은 2000년으로 새로운 세기가 시작되는 해입니다. 모두 준비 잘하고 계시나요? 어떤 마음으로 신세기를 맞아야 할까요?"

쐐기풀을 잊고 그녀는 배나무 아래서 잠이 들었다. 잠시 후 잠에서 깬 그녀는 자신이 의자 위에 있지 않고 용정에 있지도 않다는 걸 알았다. 옆에 있던 샤오가오도 보이지 않았다. 그녀는 풀밭에 누워 이리저리 몸을 뒤척이다가 엎드린 채 다시 잤다. 낙엽과 흙은 부드러웠다. 가랑비가 내렸다. 춥지도 않고 덥지도 않았다. 습도도 적당했다. 대지는 향기로웠고 만물이 잠을 재촉했다.

계속 잤다. 깨고 싶지 않았다. 그녀는 깨지 않고 계속 이곳에서 자면서 신세기를 맞고 싶었다.

신세기가 오기 전 산 위의 집은 아직 공사도 시작하지 않은 상태였다. 9월에 큰 지진이 발생했다. 진앙지는 난터우였다. 남편은 그날 저녁에 남부로 가서 화물을 운송하느라 집에 없었다. 그녀는 아래층에서 아직 잠자리에 들지 않은 터였다. 상당한 양의 수출 물량을 맞추기 위해 진한 블랙커피를 한 잔 마시고 계속 재봉틀 페달을 밟고 있었다. 집이 극렬하게 흔들리기 시작했다. 그녀는 재빨리 셔터를 열고 집 밖으로 뛰쳐나갔다. 바로 옆집에 사는 엄마 아버지도 나와 있었다. 엄마는 계속 소리를 질렀다. 흔들림이 멈추자 나란히 서 있는 타운 하우스의 주민들이 전부 거리로 뛰쳐나왔고 유리 깨지는 소리가 쉬지 않고 들려왔다. 엄마는 그녀에게 얼른 전화를 걸어 톈이를 부르라고 했다. 당시 톈이는 이미 왕씨 집안을 따라 중국에 가서 사업을 하고 있었고, 국제 전화는 불통이었다. 그녀가 전화를 끊자마자 휴대폰이 울렸다. 톈훙이었다.

"모두 무사해요? 타이베이에서는 좀 과장된 소문이 들리더라고요."

"여기도 사람들 모두 놀라서 난리가 이만저만이 아니야. 엄마랑 아버지는 모두 밖에 계셔. 무사하니까 걱정하지 마. 너도 알다시피 엄마는 너희 형만 걱정하고 있어."

"무사하다니 다행이네. 부탁인데, 내가 전화했다는 말을 하지 마요."

휴대폰 통화는 이렇게 끝났다. 수신 기록은 삭제되었다. 그날 저녁, 더 이상 수신도 발신도 없었다.

남부에서 서둘러 올라온 남편은 얼른 난터우에 가 봐야겠다고 했다. 그녀도 따라가기로 했다. 난터우에 들어섰지만 더 이상 앞으로 나아갈 수 없었다. 도로가 전부 파괴되고 집들이 다 무너졌으며 산과 강이 뒤틀렸다. 남편은 방금 사들인 산을 보러 가겠다고 고집을 부리면서 그녀에게는 차를 몰고 용징으로 돌아가라고 했다.

남편은 여러 날이 지나서야 돌아와 단 한마디밖에 하지 않았다. "다 없어졌어. 갈 필요 없게 됐어."

9·21 대지진으로 산천이 흔들렸다. 단 몇 초밖에 안 되는 시간에 차밭이 사라지고 배나무도 사라졌다. 산 전체가 사라져 버렸다.

남편은 가위를 들고 샤오가오 난원으로 가서 가지를 치고 화분을 갈았다. 수많은 난초들이 지진으로 인해 땅바닥에서 나뒹굴었고 꽃대가 부러졌다. 남편은 말이 없었다. 손이 떨려서 가벼운 실수로 활짝 핀 난초꽃 몇 송이를 잘라 버리기도 했다.

산은 보이지 않았다. 새로운 세기는 찾아왔지만 그들은 파산하여 빚을 지게 되었다. 그녀는 집을 빼서 바로 옆집인 친정으로 이사하는 수밖에 없었다. 남편은 자기 혼자 샤오가오 난원의 이사를 책임지겠다면서 다이아몬드를 옮기기라도 하듯이 화분을 한 번에 하나씩 조심스럽게 날랐다. 그렇게 살던 집 뒷마당에서 친정 집 뒷마당으로 옮겼다.

이제 샤오가오 난원에는 톈이의 향장 선거에 쓰였던 포스터와 간판, 깃발 등이 가득 들어차 있었다. 톈훙의 '원대한 꿈, 용징의 빛'이라고 쓰인 편액도 샤오가오 난원에 있었다. 닭들이 톈이의 선거 포스터 위에 똥을 싸 댔고, 난초 화분은 톈훙의 편액 위에 쌓여 있었다.

그녀는 방금 샤오가오 난원에서 화로를 찾다가 여러 해 동안 보지 못했던 이 편액을 발견했다. 몇 년 전 태풍이 타이완 중부를 강타했을 때, 엄마는 필요하지 않다고 생각되는 물건들을 전부 옥상으로 옮겨 놓았다. 필요치 않은 것들은 태풍에게나 주자는 거였다. 엄마는 뭔가 주문 같은 걸 혼자 중얼거리면서 묘당에서 법회를 준비하듯이 여러 해 동안 사용하지 않은 '향기나' 간장 한 상자를 옥상 한가운데 놓았다. 아울러 아버지의 오래된 신문과 다섯째의 안 신는 신발 한 상자, 자신이 젊었을 때 입었던 양장, 책 여러 상자, 곰팡이 핀 침대 매트리스, 톈훙의 편액 등을 전부 한데 펼쳐 놓았다. 바람이 불기 시작하자 엄마는 경문을 외면서 두 손을 십자로 모으고는 하늘을 향해 절을 올렸다. 절이 끝나자 엄마는 자기 집 옥상의 은색 물탱크를 바라보았다. 큰딸인 그녀는 엄마의 그런 눈빛을 이해했다. 엄마는 바람이 물탱크도 쓸어 가 버리기를 바랐다. 작은 시골의 물탱크들을 전부 쓸어 가 버리기를 바랐던 것이다.

태풍이 지나가고 나서 그녀는 엄마와 함께 옥상에 올라갔다. 정말로 태풍이 모든 것을 날려 버렸지만 톈훙의 편액은 그대로 남아 있었고 물탱크도 우람하게 서 있었다. 태풍은 커다란 상자도 하나 남겼다. 수메이가 상자를 열어 보았는데 안에 들어 있는 것은 전부 셋째의 앵커 남편이 젊었을 때 썼다는 그 책 『멍청한 징쯔총: 타이완 수재의 죽음』이었다.

당시 그는 용징에 와서 왕씨네 집에 머물렀다. 녹음기를 하나

들고 와 징쯔총의 옛 동창생과 친척, 친구 들을 여기저기 찾아다
니며 인터뷰를 했다. 그는 수메이에게도 징쯔총에 대한 인상이
어땠는지 물었다.

수메이가 말했다.

"키가 크고 비쩍 마른 체형이었어요. 당시에는 그렇게 키가 큰
남자가 없었지요. 그는 정말 특별했어요. 그래서 모두 그를 징쯔
총이라고 불렀어요. 책 읽는 걸 좋아하고 무척이나 예의 발랐어
요. 아주 진지하게 양타오 과수원을 보살폈지요. 우리 집에도 커
다란 바구니 하나 가득 양타오를 담아 보내 주곤 했어요. 양타오
과수원에서도 그는 항상 책을 읽었지요. 그가 나중에 양타오 과
수원에 작은 집을 하나 짓고 싶다고 말했던 게 기억나네요. 어쩌
면 학력이 너무 높아서 그가 하는 말을 많은 사람들이 이해하지
못했던 건지도 몰라요. 밍르 서점의 두 주인과 친하게 지내면서
종종 함께 있곤 했지요."

"수메이 누나, 당시 밍르 서점 2층에 누나도 올라갔었나요?"

그녀는 힘주어 머리를 가로저었다. 그녀는 그랬다고 말하지 않
았다. 이런 문제는 둘째인 수리에게 물어야 했다. 둘째는 학창 시
절 그곳에 가는 걸 무척 좋아했다. 나중에 졸업을 하고 공무원 시
험에 붙은 뒤로는 타이베이에 가서 일하게 되었지만 매번 고향에
돌아올 때마다 반드시 선물을 챙겨 그 두 주인을 찾아가곤 했다.

수메이는 사건이 발생하기 전 도처에 징쯔총이 변태라는 소문
이 돌고 있었다는 것도 말하지 않았다. 그가 전문적으로 어린 남
자 아이들만 찾아 손대는 변태라는 소문이었다. 당시 수메이의
아들은 채 돌도 되지 않은 아기였는데도 징쯔총은 동생이 아주

귀엽다고 하면서 아이를 돌볼 사람이 필요하면 자기를 찾아 달라고 말했다. 그녀는 황급히 아기를 안고 두려움 가득한 눈빛으로 앞에 서 있는 키 큰 젊은이를 쳐다보았다.

그 책에는 이런 내용은 담겨 있지 않았다. 당시 소문에 연루된 사람들은 여러 해가 지나 모두 집단적으로 입을 다물었다. 입으로 약정할 필요도 없는 일이었다. 작은 시골의 공범 시스템인 셈이었다. 얘기를 하면 할수록 과장되면서 사람이 잡혀갔다는 소문이 돌기도 했다. 심지어 죽었다는 얘기도 들렸다. 얘기를 했던 사람들 모두 입을 다물었다. 아무도 말을 하지 않았다. 그렇게 전부 책임이 면제되었다.

모두 셋째의 앵커 남편에게 정말 안된 일이라고만 말했다. 시대가 사람을 그렇게 만들었다고 했다. 작은 지역이 훌륭한 청년 하나를 잃었다고 했다.

톈홍이 극렬하게 몸을 떨면서 갑자기 벌떡 일어났다. 눈에 짙은 안개가 맺혀 있었다.

수메이는 그런 톈홍을 이해했다. 꿈속을 헤매다가 현실로 돌아온 그는 자신이 지금 어디에 있는지조차 제대로 인식하지 못하고 있었다. 아직 독일에 있는 건가? 교도소인가? 이곳은 어디인가? 눈앞에 있는 이 나이 든 여자는 누구인가?

톈홍, 이 나이 든 여자는 네 큰누나야.

그해에 지진이 지나가고 그녀는 오랫동안 불면에 시달렸다. 그녀는 지진이 두렵지 않았지만 잠만 잤다 하면 꿈에 그 산이 나타났다. 흙이 아주 부드러웠던 그 산, 지진에 의해 완전히 무너져 내린 그 산이 나타났다. 그녀는 항상 한밤중에 잠에서 깼고, 두 눈에는 폭우가 내렸다. 현실과 꿈이 뒤엉켰다. 자신이 어디 있는지 전혀 알 수 없었다.

그녀는 남편을 믿을 수 없었다. 직접 자기 눈으로 보아야 했다. 지진이 지나가고 얼마간 시간이 지났을 때 난터우의 도로는 이미 오래전에 복구되어 있었다. 그녀는 직접 차를 몰고 산으로 갔다. 그 산을 찾으러 갔던 것이다.

지난번에 왔던 길은 아예 사라지고 없었다. 그녀는 현지 사람들에게 과거에 그곳에 길이 있지 않았느냐고 물었다. 길이 끝나는 곳에 무성한 대나무 숲이 있지 않았느냐고 물었다.

현지 사람들이 말했다.

"아무것도 안 보여요. 갈 필요가 없다니까요. 산비탈이 지금은 전부 대머리가 됐어요. 나무와 풀 모두 폭포처럼 흘러내렸다고요."

그녀는 여전히 이 말을 믿지 않고 자신의 기억에 의지하여 걸음을 옮겼다. 얼마나 멀리 갈 수 있는지 직접 확인하고 싶었다. 그녀는 고개를 숙이고 길을 찾았다. 근처에 쐐기풀이 아주 많았던 게 생각났다. 하지만 주변에는 아무것도 없었다. 몇 걸음 가지 않아 아예 앞으로 나아가는 게 불가능해졌다. 앞에 절벽이 나타났기 때문이었다. 앞으로 한 걸음만 더 나아갔다가는 거세게 흐르는 계곡물 속으로 떨어질 것이다. 예전에는 이곳에 이런 지형이 존재하지 않았다. 이제는 대나무도 없고 쐐기풀도 없었다. 배나무도 없었다. 아예 산이 존재하지 않았다.

산이 보이지 않자 그녀는 자신의 몸 안에서 어느 부분이 무너져 커다란 구멍이 생기는 걸 느꼈다. 어떻게 해야 하나? 정말로 차를 몰아 용징으로 돌아가고 싶지는 않았다. 하지만 또 어디로 갈 수 있단 말인가. 그녀는 차를 몰고 난터우 산간 지역을 한 바퀴 돌아 무너진 민간 주택 앞에서 멈추었다. 오래된 가옥이었다. 기둥과 벽이 완전히 무너져 2층이 땅바닥에 주저앉아 있었다. 2층이었던 벽면에 사자 한 쌍의 부조가 있었다. 한쪽 사자의 머리가 갈라져 있었다. 섬세하고 정교하게 제작되어서인지 머리가 잘렸는데도 여전히 그럴듯해 보였다. 잘린 사자 머리를 바라보는데 젊었을 때 일했던 사루의 의류 공장이 생각났다. 평평하게 눌린 머리가 생각났다. 그녀는 차를 몰고 타이중의 사루로 갔다. 과거에 일했던 의류 공장은 아직 남아 있긴 했지만 너무나 황폐해져 있었다. 과거에 함께 일했던 동료가 했던 말이 떠올랐다. 사장이 공장을 전부 중국으로 이전할 거래. 공장 건물의 구조와 내부 설비는 여기랑 완전히 똑같대. 단지 규모가 이곳의 몇 배나 된다더라고. 그녀는 공장 뒤쪽으로 가 보았다. 당시에 거주했던 여공 기숙사를 찾아보고 싶었다. 하지만 여공 기숙사는 흔적도 보이지 않았다. 버려진 원단만 한 무더기 남아 있었다. 몸 안에 생긴 큰 구멍이 더 커지는 게 느껴졌다.

그 뒤로 그녀는 종종 두 가지 꿈을 겹쳐서 꾸었다. 하나는 아래로 내려가는 꿈이고, 하나는 위로 올라가는 꿈이었다.

내려가는 꿈은 이랬다. 깊은 밤, 단층이 극렬하게 이동하면서 그 산이 몇 초밖에 안 되는 아주 짧은 시간 동안 단층에 먹혀 버렸다. 산언덕이 아래로 추락했다. 차밭이 추락하고 배나무 아래 놓여 있던 다탁이 추락했다. 배나무 아래 놓여 있던 의자가 추락했다. 난초가 아래로 추락했다. 그녀가 열몇 살 때부터 타이중 사루로 가서 여공으로 일하며 모은 돈이 전부 아래로 추락했다. 의류 공장이 추락했다. 머리 없는 시신이 추락했다. 모든 것이 캄캄한 땅 밑으로 추락했다.

위로 올라가는 꿈은 이랬다. 태풍이 분 날, 강력한 태풍이 다가 온다는 경계경보가 내려졌다. 바람 소리가 요란했다. 그녀는 타운 하우스 옥상에 엄마가 놓아둔 물건들과 함께 서 있었다. 바람이 몰려와 모든 것을 날려 버렸다. 날아간 모든 것이 엄마가 하늘에 바친 제물이었다. '향기나' 간장이 하늘로 날아갔다. 다섯째의 구 두가 날아갔다. 아버지의 낡은 신문지 뭉치가 날아갔다. 곧 그녀 가 날아갈 차례였다. 수메이는 날 준비를 했다. 발끝이 이미 지면 에서 이격된 게 느껴졌다. 바람이 멎었다. 태풍이 한순간에 사라 져 버렸다. 태풍 경보가 해제되었다. 그녀는 책 한 상자와 톈홍의 편액과 함께 원래 자리에 남겨졌다. 날 수 없었다. 바람마저도 그 녀를 버렸다.

꿈에서 깨어 보면 그녀는 산속에 있지도 않고 바람 속에 있지 도 않았다. 그녀는 여기에 있었다. 줄곧 여기에 있었다.

톈홍의 눈빛은 무척 슬펐고 의문 부호로 가득했다.

그녀는 이렇게 말하고 싶었다.

"톈홍, 너는 지금 여기에 있어. 집에 돌아온 거야. 나랑 같이 있 잖아. 너는 그렇게 멀리 갔지만 결국 나랑 마찬가지야. 둘 다 줄곧 여기에 있었던 거야."

하지만 그녀는 아무 말도 하지 못했다.

천씨 집안 사람들은 모두 잠을 잘 자는 편이었다.

사실 천씨 집안 사람들이 가장 잘 못하는 것은 입을 닫는 것이었다.

수메이는 줄곧 말을 하지 않았다. 그해에 태풍이 그녀를 데려가기를 거부했을 때, 편액과 책 한 상자 말고도 바람이 가져가지 않은 것이 하나 더 있었다. VHS 비디오테이프 한 상자였다.

27 　　　　　청자오마 영화관

"실례지만 둘째 누나이신가요?"

수리는 용징 기차역 플랫폼 난간에 몸을 기대고 있었다. 밤을 맞은 하늘에는 구름이 없었다. 중원절의 달은 크고 둥글었다. 손가락으로 세어 보았다. 하나, 둘. 셋, 넷, 다섯. 오늘 밤 하늘에는 다섯 개의 별이 보였다. 기차역 부근은 전부 농지와 농가 주택이었다. 수리는 기차역 옆의 바나나밭을 바라보았다. 별빛이 드문드문 떠 있었다. 아, 반딧불, 너무나 오랜만에 보는 반딧불이었다. 손가락을 꼽으며 세어 보았다. 하나, 둘, 셋, 넷, 다섯, 여섯, 일곱. 오늘 밤 용징에는 별이 일곱 개 떠 있었다.

용징 기차역은 줄곧 무인역이었다. 역무원도 없고 매표구도 없었다. 기차를 타는 사람도 거의 없고, 내리는 사람도 거의 없었다. 구간차가 도착하자 기차에서 내리는 사람은 그녀와 고등학교 교복을 입은 여학생, 그렇게 둘뿐이었다. 긴 머리칼에 등이 굽은 여학생은 고개를 숙인 채 휴대폰을 들여다보고 있었다. 얼굴이 어두운 것이 무척이나 피곤해 보였다. 여드름이 있기는 했지만 귀여운 얼굴이었다. 수리는 기차역의 창백한 불빛 아래 여학생의 얼굴이 영화에 나오는 귀신 같다는 생각이 들었다. 여학생은 힐끗 쳐다보고는 그녀를 알아보았다. 오늘 뉴스에서 본 맹인 안내견을 학대한 그 천씨 성의 여성 호적원 아닌가. 이 여자가 어떻게 용징에 나타난 거지? 여학생은 미간을 찌푸렸다. 한밤중에 귀신을 만난 것 같았다. 재빨리 걸어가 육교를 건너 기차역을 빠져나온 여학생은 황급히 밤의 어둠 속으로 사라졌다.

"저는 양샤오저우라고 해요. 모두 샤오촨이라고 부르지요. 큰누나가 저더러 누나를 모셔 오라고 했어요. 죄송하지만 제 트럭이 좀 낡았어요. 개의치 않으셨으면 좋겠네요."

수리는 샤오촨과 함께 기차역을 나섰다. 소형 트럭이 한쪽에 세워져 있었다. 기차역 담장에는 벽화가 그려져 있었다. 화필에 동심이 가득한 걸 보니 인근 초등학교 아이들의 작품 같았다. 그 가운데 한 점은 '무지개 기차역'이라는 그림이었다. 붉은 해가 시골을 비추는 가운데 기차가 철로 위를 달리고, 먼 곳에는 푸른 산이, 가까운 곳에는 꽃과 꿀벌들이 그려져 있었다. 그녀가 동쪽을 바라보니 저 멀리 산맥의 윤곽이 보였다. 징쯔총은 경찰의 추격을 받으면서 방법을 강구해 동쪽으로 가야겠다고 했었다. 타이완의 중앙 산맥으로 가서 깊은 산에 숨을 작정이라고 했다.

기차역 부근의 집들은 전부 낮은 단층이었다. 양철로 지붕을 얹은 민간 주택이 대부분이었다. 이 민간 주택들의 지붕에는 하나같이 돌출된 철제 구조물이 설치되어 있고, 그 위에 원통형 은색 물탱크가 세워져 있었다. 물탱크들이 달빛을 받아 반짝반짝

기이한 빛을 발했다. 톈홍은 독일로 가기 전 타이베이 시내 한 아파트 옥상의 가건물에 살았다. 집주인은 옥상에 온갖 잡동사니들을 쌓아 놓았다. 그녀는 톈홍을 찾아갈 때마다 그 잡동사니들과 너무나 좁은 주거 공간을 보고 말했다.

"누나가 돈 줄게. 부탁이야. 제발 이렇게 지저분한 곳에서 살지 마. 나랑 같이 가서 방을 좀 알아보자."

톈홍은 고개를 가로저으면서 레드 와인을 한 병 땄다. 두 사람은 잡동사니들이 가득 쌓여 있는 옥상에서 술을 마시며 찬란한 타이베이가 시야에서 천천히 팽창하다가 다시 천천히 움츠러드는 것을 바라보았다. 너무 많이 마신 탓인지 그녀는 몸에서 열이 났다. 옥상의 은색 물탱크가 보이자 온몸을 가져다 대고는 금속의 차가운 냉기를 빨아들였다. 물탱크를 껴안은 그녀는 톈홍이 왜 이렇게 귀신 집처럼 보이는 옥상에 거주하려 하는지 알 것 같았다.

그녀는 작은 트럭에 올라 안전띠를 맸다. 그제야 생각이 났다. 양샤오저우.

"너, 톈홍이랑 중학교 동창 맞지?"

"저 기억하시지요? 이전에 숙제한다고 자주 집에 놀러 가곤 했잖아요. 저에 대해 기억나시는 게 있을 거예요. 하지만 그때 저는 겨우 열몇 살밖에 안 됐었지요."

"네 이름은 기억나."

톈홍의 중학교 담임 선생과 남편이 집에 찾아와 톈홍을 전학시키라고 압박한 적이 있었다. 담임 선생이 가고 나서 엄마는 톈홍에게 의자를 집어던졌다. 이어서 엄마는 또 다른 의자를 집어 아버지에게 던졌다.

"누나, 배고프지 않아요? 지금 큰누나 집에 족발 국수가 있긴 하지만 모처럼 오셨는데 뭐 드시고 싶은 것 없어요? 톈훙에게 줄 닭갈비를 사러 갈 건데, 누나도 같이 드시게 1인분 더 살게요."

작은 트럭은 좁은 시골길을 가로질러 큰 도로로 들어서더니 용징 초등학교를 지나 우회전했다. 밍르 서점이 있던 자리였다.

당시의 밍르 서점은 지금은 편의점으로 바뀌어 24시간 영업을 하고 있었다. 닭갈비를 파는 노점은 바로 이 편의점 건너편에 있었다. 샤오촨이 소형 트럭을 닭갈비 노점 앞에 세우자 여주인이 큰 소리로 말했다.

"바쁘기로 유명한 양샤오저우! 우리 가게 닭갈비 사러 온 거야?"

수리는 이 닭갈비 노점 여주인이 왠지 무척 낯익다는 느낌이 들었지만 잘 생각이 나지 않았다.

닭을 튀기는 냄새가 북채로 변하더니, 무너져 내린 그녀의 뱃가죽을 사정없이 두들겼다.

"2인분만 튀겨 줘. 우선 돈부터 받고. 건너편 편의점에서 뭘 좀 사야 하거든."

샤오촨이 그녀에게 돈을 건네면서 말했다.

"잔돈은 조금 이따 와서 받을게."

타이완의 편의점들은 전부 똑같았다. 표준화된 인테리어에 표준화된 실내 조도를 유지했고, 이 집 점원도 타이베이 집 근처에 있는 편의점 점원과 생김새까지 비슷했다. 밍르 서점의 흔적은 철저히 지워져 조금도 남아 있지 않았다. 편의점으로 들어간 그녀는 곧장 맨 안쪽으로 들어가 맨 뒤 냉장고 앞까지 가서는 음료를 고르는 척했다. 그녀는 냉장고 옆에 통로로 연결되는 문이 하나 있다는 걸 알고 있었다. 문을 밀고 들어가면 냉장고 뒤에 계단이 하나 있었다. 계단을 올라가면 과거의 뚱뚱한 주인과 비쩍 마른 주인의 서재가 있었고, 더 올라가면 뚱뚱한 주인과 비쩍 마른 주인의 침실이었다.

직업 고등학교에 다닐 때, 그녀는 주말이면 종종 밍르 서점에 와서 서가 앞에 선 채 소설을 읽곤 했다. 한번은 아주 두꺼운 소설에 빠지게 되었다. 문 닫을 시간까지 소설을 읽고 있는 그녀에게 뚱뚱한 주인이 다가와 말했다.

"하루 종일 선 채로 책을 읽는 걸 보니 무척 피곤할 것 같아 의자를 내주고 싶었지만 학생을 방해할 것 같아서 그러지 못했어요. 우린 이제 문을 닫아야 할 것 같아요."

그녀는 재빨리 책을 서가에 올려놓고서야 서점의 셔터가 이미 반쯤 내려와 있는 것을 보았다. 어째서 그 소리를 듣지 못했는지 의아했다. 그녀는 서점 주인에게 고개 숙여 사과했다.

"죄송합니다. 정말 죄송합니다. 얼른 나갈게요."

"급할 것 없어요. 남아서 식사하고 가지 않을래요? 우린 오늘 밤에 일본 국수를 만들어 먹을 생각이거든요."

그녀는 연신 고개를 가로저으며 거절 의사를 밝혔다. 그럼에도 뚱뚱한 주인은 그녀의 손을 잡아 안으로 이끌었다.

"걱정하지 말아요. 우리 둘 다 남자이긴 하지만 절대로 학생을 어떻게 하려고 덤비는 일은 없을 테니까요."

뚱뚱한 주인을 따라서 계단을 올라가 위층에 있는 서재로 들어서자 비쩍 마른 주인이 김이 모락모락 나는 국물 국수 한 냄비를 내밀며 말했다.

"어서 와요. 매일 우리 둘이서만 식사를 했는데 오늘 뜻밖의 손님이 오신 것을 환영합니다. 정말 잘 왔어요."

무척 희고 가는 국수가 입안으로 미끄러지듯 빨려들었다. 비쩍 마른 주인의 부모는 일본을 상대로 무역을 했고, 일본의 다양한 식자재를 구할 수 있는 채널을 갖고 있었다. 그는 그 국수가 교토의 어느 노포에서 파는 거라고 말했다.

그들의 2층 서재는 사방이 전부 책장이었고, 각종 서적들이 가득 꽂혀 있었다. 뚱뚱한 주인은 이 작은 시골에는 책을 사는 사람은 없지만 잡지는 그래도 좀 팔리는 편이라고 말했다. 그러면서 문학 서적에는 아예 관심을 보이는 사람이 없기 때문에 주로 자신들이 볼 책들만 들여놓았다가, 팔리지 않으면 위층 서재에 보관하면서 자신들이 소장하여 읽는다고 설명했다.

"앞으로는 위층에 와서 책을 읽어도 좋아요."

그녀는 책장에 가득한 책들을 둘러보았다. 전부 영어와 일어 학습서들이었다. 뚱뚱한 주인은 자신들이 열심히 돈을 버는 게 나중에 일본이나 미국을 깊이 있게 공부하기 위한 것이라고 했다. 서점은 이윤이 높지 않지만 그런대로 유지할 만했다. 어차피 두 사람에게는 다른 지출이 많지 않았기 때문에 최대한 돈을 모을 수 있었다. 몇 년만 지나면 출국을 할 수 있을지도 모를 일이었다.

그녀는 자주 밍르 서점 2층의 손님이 되어 틈만 나면 그곳에서 책을 읽었다. 그녀는 자발적으로 밥을 하기도 했다. 그녀는 자신이 삼합원에 사는 대가족 출신이긴 하지만 어려서부터 음식 솜씨로 사람들을 놀라게 했다고 말했다. 어떤 음식도 쉽게 만들 수 있고, 어떤 식재료가 주어지든 맛있는 음식을 만들어 낼 수 있다고 말했다. 그녀가 2층으로 책을 읽으러 가는 날이면 두 주인은 저녁 식사를 그녀에게 맡겼다. 부엌에 어떤 채소, 어떤 육류가 있든 그녀는 아주 맛있는 3인분 식사를 만들어 냈다. 두 주인은 식사를 하면서 계속 책에 관해 토론을 벌였다. 그녀는 소설을 좋아했지만 낭만 애정 소설은 끔찍하게 싫어했다. 그녀가 좋아하는 것은 주로 문학성이 높고 슬픈 소설들이었다. 뚱뚱한 주인은 외국 소설을 좋아했다. 수많은 번역본을 읽어 보면 정말로 중국어 소설 같지 않았다. 그녀는 종종 중국어 번역본을 놓고 원본의 영문을 유추하곤 했다. 비쩍 마른 주인은 일본 작가들을 좋아했다. 그는 일본 책을 원문으로 읽는 훈련을 하고 있다고 말했다.

두 주인은 원래 식탁 아래서만 손을 잡았다. 하지만 수리와 친구가 되면서부터 두 사람의 손은 어느새 식탁 위에 올라와 있었다.

수리는 졸업을 하고 타이베이에 가서 일자리를 찾고 싶었다. 두 주인은 여러 채널을 통해 그녀를 위해 면접시험을 주선해 주었지만 수리는 매번 합격하지 못했다. 수리는 괜찮다고 하면서 시험은 얼마든지 볼 수 있고 얼마든지 책을 외울 수 있다고 말했다. 국가 고시를 준비할 생각이라는 포부를 밝히기도 했다. 자신의 이름이 명단에 있다는 것을 알게 된 날, 그녀는 곧장 밍르 서점으로 달려갔다. 너무 기쁜 나머지 그녀는 뚱뚱한 주인을 끌어안고 울면서 말했다.

"우리 엄마가 이번에 붙지 못하면 저를 아예 시집보내겠다고 했어요. 정말 다행이에요.”

그녀는 타이베이에서 일하게 된 뒤로 매번 고향에 갈 때마다 먼저 대학 근처에 있는 서점에 가서 밍르 서점 주인들을 위해 책을 챙겼다. 책을 상자에 넣고 밀봉하면 정말 무거웠지만 그녀는 괜찮다고 말했다. 그녀는 어려서부터 무거운 짐을 들고 다녔고 심지어 멜대를 메기도 했기 때문에 책 한 상자를 용징까지 옮기는 일은 전혀 어렵지 않았다.

어느 해인가 설에도 그녀는 책을 한 상자 들고 용징으로 가서는 집으로 가기 전에 먼저 밍르 서점으로 갔다. 서점은 이미 영업을 끝내고 뚱뚱한 주인이 막 문을 닫고 있었다. 그녀는 책을 직접 2층까지 옮겨다 주었다. 2층에 올라갔더니 서가 앞에 낯선 사람 하나가 쭈그리고 앉아 있었다. 낯선 사람은 그녀를 보더니 몸을 일으켰다. 놀라울 정도로 덩치가 큰 사람이 허리를 숙여 수리에게 말했다.

“안녕하세요? 저는 미스터 왕이에요. 모두 저를 징쯔총이라고 부르지요. 우리 집은 아가씨 집 옆에 있어요. 겨우 몇 집 건너지요. 우리 형은 잘 아시지요?”

그녀는 편의점을 나왔다. 아무것도 사지 않았다. 양팔이 뻐근했다. 마치 방금 타이베이에서 용징까지 책을 한 상자 나른 데다 그걸 이 집 2층까지 옮기느라 그런 듯이.

그녀는 샤오촨의 소형 트럭에 올라탔다. 차 안에는 닭튀김 냄새가 가득했다. 트럭은 좁은 골목을 돌아 청자오마를 지났다.

청자오마는 시골의 작은 묘당이다. 묘당은 웅장한 나무에 붙어 있었다. 가지가 넓게 퍼져 있고 푸른 잎이 무성했다. 묘당 뒤에는 원래 일부가 절단된 오래된 추풍나무가 있었는데, 갑자기 반얀나무가 나더니 오래된 추풍나무에 의지하여 갈수록 크게 자라나 추풍나무를 가리는 특수한 풍경을 만들었다. 작은 묘당 앞은 원래 돼지 도축장이었지만 지금은 도축장이 사라지고 '수혼비(獸魂碑)'라고 쓰인 네모나고 뾰족한 비석만 옛날 그대로 우뚝 서 있었다. 수리는 어렸을 때 예전에는 이곳에서 매일 수많은 돼지를 잡았다는 얘기를 엄마에게서 들은 적이 있었다. 한밤중에 바람이 불 때마다 인근 주민들의 귀에 돼지들의 비명 소리가 들리자 수혼비를 세웠고, 그때부터 바람이 죽은 돼지들의 고통에 찬 비명 소리를 실어 오는 일이 사라졌다고 했다.

아주 오래 이곳에 오지 않았다. 청자오마 앞의 광장에는 채색 벽화가 그려진 담장이 늘어나 있었다. 그녀는 옛날에도 그 담장에 그림이 있었는지 잘 기억이 나지 않았다.

그녀가 샤오촨에게 물었다.

"이 담장은 언제 세워진 거야?"

"향장이 세운 거예요. 벽화를 용정의 상징으로 만들어 관광객들을 유치하겠다는 생각에 특별히 담장을 세우고 화가들을 초빙해 벽화를 그리게 했어요."

그녀는 왜 모두 '건설'에 그토록 열광하고 있는지 이해가 가지 않았다. 공터가 있으면 어김없이 건물이 들어섰다. 고층 빌딩 건설에서 세계 최고가 되려는 것 같았다. 경계가 있는 곳에는 어김없이 담장이 세워졌다. 담장의 공백이 사람들을 안절부절못하게 하기라도 하는지 재빨리 화려하고 요염한 그림으로 가득 채웠다. 자동차의 속도가 줄면서 그녀는 자연스럽게 채색 벽화에 눈길이

갔다. 주제가 청자오마의 역사라는 게 확연하게 드러났다. 노천 무대의 전통 연극과 영화 상영도 펼쳐졌다.

그녀가 어렸을 때, 청자오마 앞 작은 광장에서는 항상 포대희 (布袋戲)*와 가자희(歌仔戲)** 공연이 펼쳐졌다. 기도가 현실로 이루어지기를 기원하는 마음으로 신도들이 극단을 묘당 앞으로 초청하면, 인근 아이들은 학교가 파하자마자 전부 달려와 포대희를 구경했다. 나중에는 이런 연극을 보려는 사람들이 없어지자 신도들이 포대희나 가자희 대신 스트립쇼 공연단을 초청하기 시작했다.

아, 생각났다. 닭갈비를 판 노점 여자가 바로 스트립쇼를 하던 아이 아니었던가?

그녀가 난생처음 영화를 본 것도 청자오마에서였다.

그녀가 직업 고등학교에 다닐 때 뚱뚱한 주인과 비쩍 마른 주인이 영화를 본 적이 있느냐고 물었다. 그녀는 고개를 가로저었다. 작은 시골에는 애당초 영화관이 없었기 때문에 영화를 보려면 기차를 타고 도시로 가야 했다. 그녀는 정말로 돈이 없었고 엄마 아빠가 허락해 주지도 않았다. 뚱뚱한 주인과 비쩍 마른 주인이 계속 물었다.

"우리가 영화관을 용징으로 가져오면 어떨까?"

두 주인은 향 공소에 제안을 했다. 적당한 공터를 찾아 스크린을 설치하고 영화를 상영해 모든 향민이 영화를 볼 수 있게 해 달라는 제안이었다. 마침내 청자오마 앞에 스크린을 설치하기로 결

---

* 타이완의 전통 인형극.
** 타이완의 전통 노천 연극으로 대부분 종교 활동과 관련이 있기 때문에 예술성보다는 제전 의식의 성격을 중시했다.

정되었다. 청자오마 묘당 앞의 작은 길은 주요 간선 도로가 아니었기 때문에 길을 막은 채 영화를 상영했다. 영상과 음향이 누구에게도 방해가 되지 않았다. 묘당 앞 작은 광장은 100명 정도를 수용할 수 있었다. 딱 알맞은 규모였다.

크고 높은 스크린이 설치되고 대형 영사기가 용징으로 운송되었다. 청자오마 영화관이 정식으로 설립되었던 것이다. 당시에는 애국 정치 선전 영화가 유행했다. 청자오마에서 상영된 첫 번째 영화는 국민당 정부의 항일 전쟁을 선전하는 영화였다. 청자오마 앞의 작은 광장에 사람들이 가득 들어차다. 의자가 부족해 땅바닥에 앉아서 보는 사람도 있었다. 적지 않은 사람들이 자기 집에서 의자를 가지고 나왔다. 너무 비좁아서 의자를 놓을 자리가 부족했고 가장 좋은 자리를 차지하기 위해 수많은 향민들이 몸싸움을 벌였다. 여름 밤, 향장 구이와 아이스크림을 파는 노점은 장사가 아주 잘됐다. 수리는 어두운 한구석에 두부말림을 파는 노점이 있었던 걸 기억했다. 처음에는 노점 주인에게서 대나무 꼬챙이에 끼운 두부말림을 사 먹다가 나중에는 한쪽에 쭈그리고 앉아 화로에 두부말림을 구워서 팔았다. 땅바닥에서 작은 화로 몇 개가 하얀 연기를 내뿜으며 연막을 만들었다. 연막이 흩어져 사라지면 연인들이 한쪽에 쪼그리고 앉아 키스하는 모습을 볼 수 있었다. 영화를 상영하기 전부터 모두 흥분을 감추지 못하고 휘파람을 불거나 소리를 질러 댔다. 어린아이들은 울고 어른들은 욕설을 내뱉었다. 모기들은 한데 집결해서 사람들을 물어 댔다. 갑자기 영사기에서 빛줄기 하나가 발사되더니 비어 있던 하얀 스크린 위로 영상이 나타나기 시작했다. 모든 사람들이 눈을 휘둥그레 떴다. 사람들의 팔과 다리에 달라붙어 미친 듯이 피를 빨던 모기들도 흡혈관을 뽑고 고개를 들어 스크린 위에 펼쳐지는 영상을 바라보았다.

뚱뚱한 주인은 그 광경을 이렇게 묘사했다.

"용징 사람들 모두가 한꺼번에 귀신을 본 것 같네."

그녀는 두 서점 주인과 함께 영사기 옆자리에 앉아 영화를 보았다. 그녀는 울었다. 정치 선전 영화였는데도 그녀가 운 것은 당시의 애국주의에 아주 잘 부합하는 일이었다. 하지만 그녀가 운 것은 결코 영화 스토리 때문이 아니라 옆에 있는 이 커다란 영사기가 어떻게 멀리 있는 배우들과 목소리, 음악을 필름에 담은 다음, 빛을 통해 하얀 스크린 위에 펼쳐 놓을 수 있는지 전혀 상상이 되지 않았기 때문이었다. 그녀가 도저히 이해할 수 없는 마술이었다. 이런 경이로움에 그녀는 눈물을 멈추지 못했다. 정말로 귀신을 본 것 같았다. 시골 들판의 귀신에 관한 이야기를 그토록 많이 들었지만 한 번도 귀신을 보진 못한 것 같았다. 처음 영화를 보는 동안 내내 그녀는 온몸을 떨면서 입을 막아 날카로운 비명을 억제했다. 귀신을 만났을 때의 기분이 꼭 이럴 것 같았다.

처음 영화가 상영될 때, 뚱뚱한 주인은 비쩍 마른 주인과 함께 앉아 있었고 그녀는 그 옆에 앉아 있었다. 그들은 자신들이 신기하고 이상하게 여기는 눈길을 받고 있다는 걸 느꼈다. 두 번째로 상영된 영화도 애국 항일 영화였다. 그녀가 뚱뚱한 주인과 비쩍 마른 주인 사이에 앉자 어린아이들 몇몇이 다가와서 말했다.

"수리 누나, 누나는 뚱보랑 연애하는 거야, 아니면 말라깽이랑 연애하는 거야?"

세 번째 영화도 여전히 애국 항일 영화였다. 그들 세 사람은 일부러 세 군데에 흩어져 앉았다. 영화의 스토리가 절정을 향해 가면서 남자 주인공이 나라를 위해 희생당할 때, 모든 눈동자가 스크린에 집중해 있다고 확신한 그녀는 그제야 눈길을 스크린에서 옮길 수 있었다. 그녀는 뚱뚱한 주인과 비쩍 마른 주인이 멀리 떨어져 서로를 바라보는 걸 확인할 수 있었다.

그 순간, 그녀는 또 울었다. 그날 밤의 어둠은 오늘 밤과 다르지 않았다. 달도 크고 둥글게 청자오마 뒤쪽 반얀나무 위에 높이 걸려 있었다. 나뭇잎을 뚫고 쏟아져 내리는 달빛이 영사기에서 발사되는 빛 속에 녹아들었다. 그 위로 샹창 노점에서 발산되는 하얀 연기가 퍼져 나갔다. 청자오마 앞의 광장은 흰 안개가 피어오르고 영상을 담은 빛이 유동하는 환상적 공간이었다. 빛 속에서 먼지가 날개라도 달린 듯 자유롭게 떠다니고 있었다. 가벼운 바람이 불어와 스크린 위에 주름을 만들어 냈다. 주의 깊게 들어보면 영화의 배경 음악이 깎이는 소리와 사람들이 기침을 하면서 광장을 빠져나가는 소리, 멀리서 돼지가 우렁차게 꿀꿀대는 소리를 모두 들을 수 있었다.

그녀가 운 것은 분노 때문이었다. 그녀는 몹시 화가 났다. 왜, 왜, 도대체 왜? 뚱뚱한 주인과 비쩍 마른 주인 둘 다 서로만 바라볼 뿐, 그녀에게는 한순간도 눈길을 주지 않았다.

귀신들의 땅

28

하마는
아주 위험하다고요

수칭은 차를 세웠다. 황금빛 대문이 그녀의 등 뒤로 천천히 닫혔다.

그녀는 얼마나 오래 백악관에 들어오지 않았던가. 달빛 아래서 백악관은 반짝반짝 빛났다. 백악관의 흰빛은 기이한 순백이었다. 흠집이나 오염이 전혀 없었다. 산성비도 백악관에는 아무런 영향을 미치지 못했다. 하얀 칠은 영원히 첫눈처럼 순결했다. 백악관은 멀리서 보면 평평한 시골의 대지 위에 갑자기 불쑥 솟아오른 설백(雪白)의 거대한 바위 같았고, 가까이 가서 보면 대문의 금빛 칠이 마치 날카롭게 간 손톱을 내밀면서 두 눈을 찌르려고 덤비는 것 같았다. 그녀는 왕씨 집안에서 페인트공을 불러 수시로 점검하고 관찰하다가 바깥 담장에 조금이라도 벗겨진 부분이 있거나 하얀 페인트에 잿빛 먼지가 달라붙었거나 오염으로 인해 백색이 변질된 부분이 발견되면 즉시 칠을 새로 하는 게 아닌가 추측하기도 했다.

왕씨네 큰아들은 아폴로 분수 앞의 긴 의자에 앉아 담배에 불을 붙이고는 힘껏 한 모금 빨았다가 연기를 내뿜었다. 허공에 하얀 동그라미가 생겼다. 그가 탄식하듯이 말했다.

"셋째 누나, 지금은 안 피우지?"

열여덟 살 대학 시험을 치르기 전날 그녀는 흰개미 때문에 스트레스를 받고 있었다. 흰개미는 낮이나 밤이나 한 입 한 입 천천히 그녀의 몸을 깨물어 댔다. 그녀는 노트를 가지고 옛집인 타운하우스 뒤로 가서 연못 주위를 돌면서 영어 단어를 외웠다. 왕씨네 큰아들이 담배를 한 갑 건네며 말했다.

"셋째 누나, 담배를 피우면 머리가 맑아져서 단어를 빨리 외울 수 있어."

그녀가 담배를 받자 왕씨네 큰아들이 라이터를 켜서 불을 붙여 주었다. 플라스틱 재질의 라이터에는 여자 나체 사진 스티커가 붙어 있었다. 왕씨네 큰아들은 그녀에게 연기를 빨아들인 다음 숨을 잠깐 멈췄다가 연기를 내뱉는 방법을 알려 주었다. 그녀는 그대로 따라 했다. 하얀 연기가 흉강으로 들어와서는 체내의 흰개미 몇 마리를 태워 죽였다. 발이 땅에서 떨어지는 것 같더니 머리에 날개가 돋았다. 갑자기 연못 속으로 뛰어들어 물고기들과 함께 헤엄치고 싶은 충동을 느꼈다.

"와, 셋째 누나 대단하네. 처음 피우는 담배가 이렇게 자연스럽다니!"

그녀는 비스듬히 눈을 깔고 계속 담배를 피우면서 단어 세 개를 외우느라 그의 말에 대꾸하지 않았다. 어렸을 때 아빠를 따라 트럭을 타고 다닐 때 화물을 운반하는 짐꾼들이 담배를 내밀면서 그녀를 놀려 대곤 했다. 그녀로 하여금 담배 연기를 빨아들였다 뱉게 한 것이다. 그녀가 기침을 하면서 폭포처럼 눈물을 흘리는 걸 보고 한 무리의 노동자들이 땅바닥에 구르면서 웃어 댔다. 이런 일을 몇 차례 반복하고 나서 그녀는 마침내 담배를 피울 수 있게 되었다. 아버지는 그녀의 온몸에서 담배 냄새가 나는 걸 알고는 이마를 찌푸리며 쓴웃음을 지었을 뿐, 아무 말도 하지 않았다.

"셋째 누나, 걱정하지 마. 그렇게 열심히 공부할 필요 없어. 모두 셋째 누나는 성적이 좋아서 타이완 최고 학부에 합격할 거라고 하더라고. 틀림없이 내 동생이 갔던 길을 따라갈 수 있을 거야!"

"제발 부탁인데 누나라고 하지 마요. 분명히 나보다 나이가 많으면서 왜 날 그렇게 부르는 거예요? 그리고 그런 바보 같은 표현 쓰지 마요. '누가 갔던 길을 따라간다'는 표현은 이럴 때 쓰는 게 아니라고요."

그는 엄지손가락으로 라이터 롤러를 돌리면서 화력을 조정했다. 불꽃이 갑자기 커졌다 또 갑자기 작아졌다. 그는 담배 두 개비에 동시에 불을 붙여 입에 물고서 연기를 빨아들였다 다시 토해 내며 말했다.

"셋째 누나라고 부르는 건 일종의 존중의 표현이야. 우리처럼 거친 시골 사람들은 공부할 줄은 모르지만 공부 잘하는 사람들을 존중할 줄은 알거든. 내 동생을 봐. 곧 대학을 졸업하게 된다고. 앞으로 타이베이에 남아 일하게 될 거야. 기쁜 일이지. 게다가 미국으로 유학을 가겠다고 하네. 나는 그 녀석이 부러워 죽겠어. 나는 공부를 할 줄 모르거든. 그저 우리 아버지 따라다니며 장사하는 것밖에 모르지. 정말 고달픈 신세야. 멍청하기도 하고 말이야."

그녀는 라이터를 빼앗았다. 롤러가 불타듯 뜨거웠다. 라이터 위의 여자 나체 사진 스티커를 보았다. 금발의 백인이고 가슴이 무척 컸다. 그녀는 집에서 부른 짐꾼들이 어두운 곳에서 라이터를 보며 아랫도리를 가지고 노는 모습을 본 적이 있었다. 그들은 몇 초밖에 안 되는 짧은 시간에 하얀 액체를 뿜어냈다.

"남자들은 전부 이런 여자를 좋아하나 보군요?"

"누가 그래? 나는 지성적인 미녀를 좋아한다고. 머리가 있는 여자가 좋단 말이야. 셋째 누나처럼."

그게 몇 년 전의 일이었던가? 지금 그녀는 예순을 향해 가고 있었다. 왕씨네 큰아들은 예순이 훨씬 넘지 않았을까?

그녀는 그 옆에 앉아 그가 입에 문 담배를 빼앗았다. 빼앗은 담배를 막 입에 물려는 순간 갑자기 남편이 생각나 담배를 다시 그의 입에 물려 주었다. 그녀는 그의 배를 쳐다보았다. 몸에서 지구의 하나가 솟아난 것 같았다.

"오랜만에 보는데, 배가 너무 지나친 거 아니에요?"

지난번에 방송국에서 그를 만났을 때 남편은 그를 인터뷰했다. 유명한 타이완 기업인 왕씨가 처음으로 카메라 앞에서 가정의 비밀과 고충, 성공의 비결을 늘어놓는 자리였다. 방송국에서 그를 인터뷰하는 것도 처음이었다. 그는 집에 있는 물건들을 가져와 늘어놓았다. 비스킷과 컵라면, 사탕, 건강식품 등이었다. 카메라가 잠시 쉬는 동안 그가 그녀에게 다가와 놀리듯이 교활한 표정을 지었다. 오래전 연못 옆에서의 표정과 조금도 다르지 않았다.

"셋째 누나, 부탁이야. 한 번만 소개해 줘."

"뭘 소개해 달라는 거예요?"

"의사 말이야."

"또 왜 그래요, 어디 병이라도 났어요? 방금 카메라 앞에서 자신은 절대 죽지 않는다고 말하지 않았나요? 왕씨 집안이 생산하는 식품을 사 먹으면 누구나 100세까지 장수할 수 있다고 했잖아요?"

"물론이지. 나는 정말로 죽지 않아. 내가 묻고 싶은 건 누나가 어디서 성형을 했느냐 하는 거야. 와, 얼굴이 너무 매끈매끈해서 빛이 다 나네. 몸매도 아주 부드러우면서 아름답잖아. 영원히 열여덟 살인 천씨네 셋째, 정말 부러워."

오래 못 본 사이에 그는 배가 더 많이 튀어나와 있었다. 하지만 얼굴은 뺀질뺀질하고 빛이 났다. 눈가와 이마에서도 세월의 흔적을 찾아 볼 수 없었다. 그와 남편은 같은 병원에 가서 정기적으로 주사를 맞았다.

"셋째 누나, 나는 누나 남편이랑 달라. 누나 남편은 타이완 전체에서 가장 유능한 미남 앵커라 매일 카메라 앞에 서야 하잖아. 나이가 들수록 더 멋있어지지. 물론 몸을 잘 관리해야겠지만 말이야. 우리처럼 사업하는 사람들은 갈수록 배가 튀어나오지. 계약이 많아질수록 배가 더 나온다니까."

그는 입에 물고 있던 담배를 그녀에게 건넸다.

"걱정하지 마. 내가 동서한테 말하는 일은 없을 테니까."

그녀는 손가락으로 담배를 받아 깊게 한 모금 빨아들이면서 앞에 있는 아폴로 분수를 바라보았다. 그해에 남편의 건축사 친구는 베르사유 궁전 사진을 몇 장 들고 와 왕씨 집안 사람들에게 보여 주었다. 다섯째도 옆에서 사진 속의 아폴로 분수를 보고는 그게 있었으면 좋겠다고 말했다. 건축사 친구는 프랑스에 가 보지 못한 터라 도교의 신상을 전문적으로 제작하는 장인에게 사진 그대로 시공하되 아폴로가 말 네 필이 끄는 전차를 몰고 나가 바다의 괴물과 전투를 벌이는 과정에서 해신(海神)이 물속에서 샘물을 뿜어 대는 조각품을 제작해 달라고 부탁했다. 당시 신상을 만드는 장인은 책에 나온 사진 몇 장에 의지하여 상상력을 발휘하는 수밖에 없었다. 그 결과 아폴로는 관공(關公)*의 신상과 비슷해졌지만 네 필의 준마는 확실히 늠름하고 기세가 넘쳤다. 스위치를 누르자 준마들의 입과 바다짐승의 입, 해신의 입에서 일제히 물줄기가 뿜어져 나왔다. 아폴로의 두 눈에서도 물줄기가 뿜어져 나왔다. 넷째 쑤제의 결혼식이 있던 날, 아폴로 분수는 놀라운 양의 물을 뿜어 댔다. 어떤 사람이 분수에서 나오는 물도 유럽에서 수입한 빙하 녹은 물이라 그걸 마시면 온갖 병이 다 낫는다는 소문을 퍼뜨리자 수많은 사람들이 물통을 들고 와 준마들이 내뿜는 물을 받아 집으로 가져가서 두고두고 마셨다. 동시에 수많은 손님들이 동전을 한 무더기 가져와 아폴로 분수에 던지면서 큰돈을 벌고 싶다는 소원이 이루어지기를 기원했다.

분수 옆에는 불어로 Basin d'Apollo**라고 새겨져 있었다. 당시 그녀는 이 문구를 보자마자 s가 하나 빠졌다는 사실을 알아챘지만 아무 말도 하지 않았다. 여러 해가 지나 아폴로는 여전히 관공과 같은 신의 위세를 보이고 있었다. 부족한 s자 하나는 여전히

---

* 『삼국연의(三國演義)』의 등장인물 관우(關羽)를 말한다. 중국 남부 지방과 타이완 등지에서 관우는 무신(武神)이자 재신(財神)으로 추앙되고 있다.

** '아폴로 분수'라는 뜻으로 정확한 철자는 'Bassin d'Apollon'이다.

빠져 있었다. 관공을 닮은 아폴로도 늙었다. 물은 그의 몸 위에 한동안 흘렀던 자국만 남겨 놓았다. 얼굴에 세월이 가져다준 시련의 흔적이 가득했다.

"분수 보고 싶지 않아? 아주 오래 틀지 않았지만."

"몇 년 전에 타이난(台南)의 그 박물관에도 하나 만들지 않았나요? 모든 작업을 프랑스 사람들을 초빙해서 진행했다던데. 프랑스에 있는 원본과 아주 똑같이 만들었다고 들었어요. 당시 나는 제부가 타이완 전체를 통틀어 첫 번째 아폴로 분수가 타이난이 아니라 장화에 설치되었다고, 그것도 바로 자기 집에 설치되었다고 말하는 걸 보고 정말 대단하다고 생각했지요!"

왕씨네 큰아들이 하늘을 우러러 깔깔거리며 크게 웃었다.

"누나, 셋째 누나, 그런 그림을 상상할 수 있겠어? 내가 한 무리의 기자들에게 이곳에 와서 분수를 촬영하라고 통지했다고 생각해 봐. 누나 여동생이 위층에 있다가 갑자기 뛰어 내려와 소란을 피우기라도 한다면 내 이미지가 망가지지 않았겠어? 우리 같은 사업하는 사람들에게는 이미지가 망가지는 게 아주 치명적이야. 다음 기회가 없어지거든."

망가지면 망가지는 것 아닌가? 다음 기회가 없어지면 또 어때!

그녀는 고개를 들어 백악관 2층을 바라보았다. 한쪽 구석에 낙지창 뒤로 검은 커튼이 드리워져 있었다. 백악관 전체를 통틀어 유일하게 검은색인 부분이었다.

"내 동생은 최근에……."

말이 목구멍에서 멈춰 버렸다. 오늘 전화로 들은 쑤제의 목소리 크기는 과거와 다름없었다. 여전히 큰 소리로 외치고 있었다.

"엄마가 보이지 않아."

상황이 너무 안 좋은 것 아닐까?

"셋째 누나, 오늘 무슨 특별한 일이 있어서 온 건 아니지? 쑤제를 보러 왔어?"

그녀는 담배를 아폴로 분수 안으로 던져 버리고 나서 마지막 연기를 한 모금 내뿜었다.

"내 차 여기에 좀 세워 둬도 되겠죠? 부탁인데 우리 남편한테는 말하지 말아요. 잘 알잖아요. 그가 알면 얼마나 골치 아픈지 말이에요."

그녀는 손목시계를 들여다보았다. 저녁 뉴스가 끝나고 남편이 곧 퇴근할 시각이었다. 그는 차를 몰고 호숫가의 집으로 돌아와 지하 차고에 그녀의 차가 없는 것을 확인하고 틀림없이 곧장 전화를 걸어 그녀를 찾을 것이다.

그해 백악관의 성대한 혼례에서 그녀의 남편은 신랑 들러리를 맡았다. 하마가 울타리를 벗어난 바로 그 순간에 그녀의 미래 남편은 그녀의 손을 잡고 백악관 2층으로 뛰었다. 남편이 말했다.

"위험해요. 하마는 아주 위험하다고요."

당시 그녀가 알지 못했던 건 하마가 전혀 위험하지 않다는 사실이었다. 위험한 것은 그녀의 손을 잡고 있는 사람이었다.

넷째의 결혼식을 보면서 그녀는 결혼할 마음을 갖게 되었다. 그녀의 손을 잡고 있는 이 사람은 당시 베스트셀러 작가였다. 게다가 아주 짧은 시간에 뉴스 앵커의 자리에 앉았다.

그녀는 그렇게 그와의 결혼을 받아들였다.

결혼 말고 그녀가 할 수 있는 것이 뭐가 있었겠는가?

타이베이에서 대학을 마치고 그녀는 자기 자신을 철저하게 인식하게 되었다. 알고 보니 자신은 그저 책을 외우고 시험을 치는 능력밖에 갖춘 게 없었다. 필기시험은 자신 있었고 점수도 아주 높았다. 하지만 연설이나 발제 때문에 많은 사람들을 마주하게 될 때면 그녀는 두 입술 사이의 굳게 닫힌 선을 없앨 방법을 찾지 못했다. 외국어를 배울 때도 그녀는 문법이나 작문은 실력이 아주 빨리 늘었지만 입은 손을 따라가지 못했다. 손으로 쓰는 건 아주 유창하고 부드러웠지만 입말은 고갈되어 있었다. 대학 4학년 때까지 그녀는 이렇다 할 친구도 사귀지 못했다. 룸메이트는 노는 것을 좋아했지만 친해지기는 어려운 사람이었다. 대학을 졸업한 그녀는 타이베이에서 반년 동안 직장을 세 번이나 옮겼다. 이유가 무엇이었었는지는 철저히 잊었다. 기억나는 것이라고는 자신이 어떤 일에나 쉽게 싫증을 낸다는 것이었다. 출판사에서 편집자로 일하면서 외국어 원고를 검토하기도 했고, 번역 회사의 직원으로 일해 보았다. 무역 회사에서 비서로 일해 보기도 했지만 하나같이 힘들고 재미없었다. 직장에서는 항상 사람들과의 교류가 따랐는데 그녀로서는 정말 하기 싫은 것들이었다. 그녀는 회식과 접대, 친목 같은 것들을 전부 멀리했다. 한번은 외국 작가가 출판사를 방문했다. 사장은 그녀를 불러 임시로 통역을 맡겼다. 작가를 마주한 그녀는 모든 말을 다 알아들었지만 머리가 문법과 구문에 막혀 있어 거의 통역할 수가 없었다. 사장이 물었다.

"외국어 학부를 졸업하지 않았어요? 어떻게 영어 실력이 나만도 못해요?"

아버지는 그녀에게 우선 고향으로 돌아오라고 말했다. 와서 좀 쉬다가 다시 일자리를 찾아보라는 것이었다. 아버지는 트럭을 몰고 다니면서 화물을 운송하는 일의 회계 장부를 그녀에게 맡기면서 타이베이에서 얼마나 벌었든 집에서는 더 많은 돈을 주겠다고 했다.

그녀가 집으로 돌아와 회계 일을 맡게 되자 텐훙은 어떤 과목이든 공부하다가 막히면 그녀를 찾아와 물었다. 그녀는 영어를 계속 공부할 요량으로 옆집 뱀 잡는 사내가 연 비디오테이프 대여점에서 VHS 테이프를 잔뜩 빌려 왔다. 일부 할리우드 영화는 두세 번씩 보기도 하면서 억지로 영화 속 인물들과 영어로 대화를 나누었다. 텐훙도 그녀와 함께 할리우드 영화를 보면서 영화 속 인물들의 영어를 따라 했다. 그녀는 텐훙이 영화 속 캐릭터들의 영어 억양을 아주 빨리 습득한다는 것을 알게 되었다. 영어를 전혀 배우지 않았는데도 아주 정확하게 캐릭터들의 대화를 따라 했다. 텐훙이 종종 그녀에게 물었다.

"셋째 누나, 언제 날 타이베이에 데려갈 거야? 나 타이베이에 가 보고 싶어."

그녀도 그러고 싶었다. 하지만 두려웠다.

"나랑 결혼하면 타이베이로 돌아갈 수 있을 거예요. 내가 집도 사 줄게요. 백악관처럼 과한 집은 아니지만 아주 맘에 들 거예요."

남편은 그녀의 속마음을 꿰뚫고 있던 게 분명했다. 그녀가 집에서 회계 업무를 하고 있고 수시로 베개로 자신을 눌러 죽이고 싶은 충동을 느낀다는 걸 잘 아는 듯했다. 남편은 징쯔총의 전기를 쓰기 위해 항상 녹음기를 들고 다니면서 이곳저곳으로 그를 아는 사람들을 찾아 인터뷰를 했다. 그가 그녀에게 물었다.

"내 조수가 되는 게 어때요? 나는 아무도 모르지만 수칭 씨는 이 지역 사람들을 다 알잖아요."

이런저런 얘기를 나누다가 두 사람은 학번 차이가 좀 나긴 하지만 자기들이 같은 대학에서 수업을 들었다는 것을 알게 되었다.

남편은 틀림없이 이 작은 시골에 관한 은밀한 소문들을 들었을 것이다. 누군가 틀림없이 그에게 이렇게 말했을 것이다.

"천씨네 그 셋째 딸은 공부를 그렇게 많이 했지만 그게 무슨 소용이 있어요? 결국 고향으로 돌아오고 말았잖아요. 생긴 건 곱상하지만 학력이 너무 높아서 중매쟁이들이 적절한 상대를 찾지 못하는 거예요. 나이가 몇인데 아직 시집도 못 가고 있잖아요. 더 어린 막내가 먼저 시집을 갈 것 같아요."

책이 출판되자 그는 타이베이에서 차를 몰고 내려와서는 그 책을 한 상자나 선물했다.

"나와 결혼해요. 우리 함께 이 귀신들의 땅을 떠나자고요."

구혼의 순간, 그녀는 입을 굳게 다물었다. 하지만 그는 그녀가 말을 하지 않아도 그것이 바로 승낙의 대답이라는 것을 확실히 알고 있었다.

남편은 그녀를 꿰뚫어 보고 있었다. 그녀는 틀림없이 좋은 아내가 될 터였다. 입을 꼭 다문 좋은 아내는 자신과 잘 어울릴 뿐만 아니라 앵커라는 자리를 더 빛나게 해 주는 완벽하고 지혜로운 내조자가 될 거라고 생각했다. 자신에게 맞서서 아파도 입을 굳게 다물고 누구에게도 말하지 않을 터였다. 말하고 싶지도 않을 것이었다.

왕씨네 큰아들이 분수 스위치를 누르자 거센 물기둥이 아폴로의 두 눈을 통해 분출되기 시작했다. 하지만 준마와 해신, 바다짐승의 입에서는 물이 나오지 않았다. 두 눈에서 물을 뿜는 관공 아폴로는 달빛 아래서 고독하게 울고 있었다. 무척이나 서글픈 얼굴이었다.

"너무 오래 틀지 않아서 뭔가가 막혀 있는 것 같네. 내일 기술자를 불러 수리해야겠어."

"수리할 필요 없어요. 누가 분수를 보겠어요?"

이상하게도 왕씨네 큰아들을 마주하기만 하면 수칭은 말이 빨라졌다. 조금도 더듬지 않았고 아주 유창하기만 했다.

"이만 집에 가 봐야겠어요."

"내가 차로 데려다줄까? 나도 오래 가 보지 않아서 말이야."

그녀는 고개를 가로저었다. 그러고는 다시 고개를 들어 백악관 위층의 검은 커튼을 바라보았다.

"오늘 엄마 아버지가 와서 귀신들에게 절을 올리라고 하지 않았다면 나도 차를 몰고 여기까지 오진 않았을 거야. 셋째 누나를 만나게 될 줄은 생각지도 못했네. 들어가서 식사하고 가지 않을래? 쑤제랑 얘기도 좀 나누면서."

그녀는 이번에도 고개를 가로저었다. 배가 고팠다. 자신이 가장 싫어하는 여주와 가지가 몹시 먹고 싶었다. 큰언니 집에 가면 가지가 있을지 알 수 없었다. 잠시 후 집으로 걸어가는 길에 여주를 살 수 있을지도 알 수 없었다. 아니면 양타오라도?

"그냥 걸어가고 싶어요."

황금빛 대문이 천천히 열리면서 그녀가 걸어 나왔다. 자신에게 뒤돌아보지 말라고, 절대로 고개를 돌려서는 안 된다고 반복해서 말했다. 그녀는 왕씨네 큰아들의 눈길이 자신의 등에 달라붙어 있다는 것을 모르지 않았다. 과거에도 그랬었다.

하지만, 그녀는 끝내 고개를 돌리지 않았다.

그녀는 백악관 2층, 정원을 마주하고 있는 그 낙지창 하나를 바라보았다. 검정 커튼이 가볍게 흔들리는 것이 보였다.

쑤제의 창백하게 부은 얼굴이 어둠 속에 모습을 드러내더니 커튼 사이로 아래를 내려다보았다. 왕씨네 큰아들이 아폴로 분수 옆에서 담배를 피우는 모습을 내려다보았다. 그는 계속 전방을 직시하고 있었다. 쑤제는 왕씨네 큰아들의 눈길을 따라 황금빛 대문이 천천히 닫히는 것을 바라보았다. 대문 밖에는 한 여인이 서 있었다.

셋째 언니였다.

수칭의 휴대폰이 울렸다. 남편이었다. 방금 퇴근한 걸까? 막 뉴스 보도를 마쳤나?

그녀는 휴대폰을 껐다.

배가 몹시 고팠다. 여주를 먹고 싶었다. 날것으로 그냥 먹고 싶었다.

문득 핸드백에 베를린에서 산 벌꿀 사탕이 한 봉지 들어 있는 게 생각났다.

톈훙.

그녀는 사탕을 한 알 집어 입에 넣고는 왕씨네 큰아들을 바라보다가 쑤제를 보았다.

수칭과 쑤제는 거의 30년 가까이 서로 만나지 못했다.

수칭은 마지막으로 쑤제를 만났을 때 쑤제가 물었던 말이 생각났다.

"하마는 어디 있어? 그 하마는 어디 있냐고. 하마가 밖에 있으면 나는 나가지 않을 거야."

29 　　　전부 야생 백조들이야

그는 어디 있을까?

소리로 판별할 수 있었다. 바다의 조수. 재봉틀. 닭 울음소리. 엄마의 코 고는 소리. 하마 울음소리. 손가락 관절이 스테인리스 물탱크를 두드리는 소리. 개 짖는 소리. 손뼉 치는 소리. 첼로 연주하는 소리. 빗소리.

눈을 비빈다. T. 큰누나. 장갑. 비스킷. 화로. 걸상. 갈라진 틈. 지전. 잿더미. 금발. 어두운 밤. 달. 백조. 다 먹지 못한 국수. 금빛 속눈썹. 선혈. 짙은 안개.

냄새를 맡는다. 족발. 알약. 습기. 피부에 남은 비누 흔적. 훈제 생선. 바닷물의 비린내. 머리칼 속의 바닷물. 꿀벌. 사탕. 셰익스피어 극본.

모든 실마리들이 가느다란 줄처럼 마구 엉켜 그의 머릿속에 하나 또 하나 풀리지 않는 매듭을 남겼다. 뱀 같기도 했다. 수천수백 마리의 뱀. 크기와 색깔, 품종이 제각기 다른 뱀들이 그의 몸을 휘감은 채 혀를 날름거리며 서로 물어 대고 있었다.

왜 뱀 생각이 나는 걸까?

그는 어렸을 때 뱀에게 물린 적이 있었다. 풀밭에서 이리저리 뒹굴며 놀다가 손에 갑자기 맹렬한 통증을 느꼈다. 뱀 한 마리가 그의 손가락을 물고 팔을 휘감은 채 놓아주지 않았다. 그는 다른 한 손으로 뱀을 떼어 내려 해 봤지만 뱀의 힘은 놀라울 정도로 강했다. 떼어 낼 수가 없었다. 그의 형은 옆에서 큰 소리로 울었고 다른 아이들은 날카로운 비명을 지르며 사방으로 흩어졌다. 그는 옆집에 사는 뱀 잡는 사내가 알려 준 몇 가지 묘수가 생각났다. 뱀의 복부에서 꼬리 가까이 있는 항문을 찾아내 손가락을 힘껏 찔러 넣었더니 정말로 뱀이 금세 기력을 잃고 그의 팔을 풀어 주더니 땅바닥 위로 떨어졌다. 그가 고개를 숙여 손바닥을 살펴보니 뱀의 이빨 자국이 선명하게 남아 있었다.

오늘 이곳에 돌아온 그는 머리가 어지러웠고 뭔가 찌르는 듯한 통증을 느꼈다. 그 시절 뱀에게 물렸을 때와 흡사한 통증이었다.

그는 자신이 집에 돌아왔다는 걸 알았다. 원래 살던 집이었다. 자신이 시작된 곳, 기점인 셈이다. 그는 있는 힘을 다해 집을 떠났었다. 집이 싫었다. 그를 환영하지 않는 집이었다.

그는 큰누나의 잿빛 머리칼을 보는 동시에 바다 위의 야생 백조를 보았다. 두 가지 이미지가 중첩되면서 의식이 흩어졌다. 배낭 안에는 독일 의사가 처방해 준 약이 들어 있었다. 오늘 비행기에서 내려 약을 먹었던가?

그는 밖으로 나갔다. 문 앞의 화로는 이미 차갑게 식어 있고 안에는 재만 가득 남아 있었다. 공기는 정체되어 있었다. 바람도 없었다. 지나가는 차량 몇 대가 뜨거운 기류를 몰고 왔다. 하늘에는 은 쟁반 같은 보름달이 떠 있었다. 왼쪽을 바라보니 길이 끝나는 지점에 밤의 어둠 속에서 백악관이 반짝반짝 빛을 발하고 있었다. 베를린 교도소에 있을 때 백악관이 꿈속으로 그를 찾아온 적이 있었다. 다섯째 누나가 백악관의 황금빛 대문 앞에서 한 무리의 기자들을 향해 큰 소리로 외치고 있었다.

"저는 지금 제 손목을 그으려고 합니다. 다들 카메라 준비하셨지요? 이제 손목을 긋겠습니다."

칼이 다섯째 누나의 손목을 긋자 선혈이 눈물처럼 흘러나왔다. 카메라가 이 모든 것을 촬영했다. 꿈속에서 다섯째 누나의 얼굴은 희미했다. 칼로 그은 손목은 보이지 않았다. 하지만 땅바닥 위로 흘러 떨어지는 피는 생명을 담고 있어 등나무 넝쿨처럼 뻗어 가고 물기둥처럼 분사되었다. 백악관의 담장은 금세 시뻘건 피에 점령되었다. 이어서 백악관 정원 안의 인조운하도 핏물로 가득해졌다. 안에 있던 비단잉어들도 전부 폐사했다. 피는 계속 퍼져 나가 이오니아식 기둥과 순백의 외부 담장도 전부 붉게 물들였다. 꿈속의 붉은빛은 반짝반짝 광택이 났다. 손을 뻗어 백악관 외부 담장을 만져 보니 아교 상태로 응결되어 있는 핏빛 물질에 닿는 듯한 느낌이었다.

"의사 선생님, 사람들은 왜 집으로 돌아가는 걸까요?"

독일 교도소에서 그는 자신과 상담해 주는 정신과 의사에게 물었다.

의사는 귀속과 안전, 휴식 때문이라고 했다. 편안하게 텔레비전을 보면서 식사를 할 수 있고 잠을 자거나 목욕을 할 수도 있기 때문이라고.

그는 베트남 출신인 변호사에게 물었다.

"베트남에 돌아갔던 적이 있나요?"

변호사는 자신의 귀향 이야기를 들려주었다. 그는 베트남어를 한마디도 할 줄 몰랐지만 여러 가지 통로를 거쳐 어렸을 때 거주했던 고아원을 찾아냈다. 그가 입양된 것은 세 살 때라 고아원에 대해서는 전혀 기억나는 게 없었다. 그는 기부와 방문을 통해 마음속의 그 구멍을 메울 수 있을 거라고 생각했다. 하지만 베트남에 도착해 보니 그 구멍은 오히려 더 거대해졌다. 독일의 양부모는 감정이 북받쳐 고아원 직원과 서로 껴안고 울었지만 그는 오히려 몹시 소원한 느낌이었다. 그의 동성 애인도 감정에 감염되어 어린아이를 입양하고 싶다는 마음을 갖게 되었다. 오직 그만이 도망치고 싶다고 느꼈다. 몸속의 그 구멍을 그대로 지닌 채 서둘러 베트남을 떠나 베를린으로 돌아오고 싶었다.

그는 교도소에 있는 책들을 읽었다. 인간의 기억은 선별되기도 하고 감춰지기도 했다. 어떤 극단적인 상황에서 사람들은 자발적으로 너무 고통스러웠던 성장의 한 구간을 지워 버리고 아름답고 좋았던 것은 남길 수 있었다. 그는 고향을 생각했다. 물론 아름답고 좋은 것들을 생각할 수 있었다. 오늘 같은 여름 저녁이면 엄마는 직접 빙수를 만들어 주셨다. 용안 열매와 꿀이 들어간 빙수를 온 가족이 집 앞에 나가 앉아 먹으면서 별을 바라보았다. 귀뚜라미 울음소리를 들으면서 반딧불을 기다렸다. 엄마는 항상 흔들의자에 앉아 하나부터 일곱까지 손가락을 꼽아 가면서 별을 셌다. 하지만 그는 그 더럽고 추한, 자신이 만들어 놓은 죽음과 이별, 엄마의 모욕과 가혹한 폭력을 잊지 않았다. 엄마가 그를 때릴 때면 주먹은 칼이 되고 발길질은 검이 되었다. 하지만 가장 매섭고 흉악한 것은 역시 입이었다. 엄마는 타이완 사투리로 온갖 욕을 쏟아 냈다. 한 글자 한 글자가 불처럼 뜨거웠다. 그는 맞으면서 단 한 번도 반항하지 않았다. 그는 엄마에게 미안했다. 자신이 변태고 비정상이라고 생각했다. 엄마의 말은 틀리지 않았다. 천씨 집안이 무너진 것은 전적으로 그의 탓이었다. 그를 낳은 것은 죄를 지은 것이었다. 애당초 아들을 하나만 낳는 편이 좋았을 것이다.

엄마의 말대로 그는 떠났다. 아주 먼 곳으로 가서 다시 돌아오지 않을 작정이었다. 심지어 그는 타이완 여권도 포기하고 독일 여권을 취득했다. 그걸로 고향과 타이완과 완전한 결별이었다.

하지만 오늘 그는 돌아왔다. 그에게는 해답이 없었다. 사람은 왜 집으로 돌아오는 것일까? 어디가 집인가? 그가 돌아온 것은 속죄를 위해서도 아니고 참회를 위해서도 아니었다. 해답을 얻기 위해서도 아니었다. 귀향은 의무였다. 귀향은 그를 질식하게 만들었다. 하지만 돌아와야 했다.

달리 갈 수 있는 곳이 없었기 때문이다.

T가 말했다.

"나랑 결혼하면 거류증을 받을 수 있어. 그럼 여기 남을 수 있지. 그리고 몇 년 더 지나면 독일 여권을 신청할 수 있어."

"결혼을 하자고?"

당시 독일은 아직 동성 간의 결혼이 허용되지 않았다. 하지만 동성애자들에게 배우자 증명을 전문적으로 해 주는 변호사가 있었다. T의 눈빛은 단호했다. 그는 T의 말랑말랑해진 아랫도리를 가지고 놀고 있었다. '결혼'은 확실한 단절처럼 느껴졌다. 그를 타이완으로부터 완전히 뽑아 버릴 수 있을 것 같았다. 대단히 유혹적인 초청이었다. 그는 완전히 다른 신분을 얻을 수 있었다. 처음부터 다시 시작하는 것이다. 친구도 없고 가족도 없고 과거도 없는 곳에서 낯선 사람과 새로운 삶을 펼쳐 나가는 것이다. 그는 미소를 지으면서 고개를 끄덕였다. 오케이라고 말했다. 그의 말을 듣는 순간 그의 손바닥에 있던 T의 물건이 아주 빨리 딱딱해졌다.

배우자로 등록하기 전에 T는 그를 데리고 라뵈로 돌아갔다. T의 어머니는 음악 학교 교사이고 아버지는 항구 업무에 종사하고 있었다. T는 며칠만 있으면 크리스마스니까 함께 라뵈로 가서 멋진 밤을 보내자고 했다. 두 사람은 개를 친구에게 부탁하고 베를린에서 기차를 타고 함부르크로 간 다음, 구간 열차로 갈아타고 킬로 가서 다시 버스를 타고 마침내 라뵈에 도착했다. 먼 길을 우회하는 이번 여정에서 차창 밖 풍경은 줄곧 변하지 않았다. 그는 열차 안에서 잠이 들었고, 깨어났을 때는 이미 대도시가 사라지고 없었다. 창밖에는 큰 눈이 내려 집들이 전혀 보이지 않았다. 라뵈에 도착하니 눈이 잠시 멎었다. 하얀 해는 음산하고 창백했다. 눈앞에는 그윽한 해만(海灣)이 펼쳐져 있고 모래사장에는 한 여자가 개를 끌고 나와 산책을 하다가 T를 보더니 달려와 포옹을 했다. 여자는 T 옆에 있는 그를 위아래로 훑어보았다. 개가 코를 킁킁거리며 그의 냄새를 맡았다. 해만에 외계 생물이 나타나기라도 한 듯이. 바다는 아주 조용했지만 자세히 귀를 기울이면 파도 소리를 들을 수 있었다. T의 손가락이 먼 곳을 가리켰다. 안 보여? 저 바다 위에 있는 것들 말이야. 하얀 점처럼 여기저기 떠 있잖아? 전부 야생 백조들이야.

T의 고향집은 바다를 마주하고 있는 해만 옆의 작은 집이었다. 이층집으로, 지붕은 산 모양이었다. 바깥 담장은 베이지색, 창문틀은 전부 그리스 블루였다. 정원에는 그네와 잎이 다 떨어진 사과나무, 그리고 바다를 향해 놓인 벤치가 있었다. T가 건물 위의 창문을 가리켰다. 그곳이 전에 그가 쓰던 방이었다. 그는 항상 창가에 앉아 망원경으로 바다 위의 큰 배들을 바라보면서 선장이 배를 어디로 몰고 있는지 유추하곤 했다.

그 작은 집에 들어서자마자 그는 T의 부모가 그를 결코 환영하지 않는다는 것을 알게 되었다. 악수는 냉담했고 눈빛은 잠시 스쳐 지나가 버렸다. 집 안을 통틀어 유일하게 따스한 존재는 거실에서 깜박거리는 크리스마스트리뿐이었다. 저녁 식사를 하면서 말다툼이 벌어졌고 그는 T와 함께 그날로 그 작은 집을 나와야 했다.

T는 이때부터 집이 없었다. T는 '하이마틀로스(heimatlos)'라고 말했다. 형용사였다. 하이마트(heimat)는 '고향'을 의미하고 로스(los)는 '없음'을 뜻했다. 사전을 찾아보면 '집이 없는'이라고 나왔다. 당시 그는 이 단어를 이해하지 못했지만 지금은 잘 알고 있다. 난민들은 바다를 건넌다. 고향집이 포탄 공격에 파괴되었기 때문이다. 이때부터 집이 없어졌다. 나라가 망하거나 추방되어 의지할 데 없이 떠돌아다니게 되는 것, 더 이상 돌아갈 본향이 없는 것이 바로 '집이 없는' 상태였다. 뿌리가 잘려 나가는 단절이자 영원한 이별이었다. 돌아갈 본향이 없어졌다. 집이 없다.

그는 T를 죽이고 나서 혼자 차를 몰고 라뷔에 갔었다.

큰누나가 그의 곁으로 와서 그와 함께 달을 보았다. 땀이 비 오듯 쏟아졌다. 작고 검은 모기들이 그의 사지에 붉고 작은 산언덕을 무수히 남겼다. 달이 천천히 솟아올랐다. 하늘에는 구름 한 점 없었다. 큰누나가 말했다.

"아주 오래 비가 오지 않았어."

그가 T와 함께 배우자 등록을 하던 날, 베를린에는 비가 내렸다. 호적 정책 기관은 동베를린의 작은 호수 옆에 있었다. 등록 절차는 무척 신속했고 아주 빨리 증서를 받을 수 있었다. 증인도 필요 없었다. 중국 국적의 통역원 한 사람만 대동하여 그가 등록 절차를 이해할 수 있도록 도와주면 그만이었다. 통역원이 그에게 축하의 인사를 건넸다.

"독일에 오신 것을 환영합니다!"

반지도 없고 화려한 슈트도 없었다. 두 사람은 손을 잡고 호숫가로 갔다. T가 말했다. 이 호수는 바이센제(Weißensee)라고 해. 빗속의 하얀 호수라는 뜻이지. 호수 한가운데에 작은 배를 젓는 사람이 있네. 여름에 우리 이리로 수영하러 오자.

누나들은 그의 글을 통해서 그가 '결혼'했다는 사실을 알았다. 당시 그는 신문 문화면에 고정 칼럼을 쓰고 있었다. 칼럼에서 그는 자신이 베를린에서 보고 듣고 좋아했던 것, 알게 된 것과 몰랐던 것들을 서술했다. 빗속의 호수에 관한 글에서 그는 방금 '결혼'한 두 남자가 우산도 들지 않고 호숫가의 빗속에서 키스하며 여름을 기다렸다고 썼다.

둘째 누나가 큰누나에게 전화를 걸었다. 다행히 엄마는 글을 몰라 신문을 읽지 않았다.

"오늘 신문 잘 치워 둬. 아버지가 보시지 않게."

셋째 누나는 아침 일찍 호숫가에서 커피를 마시고 있었다. 오늘은 톈훙의 칼럼이 실리는 날이라 재빨리 문화면을 펼쳤다. 그녀는 속으로 문화면을 읽을 사람은 없을 거라고 생각했다. 용정에는 신문의 문화면을 읽을 사람이 없으리라는 것이 그녀의 생각이었다.

엄마는 글을 모르지만 정육점 주인은 글을 알았고 공심채를 파는 채소 가게 주인도 글을 알았다. 오토바이 가게 주인도 글을 알았고 화분 가게 주인도 글을 알았다. 그들은 낮은 목소리로 농담하듯이 미간을 찌푸리며 말했다. 혐오가 가득한 어투였다. 바람이 신문지 위의 문자들을 날려 온 세상에 퍼뜨렸다.

큰누나가 말했다. 몇 달 동안 비가 내리지 않아 도랑이 다 말라버렸어. 향 공소에서는 곧 물 사용 제한과 우물 봉쇄 조치를 발동할 것 같아. 하늘이 울지 않으니 모두 가난해 죽고 목말라 죽게 생겼네.

그는 몹시 목이 말랐다. 커다란 컵 하나 가득 물이 필요했다. 그래야 배낭에서 약을 꺼내 위 속에 쏟아 넣을 수 있었다.

왼쪽을 바라보니 길이 끝나는 곳에 비쩍 마른 사람 그림자 하나가 백악관에서 나와 이쪽으로 걸어오고 있었다. 그 사람의 그림자가 신고 있는 신발이 노면을 때렸다. 그림자가 멀리서 그와 큰누나가 길가에 서 있는 것을 보았는지 노면을 때리는 박자가 빨라졌다.

오른쪽을 바라보니 국화밭에 막 불이 들어오고 있었다. 꽃밭 위로 천천히 노란빛이 가득 펼쳐지면서 작은 시골의 윤곽을 밝혔다. 빛이 천천히 팽창하면서 어둠을 몰아냈다. 어두웠던 밭 옆 작은 오솔길이 불빛에 노랗게 물들었다. 노면이 금빛으로 칠한 것처럼 밝게 빛났다. 금빛 그림자들이 물보라를 이루는 가운데 작은 트럭 한 대가 그 물결을 타고 그들을 향해 다가오고 있었다.

그는 또 갑자기 바다 위의 백조들이 생각났다. 그를 향해 천천히 다가오던 백조들. 어두운 밤의 바다 위에서 물결을 따라 기복하는 눈처럼 흰 야생 백조들을 손가락을 꼽아 가며 세어 보았다. 하나, 둘, 셋, 넷, 다섯, 여섯, 일곱, 여덟, 아홉, 열. 너무 많아 다 셀 수 없었다. 매번 다른 숫자까지 세다가 그만두곤 했다. 야생 백조들은 하나같이 순백으로 빛나고 있었다. 바다 위는 밤하늘과 같았고 백조들은 밤하늘에 뜬 별들 같았다.

그는 누나들에게 말하지 않았다. 그는 어느 누구에게도 말하지 않았다. 그는 영원히 말할 수 없었다. 백조가 아니었다면 T를 죽이고 나서 그다음에 죽일 사람이 바로 자신이었을 거라고 절대 말할 수 없었다.

30 피부 속의 붉은 꽃을 파내다

달 하나, 달 둘, 달 셋, 달 넷, 달 다섯.

백조 한 마리, 백조 두 마리, 백조 여덟 마리, 백조 열다섯 마리, 백조 다섯 마리, 백조 여섯 마리, 백조가 없다. 백조들이 깡그리 죽어 버렸다.

하마 여덟 마리, 하마 열두 마리, 하마 한 마리. 하마는 착하다. 하마가 뛴다. 하마가 소리를 지른다.

언니, 톈훙, 하마가 외치는 소리를 기억해?

나의 세계에는 다섯 개의 달이 있었어.

오늘 밤, 나의 세계에는 하늘에 백만 개의 달이 가득 들어차 있어. 백만 개. 맞아. 하나 또 하나 빠르게 불이 붙네. 나는 손가락으로 일일이 세고 있어. 백만까지 셀 거야. 틀림이 없어. 너무 많은 달들이 서로 비비적거리며 빼곡하게 들어차 있어. 달과 달이 서로 충돌하고 달라붙고 합쳐지네. 하늘 전체가 가득 찰 때까지 계속될 거야.

최고로 커다란 달이야.

내게는 최고로 큰 달이 필요해. 그래야 뚜렷하게 볼 수 있기 때문이지. 지금 모두 어떤 모습인지 뚜렷하게 보고 싶어.

기억해? 하마 울음소리?

엄마는 나를 데리고 패물을 준비하러 위안린에 갔었지. 시집을 가야 했으니까. 왕씨네 집안으로부터 거액의 빙례(聘禮)를 받았으니 천씨 집안에서 준비하는 혼수도 초라할 수 없었지. 내가 말했어. 엄마 위안린에 뭐 그리 대단한 게 있겠어요? 저는 나중에 파리로 신혼여행을 갈 거예요. 파리 말이에요. 파리에 가서 금으로 된 장식품을 사다 드릴게요.

엄마가 말했어. 위안린의 젠청(建成) 금은방은 일본인들이 있던 시절부터 아주 유명한 가게였어. 수많은 외지인들이 특별히 이 가게를 찾아와 혼수용 금은 장식품을 사 가곤 했지. 파리가 얼마나 대단하다고 그래? 기차를 타고 갈 수 있어? 오토바이를 타고 갈 수 있어? 가 봤든 못 가 봤든 너무 부풀려서 상상하지 마.

엄마는 금팔찌와 펜던트, 목걸이, 귀고리 등을 샀어. 하나같이 구식이었지. 엄마가 말했어. 이렇게 손이 크고 호방한 걸 '대분(大扮)'이라고 하지. 결혼할 때는 이런 장식들을 치렁치렁 달아야 체면이 선단 말이야.

나는 금은방 주인에게 하마에게 줄 금 목걸이를 만들 방법이 없는지 물었어.

언니와 텐훙의 청각 기억 속에는 하마의 울음소리가 남아 있지. 아주 낮고 침울한 동관 악기의 음질이었어. 엄마가 코 고는 소리와 비슷했지.

톈홍, 네가 감옥에서 셰익스피어 작품 공연 연습을 하고 있을 때, 연출자가 몇 가지 동관 악기를 가져왔지. 너는 이것저것 마음 대로 연주해 보다가 갑자기 일련의 음계를 찾아냈어. 하마가 우는 소리 같았지.

나는 금은방에 있는 모든 금 장식물을 몸에 달고 거울을 보았어. 내 몸에서 찬란한 황금빛이 뿜어져 나왔지. 금귀고리는 귀에 매달려 있었지만 막대기처럼 길게 늘어져 앞가슴 피부까지 금빛에 물들었어. 샤오왕이 마음에 들어 한 건 너무나 당연했지. 그가 좋아한 건 내 가슴이었거든.

나는 그를 샤오왕이라고 불렀어.

샤오왕은 자기 집안이 증시에서 아주 큰 돈을 벌어들이면서 증시의 큰손이 되었다고 말했어. 대륙에서의 사업도 빠른 속도로 발전하고 있고 비스킷이 엄청나게 팔리고 있다고 했지. 자기 집안 회사의 비스킷을 파는 상점이 수천수억 개나 된다고 하더라고.

"갖고 싶은 게 있으면 뭐든지 다 말해."

내 피부는 알레르기에 취약해 싸구려 장식물을 달고 있으면 발진이 생기기 십상이었지. 한번은 큰형부가 큰언니에게 선물한 금목걸이를 했다가 앞가슴에 금세 붉은 꽃이 가득 핀 적이 있었어. 큰언니는 얼굴 가득 폭우 같은 눈물을 흘리면서 말했지.

"날 속였어! 순금이라면서 아들을 낳아 준 데 대한 선물이라고 하더니!"

순금 목걸이를 하면 아무 일 없었어. 피부가 신이 나서 금과 마찰되는 걸 즐기더군. 붉은 꽃은 피지 않고 금빛만 찬란했어.

하마의 피부는 보기에는 그렇게 두꺼워서 금목걸이를 해도 알레르기가 전혀 생기지 않을 것 같았어. 금은방 주인은 하마를 본 적이 없기 때문에 하마가 얼마나 큰지도 모른다고 말했어. 당시에는 나도 하마를 본 적이 없었지만 아마 그 금은방보다 클 거라고 말했어. 금은방 주인은 그렇다면 금이 아주 많이 들 거라고 했지.

"괜찮아요. 금이 얼마나 들든 상관없어요. 제 미래의 남편은 증시의 큰손이거든요."

한 군데 칼로 긋고 또 한 군데를 그었어.

옆집 뱀 잡는 사내는 자신에게 하마를 구해 올 방법이 있다고 했어.

뱀 잡는 사내는 뭐든지 다 할 수 있었지. 이 타운 하우스 단지에 사는 사람들은 누구나 알고 있었어. 뭔가 필요하면 그에게 가서 물어보면 된다는 걸 말이야. 그는 뭐든지 해낼 수 있었거든. 사실, 대부분의 경우에는 애당초 말할 필요도 없이 사람들이 뭘 필요로 하는지 먼저 알아내곤 했어. 어떤 때는 돈을 요구하기도 하고 또 어떤 때는 한 푼도 요구하지 않았지. 그에게 뱀탕을 살 때는 돈을 내야 했어. 뱀을 잡는 공임도 별도로 계산해야 했지. 그에게서 VHS 비디오테이프를 빌릴 때에도 돈을 내야 했어. 피아노 연주를 부탁할 때도 돈을 내야 했지. 하지만 뱀에게 물려 해독을 부탁할 때는 돈을 내지 않아도 됐어. 집에 뱀이 들어와 그에게 좀 잡아 달라고 부탁할 때도 돈을 낼 필요가 없었지. 엄마가 그와 잘 때도 돈을 내지 않았어. 수학 문제를 풀지 못해 그에게 물어볼 때도 돈을 내지 않았고, 영어를 못해서 그에게 물어볼 때도 돈을 내지 않았어. 알레르기 때문에 내 온몸에 붉은 꽃이 피었지만 의사의 진료도 아무 소용이 없었을 때, 그는 내게 뱀술을 먹이고 몸에 기름을 발라 붉은 반점을 가라앉혀 주었지. 그럴 때도 돈을 한 푼도 받지 않았어.

맞아, 모두 모를 거야. 나랑 큰언니만 알고 있지. 엄마가 그와 잤다는 사실 말이야. 큰언니는 일찌감치 알았어. 두 사람의 모습을 직접 보기도 했지. 큰언니가 두 사람의 모습을 직접 보았기 때문에 엄마는 특별히 큰언니를 미워했고 아침부터 저녁까지 발길질을 했던 기야. 큰언니가 중힉교도 다 마치지 잃고 사루로 가서 여공이 되겠다고 하자 엄마는 그제야 안도의 한숨을 내쉬었지.

나는 그런 사실을 나중에야 알게 되었어. 하지만 직접 보지는 못했지.

나는 지하실로 갔다가 거기에 엄마의 양장이 몇 점 걸려 있는 걸 보았어.

한 군데 칼로 긋고 또 한 군데를 그었어.

맞아. 모두 모르겠지만 지하실이 있었어. 죽 늘어선 집들 가운데 뱀 잡는 사내의 집에만 지하실이 있었지.

아프지 않았어. 정말로 아프지 않았어. 한 군데 칼로 긋고 또 한 군데를 그었어. 최고로 큰 달이 비춰 주었지. 칼날 위를 비췄어. 번뜩이는 빛줄기가 눈을 찔렀어.

톈홍이 내 시신을 발견했어.

아무도 나를 찾지 못했어. 톈홍만 내가 어디로 갔을지 짐작하고 있었지. 톈홍이 엄마에게 맞을 때마다, 내가 엄마에게 맞을 때마다 우리는 국화밭 옆에 있는 도랑으로 갔어.

"누나, 사람들이 모두 나보고 변태래."

내가 톈홍에게 말했지.

"변태는 아주 좋은 거야, 바보야. 있잖아, 나는 곧 샤오왕에게 시집가게 될 것 같아. 결혼하면 아주 많은 돈을 갖게 되지. 백악관이 완공되면 너도 들어와서 우리랑 같이 살자. 어차피 방이 너무 많거든. 내가 작은 변태인 너를 먹여 살려 줄게. 널 데리고 파리에 가서 샤넬 명품들도 사 줄게."

우리는 파리에 가지 않았어. 너만 스스로 베를린에 갔지.

아프지 않아. 정말 아프지 않아. 나는 왜 식구들이 내가 칼을 들고 내 몸을 그은 걸 보고서 그렇게 두려운 표정을 지었는지 이해가 되지 않아. 내가 귀신도 아닌데 말이야.

하지만 지금은 귀신이 되었어.

칼로 그었어. 한 군데 긋고 또 한 군데를 그었어. 여기저기 마구 그었어. 어디서 피가 더 많이 나오는지 비교해 볼 생각이었어. 정말 아프지 않았어. 쾌감이 느껴졌어. 피가 물처럼 흘러나왔어. 아주 축축한 게 정말 아름다웠지. 귀신이 된 지 이렇게 오래되었지만 나는 여전히 칼날이 피부를 가르던 그 짜릿한 파열의 느낌을 기억하고 있어. 가족들이 어떻게 그걸 모를 수가 있지? 나는 어떻게 가족들이 칼로 스스로를 해칠 생각을 안 하는지 도무지 이해할 수가 없어.

맨 처음에는 팔에 알레르기가 생겨 너무나 가려웠기 때문이었어. 정말로 참기 어려웠지. 피부의 붉은 꽃이 손톱에 긁히자 회색이나 파란색으로 변했어. 더 가려웠지. 피부 깊은 곳으로부터 고통이 밀려 왔어. 뭐가 들어 있기에 이렇게 자주 피부에 붉은 꽃이 피는지 알고 싶었어. 마침 세계 지도가 그려진 책상 위에 미술용 칼이 있어 그걸로 피부를 그으면 되었지. 칼로 그으면 가려움이 멎고, 피부 속에 들어 있는 붉은 꽃을 파내면 된다고 생각했어. 한 송이 한 송이 전부 파낼 작정이었지. 칼날이 팔 위로 미끄러져 내려가면서 가느다란 줄을 남기고 그 사이에서 붉은 피가 흘러나왔어. 아프지 않았어. 나는 피를 보고서 알레르기의 가려움을 잊었지. 알고 보니 피는 이토록 아름다운 것이었어. 붉은 꽃들을 파 버리려고 했는데 뜻밖에도 우물을 뚫고 말았어. 알고 보니 몸 안에 이렇게 많은 붉은 샘물이 있었던 거야. 옛날에 내 몸에서는 매달 붉은 샘물이 흘러나왔지만 열일곱 살이 되자 월경이 멈춰 버렸어. 월경이 멈췄다고 해서 그리 큰 일은 아니었어. 어차피 내 가슴은 이렇게 컸으니까. 샤오왕은 내 가슴을 사랑했지.

하나, 둘, 셋, 넷, 다섯, 에취. 나는 매일 아침에 잠에서 깨면 항상 왕성하게 재채기를 했어. 몇 개의 방을 사이에 두고 떨어져 있는 톈훙도 횟수를 셀 수 있을 정도로 소리가 컸지. 다 세고 나면 잠이 완전히 깨어 있었어.

톈훙, 너는 길가에 서 있고 큰언니는 네 곁에 서 있었어. 셋째 언니는 빠른 걸음으로 너에게 다가갔지. 둘째 언니는 작은 트럭에서 내렸어.

톈훙, 너는 입을 열지 않았어. 뱀 잡는 사람은 VHS 비디오테이프 한 상자를 네게 건넸어. 돈은 받지 않았지. 우리는 온 식구가 제사를 지내기 위해 집을 나서고 집에 우리 둘밖에 없었던 기회를 이용해서 VHS 비디오테이프 상자를 집 안에 들여놓았어.

길가에서는 달빛 아래 모든 사람이 무슨 말을 해야 할지 몰라 안절부절못하고 있었어.

최고로 큰 달은 빠른 속도로 작아져 갔지.

한 군데 긋고 또 한 군데를 그었어. 팔과 다리를 칼로 마구 그었지. 그다음에는 발목을 그어 볼 생각이었어. 어디서 피가 더 많이 나오는지, 어디가 더 촉촉한지 비교해 보고 싶었지.

식구들은 정말로 무슨 말을 해야 좋을지 모를 거야.

둘째 언니가 말했어.

"너무 말랐네."

셋째 언니가 말했어.

"나는 이 사탕 먹을래. 베를린 사탕."

사실 둘째 언니와 셋째 언니 둘 다 말을 하지 않았어. 나만이 알아들을 수 있는 언니들 마음속 말이었지.

넷째 언니는 백악관에서 혼자 중얼거렸어. 나도 여기서 다 듣고 있어. 넷째 언니는 방 안을 이리저리 걸으면서 줄곧 소리쳤지.

"엄마가 안 보여! 엄마가 안 보인다고! 엄마! 어디 가신 거예요?"

최고로 큰 달은 계속 작아지고 있었어. 나의 세계에는 달이 한 개밖에 남지 않았지.

비닐봉지로 덮인 머리에서는 동공이 계속 확대되고 있었어.

큰언니는 고개를 들어 하늘을 바라보았어. 아주 두꺼운 먹구름이 보였어.

톈홍, 기억하니? 네가 어렸을 때, 우리 작은 시골에 우박이 쏟아져 국화밭의 전구를 전부 박살 낸 적이 있었지. 다음 날 우리는 국화밭 옆에 앉아 땅에 가득 널려 있는 전구 파편을 바라보았어. 국화 전등이 없는 용징은 무척이나 어두웠지. 하늘의 먹구름 모양은 대단히 위협적이었어. 차가운 바람이 막 몰아치면서 쉭쉭 요란하게 경고음을 냈어. 이 귀신들의 땅에 곧 뭔가 큰 사건이 닥칠 것 같았지. 그때 엄마가 경찰을 찾아가 신고를 할 줄 우리가 어떻게 알았겠어. 그때 우리는 아무것도 몰랐지.

바람이 불어왔어. 차가운 바람이었지. 바람은 나란히 들어선 타운 하우스 앞의 먼지와 낙엽을 쓸어 갔어. 땅바닥 위에 작은 회오리바람이 일었지. 큰언니는 하늘의 먹구름을 가리켰어. 가랑비가 내리고 있는 것 같았지. 언니는 너와 두 여동생을 쳐다보면서 정말로 뭔가 말하고 싶어 하는 것 같았어. 하고 싶은 말을 몸 안에 감춰 두지 않고 입을 크게 벌리고 목구멍을 거세게 울리면서 하고 싶어 하는 것 같았어.

큰언니는 곧 비가 올 것 같다고 말하고 싶었던 거야.

하지만 언니는 아무 말도 하지 않았어. 언니의 몸 안에 커다란 구멍이 하나 있어서 하고 싶은 말들이 전부 그 구멍 속으로 떨어져 버렸어.

바람은 아주 거세게 불었어. 한여름 중원절에 불어온 이 차가운 바람은 몹시도 이상했지. 과거에도 그랬던 것처럼 징쯔총이 보이지 않았고 밍르 서점은 영업을 중지했고 하마가 나왔어. 그리고 다섯째인 나도 보이지 않았지. 텐이는 소환장을 받았고 아버지가 돌아가셨고 엄마도 세상을 떠났어. 집은 불타고, 소문에 의하면 막내 톈훙은 독일에서 사람을 죽였다더군.

쉬익.

바람이 불자 도마뱀들이 입을 다물었어. 귀뚜라미도 입을 다물고 개구리도 입을 다물고 흰개미도 입을 다물었어. 용징 전체가 입을 다물었어.

3부

놓지 마

31 손금의 미궁에 빠지다

곧 비가 올 것 같았다.

날이 저물고 어두운 밤이 다가오고 있었다. 엄마는 밭에서 풀을 뽑고 있었다. 하늘은 어두웠고 먹구름이 겹겹이 몰려오고 있었다. 동쪽을 바라보면 멀리 타이완 중부의 산간 지역에 번개가 치는 게 보였다. 밭에서는 지렁이들이 기어 나오고 있었다. 엄마는 그녀에게 이것이 큰비가 내릴 징조라고 말해 준 적이 있었다. 그녀는 호미로 지렁이를 캐냈다. 사실 지렁이들이 땅 위로 기어 나오는 걸 볼 필요도 없이 그녀는 자신의 머리칼을 보면 그날 비가 올지 안 올지 판단할 수 있었다. 그녀의 머리는 천연 곱슬머리였다. 다른 집 여자아이들은 애써 머리를 말아야 했지만 그녀의 머리는 선천적으로 파도처럼 크게 말려 있었다. 공기가 물기를 머금기만 하면 그녀의 머리칼은 큰 파도 모양으로 말려 머리 전체가 분노한 파도처럼 부풀어 올랐다. 엄마는 그녀의 구불구불한 머리칼을 보면 빗을 들고 나선형으로 둘둘 말린 봉두난발을 깔끔

하게 빗어 주려 했다. 하지만 작은 빗은 분노한 바다를 만난 작은
배처럼 오히려 머리칼에 말려 엉켜 붙고 말았다. 배는 점점 더 깊
이 머리칼의 바다 속으로 가라앉았다. 엄마는 땅이 꺼질 듯 한숨
을 내쉬었다. 이걸 어째? 신부가 될 아가씨 머리칼이 완전히 여
자 귀신 같잖아. 다행히 천씨네 큰아들은 얼굴이 무척이나 소박
하고 성실해 보였다. 마음이 변하진 않을 것 같았다. 다행히 중매
쟁이 아줌마는 그녀 편이었다. 팔자와 띠를 묻고 집안 내력을 조
사했지만 천씨네에 고스란히 다 알리지는 않았다. 지역 전설에서
말하는 대나무 숲에 매달려 있는 여자 귀신은 그녀 집안의 귀신
이었다. 하지만 말을 하지 않으면 없는 일이나 마찬가지였다. 아
무도 모를 터였다. 쉿! 그걸 말하면 누가 너를 아내로 맞아들이겠
니? 엄마는 과부였다. 누군가 딸을 데려가겠다고 하자 엄마는 그
제야 간신히 마음을 놓은 터였다.

　아찬은 열여덟 살이라 곧 시집을 가야 했다. 상대인 천씨 집안
은 과거에 용징 최고의 부자였지만 일본인들이 떠나고 국민당 정
부가 타이완으로 몰려와 토지 개혁을 단행하면서 여러 갑의 전답
이 전부 싼값으로 정부에 강제 매수되었다. 그때부터 천씨 집안
은 더 이상 대지주가 아니었다. 엄마는 손가락으로 마을에 보이
지 않는 경계를 그으면서 말했다.

　"예전에는 말이야, 이쪽에서부터 저쪽까지, 눈에 보이는 땅이
전부 천씨 집안 것이었어. 돈 많은 집에 시집가면 힘들어. 게다가
큰며느리가 되면 더 고생이지. 하지만 이제 천씨 집안은 대지주
가 아니라서 콩기름 공장의 큰딸을 원하고 있어. 안 그러면 어떻
게 우리 같은 사람이 눈에 들어오겠니?"

중매쟁이 할멈이 나서서 말했다.

"천씨네 큰아들은 얼굴이 단정하고 코가 오뚝하다우. 키도 아주 크고 몸매가 호리호리하지. 아주 착실한 사람이라우. 별로 말이 없이 과묵한 성격이고 학력도 아주 괜찮은 편이에요. 중학교를 졸업한 데다 용모가 매우 세련돼서 좋아하는 여자들이 아주 많다우."

두 번 만나고 결혼이 결정되었다. 그녀는 미래의 남편에 대해 아는 게 아무것도 없었다. 이름이 천톈산(陳天山)이라는 것만 알았다. 모두 그를 아산(阿山)이라고 불렀다. 아산은 허리가 높이 올라간 양복바지에 잘 다린 하얀 와이셔츠 차림이었다. 손에는 책을 한 권 들고 있었다. 시골 사람 같지 않은 모습이었다. 두 번째로 만났을 때, 아산과 아찬은 기념사진을 찍었다. 사진사는 그녀에게 아산의 몸에 가까이 붙으라고 주문했다. 그녀는 아산의 손이 가늘고 긴 데다 손톱이 단정하게 깎여 있는 것을 눈여겨보았다. 다시 눈길을 내려 보니 샌들 위로 드러난 그의 발톱 사이엔 진흙의 흔적이 보이지 않았다. 아산의 몸에서는 은은한 향기가 났다. 그녀가 한 번도 맡아 보지 못한 냄새였다. 아산은 발뒤꿈치도 희고 가는 것 같았다. 굳은살이 박인 부분을 찾아 볼 수 없었다. 아산은 말이 없었지만 몸을 가까이 대면 맑고 신선한 입김이 느껴졌다. 고약한 냄새가 전혀 없었다.

그녀는 이런 남자를 만나 본 적이 없었다. 콩기름 공장에서 일하는 노동자들은 몸에 걸치고 있는 옷에서 고약한 썩은 내가 났고 겨드랑이에는 죽은 돼지를 감추고 있는 것 같았다. 입에서도 썩은 내가 풍겼고 손톱 사이에는 진흙과 온갖 음식물 찌꺼기가 끼어 있었다. 치아는 자잘한 돌 같고 머리칼은 기름때에 전 철사 같았다.

비가 몇 방울 떨어져 그녀의 이마에 부딪혔다. 엄마가 외치는 소리가 들렸다. 비바람 소리의 간섭 때문에 그녀는 엄마의 말을 분명하게 듣지 못했다. 하지만 틀림없이 술항아리 위에 말리려고 널어 놓았던 옷을 걷으라는 지시라는 걸 모르지 않았다. 사방에 잠자리가 날아다니고 제비가 낮게 날아 지나갔다. 땅속에 있던 지렁이들이 끊임없이 땅 위로 기어 나왔다. 자세히 보니 공중에 어지럽게 날아다니는 것은 제비가 아니라 박쥐였다.

그녀는 박쥐를 잡아 아주 걸쭉하고 맛있는 국을 끓이는 법을 알고 있었다. 두 번째로 아산을 만났을 때, 그녀는 매미가 땅 위로 기어 올라오기 시작할 때 잡아서 기름에 튀기면 아주 맛있다고 말했다. 이 모든 것이 안경잡이가 가르쳐 준 것이었다.

안경잡이는 '향기나' 간장 공장의 운반 노동자로, 대두를 운반하고 세척하는 일을 도맡아 했다. 키가 작은 그는 테가 두꺼운 안경을 쓰고 있었다. 눈도 작고 코도 작고 입도 작았다. 안경잡이는 아주 어려서부터 공장에서 일하기 시작했다. 동작이 아주 빠른 데다 일본어와 민남어, 표준 중국어를 두루 구사했다. 다른 노동자들이 하는 말에 따르면 그는 타이중에 가서 대두 도매를 하다가 미군을 만나면 영어를 한다고 했다. 안경잡이는 그녀와 함께 성장했고 간장 제조의 모든 절차와 과정도 전부 안경잡이가 그녀에게 가르쳐 주었다.

빗방울이 더 많이 떨어지자 엄마는 더 크게 소리를 질렀다. 그녀는 손에 들고 있던 제초용 낫을 내려놓고 얼른 마당으로 달려가 옷을 걸었다.

대나무 장대에 널어 놓은 이불과 베갯잇, 옷가지 등이 보이지 않았다. 큰비가 맹렬하게 간장 공장의 지붕을 때리기 시작했다. 빗소리가 엄마가 외치는 소리를 덮어 버렸다. 그녀는 엄마가 외치는 소리를 선명하게 들을 필요도 없었다. 그녀는 엄마가 틀림없이 빨리 시집이나 가라고 외칠 게 틀림없다는 걸 잘 알고 있었기 때문이다. 이렇게 거친 여자가 어떻게 나중에 삼합원의 큰며느리가 되었는지 알다가도 모를 일이었다.

그녀는 온몸이 다 젖은 채 집 안으로 들어왔다. 엄마가 외치는 소리가 공장 안에 끝없이 메아리 치며 쉴 새 없이 그녀의 고막을 때렸다. 갑자기 누군가 수건을 던져 주었다.

안경잡이의 손이었다. 아산의 손과는 완전히 다른 손이었다. 아산의 손은 희고 가는 데 비해 안경잡이의 손은 주름이 가득했다. 엄마는 그녀에게 까무러친 어린아이의 혼을 부르는 방법과 손금 보는 법, 경문 읽는 법, 천지를 대충 측량하는 방법을 가르쳐 주었다. 그녀는 쌀알로 과거를 재현하고 미지의 세계를 상상했으며 바나나 잎으로 바나나 나무의 건강을 진단했다. 손금으로 사람의 모든 운과 기회를 알 수 있었다. 그녀는 글을 몰랐기 때문에 이런 기능으로 작은 시골에서 항해사 역할을 할 수 있었다. 묘당에 있는 경전은 읽지 못했지만 남들이 암송하는 걸 들으면 그녀는 금세 다 외워 따라 할 수 있었다.

당시 그녀는 아직 남편 될 사람의 손금을 볼 기회가 없었다. 하지만 안경잡이의 손금은 자주 자세히 살펴본 적이 있었다. 안경잡이의 손금은 상당히 복잡했다. 손금의 길이 손바닥 한가운데서 아주 어지럽게 교차하고 갈라졌다. 엄마가 가르쳐 준 방법을 응용하기가 어려웠고 미래의 수명과 운을 가늠해 내기 어려웠다.

당시 그녀는 고개를 숙이고 안경잡이의 손금을 보았다. 감히 고개를 들지 못했다. 안경잡이가 줄곧 자신을 쳐다보고 있다는 걸 잘 알았기 때문이다. 커다란 항아리 안에서는 대두가 소리 없이 발효되고 있었다. 그녀가 말없이 안경잡이의 손을 잡았다. 몸 전체가 손금의 미궁 속으로 빠져들었다. 한참을 보고 또 보다가 그녀는 뭔가 혼잣말을 중얼거렸다. 그녀가 계속 중얼거리자 그녀의 말을 듣는 안경잡이의 얼굴에 잔잔한 미소가 번졌다.

결혼하고 나서는 안경잡이의 손금을 볼 수 없었다.

그녀는 수건을 건네받아 어지럽게 흐트러진 머리를 말렸다. 엄마는 결혼식 전에 위안린에 있는 미용실에 가서 머리를 곧게 펴라고 말했다. 탁자 위에는 대나무 장대에 걸렸던 옷들이 잘 분류되어 개켜져 있었다. 안경잡이는 항상 그녀보다 한 걸음 빨랐다. 옷도 먼저 받아 놓았고 주문할 물건 명세도 미리 뽑아 놓았다. 어느 항아리의 간장이 다 발효되었는지도 먼저 알았고, 언제 비가 올지도 먼저 알았으며, 매미가 언제 땅 위로 기어올라 오는지도 미리 계산해 두었다. 그녀가 안경잡이에게 곧 결혼할 예정이라고 말했지만 안경잡이는 아무 말도 하지 않았다. 그녀는 자신이 정말로 입이 싸다고 생각했다. 애당초 말할 필요 없이 안경잡이는 뭐든 다 알고 있었던 것이다.

빗줄기가 아주 거세졌다. 그녀와 안경잡이는 빗소리에 완전히 묻혀 버렸다. 안경잡이가 그녀에게 말했다.

"콩기름 매미, 나 사직할 작정이야. 시집간다며? 축하해. 정말

축하해."

안경잡이는 다른 수건으로 그녀의 몸을 닦아 주었다. 몸을 다 닦아 주고 나서 안경잡이는 떠났다. 이때 이후로 그녀는 다시는 안경잡이를 볼 수 없었다.

그녀는 거울 앞에 앉아 비의 폭탄을 맞은 듯 흠뻑 젖은 자신의 머리칼을 바라보았다. 어린 시절 일본인들이 있었을 때, 공습경보가 울리면 하늘에서 미군이 투하한 폭탄이 떨어지고 땅 위에는 폭발의 의해 커다란 구덩이가 파였다. 안경잡이가 사직했다고 말하는 순간, 그녀는 또다시 공습경보를 들었다. 엄마에게 어떻게 말하지? 몸 안에 커다란 구멍이 생겼다고 말해야 했다. 그녀는 엄마가 아무 말도 하지 말라고 하리라는 걸 잘 알고 있었다. 쉿! 말하지 않으면 아무도 몰라. 아는 사람이 없으면 아무 일도 없는 거야.

다음 날, 그녀는 엄마와 함께 자전거를 타고 위안린에 가서 파마를 했다. 대나무 숲을 지나면서 엄마는 좌우로 고개를 돌리며 두리번거렸다. 아무도 없는 것을 확인한 두 사람은 합장을 하고 대나무 숲을 향해 절을 올렸다.

쉿! 엄마가 말했다. 쉿! 절대로 말하면 안 돼. 대나무 숲의 여자 귀신은 바로 네 외할머니야. 엄마의 엄마란 말이야.

32

저는 그저
춤 연습을 하러
왔을 뿐이에요

타운 하우스는 정말 더웠다. 에어컨이 없어 공기는 혼탁하기만 했다. 쉽게 연소할 수 있는 기체 같았다. 누군가 불을 붙이면 모든 게 타서 잿더미가 될 것 같았다. 베를린 교도소에서는 그의 머릿속에 종종 이런 그림이 그려졌다. 기체가 화염과 공모하여 폭발하고 불타면서 벽이 무너지고 철책 난간이 녹아 버리고 종이에 불이 붙어 미친 듯이 타오르는 그림이었다. 불이 다 타고 나면 모든 물체가 가루만 남았다가 바람이 불고 비가 오면 전부 날아간다. 모든 것이 무로 돌아가는 것이다. 하지만 바람은 머뭇거리는 중이었고 아주 멀리서 천둥소리만 요란했다. 비는 항상 약속을 어겼다.

샤오촨이 가 봐야겠다고 말하자 큰누나가 만류했다.

"양샤오저우, 닭갈비를 이렇게 많이 사 왔으니 좀 먹어 주고 가. 그러지 않으면 우리 몇이서 다 못 먹고 버리게 된단 말이야."

큰누나는 중원절에 제사를 올리기 위해 펼쳐 놓은 접이식 원형 탁자를 치러우(騎樓)*에 끌어다 놓고 모두 밖에서 닭갈비를 먹게 했다. 약간이나마 바람을 누릴 수 있었기 때문이었다. 닭갈비는 전분을 묻혀 고온에 급속으로 튀겼다. 상하이 전분을 입히기도 하고 매운맛 전분을 입히기도 했다. 외피는 바삭바삭하고 육질은 신선하고 부드러웠다. 입안에 들어가면 뜨겁고 매워서 콧물이 흘러내렸다. 그는 정말 오랫동안 이런 맛을 보지 못한 터라 입에 넣자마자 게걸스럽게 마구 먹어 댔다. 원탁을 한 바퀴 둘러보니 모두 입을 굳게 다문 채 말없이 고개를 숙이고 닭갈비를 먹고 있었다. 마침내 큰누나가 침묵을 깨고 샤오촨에게 몇 마디 상투적인 말을 던지자 둘째 누나와 셋째 누나가 끼어들었다. 샤오촨은 공손하게 응대했다. 물론 샤오촨을 잡아 둔 데는 목적이 있었다. 외부 사람이 있으면 최대한 예의를 갖추게 되고 서로를 피할 수 있기 때문이었다. 예의를 갖춘 말은 농구 골대에 마구 공을 던지는 것과 같아서, 절대 정확하게 던지지 않고 누구도 핵심에 다가가지 않으며 골을 넣지 않는 게 가장 바람직했다. 공허한 대꾸는 상처를 주지 않았다. 날씨를 얘기하고 일출과 일몰을 얘기하고 낙엽과 바람, 비를 얘기했다. 중원절을 얘기하고 귀신을 얘기하고 닭갈비를 얘기했다. 감사를 얘기하고 예의를 얘기했다. 요컨대 서로를 얘기하지 않는 것이다. 예의로 서로를 대한다는 것은 언어의 예절을 이용하여 서로를 가능한 한 멀리 밀어내는 것과 다름없었다. 누구도 강가에 닿지 못하고 계속 표류하는 것이

* 타이완과 중국 남부 지방에만 있는 독특한 건물 구조로 비와 햇볕을 피하기 위해 건물 맨 아래층을 인도로 사용한다. 도로변 건물의 1층이 인도인 셈이다. 이를 '치러우'라고 부른다.

었다. 자신이 외로운 섬이 될까 두려워 거미가 거미줄을 토하듯이 액체 상태의 말을 분출하여 공기 중에서 가는 실을 만들고, 섬유 상태의 가는 실로 서로를 연결하는 것이었다. 가벼운 충격을 만나면 서로 흩어질 것이고, 이미 섬이 된 것이나 다름없다는 걸 분명히 알면서도 서로가 부르는 소리를 듣기 위해서 최소한의 가는 실 같은 예의가 있는 것이다. 절대로 의미 있는 뭔가를 묻지도 않고 인사도 건네지 않는다. 분명히 한가족이면서도 바람이 불면 먼지처럼 흩어져 날아가리라는 것을 잘 알기 때문에 이처럼 상처를 받을 말은 하지 않는 것이다.

둘째 누나가 샤오촨에게 물었다.

"방금 그 닭갈비 팔던 주인 여자 말이야, 왠지 낯이 익은 것 같더라고."

"누나도 틀림없이 만난 적 있을 거예요. 어렸을 때 스트립쇼를 하던 그 애거든요. 그 애 가족 전체가 스트립쇼를 했잖아요. 할머니부터 엄마, 이모까지 한 가족 여자들 전부가. 하지만 지금은 모두 인터넷에 들어가면 얼마든지 나체 동영상을 볼 수 있어요. 스트립쇼를 보고 싶으면 휴대폰으로도 얼마든지 볼 수 있지요. 그래서 스트립쇼 무용단이 장사가 안 되니 닭갈비 장사로 전환한 거예요. 옛날에 톈훙이랑 같은 반이었어요."

둘째 누나는 닭갈비 가게 주인 여자가 청자오마 묘회에서 스트립쇼를 하던 모습이 생각났다.

물론 천톈훙도 스트립쇼 여자 동창을 기억했다. 어렸을 때 그녀는 청자오마 묘회는 물론 수많은 집들의 혼례와 장례에서 스트립쇼를 했다. 황력(黃曆)*의 길일을 만나면 하루에 여러 탕을 뛰기도 했다. 그녀는 숙제를 할 시간이 없어 항상 그가 한 것을 베꼈다. 선생이 작문 숙제를 내 주면 그가 먼저 오른손으로 자기 것을 한 편 쓰고, 이어서 왼손으로 그녀를 위해 한 편을 더 썼다. 어투와 용어가 다르다 보니 선생은 한 번도 눈치채지 못했다. 중학교에 올라간 두 사람은 함께 소몰이반에 배정되었고, 그는 계속 그녀의 숙제를 대신 해 주었다. 지금 생각해 보면 정말로 황당한 일이었다. 풍속이 보수적인 작은 시골 아니던가. 혼례와 장례 같은 경조사가 어떻게 어린 소녀에게 실오라기 하나 걸치지 않고 옷을 다 벗게 할 수 있단 말인가. 톈홍은 그녀의 몸이 무대 위에서 천천히 변화하는 것을 다 지켜보았다. 일곱 빛깔의 조명 아래서 가슴이 점점 솟아올랐고 사타구니와 겨드랑이에 털이 났다. 그녀의 가슴이 높은 산처럼 솟아올랐을 무렵, 그는 소몰이반에서 진학반으로 옮겨 갔다.

그때 학교가 파하고 담임 선생이 건장한 남학생 둘을 데리고 추풍나무 아래로 가서 그를 구타했다. 담임 선생의 손바닥은 불같이 뜨거워 그의 얼굴에 붉은 손자국을 남겼다.

"죽일 놈의 변태 새끼, 죽일 놈의 동성애자 새끼! 내가 네놈 집까지 가서 경고했잖아. 우리 아들에게서 떨어지라고 했는데 내 말을 전혀 안 듣네. 내 말을 끝까지 안 듣겠다는 거야? 내 말을 못 알아듣는 거야? 그래, 상관없어. 난 너를 믿지 않을 테니까. 이래도 못 알아듣는지 한번 보자."

* 중국의 농력(農曆)을 기초로 만들어져 매일의 길흉을 기록한 일종의 만년력.

건장한 남학생 둘이 무릎으로 그의 배를 가격했다. 그중 한 녀석이 간장 병으로 그의 엉덩이를 세게 후려치면서 물었다.

"어때? 시원해? 매가 부족하나?"

그가 힘껏 저항하다가 간장 병이 땅바닥에 떨어져 깨지며 '향기나' 간장이 사방으로 흩어졌다. 한 녀석이 깨진 간장병 조각을 집어 들고는 그의 얼굴에 가까이 들이댔다. 바로 그때 그는 형 텐이가 옆으로 지나가는 걸 보았다. 하지만 형은 못 본 척하고 그대로 도망가 버렸다.

"선생님, 안녕하세요!"

스트립쇼 여학생이 자전거를 몰고 추풍나무를 향해 달려와서는 얼굴 가득 찬란한 미소를 지으면서 담임 선생에게 큰 소리로 인사를 건넸다.

"선생님, 저는 절을 하러 왔어요. 내친김에 연습을 좀 하려고요. 며칠 있으면 어느 집에서 추풍나무에 와서 절을 할 텐데 저희에게 춤을 춰 달라고 부탁했거든요. 그래서 먼저 연습을 좀 하려고요. 들리는 얘기에 따르면 노름을 해서 큰돈을 딴 터라 신에게 감사 인사를 올리려는 거래요."

담임 선생은 얼굴이 새빨개진 채 미친 듯이 소리를 질렀다.

"너 누구야? 몇 학년 몇 반이야? 꺼져! 난 지금 우리 반 학생에게 벌을 주고 있단 말이야. 다른 데 가서 말했다가는 끝장인 줄 알아!"

"선생님, 걱정하지 마세요. 저는 아무것도 못 봤으니까요. 저는 그저 춤 연습을 하러 왔을 뿐이에요. 저를 못 본 척하시면 돼요."

스트립쇼 여학생은 책가방을 땅바닥에 내던지고 당시 유행하던 민남어 가요를 흥얼거리기 시작했다.

"기차가 서서히 움직이네요. 고향과 친척들이여, 안녕! 사랑하는 부모님, 안녕히 계세요. 군에 입대하는 친구여, 안녕!"

그녀는 큰 소리로 노래를 부르면서 추풍나무 아래서 이리저리 몸을 움직이더니 입고 있던 중학교 교복을 벗기 시작했다.

덩치가 큰 두 남학생이 그녀를 멍하니 보면서 손을 풀자 그는 재빨리 추풍나무 뒤쪽의 바나나밭으로 도망쳤다. 그는 계속 달리고 또 달려 도랑을 건너고 논밭을 지났다. 용싱 수영장을 지나고 양타오 과수원을 지났다. 절대로 멈출 수 없었다. 뒤를 돌아볼 수도 없었다. 뒤에서 귀신이 쫓아오고 있는 것 같았다. 엄마는 그에게 귀신을 만나면 계속 뛰어야 귀신이 따라오지 못한다고 했다. 그는 뛰고 또 뛰어 용징 기차역에 이르렀다. 그는 다음 열차를 기다렸다가 이곳을 떠나 영원히 돌아오지 않을 작정이었다. 녹초가 되어 길가에 쓰러진 그는 목을 놓아 울었다. 승용차 한 대가 그를 향해 달려오다가 급브레이크를 밟았다. 차창이 흔들렸다. 운전자는 옆집 뱀 잡는 사내였다. 스트립쇼 여학생이 차에서 내려 그를 안아 주었다.

뱀 잡는 사내는 그의 얼굴에 멍 자국이 가득하고 몸을 일으키지도 못하는 걸 보고는 곧장 그를 데리고 용징을 떠나 장화시에 있는 대형 병원 응급실로 달려갔다. 그는 생생하게 기억하고 있었다. 뱀 잡는 사내는 가는 길 내내 미친 듯이 가속 페달을 밟아 초고속으로 신호등을 통과했다. 뒤를 돌아보니 용징이 빠른 속도로 멀어지고 있었다. 차 안에서 스트립쇼 여학생이 그의 손을 꼭 잡고 노래를 불러 주고 우스갯소리를 해 주었다. 차 안에는 조롱

이 하나 있고 그 안에는 커다란 뱀 몇 마리가 들어 있었다. 뱀들은 차멀미를 하는지 뜻밖에도 커다란 개구리를 한 마리 토해 냈다. 개구리는 잠시 몸을 떨었다. 아직 죽지 않았는지 조롱 안에서 이리저리 뛰었다.

의사는 늑골이 부러졌기 때문에 입원 치료를 해야 한다고 말했다. 그는 한동안 입원해야 했다. 퇴원하여 용징으로 돌아갔을 때는 모든 것이 변해 있었다. 백악관이 완공되었고 정원 안에서는 아폴로 분수가 물줄기를 뿜어 댔다. 원래 다섯째 누나가 옆집 왕씨네 큰아들에게 시집을 갈 예정이었으나, 지금은 넷째 누나가 신부가 되어 있었다. 학교로 돌아와 보니 담임 선생도 바뀌었고 샤오촨은 전학을 가고 없었다. 자전거를 몰고 샤오촨의 집에 가 보니 이사를 가고 집이 비어 있었다. 대문에는 '매매'라는 문구가 붙어 있었다. 스트립쇼 여학생은 임신을 하자 학교를 그만두고 계속 춤을 추었다. 스트립쇼 여학생이 말했다.

"우리 엄마가 그러는데, 아직은 배가 불러 오지 않아 앞으로도 석 달은 춤을 출 수 있대. 돈을 아주 많이 벌어야 할 것 같아. 어린 애를 키우려면 돈이 많이 들거든."

샤오촨이 손에 들고 있던 매운맛 닭갈비를 다 먹고 벌컥벌컥 냉수를 들이켜고 나서 말했다.

"그 애는 이제 할머니가 됐어. 아이들이 한 무더기인 데다 손자들도 한 무더기야."

T, 너도 그 스트립쇼 여학생을 기억하지?

사탕 맛 아파트로 이사해 들어간 뒤에 그와 T는 금세 경제적 압박을 느끼기 시작했다. 그가 타이완에 남아 있던 저금을 전부 독일 계좌로 옮겨 1년 치 방세를 내고 나니 잔액이 거의 남지 않았다. T와 배우자 등록을 하자 그의 여권에는 독일 거류증 스티커가하나 늘어났다. 일을 해서 돈을 벌 수 있게 된 것이었다. 하지만 그가 무슨 일을 할 수 있을까? 애당초 독일어도 할 줄 모르고 사람들과 접촉하는 것 또한 두려워하고 있었다. 아마도 먼저 독일어부터배워야 할 것 같았다. 그는 독일어 수업을 듣기 시작했다. 강의실안이 온통 젊은 북유럽 학생들이었다. 그들은 아무런 걱정 근심도 없이 청아한 웃음소리를 냈다. 학생들은 주말이면 어딘가에 가서 춤을 추거나 술을 마실 계획을 갖고 있었다. 이런 학생들 틈에끼어 있다 보니 그는 자신이 무척 초라하다는 생각이 들어 억지로학생들을 따라 웃곤 했다. 햇빛 가득한 강의실에 곧 먹구름이 끼었다. 하지만, 독일어를 하지 못하면서 무슨 일자리를 찾을 수 있단 말인가. 생활의 압력 탓에 그의 어깨 위에 선인장이 번식하기시작했다. 작은 바늘들이 천에 가득 달라붙어 조금만 움직여도 통증이 폭발하는 것 같았다. 그는 타이완에서 오는 어떤 원고 청탁도 가리지 않고 다 받았다. 하지만 원고료는 방세를 따라잡지 못했다. 이전에 출판한 책도 몇 권 팔리지 않았다. 어려운 시기에 '글쓰기'는 정말로 생계의 능력이 되어 주지 못했다.

T는 걱정하지 말라고 말했다. 그는 짝 잃은 장갑을 찾지 않고첼로 연주도 하지 않았다. 일거리를 찾고 돈을 벌 방법을 모색하기 시작한 것이다.

T는 집에서 자토(紫土)로 작은 동물이나 바다표범, 송어, 킬 정어리, 장어 등을 만들었다. 전부 발트해의 바다 동물들이었다. 이렇게 만든 동물들의 크기는 손바닥만 했고 색깔은 진한 고동색이

었다. 소박하고 앙증맞은 모양이었다. 물고기 표면에는 가늘고 섬세한 비늘도 새겨 넣었다. T는 이런 물건을 잔뜩 만들어 배낭에 넣고 밖에 나가 팔았다. T는 시장에 노점을 하나 임대할 계획이었다. 친구 가게에 빌붙어서 장사를 하고 일정 비율의 판매액을 떼어 주는 건 바람직하지 않았다. 그가 고안해 낸 직접 현금을 버는 방법은 연극이었다.

연극?

T는 작은 카드를 잔뜩 만들고 카드마다 문구를 한 구절씩 적었다. 그는 사전을 찾아 문구 전체를 번역하려 했지만 그 뜻을 전부 이해할 수는 없었다. 대략적인 의미는 이랬다. 저는 귀머거리인데다 벙어리라 일자리를 찾지 못하고 있습니다. 이 물건들은 제가 직접 손으로 만든 것으로 하나에 1유로입니다. 저를 지지해 주시면 감사하겠습니다.

배낭을 메고 집을 나선 T는 러시아워에 RE라고 불리는 구간 열차에 올랐다. 이 열차에는 테이블이 달린 좌석이 아주 많았다. 그는 열차에 오르자마자 테이블마다 자토로 만든 작은 동물을 하나씩 올려놓고 그 작은 카드를 옆에 함께 놓아두었다. 테이블마다 작은 동물을 놓은 그는 테이블들을 돌면서 파란 눈동자로 승객들에게 구매 의사가 있는지 물었다. 귀머거리이면서 벙어리인 사람의 연극은 효과가 아주 좋아 하루에 열몇 개의 작은 동물을 팔 수 있었다. 고객들이 가장 좋아하는 것은 통통하고 얼굴 가득 미소를 짓고 있는 바다표범이었다.

T는 광고 스티커를 붙이는 일거리도 찾았다. 광고 회사에서는 쇼핑백에 가득 든 스티커를 건넸다. 그는 자전거를 타고 베를린

의 번잡한 거리 곳곳을 다니면서 스티커를 붙이기만 하면 됐다. 변압기 상자와 담벼락, 가로등, 건물 기둥 등 하나도 놓치지 않고 스티커를 붙였다. T는 내친김에 회사에서 준 스티커 옆에 자신이 디자인한 스티커도 붙였다. 그가 디자인한 스티커에는 잠수함이 있었고 손가락 욕을 하는 중지(中指)들이 있었다.

T는 검은 개를 데리고 문을 나서 현금 자동 인출기 앞을 지켰다. 개의 목에는 종이 팻말이 걸려 있고 팻말에는 'Ich habe hunger (배가 고파요).'라고 쓰여 있었다. 하루 종일 개 앞에 놓인 모자에 는 동전이 잔뜩 쌓였다.

T는 패스트푸드점에서도 일했다. 프런트에서 주문을 받고 계 산을 하는 일이었다. 손님이 현금을 지불하면 그는 자세히 관찰 했고, 고객이 딱 맞게 잔돈을 꺼낼 경우, 금전 등록기에 주문 기록 이 전혀 남지 않게 하고 금전 등록기를 열 필요도 없이 돈을 직접 자기 주머니에 넣었다. 패스트푸드점은 주문량이 많기 때문에 이 런 짓에 아무도 주의를 기울이지 않았다.

밤이 되면 T는 스트립 바에서 종업원으로 일했다. 어느 날 밤, 영화사에서 바를 통째로 빌려 촬영을 했다. 그날 촬영에는 수많 은 엑스트라가 필요했는데, T는 거기 지원하면서 그도 자원한 것 으로 해 놓았다. 사실 그는 사람들이 많은 게 두려웠지만 촬영 장 면을 구경할 수 있고 T가 일하는 장소도 둘러볼 수 있고 돈도 조 금 벌 수 있다는 생각에 긴장된 마음으로 승낙했다.

범죄 영화였다. 현장에서는 조명이 눈을 찔렀고 경찰은 잠입 수사를 하면서 스트리퍼에게 접근을 시도했다. 그는 T와 같은 테 이블에 앉아 있었고 감독은 두 사람에게 고개를 들고 스트립쇼를 보면서 넋이 나간 표정을 지으라고 주문했다. 테이블 밑으로 그는 T의 손을 꼭 쥐고 있었다.

촬영이 끝나고 일당 명세를 작성하는 과정에서 그는 현장의 카메라와 삼각대, 조명 기구에 하나같이 잠수함 스티커가 붙어 있는 걸 보았다.

두 사람이 스트립 바에서 나와 보니 베를린에 아침이 오고 있었다. 여름인데도 이른 아침은 견디기 어려울 정도로 추웠다. T는 입고 있던 재킷을 그에게 벗어 주었다. 남은 건 몸에 착 달라붙는 조끼뿐이었다. T는 비쩍 마른 데다 얼굴의 윤곽이 분명했다. 두 사람은 돈을 아끼기 위해 차를 타지 않고 손을 잡고 걸어서 집으로 돌아갔다. 가는 길에 그는 T에게 스트립쇼를 하던 여자 동창생의 이야기를 들려주었다.

얘기를 다 듣고 나서 몹시 화가 난 T는 텅 빈 거리를 향해 분노의 절규를 토해 냈다. 그 선생, 그 여자는 선생이 될 자격이 없어! 일련의 독일어 욕이 거리 위에 메아리쳤다. 그는 그 독일어 욕이 아주 듣기 좋았다. 목구멍을 긁고 치아를 스치는 소리였다. 사포처럼 거칠어 울퉁불퉁한 과거의 더러운 일들을 평평하게 갈아 주는 것 같았다.

추운 거리에서 그는 처음으로 두 사람 사이에 아무런 언어의 장벽도 없다는 걸 깨달았다. 그가 영어로 말하면 T는 전부 알아들었고 T가 독일어가 섞인 영어를 해도 그 역시 다 알아들었다.

첼로 연주를 하지 않다 보니 아주 즐거웠고 두 사람이 함께하는 시간이 더 많아졌다. 하지만 정말로 돈을 벌지 못하면 방세에 쫓겨 첼로를 처분해야 했다. 짝 잃은 장갑을 찾으러 다닐 시간도 없었을뿐더러 곰파를 캐러 숲에 갈 시간은 아예 없었다.

이렇게 몇 년이 지났다. 두 사람은 아주 궁핍한 생활을 해야 했다. 정말 돈이 없을 때면 T는 아름다운 머리칼 공연에 나가 헤어 디자이너가 마음대로 머리를 자르게 했다. 헤어 디자이너는 T의 긴 금빛 머리칼을 마구 잘라 냈다. 그렇게 잘린 금빛 머리칼을 가발 가게에 팔았다. T는 걱정할 것 없다고 말했다. 여차하면 첼로도 팔아 치울 수 있다고 했다.

그의 어깨 위에는 선인장이 자랐다. T의 어깨 위에도 마찬가지였다.

그는 귀화를 통해 타이완 여권을 포기하고 독일 여권을 수령했다. T는 그가 독일에 남게 되어 정말 좋다고 말했다.

그는 어느 타이완 음식점에서 종업원으로 일하기 시작했다. 두 사람 모두 수입이 생겼고 생활은 점차 안정되어 갔다. 덕분에 친구에게서 중고차를 살 수 있었고 조금씩 저축도 할 수 있었다.

두 사람은 차를 몰고 발트해에 가서 T의 친구 집에 묵었다. 두 사람은 매일 해변에 나가 술을 마시고 생선을 먹고 수영을 하고 아이스크림을 먹었다. 그리 멀지 않은 곳에 T의 옛집이 있었지만 T는 자신이 살던 집 쪽으로는 눈길조차 주지 않았다. 근처를 지날 때도 아예 무시했고 엄마 아버지를 입에 올리지도 않았다. T의 친구가 카메라를 가져와 두 사람을 잠수함 앞에 서게 하고는 사진을 찍어 주었다. 그날, T는 대마초를 피우고 나서 큰 소리로 웃더니 줄곧 그를 껴안고 키스했다. T의 친구도 즐겁게 웃으며 대마초를 피웠다. 그러고는 비키니를 벗고 모래사장에서 나체로 햇볕을 쬤다. 그녀가 말했다. 그때 T가 기차를 타고 베를린으로 가면서 영원히 돌아오지 않을 거라며 내게 함께 가지 않겠느냐고 물었어. 다행히 나는 따라가지 않았지! 그때 그를 따라갔다면 베를린에 가서야 그가 게이라는 걸 알았을 거야. 호호호!

그는 지금 그때를 회상하고 있었다. 확실한 시점이 있었던가? 그와 T의 붕괴가 시작된 확실한 시점이 있었던가?

발트해에서 베를린으로 돌아오는 길에 두 사람은 번갈아 차를 몰았다. 둘 다 아무 말이 없었다. 베를린에 거의 도착했을 무렵, T가 갑자기 울음을 터뜨렸다.

베를린의 집으로 돌아온 그날은 무척 더웠다. 바람이 근처 사탕 공장의 냄새를 실어 와 피부에 끈적끈적한 딸기 사탕 냄새가 달라붙었다. 세월은 전과 다름없었지만 그는 뭔가 잘못되어 곧 무너질 것 같다는 예감이 들었다. 새로 산 사탕 봉지를 뜯자 뭔가 타는 듯한 냄새가 코를 후볐다. 술병을 따다가 코르크 마개가 부서져 술 안에 잔뜩 떠다녔다. 손톱을 깎다가 피를 보았다. 헝클어진 머리에서 갑자기 뜨거운 물이 솟아났다. 밤중에 T가 그를 꼭 껴안고 잠꼬대를 해 댔다. 구부린 팔이 그의 목을 꼭 조였다. 그는 거의 숨을 쉴 수 없었다. T의 주머니 깊은 곳에는 이름을 알 수 없는 알약이 들어 있었다.

T는 RE 열차에서 자토로 만든 작은 동물들을 팔았다. 하마들이 포동포동 살찐 모습으로 입을 크게 벌리고 있었다. 어쩌다 술에 취한 짙은 피부의 외국인 무리를 보면 충동을 일으켜 하마들을 전부 열차 바닥에 떨어뜨려 박살을 내고 말았다. T는 얼굴 가득 시퍼렇게 멍이 들어 집으로 돌아왔다. 팔 여러 곳에 상처가 나 있고 발가락 하나가 부러진 채 연신 외국인들을 욕했다.

패스트푸드점에서는 T가 현금을 횡령한 사실을 적발하고는 즉시 그를 해고했다.

스트립 바는 휴업했다.

검은 개는 병이 나더니 며칠 뒤에 죽었다.

스티커 붙이는 일밖에 남지 않았다. 여전히 약속대로 스티커를 받으러 갔더니 그 기관 사람이 자신들의 조직에 가입하지 않겠느냐고 물었다. 그들은 T처럼 젊은 독일 청년들의 지원이 필요하다고 말했다. 지금은 바빠 뛰어다녀야 하는 단기 업무들이 많지만 임금은 아주 높은 편이라고 했다. 합작이 유쾌하게 진행되면 풀타임 일자리를 얻을 수도 있다고 했다.

T는 그 조직에 가입했다.

T의 얼굴에 선명한 변화가 나타나기 시작했다. 더는 어두운 밤의 옷을 입지 않았고 패션을 추구하는 옷들을 걸치기 시작했다. 헤어스타일에도 무척 공을 들였다.

그는 T가 곳곳에 붙인 스티커에 숫자의 조합이 있다는 걸 발견했다. 얼마 후 T의 양쪽 팔에 문신이 생겼다. 아주 작은 문신은 팔과 어깨 사이에 자리 잡고 있었다. 오른팔에는 18, 왼팔에는 44였다.

33 　　이 죽일 놈의 비는
　　　　가는 바늘이라

넷째 딸을 낳았을 때, 아찬은 스물다섯 살이었다.

아팠다. 앞서 세 딸을 전부 비 오는 날에 낳았다. 오늘 산파가 삼합원에 왔을 때, 창밖에 또 빗방울이 날리기 시작했다. 아찬은 주먹을 꼭 쥐고 날카롭게 소리치면서 날씨를 욕하고 저주했다. 그녀는 침대에 누워 창밖의 빗줄기를 바라보면서 그 빗방울들이 전부 천신이 뿌리는 바늘이 되어 자신의 음부와 엉덩이를 조준해 주기를 기대했다. 비는 화살이 아니라 바늘이었다. 화살은 그녀의 몸을 뚫고 장기를 파괴하여 죽음으로 내몰 수 있다. 하지만 이 죽일 놈의 비는 가는 바늘이라 쉬지 않고 반복해서 찌르기만 할 뿐, 죽이지도 못하고 천천히 몸을 능지(凌遲)*했다.

또 딸이었다. 산파가 넷째 딸을 그녀에게 건네고는 시어머니에

---

* 중국 민간에서 '천도만과(千刀萬剮)'라 불리는 잔혹한 형벌로 산 채로 살점을 베어 내며 죽음에 이르게 하는 것.

376

게 가서 또 자모낭(查某囝)*이라고 말했다. 시어머니는 문밖에 있었다. 방 안으로 들어오지 않고 밖에서 며느리가 또 딸을 낳았다는 얘기를 듣고는 대꾸도 하지 않고 일본 게다를 신고 물건을 사러 나갔다 오겠다고 말했다. 게다가 바닥을 두드리는 청아한 소리가 울리는 가운데 그녀는 침대에 누워 자신이 시어머니가 밟고 지나가는 땅바닥이 된 것 같다는 생각을 했다. 신발이 그녀의 몸을 지그시 밟고 지나가자 뼈가 으스러졌다. 게다는 그녀의 피부에 영원히 사라지지 않는 오목한 자국을 남겼다.

아파요. 너무 아파요, 엄마! 매번 아이를 낳을 때마다 그녀는 엄마를 생각했다. 하지만 오늘 엄마는 없었고 자기 자신과 넷째 딸뿐이었다.

엄마는 아찬에게 여러 차례 '고통'에 관한 얘기를 들려주었다. 엄마와 아찬은 둘 다 글을 배우지 않았지만 모녀 모두 얘기하는 것을 좋아했다. 모녀의 성대가 쉬지 않고 울리면서 고밀도 대화를 토해 내면 간장 공장 전체에 웅웅 메아리쳤다. 담벼락이 여러 해 동안 그녀들의 끊이지 않는 이야기를 빨아들였다. 설을 앞두고 대청소를 할 때, 직원들이 돼지털로 만든 솔로 담벼락을 닦았다. 솔이 한 해 동안 쌓인 먼지를 닦아 내면서 쌓여 있던 모녀의 대화도 먼지를 따라 담벼락을 떠나서 직원들의 귓속으로 들어갔다.

엄마는 해산의 고통은 고통이 아니라고 말했다.

"내가 너를 낳을 때도 물론 아팠지. 하지만 다른 고통에 비하면 아이를 낳을 때의 고통은 아무것도 아니야."

* 타이완 사투리로 딸을 의미한다.

어렸을 때, 엄마의 엄마는 강제로 성폭행을 당했다. 그녀가 대나무 숲에서 알몸으로 몇 명의 사내들에게 눌리는 장면을 한 농부가 목격했다. 낮을 들어 사내들을 쫓아낸 농민은 쌀가마니로 그녀의 알몸을 감싸 집으로 데려다주었다. 하지만 남편 집에서는 그녀에게 문을 열어 주지 않고 친정으로 쫓아냈다. 그녀는 당시 나이가 아직 어렸던 엄마에게 죽어 버리겠다고, 대나무 숲에 들어가 목을 매겠다고 말했다. 오늘은 아무 말도 하지 말고 내일 사람들에게 말해서 대나무 숲으로 와 시신을 처리하게 하라고 했다. 엄마는 착하게도 그녀의 말을 다 들어주었다. 그녀의 엄마는 사람들과 함께 대나무 숲으로 가서 수척한 여자의 시신이 굵은 대나무 줄기에 걸려 있는 것을 발견했다. 바람이 불어 높이 솟은 대나무가 이리저리 흔들리자 시신도 가볍게 요동쳤다. 대나무 마디에서는 괴상한 소리가 났다. 누군가 칼로 대나무를 긁어 대고 있는 것 같았다. 리듬이 있는 것이 꼭 노래 같았다. 바람이 대나무 잎을 때리는 소리도 노래 같았다. 누군가 울면서 노래를 부르는 것 같았다. 앉아서 노래를 들으며 그녀는 날카로운 바람이 대나무를 전부 부러뜨리고 날카롭게 깎아 천천히 자신의 몸을 찌르는 것 같은 고통을 느꼈다. 몹시 아팠다.

묘회에서는 불 위를 지나는 과화(過火) 의식이 진행되었다. 묘당 앞에 두껍게 검은 모래가 한 겹 쌓여 있고, 그 위에 다시 금종이가 쌓여 있었다. 신상(神像)을 들거나 받치고 있는 남자들이 맨발로 줄을 서서 길시에 맞춰 불 위를 지나가려고 대기하고 있었다. 한 줄로 길게 늘어선 남자들 중에는 나이 든 노인도 있고 열 살쯤 된 어린아이도 있었다. 여자들은 불 위를 지나갈 수 없었다.

불이 붙자 남자들은 한 명씩 빠른 속도로 불타고 있는 금종이 더미 위를 넘어갔다. 대오 중에 남자 하나가 신상을 받쳐 들고 불 앞에서 잠시 머뭇거리자 가장 나이 많은 어르신이 욕을 해 댔다. 그는 재빨리 불을 밟았지만 곧장 미끄러져 넘어지고 말았다. 사람들은 신상을 지키라고 소리를 질러 댈 뿐, 넘어진 남자를 구하려는 이는 하나도 없었다. 그녀가 앞으로 달려들어 불 속에서 남자를 구해 냈다.

"아찬, 아찬, 내 말 좀 들어 봐. 나중에 나는 죽도록 욕을 먹었어. 여자는 불 위를 지나면 안 되는데 불에 뛰어드는 바람에 하늘에 죄를 지었다는 거야. 하지만 아찬, 넘어진 남자는 너희 아버지였어. 내가 나서지 않으면 누가 그를 구했겠니? 너는 네 아버지에 대해 아무런 인상이나 기억도 없을 거야. 네 아버지는 피부가 전부 검게 타 버렸어. 집에서 며칠 끙끙대며 괴로워하다가 결국 세상을 떠나고 말았지. 죽어서도 눈을 크게 뜨고 있었어. 내가 손으로 눈을 감겨 주려 했지만 네 아버지는 절대 두 눈을 감으려 하지 않았어. 묘당에 있던 나이 든 어르신은 여자가 불을 밟았기 때문에 천지신명의 노여움을 사서 네 아버지가 죽게 된 거라고 하더구나. 사실 그 며칠 동안 나도 죽도록 슬프고 아팠어. 나도 발에 화상을 입었지만 네 아버지와 함께 죽진 않았지. 하지만 그 고통은 말로 다 할 수가 없었어. 지금도 발이 아프다니까. 앞으로 죽어서 귀신이 된 뒤에도 이 발의 통증은 사라지지 않을 거야."

품 안에서 울고 있는 넷째 딸을 내려다보던 아찬은 분노가 용솟음쳤다. 아픈 건 난데 왜 네가 우는 거야! 분노가 뒤섞이면서 한 가지 생각이 떠올랐다. 넷째 딸을 높이 들어 올려 창밖에 내리는 빗속으로 던져 버리는 것이었다.

그녀는 피곤했지만 전혀 잠이 오지 않았다. 밥이 몹시 먹고 싶었다. 기름기가 줄줄 흐르는 삼겹살에 흰 쌀밥을 한 그릇 먹고 싶었다. 돼지기름으로 입을 적시고 싶었다. 하지만 사실은 아무것도 먹을 수 없었다. 몹시 말을 하고 싶었지만 입이 메말라 있었다. 무수한 말이 흉강 안에 가득 쌓였지만 넘쳐 나오는 것은 욕과 저주였다. 딸을 내려다보면서도 욕이 나왔다. 그녀는 농가를 도와 돈을 버는 걸로는 애당초 아이들을 키울 수 없다면서 아산을 욕했다. 그녀는 딸들을 때리기도 했다. 모든 딸들이 그녀를 바라보면서 눈빛에 두려움을 드러냈다.

집에 돌아와 또 딸이라는 소식을 들은 아산은 침대 가장자리에 걸터앉아 아찬의 눈길을 피하면서 넷째 딸을 안아 얼렀다. 아산이 말했다.

"그래, 그래, 착하지. 울지 마, 울지 마라. 다음에는 꼭 남동생이 나올 테니까."

그때 아찬은 예감했다. 다섯째 아이도 틀림없이 큰비일 거라는 불길한 예감이었다.

천씨 집안으로 시집온 그녀는 이 대가족이 이전에는 대지주였지만 지금은 돈이 없을 뿐 아니라 상당한 액수의 빚도 지고 있다는 사실을 아주 빨리 알게 되었다. 이전에 소유하고 있던 땅을 징발당한 뒤에도 시어머니는 여전히 기존의 생활 습관을 유지하면서 일본 진주 목걸이를 사들이고 순금 귀고리와 팔찌, 은비녀 등을 사 모았다. 조상이나 귀신에게 제사를 올릴 때면 가장 비싼 과일을 사고 가장 살진 돼지를 잡았다.

큰며느리인 그녀는 신당 청소와 조상 제사, 크고 작은 명절과 절일 제사, 시어머니의 하루 세 끼 식사를 책임져야 했다. 원래는 며느리 몇이 돌아가면서 해야 했지만, 아산의 다른 형제들과 며느리들이 첫아이부터 아들을 낳자 시어머니는 아들을 낳은 며느리들은 돌아가면서 가사를 돌볼 필요 없이 모든 일을 딸을 낳은 큰며느리에게 시키라고 지시했다.

실제로 쌀과 야채, 고기를 살 돈이 없어지자 아산은 밖에 나가 일을 시작했다. 남의 밭에 가서 일을 해 주고 돈을 벌기 시작한 것이다. 아찬은 엄마에게 돈을 빌리러 친정으로 갔고, 엄마는 그녀에게 적지 않은 돈을 주머니에 찔러 주고 싶었지만 다른 동생들도 결혼을 해야 했기 때문에 집에도 돈이 필요했다. 아산은 문인 기질을 지닌 사람이라 하루 종일 책만 읽으면서 딸들에게 책을 읽고 글을 쓰는 법을 가르쳤다. 하지만 책을 읽는 게 무슨 소용이 있단 말인가. 아찬은 선반에 놓인 아산의 책 몇 권을 전부 내다 버렸다. 어차피 자신은 읽지도 못하는 데다 책을 읽는 것이 가족을 부양하는 데 아무런 도움이 되지 못하기 때문이었다. 책에 파종을 할 수도 없었고 책을 돼지에게 준다 해도 돼지들이 먹을 리 없었다.

때로는 이불을 뒤집어쓴 아찬의 울음소리를 옆방에서 시어머니가 듣고 버럭 소리를 질렀다. 정신병이 도진 게야? 병이 있는 게야? 애당초 그 죽일 놈의 중매쟁이는 대나무 숲에서 목을 매 죽은 여자가 네 친정 가족이라고 말해 주지 않았지. 유전이네. 정신병이야. 병자가 병자를 낳은 거야.

삼합원에서 조상들에게 제사를 올릴 때면 향로에 선향을 몇 개

피워야 했다. 시어머니가 불길이 이는 걸 보고는 소리를 질렀다.

"화로가 뜨거워졌다! 불이 잘 붙었어!"

아찬은 향로 옆에 서서 활활 타오르는 불꽃을 바라보며 한 손으로 어린아이를 안고 다른 한 손을 향로를 향해 뻗었다.

불꽃에 손가락을 데었지만 뜻밖에도 야릇한 쾌감이 느껴졌다.

시어머니가 불처럼 매섭게 그녀의 뺨을 후려치지 않았다면 그녀는 틀림없이 화로의 불꽃이 자신의 손을 삼켜 버릴 때까지 가만 뒀을 것이다. 그때 그녀는 손이 없으면 얼마나 좋을까 하는 생각을 했다. 손이 없으면 향을 들고 절을 올리지 않아도 되고, 세끼 식사를 준비하지 않아도 되고, 돼지와 닭을 먹이지 않아도 되고, 마당 청소를 하지 않아도 되고, 밭에 나가 풀을 뽑지 않아도 되고, 어린아이들을 때리거나 품에 안지 않아도 되기 때문이었다.

34 남자랑
하겠다는 것이었다

샤오촨은 자리에서 일어서 작별 인사를 했다. 큰누나 수메이와 둘째 누나 수리, 셋째 누나 수칭, 텐훙의 눈빛이 당혹스러워졌다. 어떻게 하지? 샤오촨이 가고 나서 외부 사람이 없어지자 모두 손님처럼 예의를 갖춘 불편한 어투를 쓸 수도 없었고, 빙빙 에둘러 말할 수도 없었다. 이 오래된 집 안에서 서로를 곧장 마주하는 수밖에 없었다. 하지만 족발 국수와 닭갈비 튀김은 다 먹은 터였고, 손님 같은 점잖은 말도 다 한 터라 정말로 손님으로 남을 이유가 없었다.

천텐훙이 샤오촨을 소형 트럭이 있는 데까지 배웅했다. 하늘은 먹구름이 완전히 걷혀 있었다. 바람도 없고 끈적끈적한 더위도 없었다. 또다시 달 밝고 별이 빛나는 여름밤이 찾아왔다.

"너, 우리 큰누나 어떻게 알아?"

"융싱 수영장에서 알게 됐어. 큰누나가 전에 거기서 청소를 하고 핫도그를 튀기고 아이스크림을 팔았거든. 나는 고향에 돌아오고 얼마 지나지 않아 거의 매일 수영을 하러 갔지. 매일 큰누나에게서 아이스크림을 사 먹었어. 수영장에는 고양이 두세 마리도 없었어. 아이스크림을 사 먹는 사람도 없었지. 아마 너무 심심했던 모양이야. 나는 큰누나랑 얘기를 나누기 시작했지. 한참 얘기를 나누다 보니 큰누나의 동생이 내 중학교 동창이라는 걸 알게 된 거야."

달빛이 샤오촨의 검은 피부에 금가루를 뿌렸다. 주름이 얼굴 근육의 움직임에 따라 깊어졌다 얕아지기를 반복했다. 샤오촨의 입가는 닭갈비의 기름 자국이 남아 반짝거렸고, 치아 틈새에는 닭고기와 국수 찌꺼기가 끼어 있었다. 얼굴 전체가 풍요로웠다. 샤오촨의 이마 주름살에는 햇빛이 감춰져 있고, 팔자 주름에는 달빛이 감춰져 있었다. 눈초리 주름살에는 별빛이 감춰져 있었다. 땀방울이 솟아나는 코에는 넉넉한 빗물이 감춰져 있었다. 얘기를 주고받는 동안 햇빛과 달빛, 별빛과 빗줄기가 스쳐 갔다. 얼굴 전체가 일구지 않은 밭과 같았다. 땅은 비옥하고 초목은 무럭무럭 자라났다. 지렁이들이 흙을 뒤집고 바람과 비가 절로 순환했다. 톈홍은 자신의 얼굴이 척박한 황무지라서 풀 한 포기 자라지 않는 것 같다는 생각이 들었다. 주름 사이에 감춰진 것은 전부 오래되고 더러운 땀이었다. 그래서 감히 웃을 수도 없었다. 웃었다가는 얼굴 전체의 근육이 주름을 쥐어짜 너무 많은 것들이 삐져나올 것만 같았다.

"닭갈비 가게 여주인한테 안 갈래? 내가 같이 가 줄게. 가서 인사를 나누면 어때?"

톈홍은 잠시 생각해 보고는 고개를 가로저었다. 세 누나들이 그를 기다리고 있었다. 누나들과 함께 집으로 돌아가야 했다.

"양샤오저우, 미안해. 억지로 너를 붙잡아 둔 것 같네."

"그게 무슨 헛소리야? 나는 배가 고팠을 뿐이야. 닭갈비 튀김이 먹고 싶었다고."

"고마워. 그래도 정말 이상한 일이야. 오늘 어떻게 간장 공장에서 널 만나게 됐는지 말이야."

"뭐가 고맙다고 그래? 옛 친구잖아. 문제가 있으면 언제든지 날 찾아와. 난 옛날 그 집에 그대로 살고 있으니까."

톈훙은 그 중학교 담임 선생의 집이 생각났다. 갑자기 축축해진 두 손이 목을 눌렀다. 간장 병 조각이 엉덩이를 찔렀다.

샤오촨은 톈훙의 얼굴빛이 변하는 걸 눈치채고는 재빨리 말했다.

"안심해. 우리 엄마는 집에 없어. 우리 집 사람들은 전부 캐나다로 이민 가고 나만 여기에 살고 있지. 내가 타이완으로 돌아가겠다고 하니까 엄마가 길길이 화를 내더라고. 엄마가 화를 낼수록 나만의 성취가 있어야 한다는 내 생각은 더욱 굳어졌지. 아, 미안해. 정말. 내가 쉬지 않고 떠들어 대고 있네. 네 큰누나에게 전염됐나 봐. 이렇게 수다를 떠는 거 말이야. 안 그래?"

톈훙이 고개를 가로저었다.

"얘기해. 내가 다 들어 줄게. 나는 별로 졸리지 않아. 정말 피곤했다면 여기에 곧장 드러누웠을 거야. 얘기 좀 많이 해 보자."

톈훙의 위가 배 속에 들어간 닭갈비를 부수고 휘젓기 시작하면서 몹시 졸려 왔다. 잠기운이 매서워지고 숙성되어 온몸에 흐르기 시작했다.

샤오촨이 얘기를 시작했다.

그는 먼저 미안하다고 말했다.

그해에 그의 엄마는 갑자기 온 가족이 이사를 할 예정이며 그
역시 전학을 해야 한다고 말했다. 그는 애당초 무슨 일이 일어난
건지 전혀 알지 못했다. 그는 최근 몇 년 사이에 큰누나를 알게 되
면서 큰누나의 입을 통해 자기 엄마가 무슨 짓을 했는지 알게 되
었다.

아무것도 몰랐다 보니 줄곧 엄마 말만 듣고 시험을 쳐서 가장
들어가기 어려운 고등학교에 들어간 데 이어 가장 들어가기 힘든
대학에 진학했다. 샤오촨에게는 형이 하나 있었다. 형이 캐나다
에서 박사 학위를 받자 온 가족이 캐나다로 이민을 갔다. 샤오촨
은 캐나다에서 공부를 계속하다가 박사 과정을 밟으면서 여자를
사귀게 되어 함께 숲에 들어가 연구를 하고 매일 나무 집에 숨어
부엉이를 관찰했다. 그가 엄마에게 결혼을 하겠다고 하자 엄마는
여자를 힐끗 보더니 피부가 검어서 안 된다고 말했다. 샤오촨은
엄마의 말을 영어로 통역해 전해 줄 수가 없었다. 엄마는 샤오촨
을 힐끗 보고는 직접 여자를 향해 영어로 같은 말을 반복했다. 엄
마는 계속했다. 나중에 일자리도 얻지 못할 이런 전공으로 학위
를 받으라고 여기 데려온 줄 알아? 이런 학위를 가지느니 차라리
돌아가는 게 낫다.

이런 학위가 어때서?

형도 결혼을 하겠다고 말했다.

남자랑 하겠다는 것이었다.

"우리 엄마 표정을 상상해 봐. 정말 죽도록 웃겼다니까! 그때
나는 깨달았어. 우리 엄마가 곧 무너질 것 같은 표정을 지을 때마

다 나는 오히려 몹시 즐거워진다는 걸. 정말 기분이 좋았어. 박사 학위를 받았을 때도 그렇게 즐겁지는 않았지."

"그럼 네 아내는?"

"이혼했어."

이혼 얘기를 하는 샤오촨의 얼굴은 여전히 비옥한 땅 같았다. 코와 눈이 전부 건강한 수목이었다. 사악한 풀이나 분노한 꽃은 전혀 없었다.

"사실 달리 방법이 없었어. 말다툼 없이 몇 년을 억지로 버텼지. 피곤해 죽을 것 같았어. 우리는 아주 오래 얘기를 나눴지. 그녀를 통해, 대화를 통해 나는 마침내 자신을 알게 된 셈이야. 알고 보니 내가 엄마 말만 듣는 바보였던 거야. 애당초 자신이 뭘 원하는지도 모르고 살았던 거지. 우리가 결혼했을 때도 애당초 결혼에 대한 뚜렷한 생각이 없었어. 내가 그렇게 급히 결혼한 것도 사실은 엄마를 화나게 하기 위해서였어. 하지만, 그럴 필요가 뭐가 있었겠어? 우리 형 하나만으로도 충분했지. 우리 형의 그렇게 즐겁고 행복한 모습만으로도 충분했어."

톈훙은 자신이 T를 통해 스스로를 알게 되었는지 생각해 보았다.

"캐나다의 한 중국어 서점에서 네 책을 봤어. 이름이 아주 눈에 익은 느낌이 들어 집어 들고 읽어 봤더니 정말로 너였어. 그 가운데 소설 한 편은 우리 엄마에 관해 쓴 거 맞지? 등나무 회초리를 들고 학생들을 때리던 그 정신병자 선생 말이야. 네 책을 읽고서야 그 모든 것들이 생각나더군. 정말 이상하게도 나는 원래 용징을 완전히 잊고 있었어. 네 책을 읽고 나서 캐나다를 떠나 다시 이곳에 돌아오기로 결심했지. 우리가 정식으로 이혼하던 날, 동물원을 산책하다가 하마가 입을 쩍 벌리고 있고 동물원 사람들이 하마 이빨을 닦아 주는 모습을 봤어. 그제야 한 가지 일이 생각났지. 우리가 이사해 오고 얼마 지나지 않아 나랑 형은 엄마 아버지가 없는 틈을 타서 집을 빠져나와 기차를 타고 용징으로 돌아왔어. 생각지도 않게 길에서 하마를 보게 되었지. 논밭에 쓰러져 입을 크게 벌리고 있더라고. 뜻밖에도 이런 희한한 일은 완전히 잊고 있었던 거야. 생각해 보면 정말 희한한 일이었지. 어떻게 용징에 하마가 있을 수 있겠어? 혹시 내가 완전히 잘못 기억하고 있는 것은 아닐까? 너도 하마를 본 기억이 있어?"

텐홍이 참지 못하고 빙긋이 웃었다. 황당하고 부조리한 장면이 아닐 수 없었다. 뚱뚱한 하마가 용징 거리를 지나다니다가 결국 술에 취해 논밭에 쓰러져 있다니!

그는 T에게 고향의 하마 얘기를 들려주었고, T는 자토로 작은 하마를 무수히 만들었다. 하나같이 토실토실하고 귀여운 녀석들이었다. T는 그의 이야기 속 하마가 무척 슬프다고 말했다. 게다가 술에 취한 하마라니. 그는 실제로 술에 취한 하마를 본 적이 없었다. 때문에 그렇게 귀여운 모양으로 만들 수밖에 없었다. 나중에 그 하마들은 전부 깨져 버렸다. 깨진 모양이 그의 기억 속 하마에 정확히 부합하는 것 같았다.

"그날, 우리는 하루 종일 동물원을 돌아다녔어. 작별 인사를 나눌 때가 되자 그녀가 울더군. 하지만 슬퍼서 우는 게 아니었어. 사실 나는 그녀의 울음이 나에 대한 감사의 인사라는 걸 충분히 이해하고 있었지."

텐홍은 자신도 충분히 이해한다고 느꼈다. 그런 감격의 표정은 그도 본 적이 있었다. 맞붙어 싸우고 치고받고 하다가 손에 든 칼이 T의 몸 안으로 들어갔다. T는 고통의 비명을 지르지 않았다. 뜻밖에도 그의 얼굴에는 미소가 번지고 있었다. 감격으로 가득한 미소였다. T는 칼을 뽑아내고서도 비명을 지르지 않고 그에게 다시 달려들어 피가 잔뜩 묻은 주먹으로 그를 때렸다. 또 한 차례 격하게 치고받다가 칼이 또 T의 몸 안으로 들어갔다.

T가 말했다.

"Go, now."

얼마 후 경찰의 심문이 시작되었다. 그의 머릿속은 온통 뿌연 안개였다. T의 체내에서는 이름을 알 수 없는 수많은 알약들이 미친 듯이 환락을 즐기고 있었다. 아주 오래 묶인 채 물도 마시지 못하고 음식도 먹지 못하다 보니 거의 질식할 것만 같아 주먹으로 자신의 피부에 먹구름을 만들었다. T가 칼을 들어 자신의 팔에서 피부를 한 조각 잘라 냈다. 사각형이었다. 어쩌면 체내에 약물이 너무 많아 뜻밖에도 통증을 전혀 느끼지 못했는지도 모른다. 그는 T의 손에 들린 피부 조각을 바라보면서 줄곧 다섯째 누나를 생각했다.

다섯째 누나는 죽기 전에 자기 앞에서 '공연'을 하려고 했다. 다섯째 누나는 미용 칼을 들어 자신의 팔을 그었다. 선혈이 솟구쳐 나왔다. 다섯째 누나가 그에게 말했다.

"쉿, 다른 사람들에게는 절대 말하지 마. 난 하나도 안 아파."

다섯째 누나는 약물과 거즈로 자신의 상처를 잘 싸맸다.

"딱지가 앉으면 다시 그을 거야."

그는 다섯째 누나의 얼굴에 가득하던 미소를 기억했다. 너무나 행복해하는 모습이었다.

샤오촨은 옛집 뒷마당에서 박쥐를 길렀다고 말했다. 그가 돌아와 보니 어린 시절 기억 속의 동물들은 보이지 않았다. 배추노랑나비도 보이지 않았고 나무 위의 박쥐들도 보이지 않았다. 뱀은 많이 줄어들었고 개구리도 잘 보이지 않았다. 여름의 매미 소리도 많이 약해져 있었다. 박쥐가 서식하던 수많은 나무들이 깡그리 베이고 없었다. 오로지 백악관을 짓기 위해서였다. 그는 다시 박쥐를 기르고 싶어 많은 연구를 했고, 우선 뒷마당에서 몇 마리를 키워 보기로 했다.

"나 찾아오는 것 잊지 마. 박쥐 보러 오라고."

샤오촨의 작은 트럭이 소용돌이치는 연기 먼지만 남기고 어둠 속으로 미끄러져 사라졌다.

연기 먼지가 그의 눈에 들어왔다. 그는 눈을 감고 가볍게 비벼 댔다.

다시 눈을 뜨니 작은 배는 사라지고 눈앞에 하얀 보름달만 남아 있었다.

35 일본 비타민

귀신이 되는 게 좋아? 나는 귀신이 되는 게 정말 좋다고 말했다.

살아 있을 때 나는 상당히 건조한 편이었다. 피부는 사막이었고 손톱은 바위 같았으며 머리칼은 말라 버린 넝쿨이었다. 지금은 이끼 속에서 살면서 비에 젖은 고향집 담장 위에서 잠을 자다가 축축한 땅 위를 구르곤 한다. 여름에 비가 지나간 뒤의 젖은 땅은 무척이나 쾌적하다. 흙과 물이 섞이기 때문이었다. 죽은 뒤에 천국이 있는지는 모르겠지만, 진흙은 분명 천국이었다.

이 작은 시골에는 아주 오래 비가 오지 않았다.

나는 발육이 이른 편이었고 아주 빨리 가슴이 부풀어 올랐다. 아침에 집을 나설 때는 교복 블라우스가 몸에 잘 맞았는데 학교가 파할 무렵이면 교복 가슴 부위가 벌어지면서 총알처럼 발사되어 날아간 단추가 나를 쳐다보고 있던 남학생을 맞혔다. 그날부터 학교 남학생들은 내 이름이 천차오메이(陳巧媚)라는 걸 잊고 '만메이(滿妹)'라고 부르기 시작했다. 둥글고 풍만하며 차고 넘친다는 뜻이었다. 내 가슴은 갈수록 더 커졌다. 맞는 브래지어를 살 수 없을 정도였다. 엄마는 나를 데리고 위안린의 속옷 가게에 가서 브래지어를 특별히 주문해야 했다. '만메이'라는 호칭은 학교에서부터 전파되기 시작하여 학교 담장을 넘어 뱀처럼 크고 작은 골목과 거리를 지나 마침내 우리 집까지 전해졌다. 가족 모두 나를 '만메이'라고 부르기 시작했다.

넷째 언니는 나를 몹시 부러워했다. 언니는 말하지 않았지만 나는 언니가 줄곧 나를 부러워한다는 사실을 잘 알고 있었다. 우리는 매일 같은 음식을 먹고 같은 일을 했으며 같은 초등학교와 중학교를 다녔다. 같은 물을 마시고 같은 시각에 잠을 잤으며 같은 시각에 잠자리에서 일어났다. 그런데 왜 나는 이처럼 풍만한데 언니는 그렇게 밋밋할까?

나는 이 별명이 마음에 들었다. 모두 내 눈을 쳐다보는 게 좋았다. 아빠가 부른 운송 노동자는 내 가슴을 보고는 아랫도리가 일어섰다. 학교 성적이 좋지 않을 때면 선생님에게 손바닥을 맞았다. 남자 선생이건 여자 선생이건 내가 등을 곧게 펴고 가슴을 내밀어 선생님의 시선을 점령하기만 하면 갑자기 체벌하는 선생들의 손에 힘이 빠지곤 했다. 내 손바닥 위로 떨어지는 등나무 회초리는 너무나 가볍고 부드러웠다. 이웃 사람들은 엄마를 찾아와 도대체 딸에게 무슨 보약을 먹이기에 가슴이 그렇게 빵빵하냐고 물었다. 어떤 중매쟁이는 결혼을 예약하겠다고 찾아오기도 했다. 어차피 몇 년만 기다리면 나도 성년이 될 것이고, 무수한 좋은 집안들이 천씨 집안의 다섯째 딸을 며느리로 맞아들이고 싶어 줄을 설 거라고 했다.

옆집 왕씨네 큰아들이 있었다. 나는 그를 샤오왕이라고 불렀다. 그가 내게 사업을 제안하면서, 모든 사람이 내 가슴에 관해 얘기하고 있고 수많은 여자들이 나와 같아지고 싶어 하니 사람들에게 어떤 일본 비타민을 먹으면 나처럼 가슴이 커질 수 있다는 소문을 내 달라고 부탁했다. 그러면 자기는 그 일본 종합 비타민의 도매를 추진하겠다는 것이었다. 어떤 비타민이든 상관없다고 했다. 일본어로 된 표식이 붙어 있고, 먹고서 죽지만 않으면 된다고 했다. 수익은 6대 4로 배분하여 내게 4를 주겠다고 했다. 물건을 수입하고 판매하는 일은 자기가 도맡아 할 테니 나는 가만있으면 된다고 했다. 일본 비타민을 먹으면 좋다고 소문만 내면 된다는 것이었다. 나는 6대 4로 나누는 건 좋은데, 내가 6을 갖고 그가 4를 가져야 한다고 말했다. 그는 타산이 맞지 않는다고, 그런 조건으로는 합작할 생각이 없다고 항의하듯이 말했다. 내가 말했다.

"양손으로 잘 따져 봐. 10초 줄 테니까. 6대 4야. 내가 6, 네가 4."

왼손으로 10초. 나는 천천히 숫자를 셌다.

오른손으로 10초. 나는 빠른 속도로 숫자를 세다가 그의 손을 탁 쳐 버렸다.

그때의 일이 생생하게 기억났다. 그가 얼굴 가득 만족의 표정을 지으며 말했다.

"와, 넌 정말 대단해. 정말로 사업을 할 줄 아는구나! 네 아버지는 너만큼 장사를 할 줄 몰라. 네 아버지는 멍청하게 우리 아버지한테 이용만 당하고 있다고."

엄마와 함께 재래시장으로 찬거리를 사러 갔을 때, 나는 돼지고기를 파는 노점 주인아줌마에게 그 일본 비타민을 사 먹으라고 말했다. 청자오마에 제사를 올리러 갔을 때도 묘당지기에게 우리 엄마가 내게 그 일본 비타민을 사 준 덕분에 이런 몸을 갖게 됐다고 말했다. 학교에서도 나는 친구들에게 아주 큰 통에 든 일본 비타민을 먹었다고 말했다. 여러 통 먹다 보니 나도 모르게 가슴이 그렇게 됐다고 말했다. 가슴이 너무 커서 귀찮아 죽겠다고, 사이즈가 맞는 속옷을 살 수가 없어 위안린에 가서 맞춰 입어야 한다고 말했다. 속옷을 맞추려면 돈이 많이 들 뿐 아니라 사이즈를 재는 아줌마가 이렇게 큰 가슴은 보지 못했다며 놀려 대는 통에 짜증이 난다고 말했다!

그는 일본 비타민의 수입과 판매를 도맡았다. 장사는 놀라울 정도로 잘됐다. 공급이 부족해 계속 물건을 들여와야 했다. 나는 넷째 언니 방의 책상 위에서 일본 비타민을 보았다. 알고 보니 언니도 그걸 샀던 것이다. 내가 언니에게 그 소문은 거짓이라고, 비타민을 먹어 봐야 아무 소용 없으니 돈 낭비 하지 말라고 말했다. 언니는 화를 내면서 정말 불공평하다고 한탄했다. 엄마가 내게만 그 비타민을 사 주고 자신에게는 주지 않았다는 것이었다. 그러면서 이제 와서 그걸 먹어도 이미 때가 지나 소용이 없다고 했다. 언니는 내게 나가 죽으라고 말했다. 내가 몰래 비타민을 먹으면서 자신에게는 알려 주지 않았다는 것이었다. 딸로 태어난 것도 이미 충분히 비참한데 자기가 가장 사랑하는 동생에게도 속았다고 했다.

나도 화가 났다. 내가 말했다.

"그래, 먹어. 먹으라고! 열 통을 먹어도 효과가 있으리란 보장은 없으니까."

나와 샤오왕은 큰돈을 벌었다. 엄마는 딸들에게 거의 용돈을 주지 않았지만 상관없었다. 내게는 샤오왕이 있었고 그는 돈을 벌 줄 알았다. 그는 무엇을 팔아야 돈을 벌 수 있는지를 알았다. 그와 힘을 합치기만 하면 나는 더 이상 엄마 아빠에게서 용돈을 받지 않아도 됐다.

나와 샤오왕은 프랑스 샴페인을 한 병 구해 비타민 사업의 성공을 자축했다. 우리는 샴페인을 마시는 방법도 몰랐다. 타운 하우스 옥상에 올라가 몰래 마시려 했지만 샴페인 병을 따는 방법도 몰랐다. 간신히 병을 따기는 했지만 샴페인은 뜨거운 햇볕 아래서 이미 따스한 술로 변해 있었다. 기포가 있는 황금빛 물이 목구멍을 타고 미끄러져 내려갔다. 아주 달콤하고 맛있었다. 다 마시고 나니 머리가 약간 어지러웠다. 샤오왕은 나중에 더 많은 돈을 벌면 나를 프랑스에 데리고 가겠다고 말했다. 파리에 함께 가자는 것이었다.

샤오왕은 샴페인을 마시고 취했다. 그가 말했다.

"너희 집에서 어렸을 때 가스총 산 적 있지?"

용징에는 도둑이 창궐했고, 도처에서 살인과 강간 사건이 일어났다. 하지만 사실은 전부 거짓말이었다. 모두 샤오왕의 아버지가 퍼뜨린 헛소문이었다. 작은 시골에서는 소문을 지어내기가 아주 간단했다. 몇 가지 얘기를 지어내고 몇몇 집들을 매수한 다음, 경찰에 돈 봉투를 건네면서 밤중에 약간의 소란을 일으키기만 하면 모든 사람이 죽음을 두려워하게 되었다. 민심이 흉흉해졌을 때, 라오왕은 가스총을 구해다 팔기 시작했다. 도둑이나 강도가 문앞에 나타나면 가스총을 겨냥하여 분사하면 빠른 속도로 악당들을 제압하고 가정의 평안을 유지할 수 있다고 했다. 샤오왕네는 그때 번 돈으로 타운 하우스를 살 수 있었다.

샴페인을 마시면서 그는 내게 한번 하자고 했다. 나는 안 된다고, 나를 아내로 맞으면 할 수 있겠지만 내가 그렇게 멍청하진 않다고 말했다.

그는 아무래도 안 되겠다고 말했다. 내 가슴을 보다가 아랫부분이 너무 딱딱해져 반드시 사정을 해야겠다는 거였다. 그는 가스총을 팔 때, 밤중에 종종 자기 아버지를 따라 밖에 나가 소동을 벌였다고 털어놓았다. 마침 사춘기였던 그는 밤에 마구 집 밖을 돌아다니며 소란을 피웠고 정말로 사정을 하고 싶었다고 말했다. 그래서 그는 한 가지 방법을 생각해 냈다. 단층 삼합원을 집중적으로 겨냥하여 손전등을 비춰서 여자가 있는 방을 찾아낸 다음, 약간의 소음을 일으켜 여자들을 깨우는 거였다. 여자들이 깨면 얼른 손전등을 끄고 그 여자들을 보면서 자위를 하여 창문에 대고 하얀 액체를 분사했다. 어차피 아주 어두웠기 때문에 누군가 볼 리도 없었다. 당시 용징에는 가로등도 없었다.

"부탁이야, 만메이, 나랑 한번 하자. 지금 옥상에 아무도 없잖아. 누군가 볼 리도 없고 말이야."

"먼저 가서 돈을 벌어 와서 내게 집을 지어 주고 날 파리에 데려가 줘. 그러면 너랑 할게. 매일 언제든지 할게."

당시 아빠는 이미 옆집 왕씨네를 따라 중국에 가서 돈을 벌고 있었다. 중국 대륙과 타이완 사이가 개방되어 친지 방문이 이루어지자 라오왕은 먼저 중국에 들어가 시장 조사를 했다. 그해 6월, 베이징에서 소요 사태가 벌어지자 아빠는 먼저 타이완으로 철수하면서 도저히 안 되겠다고 말했다. 너무나 무섭고 감히 다시는 가지 못할 것 같다고 했다. 아빠는 베이징 전체가 하나의 거대한 은색 물탱크였다고 말했다. 라오왕은 샤오왕을 데리고 계속 베이징에 남아 계약을 체결하고 공장을 지었다. 얼마 후 타이완으로 돌아온 왕씨네는 모두 철수할 때 자신들은 그런 기회를 뚫고 들어가 모든 통로를 다 뚫어 놓았다고 말했다. 사업하기 가장 좋은 시기는 난세라고 했다. 사업하는 사람은 난세에 의지해 돈을 벌어야 한다는 것이었다.

왕씨네는 우선 비스킷을 팔기 시작했다. 먼저 단맛을 출시하면서 포장에 일본어를 가득 인쇄했다. 라오왕은 중국인들은 삶이 몹시 고되고 배불리 먹지 못하기 때문에 단것부터 팔아야 한다고 말했다. 단것을 먹으면서 고통을 잊고 배불리 먹어 근심을 풀어야 한다고 했다. 중국에서 자체적으로 제조하는 비스킷임이 명명백백한데도 포장은 일본 제품인 것처럼 꾸몄다. 라오왕은 반일은 당연한 것이지만 발전한 일본을 추종하지 않는 사람이 누가 있겠느냐고 반문했다. 비스킷을 먹고 일본인이 될 수 있다면 모두가 사 먹을 것이라는 게 그의 생각이었다.

비스킷은 아주 잘 팔려 창고를 확장해야 할 정도였다. 짠맛을 출시했는데 묘지를 청소하고 제사를 올려야 하는 절일에 제물로 올리기에 안성맞춤이었다. 영양과 위생이 보장되다 보니 어른들도 먹으면서 무척 즐거워했고 어린아이들은 이 비스킷을 먹고 부럭무럭 자랐다.

왕씨 집안은 중국에서만 큰돈을 번 게 아니라 타이완 증시에서도 떼돈을 벌었다. 타이완 증시는 1980년대에 비약적으로 성장하기 시작하여 1990년대에 들어서는 시황을 나타내는 지수가 만 점에 도달했다. 왕씨네는 두 아들에게 독일제 수입차를 사 주었다.

샤오왕이 말했다.

"내 동생은 말이야, 정말 멍청해. 뭔가 이상을 갖고 있다고는 하지만 기본적으로 멍청해. 대학 공부가 무슨 소용이야. 그렇게 일찍 죽었는걸. 나를 좀 보라고. 지금 아주 풍족한 생활을 하면서 하고 싶은 건 뭐든지 다 할 수 있잖아. 돈도 마음껏 벌고. 그 책을 좀 봐. 내 동생에 관한 책 말이야. 작가는 죽은 사람을 이용해 떼돈을 벌지만 내 동생은 무덤 속에 누워 있잖아. 돈은 한 푼도 못 벌고. 정말 멍청해. 앞으로 내가 너랑 결혼해 아이를 낳았는데 대학 공부를 하겠다고 하면 먼저 다리부터 분질러 버리고 말 거야."

샤오왕은 지금 자기와 결혼할 수 있느냐고 물었다. 그는 일본 성인 영화에서 '유교(乳交)*'라는 걸 보았는데 내게 당장 시험해 보고 싶어 죽겠다고 했다. 내가 '유교'가 뭐냐고 물었다. 그는 검지를 내 가슴 사이에 넣고 상하로 움직이기 시작했다. 그의 검지가 닿는 순간 이상하게도 가슴이 몹시 간지럽더니 금세 붉은 꽃이 번지기 시작했다. 나는 재빨리 옷으로 붉은 꽃을 가렸다.

"우리 아버지가 큰아들이 아내를 맞으면 큰 집을 지어 준다고 하셨어. 필요한 게 있으면 뭐든지 다 말해. 전부 지어 줄게."

청사진이 나오고 백악관 건축이 시작되었다. 나는 분수와 동물원, 하마를 요구했다. 라오왕이 우리 엄마 아빠에게 거액의 빙례를 마련해 줌으로써 천씨네와 왕씨네의 혼인이 성립되었다. 백

* 남성이 음경을 여성의 유방 사이에 넣고 하는 성행위.

악관은 최고급 자재를 사용했고 전국의 건축 기술자들을 다 불러 모아 아주 빠른 속도로 완공했다.

약혼식이 끝나고 나서 샤오왕이 물었다.

"이제 줄 수 있겠지?"

그는 독일제 승용차 문을 열고는 나를 태우고 외지의 대형 호텔로 갔다. 함께 객실에 들어서자마자 그는 바지를 벗으면서 자신은 오는 길 내내 딱딱해져 있었다고 말했다.

그는 내가 빨아 주기를 바랐지만 입을 가까이 가져가는 순간, 그의 아랫도리 냄새에 구토를 하고 말았다. 그의 아랫도리에 구토를 한데 이어 객실 카펫 위에도 했다. 그리고 마지막으로 침대 위에도 위에 남은 것을 토해 버렸다.

나는 그에게 좀 기다려 달라고 부탁했다. 조금만 더 기다리라고 했다. 미안하다고, 최근에 몸이 몹시 좋지 않다고 말했다.

그는 좋다면서 기다려 주었다.

그는 다시 시도했다. 이번에는 유교를 하겠다고 했다. 나는 그에게 냄새가 전혀 나지 않을 때까지 아랫도리를 비누로 깨끗이 씻고 오라고 요구했다. 그는 내 말대로 했지만 사실은 완전히 냄새가 가시지는 않았다. 또다시 토하고 싶었지만 최대한 힘을 주며 참아 냈다. 그의 아랫도리에는 털이 무성했다. 연기 냄새도 나고 술 냄새도 나고 살 냄새도 났다. 그는 내게 누우라고 하고는 두 손으로 가슴을 모으게 했다. 그런 다음 거대한 아랫도리를 내 가슴 사이로 쑤셔 넣었다. 그는 마찰을 시작하더니 신음 소리를 냈다. 내 가슴에 갑자기 괴이한 형상의 붉은 꽃이 가득 피는 것을 본 그는 갑자기 말랑말랑해져 서둘러 내려갔다.

내가 물었다. 내가 알레르기 체질이라는 거 몰랐어?

어렵사리 알레르기가 가라앉자 그는 구강성교나 유교는 하지 않겠다고 말했다. 다른 기교를 부릴 것 없이 곧장 아랫부분으로 하겠다고 했다.

이번에는 내 방에서였다.

나는 무척 말라 있었다. 너무 말라 있었다.

정말 말라 있었다. 그의 아랫도리가 내 아랫부분으로 들어오려고 시도했지만 내 아랫부분은 너무 메말라 있었다. 습기가 전혀 없었다. 다급해진 그는 침을 잔뜩 뱉어 자신의 아랫도리를 문질렀다. 하지만 내 아랫부분은 여전히 굳게 닫혀 있었다. 그가 억지로 밀고 들어오려 했지만 금세 내 비명 소리에 물러났다. 아파! 아파 죽겠다고! 너무 아프단 말이야!

그는 처음 할 때는 아픈 게 당연하다면서 조금만 참으면 좋아진다고 했다. 그러면서 내 몸을 제압하여 계속 억지로 밀고 들어왔다. 나는 계속 날카로운 비명을 질러 댔다. 아파! 아프다고! 아파 죽겠단 말이야!

나는 넷째 언니의 방이 바로 옆이라는 사실을 까맣게 잊고 있었다. 넷째 언니가 얇은 베니어판 벽에 귀를 가져다 대고 경청하고 있었다.

나는 매번 몹시 말라 있었다. 여러 번 시도했지만 매번 지독하게 메말라 있었다. 그는 이런 경우는 없었다고 말했다. 어째서 들어가지도 않는단 말인가? 그는 그렇게 많은 여자들이랑 해 봤지만 어떻게 물건이 들어가지도 않는 거냐고, 어떻게 이런 여자를 아내로 맞아들일 수 있겠냐고 따지듯이 말했다.

나는 열일곱 살이 되던 해에 갑자기 월경이 중단되었다는 사실을 누구에게도 말하지 않았다.

마지막 시도가 이루어졌다. 그는 큰 통에 든 윤활액을 가지고 왔다. 그가 간신히 내 몸에 들어오자 나는 재채기를 하기 시작했다. 재채기는 좀처럼 멈출 기미를 보이지 않았다. 방 몇 칸을 사이에 두고 있던 동생 텐훙이 내 재채기 횟수를 세기 시작했다. 하나, 둘, 셋, 넷, 다섯, 여섯. 재채기로 인해 내 아랫부분이 수축되면서 간신히 들어온 샤오왕을 밖으로 밀어내 버렸다. 그는 계속 밀어 댔지만 그럴수록 내 아랫부분은 더 철저하게 수축되어 그를 토해 냈다. 나는 계속 재채기를 했고 텐훙은 계속 횟수를 셌다. 나는 또 갑자기 방귀를 뀌었다. 아주 우렁찬 방귀라 재채기 소리마저 덮어 버렸다. 텐훙이 웃는 소리가 들렸다. 나도 참지 못하고 큰 소리로 깔깔대며 웃었다. 방귀가 샤오왕의 미간에 아주 깊은 주름을 만들었다. 그는 큰 소리로 씨팔! 하고 욕을 내뱉고는 가 버렸다.

나는 나의 독한 방귀 냄새를 맡으면서 침대에 누워 깔깔대고 웃었다.

그때 나는 어떻게 알았던 걸까? 어떻게 알았는지는 모르지만 내가 그곳을 굳게 닫아 버리면 그는 들어올 수 없었다. 옆방의 넷째 언니가 방문을 열었다.

나는 몹시 말라 있었다.

하지만 넷째 언니는 무척 젖어 있었다.

나는 닫았다.

하지만 넷째 언니는 활짝 열었다.

언니가 나를 대신했다. 아주 축축했고 완전히 열려 있었다. 가

숨이 크진 않았지만, 붉은 꽃도 없었고 재채기도 하지 않았다.

나는 지금 넷째 언니를 바라보고 있다. 언니가 이겼다. 백악관은 언니의 것이 되었다. 언니는 방금 커튼을 활짝 열고 창문 너머로 셋째 언니를 바라보았다. 셋째 언니도 넷째 언니를 바라보았다. 넷째 언니는 재빨리 욕조 안으로 들어갔다. 더운물이 차갑게 식어 있었다. 넷째 언니의 방에는 신문지와 잡지가 가득 쌓여 있었다. 전부 나에 관한 보도였다.

그해에 제과 업계의 거물이 아내를 맞아들이는 혼례는 수많은 기자들의 보도를 이끌었다. 샤오왕과 넷째 언니는 파리에서 수입한 크리스털 샹들리에 앞에서 사진을 찍었고, 그 사진이 잡지에 실렸다.

하지만 결혼식을 보도한 지면은 나의 자살을 알리는 지면만큼 크지 않았다.

넷째 언니는 백악관의 방에 나의 자살을 보도한 신문과 잡지를 잔뜩 쌓아 놓았다. 내가 죽자 언니는 샤오왕의 독일제 승용차를 몰고 방방곡곡을 다니면서 나의 자살을 보도한 신문과 잡지를 일일이 찾아서 사들여 자기 방에 쌓아 놓았다. 언니는 그러면 그 기사를 읽는 사람이 없을 것이고, 그런 사실을 알 사람도 없을 것이라고 말했다.

하지만 넷째 언니는 매일 그 기사들을 읽었다. 줄곧 읽었다. 기자들은 내가 비스킷 큰손의 큰아들에 의해 농락당하고 버려지자 비닐봉지를 머리에 뒤집어쓰고 칼로 팔목을 그었으며, 발견되었을 때는 비닐봉지가 피부에 찰싹 달라붙어 있었다고 썼다. 작은 시골에 소문이 퍼졌다. 내가 죽었을 때, 배 속에는 태아가 있었다고 했다. 읽고 또 읽다가 언니는 커튼을 설치하고 창문을 굳게 닫고 방문에 자물쇠를 채웠다. 언니는 하마가 무서워 감히 문밖에 나오지 못했다.

그녀는 밤중에 쉴 새 없이 놀라서 깼다. 줄곧 영아가 우는 소리가 언니를 깨웠다.

바보.

임신했다는 소문은 내가 죽기 전에 퍼뜨린 것이었다.

하마도 내가 풀어 주었다.

36 다섯 자매의
입을 꿰매 버리다

큰누나는 등받이 없는 작은 걸상을 몇 개 밖으로 내왔다. 실내는 정말로 더워 모두 치러우에 나와 앉았다. 슬리퍼를 벗고 손에 들고 있는 부채를 부치면 더운 공기의 흐름이 더 많이 일었다. 도마뱀도 찍찍 소리를 냈다. 더위를 탓하는 소리임이 분명했다.

큰누나가 말했다.

"너희가 모두 고향에 돌아오리라고는 전혀 생각지 못했어. 3층 방은 오랫동안 치우지 않아서 먼지가 아주 많을 거야. 이부자리도 빨지 않았어."

둘째 누나가 말했다.

"무슨 이불을 빤다는 거야? 이불 같은 건 필요 없어. 큰언니, 부탁인데, 제발 그런 소리 좀 하지 마. 더워 죽겠다고. 공기가 화로 같은데 무슨 이불을 덮는다는 거야?"

셋째 누나가 말했다.

"큰언니, 내가 돈 줄 테니 에어컨을 다는 게 어때? 이 정도로 더운데도 언니는 안에서 재봉틀을 돌릴 수 있어?"

큰누나가 말했다.

"내가 좋아서 하는 줄 알아? 나는 너랑 달라. 남편이 돈을 잘 버니까 너는 애당초 일을 할 필요가 없겠지."

셋째 누나가 말했다.

"그게 무슨 말이야? 내 사정 모르는 것도 아니잖아."

둘째 누나가 말했다.

"무슨 사정인데 그래? 너는 뭐든지 말을 안 하려고 하잖아."

큰누나가 말했다.

"타이베이 네이후의 대저택에 살면서 한 번도 우리를 초대하지 않았잖아."

셋째 누나가 말했다.

"언니들도 호화 주택에 살고 싶어? 그럼 바꾸자. 내 집 전부 언니들에게 줄게."

둘째 누나가 말했다.

"그런 뜻이 아니야. 너랑 말다툼을 하자는 게 아니라고."

큰누나가 말했다.

"너희 둘이나 서로 싸우지 말라고."

셋째 누나가 말했다.

"정말 싸우자는 거야? 난 그저 에어컨을 설치해야 한다고 말했을 뿐이야. 아직 늦지 않았지? 당장 전자 상가에 전화해서 설치해 달라고 해. 더워 죽겠단 말이야."

둘째 누나가 말했다.

"그럼 큰언니네 전기료도 네가 부담할 거야?"

큰누나가 말했다.

"난 에어컨 필요 없어! 선풍기 하나면 족하다고! 나 너희 둘처럼 타이베이에 거주할 수 있는 좋은 운명을 타고나지 못했거든."

둘째 누나가 말했다.

"좋은 운명이 낯선 땅에 사는 거로군. 어렸을 때 먹던 고향 음식을 그리워하면서 말이야."

셋째 누나가 말했다.

"좋은 운명이 어떤 건지 말하자면, 언니의 운명이 바로 좋은 운명이라고 할 수 있지."

둘째 누나가 말했다.

"내가 좋은 운명을 타고났다고? 그게 무슨 뜻이야? 말해 봐!"

톈훙은 의자에 앉아 세 누나들이 마침내 손님처럼 예의를 갖춘 어투를 포기하고 날 선 언사를 주고받는 것을 듣고 있었다. 적극적으로 말을 자르고 끼어드는 데다 공격적인 말도 서슴지 않았다. 거친 말을 주고받는 세 자매의 어투가 급상승했다가 곤두박질치기를 반복했다. 목소리가 중첩되고 기억이 겹쳤다. 상대방을 지적할 때 끈적끈적한 점성이 느껴졌다. 누나들의 모든 말이 하나로 들러붙어 혼잡하고 탁해졌다. 그는 어떤 말을 누가 했는지 분간할 수 없었다.

넷째 누나와 다섯째 누나의 얘기도 들리는 것 같았다.

그는 고개를 숙이고 몰래 웃었다. 어렸을 때, 다섯 자매는 자주 말다툼을 했다. 뜨겁게 달군 기름 솥에 물을 한 그릇 부은 것 같았다. 불길이 너무 세서 기름 연기가 산하를 집어삼킬 기세였다. 다섯 자매는 수시로 싸웠다. 밥을 먹다가도 싸우고 학교 가는 길에도 싸우고 학교가 파하고도 싸웠다. 자기 전에도 싸우고 자고 일어나서도 싸웠다. 다섯 자매를 제압할 유일한 사람은 엄마였다. 엄마는 소리를 지르고 바늘 같은 눈빛을 뿌림으로써 한순간에 다섯 자매의 입을 꿰매 버렸다.

그는 지금 넷째 누나가 세 누나들이 다투는 소리를 들었다면 틀림없이 참지 못하고 백악관을 뛰쳐나와 곧장 이 대화에 참여했을 거라는 생각이 들었다. 자매들은 평소에는 말이 아주 단조로웠지만 일단 언어의 전장에 발을 디디기만 하면 일제히 검과 칼을 뽑고 화살을 시위에 얹었다. 극장의 연기자가 음량을 높이면서 단전에 잔뜩 힘을 주면 마이크가 필요 없어지는 것과 마찬가지였다.

그가 지난번에 용징에 돌아온 것은 아버지의 사후 처리 때문이었다. 깊은 밤, 그는 자신은 어차피 시차에 적응하지 못하니까 빈소를 지키는 일은 자신이 맡을 테니 누나들은 전부 가서 자라고 말했다.

가을밤은 고요했다. 너무나 고요했다. 영화 속에 의도적으로 설정한 것 같은 그런 고요함이었다. 음량이 아주 작고 천하가 평안한 것 같았다. 주인공이 긴장을 풀던 차에 갑자기 비수가 날아들면서 비명 소리가 폭발하고 스크린이 피투성이가 되는 것처럼.

그는 혼자 아버지 빈소에 앉아 종이로 연꽃을 접다가 노트북을 켜고 인터넷에 들어가 T에게 이메일을 보냈다. 고향에 돌아왔다고 했다. T는 바로 곧 나가서 야간 당직을 설 예정이라고 회신을 보내왔다. 당시 T는 어느 공장에서 경비로 일하기 시작한 터였다. 밤이 되면 가서 야간 당직을 서고 다음 날 새벽 5시에 퇴근했다.

T는 퇴근하여 자전거를 타고 집으로 돌아가는 길 내내 빈 담벼락을 보면 배낭에서 스프레이를 꺼내 근무 시간의 우울함을 해소했다.

T는 이메일에서 그날은 퇴근길에 적당한 담벼락을 찾아 텐훙 아버지의 얼굴을 그리겠다고 말했다.

그는 고개를 들어 아버지의 영정 사진을 바라보면서 T가 스프레이로 아버지의 얼굴을 그리는 모습을 상상했다.

1시에 큰누나가 깼다. 큰누나는 아버지 영전에 가서 향을 올리고 절을 한 다음, 그와 함께 앉아 연꽃을 접었다. 옆에 녹슨 기계가 한 대 있기라도 한 것처럼 그녀의 관절과 뼈마디에서 노후한 소리가 났다.

"여기도 아프고 저기도 아프고 온몸이 다 아파. 어깨도 아파 죽을 것 같고 등도 아파서 죽을 지경이야. 망령에게 예를 올려야 하고 납품해야 할 물건도 태산 같아. 그러니 전혀 잠을 잘 수가 없지. 배 안 고프니? 내가 가서 국수 좀 만들어 올게."

"배 안 고파. 방금 누나가 먹을 걸 한 무더기나 줬잖아."

"그럼 됐어. 누나가 막내에게 관심이 많아서 그래. 독일에서 제대로 먹지 못한 것 같아 걱정했거든. 이렇게 마른 것 좀 봐. 누나가 줄곧 묻고 싶었던 게 한 가지 있는데 어떻게 말해야 좋을지 모르겠다. 아이고, 어깨가 왜 이렇게 아픈 거야!"

그는 누나 등 뒤로 가서 어깨를 주물러 주었다. 누나의 어깨에는 도처에 지뢰가 있었다. 어디든지 누르면 끊임없이 신음 소리가 폭발했다.

"큰누나, 차라리 이걸 한번 피워 보는 게 어때?"

그는 배낭에서 특별한 담배를 한 개비 꺼냈다. T가 준 것이었다. 그는 최근에 한동안 몸이 이상하게 불편하고 아팠다. 글을 쓸 때도 아프고 음식점에 가서 쟁반을 들 때도 아프고 길을 걸을 때도 아팠다. T가 피워 보라고 권해서 피워 봤더니 정말 효과가 있었다. 뜻밖이었다. 연기가 체내의 통증을 아주 빨리 쫓아 버렸다.

"너 죽고 싶어서 그래? 이거 그거 아니야? 감히 이걸 타이완까지 가져온 거야? 정말 죽고 싶어 환장했구나!"

"독일 사람들 말이 이번에 돌아가면 이게 꼭 필요할 거라고 하더라고. 그래서 공항에 가기 전에 배낭에 쑤셔 넣었던 거야. 한번 피워 봐. 걱정할 것 없어. 아버지 빈소는 길가에 마련되어 있기 때문에 경찰이 올 리가 없어."

담배에 불을 붙인 큰누나는 길게 한 모금 빨아들이고 나서 잠시 숨을 참았다. 기침이 나지는 않았다. 누나는 천천히 연기를 토해 냈다. 연기가 허공에 천천히 흩어지면서 그녀의 얼굴에 잔잔한 미소가 피어올랐다.

"누나를 그런 눈으로 쳐다보지 마. 나는 심심하고 지루한 아줌마라고. 너 말이야, 내가 옛날 한때는 불량소녀였다는 거 모르지? 중학교 때 공부를 그만두고 사루에 가서 여공으로 일했었잖아. 공부가 싫어서 그랬던 거야. 공장에서 다른 여공들이 내게 아주 많은 것들을 가르쳐 줬어. 담배도 아주 일찍 배웠지."

"그건 벌써 수천 번도 더 얘기했어. 큰누나, 그런데 이래도 괜찮을까? 우린 지금 아버지 영전에 앉아 있잖아."

"하하, 안심해. 아버지는 지난 몇 년 동안 묘당에서 지내셨어. 옆에서 잔소리하는 엄마가 없으니 매일 자유롭게 자신을 즐길 수 있었지. 내가 찾아갈 때마다 아버지는 담배를 피우면서 노름을 하고 계셨어. 내가 마조 여신 앞에서 노름을 해도 되느냐고 물었지. 아버지는 암이 면죄부라 문제없다고 하면서 마조 여신은 마음이 넓어서 간암 말기 환자들이 반드시 돈을 딸 수 있도록 돌봐주실 거라고 하더라고."

그는 아버지의 영정 사진을 바라보면서도 자유롭게 즐기는 그 모습을 상상할 수 없었다. 그의 기억 속에서 아버지는 거의 말을 하지 않았고 웃지도 않았다. 눈빛이 항상 아주 무거웠다.

"큰누나, 내게 물어보려던 게 뭐야?"

"와, 이거 아주 제대로 된 물건이네. 조금 빠니까 온몸이 나른해지는 것 같아. 말을 할 때도 목소리가 평소보다 더 커지는 것 같고. 내가 물어보려 했던 건, 그러니까, 네 방에 있는 그 물건들을 버려도 되느냐 하는 거였어."

"그 오래된 책들 말하는 거야?"

"그래 맞아. 그리고 그 오래된 비디오테이프도."

그 상자에는 뱀 잡는 사내가 그에게 준 VHS 테이프가 가득 들어 있었다. 엄마는 그의 방을 뒤져 아래층으로 가져가 틀어 보았다. 화면에는 두 남자가 뒤엉켜 물고 빨고 하는 장면이 담겨 있었다. 엄마는 무서울 정도로 고함을 질러 댔다. 이상한 일이었다. 전부 버리지 않았던가? 어째서 지금까지 남아 있었던 걸까?

"오래전에 버리지 않았어?"

"그걸 내가 어떻게 알아? 계속 나타났어. 태풍도 날려 버리지 못했다고."

큰누나도 그 VHS 테이프들을 본 적이 있었다. 한 편을 다 보고 나서는 참지 못하고 두 번째 테이프를 보았다. 두 번째 테이프를 다 보고 나서 또 그다음 테이프를 보았다. 결국 상자 안에 들어 있던 테이프를 다 보았다. 하지만 지금은 VHS 테이프를 보는 사람이 없었다. 집 안에 있던 플레이어도 오래전에 망가져 버린 터였다. 그녀는 톈홍이 이 VHS 테이프 상자를 일부러 남겨 둔 건 아닐까 하는 생각도 해 보았다. 입으로 말할 수 없는 것을 VHS 테이프에 남겨 두어 모두 볼 수 있게 하려던 게 아닐까 하는 게 그녀의 생각이었다. 사실 그녀는 테이프에 담긴 영상이 무척이나 멋지다는 생각이 들었다. 계속 보다 보니 또 다른 시공으로 들어서는 느낌이었다. 그 안에는 다양한 피부색의 남자들이 있었고 모두 아주 즐거운 표정을 짓고 있었다.

담배는 아주 빨리 탔다. 두 사람은 번갈아 가며 특별한 담배의 연기를 흡입했다. 가을밤 별빛이 찬란했다. 시원한 바람도 쾌적했다.

"출상이 끝나면 독일에 가서 잘 지내. 다시는 돌아오지 말고."

큰누나가 괴상한 형상으로 접은 금종이를 손에 들고서 그를 뚫어져라 보며 말했다.

"내 말 안 들려? 대답을 해야지."

큰누나는 담배를 발로 밟아 끄고는 몸을 일으켜 기지개를 켰다. 눈빛에 어렴풋이 안개가 끼어 있었다.

"가서 좀 자야겠다. 피곤해 죽겠어. 고양이나 개가 나타나지 않는지 잘 살펴봐. 나는 조금 전까지 제대로 보지 않았거든."

2시에 둘째 누나가 나타났다.

"방금 큰언니가 떠드는 소릴 들었어. 시끄러워 죽는 줄 알았네. 언니는 자러 간 거야?"

"왜 나왔어? 돌아가면서 나와 함께 있기로 둘이 약속이라도 한 거야?"

"아니야. 이렇게 손발이 맞으면 되는 거지. 밥 한 끼 같이 먹기로 약속하는 것조차 힘들잖아, 우리는. 서로 뭔가 약속을 할 리가 없지."

둘째 누나도 앉아서 연꽃을 접기 시작하더니 큰누나가 방금 접어 놓은 걸 보고는 표정이 일그러졌다.

"이거 큰언니가 접은 거구나? 이렇게 무성의하게 접으면 안 되지. 이렇게 못생긴 걸 아버지에게 태워 드리면 아버지가 이걸 받고서 웃으시지 않겠어?"

"누나도 잠이 안 와서 나온 거야?"

"아침에 엄마가 깨서 널 보면 어떤 광경이 벌어질지 걱정이다. 에휴, 그 생각만 하면 잠이 안 와."

"걱정할 필요 없어. 누나도 잘 알잖아. 나는 이미 맞는 데 익숙해져 있어. 엄마가 날 욕하는 게 무슨 뉴스거리도 아니잖아."

"너는 엄마가 널 때리고 욕했던 것만 기억하는구나? 엄마가 예전에 너를 얼마나 애지중지했는지 다 잊었어? 에이, 엄마는 그저 체면을 중시하는 것뿐이라고. 엄마는 오늘 저쪽에 가서 계속 큰소리로 떠들더라고. 네 형이 대륙에 남아 사업을 하고 있다고, 아버지가 죽었는데도 돌아올 생각을 하지 않는다고 말이야. 이웃들이 전부 들을 수 있도록 아주 큰 소리로 말했지. 사실 사람들은 네 형이 지금 어디에 있는지 다 알고 있거든. 돌아오지 않으면 되는 거야. 나도 그 녀석을 보고 싶지 않으니까."

옛집 앞의 도로는 넓혀져 아스팔트가 깔린 새 도로로 변해 있었다. 갑자기 중형 오토바이 한 대가 요란한 소리를 내면서 지나 갔다. 속도가 정말 빨랐다. 오토바이는 그의 시각 속에 한 줄기 붉 고 하얀 빛과 그림자를 남겼다. 귓가에도 요란한 엔진 소리가 남 았다.

"큰언니 말로는 이곳에 한밤중이면 종종 폭주족들이 나타난다 고 하더라. 그들을 좀 멀리 떨어지게 해야 하지 않을까?"

"너무 많은 걸 생각할 필요 없어. 우리 빈소는 여기 있잖아. 죽 은 사람이 그들을 두려워할까봐 그래?"

"하긴 그래. 어머나, 어떡하지? 몇 시간만 지나면 엄마가 일어 나실 텐데."

"나도 두려워하지 않는데 누나는 뭘 그렇게 두려워하는 거야?"

"너 정말 다 잊었구나? 엄마가 옛날에 널 얼마나 애지중지했는 데 그래."

물론 그는 다 기억했다. 식탁 위에는 항상 좋은 야채와 좋은 고 기, 좋은 생선이 놓여 있었다. 누나들은 감히 젓가락을 들 수 없 었다. 두 남동생이 먼저 음식을 집은 다음에야 누나들에게도 차 례가 돌아갔다. 나이가 가장 어린 두 형제에게는 수시로 새 옷과 새 신발이 주어졌지만 다섯 자매는 서로 옷을 빌려 입어야 했다. 몸에 맞지 않으면 고쳐서 입었고, 철이 지난 옷에 대해서도 불평 을 늘어놓을 수 없었다. 누나들은 연속극을 보고 싶어 했지만 두 남동생은 울면서 다른 프로를 보겠다고 우겼다. 엄마는 딸들에게 욕을 퍼부으면서 아들들에게 채널을 돌릴 수 있게 해 주었다. 그 가 학교에서 자전거를 잃어버린 일이 있었다. 엄마는 그날로 새 자전거를 사 주었다. 누나들이 기차역에서 자전거를 분실했을 때 엄마는 등나무 회초리로 누나들을 때렸고 다시는 새 자전거를 사 주지 않았다. 아버지는 외지에 놀러 갈 때면 두 아들만 데리고 다녔다. 두 아들은 위안린에 가서 피아노와 속셈을 배웠지만 딸들은 많은 걸 배울 필요가 없었다. 어차피 시집을 가면 그만이기 때문이었다.

"좋아, 가서 좀 누워 볼게. 잠을 잘 수 있다는 보장은 없지만 말이야. 이게 다 큰언니 탓이야. 정말 시끄러워서 죽는 줄 알았다니까. 톈훙, 내가 나중에 너 찾아가도 되지?"

"그래, 와."

"좋았어! 네가 된다고 말했다? 꼭 찾아갈게. 아버지 장례가 끝나면 독일에 돌아가서 잘 지내도록 해. 다시는 돌아오지 말고."

새벽 3시가 다 되어 갈 때쯤, 그는 문득 빈소 뒤쪽을 바라보았다. 정말로 셋째 누나가 내려오고 있었다.

"계속 사람들이 왔다 갔다 하고 있었네. 이렇게 시끄러운데 어떻게 잘 수 있겠어?"

"셋째 누나는 타이베이의 호화 주택에서 자다가 이런 귀신들의 땅에 돌아오니 잠이 올 리가 없지!"

"죽을래? 외국 나갔다 와서도 여전히 유치하네. 얘, 개나 고양이가 접근하는지 잘 살펴봤어? 시골에는 유랑견과 길고양이가 아주 많단 말이야."

"도대체 왜 개와 고양이를 유심히 살펴야 하는 거야?"

"그걸 꼭 말해야 아니? 개나 고양이가 관 위에 올라가면 시신이 강시(殭屍)*로 변한단 말이야."

누나와 남동생은 몸을 옮겨 영전 뒤쪽에 있는 냉동고를 살펴보았다. 누워 있는 아버지 시신이 강시로 변하는 장면이 머릿속에 떠올랐다. 갑자기 두 남매는 배가 간지러웠다. 둘 다 웃음을 터뜨렸다.

두 사람은 앉아서 연꽃을 접기 시작했다. 바닥에 놓인 대나무 바구니가 종이 연꽃으로 가득 찼다. 얼마나 더 접어야 할까? 이걸 태우면 정말로 아버지가 받게 될까?

"그는 너에게 잘해 주니?"

그는 고개를 끄덕였다. 셋째 누나는 그의 눈을 응시하면서 혹시 거짓말을 하는 건 아닌지 확인하고는 고개를 끄덕였다.

"그럼 됐어. 나처럼 살면 안 돼. 평생 이렇게 살면 안 된다고."

"누나는 다른 방법은 생각해 보지 않았어?"

갑자기 그는 자기가 뱉은 말을 어떻게 설명해야 좋을지 알 수 없었다.

"생각해 봤어. 매일 생각했어. 하지만 뭘 어떻게 할 수 있겠니? 이곳으로 돌아와 큰언니랑 같이 살까? 아니면 독일로 가서 너랑 같이 살까? 그것도 아니면 백악관에 들어가 살까? 네 넷째 누나의 방에 들어가 영원히 나오지 말까? 됐어. 그는 내가 다른 어떤 곳으로도 갈 수 없다는 걸 잘 알고 있어. 생각해 보면 둘째 언니가 가장 지혜로웠던 것 같아. 아주 지루하고 재미없는 사람한테 시집을 갔으니 말이야. 나는 아무리 해도 네 둘째 매형 얼굴이 생각나지 않아. 그게 좋은 거야. 재미없는 게 가장 좋은 거라고."

오토바이 소리가 요란하게 울렸다. 폭주족 대오가 도로 양쪽에

---

* 썩지 않고 굳어 사람들을 해치는 귀신으로 변하는 시신.

서 속도를 높이며 달려와서는 두 팀이 예리하게 대치하면서 서로 쫓고 쫓기듯이 밀려갔다. 이들은 얼마 지나지 않아 다시 돌아왔다. 새로 닦인 노면에 선명한 타이어 자국이 남았다. 폭주족 대오는 빈소를 보고는 알아서 빠르게 지나가며 눈길을 피했다. 그와 셋째 누나는 길가에 서서 폭주족들을 바라보았다. 죽음이 방패가 되어 주니 아무런 두려움도 없었다.

긴 머리 소녀들 몇몇이 안전모도 쓰지 않고 대형 오토바이 뒷자리에 탄 채 사내의 허리를 꼭 끌어안고 있었다. 앞으로 달려갈 때면 긴 머리가 어지럽게 휘날리면서 맑은 웃음소리가 흩어졌다. 그 가운데 한 소녀는 수박을 자를 때 쓰는 긴 칼을 들고 있었다. 그녀는 바람에 대고 칼을 휘두르면서 마구 소리를 질러 댔다. 칼을 든 소녀가 빈소를 지나는 순간 갑자기 재채기를 했다.

너무나 닮은 얼굴이었다. 살아 있을 때 다섯째의 모습과 정말로 닮았다. 풍만한 가슴과 하얀 피부, 붉은 입술과 커다란 눈을 가진 긴 머리 소녀가 화산처럼 재채기를 했다.

폭주족 행렬이 멀어지자 셋째 누나는 가서 자고 싶다고 말했다. "톈훙, 내가 마지막으로 묘당으로 아버지를 찾아갔을 때 아버지가 너에게 말했어. 돌아오지 말라고, 그곳에서 잘 살라고 말이야. 그때 아버지는 이미 많이 쇠약해져 있었어. 음식도 제대로 넘기지 못했지. 우리에게 너한테는 알리지 말라고 하셨어. 네가 반드시 알아 둬야 할 일이 한 가지 있어. 아버지는 묘당에서 줄곧 네 책을 읽고 계셨어. 아버지는 네게 돌아오지 말라고 하셨어."

아침에 엄마가 일어나자마자 그를 저주하고 욕하면서 내쫓았다. 그는 떠나기 전에 아버지 영전에 향을 올렸다. 큰누나, 둘째 누나, 셋째 누나가 함께 차를 타고 그를 기차역까지 배웅했다. 어젯밤에는 쉬지 않고 떠들더니 세 자매는 차 안에서 말이 없었다.

그가 독일로 돌아가고 나서 긴 시간이 지났을 때, 작은 시골에 살인 소식이 전해졌다.

예전에 베틀후추 도매를 하고 화물 운송을 했던 천씨 집안의 막내아들이 독일에서 사람을 죽였다는 소식이었다.

그는 당초의 약속을 어겼다. 오늘, 그는 이곳에 돌아왔다.

세 자매는 여전히 말다툼을 했다.

둘째 누나의 휴대폰이 울렸다. 그녀가 전화를 받자 남편이 말했다.

"나 방금 텔레비전에서 당신을 본 것 같아."

둘째 누나는 옛집에 들어가 재봉틀 옆에 있는 텔레비전을 켜서 뉴스 채널을 찾았다. 마침 저녁 뉴스가 재방송되고 있었다. 앵커는 셋째 누나의 남편이었다.

"천씨 성의 여성 호적원이 맹인 안내견을 차별했고 그 과정이 전부 시민의 휴대폰에 녹화되면서 네티즌들의 소란을 유발했습니다."

세 자매 모두 말이 없었다. 조용히 앉아 멍하니 텔레비전만 바라보고 있었다.

알고 보니 엄마만 그런 게 아니라 텔레비전 속의 앵커도 천씨네 자매들의 입을 꿰매 버릴 수 있었다.

37 지붕 위에는 뱀과 용, 봉황과 호랑이가 있었다

천톈이는 텔레비전에서 둘째 누나를 보았다.

그는 매일 저녁 정확한 시각에 셋째 매형의 저녁 뉴스를 시청했고 재방송도 다시 보았다. 그는 항상 자신이 재기하기만 하면 셋째 매형이 자신을 인터뷰하게 될 거라고 생각했다.

아닌가? 둘째 누나가 아니란 말인가? 그냥 생김새만 닮은 걸까?

그의 집 담벼락에는 첫째 매형이 그에게 보내 준 묵보(墨寶)*가 붙어 있었다. 전에 그는 한동안 난초로 정원을 장식해야 했기 때문에 고향집에 가서 첫째 매형에게 난초를 샀다. 첫째 매형은 마침 샤오가오 난원에서 서예를 연습하고 있었다. 그는 샤오가오 난원에 과거 자신의 향장 선거 포스터가 잔뜩 쌓여 있는 걸 보고는 탄식을 금할 수 없었다. 첫째 매형이 말했다.

"괜찮아. 선거에 다시 나가면 되잖아. 나의 이 한 표는 반드시

---

* 보물이 될 만한 훌륭한 글씨.

자네에게 줄게."

첫째 매형은 붓을 들어 화선지에다 네 글자를 써 주었다. 그는 직접 나무 액자와 톱, 사포를 찾아 잘 다듬은 다음, 칠을 하여 첫째 매형이 준 묵보를 벽에 걸었다.

네 글자는 '동산재기(東山在起)'*였다.

'在' 자가 아니라 '再' 자여야 한다는 것을 첫째 매형도 몰랐고 그도 몰랐다.

그는 이 사자성어의 고사와 유래를 알지 못했지만 이 네 글자는 그에게 큰 힘을 주었다. 매일 벽에 걸린 묵보를 보면서 정계로 다시 돌아갈 그날을 기다렸다.

그는 한때 이 작은 시골의 향장이었다. 높은 득표율로 당선됐다. 하지만 몇 가지 공사의 부정부패 사건에 연루되면서 3심까지 가는 재판을 거쳐 유죄가 확정되었다. 향장 직을 2년도 채우지 못하고 감옥에 가고 말았다.

투옥되던 날 엄마는 그를 배웅하고 싶어 하지 않았다. 그는 엄마의 방문을 두드렸지만 울음소리만 들릴 뿐이었다. 방문은 굳게 닫혀 있었고 엄마는 나오지 않았다. 향장 부인이 되겠다던 그 여자도 그를 배웅하고 싶어 하지 않았다. 분명히 약혼을 했는데 판결 소식을 듣자마자 파혼을 선언하고는 전화도 받지 않았다. 그가 계속 전화를 걸고 문자 메시지도 남기자 결국에는 없는 번호로 바뀌고 말았다. 그는 아침 일찍부터 짐을 챙기고 가장 좋은 양

* 원래는 '東山再起'이나 '再' 자를 '在'로 잘못 쓴 것이다. 당나라 때 대신이었던 방현령(房玄齡) 등이 쓴 『진서(晋書)·사안전(謝安傳)』에 나오는 말로, 권토중래하여 다시 높은 벼슬에 오른다는 뜻이다.

복을 입고서 경찰이 오기를 기다렸다. 집을 나서자마자 아버지가 보였다. 그날 용징에는 짙은 안개가 꼈고 아버지는 안개 속에서 그를 기다리고 있었다. 그는 아침 일찍부터 귀신을 만났다고 생각했다. 아버지는 간암이라 일찌감치 집을 떠나 묘당에 거주하면서 죽음을 기다리고 있었다. 아버지는 몸이 몹시 야위었지만 얼굴에는 잔잔한 미소가 번져 있었다. 큰아들인 그는 아버지의 얼굴에서 이렇게 편안한 표정을 본 적이 없었다.

그는 가방을 열어 "향장 천톈이가 여러분을 위해 복무합니다."라는 문구가 인쇄된 조끼를 꺼내 양복 위에 걸쳤다. 이 양복은 그가 파리 시찰을 갔을 때 산 것이었다. 그때 그는 양복을 한꺼번에 열 벌이나 샀다. 100퍼센트 캐시미어로 지은 것이라 입으면 무척 기품이 있어 보였다. 하지만 그가 사는 작은 시골은 기후가 몹시 습하고 더워 양복을 입을 때마다 땀이 폭포수처럼 흘렀다. 어제 저녁에 옷장에서 이 양복을 꺼내면서 그는 곰팡이 냄새를 맡았다. 분명히 회색 원단인데 어째서 지금은 색깔이 이렇게 진해진 걸까? 그는 양복을 큰누나에게 보여 주었다. 재봉질을 하고 있던 큰누나는 양복을 보자마자 버럭 소리를 질렀다.

"곰팡이가 피었잖아!"

다음 날 아침 일찍 감옥에 들어가자 그의 형기가 시작되었다. 양복을 세탁할 시간이 없었다.

곰팡이가 핀 파리 양복을 입고서 그와 아버지는 짙은 안개 속에서 담배를 피우며 경찰을 기다렸다. 잘 말해 두었다던 노란 리본*

* 노란색은 안전과 평안을 의미한다. 노란 리본은 무사히 돌아오라는

들은 나타나지도 않았다.

샤오왕은 그에게 아주 많은 일들을 약속한 바 있었다.

3심을 거쳐 형이 확정되었으나 샤오왕은 전혀 문제가 없었다. 서명을 한 사람이 향장 천톈이였기 때문에 왕신 재단과는 아무 관계가 없었다. 샤오왕이 그에게 말했다.

"괜찮아. 내가 사람을 구해 각자 손에 노란 리본을 매고 자네를 배웅할 수 있게 할 테니까. 내가 자네 셋째 매형에게 물어봐서 기자들을 보내 촬영을 하고 현장을 중개하여 수천수백의 노란 리본을 맨 사람들이 너를 배웅하게 할 수 있는지 알아볼게. 아주 멋진 장면이 될 거야. 그러면 자네가 출옥하는 그날이 바로 동산재기 하는 날이 되겠지!"

샤오왕은 그에게 돈을 좀 내면 연기하는 사람들을 몇 명 동원해 카메라 앞에서 큰 소리로 울게 할 수 있고, 그러면 효과가 더 클 거라고 말했다.

하지만 그날 이른 아침, 타운 하우스 앞에는 노란 리본을 맨 사람은 하나도 없었다. 그와 아버지 둘뿐이었다.

당시 향장 선거에 참여하도록 결정한 것은 샤오왕이었다.

"천씨와 왕씨가 일가가 되었잖아. 자네 넷째 누나를 보라고. 저렇게 미쳐 있는데 내가 버리지도 않았잖아. 내가 계속 돌보고 있다고. 나는 자네 넷째 매형이야. 돈 걱정은 하지 마. 내가 다 낼 테니까. 돈을 뿌리는 건 내가 가장 잘하는 일이거든. 내가 보장하건대 자네는 높은 득표율로 당선될 거야. 시골 사람들은 돈을 받으

의미를 담은 축복의 표식이다.

면 반드시 표를 주게 되어 있거든. 자네가 당선되면 나를 위해 요소요소에 다리를 놓아 줘야 하네. 몇 가지 프로젝트를 나에게 주기로 약속하기만 하면 되는 걸세."

나중에 검찰 측에서 그를 조사하자 샤오왕은 걱정할 필요 없다고, 자기가 가장 뛰어난 변호사를 구해 주겠다고 말했다. 그는 정말로 아무것도 걱정하지 않았다. 왕씨 집안에는 한 무더기의 소송이 걸려 있었지만 이리저리 재판을 하다가 결국에는 아무 문제도 없는 걸로 귀결되었다. 왕씨 집안은 타이베이에 그렇게 큰 본사 건물을 지으면서 환경 보호 건축 대상을 수상했다. 하지만 결국 그 건물이 부정부패 사건에 연루되면서 한동안 뉴스가 들끓었고 마침내 왕씨 집안 전체가 한 발 물러서야 했다. 빛나는 왕신 재단 본사 건물 옥상에는 태양광 에너지 집열판이 가득 설치되어 있어 낮 동안 햇빛을 흡수한 덕분에 밤중까지 소등을 하지 않고 찬란한 위용을 과시했다.

투옥되던 그날 경찰차에 오른 그는 참지 못하고 울음을 터뜨렸다. 자기는 어떤 나쁜 짓도 하지 않았는데 왜 감옥에 갇히게 된 것일까? 어렸을 때 옆집 징쯔총이 감옥에 갇히자 엄마는 그에게 죽일 놈, 변태 새끼, 나가 죽는 게 낫지 하며 욕을 퍼부었다. 하지만 그는 어떤 나쁜 짓도 하지 않았고 변태도 아니었다. 그런데 왜 형벌을 받게 된 것일까? 그가 한 모든 것은 용징을 위해서였다. 어째서 왕씨네 집안의 왕신 재단은 전혀 문제가 되지 않는 것일까? 어째서 그 혼자 모든 죄명을 다 뒤집어써야 하는 걸까?

그는 향장으로 있는 동안 이 작은 시골을 개조하기 위해 많은 힘을 썼다. 텅 빈 담벼락에는 화가들을 불러 자신의 초상화를 그리게 했다. 엄마는 담벼락에 그려진 그 초상화를 무척이나 좋아하여 살구색 양장을 차려입고 나가 향장인 큰아들의 초상화 옆에서 사진을 찍기도 했다. 큰아들이 향장이 되자 사흘 밤낮으로 볜파오가 터졌고 모든 사람이 축하 인사를 건넸다. 그녀는 아들을 키운 것이 정말 가치 있는 일이라고 생각했다. 마침내 빛을 본 셈이었다. 하지만 가끔씩 사람들이 작은아들에 관해 물으면 그녀는 태풍이 몰아치는 얼굴로 아주 차갑게 대답했다.

"죽었어요."

당시 샤오왕은 그를 선거에 끌어들이면서 온갖 감언이설로 그를 설득했다.

"너는 큰아들이야. 너희 엄마는 딸만 다섯을 낳고 나서 간신히 너를 낳았다고. 설마 평생 관재상에서 일할 생각은 아니겠지?"

사실 그는 매일 옆집 관재상에서 톱질을 하고 나무 다듬는 일을 하면서도 무척 즐거웠다. 샤오왕은 향장이 되면 매일 그 집에서 죽은 사람들을 위한 일을 하지 않아도 된다며 자신과 함께 용징의 미래를 열어 나가자고 말했다. 나중에는 돈도 많이 벌게 될 것이고 백악관보다 더 큰 집에서 살 수 있게 될 거라고 했다. 그러면서 관재상에서 일하는 남자에게 시집올 여자는 하나도 없을 거라고 했다.

그는 곧장 아버지의 반대에 부딪혔다. 당시 아버지는 왕씨 집안을 따라 중국 대륙에 진출했다. 트럭으로 화물을 나르고 베틀후추 도매로 벌어 놓은 돈을 전부 중국에 투자했다. 왕씨 집안을 완전히 믿고 계약서를 쓰면서 내용은 제대로 읽지 않았다. 현금이 오가는 세부 명세에 관해 자세히 따져 묻지도 않았다. 나중에 왕씨 집안은 거부가 되었지만 아버지가 저축한 돈은 전부 사라지고 없었다. 아버지가 그에게 말했다.

"너는 큰아들이라 응석받이로 자라서 할 줄 아는 게 아무것도 없어. 다행히 목공 기술이라도 있으니 그 일이라도 열심히 하도록 해. 어리석은 생각 하지 말고. 네가 무슨 향장을 한다고 그래? 넌 안 돼."

투옥되던 날, 그는 경찰차 안에서 목을 놓아 울었다. 그가 울 때면 어김없이 엄마가 나타나 모든 문제를 해결해 주곤 했다. 어렸을 때 그가 책상 위의 학교 숙제를 마주하고서 뇌 근육이 황무지가 되어 있을 때, 둘째 누나가 와서 물었다.

"내가 가르쳐 줄까?"

그는 즉시 큰 소리로 울었다. 눈물 방울이 숙제장 위로 떨어졌다. 엄마가 울음소리를 듣고 달려와 둘째 누나의 뺨을 후려쳤다. 그는 우박이 떨어졌을 때의 상황을 어렴풋이 기억했다. 그가 우박을 보고 놀라서 울음을 터뜨리자 엄마가 달려와 그를 감싸 안고서 몸으로 우박을 다 막아 주었다. 엄마는 아무도 구하지 않고 그만 구해 주었다. 중학교에 다니는 동안 같은 반 친구 하나가 그를 놀려 댔다.

"모두 네 동생이 변태라고 말하더라. 동성애자라면서? 동생이 동성애자면 너도 틀림없이 동성애자일 거야!"

그는 집으로 돌아가 울면서 엄마에게 말했다. 엄마는 다음 날 그와 함께 학교로 가서 전학 수속을 했다. 그가 일반 고등학교와 직업 고등학교에 모두 합격하지 못하고 집 안에 틀어박혀 울고만 있자 엄마가 사립 학교를 알아본 다음, 돈 봉투와 함께 엄청난 선물을 보내 입학시켜 주었다. 그가 군에 입대하자 엄마는 돈을 들여 향 대표에게 다리를 놓아 가장 편한 부대로 가게 해 주었다. 매일 상관에게 술을 따라 주고 담배에 불을 붙여 주는 것이 그의 임무였다. 그가 결혼하고 싶다고 하자 엄마는 즉시 중매쟁이를 찾았다. 하지만 그는 시골 여자는 싫다고 했다. 그가 아내로 맞고 싶어 한 여자는 일본 스타를 닮은 여자였다.

감옥에 들어가던 날, 엄마는 그 자리에 없었다. 아버지가 그를 위해 경찰차 문을 닫아 주었다. 아무 말도 하지 않았고 손을 흔들어 주지도 않았다. 그냥 집 앞에 서서 눈으로 멀어져 가는 경찰차를 배웅할 뿐이었다. 안개 속에 서 있는 아버지는 정말로 귀신 같았다. 경찰차가 빠른 속도로 멀어지자 안개가 아버지를 삼켜 버렸다.

출옥하던 날도 썰렁하기는 마찬가지였다. 수천수백의 지지자들은 없었다. 엄마도 없고 아버지도 없었다. 휘날리는 노란 리본도 보이지 않았다. 그는 혼자서 밖으로 걸어 나와 아주 조용히 스스로 차에 올랐다.

그는 집으로 돌아가지 않고 곧장 샤오왕을 찾아가 일자리를 하나 달라고 부탁했다. 베이징도 좋고 선전(深圳)도 좋고 지난(濟南)도 좋다고 했다. 한동안 타이완을 떠나 몸을 숨기고 싶다고 했다. 용징 전체가 자신이 감옥에 갔었다는 사실을 잊은 뒤에는 다시 선거에 나갈 수 있다. 돈을 뿌리는 것도 나쁘지 않다. 돈을 뿌리면 시선을 가릴 수 있었다. 잊지 않은 일도 돈을 보면 순간적으로 생각이 나지 않기 때문이었다.

"넷째 매형, 부탁이에요. 저 좀 도와주세요. 그 건축 사업에서 제가 적지 않게 도와드렸잖아요. 매형은 틀림없이 큰돈을 벌었을 거예요."

하지만 그는 어느 곳에도 갈 수 없었다. 그는 백악관으로 들어가 정원사로 일하기 시작했다. 낙엽을 쓸고 나뭇가지를 쳐 주고 십자형 운하를 청소했다. 십자형 운하의 잉어들에게 먹이를 주고 아폴로 분수를 청소하는 일도 그의 몫이었다. 샤오왕은 그에게 백악관의 작은 방을 하나 주었다. 안에는 페인트 통이 가득했다. 금색 페인트도 있고 흰색 페인트도 있었다. 백악관 어느 구석이든지 칠이 벗겨지면 재빨리 덧칠을 해야 했다. 그는 또 매일 넷째 누나의 세끼 식사를 준비해 백악관 2층으로 배달하는 일도 담당했다. 그가 2층으로 올라가 문을 두드렸다.

"누나, 밥 먹어."

그는 넷째 누나의 신음 소리를 기억했다. 샤오왕은 원래 다섯째 누나를 아내로 맞을 작정이었으나 갑자기 다섯째 누나를 찾지 않고 넷째 누나로 상대를 바꿨다. 넷째 누나는 아주 큰 소리로 환락의 신음을 토했고 샤오왕도 그랬다. 나중에는 온몸이 간지러워 손으로 아랫도리를 움직여야 했다. 그는 당시 넷째 누나가 신음 소리를 크게 냈던 게 옆방의 다섯째 누나가 듣게 하기 위한 것이었음을 알지 못했다. 그는 샤오왕을 상당히 숭배했다. 다섯째 누나로 하여금 그렇게 큰 소리로 재채기를 하게 할 수 있고 넷째 누나로 하여금 그렇게 큰 신음 소리를 낼 수 있게 하는 능력이 대단하게 느껴졌다. 그도 나중에 크면 샤오왕처럼 되고 싶었다.

넷째 누나는 이제 방 밖으로 한 걸음도 나오려 하지 않았다. 방 안에는 쓰레기가 가득했다. 어쩌다 발광을 하면 찢어질 듯이 날카로운 비명을 질러 댔다. 깊은 밤에 넷째 누나가 천둥처럼 코를 골 때면 그는 살금살금 방문을 열고 들어가 손전등을 비춰 먹고 남은 음식 그릇을 수습하면서 최대한 쓰레기도 함께 처리했다. 넷째 누나의 방에는 악취가 지독했고 벽에는 괴이한 모양의 버섯이 자라기도 했다. 그는 손전등으로 방바닥에 누워 자고 있는 넷째 누나를 비춰 보았다. 백발이 창창하고 두 다리가 심하게 부어 있는 데다 피부에는 커다란 흉터가 나 있었다. 그는 귀신이 어떻게 생겼는지 알지 못했다. 하지만 귀신이 넷째 누나를 본다면 틀림없이 귀신을 보았다며 놀라서 쓰러질 거라는 생각이 들었다.

그는 방금 차 소리를 들었다. 샤오왕은 아주 오래 돌아오지 않은 터였다. 그런 그가 어째서 중원절에 맞춰 돌아온 것일까?

계속 텔레비전을 보면서 그는 앵커인 셋째 매형이 아주 잘생겼고 말할 때도 권위가 넘치는 것으로 보아 셋째 누나는 정말 행복할 거라고 생각했다. 천씨 집안 사람들 모두 실의에 빠졌다. 동생이 변태인 것으로도 모자라 독일에서 사람을 죽인 것이었다. 죽도록 창피했다. 다행히 셋째 누나는 시집을 잘 간 것 같았다. 나쁘지 않았다. 그가 동산재기 하면 셋째 매형이 그를 찾아올 것이다. 그는 이미 여러 해째 선거에 나갈 때 출사표에 담을 말들을 연습하고 있었다.

천씨 성을 가진 여성 호적원의 뉴스에 이어 셋째 매형이 앵커 데스크에서 말했다.

"오늘은 중원절입니다. 여러분 모두 귀신들에게 제사를 올렸는지 모르겠군요. 저희 방송에서는 황포대제를 독점 인터뷰하여 시청자 여러분께 중원절의 다양한 금기에 관해 알려 드리면서, 어떻게 하면 곳곳에서 귀신들 그림자와 부딪히게 되는 이 귀월을 안전하게 보낼 수 있는지 비법을 전해 드리도록 하겠습니다."

텔레비전 화면에 온몸에 황토를 두른 남자가 어느 묘당에서 걸어 나오는 모습이 나타났다. 노란 상의를 입은 수천 명의 신도들이 땅바닥에 무릎을 꿇고 엎드려 그를 향해 절을 올리면서 일제히 한목소리로 외쳤다.

"황포대제께서 창생을 구제하신다! 중생을 보도하신다! 황포대제께서 창생을 구제하신다! 중생을 보도하신다!"

카메라가 빠른 속도로 멀어지면서 묘당의 전체 모습을 비춰 주었다. 요염하고 화려한 자주색 묘당이었다. 과장된 조형의 지붕 위에는 뱀과 용, 봉황과 호랑이의 조소 장식이 설치되어 있었다. 화면이 바뀌면서 황포대제가 카메라를 향해 말했다.

"중원절에는 밤마다 온갖 귀신들이 돌아다닙니다. 황포대제는 여러분을 위해 봉사할 것입니다. 여러분 가정의 남녀노소가 귀월의 재앙을 피해 평안하게 지내시면서 귀월에 오히려 더 많은 돈을 벌 수 있게 해 드리겠습니다."

천톈이의 밥그릇과 젓가락이 땅바닥에 떨어졌다.

그는 확실히 알아보았다.

황포대제는 옆집에 살던 뱀 잡는 사내였다.

어떻게 이럴 수 있지? 그날의 화재에서 엄마랑 뱀 잡는 사내 둘 다 불에 타 죽지 않았던가?

38   성결함과 불결함이
        그의 몸에서
        서로 만나다

"이런 난초들은 얼마나 받고 팔 수 있어?"

"어째서 과거에 썩은 물건들이 전부 여기 쌓여 있지? 전부 모아서 버릴 수 있겠지?"

"천텐이의 선거 포스터를 누가 가져가겠어? 태워 버리는 게 더 빠를걸."

"호호, 재수 없게도 그놈이 내 동생이네."

"네 동생이라고? 나는 그 녀석을 동생으로 인정하고 싶지 않아. 내게 엄청난 금전적 피해만 입힌 놈이야. 태워 버려."

"태워서 귀신들이나 주라고 해."

"귀신들이나 가지려고 하겠지."

"귀신들도 가지려 하지 않을 거야."

"천텐이가 너한테도 돈을 빌려 갔어? 내게도 돈을 요구했지만 그건 애당초 빌리는 게 아니었어. 나는 그에게 돈을 주면 회수할 수 없다는 걸 잘 알고 있어. 내게 또 무슨 말을 하든지 우리 누나들은 절대로 그를 보살펴 주지 말아야 해. 하지만 녀석은 큰아들이잖아."

"큰아들이니까 뭘 어쩌라는 거야? 멍청한 놈, 우리 앞에서는 아직도 동산재기 운운하고 있어. 나가 죽으라고 해. 멍청한 놈!"

"녀석이 애초에 얼마나 과장해서 말했는지 모르지? 용징 전체에 어딜 가든지 녀석의 얼굴이더라고. 무엇으로 용징을 그리나 했더니 전부 녀석의 얼굴이었어. 엄마는 너무나 기뻐하면서 마침내 천씨 집안에 좋은 날이 왔다고 했지."

"녀석이 우리 남편에게 자신을 인터뷰해 달라고 부탁하기도 했어. 그 모습을 보고서 토할 뻔했지. 지금이 어느 시대인데 생수 수천 상자를 사서 그 위에 자기 얼굴을 붙여 사람들에게 나눠주느냔 말이야."

"뿐만 아니라 에코백, 볼펜, 빈랑이 든 종이 갑 등을 살포했다고. 위에 전부 자기 사진을 박아서 말이야."

"제발 그런 귀신 같은 물건들이 아직도 남아 있다는 말은 하지 마."

"전부 천톈이의 방에 쌓여 있다니까."

"큰매형은 어째서 집에 없는 거야?"

"망할 놈의 파리에 갔겠지!"

"파리에 갔다고?"

"도대체 누가 큰매형한테서 이런 난초를 사려고 하지?"

"귀신들이나 사겠지."

"천쑤제 나오라고 해."

"그 애는 오늘 전화를 걸어 계속 엄마가 보이지 않는다고 소리치고 있어. 정말 짜증 나 죽겠다고!"

"넌 그 애 상황을 모르는 것도 아니잖아."

"무슨 상황? 도대체 어떤 상황인데 그래? 사는 게 힘들지 않은 사람이 누가 있어? 괴롭지 않은 사람이 누가 있냐고. 그렇다고 숨는 게 도움이 되나?"

"나도 숨고 싶어. 그런데 어디로 숨지?"

"산속에 들어가. 언니는 난터우에 산을 샀다면서?"

"없어졌어."

"없어졌다고?"

"나 방금 백악관에서 천쑤제를 봤어."

"뭐라고? 백악관엘 들어갔다고?"

"어떻게 들어간 거야? 천톈이가 들여보내 줬어?"

"천쑤제가 방에 들여보내 줬어? 문을 두드려도 소용없었을 텐데."

"우리 오늘 어디서 자야 하나?"

"너희 정말 여기서 밤을 보낼 작정이야? 타이베이로 돌아가지 않고?"

"지금이 몇 신데 그래. 우선 잠 좀 자고 나서 얘기하자."

몹시 시끄러웠다.

천톈훙은 세 누나가 냄비 바닥에 눌어붙은 베이컨 같다는 생각을 했다. 새빨갛고 바삭바삭하면서 기름기가 흐르는 베이컨. 누나들은 아주 오래 말다툼을 하지 않은 터였다. 수메이는 남편과 말을 하지 않는 상태이고, 수리는 남편이 어떻게 생겼는지 기억도 나지 않았으며, 수칭은 조용히 남편의 주먹을 받아들이고 있었다.

냉장고 안의 베이컨은 피곤하고 기운이 없어 조용히 뜨거운 기름을 만날 순간을 기다리고 있었다. 베이컨은 뜨거운 냄비를 만나면 즉각적으로 치직하고 요란한 소리를 내면서 기름을 내뿜었다. 나는 너의 상처를 알고, 너는 나의 고통을 알아 드러내고 밟아 준다. 여러 해 동안 구금되어 있던 말들이 새장을 부수고 나왔다. 체온이 화산 같았고 용암이 분출했다. 침만으로도 사람을 태워 죽일 수 있을 것 같았다. 세 자매는 계속 서로를 가열시켰다. 고기 냄새가 허공에 떠다녔다.

천톈훙은 자신이 외부인이라 전장에 개입할 수 없을 것 같았다. 그는 말다툼을 할 줄도 몰랐고 이해하지도 못했다. 그는 항상 자신이 기름기가 없는 사람이고, 차가운 몸은 불을 만나도 금세 꺼져 버릴 거라고 생각했다. 그와 T는 말다툼을 전혀 하지 않았다.

두 사람은 밀폐된 베를린의 작은 아파트에서 방세와 일상의 지출을 걱정하며 살았다. 그는 글쓰기에 집중할 수 없었고 T는 첼로를 연주할 시간이 없었다. 두 사람 모두 고독에 익숙했지만 고독해할 시간이 없었다. 그러니 어떻게 말다툼할 시간이 있었겠는가. 하지만 서로 폐쇄된 사람들이다 보니 하고 싶은 말과 묻고 싶은 일들을 전부 속으로 삼키고 있었다. 전혀 말다툼을 하지 않고 항상 괜찮다고 하면서 함께 아침 식사를 했다.

T가 새로운 스타일로 머리를 잘라도 그는 이유를 묻지 않았다. T의 옷장 안에 새 옷들이 잔뜩 늘어나도 그는 묻지 않았다. T는 그에게 더 이상 많은 것들을 묻지 않았고 그도 묻지 않았다. 서로의 몸에 들어갈 때, 그는 T의 팔에 작은 문신들이 아주 많다는 걸 알게 되었지만 그에 대해 묻지 않았다. 서로 몸이 뒤엉켰을 때, T

가 그를 등지고서 울었지만 그는 이유를 묻지 않았다. T가 돈이 좀 생겨 더 이상 방세 걱정을 할 필요가 없게 되었다고 말하면서 그에게 타이완 음식점에서 일하는 걸 그만두고 글쓰기에 전념하라고 했을 때도 그는 자초지종을 묻지 않았다. T가 알약을 복용할 때도 그는 무슨 약인지 묻지 않았다. T가 커다란 N 자가 붙은 미국 브랜드 운동화를 여러 켤레 샀을 때, 그 운동화 가격이면 방세를 해결할 수 있었는데도 그는 돈이 어디서 났는지 묻지 않았다.

그러다가 그는 우연히 인터넷에서 뉴스 영상을 하나 보게 되었다. 베를린 극우파의 가두 행진이었다. 신나치 대원들이 손에 횃불과 독일 국기를 들고 행진하고 있었다. 그 행렬 안에 T가 있었다.

T는 선글라스를 끼고 검정 바지와 검정 재킷 차림에 검정 구두를 신고 있었다. 어두운 밤이 그의 몸으로 돌아와 있었다. 재킷에는 고대 독일 문자로 커다랗게 A 자가 수 놓여 있었다. 그리고 그가 전혀 알 수 없는 표식들과 부호들도 있었다. T는 거리에서 독일 국기를 흔들었다. 기자가 가까이 다가가자 그는 전혀 피하는 기색 없이 카메라에 대고 침착하게 얘기했다.

그는 이런 모습의 T를 본 적이 없었다. 밤에 두 사람은 침대 위에 누웠다. 불면이 엄습했다. 그가 마침내 입을 열어 인터넷에서 가두 행진 장면을 보았다고 말했다. T의 몸이 어두운 밤을 가르더니 그가 옷을 갈아입고 밖으로 나가 사라졌다. 몇 주 후에 T는 이른 아침에 갑자기 돌아와 테이블 가득 푸짐한 음식을 차렸다. 신선한 곰파와 초록색 소스가 그의 얼굴에 가득한 미소와 잘 어울렸다. T는 모든 것이 잘됐다고, 자신이 집으로 돌아왔으니 아무 문제도 없을 거라고 말하면서 소설의 진도를 물었다. 그러고는 그에게 키스하고 그를 껴안았다. 며칠이 지나 T는 또 사라졌다. 휴대폰도 꺼져 있었다. T의 종적이 다시 드러났을 때는 분노가 미소를 대신하고 있었다.

"그들이 내가 남자와 같이 산다는 걸 알아 버렸어. 그것도 외국인이라는 것을 알아 버렸다고. 그들은 이제 모든 걸 다 알고 있어."

그들이 누군데?

"그들이 나를 찾으러 올 거야. 우리 이사하지 않으면 안 될 것 같아."

그들이 누군데?

T가 갑자기 그를 붙잡았다.

"멍청이, 넌 아무것도 모르는 거야?"

그날 새벽 3시에 작은 아파트의 초인종이 큰 소리로 울렸다. 인터폰을 들자마자 욕설이 날아왔다. 초인종이 계속 날카롭게 울려 댔다. 대마초에 불을 붙인 T의 손이 떨리고 있었다. 다음 날 아침 일찍 두 사람의 자전거가 도난당했다. 차에는 붉은 칠이 되어 있고 차창에는 'Schwuchtel(동성애자)'라는 문자와 함께 나치 표지가 그려져 있었다. T는 그에게 칠을 깨끗이 닦고 나서 잠시 나가 있다가 돌아오겠다고 말했다. 집 안에 있으면서 누가 초인종을 누르더라도 대꾸하지 말라고, 누구도 집 안에 들여선 안 되며 절대로 경찰에 신고해서도 안 된다고 말했다. T는 곧 돌아올 테니 걱정하지 말라고 했다.

차는 가 버렸고 T는 돌아오지 않았다. 아주 오래 돌아오지 않았고 전화도 받지 않았다. 이메일에도 답신이 없었다. 한밤중에 울리던 초인종은 여러 날 침묵했다. 그러던 어느 날 저녁, 그의 집 창문에 벽돌 하나가 날아들었다. 그는 아침이 되어서야 깨진 유리를 정리하다가 벽돌 위에 N 자가 쓰여 있는 것을 발견했다.

나중에 그는 감옥에 들어가게 되었고 동료 수감자들과 셰익스피어 연극을 연습하면서 그들의 입을 통해 그 부호들의 의미를 알게 되었다.

뉴 밸런스(New Balance) 운동화를 신는 것은 신발에 커다란 N 자가 찍혀 있기 때문이었다. N은 나치를 의미했다.

재킷에 수놓은 A 자는 히틀러의 이름 Adolf의 첫 자였다.

18이라는 숫자에서 1은 알파벳의 첫 번째 문자인 A를 의미했고, 8은 여덟 번째 문자인 H를 상징했다. 18은 AH, 즉 Adolf Hitler의 숫자 기호였다.

44라는 숫자에서 첫 번째 4는 알파벳 네 번째 문자인 D를 의미하고, 두 번째 4도 알파벳 D로서 합치면 DD, 즉 'Deutschland den Deutschen(독일은 독일인의 것)'이라는 의미였다.

하지만 당시에 그는 아무것도 알지 못했다. 다시 나타난 T는 노끈과 테이프를 가지고 와 그를 붙잡고 목을 눌러 댔다. 그는 또다시 용징의 추풍나무 밑으로 끌려 온 느낌이었다. 노끈이 그를 의자에 묶었고 테이프가 그의 입과 코를 막았다. T는 짐을 정리하기 시작하면서 이사하겠다고 말했다. 다른 도시로 가서 다시는 돌아오지 않을 거라고 했다. T는 이번에 돌아온 건 작별 인사를 하기 위해서라고 말했다. 앞으로는 혼자서 방세를 해결하라고 하면서 자신의 정체를 모르는 척하지 말라고 말했다.

T는 창문이 깨진 걸 발견하고는 큰 소리로 물었다. 왜 창문을 깬 거야? 그는 입에 테이프가 붙어 있어 도저히 대답을 할 수가

없었다. T는 그를 구타하면서 그의 바지를 벗기고 강제로 그의 몸 안으로 들어오려 했다. T는 벽돌을 발견하고는 울면서 사과했다. 미안해. 정말 미안해. 그들이 한 짓이라는 걸 알아. T는 다 울고 나서 또 그를 때렸다.

그는 도대체 얼마나 오래 묶여 있었던 걸까? 사실 나중에 법정에서 그는 분명하게 대답할 수 없었다. T는 정체를 알 수 없는 알약을 그의 목구멍 안으로 밀어 넣으려고 했고, 그는 줄곧 정신이 흐트러진 상태였다. 그는 용변을 기억했다. 정말로 더 참을 수 없어서 의자에 묶인 채 대변을 보았다. T는 수건을 가져다 그를 깨끗이 씻어 주었다. 대변이 묻은 수건으로 그의 얼굴을 문질렀다. T는 칼을 가지고 그의 피부를 오렸다. 그러고는 그에게 키스했다. 그러면서 미안하다고 말했다. 사랑한다고도 말했다. 그러고는 작별 인사를 했다. T는 그가 입고 있는 옷을 박박 찢고 대변이 묻은 옷을 입혀 주었다. T는 그를 때리고 자신도 때렸다. T는 그를 벽으로 밀어 부딪히게 했다. 그러고는 자신도 몸을 벽에 부딪쳤다. T는 첼로를 꺼내 현이 끊어질 정도로 요란하게 연주했다. 이웃집에서 와서 맹렬하게 문을 두드리며 시끄럽다고 항의했다.

T는 계속 그에게 뭔가를 물어 댔지만 여러 겹으로 테이프가 붙어 있어 그는 입을 벌릴 수가 없었다. T는 테이프 틈을 벌리고 그에게 억지로 약을 삼키게 한 다음 다시 테이프를 붙였다. 그는 도저히 대답을 할 수가 없었다. 그는 대답하고 싶었다. 그리고 도대체 무슨 일이 일어난 거냐고 묻고 싶었다.

그날, T가 칼을 들고 천천히 그를 묶고 있던 노끈을 끊었다. 그런 다음 부엌에서 커다란 칼을 들고 와 그를 찌르려 했다. 두 사람은 대소변이 흩어져 있는 바닥 위를 뒹굴면서 격렬하게 싸웠다. 칼이 T의 몸 안으로 들어갔다. 그는 두 손이 온통 피투성이였고 몸도 피로 젖어 있었다. 대변도 묻어 있었다. 냄새가 고약했다. 그는 깨진 창문을 바깥쪽으로 밀어 열었다. 콧구멍으로 벌꿀 향기가 밀려 들어왔다. 아, 벌꿀 맛 사탕 냄새였다. 벌꿀의 향기와 대소변의 악취가 한데 뒤섞이고, 성결(聖潔)함과 불결함이 그의 몸에서 서로 만났다. 그는 몹시 피곤했다. 너무나 피곤했다. T는 그에게 도망치라고 했지만 그는 잠을 자고 싶었다. 바닥에 엎드린 그는 금세 깊은 잠에 빠졌다.

그는 자신이 얼마나 오래 잤는지 알지 못했다. 아주 오래 잤을지도 모르고 아주 잠깐 잤을지도 몰랐다. 깨어나 보니 바닥이 온통 피였다. T는 피바다 위에 누워 있었다. 눈을 크게 뜨고 얼굴 가득 미소를 짓고 있었다. 무척이나 편안한 표정이었다. 그는 자신이 애당초 T를 잘 몰랐다는 생각이 들었다.

그는 T가 도망치라고 말했던 걸 기억했다.

하지만 어디로 간단 말인가?

그는 T의 주머니에서 T의 휴대폰을 찾아냈다. 자동차 열쇠도 있었다. T의 눈동자를 응시하면서 그는 어디로 가야 할지 깨달았다. T의 새파란 눈동자에 흐릿한 잿빛 물결이 보였다. 그는 T를 죽인 흉기를 잘 챙겼다. 차를 몰고 발트해로 갈 작정이었다. 잠수함 옆으로 가서 자신도 죽일 작정이었다.

39 이웃집 고양이를 안고
바다로 수영하러 가다

잉그리드는 아침 9시에 일어났다. 그녀는 밤새 잠을 자지 못했다. 옆에서 자는 남편은 전혀 코를 골지 않았다. 그녀는 여러 차례 몸을 일으켜 손가락을 남편의 콧구멍에 가져다 대고 숨결을 느껴 호흡이 있는 것을 확인하고서야 마음을 놓았다. 모든 것이 변했다. 남편은 갑자기 코를 골지 않았고 그녀는 담배를 끊었다. 고양이는 집을 나가 돌아오지 않았고 집 안에 있던 분재는 전부 말라 죽었다. 겨울 내내 눈이 내리지 않았고 벽에 걸린 시계도 건전지가 죽어 버려 시침과 분침이 고정되어 있었다. 아주 오래 비도 내리지 않았다.

그녀는 남편에게 말하지 않고 오늘 기차를 탈 예정이었다. 그녀는 음악 학교에서 외지로 가서 음악회를 보러 갈 것이고 호텔에서 하룻밤을 보낼 것이라고 말했다. 남편은 아무 대답도 없이 조용히 쟁반 위의 빵을 집어 먹었다. 빵을 다 먹지도 않았고 맥주를 다 마시지도 않았다. 남편의 식욕은 크게 줄어들었다. 이전에는 저녁 식사로 맥주 두 캔을 꼭 마셔야 했지만 지금은 반 캔이면 충분했다. 가끔씩 맥주 마시는 것을 완전히 잊기도 했다.

갈매기가 그녀보다 더 일찍 일어나 바닷가를 맴돌면서 높고 큰 소리로 울어 댔다. 문을 나선 그녀는 버스를 탔다. 3월의 봄추위가 남아 있는 데다 해풍이 무척 거세 제대로 서 있기도 힘들었다. 하늘이 어렴풋이 밝아 왔다. 그녀는 킬 해만을 바라보았다. 아주 오래전에는 엄동설한이면 해만 전체가 얼어붙었다. 밀려갔다 밀려오던 바닷물도 얼어붙었다. 그녀는 T의 손을 잡고 라뵈를 출발하여 얼어붙은 바다 위를 걸었다. 그녀는 T에게 두 사람이 이렇게 계속 가면 해만을 건너 맞은편인 킬에 도달할 수 있을 것이라고 했었다. T는 줄곧 웃으면서 소리만 지를 뿐이었다.

"엄마! 우리가 바다 위를 걷고 있어요!"

T는 엄마의 손을 놓고 달리기 시작했다. 그녀는 도저히 따라잡을 수 없어 바다 위에 미끄러져 넘어지고 말았다. T는 엄마가 넘어지는 걸 보고는 깔깔대고 웃으면서 계속 뛰어 눈 속으로 사라졌다.

버스 안에서 이웃을 만난 그녀는 예의를 갖춰 안부를 묻고 날씨 얘기를 했다. 이웃은 아주 조심스러운 어투로 말하면서 애써 T에 관한 화제를 피했다. T에 관해 언급하는 걸 몹시 두려워하는 것 같았다. 바닷가 작은 마을의 모든 사람들이 그녀에게 깍듯하게 예의를 차렸다. 애써 죽음이라는 단어는 피했지만 눈빛에는 동정이 가득했다. 그녀는 이처럼 소원한 동정이 싫었다. T의 죽음에 관한 보도에서는 동성애와 신나치즘, 타이완을 언급하고 있었다. 그녀는 이웃들과 친척들이 자신의 등 뒤에서 열띤 토론을 벌이고 있는 광경을 상상했다. 한번은 정말 참지 못하고 이웃의 친한 친구에게 물어보기도 했다.

"내가 없는 자리에서 줄곧 우리 아들 일에 관해 얘기하고 있지 않아?"

친구가 대답했다.

"잉그리드, 그러지 않아. 정말 그런 일 없다니까. 신문에서 보도한 걸 보고 정말 놀랐어. 우리는 뭐라고 말해야 좋을지 몰랐지. 우리는 아예 타이완이 어디에 있는지조차 몰랐으니까."

그녀는 오늘 베를린에 갈 계획이었다.

기차에서 그녀는 줄곧 생각했다. 베를린에 도착하면 정말 기차에서 내려야 할까? 연극 공연 소식을 듣자마자 그녀의 머릿속에 처음 떠오른 생각은 가 보고 싶다는 것, 혼자 가 봐야겠다는 것이었다. 왜 그래야 하는지는 알 수 없었지만 정말로 가 보고 싶었다.

그날, 모든 것이 변한 그날이었다. 경찰이 집으로 찾아와 몇 가지 얘기를 하면서 이것저것 물어 댔다. 경관들은 떠나기 전에 새로운 소식이 있으면 언제든 알려 주겠다고 말했다. 얼마 후 그녀의 휴대폰이 울렸다. 액정에 뜬 것은 T의 번호였다. 죽지 않았구나. 죽은 게 아니었어! 경찰이 잘못 알았던 거야. 그녀는 속으로 생각했다. 우리 아들은 죽지 않았어. 아들이 전화를 걸어 왔잖아. 전화를 받아 보니 그였다. T가 아니라 그였다.

그녀는 잠수함이 있는 곳으로 달려가 그를 찾았다. 언어가 통하지 않았다. 그는 계속 울고 있었다. 몸에는 상처가 아주 많았고 얼굴은 퉁퉁 부어 있었다. 머리칼 속은 온통 모래투성이였고 입고 있는 옷은 너무 얇았다. 그는 계속 울면서 'Sorry'라고 말했다.

그때 그녀는 그의 발 옆에 있는 칼 한 자루를 눈여겨보았다.

베를린에 도착했다. 그녀에게는 온전한 하루의 시간이 있었다. 기차에서 내리자마자 그녀는 담배가 피우고 싶었다. 자고 싶기도 했다. 날씨는 좋았다. 3월의 햇빛은 뜻밖에도 따스했다. 그녀는 눈에 띄는 대로 조용한 공원을 찾아 벤치에 앉아서 자고 싶었다. 이미 아주 오래 담배를 피우지 않았는데 왜 베를린에 도착하자마자 흡연 욕구가 이렇게 강렬해졌는지 알 수 없었다.

아무 목적지도 없이 그녀는 지하철을 타고 마음대로 차를 갈아타다가 내렸다. 그녀는 아들이 걸었던 베를린 거리를 가 봐야 하는 게 아닐까 하는 생각을 해 보았다. 하지만 그녀는 아들이 베를린 어느 구에 살았는지도 알지 못했고, 아들이 베를린에서 무얼 했는지도 알지 못했다. 아들이 타이완에서 온 남자와 결혼했다는 사실도 그녀는 전혀 알지 못했다. 그녀는 그 타이완 남자를 두 번 보았을 뿐이었다. 한 번은 여러 해 전 크리스마스 때였고, 한 번은 잠수함 옆에서였다. 베를린에 온 건 오늘이 세 번째였다.

그녀가 어떻게 그를 만날 수 있을까? 아니, 그녀는 그를 만나고 싶지 않았다. 그녀의 핸드백 안에는 모자가 하나 준비되어 있었다. 그녀는 집 거울 앞에서 연습을 해 보았다. 모자를 깊이 눌러쓰면 얼굴을 반쯤 가릴 수 있었다.

수많은 카페들이 테이블을 길가에 내놓고 영업을 하고 있었다. 그녀는 아무렇게나 한 곳을 골라 카푸치노를 한 잔 주문하여 케이크와 함께 먹었다. 그러고는 배낭 깊은 곳에서 납작하게 눌린 담배를 찾아냈다. 라이터는 없이 손가락에 담배만 끼고 있었다. 피우고 싶기도 하고 피우고 싶지 않기도 했다. 케이크를 다 먹은 그녀는 의자에 등을 기댄 채 잠이 들었다. 다시 잠에서 깬 그녀는 거리의 쇼핑몰을 찾았다. 봄철 의류가 시장에 나와 있었다. 그녀는 꽃무늬 원피스 몇 벌을 들고 탈의실로 들어가 한 벌을 입어 보았다. 또 잠을 자고 싶었다. 탈의실은 무척 넓었다. 그녀는 바닥에 주저앉아 또 한참을 잤다. 원피스를 사서 나와 보니 거리에는 아시아 국가들의 음식점이 무척 많았다. 그녀는 발이 가는 대로 한 집을 골라 국물 국수를 한 그릇 먹었다. 국수를 먹고 나니 잠이 왔다. 그녀는 종업원에게 인근에 공원이 있는지 물었다. 공원으로 가는 길 내내 그녀는 하품을 했다. 공원에서는 수많은 아이들이 놀고 있었고 개들이 짖어 대고 있었다. 사람이 없는 벤치를 하나 고른 그녀는 곧장 누워서 잤다. 잠에서 깨어 보니 출발할 시간이 거의 다 되어 있었다.

그녀는 어깨가 많이 가벼워진 것 같았다. 베를린이라는 대도시가 그녀를 무척이나 편안하게 해 주었다. 라뵈에서는 모든 사람이 그녀를 알았고 그녀도 모든 사람을 알았다. 인근의 개나 고양이 이름마저도 그녀는 아주 확실히 알고 있었다. 하지만 베를린에서는 아무도 그녀를 알지 못했다. 그녀가 어디에서 자든 아무도 그녀에게 간섭하지 않았다. 왜 손가락 사이에 담배를 끼고 불을 붙이지 않는지 아무도 묻지 않았다. 그녀의 안부를 묻는 사람도 없었고 그녀를 상대로 날씨를 거론하는 사람도 없었다. 그녀의 이름을 아는 사람도 없었고 그녀의 내력을 아는 사람도 없었다. 그녀의 유일한 아들이 죽었다는 사실을 아는 사람도 없었고 그녀의 슬픔을 아는 사람도 없었다.

교도소에 도착한 그녀는 모든 물건을 교도소 밖에 있는 물품 보관소에 남겨 두어야 했다. 그녀는 직원들에게 자신의 다른 물건들은 다 괜찮은데 이 모자만은 쓰고 들어갈 수 없느냐고 물었다.

그녀는 공연 프로그램에서 그를 찾아냈다. 다섯 명의 배우가 각각 햄릿을 연기하는데, 그 가운데 하나가 바로 그였다.

관객이 그다지 많지 않은 게 다소 뜻밖이었다. 어째서 모두 교도소를 찾아와 범죄자들의 연극 공연을 관람하고 싶어 하지 않는 것일까? 관객들은 겹겹의 보안 검사와 검문을 통과하여 마침내 교도소 안으로 들어와 교도관들을 따라서 붉은 벽돌로 지은 커다란 건물 안으로 들어섰다. 그녀도 사람들을 따라 들어왔다. 건물 안은 여러 층으로 나눠져 있고 수많은 감방들이 있었다. 영화에서 본 교도소의 모습과 크게 다르지 않았다. 공연을 시작하기 전에 연출자가 나와 이 건물은 폐기된 곳이지만 다른 건물들은 아직도 교도소로 사용하고 있다고 설명했다. 그러면서 이 건물이 폐기된 지 여러 해가 지났지만 많은 시간과 소통을 통해 무사히 공연 허가를 받아 낼 수 있었다고 말했다. 이 연극은 석 달 동안 공연되며, 모든 수감자들이 많은 시간을 들여 셰익스피어의 대사를 외워야 했다고 했다. 모든 수감자들이 이전에는 셰익스피어를 읽을 기회조차 없었지만 연극 연습을 하는 과정에서 자발적으로 셰익스피어와 또 다른 연극 대본을 읽기 시작했다고 했다.

그녀는 일부러 무대에서 가장 먼 자리를 골라 앉아 모자를 썼다. 무대에 불이 들어오고 모든 연기자들이 한 줄로 나란히 서서 대사를 하기 시작했다. 그녀도 학창 시절에 셰익스피어를 읽은 적이 있지만 완전히 기억에서 사라졌다. 그 당시 종이 책으로 읽을 때는 너무 지루하고 재미가 없었다. 그런데 큰 소리로 낭송하면서 어조가 솟아올랐다가 떨어지며 한데 어우러지자 놀랍도록 흥미로웠다. 그녀는 그를 보았다. 큰 소리로 대사를 하는 그는 완전히 연극에 집중하는 표정이었다.

한 막이 끝나고 연기자 한 명이 관객들을 다른 공연 구역으로 안내했다. 연극 전체가 관객들이 연기자들을 따라 교도소의 구석구석을 지날 수 있도록 기획되어 있었다. 이동할 때마다 그녀는 애써 일행의 맨 후미를 고수했다. 정해진 지점에 이르러서도 그녀는 맨 뒷자리에 앉았고 공연 구역에서 최대한 멀리 떨어지려고 노력했다.

그가 연기한 부분은 아주 많았다. 독백도 많았다. 사실 그녀는 연극을 보면서도 연출자가 왜 다섯 사람이나 햄릿을 연기하게 했는지 이해할 수 없었다.

연극의 어느 대목에서 그는 독백을 하며 눈물을 흘렸다. 눈물 방울이 무대 바닥에 떨어졌다. 오열하면서 독백을 마친 그는 춤추듯 몸을 움직이기 시작했다. 그녀는 속으로 그가 왜 우는지 유추해 보았다. 그 대목이 햄릿이 울어야 하는 부분이었던가? 그녀는 손으로 자신의 뺨을 만져 보았다. 그녀 자신도 눈물을 흘리고 있었다.

그녀는 또 속으로 그가 자신을 보았을지 의문을 던져 보았다.

연극은 두 시간이나 계속되었다. 결말 부분에서 목검이 춤을 추며 모든 배역의 몸을 찔렀다. 서로를 죽이면서 결국 모든 사람이 죽고 말았다. 그녀의 눈길은 그의 몸 위에 남아 있었다. 그는 바닥에 쓰러진 채로 조용히 울고 있었다.

막이 내리고 박수 소리가 울렸다. 관객들이 전부 일어나 박수

갈채를 보냈지만 그녀는 감히 일어설 수 없었다. 그가 자신을 알아볼까 두려웠고 남들이 볼까 두려웠다. 그녀의 얼굴 위로 큰비가 내리고 있었다.

연출자가 치사를 하면서 오늘 저녁은 첫 공연이라 약간의 간식을 준비했으니 관객들께서는 남아서 연기자들과 함께 즐겨 달라고 말했다. 그녀는 몸을 일으켜 밖으로 나가려다가 그와 눈길이 마주쳤다.

그녀는 앞으로 다가갔다. 무슨 말을 해야 할지 알 수 없었다. 머릿속에서 어지러운 그림자들이 마구 교차했다. 완전한 한마디 말을 조합해 낼 수 없었다. 그의 몸이 가볍게 떨렸다. 아직도 울고 있었다. 그녀는 그와 두세 걸음 거리를 유지하면서 그를 바라보았다. 마음속으로 생각해 보니, 그의 얼굴의 상처가 다 나았고 머리칼에 모래도 없는 것 같았다. 이제는 비교적 건강해 보였다.

뭐라고 말해야 좋을지 몰라 그냥 아무 말도 하지 않았다. 그러고는 밖을 향해 걸어 나갔다. 감히 고개를 돌릴 수 없었다.

감옥을 나와서도 그녀는 생각을 이어 갔다. 방금 그에게 뭐라고 말해야 했을까? 뭐라고 말하고 싶었던 걸까? 무슨 말을 해야 했을까?

지하철을 타고 호텔로 돌아오는 길에 그녀는 방향을 잘못 잡은 데 이어 차를 잘못 타 낯선 도시를 뱅뱅 돌았다. 하지만 그녀는 전혀 조급해하지 않았다. 심지어 그런 방황을 즐겼다. 그녀는 자신이 베를린에서 길을 잃어 누구도 자신을 찾지 못하고 자신도 호텔로 가는 길을 찾지 못해 영원히 집으로 돌아가지 못하는 상상을 해 보았다.

그녀는 자신이 T에게 조금 가까워졌다고 생각했다. T도 베를린에서 비슷한 느낌이었을까?

마침내 정확한 노선의 지하철을 탔다. 그녀는 자리에 앉자마자 T를 보았다.

T가 그녀의 눈앞에 있었다.

T는 그녀 건너편 의자의 바로 아래쪽에 있었다.

그녀는 바닥에 엎드려 머리를 의자 밑으로 집어넣었다. 다른 승객들이 그녀를 힐끗 보고는 눈길을 다른 데로 돌렸다.

지하철 객차 의자 밑에는 스티커가 한 장 붙어 있었다. 스티커 위에는 잠수함과 손가락 욕을 하는 중지들이 있었다.

T는 오래전부터 그녀가 이해하거나 처리할 수 없는 상황으로 모습을 드러내곤 했다. 이웃 아이와 싸워 병원에 입원하게 할 정도로 상해를 입히기도 했고, 이웃집 고양이를 안고 바다로 수영하러 가서는 고양이를 물속에 처넣어 죽인 다음, 사체를 이웃집 탁자 위에 올려놓기도 했다. 학교에서 같은 반 여학생의 머리채를 잡아당겨 머리를 벽에 부딪히게 하기도 하고, 학교에서 칼을 들고 선생과 교장을 위협하기도 했다. 아버지와 충돌할 때면 날카로운 가위를 집어 아버지를 찌르기도 했고, 엄마에게 달걀 프라이를 만들어 주겠다고 하면서 부엌에 불을 내 소방대가 출동하자 소방대원을 쳐다보면서 웃으며 불꽃이 너무 아름답다고 말하기도 했다. T를 도시의 병원에 데려가면 그는 항상 종이 위에 그림을 그렸다. 그는 집 앞에 있는 잠수함을 즐겨 그리면서 나중에 잠수함을 몰고 라뷔를 떠나 아주 먼 곳으로 갈 거라고 했다. 그렇게 잠수함을 그리고 또 그리다가 보니 잠수함 옆에 손가락 욕을

하는 중지가 나타나기 시작했다.

그녀는 베를린 지하철 객차 바닥에 엎드린 채 참지 못하고 울음을 터뜨렸다.

T도 이 객차에 올랐던 적이 있었다.

그녀는 방금 감옥에서 무슨 말을 했어야 했는지 알 것 같았다.

이제는 알 것 같았다.

막이 내렸을 때 그녀는 정말로 그에게 말하고 싶었다. 너무나 말하고 싶었다.

"울지 마."

40

가장 좋은 건 파리까지 들리는 거였지

바람이 불어 작은 시골의 집집마다 창문 틈새를 헤집으면서 윙 윙 소리를 냈다. 깊은 밤, 작은 시골은 하품을 하면서 잠들려 하고 있었다. 꿈속에 들어가 중원절에 작별을 고하려 하고 있었다. 윙 윙 바람 소리가 귓속을 파고들었다. 누군가 귀에 대고 위협의 말을 하면서 수많은 시골 들판의 귀신들 이야기를 소환하고 있는 것 같았다. 묘지의 도깨비불이 저절로 발화하고, 지전이 타고 남은 재가 바람에 날렸다. 대나무 숲에는 그림자가 떠다녔다. 나도 왔다. 바람을 따라 타운 하우스 안으로 들어왔다. 일기 예보에서는 타이완 중부에 오늘 밤 비가 올 확률이 아주 높다고 했다. 아주 오래 메말랐던 작은 시골이 오랜만에 큰비를 맞을 기회를 잡았다.

나의 세 딸과 작은아들은 타운 하우스 3층으로 올라가 그들이 전에 쓰던 방으로 들어갔다. 아주 오래 잠들어 있던 먼지들이 깨어났다. 수메이는 걸레와 닭털 총채를 들고 빠른 속도로 침대 매트리스를 정리했다. 하얗던 걸레가 먹물에 들어갔다 나온 것 같았다. 나무판자로 만든 벽은 얇아서 방음 효과가 전혀 없었다. 세 자매는 벽을 사이에 두고 계속 수다를 떨었다.

"큰언니, 옆집 말이야, 이전에 비디오테이프 대여점이었던 그 집은 어째서 정리하지 않고 줄곧 시커먼 상태로 남겨 두고 있는 거지?"

"맞아. 너무 시커메. 밖에는 '매매'라는 팻말이 걸려 있더라고. 누가 그런 다 타 버린 집을 사겠어?"

"아무리 깨끗이 정리한다 해도 그런 얘기를 들으면 누가 사려고 하겠어? 이미 흉가가 되어 버렸는데 말이야."

"어떤 일이 일어났었는지 누가 알겠어? 소문에 의하면 조사는 한 번 했었대. 하지만 조사 결과는 아무도 듣지 못했다고 하더라고."

"흉가가 아니고 불타지 않았다 해도 팔리지 않았을지 몰라. 지금은 부동산 시황이 아주 안 좋기 때문에 이런 귀신들의 땅에 와서 집을 살 사람은 없을 거야."

"저건 무슨 소리지?"

"바람 소리 같은데."

"아니야."

"바람 소리 맞아."

"다들 좀 조용히 해 봐. 자세히 들어 보게."

쉬익.

설마 아이들이 내가 벽을 뚫고 들어오는 소리를 들은 걸까?

"흰개미야."

천톈훙이 말했다. 세계 지도가 있는 책상 위를 더듬던 녀석의 손가락이 독일에서 멈췄다. 집을 떠나기 전에 녀석은 종종 이 책상 위를 내려다보다가 손가락으로 한 나라를 가리키며 앞으로 그곳에 가서 다시는 돌아오지 않을 거라고 스스로에게 말하곤 했다. 녀석은 귀를 책상 위에 붙이고서 흰개미가 뭔가를 갉아 먹는 소리를 들었다.

톈훙의 목소리는 혼탁하고 갈라지는 음색이었다. 그의 목소리가 벽을 뚫고 세 누나의 귀를 파고들었다. 큰누나 수메이는 끊어진 줄을 생각했고, 둘째 누나 수리는 갈라진 백발을 생각했다. 셋째 수칭은 부러진 하이힐 뒷굽을 생각했다.

"우선 좀 자. 오늘 막 도착했잖아. 시차가 아주 심할 거야."

"맞아. 우선 자도록 해. 할 얘기가 있으면 우리 내일 아침에 하기로 하자."

"너희 먼저 자. 난 아래층에 내려가서 문을 잠그고 올 테니까."

"옆집에 불이 났을 때 누나들도 현장에 있었어?"

천톈훙이 물었다.

아무도 대답하지 않았다. 어떻게 대답해야 좋을지 알 수 없었다. 세 딸들 모두 어느 정도는 알고 있는 것 같았다. 하지만 사실은 아무것도 알지 못했다.

나만이 모든 것을 알고 있었다. 나만이 모든 것을 보았기 때문이다.

톈훙, 너는 내 목소리를 듣지 못하지. 그래서 영원히 알 수 없을 거다. 네 엄마가 불을 질렀다는 걸 말이야. 네 엄마는 네가 독일에서 재판을 받고 투옥되었다는 소식을 듣고 옆집 뱀 잡는 사내의 지하실에서 돌아오는 길에 결심을 했다. 죽어야겠다고. 너도 몰랐고 수많은 사람들이 몰랐지. 나도 살아 있을 때는 몰랐다. 이 나란히 들어선 타운 하우스 중에 뱀 잡는 사내의 집에만 지하실이 있었다는 걸.

네 다섯째 누나는 알고 있었다. 옆집 샤오왕이 넷째 누나를 아내로 맞기로 결심하자, 네 다섯째 누나는 심각한 알레르기가 폭발했다. 뱀 잡는 사내가 지상에 감춰져 있던 문을 하나 열고 다섯째 누나를 데리고 지하실로 내려가서는 오래 감춰 두었던 진귀한 약술을 꺼냈다. 뱀 잡는 사내는 솜에 적신 약술을 네 다섯째 누나의 온몸에 가볍게 발랐다. 네 누나는 거기서 네 엄마의 원피스가 옷걸이에 걸려 있는 것을 발견했다.

네 누나는 뱀 잡는 사내가 한눈을 파는 사이에 그 원피스를 훔쳤다. 네 누나는 그 옷을 입고 엄마를 찾아갔다. 네 누나를 본 아찬의 얼굴에 번개가 쳤다. 네 누나는 엄마를 위협했다. 넷째 누나를 샤오왕에게 시집보내면 지하실에서 벌어진 일을 폭로하겠다고. 아찬이 어떻게 이런 위협을 받아들일 수 있었겠니? 아찬은 호통을 치면서 날 찾아가 말하라고 했다. 가서 말해 봐! 네 아빠가 그런 얘기를 들으면 얼씨구나 할 게다! 결국 네 넷째 누나는 백악관으로 시집을 갔다. 그리고 다섯째 누나가 샤오왕에게 농락만 당하고 차였다는 사실을 모두가 알게 되었다. 샤오왕은 밖에서 다섯째 누나에 대해 아주 안 좋게 얘기하고 다녔다. 그 뒤로 누구도 그 애를 아내로 맞으려 하지 않았다.

그 성대한 결혼식이 끝나고 나서 네 다섯째 누나는 끊임없이 자살을 하겠다고 소동을 피웠다. 아찬은 잠시 그러다가 말겠거니 했다. 그 뒤로 누구도 다섯째에게 남편을 구해 주기 위해 중매쟁이를 찾지 않았다. 다섯째는 도처에서 자해를 하다가 백악관 앞에서 자살 기자 회견을 하기도 했다. 샤오왕 앞에서 칼을 들고 자신의 얼굴과 가슴을 긋기도 했다. 너는 모르겠지만 그 애는 지하실에도 핏자국을 남겼다. 네 엄마에게 보이려는 의도였지.

네가 감옥에 갔다는 얘기를 듣고 아찬은 지하실에 숨어서 밖으로 나오지 않았다. 아찬은 이 작은 시골에서 거의 모든 사람들이 두 아들을 흉보는 소리를 듣고 있는 것 같았다.

"딸만 한 무더기를 낳다가 어렵사리 아들을 낳았는데 결국 두 아들 모두 감옥에 들어가고 말았네."

아찬은 뱀 잡는 사내에게 모든 것을 태워 버리겠다고 말했다. 지하실을 태워 버리고, 그녀 자신과 뱀 잡는 사내를 태워 버리고, 과거를 태워 버리겠다고. 그녀는 실패한 엄마였고 실패한 아내였다. 두 아들 모두 범죄자가 되었고 남편은 죽었으니까. 그녀는 이 작은 시골에서 계속 살아갈 이유도 없었고 그럴 체면도 없었다.

그날 밤은 바람이 아주 거셌다. 불은 한밤중에 났다. 뱀 잡는 사내의 집 전체가 삽시간에 화염의 바다에 휩싸였다. 1층에는 VHS 비디오테이프와 DVD가 쌓여 있어 아주 빨리 불이 번졌다. 2층에는 뱀을 비롯하여 수많은 동물들이 있었지만 대부분 거센 불꽃 속에서 타 죽고 말았다.

소방대의 경적 소리에 잠에서 깬 수메이는 창문을 열고 밖을 내다보았다가 맹렬한 불길에 놀라고 말았다. 소방차가 대형 호수로 물을 뿌리자 검은 연기가 하늘로 치솟았다. 네 넷째 누나는 백악관의 자기 방에서 소방차의 경적 소리를 들었지만 감히 커튼을 열 수 없었다. 그 애는 백악관에 불이 났다고 상상했을까? 정말 잘됐다. 방 안에 그렇게 많은 신문지와 잡지가 쌓여 있었으니 아주 잘 탔을 거라서. 그 애는 자신의 몸에 불이 붙는 상상을 했다. 그건 다섯째가 가장 보고 싶어 한 장면이었을 거다. 예전에 다섯째가 넷째에게 아주 차가운 어투로 물었다. 커다란 눈에 물음표가 가득 차 있었다.

"언니, 왜 그랬어? 도대체 왜 그랬는지 이유를 말해 봐. 우리는 사이가 가장 좋은 자매 아니었어?"

넷째는 입을 열지 않았다. 다섯째를 질투하고 있었기 때문이지. 어려서부터 다 클 때까지 모든 사람이 다섯째만 바라보았다. 넷째에게는 눈길을 주는 사람이 하나도 없었다. 다섯째가 가장 예쁘고 가장 애교가 많았고 가슴도 가장 컸으니까. 다섯째의 약혼자는 돈이 가장 많았고, 다섯째는 노래도 가장 잘했다. 넷째는 예쁘지도 않았고 가슴도 크지 않았고 알레르기도 전혀 없었고 좋아하는 남자도 없었다. 그 애는 다섯째의 알레르기 체질을 가장 부러워했다. 연약하면서 애교가 넘치고 피부가 흰 그 애를 거의 모든 사람이 예뻐했다. 하마도 다섯째의 것이었고, 파리도 다섯째 거였고, 백악관도 다섯째 거였고, 아폴로 분수도 다섯째 거였다. 샤오왕은 넷째에게 툴툴거렸다.

"네 여동생은 너무 말라 있어."

그 애는 몸을 다 열고 촉촉한 상태로 샤오왕을 맞아들였다. 샤오왕이 가슴이 너무 작다고 탓하면 그 애는 그 대신 다른 것들을 다 할 수 있다고, 뭐든지 가능하다고 말했다. 샤오왕이 물었다.

"그럼 항문에다 해도 돼?"

그 애는 곧장 고개를 끄덕이고는 큰 소리로 좋다고 외쳤다. 다섯째가 듣고 용징 전체가 들을 수 있도록 말이야. 가장 좋은 건 파리까지 들리는 거였다. 샤오왕이 말했다.

"하자! 널 아내로 맞이할게! 내게 항문에다 할 수 있게 해 준 여자는 하나도 없었거든! 돈 받고 하는 여자들도 그건 허락하지 않았다니까."

그 순간 넷째는 자신이 이겼다고, 하마는 자기 차지가 되었다고 생각했다.

수메이가 네 둘째 누나와 셋째 누나, 넷째 누나에게 전화를 걸었다.

"옆집이 불타고 있어.. 뱀 잡는 사람 집 말이야. 엄마가 그 집 안에 있는 것 같아."

소방대가 점차 불길을 통제하기 시작했다. 수많은 동물들이 기어 나왔다. 커다란 도마뱀도 있고 천산갑도 있었다. 흰코사향고양이도 있고 커다란 구렁이도 있었다. 구렁이는 집 담벼락을 기어오르고 있었다. 고온 때문인지 짙은 연기 때문인지 구렁이가 담벼락에서 떨어지자 소방대원들은 재빨리 몸을 피했다. 거대한 솔개 한 마리가 연기 속을 빠져나오자 구경하던 사람들 모두 놀라면서도 환호했다. 바람이 거세지자 솔개는 불 옆에서 날개를 펄럭이다가 바람을 거슬러 동쪽으로 날아갔다. 작은 시골 하늘에 불꽃이 번쩍였다. 사람들은 솔개의 목적지가 타이완 중부의 산맥일 거라고 추측했다.

소방대가 화재 현장을 정리하면서 지하실에서 불에 탄 시신 두 구를 수습했다. 조사 결과 뱀 잡는 사내와 콩기름 매미로 판명되었다.

이 작은 시골은 이 집에 지하실이 있었다는 사실을 알게 되었다.

41 　　　　　U-995

흰개미가 뭔가 갉아 먹는 소리와 바람 소리, 도마뱀 소리를 들으면서 천톈훙은 심연 같은 잠에 빠져들었다. 애석하게도 빗소리는 없었다. 그는 타이완의 빗소리를 몹시 듣고 싶어 했었다.

꿈속에는 비도 있고 모래도 있고 바다의 조수도 있었다. 바닷물은 얼음처럼 차가웠다. 모래가 상처를 비벼 댔다.

T를 죽이고 나서 그는 차를 몰고 곧장 북쪽으로 향했다. 발트해의 작은 마을 라뵈까지 갔다. 밤은 깊었고 작은 마을은 잠들어 있었다. 모래사장에는 아무도 없었다.

작은 마을의 모래사장에는 2차 대전에 쓰였던 거대한 잠수함 U-995가 있었다. 멀리서 보면 U-995는 좌초한 커다란 회색 고래 같았다. 고독하고 장엄했다. 밤이 되면 U-995에는 망고 색조의 등에 불이 들어오면서 측면의 금속 외피에서 기이한 황금빛 광채를 뿜어냈다.

U-995 옆 한쪽에는 모래 언덕이 있고, 그 위에는 마른풀이 있

었다. 해풍이 부는데 그는 옷을 너무 얇게 입고 있었다. 몸이 떨렸다. 그가 모래 언덕 위에 털썩 주저앉자 모래가 상처에 달라붙으면서 통증이 느껴졌다. 자신이 아직 살아 있다는 증거였다. 풀을 베개로 삼아 그는 평평하게 누웠다. 풀은 누렇게 마른 것 같았지만 바닥에 누우니 축축하게 느껴졌다. 풀 속에는 하얗고 가는 털이 아주 많았다. 부서진 조개껍데기들이 끼어 있었다.

그는 밤의 U-995를 바라보면서 작은 아파트 바닥에 누워 있던 T를 생각했다. 아파트를 떠날 때, 그는 문을 닫지 않았다. T가 경찰을 몹시 싫어했기 때문에 경찰에 신고를 할 수가 없었다. 문을 열어 놓았으니 이웃 사람들이 신고했을 것이다.

그해 여름, 그들은 U-995 옆에서 아이스크림을 먹고 대마초를 피웠다. T는 웃으면서 한 가지 얘기를 해 주었다. 열다섯 살 때, T는 학교에서 걸핏하면 자신을 괴롭히는 남자 아이랑 잠수함 옆에서 결투를 하기로 약속했다. 어떤 무기도 소지하지 않고 주먹만 사용하기로 했다. 그 남자 아이는 T보다 키가 훨씬 작았지만 몸집은 아주 건장했다. 그는 T를 바닷물 속에 밀어 넣었다가 T가 힘들게 수면으로 올라오면 다시 물속으로 찍어 눌렀다. T는 숨이 막히자 죽은 척하면서 몸을 움직이지 않았다. 키 작은 상대가 손을 놓자 T는 펄쩍 뛰어올라 반격했다. 어려서부터 바닷가에서 자랐기 때문에 어디에 돌이 있는지, 어디가 수심이 깊고 어디가 얕은지 잘 알고 있던 그는 돌을 집어 들고 그 키 작은 녀석의 머리를 가격했다. 그런 다음 수심이 깊은 곳으로 끌고 갔다.

그다음엔 어떻게 되었을까? 키 작은 남자 아이는 아무 일 없었을까?

T는 깔깔거리며 웃더니 승리의 표정을 지으면서 말했다. 아주 오래 입원해 있었지만 애석하게도 죽지는 않았어. 바보가 되었지.

그는 배낭에서 칼을 하나 꺼냈다. 방금 T의 몸에 들어갔다 나온 칼이었다. 칼을 어떻게 써야 할까? 어떻게 해야 자신을 죽일 수 있을까? 손목을 그은 다음에 조용히 누워 있을까? 다섯째 누나가 그랬던 것처럼 손목을 그은 다음 머리에 비닐봉지를 뒤집어쓸까? 바로 앞은 흑갈색 바다였다. 조수가 그를 초대하는 함성을 토해 냈다. 차가운 바닷속으로 걸어 들어가 깊은 곳으로 헤엄쳐 가야 하는지도 모른다.

그해에 모두 다섯째 누나를 찾지 못했다. 그만이 다섯째 누가 어디 있는지 알고 있었다. 그는 도랑으로 가서 다섯째 누나를 찾아냈다. 몸 절반이 더러운 물속에 잠겨 있었다. 옆에 죽은 돼지들이 몇 마리 떠 있었다. 다섯째 누나는 머리에 비닐봉지를 뒤집어쓰고 있었다. 그날은 몹시 더워 다섯째 누나는 많은 땀을 흘렸고 비닐봉지가 얼굴에 찰싹 달라붙어 있었다. 그가 누나를 깨우려 시도해 봤지만 누나는 아무런 반응이 없었다. 그는 누나를 끌어안고 큰 소리로 울었다. 울음소리에 지나가던 사람들이 발길을 멈췄고, 그들이 가서 이 사실을 알렸다. 사람들이 그와 누나를 찾았을 때, 그는 이미 울다 지쳐 잠이 들어 있었다. 멀리서 바라보면 도랑 옆에 두 구의 시신이 놓여 있는 것 같았다.

그는 발트해의 수면을 바라보았다. 아주 멀리 무수한 흰 점들이 보였다.

야생 백조들이었다.

한 마리, 두 마리, 세 마리, 그는 계속 백조를 서른까지 셌다가 다시 세기 시작했다. 이번에는 스물까지 셌다가 다시 세기 시작했다. 이번에는 서른다섯까지 셌다. 수면 위의 하얀 점들이 물결을 따라 흔들리며 떠다녔다. 갈수록 멀어졌다. 세고 또 세다가 그는 잠이 들었다. 어쩌면 그는 칼을 들어 자신을 죽일 필요가 없었을 것이다. 그는 자신의 체온이 끊임없이 유실되고 몸이 천천히 모래 사장 속으로 가라앉는 걸 느꼈다. 자자. 다시는 깨어나지 말자.

그는 자신이 얼마나 오래 잤는지 알지 못했다. 더부룩한 촉감이 느껴졌다. 동물이 우짖는 소리가 들렸다.

눈을 크게 떠 보니 앞이 온통 흰색이었다. 맑은 하늘의 구름 같은 순백이었다. 하얀 솜 같았다.

그는 천천히 몸을 일으켜 자신의 몸이 구름 속에 있다는 걸 깨달았다. 해수면 위의 그 야생 백조들이 전부 뭍으로 올라와 그의 옆에 모여 있었다. 여러 마리가 그의 옆에 모여 머리를 몸에 파묻은 채 자고 있었다. 그 가운데 한 마리가 칼을 밟더니 그를 힐끗 쳐다보고는 조용히 깃털을 쪼아 가다듬었다.

순백색의 야생 백조들에게 둘러싸인 그는 갑자기 웃고 싶어졌다. 방금 자신의 반려자를 죽인 그가 어떻게 웃고 싶어질 수 있는 걸까? 하지만 백조들의 털 색깔은 정말로 하얘서 어둠 속에서 반짝반짝 빛이 났다. 백조들은 그를 전혀 두려워하지 않았다. 그를 완전히 믿었다. 그는 갑자기 외롭지 않았다. 그는 정말로 웃고 싶었다. 타이완 중부의 시골에서 온 어린 막내가 이 순간 독일 북부 바다의 해변에 앉아 있다. 몸에 걸친 옷은 마구 찢어지고 상처에 염증이 생겨 몹시 아팠다. 아주 오래 목욕도 하지 못한 상태로 피부에는 대변이 말라붙어 있었다. 그럼에도 이 순간 발트해의 하얀 야생 백조들이 그를 둘러싸고 있었다. 너무나 부조리한 장면. 몸 아주 깊은 곳에 숨어 있던 웃음이 입가에 떠올랐다.

그는 넷째 누나 결혼식 날의 그 하마가 생각났다.

백악관 뒤쪽에는 작은 동물원이 있었다. 그 동물원에서 가장 덩치가 큰 동물이 바로 하마였다. 샤오왕은 뱀 잡는 사내를 불러 하마를 구해 달라고 했다. 뱀 잡는 사내는 자신에게 하마를 구할 연줄이 있으니 모든 걸 자신에게 맡겨 달라고 말했다. 일꾼들이 아주 깊은 연못을 파서 하마를 맞아들였다. 하마가 용징에 오던 그날, 신부가 바뀌었다. 넷째 누나가 샤오왕과 결혼하기로 한 그날, 다섯째 누나가 그를 데리고 연회석을 벗어나 함께 하마를 보러 가자고 했다. 두 사람이 백악관 뒷마당으로 가자 열대 조류들이 날카롭게 울어 댔다. 수많은 결혼식 하객들도 날카로운 소리를 질러 댔다. 하객들은 전부 술에 취해 울타리 앞을 에워싸고 하마에게 음식물을 던져 주었다. 하마는 큰 입을 쩍 벌리고 날카로운 이빨을 드러냈다. 하객들은 하마의 입에 고량주와 프랑스 레드 와인, 독일 화이트 와인을 쏟아부었다. 일본 사과와 로브스터도 던져 주었다.

다섯째가 말했다.

"하마는 내 거야."

뱀 잡는 사내는 뱀가죽 양복을 걸치고 새들에게 먹이를 주고 있었다. 그가 다섯째에게 말했다.

"울타리 어떻게 여는지 알지?"

혼례를 축하하는 볜파오가 터지면서 연기가 피어오르기 시작했다. 하객들이 흩어져 볜파오를 구경하러 갔다. 뱀 잡는 사내는 두 사람을 향해 눈을 깜박이고는 울타리를 열었다. 하마가 천천히 밖으로 걸어 나왔다. 술을 잔뜩 마신 하마는 아주 천천히 몸을 흔들며 다섯째 누나를 쳐다보았다.

다섯째 누나가 하마에게 말했다.

"어서 가!"

하마가 잰걸음으로 연회석을 향해 달려갔다. 날카로운 비명 소리가 들렸다. 하마는 테이블 여러 개를 뒤집어엎고 여러 사람을 밟았다. 손님들은 놀라서 달아나기 시작했다.

혼례를 축하하는 벤파오의 연기가 흩어졌지만 다섯째 누나의 눈에는 연기가 이제 막 피어오르고 있었다.

하마가 연회석의 테이블에 몸을 부딪는 모습을 바라보면서 누나와 동생 두 사람은 참지 못하고 큰 소리로 웃어 댔다.

하마는 여기저기 마구 부딪치다가 백악관을 나서 용징의 대로를 향해 달려가더니 결국 밭에 가서 쓰러졌다.

그는 모래사장에 조용히 앉아 있었다. 소변을 보고 싶어 앉은 채로 보았다. 이미 의자에 아주 오래 묶여 있었기 때문에 습관이 된 터였다. 하늘이 밝아지기 시작하더니 붉은 해가 모습을 드러냈다. 야생 백조들의 깃털이 햇빛에 물들었다. 티끌 하나 없이 밝은 금빛이었다. 백조들이 바다를 향해 이동하기 시작하더니 우아한 자태로 일제히 입수했다. 맑고 깨끗한 수면 위로 또다시 점점이 하얀 별들이 나타났다.

그는 주머니 안을 더듬어 T의 휴대폰을 찾았다. T의 휴대폰 비밀번호를 알고 있었던 그는 재빨리 비밀번호를 풀었다. 그는 T의 현금 인출 카드 비밀번호가 무엇이고 예금 액수가 얼마인지, 잠

잘 때 어느 쪽에서 자는 것을 좋아하는지, 허벅지 안쪽에 연한 갈색 반점이 몇 개인지 다 알고 있었다. 하지만 자신을 묶어 놓고 때리고 강제로 성폭행하던 T는 전혀 알지 못했었다.

비가 내렸다. 그는 해수면 위의 야생 백조들을 바라보다가 또 바닷가의 U-995를 바라보았다. U-995는 모래밭에서 비에 젖고 있었다. 영원히 바닷속으로 돌아갈 수 없었다.

그는 휴대폰의 통화 기록에서 'Mama'를 찾았다.

발신 버튼을 누른 그는 큰 소리로 울기 시작했다.

42 　 내가 아무 말도
하지 않았다면

천톈홍은 침대 위에 누워 있었다. 자다가 깨기를 반복했다. 고
열이 그의 피부에 폭우를 내렸다. 몸에 수많은 강줄기가 생겨났
다. 강줄기는 서로 만나고 합류하면서 침대보로 흘러들어 갔다.
침대보는 몸 위의 강과 하천을 흡수하여 거대한 바다를 이루었다.
그는 온몸이 축축했고 꿈이 어지러웠다. 꿈속에서 뭔가 날카로운
물건들이 그에게 마구 달려들어 찔러 댔다. 그는 놀라서 깼다.

몹시 시끄러웠다. 트럭이 내는 소음이 계속 벽을 뚫고 들려왔
다. 그는 몸을 일으켜 방문을 열고 다섯째 누나가 생전에 쓰던 방
으로 갔다. 다섯째 누나의 방은 발코니로 이어져 밖으로 향하는
창문이 있으니 비교적 시원하지 않을까?

다섯째 누나의 방 문은 열려 있고 밖으로 통하는 창문도 전부
열려 있었다. 둘째 누나는 다섯째 누나의 침대 위에 앉아 창밖의
달을 바라보고 있었다. 달빛 아래 둘째 누나 얼굴의 주름이 눈에
띄게 깊어 보였다. 하지만 아주 편안했다. 가리지도 않았다. 아주

솔직한 모습이었다. 그는 오늘 셋째 누나의 얼굴을 보고서 너무나 평평하고 매끄럽다는 생각이 들었다. 주름이 외력에 의해 강제로 제거된 것 같았다. 눈빛은 지는 해 같았지만 피부는 해가 하늘 한가운데 떠 있는 것 같아 눈빛과 선명한 시차를 보였다.

"너무 덥지? 나도 도무지 잠을 이룰 수가 없네. 방금 아래층에 내려가 두 번이나 샤워를 했지만 씻고 나오자마자 땀이 나기 시작하더라고."

그는 둘째 누나 옆에 앉았다. 침대가 요란하게 삐걱거렸다. 세월의 소리였다. 흰개미가 깨어났다. 어쩌면 흰개미도 밤새 잠을 자지 못했던 것인지 모른다.

"둘째 누나, 지금 몇 시야?"

"나도 모르겠어. 손목시계가 어디로 갔는지 모르겠네. 에이, 별 차이 없을 거야. 어차피 내가 돌아올 때마다 약간의 시차가 느껴졌으니까. 이곳의 시간은 좀 달라. 타이베이보다 천천히 가는 것 같아."

"왜 줄곧 대형 트럭 소리가 나는 거지?"

"큰언니 말로는 왕씨네가 이 부근에 무슨 물류 센터를 짓는다고 하더라고. 타이완 중부 최대의 온라인 판매 플랫폼을 구축할 생각이라고 하던데 나도 잘 모르겠어. 다 짓고 나면 매일 밤 대형 트럭들이 이 도로를 지나다니게 될 거야."

또 대형 트럭 한 대가 질주하여 노면이 진동했다. 타운 하우스의 1층 바닥도 덩달아 흔들렸다. 그는 그 트럭들이 세계 각지에서 온 화물을 싣고 이 작은 시골로 몰려들어 지구화가 실현되는 장면을 상상했다. 하지만 이곳 주민들은 여전히 아무것도 알지 못했다. 이른바 번화라는 것을 전혀 느끼지 못했다. 여전히 외부 세계와의 시차가 존재하는 것 같았다.

마침내 차가운 바람이 불어왔다. 바람은 트럭들처럼 빠른 속도로 길 위를 질주하면서 그 작은 시골의 뭔가를 긁어 대다가 다시 길에 올랐다. 절대로 뒤돌아보지 않았다. 바람은 이 오래된 집 안으로도 불어왔다. 먹구름을 몰고 와 보름달을 완전히 가려 버렸다.

"나는 이곳에 돌아와서 먼저 여러 곳들을 돌아다녔어. 누나는 수영장이 문을 닫았다는 거 알고 있었어?"

"응, 알지. 예전에 큰언니가 그곳에서 일했었잖아."

"양타오 과수원에도 가 봤어. 뜻밖에도 아직 그대로 있더군."

양타오 과수원 얘기가 나오자 누나와 동생 모두 입을 다물었다. 톈홍은 속으로 생각했다. 전부 내 탓이야.

둘째 누나도 마음속으로 생각했다. 전부 내 탓이야.

두 사람은 좀처럼 입을 열지 않았다. 그해였다. 1984년 맥도날드가 타이완에 첫 지점을 열었던 해였다.

천톈홍은 여덟 살이었다. 옆집 왕씨네 둘째 아들 징쯔충은 타이베이의 고임금 직장을 포기하고 낙향하여 양타오 농사를 지었다. 징쯔충을 무척 좋아했던 그는 학교가 파하면 곧장 양타오 과수원으로 달려가 그를 찾았다. 그는 키가 크고 호리호리한 징쯔충의 몸에서 나는 땀 냄새가 아주 향기롭게 느껴졌다. 피부도 빛났고 치아도 아주 희었다. 징쯔충은 항상 빨간 반바지를 입고 있었고 복부에 가느다란 털이 나 있었다. 징쯔충은 항상 책을 읽고 있었고 그에게 번역 소설을 읽어 주거나 기타를 치면서 미국의 민요를 들려주기도 했다. 그는 징쯔충의 아랫도리를 만지고 노는

걸 아주 좋아했다. 그럴 때면 징쯔총은 그의 손을 가볍게 치면서
말했다.

"어린애가 이러면 안 돼."

아주 여러 번 그는 징쯔총이 잠든 틈을 타서 대담하게 징쯔총
의 아랫도리를 손에 쥐고 만지작거렸다. 징쯔총은 금세 딱딱해졌
다. 그는 왜, 도대체 왜 징쯔총의 아랫도리가 그렇게 팽창하는지
알 수 없었다. 우박이 내리던 그날, 징쯔총은 방 안에서 상처를 치
료하고 있었다. 그는 술을 탄 뱀탕을 여러 잔 마시고 의식이 흐려
진 상태로 징쯔총의 방으로 달려갔다. 징쯔총이 깊이 잠든 걸 본
그는 손으로 징쯔총의 아랫도리를 가지고 놀기 시작했다. 갑자기
엄마가 뱀탕을 한 그릇 들고 들어왔다. 엄마는 아무 말도 하지 않
고 그에게 준엄한 눈길을 던지더니 그를 안고 돌아왔다.

엄마는 징쯔총의 방에서 벽에 걸린 포스터 몇 장을 보았다. 콩
기름 매미는 글을 알지 못했지만 그 포스터들이 하늘을 뒤덮을
정도로 거대한 파도를 일으킬 수 있다는 건 분명히 알았다.

청자오마에서 영화를 상영할 때, 그는 징쯔총의 허벅지에 앉아
영화를 보았다. 손은 뒤로 뻗어 징쯔총의 아랫도리를 잡고 있었
다. 징쯔총이 그의 손을 가볍게 떼어 내고는 손가락으로 영화 스
크린을 가리키면서 말했다.

"영화에 집중해."

그가 여러 차례 시도하자 징쯔총은 더 이상 말리지 않고 마음
껏 만지게 했다. 빨간 반바지 속의 물건이 천천해 팽창하면서 딱
딱해졌다.

엄마가 말했다. 전부 네 탓이야. 네가 징쯔총을 죽게 만든 거야.

엄마가 말했다. 네가 징쯔총과 그 짓을 하는 걸 보고서야 경찰에 신고할 수 있었어.

엄마가 경찰에게 말했다. 왕씨네 아들 방에 공산당 포스터가 몇 장 걸려 있는 것을 봤어요. 소문에 의하면 왕씨네 작은 아들이 매일 금지된 책을 읽고 있대요.

정식으로 체포되기 전에 먼저 온화한 얼굴을 한 외지인 몇 명이 찾아왔다. 그들은 왕씨네 작은아들의 별명이 징쯔총이고, 자주 밍르 서점에 가서 어떤 모임에 참여한다는 사실을 알아냈다.

경찰은 타이베이에서 수리를 찾았다.

"천수리 씨, 혹시 밍르 서점이라는 서점을 도와 자주 타이베이에서 책을 운반해 주곤 하셨나요?"

수리는 자신이 고향에 돌아갈 때마다 가져다준 그 책들이 당외의 잡지들과 금서들이라는 것을 전혀 알지 못했다. 경찰이 수리를 위협하면서 말했다.

"천수리 씨, 우리는 천수리 씨가 이 사건과 관련이 없다는 걸 잘 알고 있어요. 우리에게 순순히 협조하기만 하면 천수리 씨는 별일 없을 거예요. 지금이 민국 몇 년입니까? 우리도 일을 크게 벌이고 싶지 않아요. 그러니 우리에게 확실하게 말해 주세요. 밍르 서점 2층에서 열리는 독서회의 회원이 누구누구인가요? 그 서점에 어떤 책들이 있고 벽에는 또 뭐가 있나요?"

벽에는 마르크스와 레닌이 있었다. 책 이름은 정말로 생각이 나지 않았다. 하지만 그녀는 벽에 마오쩌둥과 장중정(蔣中正)*, 장

---

* 타이완의 독재자 장제스(蔣介石)를 말한다.

징궈(蔣經國)*도 있었다는 것을 기억했다. 그들은 표창을 날려 누가 마오쩌둥과 장제스의 눈을 맞히는지 내기를 하곤 했다. 장중정에 관해 언급하면서 그녀는 자신의 팬티가 젖어드는 걸 느꼈다. 그녀는 줄곧 떨고 있었고 소변을 참을 수 없었다.

그들, 그들은 누군가요? 밍르 서점 독서회의 회원은 누구누구인가요? 징쯔총과 뚱뚱한 주인, 비쩍 마른 주인 세 사람이었다. 그녀는 그 책들을 이해하지 못했고 그저 식사를 하면서 얘기를 나누었을 뿐이다. 독서회에 참가하지도 않았다. '당 외'나 '민주', '사회주의', '자유' 같은 것들은 아예 이해하지도 못했다. 그녀는 그저 고향집에 내려갈 때마다 타이베이에서 맥도날드 감자튀김을 가져다가 그들에게 먹으라고 건넸을 뿐이다.

"협조해 주셔서 감사합니다. 안심하세요. 천수리 씨는 아무 일 없을 테니까요. 우리는 천수리 씨의 배경을 다 조사했습니다. 이번 사건에 직접적으로 연루되어 있지 않다는 것을 확인했어요. 현재의 상황은 그다지 심각하지 않습니다. 우리는 해외로부터 많은 압력을 받고 있어요. 이거야말로 정말 처리하기 힘든 문제예요. 사실 우리도 문제가 복잡해질까 봐 두렵습니다. 10년 전에 시작된 일이거든요. 천수리 씨, 하지만 우두머리는 반드시 잡아야 합니다."

그녀는 하루 종일 집 안에 틀어박혀 있다가 뚱뚱한 주인과 비쩍 마른 주인에게 알려야겠다는 생각이 들었다. 그녀는 타이베이

---

* 장제스의 친아들로, 아버지의 정권을 합법적인 방법으로 이어받음으로써 정권의 부자 세습을 북한보다 먼저 실현했다.

에서 야간열차를 타고 용징으로 갔다. 하지만 경비총부(警備總部) 사람들이 그녀보다 먼저 용징에 와 있었다.

아주 오래 비가 내리지 않은 여름날이었다. 아찬은 경찰이 이 날 아침 일찍 사람들을 잡으러 왔다는 사실을 알고 있었다. 그녀는 일찍 일어나 문을 나서서 독경단을 따라 청자오마에 가기로 했다. 옆집 뱀 잡는 사내는 난초 화분을 하나 들고 청자오마로 제사를 올리러 갔다. 그 덕분인지 난초 경선에서 우승을 했고, 독경단과 스트립쇼 무용단까지 초청하여 춤으로 신에게 감사의 뜻을 표하기로 했다. 아찬은 뱀 잡는 사내에게 아침 일찍 큰일이 터질 예정이라 피하고 싶다고 하면서, 아침 일찍 경을 외러 가면 안 되겠느냐고 물었다.

아찬은 글을 모르기 때문에 경서의 내용을 전혀 알지 못했다. 하지만 듣는 대로 음조와 단어를 암송하는 능력을 갖추고 있었다. 다른 단원들이 몇 번 낭송하는 것을 반복해서 듣다 보면 그녀는 전부 기억할 수 있었다. 그날 독경단 단원들은 전부 잠을 충분히 자지 못해 얼굴이 막 잠에서 깬 것처럼 게슴츠레했다. 이렇게 일찍 독경을 하다니! 신명들도 아직 깨어나지 않았을 것 같았다. 하지만 뱀 잡는 사내가 사람들에게 후하게 돈 봉투를 건네서인지 모두 독경에 필요한 두루마기를 갖춰 입고 가슴 앞쪽에 마이크를 걸고 있었다. 앰프의 음량을 최대한 높인 다음, 신들에게 감사의 뜻을 전하는 독경을 시작했다. 아찬은 음량을 최대로 높이고 온몸의 힘을 다하여 마이크에 대고 큰 소리로 경을 외웠다.

청자오마 앞에는 돼지 도축장이 하나 있었다. 돼지 잡는 사람이 도축용 칼을 들고 욕을 한마디 내뱉었다.

"씨팔!"

꼭두새벽부터 독경이라니! 도축용 칼이 돼지의 몸 안을 파고들자 돼지는 처연한 비명을 질렀다. 죽기 직전의 돼지가 외치는 소리는 건너편 청자오마와 음량을 겨루는 것 같았다. 돼지가 더 큰 소리로 비명을 지르자 독경단의 데시벨도 더 올라갔다. 돼지의 비명과 독경의 박자가 합쳐져 서로 견제하고 조화를 이루면서 운율과 리듬이 아주 잘 맞아떨어졌다. 신성한 송가와 피비린내 나는 살육이 서로를 보완하고 보조하면서 황당하고 부조리한 노래를 불렀다. 경찰이 이 작은 시골에 와서 처음 들은 노래가 바로 이 노래였다.

그날은 돼지 피가 유난히 많았다. 돼지 잡는 사람은 독경 소리를 들으면서 졸려 죽을 지경이었는지 깜박 잊고 바닥의 돼지 피를 청소하지 않았다. 돼지 피가 강을 이루어 청자오마를 향해 흘러갔다. 아찬은 마이크에 대고 큰 소리로 낭송했다. 발밑이 축축해지는 느낌이 들었다. 고개를 숙여 보니 발밑이 온통 피였다.

수리가 서둘러 용징으로 달려와 보니 밍르 서점 밖에는 이미 봉쇄선이 쳐져 있었다. 그녀는 멀리서 뚱뚱한 주인과 비쩍 마른 주인이 강제로 경찰차에 태워지는 모습을 바라보았다.

수리는 계속 자신의 얼굴을 때렸다.

"전부 내 탓이야. 다 내 탓이라고. 내가 아무것도 말하지 않았다면, 내가 아무것도 말하지 않았더라면 좋았을 텐데."

경찰은 왕씨네 집에도 들이닥쳤지만 징쯔총은 찾지 못했다.

경찰은 뱀 잡는 사내가 한밤중에 징쯔총을 깨워 포스터를 다 치우라고, 가장 좋은 건 태워 버리는 거라고, 가져갈 수 있는 책만 챙겨 적당한 곳에 가서 숨으라고 말했다는 걸 알지 못했다.

징쯔총은 재빨리 벽에 붙여 놓았던 포스터를 전부 찢어 버렸다. 하지만 어디에 몸을 숨긴단 말인가? 책은 또 어디에 숨긴단 말인가? 뱀 잡는 사내가 말했다.

"내가 알려 줄 테니 걱정하지 마. 아주 은밀한 곳이지. 한동안 그들이 널 찾는 일은 절대 없을 거라고 장담할 수 있어."

경찰은 사방팔방으로 찾아다녔지만 끝내 징쯔총을 잡지 못했다.

경찰은 징쯔총이 갖고 있던 어떤 서적도 발견하지 못했다. 그들이 들이닥쳤을 때, 그의 방은 이미 텅 비어 있었다.

수리는 밍르 서점의 독서회에 징쯔총과 뚱뚱한 주인, 비쩍 마른 주인 외에 한 명이 더 있었다는 사실을 말하지 않았다.

"둘째 누나, 날이 밝으면 아버지를 찾아가 제사를 올리고 싶어."

비가 왔다. 마침내 비가 내렸다. 빗줄기가 바람에 날리면서 발코니 안으로 빗방울이 떨어져 들어왔다. 수리와 톈훙의 얼굴 위로 빗줄기가 날아왔지만 두 사람 모두 몸을 일으켜 창문을 닫으려 하지 않았다.

수리는 독서회의 네 번째 회원이 아빠였다고 말했다.

백악관 방습 상자 안의
유서 두 통

아버지, 엄마에게,

먼저 죄송하다고 말하고 싶어요.

죄송해요. 저 먼저 갈게요. 두 분이 이 편지를 읽고 있다는 건 곧 제가 죽었다는 것을 의미해요. 저는 이 편지를 다 쓰면 옆집 뱀 잡는 아저씨한테 맡길 거예요. 그분은 저 대신 이 편지를 잘 보관해 주겠다고 약속했거든요. 제게 일이 생기면 틀림없이 이 편지를 두 분에게 전달하겠지요. 물론 저는 아무 일도 없기를 바라요. 하지만 저는 무슨 일이 생길 것 같은 예감이 들어요.

아버지, 죄송해요. 아버지가 저를 위해 많은 돈을 쓰고 모든 인맥과 관계를 다 동원해서 저를 빼내 주었다는 것 잘 알아요. 저는 지금 나왔지만 밍르 서점의 두 주인은 아직 안에 있어요. 저는 아는 친구를 찾아 이 일을 쟁론화할 수 있는지 알아보려고 해요. 이 문제가 쟁론화되면 두 주인도 순조롭게 풀려날 수 있을 거예요.

엄마, 죄송해요. 죄송해요. 죄송해요. 정말 죄송해요. 형은 저처럼 공부를 하진 못했지만 사업하는 머리가 있잖아요. 형은 앞으로 엄마의 자랑거리가 될 거예요.

저는 안에서 비참하게 정리되고 있었어요. 그들은 정말 대단했어요. 잠을 자지 못하게 하고 저를 때리면서 눈에 띄는 어떤 상처도 남기지 않았어요. 그런 식으로 자백을 강요했지요. 하지만 제 방은 텅 비어 있기 때문에 그들은 애당초 아무것도 찾을 수가 없었어요. 직접적인 증거가 없으니 우선 저를 내보내는 수밖에 없었지요. 하지만 일이 그렇게 간단하지 않다는 건 저도 잘 알아요.

제 책들은 옆집 뱀 잡는 아저씨가 먼저 저 대신 다 감춰 줬어요. 그 아저씨는 어디에 숨겼는지 말해 줄 수 없다고 했어요. 나중에 기회가 되면 제게 다시 돌려주겠다고 하더군요. 제게 무슨 일이 생기면 저 대신 그 아저씨한테 말해 주세요. 그 책들을 먼저 처리해 다른 사람이 연루되는 일이 없게 해 달라고 말이에요. 저 대신 그분께 고맙다고 말해 주세요. 정말 그분에게 감사해야 해요.

저는 죽음이 두렵지 않아요. 저는 자유롭지 못한 게 두려울 뿐이에요.

저는 절대 울지 않을 거예요. 제가 알고 있다 해도 저는 언제든지 죽을 수 있어요.

저는 밍르 서점 주인 두 분이 걱정이에요. 아버지, 엄마, 방법을 찾을 수 있다면 두 분을 좀 도와주세요.

슬픔은 거두시고요.

아들

징쯔 올림

아산에게,

물론 나는 아산이 영원히 이 편지를 받지 못했으면 좋겠어요.

그들이 절 풀어 주었어요. 아산도 들어서 알고 있겠지요. 하지만 저는 그들이 저를 그냥 이렇게 내버려 두진 않으리라는 걸 잘 알아요. 저는 지금 아산을 만나러 갈 수가 없어요. 우리가 같은 곳에 나란히 세워진 집에 가까이 살고 있지만 아산마저 피곤하게 하고 싶지 않아요. 다행히, 다행히 아산에게는 아직 아무 일도 없잖아요. 다행히 그들이 아산은 조사하지 않았으니까요.

그들은 제게 풀려나면 누구랑 얘기를 하고 어디를 가는지, 어떤 밥을 먹고 어떤 책을 읽는지 전부 상세히 기록하여 보고하라고 명령했어요. 그래서 정말로 아산을 찾아갈 수 없어요. 미안해요.

저는 어떻게든 이 편지를 뱀 잡는 아저씨에게 전달할 거예요. 무슨 일이 생기면 그가 이 편지를 아산에게 전해 줄 거예요.

제가 가장 놓을 수 없는 사람이 아산 당신이에요.

물탱크 안에서 보낸 그 시간이 제 인생에서 가장 즐거운 시간이었어요.

당신 아들은 미끄러져 넘어지거나 악몽을 꾸거나 배가 고플 때면 틀림없이 울 거예요. 그 애가 우는 걸 보면 저는 이렇게 말하지요. 울지 마. 울지 마. 착하지!

아산, 저는 당신에게도 이렇게 말하고 싶어요. 울지 말아요. 울지 말아요. 울지 말아요.

귀신들의 땅　　　　　　　　　　　　　　　473

저는 울지 않았어요. 정말이에요. 저는 울지 않았어요. 그러니
아산, 당신도 울지 말아요.

징쯔 씀

44 경찰이 동성애 범죄 커플을 체포하다

뚱뚱한 주인과 비쩍 마른 주인이 잡혀 갔다. 모두 징쯔총을 찾고 있었다.

그렇게 덩치가 큰 사람이 어디에 가서 숨은 걸까?

양타오 과수원은 아니었다. 양어장에도 없고 대나무 숲에도 없었다. 경찰은 모든 농가를 샅샅이 뒤졌지만 징쯔총을 찾지 못했다. 경찰이 조사와 판단을 미루는 사이에 바람 소리가 새어 나가듯 일찌감치 용징을 떠난 것이었다.

신문에는 아주 작은 뉴스가 실렸다.

"경찰은 동성애 범죄 혐의자 두 사람을 체포했다. 장화현 용징의 밍르 서점 주인은 서점 운영을 구실로 실제로는 음란한 색정 영화를 제작, 판매함으로써 지역 풍속을 크게 해쳤다."

경찰은 철수한 것 같았고 낯선 외지인들도 크게 줄어들었다. 작은 시골이 다소나마 평정을 회복했다. 국화는 만발하고 베틀후추 잎은 파랗게 자랐다.

천톈산은 보이지 않았다.

아찬은 여기저기 다니면서 아산을 찾았다. 집 안에는 엄청난 양의 베틀후추 잎과 빈랑이 출하를 기다리고 있었지만 아산이 없어 트럭의 배차를 처리하지 못하자 일대 혼란이 빚어졌다. 장부를 어떻게 계산해야 하는지 아는 사람이 하나도 없었다.

아찬은 뱀 잡는 사내의 지하실에서 한 무더기의 책을 보았다. 그녀는 그 책들을 읽지는 못하지만 기억력은 아주 예리했다. 한 번 본 것은 절대 잊지 않았다. 그 책들은 예전에 징쯔총의 방에서 보았던 것들이었다. 그녀는 뱀 잡는 사내에게 따져 물었다. 그녀는 징쯔총이 어디로 갔는지는 전혀 알고 싶지 않았다. 가장 바람직한 것은 그가 영원히 사라지는 것이었다. 하지만 아산이 어디로 갔는지는 알아야 했다.

뱀 잡는 사내는 아산이 어디로 갔는지 말하지 않았다. 하지만 그는 징쯔총이 어디로 갔는지 알고 있었다.

"아찬, 가서 물어봐요. 수메이와 수리, 수칭, 쑤제, 차오메이에게 물어보라고요. 내가 그 애들에게 말했어요. 돌아가면서 밥을 좀 날라다 주라고요."

다섯 자매는 돌아가면서 밥을 날랐다. 밤이 되어도 여자 아이들은 시골의 작은 길들에 훤했다. 대낮에 밥을 나를 때는 튀지 않는 색상의 옷을 입고 최대한 표정을 가볍게 했다. 비밀이 새어 나가면 안 되니까. 밥을 나르는 시각도 일정해선 안 됐다. 사람들이 너무 쉽게 알아볼 수 있기 때문이었다. 맛있는 음식을 택해서도 안 됐다. 냄새를 통해 비밀이 새어 나갈 수 있기 때문이었다. 때로는 혼자 행동하기도 하고 때로는 두 사람이 짝을 이루어 움직이기도 했다. 한 사람은 망을 보고 한 사람은 음식을 전달하는 것이다. 자전거를 타고 갈 때도 있고 오토바이를 타고 갈 때도 있었으며 걸어서 갈 때도 있었다. 급하지도 않고 느리지도 않게 안정적인 속도를 유지해야 했다. 다섯 자매는 작은 시골의 샛길들이 손바닥처럼 훤했다. 모든 은밀한 길들을 숙지하고 있었고, 양타오 과수원으로 우회하는 길도 잘 알고 있었다.

징쯔총은 양타오 과수원의 은색 물탱크 안에 숨어 있었다. 시골에는 집집마다 옥상에 원통형 은색 물탱크가 하나씩 설치되어 있었다. 수많은 농가들이 전답에 물을 대기 위해 높은 선반을 설치하고 그 위에 은색 물탱크를 얹어 놓기도 했다. 징쯔총은 바로 그런 양타오 과수원의 은색 물탱크 안에 숨어 있었다.

하루는 수리가 수칭과 짝을 이루어 먼저 재래시장에 가서 찬거리를 사고 길을 에둘러 청자오마로 가서 절을 올린 다음, 다시 '향기나' 간장 공장으로 외할머니를 찾아가 밥을 먹었다. 간장 공장을 빠져나온 두 사람은 좁은 샛길을 통해 양타오 과수원에 도착했다. 수리는 재빨리 물탱크 위로 기어 올라가 준비해 온 화장지와 도시락, 빨아서 말린 옷, 그리고 최근 며칠 동안의 신문 등을 안으로 던져 넣었다.

수리는 하마터면 물탱크에 미끄러져 떨어질 뻔했다.

그녀는 아빠를 보았다.

아빠도 그 안에 있었다.

그 며칠 동안 다섯 자매는 도시락을 두 개씩 준비해야 했다.

물탱크 안에서 징쯔총과 아산이 낮은 목소리로 얘기를 주고받고 있었다. 손발이 마비되고 질식할 것 같은 느낌을 떨칠 수 없었다. 두 사람은 손을 꼭 잡고 있었다.

밤이 깊어지자 두 사람은 하늘에 달이 없고 대지가 온통 어둠에 잠긴 걸 확인하고 나서야 물탱크 밖으로 기어 나와 대소변을 해결하고 근육과 뼈를 쭉 폈다.

징쯔충이 손가락으로 동쪽을 가리켰다. 타이완 중부의 산맥 쪽이었다. 그가 아산에게 말했다.

"아산, 우리 방법을 찾아 저리로 가요. 산에는 숨을 만한 곳이 아주 많을 거예요. 그들은 절대로 우리를 찾지 못할 거라고요."

아산은 고개를 끄덕였다.

그들은 오린 신문을 보고 나서 하늘을 향해 소리 없이 욕을 퍼부었다. 뚱뚱한 주인과 비쩍 마른 주인은 아주 오래 돈을 모으고 있었다. 외국에 나가 공부하기 위해서였다. 지금은 모든 것이 망가져 버렸다.

내일 떠나야겠어.

나무 위의 매미들이 목청껏 요란하게 울어 댔다. 뭔가 경고하는 것 같았다.

그날, 다섯 자매는 텐훙을 데리고 양타오 과수원으로 가서 아빠에게 함께 집으로 돌아가자고 애원했다.

수리가 물탱크에 기어 올라가 은색 물탱크를 가볍게 두드리면서 말했다.

"아빠, 엄마가 그러는데…… 제발 저희를 따라 잠시만이라도 집으로 좀 돌아오시래요. 집이 지금 난장판이 되었는데 해결할 사람이 아빠밖에 없대요."

징쯔충과 아산은 다 알아들었다. 그러면서 진상을 알았으면 양타오 과수원으로 찾아오라는 뜻을 밝혔다.

징쯔총이 말했다.

"아산, 부탁이에요. 먼저 나가요. 우리 둘이 함께 잡히면 두 집 안이 완전히 망가진단 말이에요. 저 혼자 잡히는 게 비교적 대응 하기 쉬울 거예요. 안심하세요. 저도 나갈 테니까요. 저는 반드시 살아서 나갈 거예요."

천씨네 다섯 자매는 아빠가 물탱크 안에서 기어 나올 때의 표 정을 기억했다.

아빠의 눈길은 줄곧 물탱크에 머물러 있었다. 내려오기 전에 아빠는 물탱크 안을 내려다보면서 몇 마디 말을 했다. 매미 울음 소리가 너무나 시끄러워 다섯 자매와 텐훙은 아빠가 뭐라고 말하 는지 제대로 듣지 못했다.

아산이 내려와 텐훙을 끌어안았다. 텐훙은 아빠의 어깨에 몸을 기댄 채 양타오 과수원의 물탱크 위에 머리 하나가 나와 있는 것 을 보았다. 텐훙은 아빠의 눈에서 땀이 흐르고 있다고 생각했다.

집으로 돌아온 아산은 목욕을 하고 나서 좌정하고 앉아 장부를 정리하고 그 며칠 동안의 운송 배정을 전부 처리했다. 그러고는 전화를 여러 통 걸어 트럭 기사들의 임금을 일일이 확인하여 장 부에 적었다.

날은 몹시 더웠다. 치러우에 접이식 원탁을 내다 놓고 온 가족 이 둘러앉아 저녁을 먹었다. 아찬은 식탁 가득 풍성한 음식을 준 비했다. 무슨 중요한 명절도 아닌데 음식이 너무나 푸짐했다. 귀 신들에게 제사라도 지내는 것 같았다. 음력 귀월은 아직 다가오 지도 않았다. 하지만 곧, 며칠 지나지 않아 닫혔던 귀문이 열릴 것이다.

온 가족이 조용히 밥을 먹었지만 텐훙은 울면서 징쯔총 형을 찾아가고 싶다고 말했다.

자전거를 타고 지나가면서 이웃 사람이 말했다.

"잡혔어요. 잡혀갔대요."

아찬은 갑자기 손에 들고 있는 밥그릇과 젓가락이 몹시 무겁게 느껴졌다. 제대로 그릇을 들 수가 없었다. 밥은 또 어째서 이렇게 딱딱한지, 입안에서 돌이 구르는 것 같은 느낌이었다. 그녀는 밥그릇과 젓가락을 내려놓았다. 두 발이 축축해지는 것 같았다. 감히 고개를 숙여 내려다볼 수도 없었다. 자신의 몸이 청자오마에 와 있는 것 같았다. 묘당 옆에서는 마침 도축업자가 돼지를 잡고 있었다. 돼지 피가 강을 이루었다. 그녀는 용기를 내 고개를 숙이고 발밑을 내려다보았다. 두 발이 핏속에 잠겨 있었다.

얼마 지나지 않아 징쯔총은 석방되어 나왔다. 며칠 후 국화밭의 농민이 근처 도랑에서 징쯔총의 시신을 발견했다.

신문에 아주 작은 기사가 났다.

"타이완 대학 출신 수재, 처벌이 두려워 자살하다."

여러 해가 지나 천씨 집안의 막내인 텐훙도 같은 장소에서 다섯째 누나의 시신을 발견했다.

뱀 잡는 사내의 손에 두 통의 편지가 들려 있었다.

그는 약속대로 편지를 전달했다. 하지만 두 통 모두 라오왕에게 전달되었다.

45 　바람이 시작되는 곳은 어디일까

비가 멎었다. 날이 밝았다.

수메이는 큰 솥에 죽을 끓이고 계란 부침을 하고 시금치와 두부말림을 볶고 샹창을 구웠다. 수칭은 큰언니가 건네 준 품이 넉넉한 옷으로 갈아입었다. 머리도 풀고 화장도 하지 않은 채 땅바닥에 쪼그리고 앉아 죽을 먹었다. 이렇게 자유로운 느낌을 누리는 건 너무나 오랜만이었다. 그녀는 탁자 위의 비스킷을 집어 한 입 깨물더니 눈살을 찌푸리며 물었다.

"다들 왜 아버지가 왕씨와 함께 중국에 가서 비스킷을 팔았는지 생각해 봤어? 그 집은 백악관도 짓고 커다란 빌딩도 짓고 개인 비행기도 보유하게 되었잖아. 그런데 왜 우리에게는 겨우 이 집 한 채밖에 남지 않은 거지?"

"라오왕이 모든 걸 다 알고 있기 때문이지."

그녀의 아버지가 대답했다. 내친김에 그녀 대신 손에 들고 있는 뜨거운 죽을 입김을 불어 식혀 주고 싶었다. 죽은 너무 뜨거웠다.

물론 수청의 눈에는 아버지가 보이지 않았다. 목소리도 들리지 않았다.

장성에 올라가 사내대장부가 되자 두 사람은 곧 사업에 속도를 내기 시작했다. 모든 것이 순조로웠다. 그해 여름 베이징에서는 큰 동란이 발생했다. 아산은 사업을 그만두겠다고, 더 이상 투자를 하지 않겠다고 말했다. 그는 광장에 한번 가 보았다. 멀리서 바라보니 수천수만의 징쯔총들이 보이는 것 같았다. 라오왕은 크게 화를 냈다. 적지 않은 돈을 들여 도처에 돈 봉투를 찔러 넣었으니, 오늘 이런 국면을 마주하게 됐다 해도 외부의 젊은이들은 신경 쓸 필요 없이 사업하는 사람은 돈만 생각하면 된다고 했다.

"라오왕, 됐어요. 난 안 할래요. 이만 물러날게요. 이 일로 인해 장차 문제가 생기면 과거보다 더 비참할 것 같아요."

"비참하다고요? 나한테 비참하다고 말하는 거요? 죽은 게 당신 아들이오, 아니면 내 아들이오? 장사하러 여기까지 와서 그렇게 고상한 척하며 위선 떨지 말아요. 예쁜 아가씨들이 이렇게나 많은데 하나도 건드리지도 않고. 내가 아무것도 모를 거란 생각 말아요. 당신은 여자를 건드리지도 않잖아요. 아내랑은 하지 않으면서 내 아들이랑 했잖아요."

아산은 다시는 베이징으로 돌아가지 않았다.

수리는 바닥에 쪼그리고 앉아 머리를 말렸다. 이른 아침 햇빛 속에서 그녀의 백발은 자취를 감췄다. 수메이는 쪼그려 앉아 테라초 바닥의 틈새를 내려다보았다. 손에 든 죽 그릇에서 모락모락 김이 났다. 세 자매가 서로를 쳐다보면서 부자연스럽게 흩어져 있었다. 귀월이라 온갖 귀신들이 떠다녔다. 이제 이렇게 함께 밖에 나가면 여자 귀신이 셋 늘어날 것이다.

수메이가 톈홍에게 말했다.

"다 먹고 나서 아버지한테 제사드리러 가자."

톈홍은 식욕이 왕성하게 솟았다. 뜨거운 죽을 다섯 그릇이나 먹고 두부말림 볶음도 마구 먹어 댔다. 입가가 기름투성이였다. 어젯밤에 마침내 빗소리를 들었다. 빗소리를 듣다 보니 배가 몹시 고팠다.

집 밖으로 나가자 만물이 촉촉하고 모든 것이 수정처럼 맑고 투명했다. 어젯밤의 큰비가 나뭇잎 위의 먼지를 말끔히 씻어 주어 푸른 잎들이 햇빛에 반짝였다. 땅에서는 맑은 흙냄새가 났다. 새들도 맑은 목소리로 아침 인사를 건넸다. 해가 점점 높이 떠오르면서 구름이 찬란한 빛을 반사했다. 톈홍은 멀리 백악관을 바라보았다. 몇 번 더 보고 있으니 무척이나 황당해 보였다.

거리에서 톈홍은 알지 못하는 많은 사람들과 마주쳤다. 누나들이 말했다.

"아줌마라고 불러!"

"이분은 이모님이셔!"

"외삼촌, 얘를 잊으셨나 보군요?"

"어서 큰아버지라고 불러."

그의 머릿속에는 이런 얼굴들에 관한 자료가 하나도 남아 있지 않았다. 얼굴들과 선한 미소들이 그의 어깨를 두드리며 물었다.

"돌아온 지 얼마나 됐어?"

그는 웃으면서 고개를 가로젓는 수밖에 없었다. 그러다가 다시 고개를 끄덕였다. 어째서 거리에서 만나는 사람들은 하나같이 나이 든 얼굴들뿐일까?

대나무 숲을 지나면서 누나들은 얼른 합장하며 절을 올렸다. 사실 그들 모두 애당초 왜 대나무 숲을 향해 절을 올려야 하는지 알지 못했다. 엄마가 어려서부터 가르쳐 준 것으로, 이미 그들 몸 안에 조건 반사로 자리 잡고 있었다. 이 대나무 숲을 지나갈 때마다 반드시 합장하며 절을 해야 했다.

'향기나' 간장 공장 앞을 지나면서 그들은 고개를 들어 담장 위에 여러 가지 색깔로 얼룩덜룩 붙어 있는 향장 천톈이의 초상화를 보았다. 간장 공장은 언제 문을 닫았지? 그들 모두 생각이 나지 않았다. 마지막으로 '향기나' 간장을 먹었던 게 언제였지? 그들 모두 기억이 없었다.

"큰누나, 누나는 이 길을 안내하면서 항상 멀리 돌아가네!"

"그래? 어쩐지 좀 멀다는 느낌이 들더라고."

"헛소리들 좀 하지 마. 타이베이에 사는 애들이랑 외국에서 살다 온 너희들은 전부 입 좀 다물어 주라. 나만 아직 용징 사람이잖아. 다들 조용히 하고 날 따라오라고."

"그런 소리 하지 마. 방금 오른쪽으로 가야 했던 게 분명해. 이 길로 가다가는 저녁이 되어도 도착하지 못할 거라고!"

"나는 내가 아는 길로 갈래!"

"왜 여기가 이렇게 변했는지 기억이 안 나네. 이 길이 예전에는 이쪽으로 통했다고. 아! 나도 내가 아는 길로 가야겠다!"

"좋아, 그럼 내기하자. 누가 먼저 도착하는지 내기하자고!"

천톈홍은 어느 누나를 따라가야 할지 알 수 없었다. 그 역시 자기가 아는 길로 가기로 마음먹었다. 사실 어떻게 가는 게 빠른지는 그가 가장 잘 알고 있었다.

과연 그가 가장 먼저 양타오 과수원에 도착했다. 누나들은 숨을 헐떡거리며 줄줄이 도착해서는 곧장 입씨름을 하기 시작했다.

누나들은 아버지의 뼛가루를 양타오 과수원에 뿌렸다고 말했다.

선향에 불을 붙이고 쟁반 위에 과일을 놓은 다음, 모두 함께 양타오 과수원을 향해 절을 올렸다. 은색 물탱크는 보이지 않고 텅 빈 철제 선반만 녹이 잔뜩 슨 채 남아 있었다.

낙엽을 헤치고 땅 위에 금색 지전을 쌓아 불을 붙였다. 불길이 활활 타올랐다. 큰누나 수메이가 두 손을 모아 절을 올리면서 양타오 과수원을 향해 말했다.

"아빠, 톈훙이 아빠를 만나러 돌아왔어요. 톈훙이 항상 평안하고 모든 일이 순조로울 수 있도록 아빠가 잘 지켜 주세요."

톈훙이 두 손을 모아 절을 올리면서 말했다.

"아버지, 저 돌아왔어요. 아버지가 큰누나와 둘째 누나, 셋째 누나, 넷째 누나를 잘 지켜 주셔야 할 것 같아요."

모두 울고 싶었지만 애써 참았다.

T, 나 돌아왔어.

차 소리가 점차 가까워졌다.

자주색 SUV 한 대가 천천히 양타오 과수원을 향해 다가왔다. 수칭이 멀리서 바라보니 독일제 포르셰였다. 그녀의 앵커 남편도 같은 차를 몰고 있었다. 수칭은 갑자기 앵커가 생각나 깜짝 놀라고 말았다. 저녁 내내 남편 생각이 나지 않았었기 때문이다. 그녀는 옆에 있는 큰언니 수메이와 둘째 언니 수리를 바라보면서 그녀들 남편의 얼굴을 기억해 내려고 애썼다. 자기 남편의 얼굴도 기억해 보았다. 그 누구도 생각이 나지 않았다.

SUV가 점점 가까워졌다. 차체 전체가 진한 자줏빛이고 양쪽에 수많은 LED 등이 달려 있어 화려했다. 차 지붕에는 용과 봉황, 뱀, 호랑이, 하마, 기린, 천산갑, 솔개 등의 형상을 조소한 장식이 달려 있었다. 전부 금색으로 칠해진 장식들은 춤을 추듯이 상하좌우로 움직이고 있었다. 차 전방에는 달리는 말 모양의 장식용 등이 달려 있었다.

"황포대제께서 창생을 구제하신다! 중생을 보도하신다!"

경광등이 쉴 새 없이 번쩍거렸다. 차가 그들 앞에 멈춰 서자 차 지붕의 장식물들도 일제히 동작을 멈췄다. 차는 정말로 화려하고 요염한 데다 계속 주변의 색깔들을 빨아들여 가는 곳마다 칙칙하고 어둡게 변해 오로지 자신만 돋보이게 했다.

차창이 내려가자 텔레비전에서 보던 황포대제가 선글라스를 끼고 미소를 지으며 하얀 치아를 드러내고 있었다. 그는 자매들에게 자신은 황포대제가 아니라 옆집에 VHS 비디오테이프 대여점을 열었고 취미가 뱀 잡는 일이었던 사람이라고 말했다.

그제야 수리는 생각이 났다. 그녀는 고속 열차에 올라 규모가 꽤 크고 색깔이 요염한 자주색인 묘당을 본 적이 있었다. 지붕에는 '황포대제'라고 쓰여 있었다. 수메이도 생각이 났다. 최근에 주변의 수많은 친구들이 황포대제를 믿고 있었다. 그녀가 들은 바에 의하면 황포대제는 수천수백 마리의 코브라를 길들일 수 있고 법력이 무한하여 암을 치료하고 통증을 없애 주며 아들을 점지해 준다고 했다.

황포대제 옆에 그들의 엄마가 있었다.

아찬은 아주 오래 이 귀신들의 땅에 돌아오지 않았다. 그녀는 다시는 이곳에 돌아오지 않겠다고 굳게 맹세한 바 있었다.

하지만 어제, 누군가 귀신들의 땅에서 고속 열차 노선 옆에 있는 그 묘당으로 전화를 걸어 아찬의 아들이 돌아온 걸 보았다고 말했다.

아찬도 선글라스를 끼고 있었다. 차에서 내린 그녀는 머리 전체가 백발이었고 얼굴은 발그스레했다. 화려하고 요염한 빨간 원피스 차림에 온몸에 금은 장식을 잔뜩 달고 있었다. 그녀의 세 딸과 아들은 얼굴 가득 놀란 표정이 역력했다. 귀신이라도 본 것처럼. 그녀는 마음속으로 생각했다. 왜 이래. 귀월에 귀신을 본 게 놀랄 일이야. 그렇게 놀랄 일이냐고. 세 딸과 아들은 성인으로 성장할 때까지 잠을 편히 자지 못하거나 식욕이 부진할 때, 혹은 시험 성적이 좋지 않을 때마다 엄마에게 와서 수경을 해 달라고 했다. 그녀는 아이들이 평상시에 입는 옷 한 점과 쌀이 가득 담긴 사기그릇 하나만 있으면 언제 어디서든 수경 의식을 할 수 있었다. 아찬의 엄마가 아찬에게 가르쳐 준 것이었다. 쌀이 담긴 그릇을 옷으로 싸서 꼭 묶은 다음, 놀란 아이의 가슴에 위아래로 세 번, 등에도 위아래로 세 번 문지르고 나서 그릇을 이마에 가져다 대고 주문을 외우면 그만이었다.

"천공(天公)님, 천백(天伯)님, 지모(地母)님, 지파(地婆)님이시여, 혼을 거두시고 하늘과 땅을 거두소서. 잘 자고 잘 쉬게 하소서. 아무 일 없이 하늘도 크고 땅도 크게 해 주소서. 모든 재앙이 물러가고 좋은 운이 찾아오게 하소서."

마지막으로 아이의 귓불을 눌러 주는 걸로 의식이 마무리되었다. 옷을 풀어 그릇에 담긴 쌀의 무늬와 방향을 보면 전세(前世)와 금생(今生)을 통찰할 수 있었다. 아이는 그날 밤 반드시 쌀이 담긴 그릇을 쌌던 옷을 입고 자야 편안한 수면을 보장할 수 있었다.

그녀는 지금 묘당에서 여도사로 추앙되고 있었다. 한 차례 수경을 해 주면 두둑한 사례금을 받았고, 인터넷 사이트에는 내년까지 예약이 되어 있다. 수많은 정계 및 기업계의 명사들이 큰돈을 들여 가면서 새치기하려고 하고 있었다.

딸들은 거의 아무 말도 하지 못했다. 조금 전까지 끊임없이 말다툼을 했지만 지금은 입을 다물고 있었다. 아찬은 세 딸들이 어쩌다 이렇게 늙었는지 실감이 나지 않았다. 몸 전체가 꾀죄죄하고 얼굴은 잿빛인 것이 자기보다 더 늙어 보였다. 아찬은 자신이 세 딸을 향해 안 좋은 기운을 뿜어대던 탓에 딸들이 이렇게 망가졌다는 생각에 얼른 안 좋은 기운이 바람에 씻기기를 기다렸다.

아들 톈훙의 표정이 가장 복잡했다. 아찬을 바라보는 눈에 눈물이 고이더니 곧 얼굴 가득 흘러내렸다.

세 딸과 아들의 입안에 갑자기 시큰하고 달달한 맛이 솟구쳐 올라왔다. 양타오탕을 한 모금 마신 것 같았다.

거센 바람이 불어와 나무 위의 제비들을 깨웠다. 톈훙이 하늘을 바라보니 제비가 아니었다. 하늘을 나는 모양새를 보니 제비가 아니라 박쥐였다.

바람이 시작되는 곳은 어디일까? 멀고 먼 바다일까? 아주 먼 곳에 있는 산일까? 오늘 용징에 불어오는 바람은 발트해에서 출발한 바람이고 백악관의 방습 상자에서 출발한 바람이고 양타오 과수원의 나뭇가지에서 출발한 바람이었다. 바람은 한 겹 한 겹,

이야기를 담고 있었다. 바람의 이야기가 아찬의 귀를 파고들어 그녀에게 전달하게 했다.

그녀는 당시에 경찰에 알린 건 막내아들인 너 때문이 아니었다고 말하고 싶었다. 아산과 징쯔총의 관계를 알았기 때문이라고 말하고 싶었다.

그녀는 이웃인 뱀 잡는 사내, 황포대제가 사실은 그녀가 결혼하기 전에 '향기나' 공장에서 알았던 안경잡이라고 말하고 싶었다.

그녀는 배가 부르냐고, 식사를 했느냐고 묻고 싶었다. 이전에는 가장 두려운 것이 배고픈 것이었다고 말하고 싶었다.

하지만 바람이 그녀에게 말하게 한 것은 이런 것들이 아니었다.

아들의 눈물이 눈두덩을 넘고 있었다.

또 바람이 불어와 그녀의 귀를 파고들었다.

그녀는 들었다. 아주 분명하게 들었다.

바람이 그녀에게 요구한 것은 아들에게 "울지 마!"라고 말하는 것이었다. 발트해에서 불어온 바람과 백악관에서 불어온 바람, 양타오 과수원에서 불어온 바람이 계속 말하고 있었다. 울지 마! 울지 마! 울지 마!

아찬의 복강이 움직였다.

아찬의 목구멍이 흔들렸다.

아찬이 입을 크게 벌렸다.

나는 줄곧 '귀신' 이야기를 쓰고 싶었다.

나는 용징에서 성장했다. 시골 들판 곳곳에는 귀신의 전설이 떠돌고 있었다. 물속이나 밭 주변, 대나무 숲 등 세상 어느 곳이든 귀신이 있었다. 어른들은 귀신이 아이들을 놀린다고 말했다. 착하게 굴지 않으면 악귀가 나타나 가르침을 줄 거라고 했다. 아이들도 귀신 얘기를 즐겨 했다. 물속에서 헤엄을 치다 보면 귀신이 부르는 소리가 들리고, 변소에서 귀신을 상상하면 똥통 깊은 곳에서 손이 뻗어 나온다고 말했다. 침대 옆에 종이 인형이나 서양 인형을 놓고 자면 안 된다고 했다. 한밤중에 악령이 인형의 몸속에 들어가 춤을 추기 때문이라고 했다.

하지만 도대체 '귀신'이란 무엇일까.

나는 어렸을 때 잘 울었다. 누나들은 나를 놀리며 '울보 귀신'이라고 했다. 나는 울음을 흉내내는 누나들의 높은 목소리를 들으면 큰 소리로 고함을 질렀다.

"나는 귀신이 아니야! 귀신이 되고 싶지 않단 말이야!"

눈물을 다 닦은 후에도 멍청한 아이는 삶과 죽음, 인간과 귀신의 관계를 알지 못하고 고개를 비스듬히 숙인 채 생각에 잠겼다. 귀신이 되는 것도 나쁘지 않을 것 같았다. 사람들이 말하는 귀신 이야기에 따르면 귀신이 되면 벽을 뚫고 다닐 수 있고 사람들을 놀라게 하거나 꼭 잡아서 꼼짝 못하게 할 수 있었다. 제 몸을 숨기거나 다른 사람의 몸에 빙의할 수도 있었다. 힘도 아주 셌다. 울음이 웃음으로 바뀌었다. 울보 귀신은 정말로 귀신이 되고 싶었다.

귀신에 관한 무수한 얘기를 듣던 나는 군에 입대하고서야 이른바 귀신과 신선을 체험하게 되었다. 높은 산 위에 자리 잡은 군영에서 소등 시간에 다른 전우 두 명과 함께 말로 설명하기 어려운 현상을 체험하게 되었다. 사실 우리 세 사람은 아무것도 보지 못했다. 하지만 우리는 단 몇 초밖에 안 되는 아주 짧은 시간 동안 방 안에서 분명하게 '타자'의 존재를 느꼈다. 이상하게도 당시 나는 전혀 두렵지 않았다. 뜻밖에도 나는 무라카미 하루키의 소설 『댄스 댄스 댄스』를 생각하고 있었다. 이 소설은 주인공이 스타 배우인 고탄다와 같은 방을 쓰는 동안 스타가 술에 취하자 어떤 어두운 물체가 슬그머니 방 안으로 침입하여 희미하게 동물 냄새를 발산한다는 이야기를 하고 있었다.

날이 밝자 나는 '사건의 추리'를 시작했다. 과학과 논리의 방법으로 어젯밤의 귀신 현상을 해석하려 했다. 추리는 성공하지 못했다. 어떤 이론도 어젯밤의 그 정체불명의 물체를 설명해 주지 못했다.

나는 아무것도 보지 못했다. 단지 '뭔가'를 '느꼈을' 뿐이다. 내

가 느낀 것들이 전부 이른바 '귀신'이었을까? 『햄릿』에서는 사후
에 부왕(父王)이 도깨비의 모습으로 무대에 나타나는데, 그것이
귀신일까? 『모란정(牡丹亭)』*의 두여랑(杜麗娘)도 귀신일까?

죽어야 비로소 귀신이 될 수 있는 걸까? 살아 있으면 귀신이 될
자격이 없는 걸까?

이 책 『귀신들의 땅』을 다 쓰고 나서도 내 마음속 귀신들에 대
한 상상은 모호하기만 했다. 분명하게 정의할 수가 없었고 의문
부호가 자꾸 늘어갔다. 이런 의문들이 바로 이 소설의 시작이긴
했지만, 다른 해석의 길은 없었다. 글쓰기로 의문에 다가가는 수
밖에 없었다. 종종 윌리엄 포크너의 명구가 생각났다. "과거는 죽
지 않았다. 과거는 심지어 지나가지도 않았다."

누구나 아픈 기억과 상처가 있으면 이를 덮어 버리거나 묻어 버
리고 싶을 것이다. 하지만 과거는 그림자 같고, 지나간 일들은 다
시 반복된다. 과거가 있는 한 귀신은 존재한다. 인간 세계 곳곳에
귀신들이 도사리고 있다. 어쩌면 우리 모두 귀신인지도 모른다.

나는 줄곧 '울음'에 관한 소설을 쓰고 싶었다.

나는 울기를 좋아하는 울보 귀신이었다. 집안의 아홉째로 태어
난 아이였던 나는 배가 고파도 울고 배가 불러도 울었다. 잠자기
전에도 울고 잠에서 깨서도 울었다. 일곱 누나들이 돌아가면서
'설탕 과자' 같은 것으로 나를 달래야 했지만, 누구도 내 입을 다

---

* 중국 명나라 때 극작가 탕현조(湯顯祖)의 작품으로 두여랑과 유몽매
(劉夢梅)의 비극적인 사랑 이야기를 그리고 있다.

물게 하진 못했다. 글을 배운 뒤로는 책을 읽다가 울고 신문을 읽다가도 울고 텔레비전을 보다가도 울었다. 방송을 듣다가도 울고 꿈을 꾸다가도 울었다.

성인이 된 뒤에는 영화를 보고 울고 소란 때문에 울고 적막 때문에 울었다. 소설을 읽다가 울고 산문을 읽다가 울고 시를 읽다가 울었다.

발트해에 관한 글을 쓰기 위해 한겨울인 2월에 바닷가의 작은 마을인 라뵈에 갔다. 차갑고 쓸쓸한 해변에는 아무도 없었다. 해변의 거대한 잠수함은 좌초한 고래 같았다. 쇠로 된 고래 옆에서 한 남자가 대성통곡하고 있었다. 그는 머리를 모래에 묻고 두 손으로 끊임없이 모래를 때리고 있었다. 바다 위에는 새하얀 야생 백조들이 무수히 떠 있었다.

나는 차가운 모래사장에 앉아 바다를 듣고 바람을 듣고 그 남자의 우는 소리를 들었다.

나는 줄곧 하마가 등장하는 소설을 쓰고 싶었다.

어렸을 때 학교 가는 길에 우연히 많은 사람들에게 둘러싸여 있는 '미친 여자'를 만나곤 했다. 그녀는 길게 땋은 머리에 마구 흐트러진 옷차림을 하고 있었다. 눈빛은 이리저리 떠돌고, 입으로는 신비하고 이해하기 어려운 말을 토해 내고 있었다. 한여름인데도 엄동설한에나 입는 두꺼운 외투를 입고 있었다.

어느 날, 학교가 파하고 집으로 돌아가는 길에 그녀를 또 만났다. 그녀의 눈빛은 상당한 초점 거리를 사이에 두고 저 멀리 어느 곳에 머물러 있었다. 멀리 떨어져 있는 어느 지점에 고정된 눈빛이었다. 그녀는 확고한 말투로 내게 말했다.

"저기, 밭 가장자리에 죽은 하마가 한 마리 있어."

그녀의 손은 어느 멀리 보이는 밭을 가리키고 있었다. 나는 그녀의 팔을 보았다. 칼날이 스쳐 간 상처 자국이 무수했다.

그 뒤로 다시는 그 여자를 볼 수 없었다.

나는 자전거를 타고 용징 곳곳을 돌아다녔다. 하마를 찾아, 그 여자를 찾아 돌아다녔다.

나는 줄곧 용징과 관련된 소설을 썼다.

2018년 말에 타이완 직할시장 및 현장, 시장 선거가 있었다. 동성애에 대한 차별에 반대하는 국민 투표의 열기가 고조되었다. 나도 베를린에서 용징으로 돌아와 투표에 참여했다. 가족들과는 단 하룻밤만 함께 보냈다. 나는 용징 사람이었지만 이미 용징에 '집'이 없는 처지였다. 나는 용징 바더항(八德巷)에서 태어나 후렌로(瑚璉路)의 타운 하우스에서 성장했다. 그러다가 중학교 때 중산로(中山路)로 이사했고, 열여덟 살 때 마침내 집을 떠나 타이베이로 가서 대학을 다녔다. 고향으로 돌아갈 생각은 해 본 적이 없었다. 바더항과 후렌로, 중산로의 옛집들은 아직도 그대로 남아 있지만 이미 내가 사는 '집'이 아니었다. 어떤 집도 내게 속해 있지 않았다. 나는 고향에 글을 쓸 수 있는 책상 하나조차 갖지 못했다.

용징의 얼굴은 옛날 그대로라 내 머릿속의 과거와 잘 호응하고 있다. 나는 느린 구간차를 타고 용징 기차역에 도착했다. 그리고 이 무인역에서부터는 걸어서 옛집으로 돌아갔다. 나는 나의 이런 행동이 상당히 이상하다는 걸 깨달았다. 사실 이 길을 '걷는' 사람은 거의 없었다. 시골 사람들도 전부 차를 몰거나 자전거를 탔다. 나는 베를린에서 산 양복 재킷 차림으로 밭 사이의 길을 걸어서 이동했다. 고향에 잘못 들어온 외계인이었다. 용싱 수영장 앞을 지나게 되었다. 내가 처음 수영을 배운 곳이었다. 수영장 안으로 들어서는 순간, 목구멍에서 무서운 소리가 터져 나왔다. 용싱 수영장은 이미 황폐해져 있었다. 풀을 가득 채웠던 물은 다 말라 버렸고 모든 것이 폐허가 되어 있었다. 나는 물이 없는 풀 옆에 맥없이 주저앉았다. 어렸을 때 수영하던 풀에 파란 물이 가득했던 기억이 곰팡이 핀 폐허에 부딪쳤다. 기억은 믿을 수 있는 걸까? 과연 기억은 진실일까? 유년은 정말로 존재했던 것일까? 용징은 존재했던 것일까? 나는 왜 용징에 관한 글을 쓰려고 하는 것일까?

밤에 큰누나 집에서 잤다. 어렸을 때 살았던 집이 분명한데도 눈에 들어오는 모든 것이 낯설기만 했다. 저녁을 먹고 나서 밖으로 나온 나는 용징 거리를 마구 돌아다녔다. 작은 묘당인 청자오마는 그대로였고 용징 초등학교도 그대로였다. 다중(大衆) 서점도 그대로였다. 무척이나 반가운 일이었다. 내가 허구로 지어낸 유년의 기억이 아니라 모든 것이 실제로 존재했다. 서점 앞에서 긴 머리를 포니테일로 묶은 남자가 내 앞을 가로막았다.

"내일 있을 동성애 반대 국민 투표 전단이에요. 지지를 부탁드립니다."

나는 포니테일 남자를 쳐다보면서 그에게 말하고 싶었다. 얼마 전까지 국민당의 계엄 통치 시기에는 당신의 그 포니테일 머리도 금지 대상이었어요. 권위의 가위가 당신에게 머리를 자르라고 압박했을 것이고, 당신은 이단으로 간주됐을 겁니다. 지금의 자유

타이완에서 당신은 거리에 나와 원한을 퍼뜨리면서 당신과 다른 사람들을 배척하고 있는 거예요. 하지만 실제로는 이렇게 말했다.

"당신은 다른 사람에게 자신을 차별하지 말라고 요구할 수 있 나요? 당신 같은 사람들 때문에 우리가 집에 돌아가지 못하고 있 는 거예요."

내가 한 말은 전부 귀신의 말이었다. 내가 고향으로 돌아가든 돌아가지 못하든 그와 무슨 상관이 있단 말인가.

2018년 7월, 나는 베를린에서 『귀신들의 땅』을 쓰기 시작하여 2019년 4월에 완성했다. 나는 끊임없이 용징의 기억을 파고들어 갔다. 줄곧 용징에서 도망치고 싶었지만 오히려 끊임없이 용징을 쓰고 있었다. 원래는 다 쓰고 나면 한바탕 울음을 터뜨리게 될 줄 알았는데 마지막 한 문장을 쓰고 나서도 울기 좋아하는 울보 귀 신이지만 눈물이 나지 않았다. 그저 눈앞의 모든 것이 불안정하 고 종잡을 수 없었다. 고개를 숙여 나의 몸을 살펴보았다. 피부와 뼈와 살이 시야 속에서 천천히 흐려지더니 점차 투명해졌다.

내가 정말로 귀신으로 변할까 두려워 얼른 원고를 편집자에게 보낸 다음 침대에 올라가 잤다.

아주 편안하게 잘 잤다.

이런 시각이면 귀신이 나타날 수 있다는 것을 잘 알기 때문이 었다.

용징이 슬그머니 베를린의 내 방으로 들어와 내 옆에 함께 누 웠다.

귀신의 힘

    모종의 사고나 폭력, 재난 등 갖가지 원인으로 천수를 다하지 못한 사람들은 죽어서도 편히 저승에 가지 못하고 귀신 혹은 혼귀가 되어 이승의 음침한 곳을 떠돈다. 특히 남성보다 여성 혼귀가 많다. 폭력을 당해 억울하게 죽거나 비명횡사하거나 분노와 수치심 때문에 자살하는 일이 남성보다 여성에게 더 많이 일어나기 때문이다. 일본의 학자 우에노 지즈코는 모든 여인은 일단 명계(冥界)로 넘어가기만 하면 귀신이 된다고 하며 귀신들이 대부분 여성임을 강조하고 있다.

    타이완에는 귀신이 아주 많다. 이 작품에서처럼 대나무 숲에도 귀신이 있고 천장 대들보 밑에도 귀신이 있다. 밭 어귀에도 있고 논밭 근처 도랑에도 있다. 도시의 지하도 한구석에도 있고 폐가의 방문 뒤에도 있다. 이 모든 귀신들이 타이완의 역사와 사회가 강제했던 부당하고 억울한 무수한 죽음들의 반영이다. 타이완의 여성 소설가 리앙(李昻)은 『눈에 보이는 귀신(看得見的鬼)』이라는 작품에서 타이완 전역을 음양오행의 관념에 따라 동서남북과 중앙의 다섯 방향으로 구분하여 지상과 지하, 허공을 떠도는 귀신들을 정번파(頂番婆)의 귀신과 대나무 숲의 귀신, 불견천(不見天)의 귀신, 임투(林投) 숲의 귀신, 여행하는 귀신 등 다섯 가지 유형으로 구분한 바 있다. 심지어 여행하는 귀신은 비행 중인 여객기에 붙어 떠나온 대륙의 고향 땅으로 돌아가기도 한다. 요컨대 타이완 전체가 귀신들의 땅이라 할 수 있다. 타이베이의 거리 상가에서는 귀문이 열린다는 중원절뿐 아니라 대부분의 황도길일(黃道吉日)에 점포 앞에 제사상을 차려 놓고 향과 지전을 태우면서 귀신들을 위로하고 대접하여 복을 내려 주기를 기원한다. 이런 습속은 이미 일상화되어 사회 전체의 긍정적인 에너지원으로 작용하고 있다. 작가가 귀신을 소재로 소설을 쓰고자 했던 충동과 동기 역시 이처럼 귀신들과의 일상적인 조우에 기인한다.

타이완은 다중 식민의 국가다. 17세기부터 네덜란드를 비롯하여 대륙의 유민인 정성공(鄭成功) 집단, 일본 제국주의, 국공 내전에서 패전하고 건너온 국민당, 미국의 간접 통치 등 다양한 세력에 의해 갖가지 유형의 식민이 이어졌다. 이 기나긴 식민의 기간은 대부분 압제와 수탈의 역사였다. 귀신이 생기지 않을 수 없는 역사적 환경이었다. 게다가 마지막 식민 세력인 장제스의 국민당 정권은 1980년대까지 이어지는 장기간 계엄 상태를 유지하면서 폭압적인 군부 독재를 자행했고 이에 저항하는 사람들을 무참히 폭력으로 짓밟았다. 이러한 권위주의 통치와 더불어 가부장제와 남존여비의 유교적 가치관이 사회 전체를 지배했다. 타이완에서는 귀신 생산의 필요 충분 조건은 장기간 유지되었던 것이다. 그리고 마침내 1980년대에 타이완은 산업화, 현대화, 민주화를 이루었지만 국제적으로 고립되었다. 이런 현실에 대해 리앙은 타이완이 경제적 우위와 문화적 정체성을 상실하고 중국을 중심으로 삼던 과거로 돌아가 망망한 태평양 한가운데 떠 있는 섬, 주변화된 '고대의 황폐한 복종의 땅', 귀신의 땅이 되었다고 한탄한다.

귀신은 압제와 폭력과 악습, 그리고 그로 인한 상흔과 고통의 기억을 상징한다. 타이완은 이미 대륙에 대한 경제적 우위를 상실하고 문화적 정체성을 결여하게 된 데다 독립 자주성마저 잃었기 때문에 더 이상 자신을 믿고 의지할 수 없게 되었고, 400년 동안의 다양한 문화적 축적과 성과, 그리고 특수성은 기억으로만 남게 되었다. 이렇게 타이완은 귀신들의 나라가 되었다. 그리고 이전에 냈던 소리들은 중심의 주체 안에 있는 것이 아닌, 경계 밖의 어지러운 귀신들의 소리일 뿐이다. 이처럼 귀신들의 나라에는 영토는 없고 귀신들의 울음소리만 음산하게 메아리칠 뿐이다.

리앙은 글쓰기, 특히 허구의 소설을 집단의 연결이자 또 다른 형식의 귀신들의 기억 방식이라고 정의한다. 여성 작가로서 그녀는 귀신에 관해서 쓸 뿐 아니라 귀신 이야기를 계속 만들어 낸다. 한 걸음 더 나아가 혼백의 방식으로 말을 하기도 한다. 리앙의 이런 귀신 담론은 천쓰훙의 이 소설에도 그대로 재현된다. 다른 점이 있다면 리앙의 귀신 문학에서는 타이완의 귀신들을 정치적, 사회적 산물로 규정하는 데 비해 천쓰훙의 이 소설에 등장하는 귀신들은 이상의 파괴와 욕망의 왜곡, 현실의 부조리성, 사회 구성에서의 메이저와 마이너의 부조화 등 다분히 개별적이고 구체적인 삶의 풍경을 배경으로 생산된다는 것이다. 작가가 자신의 다른 소설 『해변의 방(海邊的房間)』에서 밝힌 것처럼 문학 작품은 허구이기는 하지만 현실보다 더 깊이 진실 속으로 들어가는 길을 열어 준다. 이야기의 전개에 따라 독자들의 감수성이 더 깊어지고 강해지기 때문이다. 작가는 이 작품을 고통이자 사랑이라고 압축하여 정의한다. 이러한 작가 개인의 고통과 사랑은 가족의 유대의 왜곡과 파괴라는 특수하면서도 보편적인 양가성의 현실로 확대되고, 이는 다시 개발과 도시화, 경제 성장이라는 시대의 논리와 이른바 양안(兩岸) 관계로까지 이어진다.

일반적으로 귀신은 공포와 두려움의 대상이다. 어느 모로 보나 부정적 존재인 것이다. 하지만 이 소설에서는 귀신들이 화해와 용서, 망각의 기능을 한다. 독자들은 현실을 그린 부분에서는 자연스럽게 역사와 과거의 실상, 인물들의 왜곡된 인성에 대해 강한 분노와 절망, 무력감을 느끼지만, 이미 귀신이 된 인물들의 서글픈 내레이션에서는 그런 분노와 절망, 무력감이 다소 누그러져 일종의 화해와 용서, 카타르시스의 감정을 느끼게 된다. 그렇게 귀신과 인물이 동질화된다. 귀신이 사람이고 사람이 곧 귀신인 것이다. 이런 이해와 동화의 힘이 이 소설에서 귀신들이 갖는 기능이자 일종의 힘이다. 귀신이 두려움과 공포의 대상이 아니라 잘못된 삶의 대변자이자 억울한 현실의 증인이 되는 것이다.

타이완에서는 이른바 동지(同志) 문학이 큰 흐름을 형성하고 있다. 홍콩의 어느 사회학자가 동성애자를 의미하는 단어 'gay'를 '동지'로 번역하면서 일종의 사회학 용어로 자리 잡게 된 '동지'와 동지 문학은 타이완 사회의 소수자 집단을 웅변적으로 대변하는 범주가 되어 있다. 실제로 타이완 작가들 중에는 동지가 적지 않다. 최근 한국에 소개된 타이완 문학 작품들 중에 주톈원(朱天文)의 『황인수기(荒人手記)』를 비롯하여 천쉐(陳雪)의 『같이 산 지 십 년』, 추먀오진(邱妙津)의 『악어 노트』와 『몽마르트르 유서』, 곧 출간될 예정인 바이셴융(白先勇)의 『서자』 그리고 이 소설 『귀신들의 땅』이 전부 동지 문학에 속한다. '동지'는 이미 우리 사회의 무시할 수 없는 소수자 집단이 되어 있다. 이 소설에서 눈여겨봐야 할 것 가운데 하나가 바로 이런 소수자들의 삶과 고통이다. 수전 손택이 말한 '타인의 고통'을 기억할 필요가 있다. 주인공 톈홍과 독일 연인이 겪었던 고통, 가족을 포함한 무수한 사람들의 시선 속에서 그들이 감수해야 했던 비난과 질책은 이 소설에서 경험할 수 있는 중요한 아픔 중 하나다. 소수자들을 사진 속의 대상처럼 완전히 타자화하는 것은 대단히 비겁하고 잔인한 일이다. 손택 역시 첫 남편과 이혼한 뒤 동지로 살았다. 그녀를 포함한 모든 소수자들의 고통에 눈감지 말아야 할 것이다.

2023년 12월
김태성

옮긴이의 말

옮긴이
김태성

한국외국어대학교 중국어과를 졸업하고 같은 학교 대학원에서
타이완 문학 연구로 박사학위를 받았다. 중국학 연구공동체인
한성문화연구소(漢聲文化研究所)를 운영하면서 중국 문학 및
인문 저작 번역과 문학 교류 활동에 주력하고 있다. 중국 문화 번역
관련 사이트인 CCTSS 고문, 《인민문학》 한국어판 총감 등의
직책을 맡고 있다. 『인민을 위해 복무하라』, 『사람의 목소리는 빛보다
멀리 간다』, 『고전의 배후』, 『방관시대의 사람들』, 『마르케스의
서재에서』 등 140여 권의 중국 저작물을 우리말로 옮겼다.
2016년 중국 신문광전총국에서 수여하는 '중화도서특수공헌상'을
수상했다.

귀신들의 땅

1판 1쇄 펴냄   2023년 12월 29일
1판 10쇄 펴냄   2025년 1월 9일

지은이   천쓰홍
옮긴이   김태성
발행인   박근섭·박상준
펴낸곳   (주)민음사

출판등록   1966. 5. 19. 제16-490호
주소   서울시 강남구 도산대로 1길 62(신사동)
    강남출판문화센터 5층(06027)
대표전화   02-515-2000 | 팩시밀리 02-515-2007
홈페이지   www.minumsa.com